# HEYNE <

**Das Buch**
Ich habe mein Leben lang getan, was von mir erwartet wurde. Ich bin die mittlere Tochter, die, auf die man sich verlassen kann. Die, die einen grausamen Angriff überlebt hat und sich für das Firmenimperium ihrer Familie aufopfert. Die, die sich in einen zielstrebigen Mann verliebt hat. Zachary und ich, wir wollten Fleur Cosmetics gemeinsam führen. Doch dann wurde er befördert und machte sich aus dem Staub. Vielleicht ist es das Beste, wo er so treulos war und anderen Frauen nachgejagt hat. Doch ein neuer Mann wartete schon, der mich wirklich wollte. Wie Zachary hat auch er einen unstillbaren Erfolgsdrang, der bei ihm vielleicht sogar noch stärker ausgeprägt ist. Auch er ist rücksichtslos. Und geheimnisvoll. Ich weiß nichts über Ryder McKay – nur, dass er in mir bisher ungekannte Gefühle weckt.

**Die Autorin**
Die *New York Times*-, *USA Today*- und Internationale-Bestseller-Autorin Monica Murphy stammt aus Kalifornien. Sie lebt dort im Hügelvorland unterhalb Yosemites, zusammen mit ihrem Ehemann und den drei Kindern. Sie ist ein absoluter Workaholic und liebt ihren Beruf. Wenn sie nicht gerade an ihren Texten arbeitet, liest sie oder verreist mit ihrer Familie.

**Lieferbare Titel**
*Total verliebt*
*Zweite Chancen*
*Verletzte Gefühle*
*Unendliche Liebe*

# MONICA MURPHY
# SISTERS IN LOVE
## Violet - SO HOT

Aus dem Amerikanischen
von Lucia Sommer

WILHELM HEYNE VERLAG
MÜNCHEN

Die Originalausgabe erschien 2014 unter dem Titel
*Owning Violet* bei Bantam Books.

Der Verlag weist ausdrücklich darauf hin, dass im Text enthaltene externe
Links vom Verlag nur bis zum Zeitpunkt der Buchveröffentlichung
eingesehen werden konnten. Auf spätere Veränderungen hat der Verlag
keinerlei Einfluss. Eine Haftung des Verlags ist daher ausgeschlossen.

Verlagsgruppe Random House FSC® N001967

Taschenbucherstausgabe 05/2016
Copyright © 2014 by Monica Murphy
Copyright © 2016 der deutschsprachigen Ausgabe
by Wilhelm Heyne Verlag, München,
in der Verlagsgruppe Random House GmbH,
Neumarkter Str. 28, 81673 München
Printed in Germany
Redaktion: Eva Philippon
Umschlaggestaltung: Zero Werbeagentur GmbH, München,
unter Verwendung FinePic®, München
Satz: Fotosatz Amann, Memmingen
Druck und Bindung: GGP Media GmbH, Pößneck

ISBN 978-3-453-41972-8
www.heyne.de

*Meiner Kritikpartnerin, Freundin und heimlichen
Angetrauten Katy Evans, die mich während des
Schreibens von diesem Buch immer wieder
ermutigt hat und die Ryder für sich verlangt hat.
Ohne dich hätte ich es niemals geschafft, Katy!*

»Aber dann sieht sie dich an,
und in dir ist Sonne,
ist Liebe, ist Leben.«

Fellini

# KAPITEL 1

## Violet

Heute Abend wird mein Leben sich verändern.

Ich habe den ganzen Tag im Spa verbracht, um mich darauf vorzubereiten. Ich habe mir eine Gesichtsbehandlung gegönnt, eine Massage, Waxing, Maniküre und Pediküre. Meine Haut ist glatt, mein Gesicht rein, meine Finger und Zehen sind mit perfekt dezentem Rosa lackiert. Meine Muskeln sind entspannt, aber meine Nerven ... Meine Nerven sind zum Zerreißen gespannt. Ich bin total nervös. Mein äußeres Erscheinungsbild ist das komplette Gegenteil davon, wie ich mich fühle, weil so viel auf dem Spiel steht. Alles, worauf ich die letzten Jahre hingearbeitet habe, wird heute Abend seinen Höhepunkt erreichen.

*Endlich.*

Vor ein paar Tagen habe ich bei Barneys das perfekte Kleid für diesen besonderen Moment gefunden, eins, von dem ich weiß, dass es Zachary gefallen wird. Ein marineblaues enges Kleid, das kurz überm Knie endet und unauffällig sexy meine Kurven umspielt, denn zu Aufdringliches mag er nicht.

Was bedeutet, dass er alles, was meine ältere Schwester trägt, tut und sagt, abscheulich findet. Genauso wie er die direkte Art meiner kleinen Schwester nicht ausstehen kann.

Aber das ist in Ordnung. Er wird heute Abend *mich* fragen, ob ich ihn heirate. Nicht Lily oder Rose.
Mich.
Es ist nichts Aufdringliches an mir. Ich bin der Inbegriff des Understatement. Ich wäre eine perfekte Politikergattin. Ich würde immer hinter meinem Mann stehen, ihn in allem unterstützen und dabei die ganze Zeit das liebenswürdige Lächeln aufsetzen, das ich über die Jahre bis zur Perfektion geübt habe. Es gab ein paar unschöne Ereignisse in meiner Vergangenheit. Ich hatte einmal ziemlich zu kämpfen. Ich habe wirklich um mein Leben gekämpft – und überlebt.

Mein Vater und meine Großmutter tun gern so, als wäre das nie passiert. Zachary weiß noch nicht einmal davon. Es ist eine Sache – die passiert ist, bevor ich ihn kennengelernt habe –, die meine Familie lieber unter den Teppich kehrt.

*Möchtest du diese unangenehme Geschichte nicht lieber vergessen?*, hat mich mein Vater einmal gefragt.

Also versuche ich es. Für die Familie.

Zachary holt mich pünktlich auf die Minute bei mir zu Hause ab. Gott bewahre, dass er jemals zu spät käme. Das ist eine der vielen Eigenschaften, die ich an ihm bewundere. Er ist pünktlich, aufmerksam, tüchtig, gut aussehend und klug. Unglaublich klug. Manche nennen ihn hinterhältig. Andere nennen ihn gnadenlos. Es gibt Gerüchte, dass er andere Frauen hätte. Ich bin nicht blöd. Ich habe meine Vermutungen. Die sich vielleicht ein- oder zweimal bestätigt haben. Aber wenn wir erst einmal verlobt sind, wenn wir verheiratet sind …

Wird sich das ändern. Das muss es.

Zachary und ich haben eine perfekte Beziehung. Die Art von Beziehung, von der ich geträumt habe, seit ich ein kleines Mädchen war. Über die Lily sich ständig lustig macht, aber was weiß sie schon über Liebe?

Über Sex und Abhängigkeit und darüber, wie sie sich Probleme einhandelt, weiß sie sehr gut Bescheid. Aber über Liebe? Ich glaube, sie hat in ihrem ganzen Leben noch nie eine richtige Beziehung geführt.

Ich dagegen schon. In der Mittelstufe und auf der Highschool hatte ich schon eine ganze Reihe Freunde, und dann im College meinen ersten richtigen Freund. Den, von dem ich ursprünglich glaubte, dass ich ihn heiraten würde. Den, dem ich im ersten Jahr am College meine Jungfräulichkeit geopfert habe. Ich hatte mich lange verweigert, war eine der letzten Jungfrauen unter meinen Freundinnen.

Am Anfang des dritten Semesters hat er mich dann sitzen gelassen. Genau nachdem ... das alles passiert ist. Nach dem Vorfall, wie ich es nenne. Die Sache, über die niemand reden mag. Also rede ich auch nicht darüber.

Nach der Trennung bin ich erst einmal Single geblieben. Ich habe versucht, alles, was geschehen war, hinter mir zu lassen und mich aufs College und danach auf meine Karriere, mein Erbe bei Fleur Cosmetics zu konzentrieren.

Eine Weile ging es mir nicht besonders gut. Es gibt nur wenige Leute, die davon wissen. Wir hielten es geheim. Vater wollte nicht noch mehr öffentliche Demütigung. Es war bereits lange her, dass wir Mom verloren hatten, und er hat schon immer gesagt, ich wäre wie sie. Zart, aber entschlossen. Klug, aber nicht besonders praktisch veranlagt.

Eine kurze, nicht so glänzende Zeit lang wurde ich seinen Erwartungen gerecht. Dann musste ich zur Therapie. Ich brauchte Medikamente. Ich wollte mich nur noch betäuben. Ich *sehnte* mich danach, taub zu sein. Ich wollte nichts mehr empfinden, denn ich empfand nur noch Schmerz.

Doch schließlich musste ich lernen, wieder so klarzukommen.

Nach einer kurzen Auszeit ließ Vater mich zur Arbeit zurückkehren. Und als Zachary Lawrence vor zwei Jahren bei Fleur anfing, war mein Interesse sofort geweckt. Und seins auch. Das merkte ich schnell. Es war mir egal, ob er anfangs vielleicht nur mit mir redete, weil ich die Tochter des Geschäftsführers war. Ich flirtete mit ihm. Ich wollte seine Aufmerksamkeit.

Und schließlich bekam ich sie. Ich bekam *ihn*.

Ich wusste, dass es nicht besonders klug ist, mit jemandem von der Arbeit zusammenzukommen, aber ich konnte nicht anders. Wo sonst sollte ich einen Mann mit seinen Qualitäten kennenlernen? Jemanden, dem ich vertrauen konnte? Ich habe nicht besonders viel Vertrauen. Was kein Wunder ist, bei dem, was ich durchgemacht habe.

Obwohl mein Vater das Sagen hat, ist Fleur Cosmetics eigentlich ein Familienunternehmen. Rose und ich arbeiten beide dort. Sogar meine Großmutter kommt noch ab und zu, obwohl sie schon fünfundachtzig und natürlich längst im Ruhestand ist.

Sie liebt *Fleur Cosmetics and Fragrance*. Meine

Grandma *ist* praktisch *Fleur Cosmetics and Fragrance*. Sie hat das Unternehmen gegründet. Ihr Gesicht war jahrelang in allen Anzeigen zu sehen. Dahlia Fowler ist eine Legende in der Kosmetikindustrie.

Und trotz meiner Schwächen und trotz dessen, dass mein Vater das Vertrauen in mich einmal komplett verloren hatte, will ich unbedingt in ihre Fußstapfen treten. Natürlich mit Zachary an meiner Seite, denn er arbeitet in der Marketingabteilung und hat Ambitionen. Wir beide könnten Fleur enorm voranbringen. Ich weiß es. Er weiß es.

Zusammen sind wir nicht aufzuhalten. Und wenn wir erst einmal verheiratet sind ...

»Du wirkst nachdenklich.«

Zacharys tiefe Stimme dringt in mein Bewusstsein. Ich blinzle, und da fällt mir auf, dass er mich beobachtet. Er hat die Stirn gerunzelt, und seine Mundwinkel zeigen nach unten. Er wirkt besorgt.

»Es ist alles gut.« Ich lächle, und als die Sorgenfalten aus seinem schönen Gesicht wieder verschwinden, flammt meine Hoffnung erneut auf. Seine blauen Augen strahlen, er greift nach meiner Hand auf dem Tisch und drückt sie.

»Es gibt da etwas, worüber ich mit dir reden möchte«, sagt er in seinem tiefen, beruhigenden Tonfall.

Ich lächle etwas mehr, nicke, erwidere den Druck seiner Hand. »Jetzt?«

»Ja.« Er holt tief Luft und lässt meine Hand los. *Seltsam.*

»Es beschäftigt mich schon eine ganze Weile, und ... ich habe mich bisher nicht getraut, es anzusprechen.«

*Oh. Wie süß.* Er ist nervös. Zachary ist sonst immer so selbstsicher – das erstaunt mich. »Rede ruhig weiter, Zachary. Ich bin mir ziemlich sicher, dass letztendlich alles gut werden wird.«

»Das denke ich auch. Dein Vater hat das auch gesagt.«

Mein Herz setzt einen Schlag aus. Er hat mit meinem Vater gesprochen. Er meint es wirklich ernst. Das ist genau das, worauf ich die ganze Zeit gewartet habe. Meine Finger fangen in Erwartung des Rings, den er mir gleich schenken wird, buchstäblich zu zittern an. Wie groß er wohl ist? Ich mag ja keinen protzigen Schmuck. Aber Zachary auch nicht. Understatement, zurückhaltende Eleganz – das ist schon eher unser Stil. Vielleicht hat er mit Großmutter gesprochen, und sie hat ihm ihren Verlobungsring gegeben, auch wenn er rechtmäßig eigentlich Lily zustehen würde, weil sie die Älteste ist …

»Er hat mich gebeten, mich auf die neue Stelle in London zu bewerben, und ich habe es gemacht.«

*Moment. Was?* »I-in London? Wovon redest du?« Ich räuspere mich und bin stolz, dass ich meine Stimme so ruhig halten kann. Ich würde in einem der elegantesten Restaurants Manhattans auf keinen Fall eine Szene machen wollen. Ich kann fast die Stimme meines Vaters hören.

*Violet, das gehört sich nicht.*

»Dein Vater schickt mich für eine Weile in die Zweigstelle nach London. Da wird ein neuer Posten errichtet, weil der Markt in England und Europa in den letzten Jahren so gewachsen ist. Ich werde Leiter der Marketingabteilungen in London und Paris sein.

Das ist eine unglaubliche Chance, Violet. Die muss ich wahrnehmen. Diese Beförderung kann alles ändern.« Der Blick, den er mir zuwirft, sagt, dass er seine Entscheidung bereits getroffen hat und ich gar nicht erst zu versuchen brauche, ihm die Sache auszureden.

»Aber ... Moment.« Ich schüttele den Kopf und muss ungläubig lachen. Das kann nicht sein Ernst sein. *Darüber* wollte er mit mir reden? Über seine mögliche Beförderung? Darüber, dass er nach London geht? »Was ist ...«

»Mit uns?«, beendet er meine Frage mit einem reuevollen, charmanten Lächeln. Einem Lächeln, das verrät, dass er sich dessen bewusst ist, ein bisschen in der Klemme zu stecken, aber dass er es irgendwie schaffen wird, sich da herauszureden. Wie immer. »Ich werde nicht lange weg sein, nur ein paar Monate. Hey, du kannst doch mal für ein Wochenende rüberkommen. Nach London oder, noch besser, nach Paris. Wir können zusammen die Städte erkunden.«

Kein Angebot, mich mitzunehmen, um gemeinsam dort zu leben – nicht, dass ich es annehmen würde, besonders, wo es nur vorübergehend ist. Aber es könnte ja auch sein, dass er nachher doch dort bleibt. Das weiß man schließlich nicht.

Würde ich New York verlassen, um mit Zachary zusammenzuleben? Nur, wenn er mir versprechen würde, mich zu heiraten – und wenn er mir seine absolute Treue schwören würde. Ich fühle mich hier sicher. Alles, was ich kenne, meine Familie, meine Freunde, mein Beruf, alles ist hier. In New York. Nicht in London oder Paris. Und was ist jetzt mit dem Ring? Und der Verlobung?

Es klingt schrecklich in meinen Ohren, aber ich hatte fest damit gerechnet. Mit einem wunderschönen Diamantring, der mir zusammen mit einem Heiratsantrag und Zacharys Versprechen von unsterblicher Liebe und ewiger Treue überbracht wird. Eine Frau kann nun mal nicht alles ertragen, und ich weiß zwar, dass es dumm ist, aber … ich liebe ihn.
Wirklich.
»Ich glaube, ich weiß, was du dir erhofft hast«, sagt er sanft. »Aber was für eine Ehe sollte das sein, wenn wir auf verschiedenen Kontinenten leben? Das wäre doch keinem von uns beiden gegenüber gerecht. Wir sind noch jung, Schatz, besonders du. Wir haben noch so viel Zeit.«
»Wir sind schon seit fast zwei Jahren zusammen …« Meine Stimme versagt, und ich senke den Kopf und schließe einen qualvollen Moment lang die Augen, bevor ich ihn wieder ansehe. Ich werde nicht weinen. Ich bin dreiundzwanzig Jahre alt. Ich werde nicht weinen wie ein kleines Mädchen.
»Und vielleicht haben wir noch ein oder zwei solcher Jahre, aber ich verspreche, ich werde dich heiraten.« Mein Herz macht einen Sprung. »Ich schwöre es dir. Aber ich – ich brauche das. Diese Beförderung ist mir enorm wichtig, und ich bin nicht der Einzige, den dein Vater in die engere Wahl gezogen hat. Ich bin einer der Favoriten, aber es gibt keine Garantie. Für dich ist das anders. Es ist schließlich deine Familie. Du bekommst alles, was du willst.« Zachary klingt verärgert. Ob er die Veränderung in seinem Tonfall eigentlich bemerkt? »Aber ich? Ich muss dafür arbeiten. Permanent.«

Ich versteife mich. Seine Worte verletzen mich. Er stellt es so dar, als wäre ich eine verwöhnte Göre, die ständig alles kriegt, was sie will. »Ich arbeite hart für Fleur, und das schon seit ich ein Teenager war«, protestiere ich. »Das weißt du ganz genau.«

Er winkt ab. Ob er damit meine oder seine Worte abtut, weiß ich nicht so genau. »Du weißt, was ich meine. Lass es mich doch einfach tun. Ich bin nicht egoistisch, aber ich habe verdammt hart für diese Karriere gearbeitet, Vi.« Ich kann es gar nicht leiden, wenn er mich Vi nennt, und das weiß er ganz genau. »Ich bin fast dreißig. Ich muss das jetzt machen. Bevor ich dich heirate und wir Kinder kriegen und ich nicht mehr wegkann.«

Das klingt fast, als würde er meinen, bevor er eine Frau und Kinder am Hals hat und nicht wieder loswird. Mit anderen Worten, *mich* und unsere zukünftigen Kinder. Warum geht mir das so nah? Bin ich zu empfindlich? Es stimmt doch, was er sagt. Er muss seine Karriere voranbringen. Das kann ich verstehen. Aber ich muss das auch. Und ich muss mein Leben voranbringen. Mein persönliches Leben mit Heirat und Kindern und …

Zögerlich antworte ich: »Ich könnte meinen Vater doch auch bitten, dir hier eine Beförderung anzubieten …«

»Nein. Ich will keine Almosen. Ich will mir die Beförderung verdienen«, erwidert er heftig. »Ich will das machen. Ich würde dich nicht davon abhalten.«

»Das ist nicht fair«, murmele ich. Ich werde von einer Mischung aus Wut und Trauer erfüllt, aber er scheint überhaupt nicht traurig zu sein. Nein, er sieht aus, als würde er sich freuen. Als wäre es genau das, was er will. Was er braucht.

Heißt das etwa, dass er mich nicht will? Mich nicht braucht?

»Es ist die Wahrheit«, sagt er einfach. »Und du weißt es.«

Er hat mir nie davon erzählt, dass er sich auf die Stelle beworben hat. Und solche Bewerbungsverfahren dauern Wochen. Manchmal Monate. Mein Vater hat mir auch nichts davon erzählt, und das tut weh, denn er wusste, was los ist, und hat mich nicht gewarnt. Aber am meisten ärgert mich, dass Zachary es vor mir geheim gehalten hat.

Weswegen sich mir die Frage stellt, ob er noch mehr vor mir geheim hält.

*Mach dir doch nichts vor. Er hat jede Menge Geheimnisse vor dir. Warum gibst du dich mit ihm ab?*

Ich höre die Stimme meiner Schwester in meinem Kopf, wie sie mich ausschimpft. Ich kann mir ihren selbstgefälligen Gesichtsausdruck schon vorstellen, wenn sie mir sagen wird, dass sie es ja von Anfang an gewusst hat. Zachary Lawrence verdient mich einfach nicht. Das hat sie mir schon unzählige Male gesagt. Genau wie Rose.

Allmählich frage ich mich, ob sie recht haben.

Da höre ich das raue Lachen einer Frau, und als ich sehe, wer nicht weit von unserem Tisch entfernt sitzt, krampft sich mein Magen zusammen. Oh Gott, natürlich muss ausgerechnet er hier sein. Es gibt Tausende Restaurants in Manhattan, und er muss unbedingt hier hingehen. Der mysteriöse, arrogante Ryder McKay, Kollege bei Fleur Cosmetics.

Und Ryder ist natürlich mit ... Pilar Vasquez hier, seiner ehemaligen Chefin, angeblichen Geliebten, Freundin, wie auch immer er sie nennen mag. Ihre Beziehung ist seltsam, um es vorsichtig zu formulieren.

Seltsam, weil Pilar nicht darüber spricht und Ryder genauso wenig. Niemand weiß so genau, was zwischen den beiden ist, aber alle wüssten es nur zu gern.

Nicht, dass *ich* es gern wissen würde. Oder es mich auch nur im Geringsten interessiert. Seine Arroganz, die sich auf seinem schönen Gesicht widerspiegelt, und wie er immer durch das Gebäude schreitet, als würde er über alles herrschen, das macht mich wahnsinnig.

Doch wenn es so läuft wie geplant, dann wird das Recht eines Tages Zachary zufallen. Er ist ohne Zweifel der zukünftige Geschäftsführer von Fleur.

Oder ich bin es. Ich könnte die Geschäftsführerin sein. Grandma hat mir das schon mehr als einmal gesagt. Wenn ich nur die Hälfte von ihrem Selbstbewusstsein hätte, könnte ich die Welt regieren.

Auf jeden Fall ist Ryder McKay eindeutig nicht ebenbürtig mit Zachary und all seinen Erfahrungen. Auch wenn er schon ein bisschen länger bei Fleur arbeitet, etwas mehr als zwei Jahre. Er ist durch Pilar ins Unternehmen gekommen, die bereits in ihrer vorigen Firma mit ihm zusammengearbeitet hat. Und irgendwie hat er es geschafft, bei praktisch allen in der Führungsetage von Fleur gut angeschrieben zu sein. Er ist für seinen Charme bekannt, und ich muss widerwillig zugeben, dass er ein geschätzter Mitarbeiter ist.

Was ihn gefährlich macht. Und ich weigere mich, seinem Charme zu erliegen. Irgendetwas an Ryder stört mich. Und Zachary kann ihn auf den Tod nicht leiden.

Ich versuche, den Abscheu, der durch meine Adern kriecht, zu ignorieren und meine Aufmerksamkeit wieder Zachary zuzuwenden, auch wenn der Traum von dem Leben, das ich mir mit ihm ausgemalt hatte, gerade zerstört wurde. Aber da klingelt Zacharys Handy, und er nimmt den Anruf an, ohne mich zu fragen, ob es mir etwas ausmacht. Als würde ich überhaupt nicht zählen. Was ich unmöglich finde. Und ich finde es noch viel unmöglicher, dass er sich jetzt wegdreht, sodass ich nicht hören kann, was er ins Telefon murmelt.

Noch mehr Geheimnisse. Wahrscheinlich ist es eine Frau. Dass ich hier sitze und dieses Verhalten toleriere ... Ich hätte Lust, ihm eine Ohrfeige zu verpassen.

Oder mir selbst eine zu verpassen.

Ich weiß nicht mehr weiter. Ich weiß nicht, was ich tun soll, wie ich mich verhalten soll, und ich kann nichts dagegen tun, dass mein Blick immer wieder dahin abdriftet, wo Ryder sitzt. Er sieht abstoßend umwerfend aus in seinem anthrazitgrauen Anzug und dem blendend weißen Hemd. Er trägt keine Krawatte und hat das Hemd ein paar Knöpfe weit geöffnet, sodass sein verführerischer Hals besser zur Geltung kommt. Seine dunkelbraunen Haare sind leicht durcheinander, so als wäre er sich unzählige Male mit den Händen hindurchgefahren, und insgesamt strahlt er eine Verwegenheit aus, die verrät, dass es ihn nicht im Geringsten interessiert, was die Leute von ihm denken, während er in einem Restaurant sitzt, das einige der reichsten Leute in Manhattan beliefert.

Das ist genau die Attitüde, die Ryder McKay immer an den Tag legt, und das bringt mich zur Weißglut. Nicht, dass ich mich großartig mit ihm abgeben müsste. Er wurde vor ein paar Monaten zum Leiter der Abteilung für Verpackungsgestaltung ernannt, eine Stelle, auf die Zachary sich ruhig auch mal hätte bewerben können, auch wenn das für ihn kein Aufstieg, sondern eher eine Position auf gleicher Ebene gewesen wäre. Aber dann würde er in New York bleiben.

Es sei denn, Zachary wollte überhaupt nicht in New York bleiben …

Ich sehe Ryder an und wünschte, ich könnte etwas von seinem Gespräch mit Pilar mithören, aber ich verstehe kein Wort. Sein Gesicht liegt im Schatten und wird nur von der Kerze erhellt, die in einem dunkelroten Glas in der Mitte des Tisches steht und ein goldenes Licht auf ihn wirft. Er ist ziemlich attraktiv, das muss ich zugeben. Er lächelt Pilar verrucht an, und dann lässt er ein durch und durch dreckig klingendes Lachen hören, sodass mir auf einmal ganz heiß wird.

Nur weil es so schockierend schmutzig klingt, nicht weil ich irgendwie an ihm interessiert wäre. Er ist viel zu still, zu mysteriös, zu … dunkel und voller Geheimnisse. Das verruchte Lächeln spielt immer noch um seinen Mund, als er nach Pilars Hand greift und sie an seine verführerischen Lippen führt, um sie zu küssen.

Fasziniert beobachte ich, wie Pilar ihn lachend und mit rauer Stimme zu ermahnen scheint. Er schüttelt zur Antwort bloß den Kopf und lässt ihre Hand los, dann blickt er eine Sekunde lang zu mir herüber, um mich kurz darauf wieder anzusehen.

Ich bin gefangen. In die Falle seines intensiven Blicks

getappt, und einige spannungsgeladene Sekunden lang erwidere ich seinen Blick. Da scheint er mich zu erkennen, und schnell sehe ich weg. Meine Wangen brennen, und ich bin froh, dass das Licht hier so gedämpft ist, dass er es nicht sehen kann. Er macht sich nichts besonders viel aus mir, da bin ich mir sicher. Ich tauche wahrscheinlich überhaupt nicht auf seinem Radar auf, und das ist mir auch ganz recht so. Ich will seine Aufmerksamkeit überhaupt nicht.

Seine Art von Aufmerksamkeit ... macht mir Angst.

Ich blicke wieder Zachary an und wedle mit der Hand vor seinem Gesicht herum, aber er bemerkt mich gar nicht. Also zische ich seinen Namen, woraufhin er mir einen finsteren Blick zuwirft und sich wieder abwendet.

Ich unterdrücke ein Seufzen und riskiere einen weiteren Blick in Ryders Richtung. Er sieht mich immer noch an. Dann lehnt er sich zurück und lächelt. Er hat die Ausstrahlung eines Mannes, der weiß, wie man eine Frau glücklich macht – und er hat keinerlei Skrupel, mit einer Frau zu flirten, während er mit einer anderen am Tisch sitzt.

Ich rufe mir ins Gedächtnis, dass ich ihn nicht ausstehen kann. Ich finde seine großspurige Art unerträglich. Sein übertriebenes Selbstbewusstsein ist einfach nur anstrengend, und Zachary kann ihn genauso wenig leiden wie ich. Ich sollte eigentlich empört sein, dass er mich die ganze Zeit ansieht, doch ... irgendwie bin ich krankhaft fasziniert.

Wie es wohl ist, so zu denken? So zu fühlen? Pilar scheint von seiner Gesellschaft sehr angetan zu sein, was meine Vermutung, dass zwischen den beiden etwas läuft, nur bestätigt. Und ich bezweifle nicht, dass er davor zurückschrecken würde, sie irgendwie unanständig zu berühren, wenn er es nicht ohnehin schon getan hat. Und sie würde wahrscheinlich noch nicht einmal protestieren. Sie macht alles, um voranzukommen, sie würde auch über Leichen gehen, um zu bekommen, was sie will, sowohl beruflich als auch privat.

Die beiden sehen allerdings aus, als würden sie den Abend genießen. Während ich an Zacharys Zurückweisung zu knabbern habe, sitzen sie da und lachen, als hätten sie keinerlei Sorgen.

Seltsam, irgendwie muss ich denken, dass Pilar ganz schön Glück hat. Sich so dem Vergnügen von Ryders verführerischer Gesellschaft hingeben zu können. Während ich beim Gedanken, dass Zachary mich verlässt, einfach nur heulen könnte. Beim Gedanken, allein zu sein.

Mal wieder.

Ich reiße den Blick von Ryder McKay und konzentriere mich wieder auf Zachary, der jetzt aufgehört hat zu telefonieren und mich erwartungsvoll ansieht. »Wo waren wir stehen geblieben?«, fragt er und scheint es wirklich nicht mehr zu wissen. Wie kann er nur vergessen haben, dass er mir gerade etwas mitgeteilt hat, das alles verändert?

»Du hattest mir von deiner möglichen neuen Stelle erzählt.« Ich halte die Luft an, zähle bis drei, dann atme ich langsam wieder aus. »Ich freue mich für dich«, sage ich schließlich und ringe mir ein Lächeln ab. Aber es fühlt sich nicht echt an. Meine Mundwinkel zucken, und ich gebe es auf. »Herzlichen Glückwunsch, Zachary.«

»Ich wusste, du würdest es verstehen. Du verstehst immer alles.« Er fasst wieder nach meiner Hand und drückt sie leicht. »Ich glaube nicht, dass ich länger als zwei Jahre in London bleiben werde. Wir bekommen das hin, Schatz, nicht wahr?«

»Na klar«, flüstere ich. Aber ich bin mir da nicht so sicher. Wenn Zachary zwei Jahre lang in einem anderen Land ist, wo er unzählige Frauen kennenlernt? Höchstwahrscheinlich mit unzähligen Frauen *ins Bett geht*?

Ich fürchte, das wäre der Anfang vom Ende.

# KAPITEL 2

## Ryder

»Ich werde Violet Fowler verführen.« Ich blicke weiter auf die Frau, von der ich gerade rede. Ich bin ganz fasziniert davon, wie sie sich eine lose Strähne ihrer glänzenden braunen Haare hinters Ohr streicht, während sie ihrem Arschloch-Freund ihr hübsches Lächeln schenkt.

Ich hasse Zachary Lawrence. Und ich will seine Freundin.

Wozu mir so einige Gedanken durch den Kopf gehen. Und nicht einer davon ist gut.

»Auf keinen Fall.«

Ich reiße den Blick von Violet und sehe ungläubig meine ehemalige Chefin und gelegentliche Bettpartnerin an. »Was hast du gerade gesagt?«

»Bitte. Du hast mich verstanden.« Sie legt die Stirn in Falten und zieht mit ihren blutroten Lippen einen Schmollmund. Auch wenn sie sauer ist, ist Pilar unglaublich schön. Ihr außergewöhnliches Aussehen lässt sie überall hervorstechen. »Warum um alles in der Welt solltest du Violet überhaupt nur *anfassen* wollen? Sie ist doch so was von langweilig.«

Sie klingt eifersüchtig. Nicht, dass ich das jemals sagen würde. Pilar hat extrem scharfe Krallen und schreckt nicht davor zurück, sie zu benutzen. »Das ist es ja, was sie so interessant macht.« Ich habe das starke Gefühl, dass Violet Fowler in den Händen des richtigen Manns alles andere als langweilig wäre.

»Du willst sie doch nur, weil du sie nicht haben kannst. Typisch Mann.« Pilar winkt geringschätzig ab. »Können wir über etwas anderes reden?«

»Okay.« Ich blicke sie an. Pilar hat Informationen, die mich interessieren. Weswegen ich sie gefragt habe, ob sie heute Abend mit mir essen geht. »Erzähl mir, was du über Zachary weißt.«

Pilars Lippen formen sich zu einem Lächeln wie bei einer Katze, die eine Maus gefangen hat. Das Thema gefällt ihr schon besser. »Was willst du wissen?« Sie klingt gelangweilt, aber ich durchschaue sie. Das Glänzen ihrer goldbraunen Augen verrät mir, dass sie sich alles andere als langweilt.

»Ich habe gehört, er geht nach London«, sage ich.

»Das ist korrekt.«

»Und er bekommt die neu geschaffene Stelle als vorläufiger Marketingleiter für Europa«, fahre ich fort.

»Richtig. Das ist eine unglaubliche Chance. Über die sich viele freuen würden.« Sie wirkt so verdammt selbstzufrieden, als sie das sagt. Sie weiß ganz genau, dass ich innerlich koche.

Ich platze gleich. »Genau. Ich zum Beispiel. *Ich* will den Job.« Ich will ihn so sehr, dass mir das Thema überhaupt keine Ruhe mehr lässt. Ich bin verdammt gut in dem, was ich mache. Ich bin bei Fleur in einem Affentempo aufgestiegen.

Sie verdreht die Augen. »Du hast ihn dir aber noch nicht verdient.«

»Ich arbeite doch wie ein Bekloppter. Ich habe den Job ja wohl mehr verdient als dieser Scheiß-Lawrence. Er bekommt ihn doch nur wegen seiner Freundin.« Ich kann noch nicht einmal seinen Vornamen aussprechen. Es regt mich auf, wie er immer darauf besteht, dass alle ihn *Zachary* nennen. Was ihn klingen lässt wie ein totales Weichei. *Eingebildetes Arschloch.* »Ich habe es Fowler gesagt.«

Pilar runzelt die Stirn, ihre Augen verfinstern sich. Das freudige Funkeln ist dahin. »Was hast du ihm gesagt?«

»Dass ich den Job will.«

Sie sieht schockiert aus. *Gut.* Es kommt selten vor, dass irgendjemand sie überraschen kann. »Und was hat er gesagt?«

»›Dann beweise dich.‹ Wortwörtlich.« Ich beuge mich über den Tisch und sehe Pilar in die Augen. »Und genau das habe ich vor.«

Sie zieht eine ihrer perfekt geschwungenen Augenbrauen hoch. »Und wie? Indem du Violet aus ihrer Oma-Unterhose befreist? Ich bitte dich. Die ist doch so prüde, die lässt sich doch noch nicht mal von dir *ansehen*. Wie willst du denn mit deinen schmutzigen Pranken an ihren unberührbaren Körper kommen?«

Das habe ich mir noch nicht überlegt. Aber das macht nichts. Wenn ich mir etwas in den Kopf gesetzt habe, bekomme ich es. Früher war das anders. Als Jugendlicher habe ich gebettelt und geklaut und mich prostituiert, um zu bekommen, was ich wollte. Aber meine Vergangenheit hat mich stark gemacht. Ich bin jetzt viel entschlossener.

Und wenn ich Violet Fowler so ansehe, wie sie da

mit ihrem hübschen kleinen Körper in diesem hübschen Kleidchen sitzt und es hinnimmt, dass dieses Arschloch Lawrence sie einfach ignoriert, während er mit irgendwem telefoniert, dann würde ich sie am liebsten bespringen. Ihr zeigen, was ein echter Kerl für sie tun würde.

Ich würde ihr wahrscheinlich einen gehörigen Schrecken einjagen. Verdammt, es würde mir wahrscheinlich erst recht Spaß machen.

Ich bin ein ganz schöner Perversling.

»Wenn ihr Arschloch-Freund sie nicht mitnimmt, kann ich da sicher was drehen.« Ich zucke die Achseln. »Sie wird allein und verletzlich sein, ihn vermissen. Und dann komme ich und tröste sie.«

»Ganz schön mutig«, murmelt sie. »Und was ist mit mir? Soll ich es einfach hinnehmen, dass du eine andere vögelst?«

»Das machst du doch sonst auch. Hast du schon oft genug gemacht. Wir sind ja schließlich nicht zusammen.« Unsere Beziehung ist alles andere als gewöhnlich. Wir sind einander verbunden, aber es ist keine Bindung fürs Leben. Pilar benutzt mich.

Genau wie ich sie. Deswegen funktioniert das mit uns beiden auch so gut, sowohl beruflich wie auch privat.

In letzter Zeit bin ich allerdings nicht mehr ganz so glücklich mit unserer Abmachung. Ich würde meine sexuelle Beziehung mit Pilar gern beenden, aber wir haben eine Geschichte. Sie ist die einzige Frau, die sich jemals um mich gekümmert hat, also kümmere ich mich um sie.

Meine Mom ist verschwunden, als ich noch ganz

klein war, ich kann mich gar nicht an sie erinnern. Und Dad war immer nur halb anwesend, er war nie ein richtiger Vater. Eher so etwas wie ein Mitbewohner. Ein Kerl, der Huren mit nach Hause gebracht und mir, als ich zwölf war, den ersten Drink eingeschenkt hat. Ein leuchtendes Beispiel für elterliche Fürsorge.

Als Pilar in mein Leben trat und entschied, mich zu ihrem persönlichen kleinen Projekt zu machen, war ich erleichtert. Und verdammt froh.

Ich war neunzehn Jahre alt, hatte ein kleines Drogenproblem, keinen Job und keine Wohnung. Nachts schlief ich auf einer Parkbank, und tagsüber hing ich bei Starbucks herum. Da war es wenigstens warm. Ich konnte mir einen kleinen Kaffee und ein Glas Leitungswasser leisten. Da habe ich mich den ganzen verdammten Tag lang dran festgehalten. Es war mir egal.

Pilar kam jeden Morgen in den Starbucks, als würde ihr der Laden gehören. Eines Tages bemerkte sie mich und betrachtete mich wie einen Käfer unter dem Mikroskop. Sie kam näher und sah mich ganz genau an. Pilar ist älter als ich, wunderschön und strahlt so viel Selbstbewusstsein aus, dass ich ihr sofort verfallen war. Verdammt, ich *wollte* ihr verfallen sein.

Sie nahm mich mit nach Hause, damit ich mich duschen konnte. Ihre Wohnung kam mir vor wie ein Palast. Sauber, mit neuen Möbeln und Essen im Kühlschrank und einer Toilette mit Spülung, mit einer Dusche mit heißem Wasser und weichen Handtüchern und mit einem warmen Bett in der Nacht. Ich fühlte mich wie im Himmel.

Als sie sagte, sie könne mir in ihrer Firma einen Job

als ihr Assistent besorgen, sagte ich Ja. Dieser Job war mehr, als mir jemals zuvor irgendjemand gegeben hatte. Und das Essen, das sie auftischte? Ich aß so viel, wie ich in meinem ganzen Leben noch nicht gegessen hatte. Am ersten Abend musste ich mich übergeben, weil ich mich derart überfressen hatte. Ich weiß noch, dass ich es für eine wahnsinnige Verschwendung hielt, als ich über der Kloschüssel hing und mir die Seele aus dem Leib kotzte.

Niemand hatte mich jemals gewollt. Niemand hatte sich je auch nur im Geringsten um mich geschert. Wenn einem noch nie im Leben jemand etwas gegeben hat, nicht ein einziges Mal, und dann kommt auf einmal jemand und gibt einem nicht nur, was man braucht, sondern auch, was man will ... dann vergisst man das nie.

Was Pilar und ich zusammen haben, ist weit davon entfernt, perfekt zu sein. Aber es ist mehr, als ich mir jemals erträumt hätte.

Dass sie sich für mich interessierte, haute mich total um. Ich wollte umso härter für sie arbeiten, beweisen, dass ich es tatsächlich zu etwas bringen konnte. Und sie belohnte mich dafür. Zuerst mit Sex und schließlich mit Jobangeboten, und ich habe ihr gezeigt, dass ich es wert war. Obwohl ich nicht mehr direkt unter ihr arbeite, meint sie immer noch, ich wäre ihr etwas schuldig.

Doch ich würde meine Schuld gern ein für alle Mal abtragen.

»Ich werde bestimmt nicht mit ansehen, wie du mit *ihr* was anfängst. Hast du den Verstand verloren? Glaubst du wirklich, wenn du Violet Fowler ins Bett bekommst, wirst du automatisch befördert? Forrest Fowler passt ganz schön auf seine Töchter auf. Wahrscheinlich kastriert er dich, wenn er herausfindet, dass du mit seinem kleinen Mädchen im Bett warst. Besonders, wo sie diejenige ist, die sowieso schon eine problematische Vergangenheit hat.«

Der Geschäftsführer von Fleur ist wirklich übertrieben fürsorglich, was seine zwei jüngeren Töchter angeht. Die Älteste – Lily – ist eine Katastrophe. Und ziemlich sexy. Auf Partys zeigt sie sich gern halbnackt und betrunken, weswegen sie oft Thema der miesen Klatschmagazine im Internet ist.

Violet dagegen ist zurückhaltend, zerbrechlich. Angeblich war sie schon mal in der Psychiatrie. Ihre Mutter soll sich umgebracht haben, als die Mädchen noch klein waren, und Violet soll genauso sein wie sie. Verletzlich. Psychisch instabil.

Ein seelischer Scherbenhaufen.

Sie ist ein perfektes Opfer. Ich könnte sie vernaschen und wieder ausspucken, kein Problem.

»Ich will einfach in ihrem Ansehen steigen«, sage ich, denn was soll ich sonst sagen? Ich weiß, dass Violet Fowler sich nicht die Bohne für mich interessiert. Dass ich sie vor ein paar Minuten ertappt habe, wie sie mich angesehen hat, fand ich schon ziemlich erstaunlich. »Außerdem – wolltest du nicht schon immer mal mit Lawrence ins Bett?«

Die gespielte Überraschung auf Pilars Gesicht ist vielsagend. »Ich finde ihn ... zum Anbeißen. Gelegentlich.«

Zum *Anbeißen*. Das Wort tut mir in Zusammenhang mit Zachary Lawrence regelrecht in den Ohren weh. Der Typ ist ein arroganter Wichser. Ich muss mich sehr beherrschen, nicht das Gesicht zu verziehen. »Dann hilf mir dabei. Blas Lawrence einen, mach irgendwie ein paar Fotos davon, und spiel sie Violet zu. Dann wird sie sich von ihm trennen, ich werde sie trösten und als der Superheld dastehen, sodass Fowler überhaupt keine andere Möglichkeit hat, als mich zu befördern.« Es klingt nach einem Scheißplan, und eigentlich ziehe ich es vor, meine Beförderung auf altmodische Weise zu verdienen – indem ich einen verdammt guten Job mache –, aber ich bin echt sauer. Ich würde nichts lieber tun, als Lawrence diesen Job wegzunehmen.

Ihm den Job und seine Freundin wegzunehmen, beides auf einmal.

»Das ist nicht so einfach, Schätzchen. Zachary geht nach London. Schon vergessen?«

»Aber erst in ein oder zwei Wochen. Da hast du noch jede Menge Zeit, ihn rumzukriegen.« Pilar handelt schnell, wenn sie will. Genau wie ich.

Sie wirft den Kopf in den Nacken, um ein kehliges Lachen erklingen zu lassen. Ein Lachen, das sie über die Jahre immer mehr perfektioniert hat. Nichts, was Pilar tut, ist spontan. Sie ist bis ins kleinste Detail berechnend. »Findest du das nicht ganz schön viel verlangt, dass ich Zachary Lawrence flachlegen soll, damit du in der Firma aufsteigst? Was springt für mich dabei raus?«

»Sex mit Lawrence?«

Sie grinst. »Das reicht mir nicht. Ich will mehr.«

Ich wechsele das Thema. »Wo wir gerade bei dem Idioten sind, er sitzt da drüben und isst mit Violet zu

Abend.« Er ist so ein schmieriger Kerl. Er weiß ganz genau, wie er mit seinem Charme so gut wie alle in der Firma für sich einnehmen kann, aber ich sehe hinter seine Fassade. Ich habe genug Erfahrung, besonders aus meinen ersten neunzehn Lebensjahren, um zu erkennen, wenn jemand irgendeine Scheiße abzieht, und was Lawrence abzieht, ist ganz große Scheiße.

»Ich habe sie schon gesehen.« Pilar greift nach ihrem Weinglas und trinkt einen Schluck, bevor sie antwortet. »Was für ein Zufall, dass wir im selben Restaurant gelandet sind. Ich wette, er erzählt ihr gerade, dass er demnächst weg ist.«

Gott sei Dank. Ich werde den Typen nicht vermissen, auch wenn bestimmt fünfundneunzig Prozent der Leute bei Fleur ihm eine große Abschiedsparty schmeißen wollen. Ich wette, er hat fünfundneunzig Prozent der weiblichen Angestellten schon gefickt, so ein Schürzenjäger, wie er ist.

Ich habe schon öfter gehört, dass Violet von Lawrence' sexuellen Aktivitäten außerhalb ihrer Beziehung weiß, aber es vorzieht, die Augen davor zu verschließen. Warum sie sich überhaupt mit ihm abgibt, kann ich mir absolut nicht erklären.

Als ich nichts antworte, stützt Pilar seufzend den Kopf auf, was sie aussehen lässt wie ein sehnsüchtiger Teenie. »Alle werden ihn vermissen.«

»Ich nicht«, brumme ich.

Sie lacht. »Du bist doch bloß neidisch.«

»Auf Lawrence? Bestimmt nicht.« Ich schüttele den Kopf. »Er ist ein Arschloch.«

»Ein charmantes Arschloch, das alles hat, was du dir wünschst.« Pilars Miene verrät, dass sie meint, ganz genau Bescheid zu wissen. »Gib es doch zu. Du bist neidisch. Er ist dein größter Konkurrent.«

Ich zucke die Achseln. Das stimmt tatsächlich, was die Arbeit angeht. Ich habe sechs Monate vor ihm bei Fleur angefangen. Wir sind beide ziemlich schnell aufgestiegen, aber er hat mich in letzter Zeit etwas abgehängt. Was er wohl seiner Beziehung mit Violet zu verdanken hat.

Es ist mir egal, was alle anderen sagen. Der Typ vögelt die Tochter des Geschäftsführers. Irgendeinen Vorteil wird er daraus ziehen.

»Erzähl mir, was du willst, Pilar«, sage ich, weil ich wieder auf das eigentliche Thema zurückkommen will. Zurückkommen *muss*. Ich brauche einen neuen Plan. Nachdem ich vorhin mit Forrest Fowler gesprochen und ihm mitgeteilt habe, dass ich die Stelle will, die Lawrence vorläufig übernehmen wird, will ich jetzt meine Chance bekommen.

Ich *verdiene* eine Chance. Und deswegen muss ich jeden möglichen Vorteil ausnutzen.

Pilar tippt sich nachdenklich mit dem Zeigefinger an die gespitzten Lippen. Ihr Nagellack hat den gleichen blutroten Farbton wie ihr Lippenstift. »Ich weiß was«, sagt sie plötzlich und zeigt mit dem Finger auf mich. »Ich will, dass Violet verschwindet.«

Jetzt runzle ich die Stirn. »Verschwindet?«

»Hmm.« Pilar nickt. »Zachary hat etwas, was du gern hättest? Tja, ich will das, was Violet hat.«

»Und das wäre?«

»Macht«, antwortet sie schlicht.

*Was sie nicht sagt.* »Sie ist eine Fowler. Natürlich hat sie Macht.«

»Ja, aber wenn sie nicht mehr da ist, ist das eine Fowler weniger, mit der ich mich herumschlagen muss, nicht wahr? Und Violet ist so entschlossen, in die Fußstapfen ihrer Großmutter zu treten. Viel mehr als Rose.« Verschwörerisch lächelnd sieht Pilar mich an. »Du kümmerst dich um Violet und verletzt sie, bis sie am Boden zerstört und ein psychisches Wrack ist, wie sie es schon einmal war. Und dann ... komme ich.«

Irgendwie ist mir bei dem Gedanken unwohl. Ja, klar, wir haben diese Art von Spielchen schon vorher betrieben, aber Pilar hat mich noch nie dazu aufgefordert, jemanden zum *psychischen Wrack* zu machen, vor allem nicht jemanden so Empfindliches wie Violet.

»Du hast doch gesagt, dass du mit ihr ins Bett willst, oder? Wenn Zachary erst mal weg vom Fenster ist, bekommst du seinen Job und ziehst nach London.« Pilar lehnt sich zurück. »Ich persönlich finde ja, das ist ein genialer Plan.«

Das ist ein verdammt *gefährlicher* Plan. Aber das würde ich Pilar gegenüber niemals zugeben. Sie würde es nur gegen mich verwenden.

Ich lasse den Blick wieder zu Violet schweifen, beobachte, wie sie auf ihrer Stuhlkante sitzt und mit ihren großen, samtbraunen Augen dieses Arschloch Lawrence ansieht und begierig alles aufnimmt, was er zu sagen hat. Wenn sie mich erst mal so ansieht ... Als hätte ich den Mond und die Sterne und alles dazwischen nur für sie an den Himmel gehängt.

Ja, ich habe mir schon öfter vorgestellt, dass sie mich so ansieht. Welcher Mann würde nicht davon träumen? Manchmal denke ich sogar an Violet, wenn ich mit Pilar ficke. Dann stelle ich mir Violet unter mir vor, mit ihren langen, seidigen dunklen Haaren auf meinem Kissen, wie sie mich mit leuchtenden Wangen und samtenem Blick ansieht. Nur mich. Irgendetwas an ihrer schüchternen, zurückhaltenden Art bringt mich einfach total um den Verstand. Und bewirkt, dass ich *sie* um den Verstand bringen will.

Mit meinem Schwanz tief in ihr drin.

»Ich weiß nicht. Wir haben keinerlei Garantie, dass es so laufen wird«, sage ich schließlich kopfschüttelnd. Ein kleiner Fehler, und wir beide könnten gefeuert werden. Ich kann mir das nicht leisten. Ich muss mich konzentrieren. Ich muss ein für alle Mal von Pilar loskommen und sie von mir fernhalten.

Ich muss verdammt noch mal erwachsen werden und etwas aus meinem Leben machen. Ich bin es leid, mich ständig ablenken zu lassen. Aber so krank, wie es auch ist, Pilar ist alles, was ich habe. Ich habe keine Familie, keine engen Freunde. Es ist schwer, mich von ihr zu lösen.

Und sie weiß das.

»Da erkläre ich mich bereit, mich auf deinen Plan einzulassen, und dann willst du kneifen. Mit dir kann man gar keinen Spaß mehr haben.« Sie zieht einen Flunsch. »Du bist in letzter Zeit immer so furchtbar ernst.«

»Das muss ich auch. Hör zu, Pilar.« Ich beuge mich über den Tisch, denn sie soll sehen, wie verdammt ernst es mir ist. »Ich kann es mir nicht leisten, so weiterzumachen wie bisher. Ich will diese Beförderung. Ich will endlich weiterkommen. Und wenn wir zu viele Leute in diese Geschichte mit reinziehen und tatsächlich jemanden ... *verletzen*, und ausgerechnet die Tochter des Geschäftsführers – das ist viel zu riskant.«

»Ach, hör auf, das wird lustig. Als ob dir Violets Gefühle irgendwie wichtig wären. Hat sie jemals irgendetwas für dich getan? Sie guckt dich doch normalerweise an wie ein dreckiges Kaugummi, das an ihrer Schuhsohle klebt.«

Pilar hat wahrscheinlich recht. Das ist mir aber egal. Ich bin vielleicht jemand, der andere benutzt, aber die Vorstellung, Violet fertigzumachen, gefällt mir nicht.

Anscheinend habe ich doch so etwas wie moralisches Empfinden.

»Ich weiß nicht ...«, setze ich an, aber Pilar unterbricht mich.

»Ich bitte dich«, tut sie meine Worte mit einer Handbewegung ab. »Kannst du mir nicht mal einen kleinen Gefallen erweisen?« Seit wann ist das hier eigentlich *ihr* Projekt? »Nachdem ich dich bei mir aufgenommen habe. Dir einen Job verschafft habe, als du nichts hattest. Du wärst tot, wäre ich nicht gewesen.«

*Verdammt.* Ich weiß. Sie hat es mir schließlich schon oft genug gesagt.

»Du bist mir was schuldig«, fährt Pilar fort. »Ich habe dir Geld geliehen.«

»Und ich habe es dir zurückgezahlt, oder etwa nicht?« *Und zwar mehrfach,* würde ich am liebsten hinzufügen.

»Ich habe dein Leben gerettet«, wiederholt sie. »Komm schon. Ich finde, deine Idee klingt nach einer Menge Spaß. Und alle bekommen, was sie wollen.«

*Spaß.* Das klingt noch nach etwas ganz anderem als bloß Spaß. »Du meinst du und ich.«

»Schätzchen, wir beide sind die Einzigen, die zählen. Wenn wir uns nicht umeinander kümmern, dann tut es niemand.« Sie fasst über den Tisch und legt ihre Hand auf meine. »Komm schon, mein Schatz, mein süßer Junge. Tu es für mich – tu es für *dich* –, und unser beider Aufstieg bei Fleur ist sicher. Das verspreche ich dir.«

Wie zum Teufel kann sie mir so etwas versprechen? Ich bin nicht mehr das leichtgläubige Kind, das ich noch war, als wir uns kennenlernten. »Hör auf, Pilar«, murre ich und ziehe meine Hand weg.

Ich kann Violets Blick auf mir spüren, wie sie mich beobachtet. Mich abschätzig mustert. Wahrscheinlich hält sie mich für einen totalen Idioten, dabei lädt sie jede Nacht das größte Arschloch auf der ganzen Welt zu sich ins Bett ein.

Wie sie wohl im Bett ist? Total prüde und verklemmt? Lawrence muss ihre Schenkel wahrscheinlich jedes Mal mit einem Brecheisen aufstemmen, und dann fängt sie wahrscheinlich jedes Mal an zu heulen, wenn sie Sex haben.

Ein absoluter Albtraum.

Und *trotzdem* bekomme ich bei dem Gedanken einen Steifen.

Was bedeutet ... dass ich es tun sollte. *Scheiß drauf.* Was habe ich schon zu verlieren? Und wenn alles so läuft, wie geplant, habe ich eine Menge zu gewinnen. Nämlich alles.

»Wenn ich es mache ...«, fange ich an und senke die Stimme. Die Erregung in Pilars Blick steigert meine eigene. »Wenn ich mit ihr ins Bett gehe ... und eine Weile mit ihr spiele, dann müssen wir aber diskret vorgehen. Was bedeutet, dass du dich zurückhalten musst.«

Pilar nickt, und ihre Augen weiten sich. »Kein Problem.«

»Du kümmerst dich um Lawrence und bringst die beiden dazu, sich zu trennen, aber mach keine große Szene. Dann kann Lawrence bei Fleur seinen Hut nehmen. Ich tröste Violet, und wir werden langsam vertrauter miteinander. Währenddessen beweise ich ihrem Vater, dass ich der beste Mann für die Stelle in London bin, und er wird keine andere Wahl haben, als mich zu befördern. Dann lasse ich Violet zurück, sie wird vollkommen verzweifelt sein, weil ich mich so plötzlich von ihr getrennt habe, und dann muss sie … für eine Weile die Firma verlassen, um sich wieder zu erholen. Und dann kommst du und übernimmst ihre Aufgaben«, fasse ich unseren Plan zusammen.

»Klingt perfekt«, flüstert Pilar, legt wieder ihre Hand auf meine und fährt mir mit dem Fuß das Bein empor. Mein Schwanz zuckt, erregt durch Pilars Berührung und die Herausforderung der Jagd, durch die Aussicht auf den Preis.

Violet Fowler flachzulegen und den Job in London zu bekommen, weit weg von Pilar? Ich könnte mir nichts Besseres vorstellen.

»Danach war es das aber. Keine weiteren Spielchen. Wir sind dann nur noch Freunde, Pilar. Das ist alles«, erkläre ich.

Das Lächeln auf ihrem Gesicht verblasst, aber ich kann immer noch das Strahlen in ihren Augen sehen. Sie liebt es, wenn ich das sage, denn sie denkt, ich würde es nicht so meinen. Diesmal tue ich es aber.

»Gut. Was immer du willst, mein Schatz. Das wird lustig. Wir können uns über die Details austauschen.«

Ich versteife mich leicht, als sie mit ihrem Stuhl näher rückt und meine Schulter umfasst, während ihr Blick zu meinem Schoß wandert. »Du kannst ja gern so tun, als hätte ich Violet als deine letzte Eroberung ausgesucht, aber vergiss nicht, es war *deine* Idee. Ich schätze mal, du willst sie schon länger?«, flüstert sie und legt mir die Hand auf den Schwanz. »Oder willst du mir etwa erzählen, deine Latte wäre nicht ihretwegen?«

Ich hole tief Luft und zwinge mich, ruhig zu bleiben. »Ist sie nicht. Die ist nur wegen dir«, lüge ich aalglatt. Mein Leben ist ein einziges Chaos. Ich kann es echt nicht gebrauchen, dass Pilar es noch chaotischer macht, als es ohnehin schon ist, und das weiß sie ganz genau. Das ist das Beängstigende daran. »Du nimmst also morgen Lawrence in Angriff?«

Sie zieht eine perfekt gezupfte Augenbraue hoch und nimmt zum Glück wieder die Hand von meinem Schwanz. »Und du nimmst Violet in Angriff?«

»Ja.« Ich hole tief Luft und schiebe das ungute Gefühl, das sich in mir breitmachen will, beiseite. »Aber wie gesagt, danach war es das. Die Sache mit uns ist dann vorbei. Ich gehe meinen Weg, und du gehst deinen. Danach ist meine Schuld beglichen.«

»Okay.« Das Lächeln ist wieder da, dunkler diesmal, und ihre Augen leuchten mit einem unbekannten Feuer, das mich wachsam werden lässt. »Dann sollten wir die Sache besser interessant gestalten, nicht wahr?«

»So interessant es nur geht«, sage ich und rutsche

auf meinen Stuhl zurück. Sie nimmt die Hand von meiner Schulter. Endlich.

Als ich wieder zu Zacharys und Violets Tisch hinübersehe, ist er leer. Sie sind gerade aufgestanden, Zachary ist auf dem Weg zum Ausgang, Violet geht in die entgegengesetzte Richtung, höchstwahrscheinlich zur Toilette.

»Vielleicht sollte ich ihr hinterher«, sage ich, ohne den Blick von ihr abzuwenden. *Verdammt*, sie ist wunderschön. Ich will sie.

Auch wenn ich es nicht sollte.

»Ja, mach. Na los.« Pilar wedelt mit der Hand, als wäre sie eine Entenmutter, die mich zum allerletzten Mal aus dem Nest scheucht. »Lass deine McKay-Magie auf sie wirken. Ich sehe mal nach Zachary.«

Ohne ein weiteres Wort stehe ich auf und folge Violet zwischen den Tischen hindurch. Es wird ein Spiel. Es wird Spaß machen. Wie lange wird es wohl dauern, bis sie mir verfällt?

Ich habe so etwas schon öfter gemacht, und ich kann es wieder tun. Ich weiß, wie das funktioniert. Ich muss einfach nur der sein, den sie sich wünscht. Ich bin ein Chamäleon. Das hat man mir schon früher immer gesagt. »Anpassungsfähig«, ist die nettere Art es auszudrücken.

Aber eigentlich bin ich ein Schwindler. Ein Betrüger.

Ich prostituiere mich praktisch immer noch.

# KAPITEL 3

## Violet

Es war gelogen, als ich Zachary gegenüber so getan habe, als wäre ich nicht sauer, dass er nach London geht, und wie immer ein tapferes Lächeln aufgesetzt habe. Darin bin ich inzwischen unglaublich gut. Gerade noch habe ich gedacht, alles würde nach Plan verlaufen, da verkündet er mir Neuigkeiten, die mich treffen wie ein Schlag in die Magengrube. Aber ich bin stark, nicht schwach, zumindest hat man mir das immer und immer wieder gesagt. Jetzt geht es darum, mein Pokerface aufzusetzen. So nennt Vater das.

Als wäre das Leben nichts weiter als ein Spiel. Wer denkt denn so? Und wer *lebt* tatsächlich so?

Der Kellner hat gerade unsere Teller abgeräumt, da sagt Zachary, dass er vorhat, mich bei mir zu Hause abzusetzen. »Hab noch viel zu tun«, murmelt er und setzt wieder dieses beruhigende Lächeln auf. So ein Lügner. Warum glaube ich ihm eigentlich alles? Bin ich so unsicher? »Ich kann nur abends packen, nach der Arbeit. Und ich fliege in weniger als zwei Wochen. Das verstehst du doch, oder, Süße?«

Natürlich verstehe ich das. Ich bin die perfekte Freundin, die immer hinter ihrem Mann steht und ihn tun lässt, was er will. Auch wenn er sie verlässt, um einen neuen glanzvollen Job in einem anderen Land anzunehmen. Wo er höchstwahrscheinlich auch gleich eine neue glanzvolle Frau findet.

Was er schon öfter getan hat … wenn auch nie außerhalb des Landes. Das wird also ein neues Abenteuer für ihn. Das ich mal wieder ignorieren darf.

Die Tränen brennen mir in den Augen. Ich muss hier raus. Ich muss ein paar Minuten allein sein. Zachary wäre peinlich berührt, wenn ich vor ihm weinen würde. Außerdem würde er es wahrscheinlich Vater erzählen, und er … er darf nicht erfahren, wie sehr mich das aufwühlt. Mir geht es gut. Ich bin vollkommen gefasst. Ich bin glücklich.

Ich bin perfekt.

Als sich eine kleine Unvollkommenheit in Form von Tränen ihren Weg bahnen will, entschuldige ich mich also und gehe zur Toilette. Ich verstecke mich in einer Kabine, damit niemand mich sieht, wie ich mich mit dem Gesicht in den Händen an die Wand lehne und mir die Tränen über die Wangen laufen. Ich erlaube mir nur etwa neunzig Sekunden zu weinen. Sonst bekomme ich fleckige Wangen und rote Augen. Und dann wüsste Zachary, dass ich geweint habe.

Und das darf nicht passieren.

Für solche Notfälle habe ich immer Visine-Augentropfen dabei. Während ich mir die Hände wasche, betrachte ich mich im Spiegel. Ich sehe aus … als hätte ich geweint. Meine Wangen sind leicht fleckig und meine Augen feucht und etwas rot. Ich trockne mir die Hände ab und nehme die Augentropfen aus der Handtasche, um mich um das Problem zu kümmern. Ich bin immer auf alle Eventualitäten vorbereitet. Meine Schwestern finden das zum Schießen. Sie machen sich gern darüber lustig, was ich alles in der Handtasche mit mir herumschleppe.

Ich tropfe mir die Visine-Lösung in die Augen und blinzle, dann tupfe ich mir mit einem Taschentuch die Augen. Meine Haut ist immer noch gerötet, also spritze ich mir kaltes Wasser ins Gesicht und trockne es wieder ab. Dann kaschiere ich die Flecken auf den Wangen mit etwas Fleur Cosmetics Kompaktpuder. Noch ein bisschen Macadamia-Nut-Lipgloss auf die Lippen, und ich sehe wieder präsentabel aus, bereit, der Welt entgegenzutreten. Zachary entgegenzutreten.

Trotz meiner Wut weiß ich, dass ich diese letzten Tage vor seiner Abreise mit ihm auskosten muss, aber ich bekomme Magenschmerzen, wenn ich daran denke, dass er und Vater diese Sache wochenlang vor mir geheim gehalten haben. Er hätte mich darauf vorbereiten können. Stattdessen hat er mich vollkommen überrumpelt.

*Komm drüber hinweg. Sei stark. Du kommst auch ohne ihn zurecht. Es ist nur vorübergehend. Er hat ja nicht Schluss gemacht. Es gibt jede Menge Paare, die eine Fernbeziehung führen.*

Die gibt es. Und wir können das auch. Zachary liebt mich auf seine Weise. Er braucht mich, aber er muss auch an seine Karriere denken. Sonst würde er mir das ewig übelnehmen.

Ich hole tief Luft, nehme meine Chanel-Tasche und trete hinaus auf den dunklen Flur. Doch dann bleibe ich wie angewurzelt stehen, als ich einen Mann vor mir stehen sehe, der ganz offenbar auf mich gewartet hat. Sein Gesicht liegt im Schatten, aber ich erkenne ihn an seiner Statur und seiner Haltung. Selbstsicher, den Kopf auf seine arrogante Art zur Seite geneigt, und dann diese unglaublich breiten Schultern.

Es ist Ryder McKay.

»Sieh mal einer an. Violet Fowler. Wie geht es Ihnen?«, fragt er mit seiner tiefen Stimme, während er groß und beeindruckend und unglaublich gut aussehend aus dem Dunkeln auf mich zukommt.

Ich mache einen Schritt zurück, ich will ihn nicht zu nah an mich heranlassen, aber er kommt mir hinterher. »Mr. McKay«, sage ich höflich. Ich traue mich nicht, ihn beim Vornamen anzusprechen. Das würde implizieren, dass ich ihn kenne, dass wir befreundet sind oder zumindest kollegial miteinander verbunden, und davon kann nicht die Rede sein. Er arbeitet zwar bei Fleur, aber ich rede so gut wie nie mit ihm. Ich brauche nicht mit ihm zu reden, und abgesehen davon ...

Da ist irgendetwas an dieser intensiven Düsterheit, die er ausstrahlt. Er verlangt Aufmerksamkeit, ohne ein Wort zu sagen, und es liegt so etwas wie Bedrohung in der Luft, die mich trotz meines Widerstrebens gefangen nimmt. Diese natürliche Sexualität, die er verkörpert ... macht mir Angst.

*Er* macht mir Angst.

»Ich arbeite doch schon lange genug bei Fleur, dass Sie mich Ryder nennen können, oder?« Eine lange Sekunde hält er inne, und die Luft zwischen uns scheint vor Elektrizität zu knistern, während ich darauf warte, dass er weiterspricht. »Es macht Ihnen doch nichts aus, wenn ich Sie Violet nenne?«

So wie er meinen Namen ausspricht, klingt es beinah wie ein sexuelles Versprechen. Ich mache einen weiteren Schritt zurück und stoße mit dem Hintern gegen die Wand. Er lächelt, denn er weiß, dass ich merke, wie ich in der Falle sitze. »Natürlich nicht«, sage ich, froh, dass meine Stimme nicht zittert. Ich habe keine Ahnung, was ich zu ihm sagen soll, wie ich mich verhalten soll. »Hatten Sie einen schönen Abend?«

Er grinst. »Oh ja, den hatte ich. Danke der Nachfrage. Die Aussicht war fantastisch.« Er lässt den Blick an mir herabwandern. Er betrachtet meine Brüste, meinen Bauch, meine Hüften, die Beine, dann verweilt er kurz bei meinen Füßen, bevor er wieder hochsieht und mir in die Augen blickt. »Das Essen war auch nicht schlecht.«

Ich merke, wie ich rot werde, aber das liegt nicht an den Tränen, die ich noch nicht vergossen habe. Es liegt daran, wie er mich ansieht, als wolle er mich am liebsten verschlingen. Mit der fantastischen Aussicht meint er mich. Als würde er sich irgendwie zu *mir* hingezogen fühlen.

Was ich ihm nicht abnehme. Er versucht doch nur, mich mit seinem alles andere als subtilen Flirten zu ärgern. Es ist ihm gelungen.

»Wie geht es Zachary?«, fragt Ryder, als ich immer noch nicht antworte.

Ich gebe mir selbst einen kleinen Stoß. *Zachary*. Ich darf nicht vergessen, dass mein Freund draußen aufs Auto wartet. Auf *mich* wartet. »Gut«, sage ich und mache einen Schritt von der Wand weg. Aber das bringt mich nur wieder näher zu Ryder, der sich nicht vom Fleck rührt. Ich kann ihn riechen. Sein Parfüm ist genauso dunkel und verführerisch wie er. »Ich muss gehen. Er wartet …«

»Ich habe gehört, er geht nach London.« Der Ausdruck auf Ryders schönem Gesicht ist voller höflichem Mitgefühl, aber in seinen dunklen blauen Augen sehe ich einen Funken Belustigung. Er mag Zachary nicht, und das beruht auf Gegenseitigkeit. Zachary beklagt sich ständig über ihn. Ich wette, Ryder ist begeistert, dass Zachary nach London geht. »Beförderung auf Probe habe ich gehört? Sie müssen ziemlich stolz auf ihn sein.«

Stolz? Das sollte ich wohl sein. Aber mal davon abgesehen – bin ich eigentlich die Letzte, die davon erfahren hat? »W-woher wissen Sie das?« Ich presse die Lippen aufeinander und ärgere mich über mein Stottern. Ich muss gefasst bleiben, besonders diesem Mann gegenüber.

Er ist ein Hai. Ich weiß, dass er die Schwachen ausnutzt und sie verschlingt. Ich habe da Geschichten gehört. Und diese Geschichten sind der Grund dafür, dass Vater so davon angetan ist, dass Ryder McKay für Fleur arbeitet. Vater bewundert Haie. Deswegen liebt er Zachary auch so sehr, obwohl Zachary viel gewiefter in seinem … raubtierhaften Geschäftsgebaren ist.

»Meine Essenspartnerin hat mir die guten Nachrichten überbracht.« Er neigt den Kopf etwas, als er meine Verwirrung bemerkt. »Ich bin mit Pilar hier.«

»Oh.« Pilar. Wie konnte ich das vergessen? Seine Beziehung, seine übliche Zurückhaltung – es ist mir alles ein Rätsel. So gut wie niemand weiß irgendetwas über ihn, aber alle wollen mehr erfahren. Doch im Moment ist er ausgesprochen freundlich zu mir.

»Ja.« Er lächelt ein so strahlendes Lächeln, dass ich kurz ganz geblendet bin.

»Wie geht es Pilar?«, frage ich der Höflichkeit halber, als mir klar wird, dass er auf eine Antwort von mir wartet. Er ist mir immer noch nicht aus dem Weg gegangen, und unauffällig atme ich seinen maskulinen Duft ein. Ich lasse meinen Blick noch einen Moment auf ihm ruhen, während er auf den Boden blickt, als würde er sich über etwas amüsieren, wovon ich nichts weiß. Seine langen, dichten Wimpern werfen Schatten auf seine Wangenknochen, und als er mir schließlich wieder mit seinem intensiven Blick in die Augen sieht, zieht sich mir der Magen zusammen.

»Pilar geht's gut. Ist wie immer zu Späßen aufgelegt.« Das Lächeln, das um seine Mundwinkel spielt, verrät, dass er in ihre Späße eingeweiht ist, und ich eindeutig nicht. »Ich sollte ihr wohl mal hinterher.«

»Wo ist sie denn?«

»Sie wartet draußen aufs Auto. Wir sind zusammen gekommen.« Sein Lächeln wird breiter. »Aber ich wollte noch schnell nach Ihnen sehen.«

Ich runzle die Stirn. »Nach mir sehen?«

Er zuckt mit den unglaublich breiten Schultern, die in feinste italienische Wolle gekleidet sind. »Sie schienen aufgebracht zu sein.«

Wirklich? Heißt das, Zachary ist es auch aufgefallen? Er hat nichts zu mir gesagt. Ich bin offenbar vor seinen Augen an unserem Tisch zusammengebrochen, und er hat nicht ein einziges besorgtes Wort geäußert.

»So wie Sie vom Tisch aufgesprungen sind, hatte ich den Verdacht, dass Zachary Ihnen gerade erst gesagt hat, was los ist.« Ryder kommt noch einen Schritt auf mich zu, legt mir eine große Hand auf den Oberarm und drückt ihn kurz ganz leicht, beinah unschuldig.

Doch meine Reaktion ist alles andere als unschuldig. Seine Berührung bringt mein Blut in Wallung, und zwischen meinen Beinen fängt es an zu pulsieren.

»Uns geht's gut. Wirklich.« Ich mache einen Schritt zur Seite und eile an ihm vorbei den Flur hinunter, sehe zu, mich so weit wie möglich von Ryder zu entfernen, als er hinter mir herruft:

»Und was ist mit *Ihnen*, Violet?«

Ich bleibe stehen und schließe die Augen, kämpfe gegen die Tränen an, die schon wieder drohen, jeden Moment zu fließen. Was ist nur mit mir los? Warum kommen mir wegen einer blöden Bemerkung von Ryder McKay die Tränen? Das ergibt doch keinen Sinn. Meine Reaktion auf diesen Mann ergibt absolut überhaupt keinen Sinn.

»Mit mir ist alles in bester Ordnung.« Ich drehe mich nach ihm um, und er steht in typisch männlicher Pose, breitbeinig, die Hände in den Hosentaschen da und sieht mich an.

»Ja«, sagt er und lässt den Blick wieder über meinen Körper wandern. »Das ist es.« Er sieht aus wie ein Krieger, bereit, den Feind niederzuschlagen, groß und mächtig mit diesem arroganten Lächeln auf den Lippen, seine Augen funkeln im schwachen Licht.

»Vielen Dank für die Nachfrage«, füge ich hinzu und ärgere mich über meine alberne Freundlichkeit. Ich muss hier weg. Er bringt mich vollkommen durcheinander.

»Nichts, zu danken. Sie sind immer so höflich«, murmelt er mit unglaublich weicher, erotischer Stimme. »Ich sehe es nicht gern, wenn eine schöne Frau so aufgebracht ist.«

Bei dem Kompliment bekomme ich ganz weiche Knie. Wann hat Zachary eigentlich zum letzten Mal so etwas zu mir gesagt? Mich schön genannt? Es ist so ein einfaches Wort, aber es hat so viel Macht. »Sie schmeicheln mir«, erwidere ich.

»Es ist die Wahrheit.« Er kommt auf mich zu und tritt wieder ganz nah an mich heran. »Darf ich Sie hinausbegleiten?«

Ryder hält mir den Arm hin, und mir bleibt nichts anderes übrig, als das Angebot anzunehmen. Wie er gesagt hat, ich bin immer und vor allen Dingen höflich. Also hake ich mich bei ihm unter, und er führt mich durchs Restaurant zum Ausgang. Ich versuche, die Schmetterlinge in meinem Bauch zu ignorieren. Versuche, die Hitze zu ignorieren, die von ihm ausgeht und mich einlädt, mich enger an ihn zu kuscheln.

Ich muss grinsen und kann gerade so eben noch ein Lachen unterdrücken. *Kuscheln* ist nicht unbedingt ein Wort, das mir im Zusammenhang mit Ryder einfallen würde. Ich bin mir sicher, dass keine einzige Frau jemals auch nur mit ihm *kuscheln* wollte. Er wirkt viel zu bedrohlich.

»Sie schmunzeln«, sagt er mit dem Mund ganz nah an meinem Ohr. Ein Schauder durchfährt mich, als ich seinen warmen Atem auf der Haut spüre. »Finden Sie mich so amüsant?«

Der Mann bemerkt aber auch alles. Das irritiert mich ganz schön. »Ich habe nur einen Bekannten angelächelt«, entgegne ich.

»Hmm«, ertönt ein tiefes Brummen aus seiner Brust. Er klingt, als wäre er überzeugt, absolut Bescheid zu wissen. Als hätte er mich beim Lügen ertappt.

Was ja auch stimmt.

Ryder hält mir die Tür auf, und ich trete hinaus in die bitterkalte Abendluft. Zachary steht neben seinem Auto, und direkt vor ihm Pilar mit der Hand auf seiner Brust. Die beiden lachen über irgendetwas.

Das Blut gefriert mir in den Adern, und wieder bleibe ich wie angewurzelt stehen. Ryder an meiner Seite steht auch ganz still und sagt wie ich kein Wort. Ich umklammere seinen steinharten Bizeps, und als ich auf seinen Arm sehe, bin ich für einen Moment abgelenkt. Der Mann muss wie besessen trainieren, dass er solche Oberarme hat.

Wie sich seine Haut wohl anfühlt? Nackt und glatt und heiß …

»Violet!« Als Zachary mich neben Ryder erblickt, kommt er mit funkelnden Augen auf mich zu. »Da bist du ja. Ich dachte schon, du wärst ins Klo gefallen.«

Ich verziehe das Gesicht. Was für eine krasse Bemerkung. Ich kann es nicht fassen, dass er das auch noch vor Pilar und Ryder gesagt hat. Er redet sonst nie so. »Es ist alles gut.« Ich lächle und hebe das Kinn. »Ich bin auf dem Weg nach draußen Ryder begegnet, und wir haben uns unterhalten.«

Ich sehe, wie die Wut in ihm hochkocht. *Gut.* Ich bin auch nicht gerade begeistert, dass Pilar ihn eben noch betatscht hat. Sie steht neben ihm, die dunkelroten Lippen zu einem Lächeln verzogen, und sieht aus, als wäre sie verdammt zufrieden mit sich selbst. »Ich wusste gar nicht, dass ihr zwei so eng miteinander seid«, sagt Zachary in scharfem Tonfall, während er mich prüfend anblickt.

»Jemand muss sich ja um sie kümmern, wenn Sie weg sind, finden Sie nicht, Lawrence?«, lacht Ryder in sich hinein.

Schockiert lasse ich seinen Arm los. Die Wut in Zacharys Blick flammt noch mehr auf, und ich eile zu ihm, schlinge ihm den Arm um die Taille und drücke ihn. »Ignorier ihn«, flüstere ich und lege ihm eine Hand auf die Wange, weil er Ryder immer noch anstarrt, als würde er ihn am liebsten umbringen. »Bitte.«

Zachary holt tief Luft, seine Brust hebt sich, sein Gesichtsausdruck ist zerknirscht. »Du hast recht. Entschuldige.« Er blickt Ryder und Pilar noch einmal an. »Wir sehen uns morgen?«

Pilar murmelt etwas zum Abschied, aber Ryder sagt nichts. Zachary öffnet mir die Autotür, und ich rutsche hinein und er kommt hinterher. Als er die Tür zuzieht, höre ich noch Ryders Stimme, die sich klar über den Lärm der Stadt abhebt.

»Bis morgen, Violet.«

Zachary lässt er unerwähnt. Als wäre er nur auf mich konzentriert.

Ryder ist eindeutig die letzte Person, die ich morgen sehen will.

»Erzähl.« Ich halte den Blick fest auf den Bildschirm gerichtet, damit meine Schwester nichts merkt. Ich bin auf Informationsjagd, und ich will nicht, dass irgendjemand Verdacht schöpft. »Was weißt du über Ryder McKay?«

Rose lacht. »Dass er verdammt sexy ist.«

Ich drehe so schnell den Kopf nach ihr um, dass ich mir garantiert den Hals ausgerenkt habe. Ich reibe mir den Nacken. »Was soll das heißen? Bist du in ihn verknallt?«

Rose lacht nur noch mehr, das kleine Biest. »Welche Frau, die hier arbeitet, ist das nicht? Nicht, dass er irgendeiner Beachtung schenken würde. Er ist ja viel zu sehr auf seine Arbeit konzentriert. Und auf Pilar Vasquez.« Sie verzieht das Gesicht. »*Das* ist mal eine Beziehung, die ich absolut nicht verstehe.«

»Da hast du wohl recht.« Ich bekomme ihn einfach nicht mehr aus dem Kopf. Gestern Abend habe ich noch ewig wachgelegen und mir Gedanken gemacht. Warum war er so nett zu mir? Was hat er mit der Bemerkung gegenüber Zachary gemeint? Und warum hatte Pilar ihre Hände auf Zacharys Brust?

Was für ein seltsamer Abend. Ich muss ständig darüber nachdenken und alles auseinandernehmen. Doch wenn ich versuche, die Teile wieder zusammenzufügen, passen sie nicht mehr.

»Ich habe gehört, er ist sehr ambitioniert«, unterbricht Rose meine Gedanken. »Er ist entschlossen, groß Karriere bei Fleur zu machen, was garantiert Daddys Beifall finden wird.«

»Eindeutig. Ihm gefällt, wie Ryder vorgeht. Vater hat ihn mir gegenüber schon mehrfach lobend erwähnt.« Nur Rose kommt damit davon, unseren Vater Daddy zu nennen. Ich glaube, ich habe ihn noch nie so genannt. Für mich ist er Vater. Noch nicht einmal Dad.

Unsere Beziehung war schon immer eher formell.

»Eigentlich erstaunlich, dass er noch nicht versucht

hat, mich mit ihm zu verkuppeln«, fährt Rose fort und blickt aus dem Fenster. »So wie er dich mit Zachary verkuppelt hat.«

»Er hat uns nicht verkuppelt«, erwidere ich, verärgert darüber, dass sie so etwas sagen kann. Sie weiß doch, wie unsere Beziehung angefangen hat. »Ich bin Zachary hinterhergelaufen.« Ich hatte einen Blick auf ihn geworfen und wusste, dass er perfekt sein würde. Vater hat unsere Beziehung unterstützt, das will ich gar nicht abstreiten, aber sie wurde nicht arrangiert.

»Wie du meinst.« Rose zuckt die Achseln und sieht mich an. Sie ist die Scharfsinnige. Die mit Köpfchen. An meiner kleinen Schwester geht nicht viel vorbei. »Warum fragst du überhaupt nach Ryder?«

Mein Gehirn setzt kurz aus, als ich versuche so zu tun, als wäre nichts, obwohl sehr wohl etwas ist. Ein sehr großes Etwas, über das ich stolperte, als ich heute Morgen mit meiner Assistentin meinen Terminkalender durchging. »Ich habe da ein neues Projekt, und mir ist gerade erst aufgegangen, dass ich deswegen die nächsten Monate in ständigem Kontakt mit ihm sein werde. Ich will wissen, mit wem ich es zu tun haben werde.« Was nicht unbedingt gelogen ist. Ich war heute Morgen in einer Besprechung, wo es um die neue Produktlinie ging, die wir unter meinem Namen herausbringen werden. Und inzwischen sind wir an dem Punkt angelangt, wo die Designabteilung involviert werden muss, und Ryder ist der Leiter der Abteilung für Verpackungsgestaltung.

»Wegen der Verpackungsgestaltung?« Ah, Rose, die Gedankenleserin. »Ich habe gehört, er ist in jeder Position gut. Du hast dich noch nicht mit ihm getroffen?«

»Ich habe für heute Nachmittag einen Termin mit ihm ausgemacht.« Das Timing ist ein bisschen seltsam. Es fühlt sich beinah … geplant an. Ich weiß nicht, wie, aber irgendwie fügt sich alles gerade ganz gut.

Unsere merkwürdige Begegnung von gestern Abend erwähne ich nicht. Ich will es nicht. Zachary war die ganze Fahrt zu meiner Wohnung über sauer und hat schweigend neben mir gesessen und gegrübelt. Worüber, habe ich keine Ahnung. Als wir bei mir angekommen sind, hat er mir nur einen flüchtigen Kuss auf die Wange gegeben, bevor ich ausgestiegen bin, und noch nicht einmal gesagt, dass er mich liebt.

Manchmal frage ich mich wirklich, ob er es überhaupt tut. Aber dann sage ich mir, dass ich bloß zu unsicher bin, und schiebe den Gedanken wieder beiseite. Darin bin ich gut.

Ziemlich gut.

»Ich habe schon ein paarmal mit Ryder gesprochen, aber über nichts Großes. Er ist ein ganz schöner Charmeur. Und, wie gesagt, Daddy scheint recht angetan von ihm zu sein.« Rose verdreht die Augen. Sie ist in letzter Zeit nicht gut auf Vater zu sprechen, genauso wenig wie Lily. Unsere ältere Schwester darf nicht mehr bei Fleur arbeiten. Vater hat sie rausgeworfen, weil er es leid war, dass sie den Familiennamen beschmutzte und die Marke Fleur mit ihren ständigen Mätzchen und ihren Partys abwertete.

Das waren seine Worte.

»Das heißt, nur weil Vater von ihm angetan ist, bist du es nicht?«, frage ich.

»Wenn er auch nur annähernd so ist wie Daddy, dann ganz bestimmt nicht. Egal, wie nett er zu mir ist.« Rose lächelt, und ihre goldenen Augen funkeln. Sie sieht aus wie ein Engel, aber dem entgegen steht das teuflische Glitzern in ihren Augen. Mit ihrem herzförmigen Gesicht und den langen goldbraunen Haaren sieht sie einfach umwerfend aus. Sie ist erst einundzwanzig, aber unglaublich selbstsicher. Sie arbeitet als Beraterin bei Fleur, genau wie ich. Eine ziemlich hohe Position, die wir alle drei als Töchter von Forrest Fowler angeboten bekommen hatten.

Rose und ich haben sie uns mit den vielen Stunden, die wir schon seit Jahren hier arbeiten, allerdings verdient. Ich hatte vielleicht einen kleinen Rückschlag durch meinen Nervenzusammenbruch, aber seit ich wieder da bin, habe ich mich regelrecht in die Arbeit gestürzt, um mich zu beweisen. Ich *musste* mich beweisen.

Seitdem bin ich bestrebt, diesen Job richtig auszufüllen und mich um mein Erbe zu kümmern.

»Ich werde Grandma mal fragen«, sage ich. Da vibriert mein Handy. Ich hoffe, dass es Zachary ist. Aber es ist eine Nachricht von Lily, die fragt, ob ich sie heute Abend anrufen kann. Mein Magen zieht sich zusammen, als ich ein Ja zurückschicke.

Meine Schwester ist ... gestört. Und ich weiß nicht, wie ich ihr helfen soll. Keiner von uns weiß es.

»Oh, wenn Dahlia ihn kennengelernt hat, wird sie auf jeden Fall eine Meinung über ihn haben.« Rose steht grinsend auf. Sie ist vor einer Weile schon in mein Büro gekommen, um bloß ein wenig mit mir zu plaudern, was zu einem zwanzigminütigen Gespräch über Zacharys Fortgang wurde. Rose hält auch nicht viel von meinem Freund.

Überhaupt hält Rose von vielem nicht viel.

»Ich werde nach dem Termin mit ihr reden.« Ich will mir erst eine eigene Meinung von Ryders Arbeit und seinen Fähigkeiten bilden. Ich weiß bereits, was für einen Eindruck er auf persönlicher Ebene auf mich macht, und die höflichste Art, es auszudrücken, ist, dass ich mich in seiner Gegenwart ziemlich ... unwohl fühle.

Und wenn das bei der Arbeit auch so ist? Dann haben wir ein Problem.

»Er wird bestimmt geniale Ideen für deine Linie haben. Vielleicht solltest du ihm die Leitung des Projekts übergeben«, sagt Rose.

»Wir wollen mal nichts überstürzen. Erst einmal muss er sich beweisen«, murmele ich und blicke auf meinen Terminkalender auf dem Bildschirm. Allein beim Gedanken an den Termin wird mir ganz anders. Dass ich ihm nach gestern Abend wieder gegenübertreten muss, bereitet mir Sorgen. Ich muss mein bestes Pokerface aufsetzen, damit er nicht merkt, wie sehr er mich aus dem Konzept bringt.

Ich kann es nicht zulassen, dass er die Oberhand gewinnt.

»Ich zweifle nicht eine Sekunde daran, dass er sich beweisen wird. Wie gesagt, er ist ziemlich gut in dem, was er tut«, sagt Rose.

*Bah.* So wie sie das sagt, klingt es beinah ... unanständig. Natürlich kann das auch an meiner lebhaften Fantasie liegen, die allem, was mit Ryder zu tun hat, eine sexuelle Bedeutung verleiht.

Ganz schön ungerecht von mir.

»Hmm. Ich werde es herausfinden.« Ich tippe mit

dem Finger gegen das Display von meinem Handy, als plötzlich eine Nachricht von Zachary eingeht.
**Ich hole dich zum Mittagessen ab.**
Stirnrunzelnd greife ich nach dem Handy und tippe schnell eine Antwort. Ich kann es nicht leiden, wenn er mich so überhaupt nicht fragt. Er denkt immer, ich sitze die ganze Zeit nur herum und warte auf ihn.
**Sorry, hab schon was vor.**
Noch eine Lüge. Doch ich esse lieber was am Schreibtisch und bereite mein Treffen mit Ryder vor, als Zachary beim Essen zuzusehen und mir Gedanken darüber zu machen, was er von mir denken könnte.

»Ich muss los. Ich habe in einer Viertelstunde eine Besprechung.« Ich blicke auf, und Rose lächelt mich an. »Erzähl mir nachher, wie dein Termin mit Ryder war.«

»Du solltest dabei sein«, sage ich abgelenkt, während ich wieder auf mein Handy blicke und nervös auf eine Antwort von Zachary warte. Er mag es nicht, wenn ich ihn abweise.

»Wenn du willst, bin ich sofort dabei. Sag mir nur, wann.«

»Um zwei? Kannst du da?«, frage ich.

»Klar.« Sie nickt. »Bis dann.«

»Bis dann«, antworte ich, als Rose den Raum verlässt, aber ich sehe ihr nicht hinterher. Ich bin zu sehr von Zacharys Antwort abgelenkt.
**Heute Abend kann ich nicht. Da habe ich etwas vor.**
Ist das seine Art, es mir heimzuzahlen? Er hat das schon mal gemacht, als wir uns wegen irgendetwas gestritten hatten. Fast, als wollte er mich damit bestrafen, mir seine Gesellschaft vorzuenthalten. Als müsste

ich zusammenbrechen, weil ich ohne Zachary nichts mit mir anzufangen wüsste.

Was gar nicht so weit von der Wahrheit entfernt ist.

Meine Finger verharren einige qualvolle Sekunden lang über der Tastatur, bis ich schließlich antworte.

**Dann vielleicht ein andermal.**

Ich schließe die Augen und lasse das Handy klappernd auf die Tischplatte fallen. Ich will keine Spielchen spielen. Ich will Zachary auch nicht ausweichen, aber irgendetwas stimmt zwischen uns nicht. Ich dachte eigentlich, ich hätte sehr verständnisvoll auf seine Neuigkeiten reagiert, aber vielleicht denkt er doch, ich wäre sauer. Was ich bin, aber das würde ich ihm niemals verraten. Ich kann gut genug schauspielern, dass ich immer mit allem durchkomme.

Aber vielleicht hat er durch die Risse in meiner Fassade gesehen. Vielleicht hätte ich nicht behaupten dürfen, dass ich schon etwas anderes vorhabe. Ich hasse es zu lügen. Lügen bringen nur Probleme mit sich.

Er antwortet sofort.

**Morgen zum Abendessen?**

Ich kaue auf der Unterlippe und wünschte, ich könnte einfach Ja sagen und weiterarbeiten, wie sonst auch. Stattdessen denke ich über jede Kleinigkeit nach. Nehme sein und mein Verhalten genau unter die Lupe und frage mich, warum ich die ganze Zeit daran denken muss, dass Ryder McKay mich schön genannt hat und ich ganz weiche Knie bekommen habe, als er mir dieses umwerfende Lächeln geschenkt hat.

Wenn ich nur daran denke, wird mir *immer noch* ganz anders.

Ich schiebe alle Gedanken an Ryder beiseite und antworte Zachary.

**Abendessen klingt perfekt.**

# KAPITEL 4

## Ryder

Das wird so unglaublich einfach.

Ich konnte mein Glück nicht fassen, als ich ins Büro kam und in meinen Terminkalender guckte. Da stand schwarz auf weiß ein Termin mit Violet für heute um zwei.

Nach mehr als zwei Jahren bei Fleur, in denen ich ihr kaum begegnet bin, nehme ich mir vor, sie rumzukriegen, und innerhalb von noch nicht mal vierundzwanzig Stunden habe ich einen Termin mit ihr. Ich werde mit ihr zusammenarbeiten – an *ihrem* Projekt.

Sie läuft direkt in meine Falle, kaum dass Pilar und ich unseren Plan ausgeheckt haben.

Ich verlasse mein Büro, und auf dem Weg zum Fahrstuhl nicke ich den anderen Leuten auf dem Gang zu und versuche, mein Gähnen zu unterdrücken. Ich habe schon drei Tassen Kaffee getrunken, und ich bin immer noch müde. Verdammt, Pilar hat es gleich als Erstes heute Morgen kommentiert, als sie die Ringe unter meinen Augen gesehen hat. Ein Kollege hat vorgeschlagen, dass ich die neue kühlende Augenmaske von Fleur ausprobieren sollte, und als Nächstes lag ich mit einer Gelmaske auf den Augen auf der Couch in meinem Büro und kam mir vor wie ein Idiot. Aber es hat geholfen.

Ah, die Vorteile, in einer Kosmetikfirma zu arbeiten. Wenn die Kids, mit denen ich damals auf der Straße gelebt habe, mich heute sehen könnten, würden sie mir wahrscheinlich einen Tritt in den Hintern verpassen. Manchmal würde ich mir selbst gern einen Tritt in den Hintern verpassen.

Trotz der Maske und dem vielen Kaffee bin ich immer noch müde. Ich konnte letzte Nacht nicht schlafen. Pilar wollte, dass ich noch mit zu ihr komme, aber ich habe abgelehnt. Sie ist das Letzte, was ich jetzt gebrauchen kann. Sie hätte mich nur nach den Details von meinem Gespräch mit Violet ausgequetscht und hätte hinterher verlangt, dass ich mit ihr schlafe.

Aber das ist ein verdammtes Nein. Nicht, wenn ich in Gedanken so mit Violet beschäftigt bin.

Ich habe mich von Pilar nach Hause fahren lassen, habe geduscht und bin nackt ins Bett gekrochen, meine Haut noch feucht, meine Gedanken heiß. Ich habe die Augen geschlossen und mir vorgestellt, Violet wäre bei mir. Ich habe mir vorgestellt, meine Lippen auf ihre weiche, duftende Haut zu drücken, sie zu kosten. Sie zu küssen. Sie zu verschlingen. Sie überall zu streicheln, auch zwischen den Beinen, wo sie ganz heiß und feucht ist, nur für mich. Für mich allein.

So an sie zu denken hat mich ganz schön erregt. Ich habe mir zu Bildern von Violet im Kopf einen runtergeholt. Habe mir vorgestellt, wie sie nackt vor mir kniet, ihre perfekten rosa Lippen um meinen Schwanz, meine Hand in ihren Haaren ...

*Verdammt.* Ich bekomme schon wieder einen Steifen, wenn ich nur daran denke.

»Wo geht es denn hin?«

Ich drücke den Knopf, um den Fahrstuhl zu rufen, und als ich mich umdrehe, steht Pilar vor mir, die Hände in die Hüften gestützt, und sieht mich misstrauisch an. »Ich habe oben einen Termin.«

Sie hebt eine ihrer Augenbrauen. »Mit wem?«

Soll ich es ihr sagen? Sie wird es eh herausfinden, warum sollte ich mir also die Mühe machen, es zu verheimlichen? Die Jagdsaison ist eröffnet, und sie hat geladen und entsichert. Genau wie ich. »Mit meiner Abteilung.« Ich mache eine Pause. »Und Violet.«

Sie grinst triumphierend. »So, so, du schlimmer Junge. Du fackelst ja nicht lange.«

»Ich habe eben von den Besten gelernt.« Ich zucke die Achseln und lasse unerwähnt, dass es sich dabei um einen offiziellen Termin handelt. Lachend macht sie einen Schritt auf mich zu.

»Erzählst du mir nachher die schmutzigen Details?«, schnurrt sie und fährt mir mit ihrem perfekt maniküren Fingernagel über die Schulter. »Du siehst zum Anbeißen aus in dem Anzug. Steht dir gut. Was ist das, Prada?«

»Gucci.« Die Fahrstuhltüren gehen auf, und ich trete hinein. »Ich schicke dir hinterher eine SMS.«

»Oh, ja. Mach das«, ruft sie, als ich den Knopf für die zwanzigste Etage drücke. Violets Etage. »Ich will alle Einzelheiten wissen, mein Schatz. Alle.«

Ich drehe mich zu Pilar um und sehe sie mit ausdruckslosem Gesicht an, während die Türen sich rauschend schließen. Sie wird es verstehen. Sie weiß, dass es mein Pokerface ist. Mein Jagdgesicht. Dass ich mich mental schon auf meinen Termin vorbereite, auf die Löwenhöhle, in die ich mich gleich begebe.

Aber Violet Fowler ist kein Löwe. Ich bezweifle, dass es in diesem ersten Termin hart zur Sache gehen wird. Erst einmal wird es nur um Ideen und ein Konzept gehen. Violet ist außerdem eher ein süßes, kleines Katzenjunges. Ein flauschiges Fellknäuel, das hoffentlich mit mir spielen will und schließlich um meine Aufmerksamkeit betteln wird. Das sich putzen und mir um die Beine schleichen wird, in der Hoffnung, mehr von dem zu bekommen, was nur ich ihr geben kann.

Bald. Ich darf nur nichts überstürzen. Erst muss ich ihr Vertrauen gewinnen. Und Pilar muss Lawrence rumkriegen. Das wird nicht leicht, besonders, da wir nur noch so wenig Zeit haben.

Aber das macht es umso interessanter. Ich liebe Herausforderungen, vor allem, wenn die Belohnung so verlockend ist.

Als ich im zwanzigsten Stock ankomme, begebe ich mich in Richtung des Konferenzraums, wo unser Termin stattfinden wird. Ich bin zehn Minuten zu früh dran, wie immer, dadurch habe ich genug Zeit, die in der Luft liegende Macht einzusaugen. Auf der Etage der Geschäftsleitung ist alles sehr ruhig und gedämpft, es herrscht eine elegante, kultivierte Atmosphäre – ganz anders als die betriebsame Energie bei uns unten. Ich kann das viele Geld fast riechen, als ich an den Büros mit maßgefertigten Schreibtischen, die bestimmt zwanzigtausend Dollar gekostet haben, vorbeikomme. Von hier oben hat man eine Aussicht über die Stadt, von der die meisten Manager nur träumen können.

Das ist es, was ich eines Tages erreichen will. Geld.

Macht. Die Gewissheit, dass mich nichts erschüttern kann. Und ich will es mir selbst verdienen und nicht auf Pilars Erfolgswelle auf dem Weg zu einer Führungsposition bei Fleur oder vielleicht einer anderen Kosmetikfirma mitschwimmen. Und da ich bereits Abteilungsleiter bin, könnte ich mit der Erfahrung, die ich in dieser Position schon gemacht habe, praktisch überall hingehen.

Doch je mehr ich darüber nachdenke, desto mehr wird mir bewusst, dass ich gar nicht irgendwo anders hinwill. Ich will bei Fleur bleiben. Ich bin verdammt gut in dem, was ich tue, was mich manchmal selbst überrascht. Wer hätte gedacht, dass ein Verlierer von der Straße wie ich sich so machen könnte und ausgerechnet gut darin ist, Kosmetikartikel zu verkaufen? Ich jedenfalls nicht.

Was ich eigentlich will, ist der Job, den man erst einmal Lawrence angeboten hat. Ich will verdammt noch mal hier raus, weg von Pilar und allem anderen. Ein Neuanfang wäre ein Traum.

Ein Traum, den ich entschlossen bin, wahr werden zu lassen.

Mit langsamen Schritten gehe ich den Flur entlang und bewundere jedes Büro, an dem ich vorbeikomme. Der Konferenzraum ist am Ende des Flurs, und Violets Büro ist kurz davor. Die letzte Tür auf der linken Seite, und die steht gerade offen. Am Anfang der Glaswand, die ihr Büro zum größten Teil von außen einsehbar macht, bleibe ich stehen, und als ich einen Blick um die Ecke werfe, sitzt sie mit einem verträumtem Ausdruck auf dem hübschen Gesicht vorm Rechner und streicht sich gedankenverloren mit den Fingern über den Hals. Ihr Zeigefinger fährt wieder hoch und spielt mit ihrem Diamantohrstecker, und mit einem Mal ist mein Schwanz so hart wie der Stein, den sie berührt. Einfach so. Das ist das Letzte, was ich jetzt gebrauchen kann, zum Termin mit einer Zeltstange in der Hose zu erscheinen.

*Fuck.*

Ich hole tief Luft und versuche mich wieder unter Kontrolle zu bekommen. Ich habe nichts weiter gemacht, als zuzusehen, wie sie an ihrem blöden Ohrring herumspielt. Tolle Nummer. Da habe ich echt schon anderes gesehen. Ich habe jede Menge schmutziger Sachen direkt vor meinen Augen passieren sehen, während ich mich zu Tode gelangweilt habe. Ich lebe schon viel zu lange, habe schon viel zu viel gesehen, als dass in mir auch nur das kleinste bisschen Unschuld übrig sein könnte.

Mein Innerstes ist hart wie Stein. Hart wie der verdammte Diamant, den Violet berührt. Hart und schwarz und hässlich, und so krank, wie ich bin, habe ich meine wahre Freude daran. An der Düsternis. Pilar hat mir schon mehr als einmal gesagt, dass ich ihr manchmal Angst mache.

*Gut.* Sie *sollte* auch besser Angst vor mir haben. Bei der Arbeit bin ich vielleicht ganz der charmante Businessman, aber in meiner Freizeit kann ich entspannen. Kann ich eher ich selbst sein. Hinter den teuren Anzügen und der Luxusuhr steckt ein Mann, der genauso gut Gewohnheitsverbrecher hätte werden können, der kaum, dass er aus dem Knast entlassen ist, schon wieder darin landet. Und ich war bereits im Knast. Mehr als einmal.

Aber da fiel ich noch unters Jugendstrafrecht. *Gott sei Dank.*

Wenn Violet von meiner Vergangenheit wüsste, würde sie wahrscheinlich austicken. Sie ist so dermaßen unsicher. Irgendetwas ist mit ihr passiert, etwas, worüber niemand richtig spricht und das sie vollkommen aus der Spur geworfen hat. Ihr Daddy hat sie in der teuersten Klinik unterbringen lassen, die es überhaupt gibt. Ein paar Monate später ist sie erholt und mit Medikamenten vollgepumpt wiedergekommen und hat alle Angestellten bei Fleur vor Neid fast platzen lassen. Angeblich wird sie von allen gehasst.

Jedenfalls ist das die Geschichte, die Pilar mir gestern Abend auf der Fahrt nach Hause erzählt hat.

Ich spüre meinen Herzschlag, als ich an Violets Glaswand entlangspaziere und in der offenen Tür kurz stehen bleibe. Ich klopfe an und gehe hinein, ohne auf ihre Antwort zu warten. Vor ihrem Schreibtisch bleibe ich stehen.

Und bekomme fast einen Herzinfarkt.

*Himmel, was hat sie da an?* Sie trägt ein elegantes schwarzes Kleid, das ihre Brüste betont und ihre schlanken Arme zeigt. Die langen dunklen Haare hat sie hochgesteckt, sodass ihr Nacken freiliegt und nur ein paar gelockte Strähnchen ihre Haut berühren. Der Look ist schlicht, aber effektiv.

Im Sinne von, dass mir schon ein einziger Blick genügt und ich sofort mehr will. Mehr Haut, mehr Violet, mehr von allem.

»Ryder.« Überrascht reißt sie die großen braunen Augen auf. »W-was machen Sie denn hier?«

»Wir haben einen Termin. In …« Ich blicke auf

meine Rolex, dann schaue ich sie wieder an. »Fünf Minuten. Ganz vergessen?« Ich rühre mich nicht vom Fleck, während ich den Blick zum Ausschnitt ihres Kleides wandern lasse. Er steht vorn leicht ab, sodass ich etwas von ihrem Dekolleté und dem weißen Spitzen-BH sehen kann, der ihre vollen, verführerischen Brüste bedeckt.

Ich breche in Schweiß aus.

Sie öffnet leicht die von Lipgloss glänzenden pfirsichfarbenen Lippen und starrt mich an. Verdammt, wenn ich es mir nachher mache, werde ich mir vorstellen, dass mein Schwanz von diesem Lipgloss glänzt – ich stelle es mir jetzt schon vor. Sie schüttelt schnell den Kopf, wie um wieder zu sich zu kommen. *Interessant.* »Natürlich nicht. Ich wollte gerade los zum Konferenzraum.«

»Ich auch. Ich komme mit Ihnen.« Ich frage sie gar nicht erst, ob es ihr recht ist, denn ich will ihr keine Gelegenheit bieten, mich zurückzuweisen.

»Ich warte nur noch auf meine Schwester. Sie wollte auch am Termin teilnehmen.« Violet kaut auf ihrer Unterlippe, versenkt die Zähne in das pfirsichfarbene Fleisch. Wer hätte gedacht, dass so ein unschuldiges Äußeres so erotisch sein könnte?

»Es macht mir nichts aus, auf Rose zu warten.« Ich habe schon öfter mit ihr geredet. Sie ist freundlicher als Violet, viel offener. »Wenn es Ihnen nichts ausmacht.«

Violet legt den Kopf in den Nacken und sieht zu mir hoch. Da wird mir bewusst, in was für einer Machtposition ich mich ihr gegenüber gerade befinde. Sie sitzt; sie ist diejenige hinter dem Zwanzigtausend-

Dollar-Schreibtisch. Karrieremäßig ist sie daher diejenige mit der Macht über mich.

Aber so, wie ich gerade vor ihr stehe, bin ich alles, was sie sehen, alles, was sie hören kann. Und das gefällt mir sehr.

»Nein. Es macht mir nichts aus.« Sie sucht ihre Sachen zusammen, nimmt einen Notizblock und einen Stift und legt ihr Handy oben drauf, sodass es einen ordentlichen Stapel ergibt. Ihr ganzes Büro ist ordentlich und aufgeräumt, nichts liegt irgendwo herum, und ich wette, bei ihr zu Hause sieht es genauso aus.

Diese Frau braucht ganz offensichtlich mal etwas Unordnung, damit sie ein bisschen was Schmutziges tun kann. Sie muss dringend mal ein bisschen Spaß haben. Ich habe den Eindruck, sie ist viel zu ordentlich.

Was unendlich langweilig klingt.

»Sie muss jede Sekunde hier sein«, sagt Violet, als würde sie die Stille nicht ertragen.

Als ich sie so beobachte, ihr Zögern wahrnehme, das Unbehagen fühle, das sie ausstrahlt, bin ich noch überzeugter, dass mein Plan aufgehen wird. Sie ist so verletzlich, so unsicher, ein leichtes Opfer. Und sie ist schön, wunderschön, und ihr Duft macht mich wahnsinnig.

Ich würde ihren Duft gern inhalieren wie eine Droge. Ich höre, wie sie auf dem Stuhl herumrutscht, sehe, wie sie sich über die ohnehin schon glänzende Oberlippe leckt, und schon wieder bekomme ich einen Steifen. Was würde sie wohl machen, wenn ich sie von ihrem Stuhl hochziehen und sie hier auf ihrem Tisch vögeln würde? Wo jeder, der an ihrem Büro vorbeigeht, uns sehen könnte, aber wir wären zu sehr von Lust überwältigt, als dass es uns stören würde ...

*Verdammt.* Ich reiße den Blick von ihr los und reibe mir den Nacken. Sie ist echt verführerisch. Ich war schon lange nicht mehr so fasziniert von einer Frau. Doch sie fühlt sich unwohl mit mir. Das habe ich gestern Abend schon gespürt, und ich spüre es auch jetzt. Ich muss versuchen, ihr ihre Befangenheit zu nehmen, aber ...

Entweder kann ich dieses Unwohlsein zu meinem Vorteil nutzen, oder ich kann es ganz offen ansprechen und gucken, wie sie reagiert.

Ich blicke sie wieder an, beobachte jede ihrer Bewegungen, wie sie unruhig herumzappelt und sich eine lose Haarsträhne hinters Ohr streicht. Wie gern wäre ich jetzt an Stelle ihrer Finger. Ich würde sie so gern berühren, würde so gern herausfinden, wie weich ihre Haut in Wirklichkeit ist. »Sie hätten gern, dass ich gehe, oder?«, frage ich, denn das wäre einfach nur logisch.

Sie sieht mich kurz an. Sie wirkt, als hätte ich sie ertappt. »Ganz und gar nicht.«

»Weil ich Sie nervös mache.« Ich halte kurz inne, warte, ob sie etwas sagt. »Ich will nicht, dass Sie sich meinetwegen unwohl fühlen, Violet«, lüge ich.

Es gefällt mir, dass ich so eine Wirkung auf sie habe. Es macht mich an.

Da sehe ich ein neues Gefühl in ihrem Blick. Belustigung. »Ich bin kein empfindliches Pflänzchen, das verhätschelt werden muss, Ryder.« Verärgert seufzend blickt sie auf ihr Handy. Dann steht sie auf, nimmt ihre Sachen und presst sie sich an die Brust.

»Wir haben keine Zeit, länger auf Rose zu warten. Gehen wir.«

*Hey, hey*. Eine Demonstration von Charakterstärke. Das gefällt mir.

Ich folge ihr den kurzen Weg zum Konferenzraum. Auf den letzten Metern überhole ich sie, um ihr die Tür aufzuhalten, und sie geht, ihren Dank murmelnd, hindurch. Ich werfe noch einen Blick auf ihren Hintern, bewundere, wie er sich unter dem Stoff ihres Kleides bewegt. Die schlichten schwarzen High Heels, die sie trägt, sind wirklich alles andere als einfach, wenn man bedenkt, dass sie eine rote Sohle haben.

Christian Louboutins. Ich erkenne die Schuhe, weil Pilar immer sagt, sie fühlt sich unglaublich sexy, wenn sie sie trägt, und deswegen trägt sie die Schuhe praktisch die ganze Zeit. Der Mann designt Schuhe, damit Frauen sich sexy fühlen und Männer wollen, dass ihre Frauen beim Sex nichts anderes als Louboutins tragen.

»Sind das alle aus Ihrem Team? Können wir anfangen?« Sie nickt den zwei Männern und zwei Frauen, die am Tisch auf uns warten, kurz zu, bevor sie sich voller Entschlossenheit mir zuwendet. »Ja.« Ich bin beeindruckt.

»Gut.« Sie schreitet zur Stirnseite des Tischs, zieht einen Stuhl hervor und setzt sich höflich lächelnd hin. »Sagen Sie, wenn es losgehen kann, Mr. McKay.«

Dann sind wir also wieder beim Nachnamen? Da kennt sie mich aber schlecht. »Ich bin schon sehr gespannt, mehr von Ihrem neuen Projekt zu hören, Violet.« Ich setze mich ihr gegenüber ans andere Ende des Tischs und bin froh, dass wir nicht in einem der größeren Konferenzräume sind. Sonst müssten wir einander anbrüllen.

Ich sehe ihre Augen aufblitzen, als ich ihren Vornamen benutze, aber abgesehen davon zeigt sie keine Reaktion. »Wie Sie wissen, entwickle ich gerade meine eigene Kosmetiklinie. Sie soll so ähnlich werden wie die meiner Großmutter, als sie mit Fleur angefangen hat.«

»Ja. Darüber sind wir informiert. Ich hoffe, es ist nicht schlimm, dass wir noch keine Vorschläge mitgebracht haben.« Ich blicke zu meinen Teammitgliedern. »Wir wollten erst einmal hören, was Sie sich vorstellen. Und da ist es besser, ganz unvoreingenommen an die Sache heranzugehen, nicht wahr?«

»Absolut.« Sie nickt und wirkt ganz zufrieden. »Es wird eine kleine Linie, die nur in den nobelsten Geschäften und nur in limitierter Stückzahl verkauft werden wird. Wir werden nur Pigmente und Inhaltsstoffe bester Qualität verwenden. Ich bin eine große Anhängerin gesättigter Farben. Die Produkte werden natürlich, aber lebendig wirken.«

Violet hat sich ganz in eine erfolgreiche Geschäftsfrau verwandelt. Sie ist ziemlich heiß in dieser Rolle. »Was für eine Verpackung stellen Sie sich dazu vor?«, frage ich und hole mein Smartphone raus, um mir ein paar Stichwörter zu notieren, auch wenn ich weiß, dass alle anderen mitschreiben und mir hinterher ihre Notizen geben. Ich ziehe es vor zuzuhören. Alles aufzunehmen.

Sie zu beobachten.

»Ich habe vorhin mit Rose darüber gesprochen, und wir sind beide der Meinung, dass die Verpackung unbedingt perfekt sein muss. Damit steht und fällt der

Erfolg der Linie«, fährt sie fort und sieht mich vielsagend an.

Ich setze mich aufrechter hin. Ich darf sie hierbei auf keinen Fall enttäuschen. »Die Verpackung ist eindeutig von großer Bedeutung«, stimme ich ihr zu.

»Ja. Sie muss den Kundinnen ins Auge fallen. Sie muss luxuriös und elegant wirken, sie muss glänzen und sich perfekt anfühlen. Das ist es was ich will. Glänzende Perfektion.« Sie hebt das Kinn, und ich begegne dem Blick ihrer unergründlichen braunen Augen. Ich würde ihre Lippen als glänzende Perfektion bezeichnen, aber ich glaube nicht, dass sie das hören will. »Das sind die zwei Schlüsselwörter. Und die Verpackung soll sexy wirken und gleichzeitig kultiviert. Sie muss exklusiv erscheinen, teuer, ohne zu dick aufzutragen.«

»Also nichts Aufdringliches.« Ich tippe schnell ein paar Stichwörter in mein Smartphone.

»Genau.« Als die Tür aufgeht und Rose hereingeeilt kommt, blickt sie auf. Rose setzt sich auf einen Platz nicht weit von mir und lächelt mich an, bevor sie zu ihrer Schwester sieht.

»Tut mir leid, dass ich zu spät komme. Ich hatte noch einen anderen Termin«, entschuldigt sich Rose. »Der ging etwas länger.«

»Wir sprachen gerade von glänzender Perfektion«, erklärt Violet.

»Genau!« Rose wendet mir ihr hübsches Gesicht zu und sieht mich aufmerksam an. Sie sieht genauso umwerfend aus wie ihre Schwester, aber ich finde Violet unendlich attraktiver. »So in der Art wie Violets Lippen. Haben Sie sie heute schon bemerkt?«

Ich schlucke schwer. Warum muss Rose Fowler ausgerechnet Violets unglaublich erotische Lippen mit dem pfirsichfarbenen Lipgloss ansprechen? »Nein, noch nicht«, lüge ich glatt.

»Hmm, ich finde, sogar die Farbe ist perfekt. Die würde auch gut zu Fleurs aktueller Palette passen.« Rose gestikuliert in Richtung ihrer Schwester, und als ich zu Violet hinübersehe, begegne ich ihrem Blick.

Violet wird rot und leckt sich über die glänzenden Lippen. Sie macht mich wahnsinnig. »Wie heißt er?«, frage ich.

»Wer?«, fragt Violet verwirrt. Sie erinnert mich irgendwie an ein Tier, das in die Falle gegangen ist und seinem unheilvollen Schicksal entgegensieht.

»Der Lipgloss, den Sie tragen.« Ich lächle höflich.

»Oh. Das ist Peachy Pie. Aus der Kussecht-Reihe.« Sie errötet noch mehr, und ich bin vollkommen in ihren Bann gezogen. Ich bin noch nie im Leben einer Frau begegnet, die so schüchtern und so unsicher war, was ihre eigene Sexualität betrifft. Businessmäßig tritt sie absolut selbstsicher auf, aber sobald sich nur das kleinste bisschen Flirten ins Gespräch mischt, reagiert sie wie ein verschämtes Schulmädchen und ist sich überhaupt nicht ihrer Macht bewusst.

Ich finde den Widerspruch ziemlich erregend. Und wenn wir weiter hier herumsitzen und über ihre Lippen reden …

Bin ich erledigt.

# KAPITEL 5

## Violet

»Er verhält sich merkwürdig.«

»Tut er das jemals nicht?«, fragt Rose mit boshaftem Lachen, aber ich schenke ihr keine Beachtung. Ich kann nur noch auf Zachary achten und darauf, wie er *mir* keine Beachtung schenkt. Statt den Abend mit mir zu verbringen, lässt er sich von Pilar betatschen. Sie wirft ihm gefühlt alle zwei Sekunden alberne Blicke zu und lässt ständig dieses aufgesetzte trillernde Lachen hören, das mir jedes Mal eine Gänsehaut beschert.

Wir sind heute Abend nicht wie geplant zusammen essen gegangen, sondern mit diversen anderen Leuten von Fleur Cosmetics auf eine Branchenparty. Ich wollte nicht hierher. Ich habe versucht, es Zachary auszureden, aber er wollte nichts davon hören. Er ist gerade im totalen Schleimer-Modus, bereit, alles zu tun, um Vater und den anderen Führungskräften zu gefallen und sich den Job in London zu sichern.

Ob ich dabei auf der Strecke bleibe, interessiert ihn nicht. Dass wir eigentlich zusammen sind, scheint ihn auch nicht zu interessieren, so wie er sich von Pilar betatschen lässt. Ich habe noch nie mehr an unserer Beziehung gezweifelt als in diesem Moment.

Noch nie.

»Wir wollten eigentlich zusammen essen gehen«, erkläre ich Rose, den Blick auf Zachary auf der anderen Seite des Raumes gerichtet, und nippe zerstreut an meinem Wein. »Ich hatte diese blöde Party schon ganz vergessen gehabt, und er eigentlich auch, aber wir dachten, wir machen einfach das Beste draus. Wir zeigen uns kurz und gehen wieder – das waren seine Worte.« Ich schüttele langsam den Kopf, als ich daran denke, wie ernst er dabei geklungen hatte. Wie er mir versprochen hatte, dass wir nicht lange bleiben würden. Was ja wohl dermaßen gelogen war. Er wollte hierher, um Pilar zu treffen, nicht um Zeit mit mir zu verbringen. »Wir sind zusammen hergekommen, aber kaum, dass wir hier waren, ist er abgedampft. Er hat seitdem nicht ein Wort mit mir geredet, dabei sind wir schon seit über einer Stunde hier.«

»Soll das etwa heißen, er hat dich einfach stehen gelassen?« Rose sieht mich schockiert an, aber der Sarkasmus in ihrer Stimme war nicht zu überhören.

Ich nicke, nehme noch einen Schluck Wein und stelle überrascht fest, dass mein Glas schon leer ist. Ich habe schneller getrunken, als ich dachte. »Kannst du das glauben?«

»Nein, ehrlich gesagt, nicht. Er ist doch sonst immer so aufmerksam. Manchmal sogar *zu* aufmerksam.«

»Heute Abend ist er es auf jeden Fall nicht«, murmele ich und fühle mich aber schon etwas lockerer. Das muss wohl der Wein sein. Als ein Kellner an uns vorbeikommt, nehme ich mir ein neues Glas und stelle das leere aufs Tablett. »Vielen Dank«, sage ich und strahle ihn an. Er lächelt und stolpert beinahe über seine eigenen Füße.

»Was ist denn mit dir los?«, fragte Rose erstaunt. »Du verhältst dich echt seltsam.«

»Wieso seltsam?« Ich trinke von meinem Wein und genieße den Rausch. Wie mir der Alkohol durch die Adern strömt und mir ganz warm wird. Vielleicht ist es auch der Wein in Kombination mit meinem Outfit. Ich trage ein schwarzes, ärmelloses Kleid mit einem Oberteil aus zarter Spitze, dazu die High Heels mit den höchsten Absätzen, auf denen ich laufen kann, und der Saum meines Kleids reicht mir gerade bis zur Mitte des Oberschenkels.

Als ich mich vorhin für den Abend zurechtgemacht habe, habe ich mich noch schön und selbstbewusst gefühlt. Der Tag hatte so gut angefangen. Ich hatte Ryder ein paar inspirierende Bilder geschickt, damit er und sein Team sich eine Vorstellung von meiner Idee machen können. Dann habe ich mich mit Lily zum Mittagessen getroffen, und ausnahmsweise mal war sie nicht schon mittags betrunken und wurde auch nicht von unzähligen Paparazzi verfolgt. Wir hatten ein gutes, nüchternes Gespräch. Und ich habe mich richtig auf heute Abend gefreut, obwohl ich normalerweise Angst vor solchen Veranstaltungen habe.

Mit meiner Freude war es aber ziemlich schnell vorbei, als ich gemerkt habe, wie wenig Interesse Zachary an mir zeigt. Ich verstehe diese Gefühlsschwankungen bei ihm nicht. Habe ich noch nie.

»Ich weiß nicht. So wie du an Zachary herumnörgelst – das machst du doch sonst nicht. Und dann trinkst du den Wein, als wäre es Wasser, obwohl du auf diesen schrecklichen Partys normalerweise so gut wie keinen Schluck Alkohol trinkst. Und du hast mit dem Kellner geflirtet«, sagt Rose spitz.

»Habe ich nicht.«

»Hast du wohl. Du hast ihn angelächelt und ihn beinah hinfliegen lassen.«

»Na und?« Ich bin ganz angetan davon, dass ich ihn beinah habe hinfliegen lassen. »Ist es ein Verbrechen, Fremde anzulächeln?«

»Wenn du dir normalerweise sonst was für Sorgen machst, was die Leute von dir denken könnten, ja. Dann ist es für dich ein Verbrechen, Violet Fowler.« Rose schüttelt den Kopf, während sie die Partygesellschaft vor uns beobachtet. »Gott, ist das schrecklich hier. Du, allerdings, bist eine sehr angenehme Abwechslung.«

»Ich benehme mich nicht anders als sonst.« Okay. Ich *benehme* mich anders. Denn ich bin ziemlich frustriert über das Verhalten meines Freundes. Wenn er sich nicht um mich kümmert, warum sollte ich mich um ihn kümmern?

Ich kann es nicht glauben, dass ich so denke.

»Tust du, aber egal. Mir gefällt's. Ich werde dich ordentlich abfüllen und hoffen, dass du ein Spektakel machst.« Rose lacht, als ich ihr einen finsteren Blick zuwerfe.

»Hör auf«, sage ich mit der strengen Stimme der großen Schwester. »Es wird heute Abend kein Spektakel geben, vor allem nicht von mir.«

Rose seufzt übertrieben. »Ach, wie schade.«

»Was? Willst du etwa, dass ich mich lächerlich mache? Dass ich mich besaufe und mich wie eine verrückte Schlampe aufführe, so wie Lily?« Ich trinke weiter meinen Wein, denn er beruhigt meine Nerven. Nicht weil ich mich lächerlich machen will. Doch wenn ich Pilar so lachen höre und zusehe, wie Zachary sich zu ihr vorbeugt, um ihr etwas ins Ohr zu flüstern, regt mich das auf. Aber ich werde ihn nicht zur Rede stellen. Was sollte mir das bringen? Morgen früh wäre es mir peinlich. Und Zachary würde mir die Schuld in die Schuhe schieben, dafür, dass ich eine Szene gemacht habe.

Also tue ich lieber so, als wäre gar nichts, auch wenn es mir schwerfällt.

»Du solltest nicht so über sie reden«, sagt Rose leise. »Sie gibt sich doch Mühe.«

Sofort habe ich ein schlechtes Gewissen. Schlecht über meine ältere Schwester zu reden ist eigentlich nicht meine Art. »Ich weiß. Ich habe mich ja heute mit ihr zum Mittagessen getroffen.« Ich leere mein Glas, dann schnappe ich Rose ihres aus der Hand. Sie starrt mich mit großen Augen und offenem Mund an, aber ich zucke bloß die Achseln.

»Er ist ein Idiot«, murmelt Rose vor sich hin, und ich weiß genau, von wem sie redet. Ich stimme ihr sogar zu. Auch wenn ich ihr das nicht sagen werde.

Ich nippe an meinem stibitzten Wein und sehe extra nicht zu Zachary. Ihn mit Pilar zu beobachten macht mich bloß wütend. Und ich habe keine Lust, heute Abend wütend zu sein. Oder mich aufzuregen. Oder eifersüchtig zu sein. Oder irgendein anderes von diesen schrecklichen, zwecklosen Gefühlen zu ertragen, die ich so gut kenne.

Es ist irgendwie befreiend, mich nicht darum zu scheren, was Zachary von mir denken könnte, während ich mich bis zur Besinnungslosigkeit betrinke. Das sollte ich mir merken. Und es genießen.

*Schon bald wirst du das die ganze Zeit genießen können. Besonders wenn Zachary in London ist und ihm bewusst wird, dass er nicht mehr länger mit dir zusammen sein will.*

Ich schenke der nörgelnden Stimme in meinem Kopf keine weitere Beachtung.

»Oh Gott, rate mal, wer gerade direkt auf uns zukommt«, murmelt Rose, und als ich aufblicke, sehe ich, wie sich Ryder McKay durch die Menge pflügt. Wie immer sieht er umwerfend gut aus. Er trägt einen dunklen Anzug mit Krawatte, seine Haare sind leicht durcheinander, und sein raubtierhafter Blick ist direkt auf mich gerichtet.

Nur auf mich.

»Guten Abend, die Damen.« Er bleibt vor uns stehen und blockiert so meine Sicht auf Zachary und Pilar, was wahrscheinlich gut ist. »Sie sehen beide zauberhaft aus.«

»Charmant wie immer, nicht wahr?«, lacht Rose, und er zwinkert ihr zu, was sofort ein hässliches Gefühl der Eifersucht in mir aufsteigen lässt. *Lächerlich.* Ich bin mit Zachary zusammen, egal, wie sehr er sich gerade danebenbenimmt. Es kann mir absolut gleichgültig sein, wenn Rose und Ryder miteinander flirten. Vater würde es freuen. Er gibt sich alle Mühe, ein Monopol in der Firma zu errichten. Und da er meint, Lily bereits verloren zu haben, versucht er jetzt, Rose und mich mit den richtigen Kandidaten in den Hafen der Ehe zu steuern.

Und Ryder McKay ist mit seinem offensichtlichen

Ehrgeiz und seinem schnellen Aufstieg bei Fleur die perfekte Wahl für Rose. So wie Zachary die perfekte Wahl für mich war.

»Absolut«, antwortet Ryder und lässt seinen dunklen Blick zu mir wandern und bei mir verweilen. Ich erwidere ihn, während ich das Weinglas an meine Lippen führe und es schnell leere. War das mein drittes? Oder viertes? Ich blinzle, in meinem Kopf dreht sich alles. Ich schürze die Lippen und atme bebend aus. Ryders Lächeln verblasst. Er tritt näher an mich heran, neigt den Kopf und fragt leise: »Geht es Ihnen gut?«

Erschreckt sehe ich ihn an und blinzle noch ein paarmal, bevor ich antworte: »Ja, mir geht's gut. Warum fragen Sie?«

»Sie trinken für gewöhnlich nichts.« Es ist eine Feststellung, keine Frage.

»Und woher wissen Sie das?«

Er lächelt wieder, zärtlicher diesmal, und ich bin ganz hingerissen. »Sie denken vielleicht, dass ich Ihnen bisher nicht besonders viel Beachtung geschenkt habe, aber ich weiß eine Menge über Sie, Violet.«

Bei seinen Worten bekomme ich eine Gänsehaut, und alarmiert blicke ich mich nach meiner Schwester um. Aber Rose ist nicht mehr da; ich sehe nur noch ihren Rücken, als sie gerade in der Menge verschwindet, den Arm gehoben, um jemanden zu begrüßen. Sie hat mich allein gelassen.

Mit Ryder.

»Ich weiß, dass Sie eigentlich vorsichtig sind. Dass Sie sich bei der Arbeit genauso wie bei gesellschaftlichen Anlässen wie diesem sehr unter Kontrolle halten.« Er blickt sich um, bevor er seine Aufmerksamkeit wieder mir zuwendet. Er beugt sich vor und senkt die Stimme, beinah als hätten wir Geheimnisse und würden ein intimes Gespräch führen, das niemand mitbekommen darf. »Ich weiß, dass sie selbst nicht viel trinken und es nicht mögen, wenn Laurence zu viel trinkt. Was nicht oft passiert, und darüber sind Sie sehr froh.«

Ich öffne den Mund, um mich zu verteidigen, um Zachary zu verteidigen, aber Ryder schneidet mir das Wort ab.

»Ich weiß, dass Sie sich eher konservativ kleiden, und das Kleid, das Sie heute Abend tragen, bedeckt Sie auch wunderbar, aber es ist trotzdem das Erotischste, was ich Sie jemals habe tragen sehen.« Sein Blick wandert zu meiner Brust, und als ich an mir heruntersehe, fällt mir auf, wie durchscheinend das Spitzenoberteil ist und dass die Wölbung meiner Brüste zu sehen ist. Mir wird auf einmal ganz heiß. »Ihr Weinkonsum hat mich stutzig gemacht. Sie scheinen ein bisschen … neben der Spur.« Er berührt mich leicht am Arm. »Ich mache mir Sorgen. Ärgern Sie sich über irgendetwas?«

»Warum interessiert Sie das?«, frage ich irritiert. Wir haben früher nie etwas anderes als höfliche Formalitäten ausgetauscht. Jetzt arbeiten wir zusammen, hatten bisher einen offiziellen Termin, und auf einmal macht er sich Sorgen? Oh, ach ja, und wir sind uns zufällig im Restaurant begegnet, und deswegen ist er jetzt ein guter alter Freund? Das ergibt doch keinen Sinn.

»Ich ärgere mich auch«, sagt er so leise, dass ich mich zu ihm vorbeugen muss, um zu verstehen, was er als Nächstes sagt. »Darüber, wie offensichtlich sich die beiden verhalten.«

Da wird mir klar, worauf er anspielt, und ich trete einen Schritt zur Seite, weil er mir immer noch den Blick versperrt. Als ich Zachary und Pilar auf der anderen Seite des Raums sehe, bleibt mir kurz die Luft weg. Ihre Hand liegt auf seinem Arm, und er beugt sich gerade zu ihr vor, um sich von ihr ins Ohr flüstern zu lassen. Pilar streicht ihm den Arm empor und drückt ihm leicht die Schulter, bevor sie wieder einen Schritt zurück macht.

Ich koche innerlich vor Wut. Der Magen krampft sich mir zusammen, und in meinem Kopf dreht sich alles. Wie kann er es nur wagen, sich so von ihr anfassen zu lassen? Wie kann er es nur wagen, mich in der Öffentlichkeit so bloßzustellen?

Ich hebe das Kinn und antworte betont ruhig: »Das hat bestimmt nichts zu bedeuten.« Aber ich blicke weiter zu ihnen hinüber, als ob ich nicht wegsehen könnte.

»Es sieht aber nicht gerade nach nichts aus«, sagt Ryder.

Ich kann meine Gefühle kaum noch unter Kontrolle halten. Ich schiebe es auf den Alkohol, der meinen sonst so kühlen Kopf ausgeschaltet hat. Und ich schiebe es auf Zachary, der so dumm und arrogant ist. »Hören Sie auf, Probleme zu schüren«, sage ich angespannt.

Ryder weicht zurück, als hätte ich ihn beleidigt. Und vielleicht habe ich das auch, aber ausnahmsweise ist mir das egal. »Ich bin nicht derjenige, der Probleme schürt, Violet. Die beiden sind es.«

Ich blicke wieder zu Zachary und Pilar. Großer Fehler. Sie reden und lachen miteinander, als wären sie ein Paar. Ein anderes Paar geht auf sie zu. Ich erkenne die Frau, sie ist eine angesehene Beauty-Redakteurin bei einem der bekanntesten Fashion-Magazine. Zachary stellt Pilar der Redakteurin vor, und Pilars Augen leuchten voller Berechnung auf, als sie der Frau die Hand schüttelt.

Merkt er denn nicht, dass sie ihn bloß ausnützt? Wobei er natürlich dasselbe tun könnte ...

»Ich kann mir das nicht mehr länger ansehen. Ich habe genug.« Ich drehe mich auf dem Absatz um und gehe los, ohne zu wissen, wohin, ohne Plan, ohne nachzudenken. Meine Gedanken rasen, gehen unendliche Möglichkeiten durch, lauter Szenarien, die heute Abend noch passieren könnten. Ich weiß nicht, was ich tun soll, was ich sagen soll, wie ich mich verhalten soll.

Ich weiß nur, dass ich von Ryder wegmuss. Von Pilar und Zachary und ... ihnen allen.

Ich halte das nicht mehr aus.

»Violet, warten Sie.« Ich höre Ryders tiefe Stimme hinter mir, aber ich bleibe nicht stehen. Seine Aufforderung bewirkt vielmehr, dass ich noch schneller durch die Menge gehe und überhaupt nicht darauf achte, als jemand nach mir ruft und eine andere Person mir zuwinkt. Es ist mir egal. Ich will nur hier weg, an die frische Luft und wieder einen klaren Kopf bekommen. Im Moment herrscht in meinem Kopf nur ein einziges Durcheinander aus Verwirrung, zu viel Alkohol, sexueller Erregung und Verärgerung und Hass und Sehnsucht.

Da entdecke ich endlich die Doppeltüren, die auf die Dachterrasse führen, und ich eile darauf zu, stoße sie auf und gehe durch die Mitte, während die Türflügel weit aufschwingen. Die kühle Frühlingsabendluft schlägt mir entgegen, und ich hole tief Luft. Draußen sind nur ein paar Leute. Ich blicke mich um. Trotz meiner Verärgerung bin ich beeindruckt von dem beleuchteten Schwimmbecken in der Mitte der Dachterrasse und den riesigen Kübeln hier und da, die vor bunten Blumen nur so überquellen. Es ist ein wundervoller Abend, ein wundervoller Ort, und ich kann es nicht fassen, dass die meisten Leute drinnen herumstehen, wenn wir doch alle hier draußen sein und den Abendhimmel und die ganzen erleuchteten Gebäude bewundern könnten, während die kühle Luft uns belebt.

»Violet.« Ich fühle eine warme Hand auf meiner Schulter, starke, selbstsichere Finger, die sich in meine Haut brennen. Ich schließe die Augen. Sein Daumen fährt den Träger meines Kleides nach, schlüpft ganz kurz darunter, und ich halte die Luft an. Ich verachte mich selbst dafür, dass ich mir wünsche, er würde mich weiter berühren ... aber dann lässt er die Hand auch schon wieder sinken, und ich fühle mich noch einsamer, noch niedergeschlagener als zuvor.

»Bitte, lassen Sie mich in Ruhe«, flüstere ich in schroffem Ton, und es ist mir vollkommen egal, sollte ich ihn damit verletzen. Da muss der Alkohol schuld dran sein. Normalerweise wähle ich meine Worte mit Bedacht, verhalte mich äußerst besonnen. Aber Ryder? Er stolziert völlig sorgenfrei herum. Warum sollte ich mir also irgendwelche Gedanken machen?

»Ich habe Sie aufgebracht«, erklingt Ryders tiefe Stimme, und ich wappne mich, denn ich will nichts anderes fühlen als meine Wut und meinen Ärger. Aber trotzdem fühle ich etwas ... anderes. Noch nie zuvor hat die Stimme eines Mannes mich innerlich so aufgewühlt und mein Verlangen geweckt. »Das wollte ich nicht. Ich bin bloß ...«

»Sie sind bloß was?«, frage ich kleinlaut. Ich stehe immer noch mit dem Rücken zu ihm. Ich kann ihn nicht ansehen. Ich habe Angst, dass wenn ich ihm in die Augen blicke und all seine perfekte Männlichkeit sehe, dass ich dann etwas Dummes tue. Wie mich auf ihn zu werfen. Ihn anzubetteln, mich von hier wegzubringen und mich alles vergessen zu lassen.

Wärme durchströmt meinen Körper, und bebend atme ich aus. Das ist eindeutig der Wein.

»Eifersüchtig. Besorgt.« Wieder eine Pause, diesmal schwer und angespannt mit all dem Unausgesprochenen. »Pilar und ich ... wir haben eine etwas ungewöhnliche Beziehung.«

»Wirklich«, schnaube ich und schlage mir beschämt die Hand auf den Mund. Ich hätte mich nicht so gehen lassen dürfen. Ich finde es furchtbar, wenn mir das passiert.

»Es klingt lächerlich, ich weiß. Aber sie hat mir an einem schwierigen Punkt in meinem Leben sehr geholfen, und ich habe das Gefühl, ich bin ihr immer noch etwas schuldig. Wir hatten in der Vergangenheit schon viele ... Abmachungen, aber sie *weiß*, was ich von Lawrence halte.«

Schließlich wage ich es, mich zu ihm umzudrehen. Ich bin wütend, denn ich weiß bereits, wie die Antwort auf meine Frage lauten wird. »Und was halten Sie von Zachary?«

Er verzieht den Mund zu einer schmalen Linie, und seine Nasenflügel beben leicht. Auch wütend sieht er noch umwerfend gut aus. »Ist das nicht offensichtlich?«

Vier Worte, so simpel und doch voller Leidenschaft. Und zwar nicht der guten Leidenschaft. Sie sind voller tiefem Hass. Warum er Zachary so sehr verachtet, weiß ich nicht. Die beiden sind Konkurrenten, ja, aber da ist so viel Hass, und er ist gegenseitig. »Aber warum?«

»Er ist ein hinterhältiges Arschloch.« Ryder ballt die Hände zu Fäusten. »Ich weiß, er ist Ihr Verlobter, aber so empfinde ich nun mal. Wir stehen seit zwei Jahren in direkter Konkurrenz zueinander, und er hat mir gegenüber schon ein paar ziemlich falsche Nummern abgezogen. Meine Meinung von ihm ist durch die Arbeit geprägt.«

»Er ist nicht mein Verlobter«, sage ich.

Ryder runzelt die Stirn. »Was?«

»Wir sind nicht verlobt.« Ich weiß nicht, ob wir uns jemals verloben werden, aber das erzähle ich Ryder nicht.

»Das überrascht mich nicht im Geringsten.« Er scheint innerlich regelrecht zu kochen, so wütend ist er, und ich kann nichts dagegen tun, dass seine Worte mich mit einer gewissen Freude erfüllen. »Ich muss sagen, ich bin eigentlich ganz froh, dass er so ein blödes Arschloch ist. Aber warum verschwendet eine intelligente Frau wie Sie ihre Zeit mit so jemandem?« Er blickt mich fragend an, und seine Wut verwandelt sich in Verwirrung. »Und was ich noch viel verwunderlicher finde, ist, dass Sie immer noch mit mir reden.«

Mein Herzschlag beschleunigt sich, als ich merke, wie er mich auf einmal ansieht. »W-was meinen Sie damit?«

Er kommt näher auf mich zu, beängstigend nah. Ich sitze in der Falle. »Wir wissen doch beide, wer ich bin. Und wie ich bin.«

Ich weiß eigentlich überhaupt nicht viel über ihn, aber ich widerspreche nicht. »Wirklich? Dann verraten Sie mir mal, wie Sie sind.«

Er lächelt, und tief in mir drin fängt etwas an zu pulsieren. »Wollen Sie es nicht selbst herausfinden?«

Verängstigt von der Intensität seines Blickes, der Zweideutigkeit seiner Worte, lasse ich ihn stehen, ohne mich noch einmal nach ihm umzusehen. Ich gehe zur Brüstung, um einen besseren Blick auf die Stadt zu haben, und lehne mich gegen das Geländer, das mich vor dem sicheren Tod bewahrt. Ich lege den Kopf in den Nacken und schließe die Augen, genieße den Wind in den offenen Haaren. Er ist hier stärker, so nah am Rand. Ich kann mich nicht daran erinnern, wann ich zum letzten Mal so nah am Abgrund gestanden habe, weder tatsächlich noch im übertragenen Sinne.

Natürlich kommt Ryder mir hinterher. Er ist wie ein wilder Hund, und ich bin anscheinend gerade sein Lieblingsknochen. Was für ein schauriger Gedanke. »Nimmt es Sie sehr mit, dass Lawrence nach London geht, während Sie heiraten wollen?«

Ich zögere. Dieses Gespräch ist mir viel zu schnell persönlich geworden. Ich darf mich ihm nicht anvertrauen. Ryder McKay scheint mir jemand zu sein, der meine Worte gegen mich verwenden würde, wenn er dabei für sich einen Vorteil herausschlagen kann. »Ich weiß nicht, ob ich heiraten will. Jetzt jedenfalls noch nicht. Aber eine Heirat würde zumindest zeigen, dass er ...« Es *ernst* meint. Warum erzähle ich ihm das eigentlich? »Nicht, dass es Sie irgendetwas angehen würde«, füge ich schnell hinzu.

»Da haben Sie vollkommen recht. Es geht mich nichts an. Aber ich hatte gehofft, dass wir zumindest ... Verbündete sein könnten, Violet. Wir werden die nächsten Monate ziemlich eng zusammenarbeiten.« Ich drehe mich zu ihm um. Sein Arm liegt über dem Geländer, der Wind spielt mit seinen Haaren. Er sieht gut aus. Der elegante Anzug, die unordentlichen Haare, das schöne Gesicht und die ganze aufgestaute Wut, die ihm immer noch anzusehen ist. Er sieht äußerst erotisch, finster und gefährlich aus. Dabei habe ich mich noch nie von finster und gefährlich aussehenden Männern angezogen gefühlt. Davon hatte ich genug in meiner Vergangenheit. Ich habe dagegen gekämpft und gewonnen.

Warum fühle ich mich also auf einmal zu ihm hingezogen? Und warum fühlt es sich an, als wäre er auch zu mir hingezogen?

»Es ist ja auch nicht so, dass ich Sie nicht mag«, sage ich. »Wir können durchaus eine berufliche Beziehung führen.«

»Und was ist damit, was gerade passiert?« Er wirft mir einen vielsagenden Blick zu, wobei ich mir nicht so sicher bin, ob ich die Bedeutung dahinter erfahren will.

Doch obwohl ich nervös bin, lege ich es darauf an. »Was genau meinen Sie?«, frage ich.

»Sie wissen, wovon ich rede, Violet.« Er wendet nicht eine Sekunde den Blick ab. »Da ist mehr zwischen Pilar und Lawrence. Das wissen Sie genauso gut wie ich.« Er macht eine Pause, und sein Blick wird noch dunkler, falls das überhaupt möglich ist. »Und Sie wissen, dass da etwas zwischen Ihnen und mir ist.«

# KAPITEL 6

# Ryder

Unser Plan lässt sich viel schneller umsetzen, als ich dachte. Aber das ist auch gut so, denn viel Zeit haben wir nicht mehr, bis Lawrence für seine Probezeit nach London geht. Pilars Zauber zeigt bereits Wirkung. Lawrence betatscht sie praktisch in aller Öffentlichkeit, so geil ist er auf sie. Pilar hat mir erzählt, dass sie gestern Abend im Büro, als alle anderen schon weg waren, rumgeknutscht haben und sie innerhalb von Sekunden seinen Schwanz in der Hand hatte.

Aber mehr hat sie mir nicht erzählt, die hinterhältige Hexe. Dabei weiß ich, dass mehr vorgefallen sein muss. Schon lustig, dass sie von mir immer jedes Detail wissen will, aber selbst derart verschlossen ist, wenn es um diesen Scheißkerl im Anzug geht.

Ich kapiere es einfach nicht. Nicht, dass ich ihr viele Informationen geben würde. Nicht, dass ich überhaupt viele Informationen *hätte*. Ich war bei dem Termin mit Violet. Und heute Morgen habe ich kurz bei ihr im Büro vorbeigeschaut, mit der Ausrede, ein paar Dinge, was ihre Verpackungsvorstellungen angeht, mit ihr besprechen zu wollen, aber sie hat mich gar nicht zu Wort kommen lassen. Sie meinte bloß, sie hätte eine Sitzung und wäre ohnehin schon zu spät.

Dann ist sie auch schon mit gesenktem Kopf an mir

vorbeigelaufen, sodass ich noch nicht einmal Blickkontakt herstellen konnte. *Sehr merkwürdig.* Ich hatte den Eindruck, dass ich sie immer noch nervös mache, was zum Problem werden könnte, wenn sie das nicht bald ablegt.

Doch mal ganz davon abgesehen, lassen mich Frauen nicht einfach stehen, auch nicht, wenn es um etwas Berufliches geht. Klingt arrogant, aber es ist so.

Ich wusste, heute Abend ist meine Chance, ihr näherzukommen und Zweifel zu sähen, was ihren Freund und Pilar betrifft. Pilar und ich hatten schon darüber geredet, aber noch keinen richtigen Plan, bevor wir hier aufgetaucht sind. Wir sind extra einzeln gekommen, denn falls heute Abend etwas passieren sollte, darf ich hinterher nicht mit Pilar zusammen die Party verlassen.

Es würde einfach nicht überzeugend rüberkommen, wenn ich verletzt und sauer wirken soll.

Ich hatte allerdings nicht damit gerechnet, dass Violet heute Abend so unglaublich schön aussehen würde. Als ich sie erblickt habe, hat es mir regelrecht den Atem verschlagen, und das hatte ich bis dahin nicht für möglich gehalten, so ein gefühlloses Arschloch bin ich. Aber dieses Kleid und wie es ihre samtige, glatte Haut zeigt, aber nicht zu viel … Eine gewisse Sexyness zusammen mit diesen großen, samtigen Augen voller Schmerz und Wachsamkeit. Sie traut mir nicht. Kluges Mädchen.

Sie sollte mir auch besser nicht trauen.

»Sie glauben, zwischen Pilar und Zachary …« Sie schürzt die Lippen, diese bezaubernden Lippen mit dem blutroten Lippenstift. » … läuft etwas?«

»Sie flirten auf jeden Fall. Und das geht schon eine ganze Weile.« Ich trete näher an sie heran, streife ihre Schulter. Sie ist immer noch kleiner als ich, obwohl die High Heels, die sie heute trägt, unglaublich hoch sind ... und verdammt heiß. Hinter der ganzen zurückhaltenden Eleganz, die sie als Maske trägt, versteckt sich eine wahnsinnig erotische Frau. »Haben Sie gesehen, wie sie sich an ihn schmiegt?«

Violet wendet den Blick ab und gibt ein leises Geräusch von sich, das mich an ein verwundetes Tier denken lässt. Ich habe es zu weit getrieben. Wahrscheinlich fängt sie gleich an zu weinen, und was soll ich dann machen? Mitweinen? Ich bin ja angeblich genauso von dieser Situation betroffen wie sie.

»Das wäre nicht zum ersten Mal«, sagt sie. Ihre Stimme ist eisig, aber ruhig.

Damit hätte ich jetzt nicht gerechnet. Ich habe ja schon Andeutungen über Lawrence' Affären gehört, aber ich hatte bisher keine Bestätigung.

Ich spiele den Ahnungslosen. »Meinen Sie mit Lawrence und Pilar?«

»Bitte.« Sie winkt verächtlich ab. »Vielleicht auch mit Pilar, keine Ahnung. Aber ich weiß, dass Zachary mir gegenüber in der Vergangenheit ... schon mehrfach untreu war.«

Also weiß sie sehr wohl Bescheid. Das haut mich um. »Und trotzdem bleiben Sie mit ihm zusammen.«

Sie sieht mich an und verzieht den hübschen roten Mund. »Wir sind schon sehr lange zusammen. Wir sind ein gutes Team.« Ihre Stimme ist ausdruckslos. Sie klingt wie ein Roboter. Als hätte ihr jemand die Sätze vorgebetet, und sie plappert sie einfach nach.

»Da würde er Ihnen sicherlich zustimmen«, bemerke ich trocken. »Er macht, was er will, und Sie nehmen es hin. Das ist eine super Abmachung.«

Violet verengt die Augen zu Schlitzen. Wut flackert in ihrem Blick auf, kurz, aber intensiv. Ich habe einen wunden Punkt getroffen. »Sie dürfen sich darüber ja wohl mal gar kein Urteil erlauben, bei Ihrer – wie haben Sie es genannt? – Ihrer *ungewöhnlichen* Beziehung mit Pilar. Niemand weiß, als was man Sie beide bezeichnen soll. Sind Sie zusammen? Sind Sie einfach befreundet? Ist sie Ihre Chefin und Bettpartnerin? Oder nur Ihre Chefin?« Sie blickt sich schuldbewusst um. Sie hat wohl gemerkt, wie ihre Stimme bei den ganzen spannenden Fragen lauter geworden ist. Ganz offensichtlich hat sie schon mal über mich nachgedacht. Über Pilar und mich und darüber, was wir einander wohl bedeuten. Ich kann nicht abstreiten, dass mir das gefällt.

»Vergessen Sie's«, sagt sie schnell. »Was Sie in Ihrer Freizeit machen, geht mich nichts an.«

»Erstens ist Pilar nicht meine Chefin, und sie ist es auch schon seit einer ganzen Weile nicht mehr«, sage ich. Die Röte auf Violets Wangen ist nicht zu übersehen. »Und zweitens, ja, da lief schon etwas zwischen uns ... im Bett.« Wir machen uns immer noch an. Aber Pilar befriedigt ihre sexuellen Bedürfnisse inzwischen mit jemand anderem, ich weiß noch nicht einmal, mit wem. Nicht, dass es mir etwas ausmachen würde, schließlich habe ich mir auch andere Sexpartnerinnen gesucht.

»Bitte. Verschonen Sie mich mit weiteren Details.« Violet schüttelt den Kopf und hält abwehrend eine

Hand hoch, aber ich will nicht aufhören. Ich kann ihre Neugier auch einfach stillen.

»Es ist, was es ist. Es gibt keine Beschreibung dafür. Und wir machen auch beide kein Geheimnis daraus.« Ich zucke die Achseln. Ich kann meine Beziehung mit Pilar nie richtig erklären, weil ich sie selbst nicht verstehe. »Ich will mich nicht dafür verteidigen, genauso, wie Sie sich wahrscheinlich auch nicht für Ihre Beziehung verteidigen wollen, also lassen wir unseren Beziehungsstatus doch einfach außen vor.«

Sie blickt mich einen stillen Moment lang an, ihre Augen sind nur auf mich gerichtet. Ich nutze die Gelegenheit, sie ganz genau anzusehen, jedes kleinste Detail. Die feine Nase, die hohen Wangenknochen, die großen, dunklen Augen. Ihre Haut ist makellos. Die Lippen sind ein perfekter roter Schmollmund. Sie ist so schön, dass es wehtut.

»Danke«, murmelt sie schließlich, höflich wie immer. »Ich kann den Leuten nie erklären, warum ich gewisse Dinge hinnehme. Besonders meinen Schwestern nicht und vor allem nicht Rose. Sie können es einfach nicht verstehen, weil sie noch nie in meiner Lage waren.«

Ich weiß ganz genau, wovon sie spricht. Mehr, als sie sich vorstellen kann. Ich hätte Pilar schon längst abserviert, wenn ich es gekonnt hätte. Aber ich verdanke ihr meinen Erfolg. Jedenfalls erzählt sie mir das ständig. Ich finde ja, ich habe inzwischen längst bewiesen, was ich kann, aber Pilar behauptet, ich würde nur durch ihren Einfluss bei Fleur aufsteigen. Nicht weil ich gute Arbeit geleistet hätte.

Und wenn man das oft genug von der Person hört,

die sich als Einzige jemals um einen gekümmert hat, dann fängt man irgendwann an, es zu glauben.

Mein Handy vibriert, und ich ziehe es aus der Tasche und sehe so unauffällig wie möglich darauf.

Eine SMS von Pilar.

**Du musst mit deiner neuen, kleinen Freundin unbedingt zu den Toiletten kommen. Es ist ziemlich unglaublich, was hier passiert. Mir fällt gleich die Kinnlade herunter.**

*Himmel.* Die Frau geht mir viel zu schnell vor. Ich kann mir durch ihre Andeutung schon denken, dass sie gleich Lawrence' Schwanz im Mund haben wird. Ich bin echt beeindruckt.

Und angewidert, obwohl ich mir darüber kein Urteil erlauben kann. Das wird jetzt bestimmt nicht leicht mit Violet. Sie ist so empfindlich. Pilar und ihren Verlobten – oder Freund, als was auch immer er sich bezeichnet – zusammen zu erwischen könnte sie zerbrechen. Sie könnte in tausend Stücke zerspringen, einen Wutanfall bekommen, in Tränen ausbrechen. Ich habe keine Ahnung.

Das gefällt mir gar nicht. Ich habe bereits mit genug Ungewissheit in meinem Leben zurechtkommen müssen. Ich habe gern die Kontrolle. Ich brauche die Kontrolle. Und Pilar versucht sie mir zu entreißen.

Ich lösche die Nachricht und wende mich wieder Violet zu, die auf die vor uns ausgebreitete Stadt blickt, den Wind in den glänzenden dunklen Haaren, die tiefroten Lippen zu einer bezaubernden Schnute gespitzt. Sie wirkt nachdenklich. Ihre Stirn liegt in Falten, ihr Kiefer ist angespannt. Sie ist immer noch aufgebracht.

»Wir sollten wieder reingehen«, sage ich leise und berühre sie sanft am Unterarm, fahre ihr langsam mit dem Daumen über die babyweiche Haut, nur einmal. Ein kaum wahrnehmbarer Schauer durchfährt sie, bevor sie mich ansieht. »Lawrence sucht Sie wahrscheinlich schon«, sage ich und fühle mich wie ein Lügner, sobald mir die Worte über die Lippen komme.

Sie lacht, aber es ist ein bitteres Lachen. »Ich bin mir ziemlich sicher, dass er das nicht tut, aber trotzdem danke für Ihre gespielte Sorge.«

»Violet«, raune ich, aber sie antwortet nicht, sondern stößt sich bloß vom Geländer ab und geht auf die Tür zu.

Ich lasse sie vorgehen. Meine Gedanken rasen, als wäre ich auf Speed, während ich die unendlichen Möglichkeiten dessen durchgehe, was als Nächstes passieren könnte. Nach den paar Minuten mit ihr allein sollte ich eigentlich bester Stimmung sein. Alles verläuft nach Plan, auch wenn der Plan gerade ziemlich weit vorgespult wurde und ein paar der wichtigen Szenen übersprungen wurden. Doch statt zu triumphieren, schleichen mir Schuldgefühle durch die Adern und lassen mein Blut erkalten. Diese Frau wurde von ihrem Arschloch-Freund ein ums andere Mal zum Opfer gemacht. Warum ist sie seinen Fehlern gegenüber nur so blind? Warum lässt sie es zu, dass er sie betrügt? Es ergibt einfach keinen Sinn.

Doch das ist nicht mein Problem. Und anderer Leute Probleme interessieren mich nicht. Sie ist außerdem ganz genauso. Es geht ihr nur um den äußeren Schein. Ich muss mir in Erinnerung rufen, dass sie nichts weiter als eine reiche Schlampe ist, die haben kann, was und wen sie will. Und es ist nicht mein Problem, wenn sie mit diesem Idioten zusammenbleiben will, der es toll findet, seine schöne Freundin zu betrügen. Sie ist klug, erfolgreich, schön und ein absolutes Vermögen wert. Und trotzdem reicht ihm das nicht.

Und doch kann ich ihn auch verstehen, obwohl ich mir nur widerwillig eingestehe, dass ich mit dem scheiß Zachary Lawrence irgendetwas gemein habe. Aber dieses ständige Bedürfnis nach mehr kenne ich sehr gut. Ich habe immer das Gefühl, weiterkommen zu müssen. Ich will weiter aufsteigen und allen zeigen, was ich kann. Aber zumindest habe ich keine Freundin, die ich bloß vorgebe zu lieben, nur um voranzukommen.

Zachary Lawrence gewinnt auf jeden Fall die Auszeichnung als Arschloch des Jahres, nicht ich. Auch wenn ich nah dran bin.

Bei dem, was ich mit Violet vorhabe, überhole ich ihn wahrscheinlich noch.

»Danke noch mal, dass Sie mich ertragen haben«, sagt Violet über die Schulter hinweg, als ich nach dem Türgriff fasse. Dass ich sie *ertragen* habe. Sie ist echt witzig. Ich würde ihr gern mal zeigen, wie hart es ist, sie ertragen zu müssen.

Indem ich ihr dieses Kleid ausziehe. Mir ansehe, was sie darunter anhat. Und sie am ganzen Körper küsse.

»Es war mir wie immer ein Vergnügen, Violet«, sage ich lächelnd, während ich die Tür aufziehe.

Wir gehen über den Flur, gerade als Lawrence und Pilar von den Toiletten kommen. Die beiden sehen ganz schön durcheinander aus, besonders Lawrence. Seine Haare sind zerzaust, die Krawatte hängt schief, seine Hose ist zerknittert. Pilars Lippenstift ist komplett verschwunden, ihre Lippen sind geschwollen, und ihr Gewinnerlächeln sagt alles.

Das muss ein ganz schön schneller Blowjob gewesen sein.

»Wie lustig, ausgerechnet euch beiden hier zu begegnen.« Pilar klingt, als würde sie jeden Moment in Gelächter ausbrechen. Lawrence hat wenigstens den Anstand, zerknirscht zu wirken. Und verdammt schuldbewusst. »Was macht ihr beide hier?«, fragt er.

»Ich könnte dich wohl das Gleiche fragen«, entgegnet Violet und geht auf Lawrence los, als hätte sie vor, ihm einen Kopfstoß zu verpassen. Doch stattdessen legt sie ihm bloß die Hände auf die Brust und schubst ihn ein ordentliches Stück zurück. »Was genau hast du gerade gemacht, Zachary? Sie in der Toilette gefickt? Oder war es nur ein schneller Blowjob hier auf dem Flur? Das ist doch eher dein Style.«

Wow. Das kam jetzt ziemlich unerwartet. »Violet ...«, fange ich an, aber ich werde sofort unterbrochen.

»Hör damit auf, Violet«, sagt Lawrence verärgert und spuckt ihren Namen aus, als wäre es ein Schimpfwort. »Mach hier nicht so eine Szene.«

»Warum nicht? Ich habe ausnahmsweise mal richtig *Lust*, dir eine Szene zu machen.« Sie schubst ihn wieder, diesmal etwas härter, aber er ist jetzt vorbereitet und weicht nicht vom Fleck. »Ich kann nicht alles hinnehmen, Zachary. Glaubst du wirklich, ich würde darüber hinwegsehen, wenn du öffentlich mit einer aus der Firma rummachst? Mit einer, die ich tagtäglich sehen muss, während du dich in London amüsierst und jeder Frau, der du begegnest, eindeutige Angebote machst?«

»Das hast du doch sonst auch, Schätzchen, warum sollte das jetzt anders sein?«, fragt Pilar, und ich werfe ihr einen warnenden Blick zu.

»Das ist nicht deine Sache. Halt dich da raus«, raune ich ihr leise zu. *Herrgott noch mal*, sie hat echt Nerven. Sie soll verdammt noch mal den Mund halten.

Und ich bin absolut fasziniert von Violets Reaktion. Wer hätte gedacht, dass sie so hitzig sein könnte? Man könnte es natürlich auf den Wein schieben, und der spielt wahrscheinlich auch keine unbedeutende Rolle, aber wenn die Leute trinken, kommt ja für gewöhnlich die Wahrheit ans Licht.

Und die Wahrheit ist, dass Violet Fowler echt Rückgrat hat. Es ist vielleicht nicht immer sichtbar, aber eindeutig vorhanden.

»Warum sollte ich mich da raushalten? Blicken wir doch mal den Tatsachen ins Auge. Wir werden hier irgendwelcher Vergehen beschuldigt, dabei kommt ihr beide gerade von draußen reingeschlichen. Und ich kann mir schon vorstellen, was ihr da zusammen getrieben habt«, sagt Pilar, und ihre Stimme ist voller Abscheu. »Du führst doch nie etwas Gutes im Schilde, Ryder. Was hast du jetzt schon wieder vor? Denk dran, ich weiß, wer du bist. Was dir gefällt.«

Ich bin schockiert. Sie fordert mich regelrecht heraus, so als würde sie überhaupt keine Rolle bei unserem kleinen Plan spielen. Warum macht sie das? Sie stellt es so dar, als wäre ich genauso ein Schleimer wie Lawrence, und das passt mir überhaupt nicht.

Ich umklammere Pilars Arm. »Wir haben bloß geredet«, flüstere ich mit angespannter Stimme. »Was zum Teufel soll das?«

Meine Frage ignorierend, reißt sie sich ohne ein Wort los und reibt sich den Arm, als hätte ich ihr wehgetan. Dabei mag sie es, wenn ich ihr wehtue. Das habe ich in der Vergangenheit schon oft genug getan.

»Wir gehen.« Lawrence eilt an mir vorbei, packt Violet am Handgelenk und will sie hinter sich her in Richtung Party ziehen. Doch sie entwindet sich seinem Klammergriff und weicht von ihm zurück, sodass sie beinah gegen mich läuft.

»Fass mich nicht an.«

Er dreht sich nach ihr um. »Wir gehen. Jetzt.«

Violet schüttelt den Kopf. »Nein. Ich tanze nicht mehr länger nach deiner Pfeife. Es ist vorbei, Zachary. Ich kann so nicht leben. Du willst doch eigentlich gar nicht mit mir zusammen sein. Du willst nur meinen Namen und was mein Vater dir geben kann, aber du liebst mich nicht. Du liebst mich nur für das, wofür ich stehe.«

Heftig atmend starrt Lawrence sie an. »Darüber reden wir besser woanders. Und nicht jetzt«, flüstert er, und seine Stimme ist fast ein Zischen. »Wir gehen, Violet. Wir fahren jetzt zu dir und reden unter vier Augen.«

»Ich komme aber nicht mit. Und ich will dich nicht mehr bei mir.« Sie verschränkt die Arme, sodass ihre Brüste hochgedrückt werden und noch mehr durch die Spitze des Kleides scheinen. Sie ist wutentbrannt, ihre Wangen leuchten, und die Augen funkeln vor Zorn und Schmerz, aber sie gibt nicht klein bei. Schließlich muss Lawrence kapitulieren.

»Wir haben noch nicht das letzte Wort gesprochen«, sagt er und zeigt anklagend mit dem Finger auf sie. »Wir reden morgen, wenn du nüchtern und wieder bei Verstand bist.«

»Ich habe das Gefühl, ich bin gerade mehr bei Verstand als jemals zuvor. Glaub mir, es gibt nichts weiter zu bereden.« Ihre Stimme ist kalt, und herausfordernd sieht sie ihn an. »Du kannst vollkommen frei von mir nach London gehen. Das ist doch sowieso das, was du dir insgeheim gewünscht hast, oder? Du wusstest nur nicht, wie du es mir beibringen solltest. Weil du meinen Vater nicht gegen dich aufbringen wolltest.«

Er sagt nichts. Anscheinend hat Violet mit ihren Worten so ziemlich ins Schwarze getroffen. Lawrence dreht sich bloß um und schreitet, ohne sich noch einmal umzublicken, den Gang entlang zurück zur Party. Pilar wirft mir ein triumphierendes Lächeln zu, bevor sie mit laut klackernden Absätzen über die Fliesen hinter ihm herläuft.

Und mich mit Violet allein lässt.

»Tja.« Sie lässt die Arme fallen und atmet bebend aus, dann wendet sie sich mir zu. »Das kam ziemlich überraschend.«

»Allerdings«, stimme ich ihr zu.

Sie reibt sich die Stirn. »Tut mir leid, dass Sie das miterleben mussten.«

»Es tut mir leid, dass Sie das durchmachen mussten«, sage ich, ohne zu überlegen. Ich runzle die Stirn. Ich sage sonst nie, dass mir irgendetwas leidtut. Warum also jetzt?

»Es musste sein. Ich hätte mich schon längst von ihm trennen sollen.« Sie zuckt traurig die Achseln. »Ich gehe Rose suchen. Sie kommt bestimmt mit mir nach Hause.«

Ich bin kurz davor, ihr anzubieten, dass *ich* sie nach Hause bringen könnte, aber ich presse die Lippen aufeinander. Ich darf nicht zu schnell vorgehen. Ich muss das Geschehene sowieso erst einmal verarbeiten und mir einen neuen Plan überlegen. Ich kann immer noch nicht fassen, was gerade passiert ist. Wir haben die beiden viel schneller auseinandergebracht, als wir es für möglich gehalten hatten. Es war ziemlich leicht.

Beinah schon zu leicht.

»War das nicht toll? Sie war so unglaublich wütend. Ich wusste gar nicht, dass die blöde Violet Fowler sich so … aus der Fassung bringen lassen würde.« Pilar schlägt die Hände zusammen. »Hast du gesehen, wie sie geguckt hat? Ich hätte nur zu gern ein Foto davon gemacht. Die war mal echt schockiert. Ein Wunder, dass sie nicht in Ohnmacht gefallen ist.«

Ich bin weniger als eine Stunde später von der Party nach Hause gekommen und wollte eigentlich direkt ins Bett gehen. Aber als ich reinkam, saß Pilar auf der Couch, in einem alten T-Shirt von mir und mit sonst nichts am Leib. Sie wirkt aufgeregt, fast manisch.

Das war es also mit meiner ruhigen Nacht.

»Ist mir nicht entgangen. Ich war auch dabei«, rufe ich ihr in Erinnerung. Violet war wunderschön, trotz ihrer Wut, dem Schmerz und der Trauer.

»Er war ein ziemlich leichtes Opfer«, sagt sie. Als ich sie fragend ansehe, wedelt sie mit den Fingern in der Luft herum. »Zachary, mein Schatz. Er ist zusammengefallen wie ein Kartenhaus. Sagt man das nicht so?« Sie tippt sich mit dem Zeigefinger an die gespitzten Lippen, dann schüttelt sie den Kopf. »Egal. Jedenfalls ist die Sache erledigt. Das Traumpaar ist vernichtet. Er wird mir hinterherlaufen, bis er nach London muss. Und dann ist es vorbei, und wir bekommen beide, was wir wollen.«

Da bin ich mir irgendwie nicht mehr so sicher. »Hast du schon mal darüber nachgedacht, dass er vielleicht sauer auf dich sein könnte?« *Ich* wäre es. Mit Pilar auf der Party rumzumachen hat ihm die Beziehung mit einer ziemlich guten Partie verbockt. Und wer weiß, wie der alte Fowler reagieren wird, wenn er herausfindet, dass Lawrence und seine Tochter sich getrennt haben, vor allem, wenn er die Details der Trennung erfährt? Vielleicht hat sich Pilar dadurch auch in Gefahr begeben?

»Ich habe mit ihm geredet. Schon vergessen?« Sie lacht abfällig. »Ich bin hinter ihm hergerannt wie eine bekümmerte Geliebte, die die Sache unbedingt wiedergutmachen will. Er hat gesagt, er wäre nicht sauer auf mich, dass wir erwischt worden sind. Er war nur nicht begeistert, dass Violet sich öffentlich auf einer Party vor den Toiletten von ihm getrennt hat. Er meinte, das wäre ganz schön ... billig gewesen.«

*Himmel.* So etwas kann auch nur Zachary Lawrence bringen, sich Sorgen darum zu machen, was andere von seiner scheußlichen Trennung halten könnten. Er kann froh sein, dass ihn niemand mit Pilar erwischt hat. Was zum Teufel stimmt eigentlich nicht mit diesem Kerl?

»Da kannst du ja von Glück sprechen. Ich an seiner Stelle würde dich wahrscheinlich dafür hassen, dass du mir meine sichere Nummer kaputt gemacht hast.«

»Bitte. Er hatte überhaupt keine Lust mehr auf seine sichere Nummer. Und es gibt noch jede Menge andere für ihn, glaub mir. Violet ist ein Nichts.« Pilar schüttelt den Kopf. »Du hast Glück. Du brauchst dich nicht mehr damit quälen, ihr weiter hinterherzulaufen.«

»Was soll das heißen?«

»Das soll heißen, dass es vorbei ist. Die Sache ist erledigt. Ich habe dich gebraucht, um sie abzulenken, während ich mich um Zachary gekümmert habe, aber er ist meinem Charme sehr viel schneller erlegen, als ich dachte. Du brauchst nicht länger versuchen, Violet rumzukriegen«, erklärt Pilar und betrachtet ihre Fingernägel.

*Verdammt.* Ich will Violet aber weiter hinterherlaufen, ich will sie rumkriegen, noch mehr als vorher. Ich freue mich schon die ganze Zeit darauf, sie zu verführen, außerdem reizt mich die Herausforderung. »Das waren aber die Spielregeln, Pilar. Du bekommst Lawrence, und ich bekomme Violet, und dann lasse ich sie fallen. Ich räume sie aus dem Weg, damit du ... was auch immer du dann vorhast.«

»Die Spielregeln haben sich geändert, Schätzchen.« Sie guckt immer noch auf ihre blöden Fingernägel. »Also halten wir uns nicht länger damit auf, okay?«

»Für dich haben sich die Regeln vielleicht geändert, aber nicht für mich. Du hast bekommen, was du wolltest.« Langsam wird mir klar, was los ist, und ich werde echt sauer. »Du bist eifersüchtig. Du willst nicht, dass ich auch nur in Violets Nähe komme, aber wenn du mit Lawrence rummachst, ist das in Ordnung.«

»Wieso sollte ich auf dieses schwache, kleine Mädchen eifersüchtig sein? Ich bitte dich«, schnaubt sie. »Sie wüsste doch überhaupt nicht, wie sie einen Mann wie dich befriedigen sollte.«

»Einen Mann wie mich«, sage ich mit ausdrucksloser Stimme.

»Ach, tu doch nicht so. Du weißt, was ich meine.« Sie lässt die Hand fallen und sieht mich wieder mit ihrem gewohnt lüsternen Blick an. »Du magst es gerne härter. Und ein bisschen schmutzig und manchmal auch gemein oder sogar ein bisschen … schmerzhaft. Kannst du dir Violet auf deinem Bett vorstellen, wie sie dich anfleht, sie zu ficken?«

Verdammt, ja, das kann ich. »Du hast mir die Herausforderung gestellt. Und ich habe sie angenommen.«

»Du willst es also nur meinetwegen machen?«, fragt Pilar hoffnungsvoll.

»Es geht dabei nicht um dich.« Ich halte kurz inne. Es geht darum, dass ich Violet will. Ich will das, was Zachary Lawrence gerade verloren hat. »Mach du, was du tun musst, und ich mache das Gleiche«, sage ich.

Pilars enttäuschter Gesichtsausdruck sagt alles. »Du schließt mich also aus.«

»Ich muss«, betone ich. Auf keinen Fall will ich sie irgendwie in meine Jagd auf Violet einbinden. Das habe ich in der Vergangenheit noch nie getan. »Wenn wir nicht aufpassen, kriegt sie mit, was wir spielen. Wir werden uns voneinander fernhalten müssen. Du hältst Lawrence bei der Stange, und ich kümmere mich um Violet.« Und ich werde sie rumkriegen. Ich weiß, dass ich es kann.

»Und du wirst sie vernichten?«, fragt Pilar.

Seufzend fahre ich mir mit der Hand übers Gesicht. »Warum bist du eigentlich so darauf versessen, sie zu vernichten? Was hat sie dir denn getan?«

»Sie ist eine geborene Fowler. Aber dass sie zur

Familie gehört, heißt noch lange nicht, dass sie die Position und Autorität, die sie bei Fleur innehat, auch verdient. Das macht mich einfach wütend.« Pilar runzelt die Stirn. »Aber sie ist bereits ins Schwanken geraten. Das spüre ich. Die Sache mit Zachary hat sie ziemlich aus der Fassung gebracht. Wenn du es unbedingt machen willst, gut. Spiel ein bisschen mit ihr, und gib ihr den letzten Schubs. Dann wird sie Fleur bald verlassen, und jemand wird sie ersetzen müssen. Und das werde ich sein.«

»Du bist ganz schön überzeugt von deinen Fähigkeiten, was?«

»Ach, Schätzchen.« Das Lächeln, das sie mir zuwirft, ist beängstigend. »Du hast ja überhaupt keine Vorstellung.«

# KAPITEL 7

# Violet

Als ich aus dem Fahrstuhl trete, fallen mir sofort die merkwürdigen Blicke auf, das neugierige Murmeln, auch wenn die Leute sich Mühe geben, sich unauffällig zu verhalten. Ich nicke und sage lächelnd Hallo zu denjenigen, die sich trauen, mich direkt anzusehen, und hoffe nur, dass die Fleur-Mitarbeiter einfach nur über mich reden, weil ich so selten auf dieser Etage bin. Nicht weil alle mitbekommen haben, dass mein inzwischen *Ex*freund sich von der skrupellosesten Schlampe bei Fleur auf einer Party hat den Schwanz lutschen lassen. Auf dem Flur. Vor den Toiletten.

*Oh Gott*, das ist so niederträchtig, so geschmacklos. Mir stellen sich die Nackenhaare auf, wenn ich nur daran denke.

Und ja. Sie hat ihm den *Schwanz gelutscht*. Normalerweise sage ich solche … vulgären Dinge nicht, aber ich nenne die Sache ja nur beim Namen. Ich gestehe offen ein, was gestern Abend passiert ist, denn meine Schuld ist es nicht. Ich habe ihn nicht in die Arme einer anderen getrieben. Die Ausrede hat er schon öfter benutzt, und ich bin darauf reingefallen.

Und wer ist hier mal wieder die Angeschmierte? Ich. Und mir reicht es. Zachary ist ein mieser Kerl, der mich zum allerletzten Mal betrogen hat.

Ich lächle höflich die Empfangsdame an, als sie mir fröhlich Guten Morgen wünscht, dann biege ich nach rechts ab und gehe den Gang hinunter. Ich hebe das Kinn, um mich entschlossen zu geben, auch wenn ich innerlich ein totales Nervenbündel bin. Doch das hier muss erledigt werden, und es ist das Beste, wenn ich es gleich hinter mich bringe. Rose hat gesagt, ich soll es per E-Mail machen, aber ich glaube, es ihm persönlich zu sagen hat größere Wirkung.

Doch langsam denke ich, ich hätte vielleicht auf Rose hören sollen.

Ich streiche mein leuchtend rotes Kleid glatt – das ich extra ausgewählt habe, weil ich mich mutig fühle, wenn ich es trage –, straffe die Schultern und bleibe vor der angelehnten Tür stehen. Dann klopfe ich an und stecke den Kopf hinein. »Darf ich reinkommen?«

Ryder McKay steht hinter seinem Schreibtisch, und wie er so die Hände auf die Tischkanten stützt und die vielen Fotos und den Papierkram auf dem Tisch betrachtet, sieht er aus wie ein unbarmherziger, gebieterischer König. Er hebt den Kopf und blickt mich mit seinen blauen Augen an, und einen kurzen Moment lang sehe ich nichts weiter als Eis. Sein Blick ist undurchdringlich. Ein bisschen böse vielleicht.

Aber dann schmilzt das Eis, und er fängt an zu lächeln, und die Fältchen um seine Augen sind ganz bezaubernd und verraten mir, dass er viel öfter lächelt, als man denken könnte, was mich irgendwie beruhigt.

»Violet. Was für eine angenehme Überraschung.« Er richtet sich zu seiner vollen Größe auf. »Schließen Sie die Tür.«

»Oh.« Ich zucke leicht zusammen, streiche mir über die Haare, die ich zu einem schlichten, aber eleganten Pferdeschwanz zusammengebunden habe, und drehe mich zur Tür. »Ähm, es wird nicht lange dauern, versprochen.«

»Aber Sie wollen doch sicher etwas Privatsphäre?«, fragt er mit seiner unglaublich tiefen Stimme, und ich muss einen Schauder unterdrücken. Er schafft es, das Wort »Privatsphäre« klingen zu lassen, als wäre es eine Sexpraktik, die er mit mir und nur mit mir allein vollführen will. Als ich ihn über die Schulter hinweg ansehe, hat er den Blick gesenkt, als würde er mir auf den Hintern gucken. »Schließen Sie die Tür, Violet.«

Sein Ton sagt mir, dass Widerstand zwecklos ist, also gehe ich über den weichen Teppich zurück zur Tür und schließe sie sehr vorsichtig. Das Klicken des Riegels klingt laut in dem ansonsten stillen Raum und macht mir auf einmal sehr bewusst, dass ich mit Ryder allein bin. Auf dieser Etage gibt es keine offenen Glaswände, und niemand weiß, dass ich bei Ryder im Büro bin. Auf einmal kribbelt meine Haut vor Aufregung, und ich muss mir sagen, dass es keine große Sache ist. Es ist nur Ryder.

Aber ich bin diesem Mann gegenüber nicht gleichgültig. Ich fühle mich von ihm angezogen wie diese dummen Motten vom Feuer. Die immer näher an die Flammen heranfliegen, bis ihre Flügel anfangen zu brutzeln und die Körper qualmen. Und wenn es vorbei ist, fallen sie wie verbrannte kleine Chips auf den Boden.

Ich drehe mich wieder zu ihm um und lehne mich gegen die Tür. Plötzlich brauche ich den Abstand zwischen uns, er soll schließlich keinen falschen Eindruck davon bekommen, warum ich hier bin. Und ich sollte auch nicht auf falsche Gedanken kommen. Denn das Letzte, was ich will, ist, mich zu verbrennen.

»Ist alles in Ordnung?« Er kommt um den Tisch und lehnt sich dagegen. Er verschränkt die Finger und lässt die Arme locker herunterhängen. Er hat große Hände. Lange Arme. Breite Schultern. Sein Gesichtsausdruck ist neutral, aber er sieht genauso umwerfend aus wie immer. »Als ich Sie zum letzten Mal gesehen habe, waren Sie sehr aufgebracht.«

Oh, schön, dass Ryder gleich direkt zur Sache kommt. Dieser Mann nimmt aber auch wirklich kein Blatt vor den Mund.

»Ich wollte … mich bei Ihnen für gestern Abend bedanken«, fange ich an und ärgere mich über mein Zögern und das Zittern meiner Stimme.

Er sieht mich verwirrt an. »Bedanken? Wofür?«

»Dafür, dass Sie das, was zwischen Zachary und mir passiert ist, nicht noch schlimmer gemacht haben.« Die wütenden Nachrichten auf meinem Anrufbeantworter und die verrückten SMS, die Zachary mir noch bis spät in die Nacht geschickt hat, haben mich ziemlich mitgenommen. Ich habe kaum geschlafen, und der große Kaffee, den ich auf dem Weg ins Büro getrunken habe, hat mich eher nervös als wach gemacht. »Sie sind so gefasst geblieben, darüber war ich sehr froh.«

»Sie waren allerdings nicht besonders gefasst. Das war eine ziemlich beeindruckende Demonstration Ihrer Wut, Violet.« Das leise Lächeln, das seine Lippen umspielt, lässt mein Herz unruhiger schlagen. Ich mag es, wenn er meinen Namen sagt, und das tut er ziemlich oft. Er spricht ihn aus wie ein Kosewort. *Lächerlich.* »Geht es Ihnen inzwischen besser?«

»Eigentlich nicht. Aber ich werde es überstehen.« Ich schüttele den Kopf und ignoriere seinen besorgten Blick. »Ich wollte … ich wollte Sie um einen Gefallen bitten.«

»Was für einen Gefallen?«

»Ich wollte Sie fragen, ob Sie versprechen können, über das, was gestern Abend passiert ist, Stillschweigen zu bewahren.« Meine Bitte klingt absolut verworren. Es würde mich nicht wundern, wenn er mir einen Vogel zeigen und mich aus seinem Büro befördern würde. Nicht, dass er das jemals tun würde, aber … ich mache mich hier gerade zur absoluten Idiotin. Ich weiß es.

»Sie bitten mich, es nicht weiterzuerzählen«, sagt er leise.

Ich nicke und presse die Lippen aufeinander. Ich will mich nicht noch lächerlicher machen.

Er sieht mich an, lässt den Blick träge über meinen Körper wandern, sodass mir ganz heiß wird und alles in mir zum Leben erwacht. Ich halte die Luft an, während ich auf seine Antwort warte, und als er mir schließlich wieder in die Augen sieht, ist mir ganz schwindelig. Als wäre ich immer noch vom vielen Wein betrunken.

»Ihr Kleid passt gut zu meiner Krawatte«, sagt er und bringt mich mit seinem Themenwechsel völlig aus dem Konzept.

»Was?«, frage ich verwirrt. Ich sehe ihm auf die breite Brust. Seine knallrote Krawatte ist beinah genauso rot wie mein Kleid. »Oh ja. Sie haben recht.«

»Als hätten wir es geplant.«

»Haben Sie meine Nachricht nicht erhalten?« Ich lächle. Ich kann nicht anders. Ich sollte eigentlich vollkommen am Boden zerstört sein, ich hätte heute Morgen in meine Müslischale weinen sollen, weil ich meinen Freund verloren habe, aber nein.

Ich bin aufgeregt in Gegenwart dieses Mannes, so verrückt das auch klingt. Die Art, wie er mich ansieht, macht mir sehr bewusst, dass ich eine Frau bin.

»Die habe ich wohl übersehen.« Er erwidert kurz mein Lächeln, und wieder wird mir ganz schwindelig. »Sie sehen wunderschön aus. Und stark. Als könnten Sie Lawrence mit einem Grinsen auf dem Gesicht an den Eiern packen und sie ihm mit einem Ruck abreißen.«

Bei der Vorstellung muss ich lachen. Es ist ein ziemlich derbes Bild, aber es gibt mir Kraft. »Ich hoffe für ihn, dass er sich heute von mir fernhält.«

»Wenn er schlau ist, tut er das.« Ryders Lächeln verblasst. »Ich kann schweigen, Violet. Aber dann muss ich Sie auch um etwas bitten.«

»Okay.« Neugierig warte ich darauf, dass er weiterredet. Ich glaube, ihm macht das Spaß. Die Pausen, die kalkulierten, wohlformulierten Bemerkungen. Er genießt meine angespannte Erwartung, und auch ich genieße sie, besonders da er es ist, der diese Erwartung schürt.

»Gehen Sie heute Abend mit mir essen.«

Mir fällt die Kinnlade herunter, und ich will schon protestieren, aber er hebt abwehrend die Hand.

»Ein Arbeitsessen«, versichert er mir. »Ich habe ein paar Ideen Ihr neues Projekt betreffend, die ich Ihnen gern präsentieren würde. Ich habe die letzten Tage viele Bilder gesammelt, und ich glaube, das Team und ich haben uns etwas Großartiges einfallen lassen.«

Warum bin ich denn jetzt enttäuscht, dass er nur ein Arbeitsessen mit mir vorschlägt? Was in aller Welt ist nur los mit mir? Ich sollte wegen Zachary eigentlich todunglücklich sein. Ich sollte ihn immer noch lieben und an niemanden sonst denken. »Können Sie mir Ihre Ideen nicht beim nächsten Termin mit dem Team zeigen? Wir können auch einen anderen Termin ausmachen, wenn er Ihnen nicht passt. Ich habe fast die ganze Woche nachmittags noch etwas Zeit.«

Er schüttelt langsam den Kopf. »Einige unserer Vorschläge sind etwas ... außergewöhnlich. Ich will mein Team nicht in Verlegenheit bringen, sollten Sie die Ideen völlig abwegig finden, deswegen dachte ich, es wäre gut, wenn wir uns vorher schon einmal treffen und ich Ihnen zeigen kann, was wir bisher haben.«

Trotz meiner Vorsicht finde ich den Vorschlag verlockend. Er weiß, dass ich neugierig bin, was mein Projekt angeht. Mein Baby. »Heute Abend?« Meine Stimme ist piepsig, und ich räuspere mich.

»Es sei denn, Sie haben bereits andere Pläne.« Er sieht mich weiterhin an. Als würde nichts anderes zählen. Und beinah glaube ich das. »Haben Sie schon etwas anderes vor?«

Das hatte ich. Bis ich mit Zachary Schluss gemacht habe. »Nein, habe ich nicht.«

»Perfekt.« Er lächelt. »Dann kümmere ich mich um alles und schicke Ihnen noch eine E-Mail.«

»In Ordnung. Klingt gut.« Ich drehe mich um und gehe zur Tür. Ich will nur weg und gleichzeitig doch wieder nicht. Ich fühle mich irgendwie unwohl in seiner Nähe, obwohl ich gar nicht genau sagen kann, warum, aber es ist so.

»Violet?«

Ich lege die Hand auf die Klinke, bevor ich mich noch einmal nach ihm umdrehe. »Ja?«

»Tragen Sie heute Abend das Kleid.« Er lächelt leicht diabolisch, während er wieder seinen Blick über mich wandern lässt. »Sie gefallen mir in Rot.« Da ist ein Unterton in seiner Bitte. Eine unausgesprochene Bedeutung, als würde er verlangen, dass ich Rot trage, nur um ihm zu gefallen und niemandem sonst.

Ich bin so überrascht, dass ich nichts antworten kann. Stattdessen öffne ich die Tür und renne förmlich den Gang zum Fahrstuhl hinunter. Zurück in die Sicherheit meiner Etage und meines Büros, zurück in die Normalität und weg von den lüsternen Gedanken, die jedes Mal in mir aufsteigen, wenn ich mich in Ryders Nähe befinde.

Aber seine Worte gehen mir den ganzen Vormittag nicht mehr aus dem Kopf, und ich muss ständig meine E-Mails checken und immer wieder auf Aktualisieren klicken, bis ich schon anfange, mich über mich selbst zu ärgern. Die Angst nagt an mir und wird immer schlimmer. Was ist, wenn er es vergisst? Was ist, wenn er mir doch absagen muss? Was ist, wenn er es sich anders überlegt hat und sich doch nicht mit mir treffen will?

Und warum will ich ihn so unbedingt treffen?

Ich denke daran, wie er mich gestern Abend berührt hat, als er mir nach draußen gefolgt ist. Wie er mir die Hand auf die Schulter gelegt hat und seine warmen Finger kurz unter den Spitzenträger meines Kleides geglitten sind. Meine Haut kribbelt, wenn ich nur daran denke, und ich frage mich, wie es sich wohl anfühlen würde, wenn er mich entschiedener berühren würde. Wenn er seine Hände in meinen Haaren vergraben würde, um meinen Kopf festzuhalten, während er seinen Mund auf meinen drückt. Ich habe keinen Zweifel daran, dass er gut küssen kann. Dass er ein Meister der Verführung ist. Er ist so groß und muskulös, er hat bestimmt einen tollen Körper. Nicht, dass Zachary einen schlechten hätte, aber er ist an manchen Stellen etwas weich. Das kommt von dem Bürojob, aber den hat Ryder auch … trotzdem habe ich den Eindruck, dass an dem Körper von dem Mann überhaupt nichts weich ist. Außer, vielleicht, seine Haare.

Oh, und seine Lippen.

Bei dem Gedanken läuft mir ein Schauer über den Rücken.

Da kommt eine neue E-Mail rein, und ich sehe den vertrauten Namen. Schnell öffne ich sie, mein Herz schlägt vor lauter Aufregung schneller. Ich hätte eigentlich tausend Dinge zu erledigen, doch stattdessen sitze ich hier und warte auf seine E-Mail. Wie ein albernes Teenager-Mädchen, das auf den Anruf ihres Freundes wartet.

Ich habe ganz offensichtlich den Verstand verloren. Und jetzt kann ich es nicht mehr auf den Alkohol schieben. Ich habe vielleicht einen Kater, aber ich bin stocknüchtern.

**Violet,**

ich habe einen Tisch für sieben Uhr bei Harper's reserviert. Ich hoffe, das passt in Ihren Zeitplan und ist nicht zu früh. Ich weiß, dass Sie mittwochs gern länger im Büro bleiben, deswegen habe ich versucht, Ihnen so weit wie möglich entgegenzukommen.

Mit dem Blick beim letzten Satz verharrend, beiße ich mir auf die Unterlippe. Hat Zachary jemals versucht, mir irgendwie entgegenzukommen?

Eindeutig nein.

Ich dachte, wir fahren am besten zusammen rüber. Ich habe ein Taxi bestellt. Es sei denn, Sie wollen erst noch nach Hause, was auch vollkommen in Ordnung wäre. Geben Sie mir kurz Bescheid.

Beste Grüße

Ryder

Ich sollte ihn warten lassen. Ich sollte endlich diesen Anruf erledigen, den ich schon seit Tagen vor mir herschiebe. Den langweiligen Papierkram erledigen, den Rose mir am Freitag gegeben hat.

Stattdessen klicke ich auf Antworten und fange sofort an zu tippen.

Lieber Ryder,

das klingt perfekt. Ich war noch nie bei Harper's, aber ich habe gehört, das Essen dort ist köstlich. Und an einem Mittwochabend ist es hoffentlich ruhig genug, dass wir das Projekt besprechen können, ohne irgendjemanden zu stören.

Ich freue mich auf unser Treffen.

Danke,

Violet

Ich klicke auf Senden, bevor ich es mir noch einmal anders überlegen kann, denn natürlich denke ich gleich darüber nach, ob es die richtige Antwort war. War es falsch zu schreiben, dass das Essen bei Harper's köstlich ist? Oder dass ich hoffe, dass es dort ruhig ist? Klingt meine E-Mail, als würde ich irgendetwas implizieren? Oh, *Gott*, ich benehme mich lächerlich. Absolut lächerlich …

Seine Antwort kommt überraschend schnell.

**Ich habe ein Separee für uns reserviert, damit wir ungestört sind. Ich hoffe, das ist Ihnen recht. Ich wollte Ihre ungeteilte Aufmerksamkeit, wenn ich mit Ihnen rede.**

*Oh.* Ich schlucke schwer und klicke auf Antworten.

*Wenn es das ist, was Sie wollen, sollen Sie es bekommen.*

Ich lasse meine Finger kurz über der Maus verharren. Eine Sekunde, zwei. Dann schließe ich die Augen und klicke auf Senden.

**Das will ich mehr als alles andere.**
**Ich freue mich auf heute Abend.**
**R.**

Ich muss lächeln, und kopfschüttelnd verberge ich das Gesicht in den Händen. Ich habe das Gefühl, als hätte ein Alien von meinem Körper Besitz ergriffen und würde mich diese Dinge sagen und denken lassen. Ich habe noch nie im Leben irgendjemandem zweideutige E-Mails geschickt, noch nicht einmal Zachary. Ein paar Augenblicke mit Ryder, und ich verhalte mich, als wollte ich von ihm besprungen werden.

Und irgendwie *will* ich das auch.

Ich greife nach dem Telefon und wähle Rose' Nummer. Sie geht gleich nach dem ersten Klingeln ran, antwortet mit einem schnellen Hallo und klingt völlig abgelenkt.

»Ich weiß, ich habe gerade erst mit Zachary Schluss gemacht …« Ich mache eine Pause, und Rose fängt an zu reden, bevor ich ein weiteres Wort sagen kann.

»Wenn du mir jetzt erzählst, dass du ihn wiederhaben willst, dann lege ich auf. Sofort. Und ich werde nie wieder mit dir reden. Es ist mir egal, dass wir Schwestern sind. Es ist mir egal, dass wir zusammenarbeiten. Ich lasse es nicht zu, dass du zu dem Idioten zurückgehst«, sagt Rose und klingt richtig wütend. Es ist ihre typische »*Ich bringe jeden um, der dir wehtut*«-Art.

»Nein, nein, ich will ihn nicht wiederhaben. Keine Sorge.« Ich mache wieder eine Pause. Auf einmal habe ich Angst, Rose irgendetwas von Ryder zu erzählen. Sie würde mir wahrscheinlich sagen, dass ich verrückt bin. Mich warnen, dass ich mich da in etwas hineinstürze, womit ich nicht umgehen kann. Dass er zu viel für mich ist. Ich weiß das. Ich glaube, er weiß es auch. Aber das hält ihn nicht auf.

Und mich auch nicht.

»Wirklich nicht?« Rose klingt misstrauisch.

Ich kann es ihr nicht erzählen. Noch nicht. Ich sollte es noch ein bisschen länger für mich behalten. Es ist noch nicht einmal vierundzwanzig Stunden her, dass Zachary und ich uns getrennt haben, und schon denke ich an jemand anderen. Rose wird ausflippen. Oder denken, ich hätte einen Nervenzusammenbruch. »Ich wollte dir nur sagen, dass ich dabei bleibe. Ich will ihn nicht mehr.«

»Egal, wie sehr er sich bemüht, dich zurückzugewinnen?« Rose klingt skeptisch, und ich kann es ihr nicht verübeln. Ich habe schon öfter klein beigegeben, auch wenn wir uns noch nie richtig getrennt hatten. Das ist eine neue Entwicklung zwischen uns.

»Egal, wie sehr er sich bemüht«, verspreche ich.

»Wobei ich nicht glaube, dass er es versuchen wird. Er reist in weniger als zwei Wochen ab. Er ist zwar erst mal nur auf Probe in London, aber ich zweifle nicht daran, dass Vater ihm die Beförderung geben wird. Er wird sich weiterentwickeln. *Ich* werde mich weiterentwickeln. Es ist vorbei.«

»Wenn du das sagst. Ich glaube ja, der Idiot wird früher oder später merken, was er an dir hatte, und dann kommt er wieder angeschlichen und wird um Vergebung betteln.«

Ich lache. Oh, *Gott*, ich hoffe nicht. Ich habe wirklich keine Lust, mich weiter mit ihm abzugeben. Ich bin ihn so leid. »Das bezweifle ich.«

»Ich bin stolz auf dich. Du klingst so stark, so selbstsicher«, murmelt Rose. »Du kannst das. Ich weiß, dass du es kannst.«

»Ich weiß es auch.« Und das tue ich wirklich. Und ich glaube, Ryder als Ablenkung zu benutzen wird mir helfen.

Oder mich verletzen. Das kann ich noch nicht sagen.

Aber davor habe ich nicht genug Angst, dass es mich abhalten würde.

# KAPITEL 8

## Ryder

Erwartungsvoll beobachte ich, wie Violet aus dem Gebäude kommt. Sie trägt immer noch dieses verdammt sexy Kleid, mit dem sie in der Menge aus Schwarz und Blau und Grau ziemlich hervorsticht. Ich warte am Rand des Gehwegs auf sie, während es von Minute zu Minute kälter wird. Auf den Frühling in New York kann man sich einfach nicht verlassen. Gestern noch hatten wir perfekte vierundzwanzig Grad. Heute waren es nur fünfzehn, und die Temperatur fällt gerade ziemlich schnell. Und Violet trägt keinen Mantel über dem kurzärmeligen Kleid, noch nicht mal eine Jacke. Sie hat bloß eine schwarze Chanel-Tasche über der Schulter hängen und trägt die Haare immer noch genauso elegant wie heute Morgen. Ich kann nichts anderes denken, als wie toll sie aussieht. Wie unglaublich schön und perfekt.

Und wie sehr ich sie will. Wie sehr ich ihr das Haarband herausziehen und zusehen will, wie diese langen, dunklen Haare um ihr Gesicht fallen. Ihr die Lippen auf die Stelle am Hals drücken, wo ihr Puls ist, und daran saugen. An ihrer Haut knabbern. Lecken. Sie kosten. Meine Hände über ihren Körper wandern lassen und jede ihrer Kurven kennenlernen …

Da erblickt sie mich, und das schüchterne Lächeln,

das ihr Gesicht erhellt, lässt mich wieder zum Bewusstsein kommen. Sie drängt sich durch die Menge, bis sie direkt vor mir steht und ihr Duft und die Hitze ihres geschmeidigen Körpers mich umgeben, mich umschlingen. Ihr Lippenstift ist genauso rot wie das Kleid und erinnert mich an den Farbton, den sie gestern Abend schon getragen hat, und plötzlich verspüre ich den Drang, sie zu küssen. Den Lippenstift zu verschmieren, ihn auf meine Lippen zu bekommen, mich von ihr markieren zu lassen.

Wenn alles läuft, wie ich es mir vorstelle, werde ich eindeutig *sie* markieren. Auf primitive, sexuelle Art, die sie unter ihrer Kleidung verstecken wird. Aber ich werde wissen, dass die Markierungen da sind.

Ich fahre mir mit der Hand über den angespannten Nacken. Himmel, irgendetwas an dieser Frau erfüllt mich mit verstörenden, besitzergreifenden Gedanken. Gedanken, die ich normalerweise nicht habe. Außer mir selbst ist mir noch nie jemand wichtig gewesen. So musste ich sein. Es war die einzige Möglichkeit zu überleben, als ich noch klein war.

»Tut mir leid, dass Sie warten mussten«, sagt sie leicht außer Atem. Ich kann nicht anders, als mir vorzustellen, dass sie genauso atemlos klingt, wenn ich sie gerade zum Orgasmus gebracht habe. »Ich hatte noch einen Anruf reinbekommen, und er hat länger gedauert, als ich dachte.«

»Kein Problem.« Sie ist maximal fünf Minuten zu spät. Keine große Sache. Lustig, dass sie so tut, als hätte sie eine unverzeihliche Sünde begangen. »Ich habe nicht lange gewartet.«

»Gut.« Das erleichterte Lächeln, das sie mir schenkt,

lässt auch mich, ohne darüber nachzudenken, die Mundwinkel hochziehen. »Sollen wir los?«

»Unbedingt.« Ich fasse sie am Ellbogen und führe sie zum Taxi, öffne die Tür, damit sie einsteigen kann. Ich werfe einen Blick auf ihren Hintern, beobachte, wie der dünne Stoff ihre Kurven umschmeichelt, und unterdrücke die in mir aufsteigende Lust, so gut ich kann.

Aber es ist nicht leicht. So in ihrer Nähe zu sein, mit all meinen Sinnen nur auf sie konzentriert, fühle ich mich fast überwältigt – oder vielmehr wie ein brünstiges Tier. Was ich normalerweise nicht erlebe, wenn ich in der Nähe einer schönen Frau bin. Normalerweise sind es die Frauen, die *mich* anschmachten, nicht andersherum.

Ich setze mich neben sie auf die Rückbank, ziehe die Tür zu und deute dem Fahrer an, dass es losgehen kann. Wir haben keine fünfzehn Minuten mehr, um noch pünktlich an unser Ziel zu gelangen, was wir auf keinen Fall schaffen werden. Unsere Reservierung wird aber nicht verfallen, denn ich habe das Separee für Violet und mich mit der Kreditkarte reserviert. Wir werden den ganzen Abend allein sein. Sobald wir hinter geschlossenen Türen sind, werde ich meinen Charme auf sie wirken lassen, und innerhalb der nächsten paar Tage wird sie mehr als bereit für mich sein, wenn nicht schon am Ende des Abends.

Ich vertraue auf meine Fähigkeiten.

»Ich bin schon sehr gespannt auf Ihre Ideen«, sagt sie leicht aufgeregt. Sie schlingt die Hände im Schoß ineinander, ihr Körper ist mir zugewandt. »Ich habe mich schon den ganzen Tag aufs Abendessen gefreut.«

Dass sie das sagt, überrascht mich. Violet ist normalerweise so reserviert, hält ihre Gefühle und ihre Meinungen immer zurück. Aber dann muss ich an die E-Mails denken, die wir uns vorhin geschrieben haben. Ich habe mehr darin gelesen, und ich glaube sie auch. Es war ein Risiko, ihr E-Mails voller Andeutungen zu schicken. Nicht dass ich es geplant hätte. Doch wenn man bedenkt, dass sie Lawrence gerade erst gestern Abend abserviert hat, erstaunt mich ihr Verhalten noch umso mehr.

Aber anscheinend ist Violet vielschichtiger, als man denken könnte. Ich glaube, sie erlaubt mir gerade einen Blick auf das, was sie normalerweise gut versteckt hält. Was in mir das Bedürfnis weckt, noch mehr zu entdecken.

Viel mehr.

»Ich mich auch«, murmele ich, und ich wünschte, ich könnte über die Mittelkonsole nach ihrer Hand greifen. Ich würde ihr wahrscheinlich einen gewaltigen Schrecken einjagen, wenn ich ihre Hand auf meinen steif werdenden Schwanz legen würde. Würde sie die Hand wegziehen, oder würde sie die Finger darum legen und es mir machen?

Wahrscheinlich Ersteres. Ich wette, sie hat es Lawrence noch nie im Taxi besorgt. Vielleicht hat sie es ihm überhaupt noch nie mit der Hand gemacht. Ich habe keine Ahnung. Wenn ich nur daran denke, dass sie Sex mit diesem Arschloch gehabt hat, verspüre ich Lust, ihn zu schlagen.

Ich verziehe das Gesicht und blicke aus dem Fenster auf die vorbeiziehenden Gebäude. Die Geräusche der immer lauten Stadt beruhigen mich. Sie erinnern mich daran, wer ich bin und wo ich herkomme. An Lawrence zu denken bringt gar nichts. Pilar würde dieses absurde Gefühl, das gerade von mir Besitz ergreift, Eifersucht nennen.

Und ausnahmsweise müsste ich ihr recht geben.

»Haben Sie die Bilder dabei?«, fragt Violet und reißt mich damit aus den Gedanken.

»Habe ich.« Ich zeige auf die Aktentasche zu meinen Füßen. Auch wenn es nur ein Vorwand war, um mit Violet allein zu sein, werde ich ihr trotzdem die Bilder zeigen, die ich mithilfe meines Teams gefunden habe. Bilder, die die Idee hinter Violets neuer Kosmetiklinie einfangen.

Ich hoffe nur, sie gefallen ihr.

»Ich habe mit Zachary gesprochen«, sagt sie aus dem Nichts heraus mit gedämpfter Stimme. Von draußen fällt etwas Licht herein, und ich kann ihr hübsches Gesicht sehen, die großen, traurigen Augen. »Er ist sehr wütend auf mich.«

»*Er* ist wütend auf *Sie*?« Der Kerl hat echt Nerven. Das haut mich um. »Ist *er* nicht derjenige, den wir mit Pilar erwischt haben?«

»Er hat gesagt, es war nicht so, wie ich dachte. Dass sie bloß ...« Sie dreht sich zur Tür und starrt aus dem Fenster. »Dass sie sich bloß geküsst hätten. Und sonst nichts.«

Wenn sie das wirklich glaubt, habe ich mehr Probleme, als ich dachte. »Darf ich offen mit Ihnen sein, Violet?«

Sie dreht den Kopf herum und sieht mich an. »Natürlich.«

»Wenn er sagt, sie hätten sich nur geküsst, im Sinne

von Pilar hat seinen Schwanz geküsst, dann glauben Sie ihm das meinetwegen.« Ich nehme kein Blatt vor den Mund, und ich kann ihr ansehen, dass ich sie schockiert habe. Ich glaube nicht, dass diese unglaublichen braunen Augen noch größer werden könnten. »Glauben Sie seinen Lügen nicht. Sie sind viel zu gut für ihn.«

Sie räuspert sich. »Er hat außerdem gesagt, dass ich verrückt bin, wenn ich irgendwie an Ihnen interessiert bin. Dass Sie nur deswegen neben der Arbeit Zeit mit mir verbringen wollen, weil Sie mich benutzen wollen, um aufzusteigen.«

Er muss es ja wissen, schließlich ist es genau das, was Lawrence mit ihr gemacht hat. »Er tut ja so, als wären Sie ein dummes kleines Mädchen, das selbst nicht denken kann.«

Violet schweigt einen Moment, als würde sie darüber nachdenken, was ich gesagt habe. »Sie haben recht.« Sie blickt geradeaus, ihr Kiefer ist angespannt, ihre Lippen sind zu einer dünnen Linie zusammengepresst. Sie schluckt, und ich würde gern unzählige Küsse auf die zarte Haut ihres schönen Halses setzen. Ihr ins Ohr flüstern, was ich gern hier im Auto mit ihr machen würde.

*Himmel*, ich bin ihr echt verfallen.

»Und, wollen Sie ihm nicht beweisen, dass er damit falsch liegt?«, frage ich.

»Wie das?« Sie neigt den Kopf, und ihr Pferdeschwanz rutscht ihr über die Schulter. Er gleitet über den Stoff ihres Kleides, und ihre glänzenden, seidigen Haare locken mich, es juckt mir in den Fingern, sie zu berühren.

»Statt immer diejenige zu sein, die benutzt wird, sollten Sie die Rollen umdrehen.« Ich habe keine Ahnung, worauf ich damit hinauswill, aber ich habe ihr Interesse geweckt, also rede ich weiter. »Vielleicht sollten Sie mich benutzen.«

Ihr fällt kurz die Kinnlade herunter, bevor sie die Lippen wieder aufeinanderpresst. »Was meinen Sie damit, ich soll Sie benutzen? Wie? Und warum sollten Sie das wollen?«

Das hätte ja nicht besser laufen können. Ich bin ganz geflasht, wie bei der Arbeit, wenn ich eine Präsentation erstelle und ganz genau weiß, dass ich damit alle umhauen werde. Es ist das gleiche Gefühl wie damals, als ich noch auf der Straße gelebt und Pläne geschmiedet habe, wie ich an meine nächste Mahlzeit, meinen nächsten Joint, den nächsten Fick komme.

»Ihr Ex hasst mich. Und ich bin auch kein großer Fan von *ihm*.« Ich schlage alle Vorsicht in den Wind, nehme ihre Hand und verschränke meine Finger mit den ihren, sodass unsere Handflächen aneinanderliegen. Ich kann den Puls in ihren Fingern spüren und passe meinen Atem dem schneller werdenden Rhythmus an, will sie gleichzeitig beruhigen und erregen. »Wenn er wüsste, dass zwischen uns beiden etwas läuft, würde ihn das wahnsinnig machen.« Und ihn vielleicht genug ablenken, dass er in seiner Probezeit furchtbar versagt.

Sie sieht mich an und scheint interessiert, aber auch ein bisschen verwundert zu sein. Die Anziehung zwischen uns ist da. Ich weiß, dass sie es auch fühlt. Aber reicht das, um sie zu einem solchen Schritt zu bewegen? »Ich glaube, Sie fühlen sich zu mir hingezogen«, flüstere ich und lasse meinen Blick zu ihren Lippen wandern. Ihre Zunge schnellt hervor, sie leckt sich über die roten Lippen, und ich könnte laut aufstöhnen. Ich will mich zu ihr rüberbeugen und sie um den Verstand küssen, aber ich reiße mich zusammen. »Und ich fühle mich zu Ihnen hingezogen.«

»Tun Sie das?« Sie schüttelt leise seufzend den Kopf. »Ich bitte Sie. Das ist doch verrückt.« Sie spannt ganz leicht die Finger um meine Hand an. »Ich kenne Sie doch kaum. Sie sind mit jemand anderem zusammen. Ich habe mich erst gestern von Zachary getrennt, obwohl ich noch vor ein paar Tagen dachte, er würde um meine Hand anhalten. Ich wollte ihn *heiraten*.«

Ich versuche, meine Wut, die mein Gehirn benebelt, unter Kontrolle zu halten. Wie schade wäre das, wenn Violet Zachary heiraten würde. Er würde ihr Leben ruinieren. »Ich weiß. Und ich stimme Ihnen zu – es ist verrückt, jetzt schon an Sex mit jemand anderem zu denken.« Schockiert reißt sie die Augen auf. Es macht mir Spaß, sie zu schockieren. Alle fassen sie immer mit Samthandschuhen an, aber ich weiß nicht so genau warum. Sie wirkt immer so zerbrechlich. Doch so langsam habe ich das Gefühl, dass etwas anderes dahintersteckt. »Wollen wir doch mal sehen, wohin uns der heutige Abend noch führt.«

»D-der heutige Abend?« Ihre Stimme zittert, und ihr Atem geht flach – ich sehe, wie sich ihre Brust schnell hebt und senkt.

»Sehen wir den Abend doch zum Teil als Arbeit, zum Teil als Vergnügen.« Ich drücke ihre Hand, beuge mich vor und presse meine Lippen auf ihre Stirn, lasse sie dort eine Weile liegen, bevor ich mich langsam von ihr löse. »Das wird ... interessant. Glauben Sie nicht?«

Sie starrt mich mit ihren glänzenden dunklen Augen an, als hätte ich zwei Köpfe. Jetzt habe ich ihre Welt total auf den Kopf gestellt. Was nur gerecht ist, denn sie hat das Gleiche mit mir gemacht. Seit Tagen denke ich nur an sie. »Ich glaube, das ist ein großes Risiko«, sagt sie leise. »Ich weiß, was man über Sie sagt.«

Stirnrunzelnd lasse ich ihre Hand los und lehne mich wieder zurück. Ich meine, so etwas wie Enttäuschung auf ihrem Gesicht zu sehen, aber ich bin mir nicht sicher. »Was sagt man denn?« *Himmel*, das ist echt die längste Taxifahrt meines Lebens. Es ist mir etwas unangenehm, in welche Richtung das Gespräch gerade geht.

Sie zuckt die Achseln. »Dass Sie und Pilar ziemlich ausgefallene Sexspielchen treiben. Dass Sie Pilar nicht loslassen können, egal, wie sehr Sie es auch versuchen. Dass Sie mit allem Sex haben, was nur ein Kleid oder einen Rock anhat, und hinterher alle sitzen lassen. Zachary sagt, Sie sind der verachtenswerteste Mensch der Welt.«

Stimmt alles. Jedes einzelne Detail. Und *ihr* Kleid reizt mich gerade besonders. »Lustig, wie er über mich redet, obwohl er mir doch sehr ähnlich ist«, murmele ich, während ich überlege, wie ich mich verteidigen soll.

»Ich habe ihm gesagt, dass mir das alles egal ist«, fährt sie überraschenderweise fort. »Dass mir Ihr Privatleben egal ist. Wir haben beruflich miteinander zu tun, das war's. Und wenn darüber hinaus irgendetwas passiert, geht ihn das nichts an. Ich lasse es nicht zu, dass er meine Gefühle kontrolliert. Ich lasse mir von ihm kein schlechtes Gewissen dafür einreden, dass ich ihm nicht mehr als Fußabtreter zur Verfügung stehe und ihn aus meinem Leben geworfen habe.«

Violets Rückgrat kommt wieder zum Vorschein. »Sie haben die richtige Entscheidung getroffen, sich von ihm zu trennen.«

Sie lächelt schwach. »Das würden Sie doch ohnehin sagen. Ich glaube, Ihre Worte waren … *hmm* … dass Sie ihn hassen?«

»Das stimmt. Ich hasse ihn. Und ich hasse ihn dafür, was er Ihnen angetan hat.« Ich werde *mich* dafür hassen, was *ich* ihr antun werde.

»Was ich eigentlich sagen will, ist, dass ich nicht weiß, ob ich das Risiko eingehen und … Sie benutzen will.« Sie hebt die Augenbrauen, fast als wolle sie sagen, dass ich ihr bloß nicht widersprechen soll. »Ich glaube, das ist vielleicht keine so gute Idee.«

»Es ist definitiv keine gute Idee.« Das ist die letzte Warnung, die sie von mir bekommt. Ich bin gerade hundertprozentig ehrlich mit ihr. Es ist die schlechteste Idee überhaupt, besonders für Violet. Meine Pläne werden für sie nicht gut enden. Aber wenn ich dadurch bekomme, was ich will, dann werde ich die Gelegenheit wahrnehmen. Sie wird letztendlich darüber hinwegkommen.

Irgendwann.

Sie lacht über meine Aufrichtigkeit. »Sie halten nicht gerade mit der Wahrheit hinterm Berg, was?«

»Nein.« Ich schüttle den Kopf. »Gekauft wie gesehen.«

Ihre Augen leuchten auf. Sie ist eindeutig erregt. »Mir gefällt, was ich sehe.« Jetzt bin ich derjenige, der schockiert ist.

»Sie wissen ja bereits, dass mir gefällt, was ich sehe.« Ich lasse den Blick zu ihrem V-Ausschnitt wandern, der so tief ist, dass ich den Ansatz ihrer Brüste sehe. Die viele glatte, samtige Haut wirkt auf jemanden wie mich wie eine krasse Droge. Ich will sie so unbedingt berühren, dass es kaum auszuhalten ist. »Das Kleid, das Sie tragen, macht mich ganz verrückt.«

»Soll das heißen, es gefällt Ihnen?« Sie blickt an sich herab, dann hebt sie den Kopf und sieht mich amüsiert an. Ich antworte nicht, aber ich glaube, sie kann es sich schon denken. »Es ist wie ein Schutzschild. Ich habe mich heute so mutig darin gefühlt. Als ich Sie morgens getroffen habe. Als ich nachmittags Zachary gegenüberstand. In der Sitzung, von der ich befürchtet hatte, dass sie schrecklich laufen würde, die aber sehr erfolgreich war. Und jetzt ... wieder mit Ihnen. Wie ein Schutzschild.«

»Sie haben das Gefühl, sich vor mir schützen zu müssen?« Schlaues Mädchen. Sie beeindruckt mich jedes Mal wieder.

Was auch nicht gut ist, sie zu bewundern. Ich muss mir in Erinnerung rufen, dass sie nichts ist. Mir nichts bedeutet.

Wenn ich mir das oft genug sage, überzeuge ich mich vielleicht davon, dass es die Wahrheit ist.

Sie nickt und schürzt amüsiert die vollen Lippen. »Heute Abend wird eine ganz schöne Qual. Das weiß ich jetzt schon.«

»Eine Qual, inwiefern?« Ich kann mir eine Menge

Arten vorstellen, sie zu quälen. Und jede davon würde ihr qualvolles Vergnügen bereiten ...

»Es gefällt Ihnen, die Leute hinzuhalten, besonders mich. Ich glaube, Sie genießen die angespannte Erwartung. Die Sehnsucht, etwas zu sehen, etwas zu schmecken zu bekommen.«

*Verdammt.* Dieses Gespräch wird gerade ziemlich sexuell aufgeladen. Normalerweise macht mir das nichts aus. Eigentlich fange ich mit so etwas an. Aber das Letzte, was ich jetzt gebrauchen kann, ist, mich von Violet provozieren zu lassen und dann nichts weiter unternehmen zu können, während wir im Restaurant sind und uns nett unterhalten.

Ich bin nicht mehr in der Stimmung, mich nett zu unterhalten. Ich würde viel lieber ihr Kleid hochziehen und sie auf dem Rücksitz von diesem blöden Taxi ficken.

Da hält das Taxi mit einem Ruck an, und wir werden nach vorne geworfen. Der Fahrer steigt aus, geht um die Motorhaube und öffnet Violets Tür. Sie dankt ihm überschwänglich, was ihn total aus dem Konzept bringt, sodass er beinahe ihr Kleid in der Tür einklemmt. Dann öffnet er meine Tür, ernst und ausdruckslos, und nickt mir zu, als ich ihm einen Zwanzig-Dollar-Schein in die Brusttasche stecke.

»Hören Sie auf, sie anzuglotzen, oder meine Faust landet gleich auf Ihrer Nase«, sage ich in freundlich plauderndem Ton und tätschele ihm die Brust. »Verstanden?«

»Ja, Sir.« Der Fahrer nimmt Haltung an, und ich werfe ihm einen letzten finsteren Blick zu, während ich nach Violets Arm fasse und sie zum Restaurant führe.

»Was war denn das?«, fragt sie, nachdem ich ihr die Tür geöffnet habe.

»Machen Sie sich darüber keine Gedanken«, sage ich kopfschüttelnd.

Das Restaurant ist riesig; es ist ein ehemaliges Lagerhaus, das erst kürzlich umgestaltet wurde. Alle Rohre und Balken und Steinmauern wurden erhalten. Seit der Eröffnung war ich schon oft genug hier, dass der Leiter des Restaurants mich bereits kennt und mir die Idee hinter dem Restaurant erklärt hat. Gehobene Küche in einer Art altmodischer Mondscheinkneipenatmosphäre – das ist es, was der Eigentümer im Kopf hatte.

Ich finde, er hat es ziemlich gut umgesetzt.

»Oh, das ist ja toll, was sie aus diesem Ort gemacht haben«, sagt Violet, während sie sich umsieht und mich dann anlächelt. »Ich habe gehört, das Essen hier ist fantastisch.«

»Das ist es.« Ich führe sie zum Empfang und sage der Frau dahinter meinen Namen. Ihre Augen leuchten auf, sie nimmt zwei Karten und bittet uns, ihr zu folgen. Ich lege eine Hand auf Violets unteren Rücken, presse meine Finger an ihren Körper. Sie sagt nichts, verkrampft sich weder, noch entspannt sie sich, aber ich merke, dass sie sich meiner Gegenwart mehr als bewusst ist. Sie wirkt leicht nervös, und das gefällt mir.

Verdammt, es gefällt mir sehr.

Die Empfangsdame führt uns in den hinteren Teil des Restaurants, zu einer Wand mit vier schweren Holztüren, alle geschlossen. »Nummer drei ist Ihr Raum für den Abend«, sagt sie, während sie uns zur zweiten Tür führt und die Hand auf die Klinke legt. »Bitte lassen Sie mich wissen, wenn Sie irgendetwas brauchen. Ihr Kellner sollte gleich bei Ihnen sein.«

Sie öffnet die Tür, und wir gehen hinein. Die Empfangsdame wirft uns noch einen freundlichen Blick zu, bevor sie die Tür hinter sich zuzieht. Der Raum ist kühl und ruhig, und der riesige rustikale Holztisch in der Mitte würde Platz für mindestens zwanzig Leute bieten.

»Wir könnten hier ja eine Konferenz abhalten, Ihr gesamtes Team würde bequem an den Tisch passen«, sagt Violet bewundernd, während sie auf den Tisch zugeht und die Hände auf eine Stuhllehne legt.

»Ja.« Ich gehe hinter ihr her und bleibe direkt hinter ihr stehen, so nah, dass ich ihren verführerischen, süchtig machenden Duft einatmen kann. »Aber ich bin heute Abend viel lieber mit Ihnen allein.«

Sie erwidert nichts, blickt mich bloß über die Schulter hinweg an, lässt diese samtigen Augen unglaublich lange auf mir ruhen. Ich kann nicht sagen, ob ihr gefällt, was sie sieht, oder ob sie mich hasst. Ich kann sie nicht durchschauen, und das macht mich wahnsinnig. Ich kann sonst alle durchschauen. Die Fähigkeit allein hat mich schon weit gebracht, damals, als ich ein Straßenkind war, und jetzt in meiner Karriere.

Aber Violet? Ich weiß nicht, was sie denkt, und ich verstehe nicht, warum.

# KAPITEL 9

# Violet

Während des Essens war Ryder ganz der perfekte Gentleman. Er hat höflich Konversation betrieben und jegliche sexuellen Anspielungen unterlassen. Oh, er hat mit mir geflirtet. Er hat mich angelächelt, dass mir davon fast schwindelig geworden ist. Außerdem hat er mir ständig Wein nachgeschenkt, wahrscheinlich weil er mitbekommen hat, wie ich gestern Abend auf den Alkohol reagiert habe. Angeheizt durch meine Wut, bereit, mich mit Zachary zu bekriegen.

Ich kann immer noch nicht glauben, dass ich mich so verhalten habe. Wenn Vater es mitbekommen hätte, er wäre zutiefst beschämt gewesen. Rose war ganz schön sauer, dass sie nicht miterleben konnte, wie ich den Idioten von Ex zur Sau gemacht habe.

Typisch.

Ryder ist die ganze Zeit so höflich, so subtil charmant, dass er mir vorkommt wie ein Raubtier auf der Lauer. Ständig berechnet er seinen nächsten Schritt, während er versucht, mich glauben zu lassen, dass alles gut wäre. Und dann wird er auf einmal zuschlagen. Mich vollkommen gefangen nehmen als sein williges Opfer.

Und ich bin willig, auch wenn ich weiß, dass das falsch ist. Ich will ihn. Es ist falsch, aber ich tue es.

»Die Bilder.« Als der Kellner unsere Teller abgeräumt hat, zieht Ryder aus dem Nichts eine Mappe hervor, obwohl ich wusste, dass er seine Aktentasche dabeihat. Als ich die Mappe entgegennehme, berühren sich unsere Fingerspitzen, und wieder durchfährt mich ein Schauer, wie jedes Mal, wenn er mich berührt. »Lassen Sie sich Zeit beim Ansehen. Ich bin gespannt, ob die Bilder Sie inspirieren.«

Sein Tun ist ganz gelassen, aber darunter höre ich etwas anderes, auch wenn ich nicht genau sagen kann was. Ist er nervös? Hat er Angst, dass ich die Ideen seines Teams infrage stellen könnte? Dass mir nichts davon gefallen könnte?

Mit zitternden Fingern öffne ich die Mappe, und als ich das erste Bild sehe, bleibt mir die Luft weg. Es ist ein Foto einer Frau mit langen dunklen Haaren, sie hat den Kopf zurückgeworfen, die Augen sind halb geschlossen, die tiefroten Lippen leicht geöffnet. Sie hat die Hand an ihrem Hals liegen, der Arm ruht zwischen ihren nackten Brüsten. Das Foto ist sinnlich, nicht anrüchig, aber die Frau scheint eindeutig Qualen der Leidenschaft durchzumachen.

Ich blättere es um, ohne Ryder anzusehen. Er soll nicht merken, dass ich schon jetzt vollkommen neben der Spur bin, obwohl ich erst ein Bild angesehen habe.

Das nächste Bild ist zum Glück harmlos. Es ist ein Foto von einem Haufen französischer *Macarons*, jeder in einer anderen leuchtenden Farbe. Das köstliche Baisergebäck ist wunderschön in seiner Schlichtheit.

Ich blättere weiter, betrachte jedes Bild sorgsam und bin überrascht, wie unterschiedlich sie alle sind und dabei doch zusammenpassen. Auf einem ist der Himmel zu sehen und eine ausgestreckte Frauenhand, auf deren Fingerspitzen ein wunderschöner, orange leuchtender Schmetterling sitzt. Das nächste Bild ist von einem Strauß bunter Wildblumen; das nächste von einer grünen Wiese mit einer einzigen Sonnenblume in der Mitte, die sich der Sonne entgegenstreckt.

Doch das letzte Bild bringt mich wieder völlig aus dem Konzept. Es ist ein Foto von einem eng umschlungenen Paar. Die Frau ist unglaublich schön, mit dunklen braunen Augen sieht sie den Mann traurig an, ihre rosa Lippen sind geöffnet. Der Mann hält sie mit beiden Händen fest. Die eine Hand liegt an ihrem Hinterkopf, die andere auf ihrem Hintern. Er hat die Stirn an ihre gepresst und sieht sie mit intensivem Blick an. Die beiden sind vollkommen aufeinander konzentriert, ich kann die Verbindung zwischen ihnen richtig spüren.

Ich sehe das Bild so lange an, dass das Schweigen zwischen uns langsam schwer wird. Unausgesprochene Wörter und Gedanken füllen die Luft, und während die Zeit so verstreicht, traue ich mich immer weniger aufzublicken und Ryder anzusehen.

Das Foto spricht mich irgendwie an, aber ich kann gar nicht erklären, warum. Der Mann ... es kommt mir vor, als würde er die Frau besitzen. Als würde sie ihm alles bedeuten, und als ob er sie absolut nicht loslassen will. Sie sieht aus, als würde sie innerlich mit sich selbst kämpfen. Oder vielleicht auch mit dem Mann und der Leidenschaft, die er für sie empfindet. Sie will es, sie braucht, was er ihr geben kann, aber sie hat Angst vor ihm, vor dem, wofür er steht. Während er so wirkt, als würde er sie einfach nur besitzen wollen.

»Sie hat mich an Sie erinnert«, sagt Ryder, und ich schrecke auf, als ich seine tiefe, brummende Stimme höre. Er beobachtet mich mit glühendem Blick und düsterer Miene.

»Wie das?«, frage ich flüsternd.

»Sie sieht aus wie Sie. Die dunklen Haare, die dunklen Augen und ihr trauriger Gesichtsausdruck. Sie sieht aus, als hätte sie Angst.«

»Er sieht aus, als wolle er sie besitzen.«

»Will nicht jeder Mann eine schöne Frau besitzen? Oder sich zumindest um sie kümmern?« Er lächelt nicht, blinzelt noch nicht einmal, und irgendwie habe das Gefühl, gefangen zu sein.

In die Falle gegangen zu sein.

»Das klingt ja, als wäre sie sein Eigentum.« Und ich klinge wie eine atemlose Idiotin.

Da erscheint plötzlich ein Lächeln auf seinem Gesicht, und ich weiß, ich sollte Angst haben. Sein gesamtes Verhalten hat sich verändert. Der höfliche Geschäftsmann ist verschwunden. »Ist da irgendetwas verkehrt daran, wenn ein Mann eine Frau sein Eigen nennen will?«

»Ja, wenn er sie kontrolliert.«

»Aber was ist, wenn es ihr gefällt? Wenn sie von ihm besessen werden will?«

Er versucht, mich herauszufordern, und ich weiß nicht, warum. »Ich würde niemals von einem Mann besessen werden wollen.«

Das Lächeln verschwindet, und seine Augen verfinstern sich. »Dann sind Sie noch nicht dem richtigen Mann begegnet.«

Darauf habe ich keine Antwort. Ich schließe die

Mappe und schiebe sie ihm über den Tisch zu. »Die Fotos gefallen mir.«

Er hebt die Augenbrauen. »Wirklich?«

Warum klingt er so erstaunt? Und warum ärgert mich das? »Sie sind sehr farbenfroh und anspruchsvoll und ... sexy.«

»Das ist die Idee, die wir dabei im Sinn hatten. Nicht nur für die Verpackung, sondern auch für die Werbung. Ich weiß, dass wir damit nichts zu tun haben«, sagt er schnell, bevor ich ihn korrigieren kann. »Aber es spielt alles zusammen. Es muss ein geschlossenes Konzept sein. Und ich muss die ganze Zeit daran denken, was Rose bei unserem ersten Termin gesagt hat. Glänzende Perfektion.«

Ich presse die Lippen aufeinander, als mir wieder einfällt, dass sie es in Bezug auf meine Lippen gesagt hatte. »Die Worte gefallen mir.«

»Mir auch.« Er lässt den Blick zu meinem Mund wandern. »Glänzende, lebendige, farbenfrohe Perfektion. Das sind die Wörter, mit denen wir die letzten Tage herumgespielt haben, als wir diese Bilder aus den Hunderten, die wir gesammelt hatten, herausgefiltert haben.«

»Hunderte?«

»Dieses Projekt ist Ihnen sehr wichtig, oder? Und Fleur auch. Wir nehmen es sehr ernst«, sagt er. »Wir wollen, dass Ihre neue Linie die richtige Botschaft hat, die richtige Kundschaft anspricht. Da stimmen Sie mir doch zu, oder?«

»Natürlich. Und mir gefällt, in welche Richtung Sie gehen. Ich kann mir gut vorstellen, diese Bilder mit in die Marketingabteilung zu nehmen.« Ich schlage die

Mappe wieder auf und blättere die Bilder noch einmal durch. Wieder bleibe ich beim letzten Bild hängen. Der Mann hat seine Hand so fest auf den Hintern der Frau gepresst, dass seine Finger auf dem Stoff Abdrücke hinterlassen. Und der Stoff ist hochgerutscht, sodass ihre Schenkel entblößt sind.

Ich spüre meinen Herzschlag, und tief in meinem Körper fängt es an zu pulsieren. Er entblößt sie, besitzt sie, und da ist etwas so unglaublich Erotisches in dem Bild, dass ich mich frage, wie sich das wohl anfühlt. Von einem Mann so berührt zu werden.

Von dem Mann, der mir gegenübersitzt, so berührt zu werden.

»Ich bin froh, dass sie Ihnen gefallen«, sagt er leise, und ich reiße den Blick von dem Bild. »Sollen wir los?«

»Oh.« Ich schlucke schwer, versuche meine Enttäuschung zu verbergen. *Es war ein Geschäftsessen, du Dummkopf. Natürlich will er das hier nicht weiter fortsetzen. Auch wenn er gesagt hat, dass du ihn benutzen sollst. Er wollte dich bloß auf die Probe stellen. Und du bist darauf hereingefallen.* »In Ordnung.«

Ich sage nichts weiter. Nehme bloß meine Handtasche und folge ihm aus dem Raum in das fast leere Restaurant. Ryder geht mit seinen langen Beinen vor mir her, und ich bewundere seinen Gang, seine breiten Schultern, die Art, wie er sich hält. Ich kann nicht anders, als ihn mit Zachary zu vergleichen, der es immer eilig hatte, immer schnell weitermusste.

Ryder bewegt sich mit einer solchen Anmut, dass er total … entspannt wirkt. Als hätte er alle Zeit der Welt, und trotzdem ist er fast genauso schnell wie

Zachary. Zachary hatte immer ein Tempo drauf, das manchmal regelrecht an Hektik grenzte. Ryder ist überhaupt nicht so. Da ist nichts Hektisches an dem Mann.

Außer, dass mein Herz anfängt, hektisch zu rasen, wenn er in meiner Nähe ist ...

An der Tür wartet er auf mich, und als er mir beim Hinausgehen die Hand auf den unteren Rücken legt, schnappe ich nach Luft. Draußen wartet ein Taxi, als hätte er bloß mit den Fingern geschnippt und als wäre es wie von Zauberhand aufgetaucht. Er hält mir die Tür auf und schiebt mich sanft hinein. Ich erfülle ihm seine unausgesprochene Bitte, steige ein, und als ich zusehe, wie er hinter mir ins Taxi steigt, geht meine Fantasie etwas mit mir durch.

Wie wäre es wohl, von ihm besessen zu werden? Hat er es ernst gemeint, als er sagte, dass ich ihn ... benutzen soll? Das gesamte Gespräch auf der Fahrt hierher war ziemlich seltsam. Noch viel seltsamer war es, wie normal wir uns während des Essens verhalten haben. Er verwirrt mich. Sendet widersprüchliche Signale, obwohl er die letzte Person ist, von der ich denken würde, dass er so etwas tun würde.

Das Taxi fährt los und reiht sich in den langsam fließenden Verkehr ein. Ryder schweigt und ich auch, aber ich bin mir seiner Nähe beinah schmerzhaft bewusst. Ich betrachte seine Hände auf seinen Knien. Die weit gespreizten langen Finger, die er alle paar Sekunden streckt und dann wieder damit seine Knie umfasst. Er wirkt angespannt. Ich kann seine Angespanntheit beinahe spüren. Ich weiß nicht, was ich sagen soll, was ich tun soll, wie ich mich verhalten soll.

»Violet.« Sein leises Raunen erlaubt mir, ihn direkt anzusehen. Seine Miene ist ernst. »Ich möchte mich entschuldigen.«

Ich runzele die Stirn. »Wofür?«

»Dafür, dass Sie sich mit mir unwohl fühlen. Dass ich Ihnen angeboten habe, mich … zu benutzen.« Leise lachend, schüttelt er den Kopf. »Das war äußerst unprofessionell von mir. Ich hätte das niemals sagen dürfen.«

Ich bringe kein Wort heraus. Ich habe einen Kloß im Hals, ich kann noch nicht einmal mehr schlucken.

»Dieses Projekt hängt davon ab, dass wir ein gutes Verhältnis zueinander haben. Ich darf es nicht aufs Spiel setzen, indem ich Ihnen ein verfickt eindeutiges Angebot mache«, fährt er fort und spricht das Schimpfwort aus, als wäre es überhaupt keine große Sache. Ich bin einfach nur nicht … an so etwas gewöhnt. Zachary hat immer aufgepasst, was er in meiner Gegenwart gesagt hat. Vater flucht auch nicht. Lily kann fluchen wie die ganz Großen, aber sie macht es eigentlich nie, wenn ich dabei bin. »Und ich hätte wahrscheinlich auch nicht dieses Wort benutzen sollen, richtig?«

Ich sage immer noch nichts. Ich kann nichts sagen. Als würde meine Zunge klemmen. Als würden meine Gedanken stillstehen. Oh Gott, *alles* ist gerade zum Stillstand gekommen. Ich werde mir meiner Gefühle bewusst, und obwohl ich sie gerne verleugnen würde, ich sie verleugnen muss, kann ich es nicht.

Ich bin enttäuscht. Enttäuscht, dass er so ein Gentleman ist. Enttäuscht, dass er nicht will, dass ich ihn benutze. Was ist nur los mit mir? Warum sollte ich enttäuscht sein? Ich sollte froh sein, dass er das Angebot zurücknimmt. Dankbar, dass er versucht, ein anständiger Mann zu sein.

Stattdessen habe ich das Gefühl, dass ich irgendwie die Chance verpasst habe, von diesem Mann besessen zu werden.

»Ich hatte mich da in meiner ... Abneigung Ihrem Ex gegenüber zu etwas hinreißen lassen«, fährt er weiter fort, ohne meine Gedanken zu bemerken. »Und mich Ihnen in meinem Verlangen, mich an ihm zu rächen, angeboten. Das war einfach nicht ... richtig.«

Ich räuspere mich. Wende den Blick ab und sehe aus dem Fenster. Ich kann Ryder gerade nicht ansehen. Ich will es nicht. Ich habe Angst, ich könnte etwas Verrücktes tun, wie ihn anzuflehen, mich zu berühren. Und das geht nicht. Nicht nachdem er gerade sein verlockendes Angebot von vorhin zurückgezogen hat.

»Violet?« Er fasst mich am Arm, presst die Finger einen kurzen Moment lang in meine Haut, bevor er mich wieder loslässt. »Haben Sie gehört, was ich gerade gesagt habe?«

Ich nicke, aber ich wage es nicht, ihn anzusehen. Noch nicht. »Habe ich.«

»Sie fühlen sich unbehaglich.«

Ich lehne die Stirn gegen die kalte Fensterscheibe und schließe die Augen. »Nein.« Die Enttäuschung, die in meiner Stimme mitschwingt, ist unüberhörbar. »Vielleicht ... vielleicht wäre ich gern auf Ihr Angebot eingegangen.«

Die darauffolgende Stille ist ohrenbetäubend. Ich fühle ihn neben mir, höre, wie er auf dem Sitz umherrutscht, langsam ausatmet, sich mit den Fingern durch die Haare fährt. In der Fensterscheibe sehe ich sein

Spiegelbild und wie er all diese Dinge tut. Wie er mit sich selbst kämpft. Was er sagen soll, was er tun soll, wie er reagieren soll. Fühlt *er* sich jemals unwohl? Für mich ist das ja ganz normal, aber für ihn?

»Das meinen Sie doch gar nicht so«, sagt er schließlich.

Ich sehe ihn wieder direkt an. Er wirkt innerlich zerrissen. Aber sein hungriger Blick ist unverkennbar, wie er mich anschaut, von Kopf bis Fuß und überall dazwischen. Auf einmal fühle ich mich sehr mächtig, und ich beuge mich zu ihm vor, fühle die kühle Luft an meiner Haut und wie meine Brustwarzen unter dem dünnen, zarten Stoff meines BHs ganz hart werden.

»Ich weiß, was ich will.« Meine Stimme ist erstaunlich fest, und ich bin dankbar für die Glastrennwand zwischen uns und dem Fahrer. Niemals hätte ich so etwas vor anderen gesagt.

Ryder betrachtet meine Brust – höchstwahrscheinlich meine harten Brustwarzen –, während er antwortet. »Und was ist das?«

Der Moment der Wahrheit. Ich kann entweder feige sein und schweigen oder all meinen Mut zusammennehmen und es ihm sagen. »Ich will … etwas tun, ohne mir Gedanken über die Folgen machen zu müssen.«

Er hebt den Blick, um mir in die Augen zu sehen, aber schweigt.

Ich lecke mir über die Lippen, versuche meine Nervosität unter Kontrolle zu halten. »Ich will wissen, wie es ist, egoistisch zu sein.«

Er hebt eine Augenbraue. »Darin bin ich Experte.«

Sein Geständnis bringt mich zum Lachen, und er

lächelt zur Antwort. »Dann können Sie es mir vielleicht beibringen.«

»Ich soll Ihnen beibringen, egoistisch zu sein?«

Ich beuge mich zu ihm vor, lege ihm eine Hand auf die Schulter und bringe den Mund ganz nah an sein Ohr. Ich zittere, so nervös bin ich, aber ich muss das jetzt tun. Ich *will* es tun. »Bringen Sie mir bei, wie ich mich dem Vergnügen hingeben und alle anderen Sorgen auf später verschieben kann«, raune ich an seinem Ohr.

Ryder dreht mir den Kopf zu, sein Mund ist so nah an meinem, dass ich ihn fast schmecken kann. Ich blicke ihm in die Augen, sehe die blaue Iris mit den kleinen Sprengseln aus Gold, die dichten schwarzen Wimpern, die blasse Narbe auf seinem Nasenrücken. Ich würde ihn gern fragen, woher er sie hat. Ich würde ihm gern sagen, dass jede Frau in Amerika alles darum geben würde, solche dichten Wimpern zu haben.

Aber ich sage nichts. Diese Gedanken sind ohnehin bedeutungslos.

»Sie wollen, dass ich Ihnen beibringe, wie Sie egoistisch sein können, wenn es um ... Sex geht?« Er neigt den Kopf, sein Mund ist gefährlich nah an meinem, und ich widerstehe dem Drang, meine Lippen auf seine zu drücken. Es ist die reinste Qual.

Eine köstliche Qual, aber trotzdem eine Qual.

»Ja«, flüstere ich und ärgere mich darüber, wie meine Stimme zittert. Ich ärgere mich darüber, wie sehr ich von ihm geküsst werden will. Habe ich solche Gefühle jemals mit einem anderen Mann gehabt? Zachary und ich hatten immer so ... sauberen Sex.

Nicht schmutzig, nicht laut und verschwitzt und leidenschaftlich. Ich hatte meine Befriedigung – meistens – und er seine, aber es war nie überwältigend, mich alles andere vergessen lassend.

Ryder hat mich noch nicht einmal geküsst, und trotzdem fühle ich schon all das.

»Vorfreude ist die schönste Freude«, flüstert er und kommt dabei meinen Lippen ganz nah, bevor er sich wieder zurücklehnt.

Enttäuscht nehme ich die Hand von seiner Schulter. »Das glaube ich Ihnen nicht. Sie machen nicht gerade den Eindruck von einem Mann, der gerne wartet.«

»Kommt auf die Frau drauf an«, sagt er. Und dann berührt er mich, legt mir die Hand auf die Wange, sein Gesicht ist wieder ganz nah an meinem, sein Körper blockiert das hereinfallende Licht, bis er alles ist, was ich sehe und fühle. »Und Sie sind es eindeutig wert.«

Ich öffne den Mund, um zu protestieren, um ihm zu sagen, dass ich nicht will, dass er wartet, aber dann ist sein Mund auch schon auf meinem und bringt mich zum Schweigen. Nimmt alles von mir, das ich ihm zu geben habe.

Der Kuss ist nicht sanft. Es ist kein süßes Erforschen und zärtliches Fragen. Sein Kuss nimmt. Er nimmt und nimmt, und ich tue nichts anderes, als bereitwillig zu geben. Seine Zunge stößt in meinen Mund, und ich schluchze. Er zieht an meinen Haaren, zerstört meinen Pferdeschwanz, und ich schlinge ihm den Arm um den Hals und vergrabe die Finger in den weichen Haaren in seinem Nacken. Sein Duft, seine Hitze umgeben mich, verzehren mich und setzen mich in Flammen.

Und das alles innerhalb von vielleicht zwei Minuten.

Nicht, dass ich die Sekunden zählen würde, aber *oh Gott*. Das Rascheln der Kleidung, das hektische Atmen, das Stoßen von Zungen und das Wimmern, das ich von mir gebe, als er sich von mir löst ...

Noch nie habe ich so etwas erlebt.

Ich halte mich an seiner Krawatte fest, als wäre es eine Rettungsleine, und er blickt mit amüsierter Miene an sich herab und löst langsam meine Finger von der edlen roten Seide. »Tut mir leid«, flüstere ich und merke, wie mir die Hitze in die Wangen schießt. Er muss mich für eine totale Anfängerin halten, während er der Erfahrene ist, der das Kommando übernimmt.

Aber er lacht nicht, er kritisiert mich nicht dafür, dass ich seine Krawatte zerknittert habe. Er legt mir seine starken Finger unters Kinn und hebt meinen Kopf, sodass ich keine andere Wahl habe, als ihm in die Augen zu sehen.

»Das muss Ihnen nicht leidtun«, murmelt er, und sein glühender Blick lässt mich ganz schwach werden. »Es gefällt mir, dass Sie sich so schnell überwältigen lassen.«

Ich senke den Blick, und wieder hebt er meinen Kopf und zwingt mich, ihn anzusehen. »Und seien Sie nicht so schüchtern«, sagt er mit zärtlichem, aber zugleich strengem Tonfall. »Nicht bei mir, Violet. Nicht, wenn wir das wirklich machen.«

»Und was machen wir?« Ich wünschte mir beinah, ich hätte nicht gefragt, aber ich muss wissen, was seine Definition von »das« ist, bevor wir damit irgendwie weitermachen.

»Uns kennenlernen?«

Ich schüttele langsam den Kopf. »Das ist nicht genug«, flüstere ich. Na ja. Was er *sagt*, ist mir nicht genug. Das ist ein Unterschied.

*Eigentlich nicht.*

»Eine Freundschaft mit gewissen Vorzügen?«

»So etwas will ich nicht.«

»Da ist ja mal eine direkt.« Er streicht mir mit dem Daumen übers Kinn, eine sanfte Berührung, die mir eine Gänsehaut beschert. »Ein schneller Fick?«

Überrascht, wie es auf einmal zwischen meinen Beinen pulsiert, atme ich bebend aus. »Ein bisschen mehr?«

Sein leises Lachen ist das Erotischste, was ich jemals gehört habe. »Viele schnelle Ficks. Ist es das, was Sie wollen, Violet? Eine Affäre?«

»Müssen wir es unbedingt so genau definieren?«

»Jeder braucht gewisse Regeln«, sagt er nachdenklich. »Auch diejenigen, die sich an keine Regeln halten.«

»Ich habe mich bisher eigentlich immer an die Regeln gehalten«, gebe ich zu.

»Ich weiß.« Er beugt sich zu mir vor und gibt mir einen langen, atemberaubenden Kuss. »Dann lassen Sie mich Ihnen beibringen zu spielen.«

Seine Wortwahl, seine raue Stimme, alles deutet auf etwas Verruchtes hin. Verbotenes. Geheimes. Wann habe ich mich je auf so etwas eingelassen?

Noch nie. Und das macht mir Angst. Und reizt mich. Es bewirkt, dass ich alle Vernunft in den Wind schlagen will und es einfach … tun will.

»Wir dürfen es aber niemandem sagen.« Kaum sind

die Worte aus mir heraus, lässt er mein Kinn los und lehnt sich zurück. Habe ich ihn etwa beleidigt? »Ich meine ... das ist unser Geheimnis, oder? Es ist nur eine vorübergehende Sache. Niemand muss davon erfahren.«

»Natürlich.« Er nickt und fährt sich mit den Händen durch die Haare, über die Brust und die Krawatte. Mich beschleicht ein leicht schlechtes Gewissen, dass ich sie so zerknittert habe. Ich hatte keine Ahnung, dass meine Hände so stark sind.

Ryder McKay lässt mich eine Menge Dinge über mich erkennen, von denen ich vorher nichts gewusst habe.

Den Rest der Fahrt zu mir nach Hause schweigen wir. Da ist bloß diese angespannte Stille, die mich mit Unbehagen erfüllt und zugleich erregt. Ich rutsche hin und her, überschlage die Beine und versuche, das Ziehen zwischen meinen Schenkeln so gut es geht zu ignorieren, während ich wieder die vorbeiziehende Stadt betrachte. Ich habe keine Ahnung, was gerade passiert ist. Keine Ahnung, wie ich darüber denken soll. Ich presse die Lippen zusammen und koste seinen Geschmack auf meinen Lippen, lasse den Moment, als er zum ersten Mal seine Lippen auf meine drückte, noch einmal Revue passieren. Das Erstaunen, der erste elektrisierende Kontakt. Das Gefühl seiner Finger in meinen Haaren, wie er mich daran festgehalten und daran gezogen hat, seine Zunge in meinem Mund ...

»Sehen wir uns morgen?«, fragt er.

Da erst merke ich, dass wir bei mir angekommen sind. Der Portier steht, die Arme hinterm Rücken verschränkt, vor dem Gebäude. Wenn er wüsste, dass ich in diesem Taxi sitze, käme er sofort herbeigeeilt und würde mir die Tür öffnen.

»Wann?«, frage ich leise. »Um wie viel Uhr?«

»In der Mittagspause. Um zwölf. In meinem Büro?«

»In Ihrem Büro?« Schließlich blicke ich ihn wieder an. »Wollen Sie nicht lieber in ein Restaurant gehen?«

»Es sollte doch ein Geheimnis sein, oder? Und mein Büro hat dicke Wände.« Lächelnd streckt er die Hand nach mir aus und fährt mir mit dem Finger über die Unterlippe. »Tragen Sie etwas Aufreizendes.«

»Zur Arbeit?« Ich bin schockiert.

Und erregt.

»Unter Ihrer Kleidung, Violet.« Er lächelt. »Tragen Sie ein kleines Etwas, das mich bezwingt.«

# KAPITEL 10

## Ryder

Ich habe schon lange nicht mehr solche Vorfreude empfunden, wenn überhaupt schon jemals. Ich konnte überhaupt nicht schlafen. Ich bin direkt nach Hause gefahren und habe mir unter der Dusche zu Gedanken an Violet einen runtergeholt. Habe mir vorgestellt, wie sie mich mit ihrer unglaublich süßen Stimme bittet, ihr Vergnügen zu bereiten. Ich habe an den Geschmack ihrer Lippen gedacht, an ihren Duft, an das Gefühl ihrer Zunge an meiner …

Ich bin innerhalb von Sekunden gekommen.

Heute Morgen hatte ich einen ziemlich frühen Termin, und ich habe die ganze Zeit nur ans Ficken gedacht. Es war eine ziemliche Zeitverschwendung, sowohl für mich wie alle anderen auch. Die Telefonkonferenz um halb zehn? Ich kann mich noch nicht mal mehr daran erinnern, worum es ging. Jetzt verstecke ich mich bis um zwölf in meinem Büro und vermeide es, irgendjemanden zu sprechen, aus Angst, ich könnte etwas Dummes sagen, oder, noch schlimmer, hoch zu Violet gehen, die Hände auf die Glasscheiben ihres Büros pressen und sie anstarren. So wie ich mich gerade fühle, würde ich wahrscheinlich gleich noch mein sabberndes Gesicht an die Scheibe pressen.

Dann würde sie mich für einen Stalker halten und

eine einstweilige Verfügung gegen mich in die Wege leiten. Oder, noch schlimmer, mich feuern lassen.

Gegen halb elf ist ein Paket für mich gekommen, eine Frau von der Rezeption hat es mir mit strahlendem Lächeln übergeben. Jetzt blicke ich voller Neugier auf die lange, schmale Box auf meinem Schreibtisch. Es steht kein Absender darauf, kein Unternehmensname, nur mein Name auf einem kleinen, cremefarbenen Umschlag, der an dem Karton befestigt ist.

Vorsichtig nehme ich den Umschlag ab, drehe ihn um und ziehe die kleine Karte hervor. Sie ist mit der schönsten Handschrift bedeckt, die ich jemals gesehen habe, und ich erkenne die Schrift, noch bevor ich sehe, wer unterschrieben hat.

**Als Ersatz für die, die ich gestern ruiniert habe.**
**Ihre**
**V**

Lächelnd nehme ich den Deckel von der Box. Darin liegt in Seidenpapier eingeschlagen eine unglaublich schöne rote Krawatte. Ich fahre mit den Fingern über den Stoff und bin beeindruckt von der Qualität, wenn auch nicht überrascht.

Violet Fowler macht nie etwas Halbherziges oder Billiges. Auch nicht, wenn sie jemanden bittet, eine geheime Affäre mit ihr anzufangen.

Ich nehme die Krawatte aus der Schachtel und bewundere sie, das feine Muster, das den Stoff durchzieht, die brutale rote Farbe. Es ist die Farbe von Sieg, Blut, Tod und Triumph und Sex und Lust.

Ich empfinde all das. Ich kann mir vorstellen, diese Krawatte zu nehmen und sie um Violets Handgelenke zu schlingen, sie fest zusammenzubinden. Sodass sie mich nicht berühren kann, sie nichts tun kann, als sich von mir befriedigen zu lassen.

Bei der Vorstellung erwacht mein Schwanz sofort zum Leben.

Warte ich damit, mich richtig bei ihr zu bedanken, bis sie in weniger als zwei Stunden in mein Büro kommt? Oder bedanke ich mich jetzt bei ihr?

Ich greife nach dem Telefon, wähle ihre Nummer und warte mit den Fingern auf der Krawatte darauf, dass sie abnimmt.

»Guten Morgen, Violet am Apparat.«

Sie klingt vergnügt, aber auch energisch und effizient. Wie immer ein Widerspruch. »Guten Morgen«, antworte ich, ohne meinen Namen zu nennen.

Nach kurzem Schweigen sagt sie: »Hallo.« Ihre Stimme wird wärmer. »Wie geht es Ihnen?«

»Sehr gut. Und noch besser, seit ich Ihr Geschenk erhalten habe.« Ich halte kurz inne, überlege, was ich noch sagen kann, ohne wie ein geiler Idiot zu klingen. *Darf ich Sie mit der Krawatte fesseln, damit Sie sich nicht wehren können, wenn ich es Ihnen mit der Zunge besorge?* Oder, noch besser, *Kann ich Ihnen die Hände auf dem Rücken fesseln, Sie auf die Knie stoßen und Ihnen meinen Schwanz in den Mund rammen?*

»Gefällt es Ihnen?«

»Sehr, vielen Dank.«

»Ich hatte ein schlechtes Gewissen. Wegen dem, was ich gestern Abend mit Ihrer Krawatte gemacht habe.« Sie klingt so unsicher, es macht mich echt fertig. Hat sie eigentlich irgendeine Vorstellung, wie sexy sie ist? Diese ganze unschuldige Verletzlichkeit macht mich unglaublich an.

Man könnte wohl denken, das ist, weil ich vorhabe, sie auszunutzen. Dass ich ihre Naivität deswegen so wahnsinnig sexy finde. Sie ist eine leichte Beute.

Und das stimmt.

»Das macht nichts«, versichere ich ihr. Und das ist nicht gelogen. Die zerknitterte Krawatte kann wieder in Ordnung gebracht werden. Das ist nichts, was eine gute Reinigung nicht hinbekommen würde. »Aber diese gefällt mir auch.«

»Das freut mich.« Sie senkt die Stimme. »Bleibt es bei zwölf?«

Sie klingt aufgeregt. Und ich fühle mich jetzt schon als Sieger. Diese Sache ist einfach unglaublich leicht. »Ja.« Mehr sage ich nicht. Ich habe Lust, sie zappeln zu lassen.

»Werden wir ... etwas Schweres zu Mittag essen?«

Ist das eine Anspielung? »Ich dachte mehr an ... eine Vorspeise.«

»Oh.« Sie macht einen tiefen, zitternden Atemzug. Sie ist jetzt schon erregt. Bis es zwölf ist und sie bei mir auftaucht, wird sie mehr als bereit sein. »Das klingt ... gut.«

»Es wird mehr als gut.« Ich blicke auf, als es an meiner Tür klopft, und lasse die Schachtel unter den Tisch und die Krawatte in meinen Schoß fallen. Pilar steht in der Tür. »Entschuldigung, ich muss auflegen. Da ist jemand an der Tür.«

»Bis nachher.« Violet legt auf, ehe ich noch ein Wort sagen kann, und ich lege den Hörer auf die Gabel und lächle Pilar höflich an.

»Was bringt dich denn hierher?«

»Und was ist das für eine Begrüßung?« Sie kommt

in den Raum stolziert, und der Duft ihres starken Parfums folgt ihr wie eine Wolke. Ihre auffällige Art sich zu kleiden, ihre Frisur, ihr Make-up und ihr Duft, es passt zu ihr. Es ist alles Teil ihrer Persönlichkeit, ihrer Marke, wie sie mir schon öfter gesagt hat. Sie will Eindruck hinterlassen, und das tut sie.

Manchmal frage ich mich allerdings, wo die echte Pilar ist. Wer sie eigentlich ist.

»Ich dachte, du wärst damit beschäftigt, mit Lawrence' Gefühlen zu spielen«, sage ich und bereue es sofort. Ich klinge wie ein missmutiger, eifersüchtiger Idiot.

»Ach, bitte. Ich kann doch mit meinen beiden Jungs spielen.« Sie lächelt gewinnend und setzt sich auf einen der Stühle vor meinen Schreibtisch. »Ich wollte mir dir reden. Ich habe Gerüchte gehört.«

Sofort werde ich wachsam. »Was für Gerüchte?«

»Dass du gestern Abend mit Violet essen warst.« Sie gibt ein missbilligendes Geräusch von sich und schüttelt den Kopf. »Ich dachte, du würdest den Teil des Spiels auslassen.«

»Du wolltest das«, erkläre ich. »Ich habe dem nicht zugestimmt.«

»Das solltest du aber. Es ist zwecklos, was du da machst. Sie ist ein kleines Nichts.« Sie wedelt mit den Fingern in der Luft, als könne sie Violet so aus dem Raum und aus meinen Gedanken vertreiben. »Du verschwendest deine Zeit.«

»Das hast du mir bereits gesagt. Und zwar oft genug.« Ich sehe sie eindringlich an. »Aber ich werde tun, was ich will.«

»Und das ist was?«

»Ist das so wichtig? Du hast die ursprünglichen Regeln des Spiels geändert. Und jetzt mache ich mein Ding und du deins.« Wir wollen beide ein anderes Ergebnis. Sie will Violet beseitigen, aus was für verworrenen Gründen auch immer, und ich will Violet ins Bett kriegen.

Pilar macht einen übertriebenen Schmollmund. »Ich vermisse dich, Ryder. Es ist einfach nicht das Gleiche.«

Ich würde gern die Augen verdrehen, aber ich reiße mich zusammen. »Es geht doch jetzt erst seit zwei Abenden, Pilar. Du tust ja geradezu so, als hätten wir seit Monaten nicht mehr miteinander geredet.«

»So fühlt es sich auch an.« Sie zuckt die Achseln und blickt aus dem Fenster auf die Stadt. »Ich habe Angst, dass ich dir nicht mehr wichtig bin, wenn du Violet verfällst.«

»Wer sagt denn, dass ich ihr verfalle? Und du wirst mir immer wichtig sein. Das weißt du doch«, versichere ich ihr. Ich klinge wie ein Song auf Dauerschleife, so oft habe ich ihr das schon gesagt. Langsam verlieren die Worte ihre Bedeutung.

»Du wirst ihr verfallen. Die Männer scheinen ihr alle zu verfallen. Ich verstehe nur nicht, warum. Sie ist überhaupt nichts Besonderes. Nur ein schwaches, dummes, kleines Mädchen, das nichts auf die Reihe kriegt. Die Fowler-Schwester haben keine Zukunft. Die jüngere ist viel zu tough, da hilft ihr das widerwärtig schöne Gesicht auch nichts, und die älteste ist eine totale Schlampe.« Pilar beugt sich vor, sodass sie nur noch auf der Stuhlkante sitzt. »Ihre Großmutter und ihr Vater werden es letztendlich einsehen müssen, dass aus den dreien nichts wird, und dann werden sie vielleicht jemanden, der nicht zur Familie gehört, das Unternehmen führen lassen.«

»Und du hältst dich wohl für die perfekte Kandidatin?« Jetzt verdrehe ich doch die Augen. »Mach mal halblang, Pilar. Falls das jemals passieren sollte, ist es auf jeden Fall noch ziemlich lange hin. Konzentrier dich doch erst mal darauf, was du kannst, und wechsle dann zu einer anderen Kosmetik-Firma. Oder einer Mode-Firma. Irgendetwas Größeres und Besseres als Fleur.«

Wütend schlägt sie mit der Faust auf den Tisch. »Ich will diese Firma«, sagt sie mit zusammengebissenen Zähnen. »Diese Firma ist das, was mir etwas bedeutet. Fleur. Keine andere. Aber dass sie nach wie vor diese offensichtliche Vetternwirtschaft betreiben, obwohl diese zwei Mädels überhaupt nichts auf die Reihe bekommen, ist mir unbegreiflich.«

Ich blicke auf den Bildschirm meines Laptops, und da sehe ich, dass ich eine neue E-Mail habe. Von Violet. Ich höre Pilar und ihrer Schmährede nicht weiter zu, sondern fange an die Mail zu lesen.

Lieber Ryder,
ich hoffe, Sie halten mich nicht für unhöflich, unser Gespräch so plötzlich beendet zu haben. Ich mache mir Sorgen, dass Sie sich gekränkt fühlen könnten, weil ich einfach aufgelegt habe. Sie sagten, es wäre jemand zu Ihnen ins Büro gekommen. Bei mir war es genauso.

Wenn das nicht passiert wäre, wer weiß, wo uns unser Gespräch noch hingeführt hätte? Es wäre sicherlich aufregend geworden. Aber solche Konversationen über das Firmentelefon oder die Firmen-E-Mails zu führen ist wahrscheinlich nicht das Schlauste, oder?

Daher hier meine Mobilnummer: (212) 555-2624. Sie können mir gern Ihre schicken, wenn Sie wollen. Ich würde mich sehr darüber freuen. Dann könnte ich, wenn ich irgendetwas von Ihnen brauche ... was das neue Projekt angeht ... einfach kurz eine SMS schicken.

Ich freue mich auf unsere gemeinsame Mittagspause. Ich kann mir schon denken, dass Sie mir jede Menge neue Ideen präsentieren werden, die mich nach mehr verlangen lassen werden.

Ihre

V

»... und ich sehe es gar nicht ein, dir irgendwelche Details zu verraten, weil du nur wieder eifersüchtig wirst. Und du bist ein richtiges Arschloch, wenn du eifersüchtig bist, weißt du das eigentlich?«

Ich sehe Pilar wieder an und versuche mich zu erinnern, was sie gerade gesagt hat, aber es hat keinen Zweck. Ich bin in Gedanken immer noch bei Violets E-Mail. Den subtilen Anspielungen, die sie perfekt in höfliche Worte gepackt hat. Ich will diese Frau wenigstens einmal etwas Schmutziges sagen hören. »Was?«, frage ich ausdruckslos.

Pilar sieht mich an, als würde sie mich am liebsten ohrfeigen. Ich kann es ihr nicht verübeln, wo ich an nichts anderes mehr denken kann, als, wie Violet ihre E-Mails unterschreibt. Mir gefällt das »Ihre«. Es ist süß und vielleicht sogar eine unterwürfige Geste. Als würde sie tatsächlich mein Eigen sein wollen.

Wahrscheinlich interpretiere ich zu viel hinein, aber die Wortwahl ist verdammt sexy, auch wenn sie es vielleicht nicht beabsichtigt hat.

»Du hörst mir ja nicht mal zu. Du bist viel zu sehr

in Gedanken. Daran, mit Violet zu ficken? Sie ist bestimmt ganz wunderbar.« Pilar steht auf und beugt sich über den Tisch. »Du spielst mit dem Feuer, Big Daddy. Und du wirst in Flammen aufgehen, wenn du dich nicht konzentrierst und am Ball bleibst.«

»Ich bin total konzentriert«, versichere ich ihr. Und zwar ganz eindeutig auf Violet. Aber auf den Mist, den Pilar mir erzählt?

Überhaupt nicht.

»Nur nicht auf mich.« Sie macht wieder einen Schmollmund, aber ich zucke noch nicht einmal mit der Wimper. Es hat sowieso nichts zu bedeuten. Sie will mich bloß nerven.

»Du hast Lawrence, um dich mit ihm abzulenken«, sage ich. »Du brauchst mich nicht. Amüsiere dich die nächsten Tage mit ihm. Fick ihm das Gehirn weg, und dann quetsch ihn nach Informationen aus. Im postorgasmischen Rausch wird er dir alles erzählen. Ich weiß doch, wie du arbeitest.«

Sie lächelt mich an, ganz friedlich und gelassen. Was für ein verlogenes Miststück. Sie versucht doch auf ihre hinterlistige Art schon wieder, sich etwas Neues einfallen zu lassen, wie sie alle anderen übers Ohr hauen kann. Inklusive mir. »Ich könnte euch beide haben, wenn du nicht so verdammt eifersüchtig wärst.«

»Tut mir leid, aber ich werde mich nicht von dir anfassen lassen, wenn du gerade Lawrence' Schwanz in den Händen hattest.« Auch ich habe meine Grenzen.

»Widerliches Schwein.« Pilar richtet sich auf und wirft mir einen giftigen Blick zu. »Ihr seid doch alle gleich. Sobald ein anderer Mann auch nur das kleinste bisschen Interesse zeigt, bin ich bei dir abgeschrieben.

Aber du musst damit leben, Schätzchen. Ich ficke mit Zachary Lawrence.«

»Echt? Tja, und du musst *damit* leben, Pilar.« Ich lege mir die Hände trichterförmig um den Mund, beuge mich vor und stütze die Ellbogen auf den Tisch: »Ich ficke mit Violet Fowler.«

»In deinen Träumen«, antwortet sie.

»Die schon bald Wirklichkeit werden.«

»Wie das? Das Mädchen ist so unnahbar wie eine Jungfrau hinter Schloss und Riegel. Und verklemmt wie eine kleine Eiskönigin. Zachary hat gesagt, sie ist eine totale Niete im Bett.«

Er ist wohl eher ein Scheißegoist, der keine Ahnung hatte, wie er Violets Bedürfnisse befriedigen sollte. »Ich finde es lieber selbst heraus, ob da was dran ist, vielen Dank.«

»Dir ist echt nicht mehr zu helfen.« Sie steht auf. *Gott sei Dank.* »Du hörst ja nicht auf mich. Gut, ich wünsche dir viel Spaß dabei, mit deinem kleinen langweiligen Baby rumzuvögeln. Ich kann es gar nicht erwarten, das Glänzen in deinen Augen zu sehen. In der Zwischenzeit lasse ich mich so oft es geht wie verrückt von Zachary ficken.«

Ich ignoriere, was sie gesagt hat, was sie noch mehr ärgern wird, als wenn ich darauf eingehen und weiter mit ihr streiten würde. »Wir reden später«, sage ich, als sie geht, woraufhin sie mir den Stinkefinger zeigt, bevor sie auf den Flur hinausrauscht.

»Vielleicht will ich ja nie wieder mit dir reden. Schon mal daran gedacht, Arschloch?«, ruft sie vom Flur aus.

Das ist ja mal großartig gelaufen. Ich reibe mir das

Kinn und hoffe nur, dass nicht zu viele Leute diese Verabschiedung mitbekommen haben. Nicht, dass wir uns nicht vorher schon mal auf den Fluren von Fleur gestritten hätten, aber das letzte Mal ist doch schon eine ganze Weile her. Und ich nehme meinen Job ernst. Ich versuche rüberzubringen, dass ich meine Dinge geregelt kriege. Dass ich dem Job in London – oder einem ähnlichen – gewachsen bin, genau wie Lawrence. Der einzige Grund dafür, dass ihm der Job angeboten wurde, ist, dass er mit Violet zusammen war. Das hat ihm den nötigen Kontakt zum alten Fowler verschafft. Den Kontakt, den ich nur zu gern hätte.

*Tja.* Lawrence ist nicht mehr mit Violet zusammen. Ich werde es bald sein. Erst einmal nur im Geheimen, aber trotzdem. Es wird nicht lange dauern, und wir werden es auch öffentlich sein. Schon bald kann ich mich bei Forrest Fowler einschmeicheln. Und dann wird er sehen, was für ein Gewinn ich für die Firma bin. Das ist es, was ich will.

Und das ist es, was ich bekommen werde.

# KAPITEL 11

## Violet

Ich tippe nervös mit der Fußspitze auf den Boden des Fahrstuhls, während ich die Zahlen über der Tür beobachte. Der Fahrstuhl braucht ewig, und ich atme laut schnaufend aus, womit ich die Blicke sämtlicher sich mit mir im Fahrstuhl befindender Fleur-Mitarbeiter auf mich ziehe.

Sie sind alle auf dem Weg in die Mittagspause und können es kaum erwarten, aus dem Fahrstuhl auszusteigen. Genau wie ich. Nur dass ich nicht hungrig bin. Jedenfalls nicht nach Essen.

Der Fahrstuhl wird langsamer und hält an, und mit einem glatten Zischen öffnen sich die Türen. Ich schiebe mich durch die Menge und steige aus, wobei mir das Murmeln einiger Leute im Fahrstuhl nicht entgeht, die sich wahrscheinlich fragen, was ich im zehnten Stock mache, wenn die meisten Leute doch jetzt in der Mittagspause sind.

Aber es ist mir egal, was sie sagen. Was sie denken. Ich habe mir bereits eine Entschuldigung zurechtgelegt, sollte mich jemand fragen. Ich habe einen Termin zum Mittagessen mit Ryder McKay, dem Leiter der Abteilung für Verpackungsgestaltung. Wir sind beide so beschäftigt, dass unsere vollen Terminkalender nur noch ein Treffen zur Pausenzeit hergegeben haben. Das ist ganz normal. Ich habe schon diverse Geschäftstermine beim Mittagessen gehabt. Das ist nichts Neues.

Aber neu *ist,* was wir in Wirklichkeit tun werden. Ich hatte noch nie ein Mittagspausen-Rendezvous. Ein Schäferstündchen. Eine Affäre. Ein Verhältnis. Oder wie auch immer man es nennen soll.

Vor dem Empfang im zehnten Stock bleibe ich stehen – Gott sei Dank ist er nicht besetzt – und lege mir eine Hand auf die Brust. Mein Herz schlägt wie verrückt. Vielleicht sollte ich es doch nicht durchziehen. Ich habe mich gerade erst vor ein paar Tagen von Zachary getrennt. Er hat mich heute Morgen vor meinem Büro abgefangen und wollte mit mir reden, wollte, dass ich einen Kaffee mit ihm trinken gehe, irgendetwas, damit er ein bisschen Zeit mit mir allein haben kann.

Ich habe Nein gesagt. War so stolz auf meine Abfuhr. Im Hintergrund habe ich Rose gesehen, die mir die hochgereckten Daumen zeigte, als Zachary wieder abmarschierte. Der Stolz, der mich daraufhin erfüllte, hat sich so gut angefühlt. Hat sich richtig angefühlt. Ich habe mein Leben, meine Gefühle und Bedürfnisse endlich in die Hand genommen. Zachary passt da nicht mehr hinein. Hat er das jemals? Es ist in unserer Beziehung doch immer nur um ihn gegangen. Um seine Bedürfnisse und Wünsche. Niemals um meine.

Ich habe mich so beflügelt gefühlt, dass ich, sobald ich in meinem Büro war, anfing, online nach der perfekten roten Krawatte zu suchen. Sie sollte unglaublich kultiviert und teuer und sexy und elegant wirken.

Ich habe auf den Websites meiner liebsten Läden gestöbert, bis ich die eine gefunden habe, von der ich wusste, dass sie ihm gefallen würde. Und mir gefiel sie auch.

Als er mich angerufen hat und sich bei mir mit seiner tiefen, erotischen Stimme bedankt hat, hätte ich dahinschmelzen können.

Mein Handy klingelt kurz, um zu sagen, dass ich eine SMS habe, und ich ziehe es aus der Handtasche und sehe eine unbekannte Nummer zusammen mit einer simplen Nachricht.

**Ich sehe dich.**

Ich blicke mich um, aber ich sehe niemanden. Die Büros scheinen alle leer zu sein. Der gesamte Flur ist so still, dass ich es fast beunruhigend finde.

Oder vielleicht liegt es auch nur an mir, weil ich so verunsichert bin und nicht so recht weiß, was ich tun soll.

Wieder klingelt mein Handy mit einer eingehenden SMS.

**Du bist spät dran.**

Und dann kommt auch schon die nächste Nachricht.

**Wir haben nur fünfzig Minuten, um uns der Vorspeise zu widmen. Daher würde ich vorschlagen, du kommst jetzt in mein Büro.**

Die freudige Erregung, die mich beim Lesen von Ryders Nachrichten erfüllt – dass er mich auf einmal duzt, lässt mich den Rest des Flurs geradezu hinunterfliegen. Ryder steht vor seinem Büro an die Wand gelehnt, er hat die Arme vor der Brust verschränkt, sodass sein Bizeps sich unter dem Stoff seines schneeweißen Hemds abzeichnet. Seines Jacketts hat er sich bereits entledigt, er trägt nur das Hemd, eine schwarze Hose und eine silbergraue Krawatte. Seine Haare sind wie üblich durcheinander, und als ich näher komme, sehe ich, dass seine Augen glänzen.

»Du hast es geschafft«, sagt er.

»Tut mir leid, dass ich zu spät bin.« Ich versuche meine Nervosität runterzuschlucken, aber ich glaube, sie ist mir trotzdem anzuhören. »Heute Vormittag war unheimlich viel los.«

»Bei mir auch.« Er fasst mich am Ellbogen und führt mich in sein Büro, dann macht er die Tür hinter uns zu und schließt ab. Das Geräusch des Schlosses klingt laut in der Stille, und als ich mich im Zimmer umblicke, fällt mir die rote Krawatte ins Auge, die in ihrer Schachtel auf dem Schreibtisch liegt.

»Gefällt sie dir wirklich?«, frage ich, als ich mich ihm zuwende, und füge auf sein Stirnrunzeln hinzu: »Die Krawatte?«

Das Lächeln, das sich langsam auf seinem schönen Gesicht ausbreitet, verursacht mir ein leicht flaues Gefühl im Magen. »Oh ja, sehr sogar.« Er kommt noch einen Schritt auf mich zu und fährt mir mit den Fingern über den Arm. »Fast so gut wie dein Kleid.«

Das Kleid ist schlicht, es ist schwarz-weiß gemustert und steht mir gut, ist aber nicht übertrieben sexy. Und doch fühle ich mich selbstsicher darin. Es ist ein weiteres Kleidungsstück, das mir als Schutzschild dient.

»Danke«, flüstere ich, überwältigt von den Gefühlen, die seine Finger auf meiner Haut auslösen. Er verschränkt seine Finger mit den meinen und zieht mich an sich, dann legt er mir den anderen Arm um die Hüfte, und unsere Körper passen perfekt aneinander.

»Du musst nicht nervös sein«, flüstert er, bevor er den Kopf senkt und mir seine warmen, feuchten Lippen auf den Hals drückt. Ich lege den Kopf in den Nacken und schließe die Augen, lege ihm blind die Hände auf die steinharte Brust. »Wir gehen es langsam an. Es gibt nur eine kleine Vorspeise.«

Er küsst meinen Hals hinab, und ich würde gern laut aufstöhnen. Ich vergrabe die Finger im Stoff seines Hemds und klammere mich an ihm fest. Er lässt seine Hand meinen Rücken hinabwandern, fasst mir unter den Hintern und zieht mich noch enger an sich. Ich kann ihn bereits spüren, groß und dick. Er ist erregt. Meinetwegen erregt.

Ich kann es nicht glauben, dass ich auf einen Mann wie ihn so eine Wirkung habe. Dass er mich will. *Mich*. Die meisten Frauen, die bei Fleur arbeiten, halten ihn für ein absolutes Mysterium. Aber mich wird er hoffentlich dahinterkommen lassen.

»Was willst du, Violet?«, fragt er, als er den Kopf hebt und mich mit seinen blauen Augen ansieht. Ich öffne die Lippen, bin schon kurz davor zu sagen, dass ich keine Ahnung habe, doch dann küsst er mich, bevor ich überhaupt ein einziges Wort herausgebracht habe.

Und was für ein Kuss das ist. Wieder ist da keine Zärtlichkeit, kein süßes Erforschen. Er stößt mit der Zunge in meinen Mund, umkreist die meine in einem Rhythmus, von dem ich mir nur vorstellen kann, dass es der gleiche wäre, wenn er mit mir schlafen würde. Ich kann nichts anderes tun, als auf ihn zu reagieren, meine Hände fahren ihm über die Brust, umklammern seine Schultern, während ich mich an ihn drücke. Als würde ich Teil von ihm werden wollen.

»Nun?«, fragt er Sekunden, Minuten später. Sein Atem ist rau, sein Hemd ist von meinen fahrigen Händen ganz zerknittert. Wenn ich so weitermache, habe ich bald alle seine Sachen ruiniert. »Was willst du von mir?«

Unfähig zu antworten blicke ich ihn an. Wie kann ich ihm verständlich machen, was genau ich will, wenn ich es selbst kaum weiß? Ich habe Angst, es zu sagen. Und es ist mir peinlich. Ich habe noch nie offen über Sex geredet. Das ist eher Lilys Art. Was ziemlich bescheuert ist, schließlich bin ich eine erwachsene Frau mit Wünschen und Bedürfnissen wie alle anderen auch. Ich war schon mit anderen Männern zusammen. Ich hatte schon eine Menge Orgasmen. Für die ich selbst gesorgt habe, oder ein Vibrator, oder ein Mann. Meistens aber ich selbst ...

»Willst du, dass ich dich berühre?« Er drückt seine Lippen auf meine Stirn, seine Hand liegt immer noch auf meinem Hintern. »Willst du, dass ich es dir mache?«, flüstert er an meiner Haut.

*Oh Gott.* Alles in mir wird heiß, und ich nicke und halte die Augen aber fest geschlossen. »Ja«, sage ich mit zitternder Stimme.

Er löst sich von mir, und beim Verlust seiner Wärme, seiner Stärke, reiße ich die Augen auf. »Zieh dich aus«, befiehlt er mir.

Ich starre ihn an. »Was?«

»Deine Kleidung, Violet.« Er lächelt und lässt ungeniert seinen hungrigen Blick über mich schweifen. »Wenigstens das Kleid, fürs Erste.«

Noch nie hat ein Mann von mir verlangt, dass ich mich vor ihm ausziehe. Normalerweise lasse ich mich ausziehen. Oder es ist ein übereiltes Sich-die-Klamotten-vom-Leib-Reißen im Bett, im Dunkeln, wo auch immer, um möglichst schnell nackt zu sein.

Von daher fühlt sich das hier ... anders an. Als würde ich mich zur Schau stellen.

Was ich ja auch tue.

Ich trage ein Wickelkleid – für das ich mich absichtlich entschieden habe, denn schließlich wusste ich, was heute passieren würde –, und langsam löse ich den Knoten an meiner Hüfte. Der Stoff klafft einen Spalt auf, und als ich den Gürtel komplett entferne, fällt er weiter auseinander und entblößt Teile meiner Haut. Meine Brüste, meinen Bauch, meine Beine.

Ryder löst nicht eine Sekunde den Blick von mir. Er lehnt an seinem Schreibtisch, die Arme vor der Brust verschränkt, den Kopf zur Seite geneigt. Er betrachtet mich wie ein wissenschaftliches Experiment.

Ich lasse das Kleid von den Schultern rutschen, und es fällt um meine Füße auf den Boden. Ich habe nicht nur das Kleid extra für heute ausgesucht, sondern auch meine Unterwäsche. Er hatte nach etwas Besonderem verlangt, und ich hoffe, dass es seinen Ansprüchen genügt.

Ich *bete*, dass es genügt.

Seine Augen leuchten auf, als er den Blick über mich gleiten lässt und auf meiner Brust verharrt. »Hübscher BH.«

Ich blicke an mir hinab. Meine Brüste pressen sich gegen den dünnen Stoff, cremeweiße Seide mit schwarzer Spitze, gegen die sich meine harten Brustwarzen drücken. Der Slip im Bikinischnitt aus dem gleichen Stoff entblößt mehr, als er bedeckt. Ich fühle mich sexy, wann immer ich dieses Set trage, was nicht besonders oft ist. Ich habe es aus einer Laune heraus gekauft, als ich zusammen mit meinen Schwestern shoppen war. Lily hatte mich und Rose überredet, etwas Dekadentes zu kaufen. Nicht für die Männer in unserem Leben, wie Lily betonte, wobei sie mich ansah, denn ich war die Einzige mit einem festen Freund. Sondern für uns.

Ich habe das Set bisher nur zweimal getragen. Einmal, als ich ein besonders schwieriges Meeting hatte und ich mich in meiner Weiblichkeit bestärkt fühlen wollte, während ich einem Haufen alter Männer gegenübertrat, die nicht unbedingt Ahnung von der Kosmetikindustrie hatten. Das andere Mal habe ich es bei einer Verabredung mit Zachary getragen. Es war ihm noch nicht einmal aufgefallen, er hat überhaupt nichts dazu gesagt. Hatten wir an dem Abend noch Sex?

Ich weiß es nicht. Ich kann mich nicht daran erinnern. Wie traurig ist das denn?

Also habe ich das Set in meiner Unterwäscheschublade ganz nach hinten geschoben und vergessen. Bis ich gestern Abend einen leichten Panikanfall bekommen habe, weil ich nicht wusste, was ich für Ryder tragen sollte. Er wollte etwas, das ihn bezwingen würde ...

»Zieh ihn aus.«

Ich blinzle. »Was?«

»Den BH.« Er zeigt mit der Hand auf mich. »Zieh ihn aus, Violet.«

Mit zitternden Fingern fasse ich hinter meinen Rücken, um den Verschluss zu öffnen. Ich fummele daran herum und brauche mehrere Versuche, während er mich mit kühler, unverbindlicher Miene betrachtet. Er scheint vollkommen unbeeindruckt davon zu sein, dass ich fast nackt vor ihm stehe. Aber ich fühle seinen Blick auf mir. Heiß und schmachtend, beinah liebkosend.

»Als Nächstes den Slip?«, frage ich und lasse den BH von einem Finger baumeln, bevor ich ihn auf den Boden fallen lasse.

»Ja.« Seine Stimme ist matt, und er räuspert sich. Noch ein Anzeichen dafür, dass er nicht ganz so unbeeindruckt ist, wie er tut.

Auf einmal überkommt mich ein leichtes Gefühl der Macht, und ich gehe ein paar Schritte auf ihn zu, gehe so nah an ihn heran, dass ich seinen Duft wahrnehme, dass ich sehe, wie sich seine Lider über die Augen senken, während er mich beobachtet. »Willst du mir helfen?«

Er schüttelt langsam den Kopf. »Du scheinst mir absolut in der Lage zu sein, dich selbst zu entkleiden.«

Wie konnte ich vergessen, dass er sich gern der Vorfreude hingibt? Ich fahre mit den Fingern unter den dünnen Stoff des Slips und lasse ihn langsam über meine Hüften gleiten, über meine Schenkel, bis er mir um die Füße fällt. Vorsichtig steige ich hinaus und richte mich auf, vollkommen nackt bis auf meine liebsten Louboutins.

»Setz dich auf die Couch«, sagt er, sobald ich ihn wieder ansehe. »Jetzt.«

Ich drehe mich um und gehe zu der kleinen Couch, die in der Ecke seines Büros steht. Sie hat eine samtige tiefblaue Farbe, die mich an einen dunklen Abendhimmel erinnert. Ich hocke mich auf die Kante und sehe zu, wie er die Krawatte, die ich ihm geschenkt habe, aus der Schachtel nimmt und sie zwischen den Händen straffend auf mich zukommt.

Nervosität macht sich in mir breit. Als er direkt vor mir stehen bleibt, hebe ich den Kopf, und mein Blick begegnet kurz seinem, bevor ich wieder auf den roten Stoff in seinen Händen sehe. Eiskalte Angst durchfährt mich. Was er wohl mit der Krawatte vorhat?

»Wir haben nur noch vierzig Minuten«, murmelt er, während sich die Enden der Krawatte um seine Finger schlingen. Er wickelt den Stoff immer weiter auf, bis er ihn wieder abrollen lässt. Fasziniert von seinen langen Fingern und wie lebendig sich die leuchtend rote Farbe von seiner Haut abhebt, sehe ich zu. »Meinst du, das ist genug Zeit, um dich kommen zu lassen?«

Ich nicke zitternd, vor lauter Aufregung und Angst bringe ich kein Wort heraus.

»Ich weiß, dass manche Frauen ... etwas mehr Zeit brauchen. Ich genieße das Vorspiel eigentlich auch, aber angesichts unseres begrenzten Zeitfensters ...« Er lässt die Krawatte komplett abrollen und hält sie mit einer Hand, sodass sie wie eine rote Fahne der Kapitulation vor meinem Gesicht hängt. »Darf ich dich fesseln, Violet? Damit ich mit dir machen kann, was ich will?«

Mein Mund ist trocken. Mein Verstand ... setzt aus. Ich sehe nur noch ein einziges krasses Bild vor meinem inneren Auge. Ich auf der Couch liegend, Ryders großer Körper zwischen meinen Beinen, die Krawatte um meine Hände geschlungen. »Wenn es d-das ist, was du willst?«

Finster schüttelt er den Kopf, obwohl ich mir sicher bin, dass da ein leichter Schweißfilm auf seiner Stirn ist. Ich bin froh, ihn zu sehen, denn bisher gab es nur wenige Anzeichen dafür, dass ich überhaupt irgendeine Wirkung auf ihn habe. »Was ich will, ist egal. Was willst *du*?«

Ich lecke mir über die Lippen, suche fieberhaft nach einer Antwort. Die Vorstellung, gefesselt zu sein und ihn nicht davon abhalten zu können, zu tun, was er will, erregt und beängstigt mich gleichermaßen. Ich will Ja sagen. Meine Vernunft schreit Nein, aber …

»Sag es mir.« Er streicht mir mit den Fingerspitzen über die Wange, und ich schmiege das Gesicht an seine Hand und schließe die Augen. Seine Berührung ist so zärtlich, aber seine Worte sind so streng. »Vertraust du mir?«

Ich öffne die Augen und sehe ihn an. »*Nein*. Tue ich nicht.« Es stimmt. Wie sollte ich ihm wirklich vertrauen? Was ist, wenn er diesen Moment, diese Affäre gegen mich benutzt? Ich setze alles aufs Spiel, vor allem meinen Ruf.

Und für mich und meine Familie und unser Unternehmen *ist* mein Ruf *alles*.

Er lächelt. »Gute Antwort. Du solltest mir auch nicht vertrauen. Jedenfalls nicht vollständig. Aber ich kann dir versprechen, dass ich dich nicht verletzen werde. Das habe ich nicht vor. Du kannst es jederzeit beenden. Es geht hierbei nur um dich.«

Nur um mich? Kein Mann hat jemals mein Vergnügen vor seins gestellt. Aber will Ryder nicht auch irgendetwas für sich daraus ziehen? »Verstehe«, sage ich und nicke.

»Gut. Also.« Er macht eine Pause. »Darf ich dich fesseln? Nur die Hände.«

Wieder nicke ich, und ich seufze bebend. »O-okay.«

Er fasst nach meinen Händen und hebt sie über meinen Kopf. »Leg dich zurück«, drängt er mich sanft, und ich tue, wie er mir befiehlt, sodass meine Arme auf der Rückenlehne der Couch liegen. Er kommt näher, und seine Brust streift mein Gesicht, als er die rote Seide um meine Handgelenke wickelt, einmal, zweimal, dreimal, bevor er einen Knoten macht. »Das ist locker genug, dass du dich zur Not selbst befreien kannst, wenn du es wirklich willst. Oder du sagst mir einfach, dass ich aufhören soll, und ich befreie dich.«

Ich probiere die Knoten aus, ziehe daran. Mein Hintern ist ins Kissen gesunken, und meine Beine sind leicht geöffnet, die Absätze drücke ich auf den Boden. Ryder tritt zurück und lässt den Blick über mich schweifen, von meinen über dem Kopf gefesselten Armen zu meinen nach oben zeigenden Brüsten. Er lässt den Blick weiterwandern, zu der Stelle zwischen meinen Beinen, und lächelt.

»Spreiz die Beine.«

Ich tue, wie mir geheißen, und meine Schuhe gleiten über den Boden. Ich fühle, wie feucht ich bin. So feucht und bereit für ihn, dass mir ganz schwindelig ist. Als könnte ich jeden Moment in Ohnmacht fallen.

Und dann ist er auf einmal direkt vor mir, sein Mund macht sich hungrig über meinen her, seine Hand umfasst meine rechte Brust, sein Daumen umkreist meine Brustwarze. Ich strebe ihm entgegen und stöhne auf, als seine Zunge die meine berührt. Seine Hände sind überall, sein Mund ist wie eine Droge, von der ich nicht genug bekommen kann. Ich hebe die Arme und wimmere frustriert, als ich feststelle, dass ich ihn nicht berühren kann. Da löst er sich von mir und sieht mich kopfschüttelnd an.

»Lass die Arme über deinem Kopf«, warnt er mich, und ich lege sie zurück, lasse den Kopf wieder sinken, und er fängt an, langsam über meinen Kiefer, meinen Hals, meine Brust zu küssen. Er kommt meinen Brüsten immer näher, bis ich mich unter ihm winde, so sehr will ich seinen Mund auf meiner Brustwarze und dass er fest daran saugt.

Aber er hält mich hin, als wüsste er ganz genau, was ich will, und gibt mir stattdessen etwas anderes. Er pustet ganz leicht zwischen meinen Brüsten entlang, dann an der Unterseite meiner einen Brust, dann der anderen. Ich zittere, mein Atem kommt nur noch in kurzen Stößen, während er mich endlos mit seinem Mund foltert. Er leckt mir mit seiner warmen, samtigen Zunge über die Haut, und als er mir endlich kurz über die Brustwarze leckt, schreie ich auf.

»Schhh«, murmelt er an meiner Haut, bevor er die Brustwarze zwischen die Lippen nimmt und tief einsaugt.

Ich bäume mich auf, schließe die Augen und reiße sie sofort wieder auf. Ich will nichts verpassen. Ich will den Anblick von Ryder genießen, wie er über meiner Brust lehnt, mit der Zunge meine harte, feuchte Brustwarze umkreist, und seine Hand immer weiter hinabgleiten lässt, bis er mich an der Innenseite des Oberschenkels packt und meine Beine noch weiter auseinanderdrückt.

Er löst sich ein Stück von mir und kniet sich vor

mich hin, seine Hände liegen auf den Innenseiten meiner Oberschenkel, sein Blick ruht dazwischen. Ich beobachte ihn, wie er mich ansieht, meine Brust hebt und senkt sich, meine Haut steht in Flammen, mein ganzer Körper verlangt nach mehr. Es geschieht alles so schnell, und ich habe das Gefühl, als könnte ich jeden Moment kommen. Einfach nur seinen Blick auf mir zu spüren, seine Finger, die sich in die zarte Haut meiner Oberschenkel bohren, reicht eigentlich schon vollkommen aus.

»Wunderschön«, murmelt er. »Und so feucht.«

Ich sollte mich gedemütigt fühlen, dass er mich so eingehend betrachtet, aber insgeheim gefällt es mir. Ich wünschte, ich könnte die Beine noch weiter öffnen, um ihn noch mehr sehen zu lassen, alles. Er fährt mir mit dem Finger über das getrimmte Schamhaar, und ich zucke zusammen. Seine Finger gleiten weiter hinab, fahren federleicht über meine Haut. Er liebkost meine Schamlippen, streicht mir über die Klit und wieder weiter hinab, um mich überall zu berühren ...

»Würdest du kommen, wenn ich es dir nur mit den Fingern mache?« Er klingt beinah, als würde er mit sich selbst reden. »Oder soll ich es dir auch mit dem Mund machen?«

*Oh Gott*, er bringt mich noch um. »Mit dem Mund«, flüstere ich.

Mit lüsternem Blick sieht er mich an. »Ja?«

Ich nicke und presse die Beine zusammen, sodass meine Schenkel seine Hüften umklammern. »Bitte.«

Das verschlagene Lächeln, das sich auf seinem Gesicht ausbreitet, verrät mir, dass ihm das hier gefällt. Mich betteln zu lassen. »Nur mit den Lippen?«, fragt er und küsst mich ganz leicht aufs Schambein. »Oder auch mit der Zunge?«

»Mit allem«, keuche ich und wünschte, ich könnte seinen Kopf packen und ihn zwischen meine Beine drücken. Ich bin so nah dran, so kurz davor zu kommen, und er spielt mit mir.

Immer spielt er mit mir. Immer testet er meine Grenzen aus.

Er scheint zu wissen, dass ich nah dran bin, denn schließlich hält er sich nicht länger mit Worten auf. Er legt den Mund auf mich, leckt und saugt an meinen Schamlippen, und dann umkreist seine Zunge meine Klit, während er mit einem Finger in mich eindringt. Wimmernd werfe ich den Kopf zurück, wobei ich Ryder, wie er mich verschlingt, nicht eine Sekunde aus den Augen lasse. Er nimmt noch einen Finger hinzu und stößt sie in meinen sich nach ihm verzehrenden Körper. Seine Lippen umschließen meine Klit, und sein heißer Mund treibt mich an den Rand des Wahnsinns.

Ich beobachte ihn immer noch, vollkommen vergessen in dem berauschenden Gefühl, in dem Anblick von diesem umwerfend schönen Mann, der mir so viel Lust bereitet. Er fährt mir mit der freien Hand über den Schenkel, über die Hüfte, die Taille und streichelt meine Brust, und ich strecke mich seiner Hand entgegen. Er öffnet die Augen, das leuchtende Blau ist direkt auf meine Augen gerichtet, und dann löst er die feuchten, geschwollenen Lippen von mir.

»Du guckst gern zu.«

Ich streite es gar nicht ab. »Ich gucke dir gern zu.«

»Du überraschst mich.« Er senkt wieder den Kopf,

fährt mir mit der Zunge über die Klit, und ich schreie auf. Er kneift mir in die Brustwarze, als wenn mich das ruhigstellen würde, aber der Schmerz vermischt sich mit meiner Lust und lässt mich nur noch lauter stöhnen. »Die Leute könnten dich hören, Violet«, tadelt er mich.

»Das ist mir egal«, keuche ich, und mein Körper beginnt zu beben. Ich bin so nah dran. Ich schließe die Augen, unfähig, mich länger zu wehren. Ich will es. Ich muss jetzt kommen. Ich habe das Gefühl, jeden Moment zu explodieren.

Er legt mir die Hand über den Mund, dämpft mein Wimmern, und als ich die Augen öffne, sieht er mich immer noch an. »Es gefällt mir, dich so zu sehen. Nackt und feucht und zitternd und vollkommen von meiner Gnade abhängig.«

*Oh Gott.* Er versucht, mich mit Worten zum Orgasmus zu bringen. Und als seine Lippen sich wieder um meine Klit schließen und er daran saugt, seine Zunge darüberleckt, ist es vollkommen um mich geschehen. Ich stöhne in seine Hand, hebe die Hüften, als der intensive Orgasmus über mich hinwegfegt und durch meinen Körper rauscht, bis ich nur noch ein zitterndes, erschöpftes Etwas bin.

Ryder küsst meinen einen Hüftknochen, dann den anderen. Süße, einfache, leichte Küsse, die mich noch mehr dahinschmelzen lassen. Er steht auf und löst die Krawatte von meinen Händen, dann reibt er meine Handgelenke. Meine Arme zittern, weil sie so lange in einer Position verharren mussten.

Ich weiß nicht, was ich sagen soll, wie ich mich verhalten soll. Ich habe es mir noch nie von einem Mann auf einer Couch in seinem Büro besorgen lassen, schon gar nicht gefesselt. Ich habe noch nie *irgendetwas* in der Art bei der Arbeit gemacht. Oder zu Hause oder irgendwo.

Er geht ein Stück zurück und wirft einen Blick auf seine Armbanduhr, dann lächelt er mich an. »Zwanzig Minuten.« Er wirkt ziemlich zufrieden mit sich. »Was bedeutet, dass wir noch ganze zwanzig Minuten haben. Es sei denn ... du hast schon genug?«

# KAPITEL 12

## Ryder

Ich kann sie immer noch schmecken, klebrig süß auf meiner Zunge, auf meinen Lippen und meinem Kinn. Niemals in einer Million Jahren hätte ich gedacht, dass ich es Violet Fowler auf der Couch in meinem Büro machen würde, sie nackt und mit gefesselten Händen, ich mit dem Gesicht zwischen ihren Beinen, wie ich ihre hübsche rosa Pussy auslecke, bis sie kommt und sich über meinen Lippen ergießt.

Ja. Das war das heißeste Erlebnis seit Langem, wenn nicht jemals.

Sie ist immer noch nackt, bis auf ihre schwarzen High Heels. Ihre Haut ist gerötet. Ihr Atem geht schwer, und ihre vollen Brüste bewegen sich mit jedem zitternden Ausatmen, ihre rosa Nippel stehen immer noch aufrecht.

Es ist nicht wirklich überraschend, denn ich hatte mir schon gedacht, dass sie unter ihrer Kleidung einen unglaublich heißen Körper versteckt, aber *verdammt*. Die Frau ist umwerfend. Absolute Perfektion. Und so, wie sie auf mich reagiert hat, wie sie gestöhnt hat …

»Komm her«, flüstert sie, ihre Stimme rau vor Erregung.

Ich mache ein paar Schritte auf sie zu und bin erstaunt, als sie nach meinem Gürtel greift und mich noch weiter an sich heranzieht. Ihr Gesicht ist praktisch an meinem Schwanz, und er schwillt sofort schmerzhaft an, verlangt nach Befriedigung.

Der gierige Scheißkerl.

»Zwanzig Minuten sind noch ganz schön viel Zeit«, sagt sie, während sie anfängt, mir das Hemd aus der Hose zu ziehen. »Du bist dran.«

Ich bin so überrascht, dass sie mich auszieht, dass ich eine ganze Weile brauche, um zu begreifen, was sie da gerade gesagt hat. Ich versuche mich aus ihrem Griff zu befreien, aber sie hält mich am Gürtel fest und öffnet ihn mit ein paar geschickten Bewegungen. Mein Schwanz drückt sich gegen den Stoff, verlangt nach ihrer Aufmerksamkeit, und innerhalb von Sekunden hat sie meinen Hosenknopf und den Reißverschluss geöffnet, streicht mir mit den schlanken Fingern über den Schwanz in den Retropants.

»Violet …«, fange ich an zu protestieren, auch wenn ich nicht weiß, warum. Ich will ganz bestimmt nicht, dass sie aufhört. Und es ist verdammt erotisch, sie so nackt vor mir sitzen zu sehen, mit der Hand in meiner Hose, während ich größtenteils bekleidet bin. Wenn sie nicht aufhört, könnte ich mich tatsächlich blamieren und gleich in meiner Unterhose kommen.

Sie legt den Kopf in den Nacken, und all ihre langen, dunklen Haare fallen ihr über den nackten Rücken. Sie ist wunderschön so, ihre Hand um meinen Schwanz, die Lippen geöffnet, die Augen vor Leidenschaft glühend. Sie genießt es. Sehr.

»Hol ihn raus«, sage ich. Ihre Hand verharrt in der Bewegung. »Hol meinen Schwanz raus.«

Ohne ein Wort zieht sie mir die Unterhose herunter und legt die Finger wieder eng um meinen Schwanz. Ich presse die Lippen aufeinander, fasziniert vom Anblick ihrer Finger um meine Erektion, wie sie darüberstreicht, mich neckt, den Daumen über die Eichel fahren lässt. Sie beugt sich ganz leicht vor und küsst die Spitze einmal. Beim Gefühl ihrer Lippen auf meinem Schwanz stöhne ich auf, und dann nimmt sie ihn schließlich zwischen die Lippen und fängt an, daran zu saugen.

Und dann wird es nur noch schlimmer. Oder besser. Ich weiß nicht, wie ich es beschreiben soll, denn ihre Lippen um meinen Schwanz sind unerträgliches Leid. Wunderbare Folter. Sie umfasst die Wurzel und leckt die gesamte Länge entlang, windet die Zunge um die Eichel, bevor sie ihn ganz in den Mund nimmt. Ich stehe auf zitternden Beinen da, fasziniert von ihren großartigen Lippen und ihrer Zunge und von ihren ausgezeichneten Blowjob-Fähigkeiten.

Denn *oh Gott*, Violet Fowler gibt mir gerade einen verdammt guten Blowjob.

Ich lege ihr eine Hand auf den Kopf, vergrabe die Finger in ihren Haaren und ziehe ihren Kopf zurück. Sie sieht zu mir hoch, meinen Schwanz im Mund, die großen braunen Augen weit aufgerissen. Sie wartet auf meine Bestätigung. Ich kann es spüren.

»Das ist so verdammt gut«, murmle ich und lasse sie meine Zufriedenheit hören. Ihre Augen leuchten vor Verlangen auf. Sie sieht nicht nur gern zu, dem Mädchen gefallen auch Worte. »Hör nicht auf, Baby. Mach's mir.«

Sie gibt ein zufriedenes Stöhnen von sich, als sie meinen Schwanz wieder ganz in sich aufnimmt und ich anfange, die Hüften zu bewegen. Ich brauche mehr. Sie legt den Kopf in den Nacken, schließt die Augen und leckt und saugt, bis ich fast besinnungslos werde. Ich stoße immer wieder in sie hinein und stöhne laut auf, als sie so fest an meiner Eichel saugt, dass sie ganz hohle Wangen bekommt. Ich fühle das Kribbeln im unteren Rücken, und ich kann nicht mehr klar denken, als das Gefühl durch meinen ganzen Körper rast.

»Ich komme«, warne ich sie, aber sie bleibt, wo sie ist. Ich glaube, sie nimmt mich sogar noch tiefer in sich auf. Und das war's. Ich komme mit einem Stöhnen und Beben, mein ganzer Körper zuckt, als ich mich über sie beuge und an ihren Haaren ziehe. Sie wimmert, aber behält mich weiterhin im Mund, und als ich mich in ihr ergieße, schluckt sie.

*Himmel*, wie lange hat das gedauert? Noch nicht mal fünf Minuten. Normalerweise wäre mir das echt unangenehm. Ich lasse mir gern Zeit und zögere den Orgasmus hinaus. Sogar Violet hat das schon erkannt.

Aber eine Berührung ihrer Lippen an meinem Schwanz, und ich konnte an nichts anderes mehr denken, als zu kommen und wie lange ich es wohl zurückhalten könnte, bevor ich die Kontrolle verliere.

Ohne ein Wort stecke ich meinen immer noch harten Schwanz wieder in die Hose, schließe den Reißverschluss und stecke das Hemd so gut es geht hinein. Sie bleibt auf der Couch sitzen und wirkt, als würde sie sich ein kleines bisschen unwohl fühlen, während sie ihre Lippen befühlt und sich über die Wangen streicht.

Ich halte ihr die Hände hin und ziehe sie hoch. Mit den High Heels ist sie groß, aber nicht so groß wie ich.

Ich neige leicht den Kopf, um ihr in die Augen zu sehen, und irgendwie guckt sie, als würde sie denken, sie hätte es gerade ordentlich vermasselt.

»Das war unglaublich.« Ich küsse sie. Gebe ihr einen langen Zungenkuss, und sie lässt sich gegen mich fallen, all diese schöne nackte Haut, die sich an meinen Körper schmiegt. Ich schlinge ihr die Arme um die schlanke Taille und drücke sie an mich, streiche ihr mit den Händen über die glatte Haut ihres runden Hinterns, während ich sie weiterküsse. Ich kann mich selbst auf ihren Lippen schmecken, und ich schmecke sie, und mein Schwanz meldet sich schon wieder, bereit für weitere Taten. »Ich glaube, wir haben noch ein paar Minuten.«

Sie lacht, ein leises Schnaufen, das über meine Lippen weht. »Ich sollte mich wohl erst mal wieder herrichten. Ich muss furchtbar aussehen.«

»Du bist wunderschön.« Ich küsse sie wieder. »Und nackt.«

Unglaublich, aber sie wird rot. »Ich sollte mich anziehen.«

Widerwillig löst Violet sich aus meinen Armen und geht zu der Stelle, wo ihre Unterwäsche und das Kleid auf dem Boden liegen. Mit schnellen, effizienten Bewegungen zieht sie sich den BH an, dann nimmt sie das Kleid, schlüpft mit den Armen hinein und bindet es mit dem Gürtel um ihre Taille zu. Sie will gerade nach dem Slip greifen, als mein Handy auf dem Schreibtisch klingelt.

Sie erstarrt und sieht mich mit großen Augen an. »Wer kann das sein?«

Irgendwer. Aber ich antworte ihr nicht. Ich gehe

zum Schreibtisch, um nachzusehen, wer es ist. Die Antwort gefällt mir nicht.

Pilar, die blöde Zicke.

»Niemand«, sage ich zu Violet, drücke den Abwesenheitsknopf und lasse das Handy in meine Hosentasche gleiten. Lächelnd wende ich mich ihr wieder zu. »Also, wo waren wir?«

»Ich war dabei, mich anzuziehen, damit ich wieder an die Arbeit kann.« Sie fährt sich mit den Händen übers Kleid und die Haare. Sie sieht nicht mehr ganz so adrett und perfekt aus wie sonst, und das gefällt mir. Irgendwie wirkt sie dadurch menschlicher, mit den leicht unordentlichen Haaren und dem verträumten Gesichtsausdruck. Ihre Lippen sind immer noch geschwollen, und bei ihrem Anblick empfinde ich ein Gefühl der Freude und der Macht. Unbestreitbar. Sie sieht meinetwegen so aus. Und ich fühle mich wie ein Höhlenmensch, der am liebsten der ganzen Welt erzählen würde, dass ich derjenige bin, der ihr diesen Frisch-gefickt-Ausdruck aufs Gesicht gezaubert hat.

»Ich werde mich mal ... etwas frisch machen«, murmelt sie, als ich nichts sage.

Wieder klingelt mein Handy, aber ich ignoriere es. Ich habe keine Lust, einen Anruf von Pilar anzunehmen. Nicht hier und nicht jetzt. »Das sollte ich wohl auch.« Obwohl ich den Beweis für das, was zwischen uns passiert ist, gern noch etwas behalten würde, aber ich habe heute Nachmittag noch einen Termin. Und daran kann ich nicht mit Violet Fowlers Säften auf meinen Lippen und meinem Kinn teilnehmen.

Auch wenn mir die Vorstellung gefällt. Es wäre mein kleines Geheimnis. Niemand würde es wissen ...

Da klopft es an der Tür, und wir beide zucken zusammen. Violet sieht mich mit panischem Gesichtsausdruck an, als derjenige, der draußen steht, anfängt, an der Türklinke zu rütteln.

*Shit.*

»Wer kann das sein?«, flüstert sie.

»Ich weiß es nicht.« Aber ich weiß es. Ich glaube es zu wissen. Es muss Pilar sein.

»Einen Moment«, rufe ich, während ich nach Violets Haaren greife, um sie zu richten, aber sie schlägt meine Hand weg. Also fahre ich ihr mit dem Finger über die Unterlippe. Sie hat wirklich unglaublich sexy Lippen. »Bist du so weit?«

Sie nickt, sagt aber nichts.

»Wer auch immer es ist, tu ganz normal. Tu einfach so, als hätten wir gerade ein Geschäftsessen gehabt«, sage ich. »Nichts weiter.«

»Ja, natürlich«, sagt sie nickend und klingt wie ein Roboter. Ein ausdrucksloses Lächeln erscheint auf ihrem Gesicht. »Dann wollen wir mal.«

Ich beuge mich hinunter, hebe Violets Slip auf und stecke ihn in meine Tasche. Auf dem Weg zur Tür fahre ich mir durch die Haare, im vergeblichen Versuch, sie zu zähmen. Ich kann Violet an meinen Fingern riechen, und probehalber schnuppere ich etwas an der Luft. Ich hoffe nur, das Zimmer riecht nicht total nach Sex.

*Himmel.* Das kann nicht gut gehen.

Langsam schließe ich auf und öffne die Tür. Es überrascht mich nicht im Geringsten, Pilar vor mir stehen zu sehen. »Was zum Teufel machst du?«, fragt sie, noch bevor ich Hallo sagen kann.

»Ich freue mich auch, dich zu sehen«, sage ich und halte die Tür fest, als sie versucht, sich an mir vorbeizudrängen. »Kann ich dir irgendwie helfen?«

»Lass mich rein. Wir müssen reden.«

Ich trete auf den Flur und ziehe die Tür hinter mir zu. »Du kannst nicht einfach so in mein Büro eindringen, Pilar. Was ist denn los mit dir?«

»Wer ist da drin? Sag es mir! Ist es Violet?« Mit wütendem Blick sieht sie mich an. Ihre Wangen sind gerötet.

»Himmel, jetzt schrei doch nicht so«, sage ich mit gesenkter Stimme und hoffe, sie damit etwas zu beruhigen. »Wir haben ein Meeting, können alles in Ruhe besprechen. Wir haben über unsere Ideen für die Verpackung ihrer neuen Linie gesprochen.«

»Du bist ein verdammter Lügner«, klagt Pilar mich an und bohrt mir ihren spitzen Fingernagel in die Brust. »Hast du sie da drin gefickt, Ryder? Hast du sie dazu gebracht, deinen Namen zu schreien?«

Es ist unheimlich, wie nah an der Wirklichkeit sie damit ist. Ich frage mich, ob sie irgendwelche Spione hat. Kameras. Beobachtet sie mich etwa die ganze Zeit? »Wie ich schon gesagt habe, wir haben ein Meeting, Pilar. Ich würde vorschlagen, dass du deine Anschuldigungen für dich behältst.«

Wie auf Kommando geht meine Bürotür auf, und Violet erscheint, ruhig und gelassen wie immer. Ihr Kleid sitzt, sie hat frischen Lippenstift auf den prachtvollen Lippen, und nicht ein Haar ist nicht da, wo es hingehört. Das Mädchen ist gut, das muss ich ihr lassen. »Oh, Pilar.« Sie lächelt ein ausdrucksloses, künstliches Lächeln. »Ich wusste gar nicht, dass Sie es waren, die geklopft und an der Tür gerüttelt hat. Ich war gerade am Telefonieren.« Violet wendet sich mir zu und sagt mit neutraler Miene: »Danke noch mal für das Treffen, Ryder. Ich bin schon gespannt, was Sie und Ihr Team als Nächstes für Ideen haben.«

»Nichts zu danken«, sage ich mit ernstem Nicken. Ein Lächeln will sich auf meinem Gesicht breitmachen, aber ich lasse es nicht zu. Ich habe Angst, Pilar könnte uns durchschauen. »Dann bis zum nächsten Mal.«

Ihr Lächeln wird größer, und ihre Augen leuchten kurz auf. »Bis bald.«

Ohne ein weiteres Wort geht Violet los, und ich sehe ihr hinterher, wie sie mit schwingenden Hüften den Flur zu den Fahrstühlen hinuntereilt. Ich bewundere ihre Figur und muss an den Moment denken, als ich den Mund auf ihrer Klit hatte und meine Finger tief in ihr, wie sie die Luft angehalten hat, kurz bevor sie über meine Lippen gekommen ist. Doch Pilar zerstört die Erinnerung, als sie mir leise fluchend auf den Oberarm boxt.

»Ein Meeting, wer's glaubt. Du machst sie noch zu einer genauso fragwürdigen Person, wie du selbst bist, du Arschloch«, murrt Pilar.

»Das stimmt doch überhaupt nicht.« Ich reibe mir den Arm, beeindruckt von der Kraft hinter ihrem Schlag. »Du kannst dir doch nur nicht vorstellen, dass ein Mann und eine Frau, die zusammenarbeiten, sich rein geschäftlich treffen.«

Sie verengt die Augen zu Schlitzen und verzieht den Mund zu einer wütenden Fratze. »Scheißkerl.«

»Schlampe«, erwidere ich freundlich.

»Gott.« Sie wirft den Kopf in den Nacken und stampft davon, in die entgegengesetzte Richtung von Violet. Warum, weiß ich nicht, denn Pilars Büro ist noch nicht mal auf dieser Etage, aber das ist mir egal. Ich bin bloß dankbar, dass die Verrückte weg ist und ich wieder in mein Büro kann. Ich gehe hinein, schließe die Tür hinter mir ab und lehne mich erleichtert aufatmend dagegen.

Ich kann sie riechen. Violet. Der Duft ihres Parfüms und ihrer Haut liegt in der Luft, ebenso der leicht moschusartige Geruch nach Sex. Ich schließe die Augen und lasse den Hinterkopf gegen das Holz schlagen, während ich alles, was gerade passiert ist, sacken lasse.

Das war verdammt verrückt. Verdammt unglaublich. Ihr Geschmack, ihre Lippen, ihr zuzusehen, wie sie mit der Zunge über meinen Schwanz geleckt hat …

*Himmel*, das war echt heiß.

Mein Handy vibriert in meiner Tasche, und ich ziehe es hervor, um nachzusehen, von wem die SMS ist. So wie ich Pilar kenne, steht sie um die Ecke von meinem Büro und schreibt mir wild SMS mit allen Schimpfwörtern, die ihr einfallen.

Aber sie ist von Violet.

**Tut mir leid, dass ich so überstürzt aufbrechen musste.**

Ich lächle. Wie immer höflich.

**Ist Pilar noch bei dir?**

**Nein. Gott sei Dank nicht, ich bin allein.**

**Sie wirkte ganz schön wütend.**

**Sie wird drüber hinwegkommen.**

Für eine Weile kommt keine Antwort, also löse ich

mich von der Tür und setze mich an den Schreibtisch. Ich darf nicht weiter an Violet denken, ich muss mich auf meine Arbeit konzentrieren. Ich habe ein Meeting, das ich vorbereiten muss. E-Mails zu beantworten. Telefonate zu erledigen.

Doch dann vibriert mein Handy wieder, und ich kann es gar nicht abwarten, Violets Antwort zu lesen.

**Ich kann immer noch nicht glauben, was wir gerade getan haben.**

Stirnrunzelnd tippe ich meine Antwort.

**Im positiven oder im negativen Sinne?**

**Im positiven Sinne.**

Ich lächle. Dann runzle ich sofort wieder die Stirn. Ich muss aufhören, mich zu benehmen wie ein verliebter Idiot. Ich stehe über dem allen. Ich benutze sie bloß. Das hier ist alles nur ein Spiel, bis jemand sich wehtut.

Und dieser Jemand wird Violet sein.

Mein Handy klingelt, und ich gehe ran, bevor es ein zweites Mal klingeln kann. Beim Klang von Violets Stimme zieht sich mir der Magen zusammen.

»Morgen ist die Eröffnungsfeier des Kollaborationsprojekts«, murmelt sie.

»Ich weiß.« Die Führungskräfte bei Fleur haben eine Zusammenarbeit mit ein paar aufstrebenden Brautmode-Designern ins Leben gerufen. Das Projekt wurde schon seit zwei Jahren geplant und soll jetzt endlich vorgestellt werden.

»Gehst du hin?«

»Ja.« Ich mache eine Pause und genieße das Geräusch ihres Atems. *Erbärmlich.* »Du auch?«

»Selbstverständlich. Meine Schwester kommt auch.«

»Rose?«

»Lily.«

*Ah.* Die heiße Katastrophe. »Das könnte interessant werden.«

Sie ignoriert meine Spitze. »Ich würde dich … Ich würde dich morgen gern treffen. Auf der Party. Was sagst du?«

Was ich dazu sage? Ich würde am liebsten *verdammt, ja* sagen, aber ich muss etwas Zurückhaltung zeigen. »Will Violet etwa ein böses Mädchen sein und sich auf der Party mit mir davonstehlen?«

»Ich … Ich werde einfach jemanden brauchen, um mich etwas abzugrenzen.« Ihre Stimme stockt bei den letzten Worten, und ich genieße ihre Unsicherheit. Ich genieße die Vorstellung, dass sie mich mitten auf einer Party braucht, um sie da rauszuholen.

Ein Treffen mit mir, und schon braucht sie mich. Das gefällt mir.

Ich lehne mich auf dem Stuhl zurück und drehe mich zum Fenster, blicke auf die vor mir liegende Stadt. Ich fühle mich gut. Als wäre ich der Herr dieser verdammten Welt. Ich habe Violet Fowler in der Hand. Und ich werde sie nicht wieder loslassen. »Und ein Orgasmus würde dabei helfen?«

Sie atmet zitternd aus. »Vielleicht.«

Ah, jetzt tut sie ganz schüchtern. »Das kriegen wir hin.«

»Gut.« Ihre Stimme wird wieder fester. »Dann bis morgen Abend?«

»Ja. Und Violet?«

»Hmm?«

»Trag keinen Slip. Morgen.« Ich lasse die Worte

eine Weile wirken. »Ich bevorzuge einfachen Zugang.«

Ohne ein weiteres Wort legt sie auf, und ich muss lächeln.

Ich freue mich auf morgen. Viel mehr, als ich mir eingestehen mag.

# KAPITEL 13

# Violet

Vor ein paar Tagen hätte ich mich in einem Raum voller wunderschöner Models in zauberhaften Hochzeitskleidern noch unglaublich deprimiert gefühlt. Traurig, weil Zachary immer noch nicht um meine Hand angehalten hat. Und frustriert, weil alle um mich herum das Gleiche von mir denken müssen.

Doch inzwischen könnte mir das nicht gleichgültiger sein. Ja, ich bewundere die Kleider. Es ist eine Zusammenstellung ganz unterschiedlicher Stile von verspielt-märchenhaft bis elegant-kultiviert. Jedes der Models sieht einfach umwerfend aus, weil sie alle mit Fleur Cosmetics geschminkt sind. Fleur ist in der Kosmetikbranche bekannt für solche Kollaborationen, und ich bin stolz, dass diese mal wieder so gelungen ist. Die Party ist bislang ein großer Erfolg, zum einen beruflich, weil so eine positive Stimmung herrscht, und zum anderen für mich privat, weil ich es den ganzen Abend schon geschafft habe, Zachary aus dem Weg zu gehen.

Er hat zum Glück Pilar, um sich von ihr ablenken zu lassen. Ausnahmsweise bin ich mal dankbar für ihre Anwesenheit. Mögen tue ich sie deswegen aber noch lange nicht. Oh, nein. Ich kann die Frau nicht ausstehen. Wie besitzergreifend sie gestern Ryder behandelt hat, als sie an seine Tür geklopft hat. Und damit die skandalöseste und erotischste Mittagspause meines ganzen Lebens beendet hat.

Mir wird ganz heiß, wenn ich daran zurückdenke. An ihn.

Ich habe Ryder seitdem kaum gesehen, was wahrscheinlich das Beste ist. Denn ich brauche die Distanz. Sie ruft mir in Erinnerung, dass es keine Beziehung ist, was wir miteinander haben. Noch nicht einmal eine angehende Beziehung. Wir machen heimlich zusammen rum. Ich lasse mich von ihm in seinem Büro fesseln und es mir von ihm besorgen. So etwas von schmutzig. Ich sollte mich schämen.

Aber das tue ich nicht. Ich kann es gar nicht erwarten, es wieder zu tun.

»Gott, ist das langweilig.«

Auf einmal steht Lily neben mir, wie immer mit einem Cocktail in der Hand und einem unbeteiligten Ausdruck auf ihrem sonst wunderschönen Gesicht. Ich beneide meine beiden Schwestern um ihr gutes Aussehen. Ich denke immer, ich habe den Kürzeren gezogen mit meinen langweiligen glatten braunen Haaren. Lilys Haare dagegen sind goldbraun und gewellt. Manchmal färbt sie sich die Haare hellblond, aber im Moment sehen sie so natürlich aus wie schon lange nicht mehr. Und Rose hat ein Gesicht wie ein Engel, sodass man denken könnte, sie wäre direkt aus einem Botticelli-Gemälde gestiegen.

Ich hatte schon immer das Gefühl, nicht an die beiden heranreichen zu können.

»So schlimm ist es gar nicht«, tadele ich sie. Ich tadele sie immer. Aber sie jammert auch ständig, also muss ich etwas sagen, damit sie damit aufhört. Manchmal fühle ich mich, als wäre ich ihre Mutter. Sie findet das bestimmt toll.

Aber es ist schön, sie heute Abend hierzuhaben. Sie hat vor Kurzem mit Vater gesprochen und ist in letzter Zeit sehr bemüht, sich wieder mit ihm gutzustellen. Und weil Rose gerade nicht in der Stadt ist, hat Vater entschieden, dass Lily statt ihr auf diese Party mitkommen darf – solange sie sich ordentlich benimmt.

Was bedeutet, dass ich meine große Schwester babysitten und aufpassen darf, dass sie sich nicht danebenbenimmt. Nicht, dass er mich darum gebeten hätte, aber ich weiß, dass er es von mir erwartet.

»Es ist furchtbar.« Sie nippt an ihrem Glas und blickt mit ihren haselnussbraunen Augen durch den Raum. »Diese ganzen hübschen Mädchen in Hochzeitskleidern. Ich komme mir vor wie in einem Bienenstock.«

»Was meinst du damit?«

»Ich bin allergisch gegen Hochzeiten. Die Ehe.« Sie schüttelt sich. »Das ist doch schrecklich.«

Sie findet alles, was traditionell und normal ist, schrecklich. Sie hätte lieber vier Männer, die ihr ständig zur Verfügung stehen und mit denen sie jeden Abend auf irgendwelche Partys gehen kann, statt mit einem festen Freund ruhige Abende zu Hause zu verbringen. Früher hatte sie mal ein Drogenproblem. Manchmal frage ich mich, ob sie es immer noch hat.

»Nicht alle sind so wie du«, sage ich. »Es ist überhaupt nichts verkehrt daran zu heiraten. Viele Leute wissen nur nicht, was sie erwarten sollen, wenn sie heiraten. Oder sie wissen gar nicht genau, mit wem sie verheiratet sind.«

»Hmm, so, wie es bei dir gelaufen wäre, wenn du dieses Arschloch geheiratet hättest, mit dem du die letzten beiden Jahre zusammen warst.«

Ich starre meine ältere Schwester an und frage mich, woher sie davon weiß. Wir haben uns das letzte Mal vor einer Woche unterhalten, kurz bevor Zachary und ich uns getrennt haben.

Als ich nichts sage, zuckt sie die Achseln. »Rose hat es mir erzählt. Und Daddy.«

*Oh Gott.* Sie nennt ihn auch Daddy. Warum bin ich die Einzige, die damit ein Problem hat? Mit ihm? Ich habe schon eine ganze Weile nicht mehr mit ihm geredet. Er hat mich noch nicht einmal angerufen, um mir zu sagen, was er von meiner Trennung von Zachary hält. Was eigentlich gar nicht zu ihm passt. Er mischt sich sonst immer in meine Angelegenheiten ein, besonders wenn es um Zachary geht. »Ich frage mich, woher er es weiß.«

»Zachary hat es ihm natürlich erzählt.« Lily verdreht die Augen, dann trinkt sie ihren Cocktail aus und schwenkt das Glas, sodass das übrige Eis darin klackert. Jetzt starre ich sie erst recht an. Ich kann es nicht *glauben*, dass Zachary zu meinem Vater gegangen ist. Und dann auch wieder doch. »Er hat Daddy gebeten, mit dir zu reden und dich zu überzeugen, bei ihm zu bleiben.«

Ich schnaube so laut, dass Lily lachen muss. »*Das* hat er dir erzählt?«

»Den Teil hat Rose mir erzählt.« Lily tätschelt mir den Arm. »Es war absolut richtig, den Typen abzuschießen. Er war von Anfang an nicht gut genug für dich.«

Ist das so? Auf den ersten Blick sieht Zachary Lawrence fabelhaft aus. Jede Frau würde ihn wollen, so wie auch ich ihn gewollt hatte. Im Laufe der Zeit habe ich mich mit einer Menge von seinem Mist arrangiert, inklusive seinem ständigen Fremdgehen. Oh, am Anfang hat er es gut vertuscht, und ich hatte wirklich keine Ahnung. Aber mit zu viel Selbstvertrauen kommt auch Arroganz, und schließlich wurde der Mann schlampig, und es war nicht mehr zu übersehen. Und trotzdem habe ich die Augen vor all dem verschlossen.

Doch letztendlich habe ich mich gefühlt wie ein Fußabtreter, und ich konnte niemandem sonst die Schuld dafür geben als mir selbst. Ich war eine jämmerliche Freundin, und ich habe es gehasst. Und trotzdem verstehe ich immer noch nicht, wie ich es so lange mit ihm habe aushalten können.

Aber manche Dinge kann man eben nicht in Frage stellen, wenn man ihnen noch zu nah ist.

»Ich muss mich auf die Arbeit konzentrieren«, sage ich zu Lily. »Und mich.« Ich denke an Ryder. Wie er mich gestern Mittag so leicht zum Orgasmus gebracht hat. Bei der Erinnerung daran wird mir ganz heiß, und wieder suche ich mit den Augen den Raum nach ihm ab. Ich habe ihn heute Abend noch nicht entdecken können.

»Das ist richtig. Aber du solltest dir auch mal ein bisschen Spaß gönnen.« Lily weiß wirklich, wie sie sich Spaß gönnt und dabei wie das immer gut gelaunte Party-Girl wirken kann. Ich frage mich, ob es nicht anstrengend ist, das immer so zu betreiben. Ich stelle es mir jedenfalls so vor, denn ich weiß, dass mein eifriges *Ich will Fleur erben, also muss ich jeden Tag zwölf Stunden arbeiten* ganz schön an mir zehrt.

»Das tue ich doch«, sage ich, mit den Gedanken immer noch bei Ryder.

»Ich meine *richtigen* Spaß. Nicht nach einem langen Arbeitstag zu Hause DVD gucken und dein Lieblingsessen vom Lieferservice essen.« Es kommt mir vor, als hätte sie einen heimlichen Blick in mein Gehirn geworfen. »Das nennt man nicht Spaß. Das ist langweilig. Und du, Vi, bist alles andere als langweilig.«

Lily ist die einzige Person auf der Welt, die mich Vi nennen darf, ohne dass ich sauer werde. *Gott*, ich hasse diesen Spitznamen. »Ich weiß eben, wie ich mich selbst verwöhne. Und wenn ich Lust habe, mein Lieblingsessen vom Lieferservice zu bestellen und fernzusehen, ist doch nichts verkehrt daran, oder?«

»Doch, alles.« Lily blickt sich um, als würde sie nach etwas suchen. Oder nach jemandem. So wie ich sie kenne, ist es wahrscheinlich beides. »Ich hole mir noch einen Drink. Soll ich dir einen mitbringen?«

»Nein, danke. Ich hab noch«, murmle ich. Ich darf nicht schon wieder zu viel trinken. Ich muss heute einen klaren Kopf bewahren. Ich bin so schon unruhig genug, weil ich weiß, dass Ryder hier ist. Irgendwo.

Er hat von mir verlangt, keinen Slip zu tragen, und ich habe mich daran gehalten. Es fühlt sich seltsam an, unter dem Kleid nichts anzuhaben, wo ich doch sonst immer mindestens einen Tanga trage. Und Tangas ziehe ich auch nur an, damit sich kein Slip unter dem Stoff abzeichnet, nicht um irgendeinem Mann zu gefallen …

Mein Kleid ist zartrosa, hört kurz überm Knie auf

und ist leicht ausgestellt. Ich trage auch keinen BH darunter, denn das Kleid hat sowohl vorn als auch hinten einen tiefen V-Ausschnitt. Außerdem habe ich die Haare hochgesteckt, sodass ich mich ziemlich entblößt fühle. Um nicht zu sagen extrem nackt.

Und ein ganz kleines bisschen aufgeregt. Wird Ryder mein Kleid mögen? Meine Haare? Wird es ihm gefallen, dass ich mich an seine Anweisung gehalten habe? Kein Mann hat mir jemals zuvor Anweisungen gegeben. Es hat sich seltsam angefühlt, etwas auf seinen Befehl hin zu tun beziehungsweise nicht zu tun. Als wäre ich sein kleines Haustier, als würde er mich besitzen. Nicht, dass Ryder McKay mich besitzen wollen würde …

»Du siehst schön aus heute Abend.«

Beim Klang der Männerstimme hinter mir drehe ich mich lächelnd um. Aber vor mir steht nicht der, mit dem ich gerechnet habe … Sofort verschwindet das Lächeln von meinem Gesicht, und ich ziehe die Augenbrauen zusammen. »Was willst du?«

Zachary kommt einen Schritt auf mich zu und hält dann inne, höchstwahrscheinlich weil er merkt, dass ich ihn mit imaginären Pfeilen durchbohre. »Ich wollte nur Hallo sagen.«

Ich recke das Kinn und wünschte, Lily wäre noch hier. Es wäre so viel leichter, ihm gegenüberzutreten, wenn ich sie an meiner Seite hätte. Und so wie ich meine Schwester kenne, würde sie ihm wahrscheinlich sagen, er solle zusehen, dass er wegkommt. »Hallo.« Meine Stimme ist eisig, und ich hoffe nur, er versteht die Botschaft.

»Ich vermisse dich, Violet«, sagt er leise. Es klingt

so ernst. Ich habe ihn solche Dinge schon öfter sagen hören, im gleichen Tonfall. Wieder und wieder, und ich bin jedes Mal darauf reingefallen. Und vor allem habe ich ihm geglaubt.

Aber dieses Mal nicht. Nie wieder.

»Wo ist Pilar? Sie ist doch ganz wild nach deiner Gesellschaft.« Ich kann die Verachtung in meiner Stimme nicht unterdrücken. Ich hasse sie. Und sie dringt dermaßen in mein Leben ein, dass es mir schon unangenehm ist.

Nicht, dass ihr das etwas ausmachen würde. Oder Zachary.

Er sieht wie immer perfekt aus. Er trägt einen seiner eleganten Anzüge, der nicht eine Knitterfalte hat, jedes Haar sitzt an seinem Platz, und dann dieser nichtssagende Gesichtsausdruck. Niemand hier im Raum würde ahnen, dass wir an so einem öffentlichen Ort ein privates Gespräch führen. »Sie bedeutet mir nichts, Violet, und das weißt du.«

»Woher soll ich das wissen, Zachary? Du hast es mir nicht erzählt. Mit dieser hier ist es auf jeden Fall so, dass du sie weiterhin triffst. Was für mich bedeutet, dass sie dir sehr wohl etwas bedeutet.« Mein Herz krampft sich leicht zusammen. Ich bin über ihn hinweg. Ich *muss* über ihn hinweg sein. Es wird allerdings etwas dauern. Mich in einer leidenschaftlichen geheimen Affäre zu verlieren könnte helfen.

Aber vielleicht nicht genug. *Gott*, ich weiß es nicht. Ich bin so verwirrt.

»Die einzige Frau, die ich je geliebt habe, bist du.« Seine Stimme ist gedämpft, und ich meine, ein leichtes Zittern zu hören. Ich werde nicht auf seine Worte hereinfallen. Seine Lügen. Ich kann es nicht. Er hat mich zu sehr verletzt. Hat mein Vertrauen in ihn zu oft missbraucht.

»Ich glaube, du weißt gar nicht, was Liebe ist.« Ich schlucke schwer, unterdrücke das Beben in meiner Stimme. Ich will ihm nicht das kleinste bisschen Verletzlichkeit zeigen. Ich will nicht, dass er denkt, er hätte noch irgendeine Art von Kontrolle über mich.

Wie immer ignoriert Zachary einfach, was ich sage. Gott bewahre, dass er auf meine Beleidigung reagieren könnte. »Lass es nicht so enden, Violet. Wir brauchen uns doch. Ich brauche dich mehr, als du dir vorstellen kannst«, fleht er mich an.

»Was? Brauchst du mich etwa, um in der Firma aufzusteigen? Das scheinst du doch auch ganz gut ohne mich hinzukriegen. Dich bei meinem Vater einzuschleimen, um die Beförderung in London zu kriegen? Hast du gut gemacht.« Ich nehme einen Schluck von meinem Wein und mahne mich, ruhig zu bleiben. Es hat keinen Zweck, jetzt einen Streit anzufangen, obwohl ich glaube, wir sind schon auf halbem Weg dahin. Nicht, dass Zachary und ich uns jemals gestritten hätten. Dafür sind wir viel zu höflich.

»Die Beförderung habe ich mir verdient. Aber du hast recht. Ich habe mich während unserer Beziehung schlecht verhalten, und es tut mir leid. Du denkst bestimmt, ich hätte dich – benutzt. Ich bereue vieles, was ich getan habe, Violet, aber ich habe es nie bereut, mit dir zusammengekommen zu sein.« Er kommt einen Schritt auf mich zu, und ich weiche zurück. »Kannst du mir nicht noch eine Chance geben? Ich weiß, ich habe es vermasselt. Ich war wütend, weil du immer so mit deiner Arbeit beschäftigt warst, auch noch, nachdem ich dir erzählt hatte, dass ich bald nach London abreisen würde.«

Ich starre ihn an. Ich habe mir immer Zeit für ihn genommen. *Immer*.

»Und dann hast du angefangen, dich mit McKay zu treffen. Das hat mich fertiggemacht. Ich hatte keine Ahnung, was du vorhast.« Er fährt sich mit der Hand durch die Haare, dann richtet er sie sofort wieder. »Pilar hat mir einen Haufen Lügen erzählt, und ich habe überreagiert.«

Einen Haufen Lügen? Was kann sie ihm erzählt haben? »Inwiefern überreagiert? Indem du zugelassen hast, dass sie deinen Penis in den Mund genommen hat?«

Er sieht schockiert aus. *Gut*. Ich bin auch etwas schockiert über dieses Gespräch. »Was mit ihr war, ist nicht von Bedeutung. Ich *liebe* dich. Ich will dich nicht verlieren.«

Das ist wirklich das Letzte, womit ich mich heute Abend beschäftigen will. »Es ist vorbei, Zachary. Ich weiß nicht, warum du denkst, es könnte anders sein, oder warum du glaubst, du könntest mich davon überzeugen, aber du musst damit aufhören«, sage ich ihm entschieden.

»Du kannst mich nicht einfach ausblenden. Wir haben eine gemeinsame Vergangenheit. Wir hatten vor, eines Tages diese Firma zusammen zu führen, Seite an Seite. Was ist mit diesen Plänen?«, fragt er empört.

»Die sind vorbei. Du hast sie schon vor langer Zeit ruiniert.« Ich gehe los und will ihn einfach stehen lassen, aber er packt mich am Arm und hält mich fest.

»Jetzt sei doch nicht albern.« Er kommt mir mit dem Gesicht ganz nah, und erschreckt weiche ich zurück. Ich habe ihn noch nie so wütend erlebt. »Wir gehören zusammen, Violet. Das weißt du.« Seine Stimme ist geradezu bedrohlich. Ich bekomme richtig Angst.

»Lassen Sie sie los, Lawrence.«

Wir drehen uns beide gleichzeitig nach Ryder um, der breitbeinig und mit wütendem Gesichtsausdruck dasteht, die Hände in den Hosentaschen versenkt. Mein Herz fängt an zu rasen, als ich ihn so sehe, wie er Zachary anstarrt und in seinem dunklen Anzug, mit den wirren Haaren und dem kalten, finsteren Blick so wirkt, als hätte er die Lage absolut unter Kontrolle.

»Verpissen Sie sich«, sagt Zachary durch zusammengebissene Zähne. Bei seiner Wortwahl bleibt mir die Luft weg. Zachary benutzt eigentlich so gut wie nie Schimpfwörter. »Wir führen ein privates Gespräch.«

»Sie können mich mal. Hören Sie auf, die Frau herumzuschubsen. Sie ist nicht mehr mit Ihnen zusammen. Schon vergessen?« Der spöttische Ton in Ryders Stimme lässt Zacharys Gesicht in allen möglichen Rottönen aufleuchten. Er ist so wütend, dass ich fürchte, er geht jeden Moment in die Luft.

»Halten Sie sich aus meinen Angelegenheiten raus«, entgegnet Zachary, als ich mich von ihm losreiße und mich neben Ryder stelle. Ich kann ihm ansehen, wie sehr ihn das überrascht. Ihn verletzt. Noch wütender macht.

Doch zum ersten Mal, seit ich ihn kenne, ist es mir egal, was er von mir denkt. Ich habe genug davon, sein hübsches Spielzeug zu sein, das er ins Regal stellt und aus der Ferne bewundert, während er mit seinen anderen Puppen spielt.

»Ich bin nicht länger deine Angelegenheit, Zachary«, sage ich und versteife mich, als ich Ryders Hand an meinem Rücken spüre. Er lässt es so wirken wie eine gemeinsame Front, und ich bin mir nicht sicher, ob ich das will. »Es gibt nichts weiter zu besprechen.«

»Violet ...«

»Nicht hier«, unterbreche ich ihn. »Hör auf. Geh, bevor du dich lächerlich machst.«

Er starrt uns beide an, lässt den Blick von mir zu Ryder und wieder zu mir wandern. Ich straffe die Schultern und recke das Kinn und hoffe, ich sehe stark aus, auch wenn ich mich ganz und gar nicht so fühle.

»Wir reden später«, murmelt er, bevor er sich davonmacht.

»Der Kerl versteht auch keinerlei Andeutungen«, sagt Ryder, sobald Zachary außer Hörweite ist, und fährt mir mit dem Daumen über den Rücken, sodass ich erschaudere.

Ich mache einen Schritt von ihm weg. »Du hättest dich nicht einmischen sollen.«

Er hebt eine Augenbraue. »Sah so aus, als hättest du Hilfe gebraucht.«

»Es war alles in Ordnung. Ich bin in der Lage, ein zivilisiertes Gespräch mit meinem Ex zu führen.« Bebend atme ich aus. Es gefällt mir nicht, wie sich beim Wort *Ex* alles in mir zusammenzieht. Bereue ich meine Entscheidung etwa? Ich ... ich weiß einfach nicht mehr, was ich will. Ich bin total durcheinander.

Und das gefällt mir nicht.

»Du vielleicht schon, aber bei Lawrence war ich mir da nicht so sicher.« Ryder kommt wieder einen Schritt auf mich zu, und ich weiche zurück. Ich fühle mich in die Enge getrieben. In die Falle gegangen.

Und wütend. Warum versuchen eigentlich alle Männer in meinem Leben, mich herumzustoßen? »Ich brauche deine Hilfe nicht.«

Er lächelt, aber es wirkt eher so, als würde er die Zähne blecken. »Sah aber ganz so aus.«

Ich verschränke die Arme vor der Brust. »Ich will nicht, dass du dich in meine persönlichen Angelegenheiten einmischst.« Ich klinge wie eine Kratzbürste, aber es ist mir wirklich egal. Ich bin sauer. Sauer auf Zachary, sauer auf Ryder … Ich benehme mich total unvernünftig, aber mein Leben ist positiv formuliert gerade ziemlich turbulent, um nicht zu sagen ein einziges Durcheinander.

Er kommt einen weiteren Schritt auf mich zu und betrachtet mich mit drohender Miene und finsterem Blick. Ich weiche zurück, mein Hintern berührt die Wand, und ich stütze mich mit den Händen dagegen. »Er hat dich angefasst.« Er ist mir jetzt so nah, dass sein Bein den Saum meines Kleides streift. »Er hat dich angeschrien.«

»Hat er nicht.«

»Warum verteidigst du ihn? Er fickt Pilar«, sagt er barsch.

So, wie er das sagt … hört es sich so schäbig an. Und dadurch fühle ich mich schlecht, weil ich genau das Gleiche mit ihm vorhabe.

»Und ich mache mit dir rum. Gibt es da einen Unterschied?«

Er hebt die Augenbrauen und scheint fast amüsiert. »Stimmt. Du bist nicht mehr mit ihm zusammen. Du gehörst jetzt zu mir.«

»Wir sind nicht zusammen«, entgegne ich. Er berührt meine Wange, fährt mir so leicht mit den Fingern über die Haut, sodass ich eine Gänsehaut bekomme. »Es ist bisher ein einziges Mal passiert«, betone ich.

»Und es war unglaublich.«

Ich zucke die Achseln und versuche, die Rauheit seiner Stimme zu ignorieren. Es ist egal, was er denkt. Wir sollten das hier wahrscheinlich besser nicht tun. Nichts von all dem. Ich glaube, ich bin der Sache nicht mehr gewachsen. Nein. Ich *weiß*, dass ich der Sache nicht mehr gewachsen bin. »Es wird nicht noch mal passieren«, flüstere ich, als er sich zu mir vorbeugt und seine Nase meine Wange streift.

»Oh, doch, das wird es«, flüstert er, und ich spüre die Bewegung seiner Lippen an meiner Wange. »Du willst es doch auch. Ich wette, du bist nackt unter dem Kleid. Genau, wie ich es mir gewünscht habe.«

Ich schließe die Augen, bete, dass uns hier niemand sieht. Ja, wir haben uns irgendwie in eine dunklere Ecke des Raums bewegt, aber trotzdem. Wir sind nicht komplett versteckt.

»Und ich wette, wenn ich meine Finger zwischen deine Beine gleiten lasse, bist du feucht«, fährt er fort und zieht mich mit seiner tiefen, verführerischen Stimme schon wieder in seinen Bann. Ich bin versucht, ihn aufzufordern, es herauszufinden. »Ich wette, ich könnte dich innerhalb von Sekunden kommen lassen.«

Ich schnaube lachend. »Du bist ganz schön von dir überzeugt, was?«

»Ich erinnere mich nur daran, wie du dich über meinem Gesicht ergossen hast, als ich dich das letzte Mal gesehen habe.«

Ich werde ganz schwach bei seinen Worten. Ich sehe zu, wie er mit dem Finger den tiefen Ausschnitt meines Kleides entlangfährt und über die empfindliche Haut zwischen meinen Brüsten streicht. »Wir sollten dieses Gespräch vielleicht besser woanders fortführen«, sage ich außer Atem.

Er lächelt. »Dann lass uns woanders hingehen.«

»Ryder ...«

»Violet«, ahmt er mich nach und lässt einen Finger unter den Stoff gleiten und berührt mich an der Brust. »Deine Haut ist so verdammt weich.«

Ich schließe die Augen, als er anfängt, mir über die Brustwarze zu streichen. »Bitte, hör auf«, murmle ich.

Sofort ist seine Hand weg, und ich spüre auch seine Körperwärme nicht mehr. Als ich die Augen öffne, steht er einen Schritt von mir entfernt, die Hände wieder in den Hosentaschen, sein Gesicht ausdruckslos. Fast so ausdruckslos wie Zacharys.

Ich finde es furchtbar. Ich finde es furchtbar, dass er so weit von mir weg ist. Und ich finde die turbulenten Gefühle in mir noch viel furchtbarer. Ich will ihn. Und doch wieder nicht. Ich mag ihn, aber nicht wirklich. Er ist die meiste Zeit so reserviert. Und tut so, als wäre das Leben nur ein großer Witz.

In sexueller Hinsicht spüre ich eine starke Verbindung. Die ich nicht leugnen kann. Und die ich gern weiter erforschen würde.

Aber es wäre dumm von mir. Ryder McKay macht mir Angst.

»Sieh mich nicht so traurig an, Violet.« Er klingt kalt, distanziert. Abweisend. »Wenn du Nein sagst, werde ich mich nicht aufdrängen.«

Ich öffne die Lippen, um etwas zu sagen, doch er lässt mich einfach stehen.

# KAPITEL 14

## Ryder

»Ich kann deine sexuelle Frustration ja beinah spüren. Ich habe dir doch gesagt, sie ist eine Eiskönigin.«

Ich ignoriere Pilar und exe meinen Drink, dann stelle ich das Glas auf den Cocktailtisch neben mir, dass das Eis darin scheppert. »Lass mich in Ruhe«, knurre ich.

»Oh je, du hast ja eine Laune. Was ist denn passiert? Will sie etwa doch zu Zachary zurück?« Sie runzelt die Stirn. »Doch hoffentlich nicht. Sonst muss ich drastische Maßnahmen ergreifen, und das ist wirklich das Letzte, was ich will«, sagt Pilar mit komischer Stimme.

Was bedeutet, sie würde es nur zu gern tun. Egal was, Hauptsache sie kann Violet schlagen. »Vergiss es.«

»Hmm, das gefällt mir nicht. Du bist so geheimnisvoll. Ich mag das nicht, wenn du so bist. Ich habe es noch nie gemocht. Ich weiß so gut wie nichts über dich. Und ich habe dir alles über mich erzählt«, sagt sie.

Es gibt ein paar Sachen, die niemand über meine Vergangenheit wissen muss, vor allem nicht Pilar. Sie würde es wahrscheinlich gegen mich verwenden. »Ich wusste gar nicht, dass du heute Abend kommen wolltest.« Ich wünschte, sie wäre nicht gekommen. Genauso wie der Scheißkerl Zachary Lawrence. Die beiden werfen einen dunklen Schatten auf alles, was ich mit Violet tun will. Für Violet.

Was ich Violet antun will.

Pilar zuckt mit den bloßen Schultern. Sie trägt ein langes, schmales Kleid, trägerlos und schwarz, ein krasser Kontrast zu den ganzen hübschen Frauen in Pastell. Die Haare hat sie sich aus dem Gesicht gestylt, und ihre Lippen sind knallrot. Sie will auffallen, wie immer.

Und sie hat damit Erfolg.

»Ach, ich habe mich nur etwas bedeckt gehalten.« Gelogen. Pilar weiß gar nicht, wie das geht. »Zachary hat auch ganz schön miese Laune. Ich habe gesehen, wie er sich mit Violet unterhalten hat. Sie hat ihn ganz schön aufgebracht.«

»Er sie auch.« Ich presse die Lippen aufeinander. Warum musste ich das jetzt sagen? Violet war unübersehbar wütend, als ich die beiden zusammen entdeckt habe. Verdammt, er hat sie angefasst. Ich war so wütend, ich hätte ihn am liebsten geschlagen. Bis er blutet. Ich hätte ihn umhauen können. Mit links. Er ist ein verweichlichtes, verwöhntes Arschloch, und ich bin ein Kind von der Straße, ein ehemaliger Drogenabhängiger.

Ich bin nur ziemlich gut darin, so zu tun, als wäre ich ein verwöhntes Arschloch wie Lawrence.

Nachdem ich ihn losgeworden war, habe ich versucht, Violet zu beruhigen, aber sie war angepisst. Bestimmt hauptsächlich wegen Lawrence, aber sie hat es an mir ausgelassen. Sie so in Rage zu sehen hat mich ganz schön erregt, so ein krankes Arschloch, wie ich bin. Ich hätte sie sofort nehmen können, und es wäre mir total egal gewesen, wer uns dabei gesehen hätte. Aber als sie gesagt hat, ich solle aufhören, war es das für mich. Da musste ich gehen.

Ich will auf keinen Fall, dass sie jemals das Gefühl hat, ich würde mich aufdrängen. Bei diesem seltsamen Spielchen, das ich mit ihr treibe, ist sie diejenige, die bestimmt, was geschieht – jedenfalls wenn es darum geht, ob und wann wir miteinander vögeln.

Verdammt, wenn es denn jemals dazu kommt. Einmal durfte ich von ihr kosten, und jetzt sehne ich mich nach ihr wie ein Abhängiger. Gar nicht gut.

»Du bist so fürsorglich«, murmelt Pilar, die Lippen zu einem wissenden Lächeln verzogen. »Bring es einfach hinter dich und fick sie. Wenn du erst mal merkst, wie langweilig sie im Bett ist, wirst du ziemlich schnell über sie hinweg sein.«

Die Wut schnürt mir den Hals zu. »Was? Sprichst du vielleicht aus persönlicher Erfahrung, was Sex mit Violet angeht?«

Pilar lacht so laut, dass sie die Aufmerksamkeit von mehr als ein paar Gästen auf uns zieht. »Ich bitte dich. Als ob die prüde Kuh für so etwas zu haben wäre.«

Mir reicht's. Ich habe genug davon, hier rumzustehen und so zu tun, als wollte ich mir Pilars Lästereien über Violet anhören. Ich will noch nicht mal auf dieser bescheuerten Party mit lauter Hochzeitskleidern und gierigen zukünftigen Bräuten sein. Ich bin bloß wegen Violet hier.

Und sie ist sauer auf mich. Das habe ich echt super hingekriegt.

»Hör auf, sie zu beleidigen«, werfe ich noch über die Schulter, bevor ich mich davonmache und mich durch die Menge schiebe. Es sind hauptsächlich junge, bildschöne Frauen hier, und normalerweise käme ich mir vor wie im Himmel. Ich würde mit einer nach der anderen flirten und mich dann auf diejenige konzentrieren, die am zugänglichsten – und empfänglichsten ist.

Aber nicht heute. Ich bemerke keine von ihnen, noch nicht mal, als sie mir flirtende Blicke zuwerfen und mich auffordernd anlächeln. Ich will Violet finden und noch mal mit ihr reden. Sie sehen. Sie riechen.

Sie berühren.

Ich sehe sie kurz mit ihrer älteren Schwester Lily, die beiden scheinen in ein intensives Gespräch vertieft zu sein. Sie stehen ganz nah zusammen, und während Lily die ganze Zeit wild gestikulierend redet, hört Violet bloß nickend zu und blickt traurig auf den Boden.

Es gefällt mir nicht, sie so zu sehen. Doch auch in ihrem Kummer ist sie noch wunderschön. Ich weiß, dass alle sagen, Lily wäre die Schönste der Fowler-Schwestern. Die Attraktivste.

Aber das finde ich nicht. Ich habe nur Augen für Violet.

Auf einmal blickt sie auf, als ob sie spüren würde, dass ich sie anstarre. Sie sieht mich direkt an mit ihren dunklen, dunklen Augen. Lily redet immer noch, und da legt Violet ihr eine Hand auf den Unterarm und sagt etwas zu ihr. Dabei sieht sie mich die ganze Zeit an. Dann dreht Lily sich um und blickt auch zu mir herüber.

Ich bewege mich nicht von der Stelle. Ich wende auch nicht den Blick ab, obwohl ich langsam anfange, mich etwas unwohl zu fühlen, von den zwei Fowler-Schwestern so genau unter die Lupe genommen zu werden.

Und dann kommt sie auf mich zu. Die Schwester, die ich will. Die Schwester, von der ich nicht genug kriegen kann. Vor mir bleibt sie stehen und legt den Kopf leicht in den Nacken. Jede ihrer Bewegungen ist voller Entschiedenheit.

»Ich habe meine Wut auf Zachary an dir ausgelassen, das tut mir leid. Das hätte ich nicht tun dürfen.«

Ich stecke die Hände in die Hosentaschen, um nicht der Versuchung zu erliegen, sie an mich zu ziehen. Das Verlangen, meine Finger in ihren Haaren zu vergraben und ihre perfekte Hochsteckfrisur zu zerstören, ist beinah überwältigend. »Schon verziehen.«

Ein Lächeln umspielt ihre hübschen rosa Lippen. »Ich habe es nicht so gemeint, als ich gesagt habe, du sollst aufhören.«

Ich balle die Hände in den Hosentaschen zu Fäusten. »Wie hast du es dann gemeint?«

»Ich weiß nicht.« Sie zuckt die Achseln. »Diese gesamte ... Situation verwirrt mich.«

*Da wären wir schon mal zwei.*

»Und macht mir Angst«, gesteht sie leise.

*Ach, verdammt.* So wie sie redet und mich ansieht, würde ich ihr am liebsten versichern, dass einfach alles gut werden wird. Auch wenn ich selbst nicht daran glaube.

Es wäre gelogen. Ich habe keine Ahnung, was passieren wird.

»Komm mit mir«, sage ich.

»Ich kann nicht einfach gehen.«

»Doch, kannst du.« Ich lege ihr eine Hand auf den Arm, aber sie zieht ihn zurück. »Komm schon, Violet.«

Sie runzelt die Stirn. »Wo willst du denn hin?«

Ich schüttle den Kopf, verärgert über ihr Verhalten, über meine Reaktion auf sie, über alles. Violet zu benutzen sollte doch einfach sein, so war der Plan. Stattdessen entwickelt sich das Ganze zu etwas viel Komplizierterem. »Stell keine Fragen.«

»Hör auf, mich herumzukommandieren.« Sie verschränkt die Arme vor der Brust und drückt ihre Brüste hoch. Sie sehen aus, als würden sie ihr jeden Moment aus dem tiefen Ausschnitt fallen. Ich trete näher an sie heran, um sie vor den Blicken der anderen Leute abzuschirmen.

»Ich dachte, es gefällt dir, wenn ich dich herumkommandiere«, murmele ich und fahre ihr mit dem Finger übers nackte Schlüsselbein.

Sie schlägt meine Hand weg. »Hör auf, so zu reden. Das ist hier nicht der richtige Ort dafür.«

»Stimmt. Deswegen will ich ja auch, dass du mitkommst.« Wieder berühre ich sie, fahre das Oberteil ihres Kleides nach, den tiefen Ausschnitt, berühre beinah ihre Brüste. Sie steht ganz bewegungslos da, und ich blicke ihr in die Augen. »Ich werde nicht zu viel deiner Zeit in Anspruch nehmen.« Ich versuche gar nicht erst, meinen abfälligen Tonfall zu unterdrücken. Ich bin frustriert, und es stört mich nicht, wenn es irgendwer mitbekommt, am wenigsten, wenn es Violet ist.

Doch dann sehe ich ihren enttäuschten Gesichtsausdruck, und ein Gefühl des Triumphs durchströmt mich. Es ist eine Bestätigung, dass sie mich genauso will wie ich sie.

Und die habe ich gebraucht.

Ohne ein weiteres Wort nehme ich sie an der Hand, verschränke die Finger mit ihren und führe sie aus dem Raum. Schweigend folgt sie mir, während ich sie durch die Menge hinter mir herziehe. Wir kommen auch an Lawrence vorbei. Er sieht fuchsteufelswild aus, und ich fühle mich jetzt schon wie ein Sieger. Wenn er nur wüsste, was ich mit seiner Exfreundin vorhabe …

»Ryder«, protestiert Violet, als ich die Doppeltür zur Lobby des Gebäudes aufstoße. Doch ich ignoriere sie, blicke zuerst nach links, dann nach rechts, wo ich eine Tür entdecke, die keine Ahnung wohin führt.

Aber das kann man ja herausfinden.

»Was machst du da?«, fragt sie. Ich höre die Angst und Verärgerung in ihrer Stimme. Doch ich ignoriere sie weiterhin, probiere die Tür aus, die unverschlossen ist. Ich sehe dahinter, und als ich feststelle, dass es sich um eine Art Abstellkammer handelt, ziehe ich Violet mit mir hinein und schließe die Tür hinter uns, sodass wir in vollkommener Dunkelheit stehen.

Ich kann sie nicht sehen, aber ich kann sie fühlen. Sie riechen. In der Kammer ist nicht viel Platz. Ich presse sie mit dem Rücken gegen die Tür und reibe mich an ihr. Sie umklammert meine Schultern, als ich mit beiden Händen ihren Kopf umfasse. »Was glaubst du, was ich mache?«, murmele ich, bevor ich sie küsse.

Sie lässt sich gegen die Tür sinken, gegen mich sinken, und ich fasse nach ihrer Hüfte und drücke sie an mich. Ein leichtes Seufzen entweicht ihr, vibriert durch mich, und ich intensiviere meinen Kuss, meine Zunge gleitet suchend durch ihren Mund, umkreist ihre Zunge. Ihr Kleid gewährt mir schnellen Zugang. Ich schiebe ihr einen der breiten Träger von der Schulter, und schon liegt ihre Brust frei.

Es ist so verdammt dunkel, ich wünschte, ich könnte sie sehen. Ihr üppiger Busen füllt meine Hand, und ich umspiele mit dem Zeigefinger ihren Nippel, umkreise ihn wieder und wieder, fühle, wie das kleine Stück Haut unter meiner Berührung immer härter wird. »Du willst mich. Du brauchst es gar nicht abzustreiten«, murmle ich, und sie protestiert nicht.

Als ich mich über ihre Brust beuge, um ihren Nippel in den Mund zu nehmen, keucht sie meinen Namen. Das Bedürfnis, sie zu berühren, sie zu befriedigen, überwältigt mich. Ich genieße den Geschmack ihres süßen, harten Nippels, sauge fest daran. Ich lasse meine Hand unter die andere Seite des Kleides gleiten, umfasse die andere Brust. Ich kneife ihr in den Nippel, drehe daran, bis sie vor Lust aufstöhnt, und ich würde am liebsten auflachen. Würde am liebsten vor lauter Triumph brüllen, weil dieses Mädchen ... dieses steife, perfekte Mädchen es gern mag, wenn ich ein bisschen härter mit ihr umgehe.

Und das arme Ding hat keine Ahnung, zu was ich fähig bin.

Ich fahre ihr mit der Hand über die Seite, über die schmale Taille, die leichte Kurve der Hüfte. Der Stoff ihres Kleides ist glatt und weich, beinah so weich wie ihre Haut, und meine Finger verlieren sich in den Falten, bevor ich die Hand darunterschiebe. Ich streiche ihr über die Außenseite des Oberschenkels, bis hinauf zur nackten Hüfte. Sie trägt tatsächlich nichts darunter, ganz, wie ich es mir gewünscht habe.

»Fuck«, keuche ich, als ich über ihren Hüftknochen streiche und meine Hand weiter hinunterwandern lasse …

»Ich habe getan, worum du mich gebeten hast«, murmelt sie, während sie die Beine leicht öffnet.

Mir noch besseren Zugang gewährt.

Also nehme ich ihn. Ich umfasse sie zwischen den Schenkeln, fühle ihre Hitze an meiner Handfläche. Sie wirft sich meiner Hand entgegen, als ich anfange, sie mit dem Zeigefinger zu necken, ihn immer wieder in ihre heißen, feuchten Hautfalten abtauchen lasse. Sie ist so bereit für mich, ihr Stöhnen wird immer lauter, und ich küsse sie, um sie ruhigzustellen, obwohl es mich unglaublich anmacht, wie laut sie ist. Ich kann es gar nicht abwarten, sie endlich einmal allein zu treffen, wenn sie so laut sein kann, wie sie will, und niemand uns hören kann.

Sie hebt das Bein und schlingt es mir um die Hüfte, öffnet sich mir noch mehr. Ich dringe mit dem Finger tief in ihre Pussy ein, ficke sie erst mit einem Finger, dann mit zweien, und sie reibt sich, unverständliche Wörter murmelnd, an meiner Hand. Ich wünschte, ich könnte sie sehen, ihr in die schönen Augen blicken, sie beobachten, wenn ich sie kommen lasse.

*Verdammt.* Ich habe das Gefühl, *ich* komme jeden Moment. Ich will nichts anderes mehr als sie. Ich kann an nichts anderes mehr denken, als sie zu ficken. Sie mir zu eigen zu machen. Sie zu besitzen.

*Himmel.* Ich muss mich mal am Riemen reißen.

Sie klammert sich an mich, ihre Hände sind jetzt

auf meiner Brust, die Finger in meinem Hemd vergraben. Das Mädchen scheint ganz versessen darauf zu sein, meine Kleidung zu ruinieren. Ich fühle ihre Fingernägel über meine Haut kratzen, fühle, wie verzweifelt nah sie am Orgasmus ist. Sie ist so kurz davor. So verdammt kurz davor, ich muss ihr nur noch den letzten Stoß geben.

Doch stattdessen entscheide ich mich, mit ihr zu spielen.

»Soll ich aufhören?« Ich halte die Hand, mit der ich sie eben noch gefickt habe, ganz still, und sie keucht, ihr schneller Atem klingt rau in der ansonsten stillen Kammer.

»Nein.« Sie fasst nach meinem Gesicht, tastet nach mir, ihre Lippen suchen meine. Ich lasse sie übernehmen, meine Finger sind immer noch in ihr, als sie mich voller Verzweiflung küsst. Sie bewegt die Hüften rollend gegen meine Hand, und ich fange ganz langsam wieder an, meine Finger in ihre Hitze zu stoßen.

»Bitte«, flüstert sie mit zitternder Stimme. »Ich brauche es.«

»Du brauchst *es* oder du brauchst *mich*?«, frage ich mit rauer Stimme, als ich meine Finger wieder verharren lasse. Sie wimmert, als ich meine Finger aus ihr herausziehe und dann ihre Lippen damit berühre. »Sag es mir, Violet.«

Ihr heißer Atem streift meine feuchten Finger, als sie die Lippen öffnet und stockend antwortet. »I-ich brauche dich.«

»Mach den Mund auf. Koste dich selbst«, sage ich, und sie tut es, sie saugt an meinen Fingern, die Lippen fest darum geschlossen, mit wirbelnder Zunge. Mein

Schwanz ist steinhart. Die süße kleine Violet Fowler leckt an meinen Fingern, die ich gerade noch tief in ihr hatte.

Sie ist echt verdammt sexy. Nach all dem Gerede, das ich über sie gehört habe, sie wäre eine Eiskönigin, verklemmt und eine Niete im Bett, kann ich nur denken, wie wenig da dran ist.

Oder dass sie bisher einfach mit dem falschen Mann zusammen war, was mich nicht überrascht.

»Sag meinen Namen, Violet«, verlange ich, als ich die Finger wieder aus ihrem Mund ziehe.

»Ryder«, flüstert sie.

»Bitte mich, es dir zu machen«, verlange ich.

»Mach es mir«, sagt sie außer Atem. »Bitte?«

Sie meinen Namen flüstern zu hören, sie betteln zu lassen und sie dabei nicht sehen zu können lässt mich die Verletzlichkeit, das Bedürfnis in ihrer zitternden Stimme noch besser wahrnehmen. Ich lasse meine Finger wieder in sie gleiten, und als ich mit dem Daumen über ihre Klit streiche, steigert ihr Keuchen mein Verlangen, es gleich wieder zu tun. Und wieder. »Gefällt dir das?«

»Ja«, stöhnt sie, als ich meine Lippen auf ihren Hals drücke und sie dort küsse. Ich lecke und sauge an ihrer empfindlichen Haut, während ich meine Finger tief in ihre Pussy ramme und mit dem Daumen immer wieder über ihre Klit streiche. »Das fühlt sich so gut an.«

Die Lust durchströmt mich, und ich hebe den Kopf, streife mit den Lippen über die ihren. »Du bist kurz davor, oder?« Ich fühle, wie ihr ganzer Körper sich anspannt, als sie meine Schulter fester umklammert.

Ihre Klit unter meinem Daumen schwillt an, und ich verstärke den Druck, die Finger tief in ihr, während ich sie leidenschaftlich küsse.

Innerhalb von Sekunden kommt sie, sie gibt einen leisen Schrei von sich, den ich mit einem Kuss ersticke, und ich fühle, wie sie um meine Finger zusammenzuckt. Ihr ganzer Körper zittert, während ich meine Stöße verlangsame, den Daumen immer noch auf ihrer Klit, bis sie sich schließlich überwältigt von ihrem Orgasmus gegen mich fallen lässt.

Ich drücke ihr einen Kuss auf die Stirn und versuche, die aufkommende Zärtlichkeit, die ich für sie empfinde, zu ignorieren. Ich habe es ihr gerade in einer dunklen Kammer besorgt, während nebenan eine Party stattfindet. Das ist kein Moment für süße, zarte Gefühle.

Hier geht es nur um Sex und darum, Violet Fowler von mir abhängig zu machen.

»Das war ...« Sie atmet bebend aus. »Oh Gott.«

Ihr Lob ist nicht nötig. Es ist mir unangenehm, und ich bin nur froh, dass es dunkel ist und ich mich davor verstecken kann. Was haben wir hier eigentlich gerade gemacht? Es kommt mir vor, als bräuchte ich sie nur anzusehen und sofort will ich ihr die Kleider vom Leib reißen. Ich bin von ihr besessen. Ich erinnere mich nicht einmal mehr daran, warum ich sie ursprünglich erobern wollte, außer dass ich sie unbedingt wollte. Es gab noch einen anderen Grund, es hatte etwas mit der Arbeit zu tun, das weiß ich. Aber *verdammt*.

Darüber kann ich mir keine Gedanken machen. Ich kann an nichts anderes als an Violet denken. Ihren

Geschmack, die Laute, die sie von sich gibt, sie zu küssen, sie zu berühren, mit ihr zusammen zu sein …

»Wenn wir noch mehr Zeit hätten, würde ich mir jetzt von dir noch einen blasen lassen.« Meine Stimme ist rau, aber das ist mir egal. Ich muss daran denken, dass hier kein Raum für Gefühle ist. Keinerlei.

Ein bebendes Keuchen entweicht ihr, aber sie sagt nichts weiter.

Langsam ziehe ich die Finger aus ihr heraus, dann richte ich ihr Kleid wieder, so gut es im Dunkeln geht. »Aber du musst zurück zu deiner Party.«

»Du … du kommst nicht mit?« Sie klingt traurig, und beinah falle ich darauf herein.

Beinah.

»Du hast doch deine Schwester. Und Lawrence ist auch da und wird sicher gleich wieder darum betteln, dass du zu ihm zurückkehrst.« Meine Worte klingen bitter, und verdammt, ich fühle mich auch verbittert, als ich sie ausspreche.

Ich brauche Abstand, um meine Gedanken wieder zu sortieren. Ich wollte ihr nie irgendwelche Macht über mich einräumen. Das war nie Teil des Plans. Ich wollte sie besitzen, und ich glaube, ich habe es schon fast geschafft.

Aber ich habe nie damit gerechnet, dass sie versuchen könnte, *mich* zu besitzen.

»Ich will Zachary nicht.« *Ich will dich.* Die unausgesprochenen Worte hängen in der Luft zwischen uns, schwer und Unheil verkündend, und auf einmal will ich nur noch von ihr weg. Ich habe sie noch nicht einmal richtig gefickt, und schon schlingt sie sich um mich. Dringt zu den unmöglichsten Zeiten in meine

Gedanken ein. Lässt mich nach ihr suchen, wenn ich mich normalerweise auf etwas anderes konzentrieren würde. Auf irgendetwas, nur nicht Violet.

»Du solltest wieder zurückgehen.« Ich kann nicht anders, ich fasse sie an den Schultern, beuge mich vor und drücke ihr einen unschuldigen Kuss auf die Stirn. Sie steht ganz reglos da, ich höre nur ihren zitternden Atem, und sofort fühle ich mich wie ein Arschloch.

»Ich will dich wiedersehen«, murmelt sie so leise, dass ich sie kaum höre.

»Warum?« Meine Gefühllosigkeit kennt keine Grenzen. Pilar wäre stolz auf mich. Und doch empfinde ich nichts anderes als Scham.

Ich schäme mich dafür, dieser Frau so viel Vergnügen zu bereiten und sie keine fünf Minuten später wie den letzten Dreck zu behandeln.

Violet antwortet so lange nicht, dass ich schon fast glauben könnte, sie ist gegangen. Ich will gerade etwas sagen, als sie sich auf einmal bewegt und die Tür öffnet, sodass ein Lichtstrahl hereinfällt. Ich blicke sie an, und mein Herz zieht sich zusammen, weil sie so schön aussieht. Absolut perfekt, bis auf ihren Lippenstift, der dank mir komplett verschwunden ist. Ihre Lippen sind geschwollen, ihr Blick voller Schmerz. Schmerz, für den ich verantwortlich bin.

»Ich habe hierum gebeten«, sagt sie leise und völlig gefasst wie immer. »Aber vielleicht bin ich doch nicht bereit dafür.«

Ich halte ihrem Blick stand und ignoriere die in mir aufsteigende Panik. Will sie das Ganze etwa schon beenden? Ist es meine Schuld? Und warum ist mir das nicht total egal?

»Soll das heißen, du willst ... das hier nicht länger fortsetzen?«, frage ich mit kalter, harter Stimme.

»Ich weiß nicht, ob ich es kann«, gesteht sie.

»Dann solltest du es vielleicht nicht«, sage ich mit fester Stimme, obwohl ich ganz durcheinander bin. *Was zum Teufel mache ich hier?* Ich will nicht, dass es zu Ende ist.

Aber ich versaue es gerade richtig.

Sie hebt das Kinn und blickt mich trotzig an. Ich rechne schon damit, dass sie gleich anfängt, mit mir zu streiten. Dass sie sagt, ich kann sie mal, aber sie sagt nichts.

Violet schlüpft einfach nur aus der Kammer und geht, ohne sich noch einmal nach mir umzudrehen.

Das habe ich wohl verdient.

Ich stecke den Kopf raus, und als ich sehe, dass die Luft rein ist, trete ich hinaus und schließe leise die Tür hinter mir. Ich gehe wieder auf die Doppeltüren zu, hinter denen die Party stattfindet, um noch einmal ganz kurz reinzuschauen, bevor ich mich auf den Weg nach Hause mache, als sich auf einmal jemand hinter mir räuspert.

Hinter mir steht niemand anders als Zachary Lawrence, das selbstgefällige Arschloch, als hätte er mir aufgelauert.

»Was wollen Sie?«, frage ich barsch, und mein Körper stellt sich schon auf einen Kampf ein. Erinnerungen kommen eine nach der anderen in mir hoch. Ich denke daran zurück, wie ich als Teenager von den Punks aus meiner Gegend angegriffen wurde, die immer auf der Jagd nach Geld oder irgendetwas anderem waren, was sie verkaufen konnten, um sich Drogen zu besorgen. Als ich älter wurde, war ich derjenige, der die Drogen verkaufte, da haben sie aufgehört, mich zu verprügeln.

Dad war weg. Mom existierte gar nicht. Mit fünfzehn war ich ganz auf mich allein gestellt. Ich habe in meinem Leben schon mit einer Menge drogenabhängiger Arschlöcher zu tun gehabt, die voller Adrenalin waren und wussten, wie man kämpfte. Mit Lawrence würde ich wirklich ohne Probleme fertig werden.

»Lassen Sie Violet in Ruhe«, sagt er mit zusammengebissenen Zähnen.

»Sie gehört Ihnen nicht.« Ich gehe auf ihn zu, bereit, ihm die Faust in sein aufgeblasenes Gesicht zu schlagen, aber ich reiße mich zusammen.

»Doch. Tut sie. Es ist mir egal, was sie mit Ihnen macht – sie gehört trotzdem mir.« Die Betonung auf dem Wort *mir* lässt mich rot sehen. Doch ich werde mich vor diesem Mann nicht gehen lassen. Meinem Feind.

»Klar. Weswegen sie auch gerade erst vor fünf Minuten über meinen Fingern gekommen ist«, sage ich. Ich fühle mich echt mies, eine Unterhaltung auf diesem Niveau zu führen, aber *scheiß drauf*. Ihn nur ansehen zu müssen kotzt mich dermaßen an.

Er verengt die Augen zu Schlitzen und spannt den Kiefer an. *Gut.* Er *sollte* auch angepisst sein. Ich will, dass er angepisst ist. »Sie war mit Ihnen in der Kammer.« Das ist keine Frage.

Ich denke kurz darüber nach, ihn an meinen Fingern schnuppern zu lassen, denen, die immer noch leicht klebrig sind, aber ich verwerfe den Gedanken wieder. Stattdessen balle ich sie zu einer Faust und halte sie mir vor den Mund. Ich atme tief ein. Ich kann sie immer noch riechen und denke daran, wie sie gerade eben noch so einfach gekommen ist. »Ja. Und ich habe es ihr ordentlich besorgt. Was sie von Ihnen wohl nicht gerade behaupten konnte.«

Ich sehe die Wut in seinem Blick aufflackern. *Gut.* Ich gebe ihm gern noch mehr davon. »Sie benutzen sie doch nur«, sagt er.

»Und Sie haben das nicht getan?«

Lawrence ballt die Hände zu Fäusten, als würde er mir am liebsten ins Gesicht schlagen. Ich rühre mich nicht vom Fleck, nicht einen Zentimeter. Ich wünschte, er würde versuchen, mich zu schlagen. Ich würde ihn so windelweich prügeln.

Und ich glaube, er weiß es.

»Sie würde sich niemals mit einem Stück Dreck wie Ihnen abgeben«, spuckt er regelrecht aus.

»Ach ja? Ich denke nächstes Mal daran, wenn ich sie in meinem Büro lecke.« Ich lächle, als er anfängt zu knurren.

»Ich könnte Ihr Leben zur Hölle machen, wissen Sie«, sagt er und klingt wieder ganz selbstgefällig. »Ein Anruf von mir bei Forrest Fowler, und Sie sind gefeuert.«

»Na, dann mal los«, sage ich und hoffe, dass er den warnenden Tonfall in meiner Stimme hört. »Vor Ihnen habe ich doch keine Angst.«

»Das sollten Sie aber. Sie sind doch nichts weiter als ein Idiot, der die Tochter des Chefs ficken will, um aufzusteigen.«

»Das sagt ja genau der Richtige. Was haben Sie denn die ganze Zeit mit Violet gemacht? Nur noch ein bisschen nebenher rumgevögelt, während Sie so getan haben, als wären Sie der perfekte Freund. Aber immer schön darauf geachtet, dass sie Ihnen gewogen bleibt, damit Sie den Job in London kriegen.« Ich lache, aber es ist kein echtes Lachen. »Wenn hier irgendwer herumfickt, um aufzusteigen, dann wohl Sie.«

»Ich habe den Job auf anständige und ehrliche Weise verdient«, flüstert er.

»Glauben Sie ja nicht, Sie hätten ihn schon in der Tasche.« Ich trete so nah an ihn heran, dass wir uns beinahe berühren. Ich bin ein paar Zentimeter größer als er, und darüber bin ich echt froh. Der Idiot soll bloß nicht denken, ich würde einen Rückzieher machen. Egal, in welcher Hinsicht.

»Was? Denken Sie, Sie gehen mal eben mit Violet ins Bett und kriegen meinen Job?«, lacht Lawrence. »Das werden wir ja sehen.«

»Ganz genau. Das *werden* wir sehen.« Jetzt weiß ich wieder, warum ich Violet benutze. Mein größtes Ziel ist es, alles, was dieses Arschloch besitzt, mir zu eigen zu machen. Von seinem Job bis zu seiner Frau, ich will es. Alles.

Jedes kleinste Detail.

»Sie wird ziemlich schnell erkennen, dass Sie zu nichts zu gebrauchen sind«, sagt er lächelnd.

Ich erwidere sein Lächeln. »Violet hat bisher nie etwas auszusetzen gehabt, wenn sie auf meinem Tisch lag und ich meine Zunge in ihr ...«

»Aufhören!« Auf einmal taucht wie durch ein Wunder Violet auf und tritt zwischen uns. Sie ist wütend. *Verdammt*, sie hat wahrscheinlich jedes Wort mitbekommen. »Aufhören. Und zwar beide.«

»Violet. Schatz.« Lawrence greift nach ihr, und sein Gesichtsausdruck wandelt sich innerhalb von einer Sekunde von wütend zu flehentlich. »Ich hoffe, nachdem du das gehört hast, begreifst du endlich, was für ein Dreckskerl McKay ist.«

»Ich glaube, ich begreife allmählich, was für Dreckskerle ihr *beide* seid.« Sie wirft mir einen spitzen Blick zu, und ich würde am liebsten loslachen. Sie anfeuern. Ich liebe es, wenn sie entschlossen auftritt. Ich weiß, sie ist gerade ziemlich sauer auf mich, aber es macht mich einfach an, wenn sie diese Seite von sich zeigt. »Hört auf, euch über mich zu streiten, als wäre ich etwas, was ihr besitzen könntet.«

»Schatz, bitte. Lass es mich dir erklären –«

»Du brauchst mir nichts zu erklären, Zachary«, unterbricht sie ihn. »Ihr beide habt ganz offensichtlich einen ›*Ich hab den größeren Penis*‹-Wettbewerb am Laufen. Vielleicht solltest du besser aufhören, wenn du gerade einen Vorsprung hast.«

Lawrence fällt die Kinnlade herunter, und ich lache leise vor mich hin. Sie wirbelt zu mir herum und starrt mich an. Ihre Lippen sind immer noch ungeschminkt, seit ich ihr vor ein paar Minuten den Lippenstift heruntergeküsst habe, und sie hat einen leicht roten Fleck am Hals, wo ich an ihrer Haut geknabbert und gesaugt habe. Besitzergreifende Gefühle steigen in mir auf, und ich kann nicht anders, als meine Hand auszustrecken und sie an der Stelle zu berühren, ihr zärtlich darüberzustreichen. »War ich das?«, frage ich leise.

»Oh Gott, um Himmels willen«, brummt Lawrence, als sie nach ihrem Hals greift und ihre Finger meine berühren.

»Was ist da?« Ich führe ihre Hand zu der Stelle, und sie betastet sie vorsichtig, während ich von Stolz erfüllt werde, weil ich sie markiert habe. Meine Gefühle für sie sind so total durcheinander, dass ich sie selbst kaum begreife. »Mein Gott, Ryder, hast du mir einen Knutschfleck gemacht?«

Sie klingt leicht entsetzt, aber es ist mir egal.

*Nimm das, Lawrence, nimm, verdammt noch mal, das.*

# KAPITEL 15

# Violet

»Ich habe gehört, Zachary und Ryder McKay haben sich gestern Abend um dich gestritten«, sagt Rose, als sie in mein Büro kommt.

Ich stütze die Ellbogen auf den Tisch und vergrabe das Gesicht in den Händen. »Von wem hast du das gehört?«, frage ich. Es ist noch viel zu früh am Morgen, um mich mit so etwas zu beschäftigen. Natürlich beschäftige ich mich schon damit, seit Ryder mich gestern Abend in die Kammer gezogen hat. Nicht, dass ich mich dagegen gewehrt hätte. Oh, nein.

Ich bin bereitwillig mitgegangen, und ich habe es nicht bereut.

Die Dinge, die ich zu ihm gesagt habe, wie er mich berührt hat, wie er verlangt hat, dass ich an seinen Fingern lutsche ... Meine Haut prickelt, wenn ich nur daran denke. Und der Orgasmus – er hat mich bis in mein Innerstes erschüttert. Ich hatte noch den ganzen restlichen Abend weiche Knie.

Natürlich haben das Ereignis in der Kammer und der Streit hinterher zu einer unruhigen – und leider schlaflosen – Nacht geführt.

Rose setzt sich auf den Stuhl vor meinem Schreibtisch und sieht für meinen Geschmack viel zu munter aus. Ich wünschte, ich könnte mich verstecken, aber wenn ich noch nicht einmal mit meiner Schwester zurechtkomme, wie soll ich dann allen anderen begegnen? »Die Gerüchteküche ist ordentlich am Brodeln. Du bist das Hauptgesprächsthema heute Morgen in der Firma. Na ja, du, Zachary und Ryder. Die Leute nennen es ein Dreiecksverhältnis.«

Stöhnend lasse ich die Hände fallen und schlage auf den Tisch. »Ein *Dreiecksverhältnis*? Gott. Was sagen die Leute noch?«

»Willst du es wirklich hören?« Die Sorge auf dem Gesicht meiner Schwester erstaunt mich. Wie schlimm kann es sein?

*Nicht schlimmer als die Wahrheit.*

»Erzähl es mir«, dränge ich. Denn auch, wenn ich Angst davor habe, muss ich es wissen.

»Okay«, seufzt Rose und hockt sich auf die Stuhlkante. »Es heißt, Ryder und Zachary haben sich gestritten, nachdem Zachary dich mit Ryder erwischt hat. Angeblich hast du mit Ryder in einer Kammer rumgemacht. Während der Party. Es heißt, die beiden haben sich deinetwegen gestritten, und du bist dazwischengegangen und hast verlangt, dass sie aufhören. Ryder hat dich am Hals berührt, und du hast es zugelassen, und ihr zwei habt euch vor Zachary vielsagende Blicke zugeworfen, obwohl du zuerst so gewirkt haben sollst, als ob du auf beide wütend gewesen wärst.« Sie trägt jeden Punkt vor, als würde sie alles von einer Liste ablesen. Einer ganz schön peinlichen Seifenoper-Liste.

Ich schlucke schwer. »Ist das alles?« Es ist eine beängstigend akkurate Aufzählung dessen, was passiert ist.

»Ja.« Rose nickt und lächelt leicht. Sie sieht aus, als

würde sie das hier beinah ... genießen? Meine Schwester ist echt verdorben. Sie sind es beide. »Also stimmt es? Du hast mit Ryder McKay in einer *Kammer* rumgemacht? Und was genau hast du da drin mit ihm getrieben?« Sie zwinkert mir tatsächlich zu.

»Es war nichts«, wehre ich ab und hoffe nur, dass Rose nicht weiter nachfragen wird.

»Bitte. Du gehst doch nicht mit einem gut aussehenden Mann wie Ryder in eine dunkle Kammer, und nichts passiert.« Rose sieht mich mit ihrem üblichen bohrenden Blick an. Das Lächeln verschwindet von ihrem Gesicht. »Hast du es mit ihm getrieben?«

»*Nein.*« Ich merke, wie mir das Blut in die Wangen schießt, und ich verfluche nicht zum ersten Mal meine Neigung, rot zu werden. Das ist echt peinlich. Außerdem habe ich ja noch nicht einmal gelogen. Ich habe es nicht mit ihm »getrieben«. Er hat es mir nur mit der Hand gemacht.

Nicht, dass ich Rose das sagen könnte.

»Ah ja.« Sie glaubt mir nicht. Mir doch egal. »Läuft da was zwischen euch beiden?«

»Nicht wirklich ...«, sage ich ausweichend, und ich runzle die Stirn. Wir wollten das Ganze eigentlich geheim halten, und schon reden die Leute über uns.

»Was soll das denn heißen?«

»Was zwischen Ryder und mir ist, lässt sich nicht so einfach definieren«, sage ich leichthin. »Also reden wir über etwas anderes.«

»Ganz sicher nicht. Das ist das Aufregendste, was du seit Langem getan hast.« Das Grinsen erscheint wieder auf Rose' Gesicht, als könnte sie es einfach nicht zurückhalten. »Du vögelst mit Ryder McKay, oder?«

»Rose!« Ich sehe sie mit dem strengsten Blick an, den ich hinbekomme. Muss sie so direkt sein? »Rede nicht so.«

»Warum? Weil ich damit der Wahrheit ziemlich nah komme? Mein Gott, du hast dich gerade erst vor ein paar Tagen von Zachary getrennt, und schon machst du mit Ryder rum. Ich bin so stolz auf dich!«

»Stolz auf mich?«, frage ich ungläubig. Mir ist die ganze Situation vor allen Dingen peinlich. Ich dachte, ich könnte eine unauffällige, kleine Affäre haben. Ryder hat mich schon immer fasziniert, mich neugierig gemacht, und nachdem mit Zachary Schluss war, dachte ich, könnte es ja nicht schaden.

Aber nach ein paar verstohlenen Momenten mit ihm habe ich mich der Sache schon nicht mehr gewachsen gefühlt. Ich *weiß*, dass ich der Sache nicht gewachsen bin. Und so, wie es gestern Abend zu Ende gegangen ist ...

Ich bin mir ziemlich sicher, dass unsere Affäre schon vorbei ist, bevor sie überhaupt richtig angefangen hat.

»Du nimmst endlich mal dein Leben in die Hand. Ich weiß, dass du das beruflich schon lange tust, und du hast die letzten Jahre ja auch gezeigt, was du draufhast, aber privat? Du hast dich von Zachary doch nur schikanieren lassen.« Ich öffne den Mund, um zu protestieren, aber Rose zeigt mit dem Finger auf mich. »Streite es ja nicht ab. Du weißt, dass es stimmt. Er hat die ganze Zeit gesagt, wo es langgeht, und du hast es zugelassen.«

Ich presse die Lippen aufeinander. Sie hat recht. Ich habe Zachary vollkommen die Führung in unserer

Beziehung überlassen. Ich war die unterwürfige kleine Frau, die immer zu ihrem Mann stand. Ich dachte, das müsste so sein, aber letztendlich habe ich es zugelassen, dass Zachary mir jedes bisschen Kraft, das ich noch in mir hatte, genommen hat. Mir waren so viele Dinge passiert, mit denen ich mich nicht weiter beschäftigen wollte, da war es einfacher, die Führung abzugeben, als selbst die Kontrolle zu übernehmen.

Doch mit Ryder zusammen zu sein, mich heimlich mit ihm davonzustehlen … das belebt mich. Gibt mir ein Selbstbewusstsein, wie ich es noch nie gehabt habe. Und obwohl ich gestern Abend so wütend auf ihn wegen seines Pinkelwettbewerbs mit Zachary war, bereue ich nicht, was zwischen uns passiert ist.

Insgeheim wünsche ich, es würde noch mehr passieren …

»Du hast also eine Affäre mit dem heißesten Mann der Firma, und das hilft dir, über diese Katastrophe, die du eine Beziehung nanntest, hinwegzukommen? Da kann ich nur sagen: Weiter so!« Rose lächelt und faltet die Hände im Schoß. Sie sieht aus wie ein süßer, kleiner Engel, was sie absolut nicht ist.

»Ja, also, ich glaube, Vater hat von der … Auseinandersetzung gehört. Er hat mich bereits gebeten, so bald wie möglich in seinem Büro vorbeizukommen. Je früher, desto besser.« Es ist kaum acht Uhr, und schon muss ich ihm gegenübertreten. Ich will nicht. Es ist schlimm genug, mit Rose darüber reden zu müssen. Was soll ich denn meinem immer vorschnell sein Urteil fällenden Vater sagen, der wahrscheinlich ohnehin schon schwer enttäuscht darüber ist, dass ich mich von Zachary getrennt habe?

Ich weiß es nicht. Ich weiß nur, dass es ein ziemlich langer Tag werden wird.

»Violet. Du siehst sehr elegant aus heute Morgen.« Vater begrüßt mich mit einem warmen Lächeln. Ich bleibe in der Tür zu seinem Büro stehen und frage mich, ob er versucht, mich zu entwaffnen, bevor er mir wegen seiner Enttäuschung über mein Verhalten gestern Abend an die Gurgel springt.

»Danke«, sage ich vorsichtig, während ich sein Büro betrete und über den weichen, dicken Teppich gehe. Der Raum ist riesig, er nimmt fast die gesamte Etage ein, und ich muss daran denken, wie gern ich als kleines Mädchen hierhergekommen bin. Der kleine Spieltisch war immer mit den neuesten Produkten von Fleur bedeckt, und wir durften als Kinder damit spielen.

Jetzt bin ich in diesem Büro, das mit schönen Kindheitserinnerungen besetzt ist, und ich will nichts weiter als hier weg.

»Neues Kleid?«, fragt er, während ich auf den riesigen Tisch zugehe, hinter dem er sitzt. Er wirkt genauso einschüchternd wie immer.

Ich blicke an mir herab. Das Kleid ist weiß, hat kurze Ärmel, und es passt mir perfekt. Der Bleistiftrock hört kurz über den Knien auf, aber was das Kleid besonders macht, sind die Spitzenaussparungen an den Schultern, der Taille und auf dem Rücken. Es ist elegant und sexy, es entblößt überhaupt nichts, aber mit der Spitze … ist es sehr feminin.

Ich fühle mich darin stark. Selbstbewusst. Es ist ein weiterer Schutzschild. Davon habe ich in letzter Zeit wohl ziemlich viel gebraucht.

»Eigentlich nicht«, antworte ich, als ich mich auf den dick gepolsterten Sessel gegenüber seinem Schreibtisch setze. Ich streiche das Kleid über meinen Beinen glatt und gebe mir Mühe, nicht herumzuzappeln. »Ich habe es schon mal getragen.« Ich hasse Small Talk. Ich wünschte, er würde auf das eigentliche Thema zu sprechen kommen, weswegen er mich gerufen hat.

»Na ja, mir gefällt es«, sagt er schroff und lehnt sich auf seinem Stuhl zurück, sodass er quietscht. Er hat alles Geld der Welt, und er hat immer noch denselben alten Stuhl wie immer. »Wie geht es dir?«

Ich zucke die Achseln. Ich weiß nicht, ob es eine private oder eine berufliche Frage ist. »Gut. Und dir?«

»Wir reden hier nicht über mich.« Er wedelt abwehrend mit der Hand. »Ich bin langweilig. Ich will wissen, wie es *dir* geht. Wie geht es dir mit Zacharys bevorstehender Abreise?«

»Ähm …« Ich sehe ihn blinzelnd an. Wie soll ich denn darauf antworten? Wie viel weiß er? »Wir sind übereingekommen, dass es das Beste ist … uns zu trennen, solange er in London ist.«

»Wirklich?« Er klingt überrascht. Worüber ich froh bin, denn ich hatte befürchtet, er hätte die Gerüchte gehört. »Die Sache in London ist vorerst befristet. Er ist dort erst einmal nur auf Probezeit.«

»Nun, ja, aber wir sind beide davon ausgegangen, dass er den Job sicher hat.« Zachary geht auf jeden Fall ziemlich fest davon aus.

»Ihr solltet nicht zu viel annehmen. Es gibt auch noch andere, die ich nach London schicken will.«

»Zum Beispiel?«, frage ich neugierig.

»Zum Beispiel Ryder McKay.«

Als ich seinen Namen höre, erstarre ich. Es macht mich nervös, dass mein Vater ihn erwähnt. »Du hältst ihn für qualifiziert?«

»Ich weiß, dass er es ist.« Er hält kurz inne und betrachtet mich. »Genau wie du.«

Ich war schon vorher erstarrt, aber jetzt bin ich versteinert. »W-was hast du gesagt?«

»Bist du nicht daran interessiert aufzusteigen, Violet? Du kannst doch alles erreichen, wofür du dich einsetzt«, sagt er ganz beiläufig. »Du hast mich in den letzten zwei Jahren sehr beeindruckt. Ich denke, es wäre gut, wenn du in den nächsten Jahren in verschiedenen Positionen bei Fleur arbeiten würdest. Du musst viel Erfahrungen sammeln, damit du eines Tages das Unternehmen führen kannst.«

Seine Worte sind wie eine in meinem Gehirn explodierende Bombe. Er ist doch sonst immer so unzufrieden mit allem, was ich tue, allem, was ich sage. Seine abschätzigen Bemerkungen haben mich schon so oft verunsichert, dass ich aufgehört habe mitzuzählen. Und jetzt sagt er, ganz nebenbei, dass ich eines Tages das Unternehmen führen soll? Es ist wie ein Schock für mich. »Ich glaube nur, ich bin jetzt noch nicht bereit zu gehen, wo die Einführung meiner neuen Linie kurz bevorsteht«, sage ich vorsichtig. Ich will nicht, dass er denkt, ich würde nicht wollen, was er mir anbietet, aber ich kann mir auch nicht vorstellen, jetzt zu gehen.

»Verstehe.« Er nickt. »Du sollst nur wissen, dass das Angebot steht, falls du interessiert bist.«

»Oh, ich bin durchaus interessiert.« Und ich bin total perplex. Ist das alles, worüber er mit mir reden wollte?

Keine Erwähnung von der Party gestern und dem Spektakel, das Zachary und Ryder wegen mir gemacht haben? Keine weiteren Fragen, was meine Beziehung mit Zachary angeht? Ich kann es kaum glauben.

»Ich weiß es sehr zu schätzen, was du gesagt hast«, füge ich noch hinzu. »Dass du glaubst, ich könnte ... eines Tages Fleur führen.«

»Wenn es jemand kann, dann du. Ich habe dich darauf vorbereitet, seit du ein Kind warst.« Er stützt die Ellbogen auf den Tisch, verschränkt die Hände miteinander, und ich starre ihn an. Dieses gesamte Gespräch ist einfach nur surreal. »Es gibt da noch etwas, das ich dir sagen muss, Violet. Etwas, das du vielleicht ... unerfreulich finden wirst.«

*Ah, jetzt kommt es.* Ich bin fast erleichtert darüber, dass er endlich mit den schlechten Nachrichten rausrückt. Ich konnte es nicht glauben, dass er mich nur hat zu sich kommen lassen, um mich mit Lob zu überschütten. Das hätte nicht zu ihm gepasst. »Worum geht es?«

»Mein Anwalt hat sich heute Morgen bei mir gemeldet«, sagt er mit grimmiger Miene. Beim Wort *Anwalt* wird mir leicht schwindelig, und ich umklammere die Armlehnen des Sessels so fest, dass meine Finger schmerzen. »Er hat mir mitgeteilt, dass Alan Brown in ein paar Wochen aus dem Gefängnis entlassen wird.«

Ich sacke in mich zusammen und falle gegen die Rückenlehne. In meinem Kopf dreht sich alles. Ich habe den Namen so lange nicht mehr gehört, dass ich fast vergessen hatte, dass der Mann überhaupt existiert.

Fast.

»Ich dachte ...« Meine Stimme versagt, und ich

senke den Blick, konzentriere mich auf meine Knie unter dem Saum meines weißen Kleides. Zitternd umklammere ich sie, atme tief durch, aber sogar mein Atem bebt. *Bleib stark, bleib stark.* »Ich dachte, er hätte zwanzig Jahre bekommen. Jetzt sind noch nicht einmal drei rum.«

»Sein Strafmaß wurde verkürzt. Er wird vorzeitig entlassen.« Die Entrüstung ist Vater anzuhören. Er findet es wahrscheinlich genauso schlimm wie ich. »Ich wollte nicht, dass du es auf andere Weise erfährst, dass du etwas im Internet liest oder dich ein Reporter kontaktiert. Oder, noch schlimmer ... jemand aus seiner Familie Kontakt zu dir aufnimmt. Nicht, dass das irgendjemand machen würde, aber du weißt, was ich meine. Ich wollte es dir zuerst sagen.«

»Danke«, sage ich und nicke. Die Browns waren in meiner Kindheit eine befreundete Familie. Meine Schwestern und ich haben damals mit den Kindern der Browns gespielt. Wir sind zusammen zur Schule gegangen. Meine Eltern und die Browns waren gute, alte Freunde.

Bis ihr Sohn über mich hergefallen ist. Da ist die alte Familienfreundschaft für immer in die Brüche gegangen.

»Niemand wird von deiner Verbindung zu Alan Brown erfahren, Violet. Du hast damals als Jane Doe gegen ihn ausgesagt. Wir haben jede Vorsichtsmaßnahme ergriffen, um deine Identität zu schützen«, versichert er mir wie schon unzählige Male zuvor. Aber wir wissen beide, wie es ist. Jeder mit anständigen Recherchefähigkeiten und einem Google-Zugang könnte herausfinden, dass das College-Mädchen, über das Alan Brown vor vier Jahren hergefallen ist, ich war.

Ich mit süßen neunzehn Jahren. Ich habe ihn abgewehrt und der Polizei gemeldet. Meine Aussage hat einen gefährlichen Mann von den Straßen geholt.

Und jetzt soll er wieder freikommen.

»Ich mache mir keine Sorgen wegen der Medien. *Er* wird mich finden«, flüstere ich. »Er weiß genau, wo er nach mir suchen muss.«

Ich erinnere mich an den kalten Blick, den er mir während der Verhandlung zugeworfen hat, als ich im Zeugenstand gegen ihn ausgesagt habe. Als ich neu aufs College gekommen bin, hatte Vater mir geraten, mich an Alan zu wenden. Ihm gefiel der Gedanke, dass Alan mich beschützen würde, als ich noch niemanden dort kannte.

Und zuerst war es auch sehr nett mit ihm. Er hat mir den Campus gezeigt. Er hat mich zum Mittag- und zum Abendessen ausgeführt und mich seinen Freunden vorgestellt. Aber dann dachte er, da wäre mehr zwischen uns als Freundschaft. Und als ich ihn zurückwies, wurde er wütend.

Er ist über mich hergefallen. Er hat mich geschlagen, mir mehrfach mit den Fäusten ins Gesicht geprügelt und an meinen Klamotten gerissen. Irgendwie habe ich ihn abgewehrt, mit einer Wildheit, die mich immer noch erstaunt. Er hat nicht bekommen, was er wollte, nicht von mir.

Aber Alan hat mich gebrochen. Meine Familie wollte das Ereignis unter den Teppich kehren, vergessen, besonders Vater und Großmutter. Es war zu skandalös, als dass die Medien es hätten herausfinden dürfen. Es hätte das Image des Unternehmens ruinieren können.

Stattdessen hat ihr Schweigen darüber, was passiert ist, beinah mich ruiniert. Ich habe niemandem mehr vertraut.

Aber ich habe ihn ins Gefängnis gebracht. Der Zorn, der sich auf seinem Gesicht abgezeichnet hat, als ich vor Gericht beschrieben habe, wie ich mich gegen ihn gewehrt, wie ich ihn verletzt habe … den Anblick werde ich niemals vergessen. Doch irgendwie war nach dem Prozess aller Kampfwille aus mir entwichen, alle Kraft und alles Selbstbewusstsein, die so lange ein ganz natürlicher Teil meiner Persönlichkeit gewesen waren.

Erst jetzt habe ich das Gefühl, etwas von meiner alten Stärke und meinem Selbstvertrauen wiedererlangt zu haben.

»Er wird dich in Ruhe lassen, Violet«, sagt Vater bestimmt. »Das verspreche ich dir.«

Als ich seinem ernsten Blick begegne, sehe ich, dass er es tatsächlich so meint. Dass er es glaubt.

Aber ich weiß nicht, ob ich es glauben kann.

# KAPITEL 16

# Ryder

Ich warte draußen vor ihrem Büro auf Violet, gegen die Wand gelehnt, die Arme vor der Brust verschränkt, und tippe unruhig mit der Fußspitze auf den Boden. Ich bin total ungeduldig, kann es gar nicht erwarten, sie endlich wiederzusehen, und gleichzeitig habe ich Angst, dass sie sagen könnte, ich solle mich zum Teufel scheren.

Schließlich ist sie meine Vorgesetzte. Und gestern Abend hatte ich meine Finger tief in ihr vergraben und habe sie innerhalb von Sekunden kommen lassen. Die Erinnerung hat mich noch die ganze Nacht und heute schon den ganzen Morgen erregt. Immer wieder habe ich mir einen runtergeholt und dabei an sie gedacht, und normalerweise tue ich so etwas nicht. Wenn ich eine Frau will, dann nehme ich sie mir. Ich benutze sie und fertig.

Aber nicht Violet. Ich spiele mit ihr und bleibe unbefriedigt zurück. Es ist die reinste Qual. Nicht für sie, denn ihr habe ich schon einige Orgasmen beschert.

Für mich ist es eine Qual.

Das Bedürfnis, mit ihr zu reden, ihr in die Augen zu sehen, *verdammt*, ihr zu sagen, dass es mir leidtut – und ich sage nie jemandem, dass mir irgendetwas leidtut – ist schier überwältigend.

Außerdem haben wir heute Nachmittag noch einen Termin. Ich dachte, es wäre das Beste, sie vorher anzusprechen und sicherzustellen, dass zwischen uns alles okay ist. Und wo wäre es günstiger, mit ihr zu reden, als in ihrem Büro mit den ganzen Glaswänden, wo jeder uns beobachten und sehen kann, dass wir ein ganz normales Arbeitsgespräch führen?

Ja, es gibt Gerüchte, dass Violet zwischen zwei Geliebten zerrissen wäre oder so ein Quatsch, aber ich kenne die Wahrheit. Genau wie sie. Und wie das Arschloch Zachary Lawrence, der endlich begreifen muss, dass seine Chancen bei Violet vorbei sind.

Ich habe nicht mehr mit Pilar gesprochen. Ich habe keine Ahnung, wo sie in das Ganze noch hineinpassen sollte, aber um sie kann ich mir jetzt keine Gedanken machen. Sie ist wahrscheinlich sauer auf mich und hält sich zurück, bis die Gerüchte wieder abebben.

Obwohl das eigentlich nicht ihre Art ist. Sie liebt die Gerüchteküche, nur nicht, wenn es um sie geht. Könnte sein, dass diese kleine Geschichte ihr ein bisschen zu nah an ihr selbst dran ist.

Ich höre das herannahende Klackern von Absätzen auf dem Gang, und als ich aufblicke, sehe ich Violet auf mich zukommen, die in ihrem weißen Kleid, das alles andere als jungfräulich ist, mal wieder wunderschön aussieht. *Himmel*, die Kleider, die diese Frau trägt, machen mich echt fertig. Als sie näher kommt, sehe ich, dass das Kleid kleine Spitzeneinsätze an den Schultern und um die Taille hat, die mir Blicke auf ihre Haut erlauben. Und doch ist nichts übertrieben Sexuelles an Violet. Sie ist der Inbegriff von Eleganz.

Ich kann an nichts anderes mehr denken, als wie

lange ich brauchen würde, sie aus dem Kleid zu befreien und meine Lippen auf ihre Haut zu drücken.

»Ryder«, sagt sie und bleibt vor mir stehen. »Was für eine Überraschung.«

»Keine angenehme, befürchte ich?« Ich hebe eine Augenbraue. Es ärgert mich etwas, sie so perfekt aussehend vor mir stehen zu haben, während ich mich total mies fühle. Ich habe beschissen geschlafen, bin viel zu spät aufgewacht und habe noch nichts gegessen. Ich habe schlechte Laune und bin sexuell frustriert.

Und der Grund für das alles steht direkt vor mir und sieht wie immer absolut gefasst aus.

»Tja, ich weiß nicht so genau, nach den Worten, die gestern Abend gefallen sind.« Sie fasst nach ihrem Hals, fährt sich mit den Fingern über die Stelle, an der ich sie markiert habe. Sie ist zu einem hellen Rosa verblasst. Wenn man nicht wüsste, dass sie da ist, würde man sie gar nicht bemerken.

Aber ich sehe sie. Ich habe ihr den Knutschfleck verpasst, und das Bedürfnis, es wieder zu tun, ist stark. *Zu* stark.

»Ich bin bereit, dir zu vergeben und zu vergessen, wenn du es auch bist«, biete ich an.

Sie betrachtet mich, dann blickt sie auf ihr Büro. »Wollen wir vielleicht hineingehen und drinnen reden?«

»Ja.«

Ich folge ihr, und mein Blick fällt auf ihren Hintern, ich beobachte, wie er sich unter dem weißen Stoff ihres Kleides bewegt, während sie zu ihrem Schreibtisch geht. Ich hatte gestern Abend meine Hände auf diesem nackten Hintern, habe ihn fest umklammert …

»Wir haben einen Termin um drei, richtig?«, fragt sie, als sie sich auf den Stuhl setzt und damit an den Computer rollt.

»Haben wir, ja. Deswegen wollte ich mit dir reden.« Ich setze mich nicht hin, ich bleibe lieber stehen und hoffe, dadurch im Vorteil zu sein. »Ich wollte nur sichergehen, dass du immer noch damit einverstanden bist.«

»Einverstanden womit?« Mit gerunzelter Stirn sieht sie mich an. Jetzt, wo wir ganz allein sind und ich sie ohne Hemmungen anblicken kann, sehe ich die leichten Ringe unter ihren Augen, ihren erschöpften Blick. Sie ist auch müde.

Vielleicht hat das Fiasko von gestern Abend sie genauso mitgenommen wie mich.

»Damit, dass ich die Besprechung leite. Wenn es dir nicht recht ist, dass ich dabei bin …« Ich bringe den Satz nicht zu Ende, ich habe Angst vor ihrer Antwort.

»Ich habe kein Problem damit, dass du dabei bist, Ryder. Es ist unser gemeinsames Projekt, und wir nähern uns einer Entscheidung. Ich brauche dich bei diesem Termin.« Sie macht eine Pause und blickt auf den Tisch. »Ich kann Privates und Berufliches auseinanderhalten«, räumt sie leise ein.

»Gut«, sage ich. »Das Team freut sich schon, die neuen Ideen zu präsentieren.«

Das leichte Lächeln, das ihre Lippen umspielt, ist wie ein Schlag in die Magengrube. »Ich kann es auch gar nicht erwarten, die neuen Vorschläge zu sehen. Deine Leute sind wirklich sehr talentiert.«

»Das bist du auch.« Das ist sie wirklich. Ich respektiere sie für ihre Meinungen, für ihre Ideen. Sie ist nicht bloß eine Galionsfigur, wie Pilar immer wieder sagt. Violet liegt etwas an Fleur. Das Unternehmen ist ihr Erbe, und so verhält sie sich bei der Arbeit auch.

»Danke«, murmelt sie.

Ich zögere, doch weil ich nicht weiß, was ich noch sagen soll, gehe ich zur Tür. »Dann sehen wir uns um drei.«

»Ja, gut.« Ich blicke noch einmal über die Schulter und sehe, wie sie den Kopf hebt, und der Blick ihrer großen braunen Augen begegnet meinem. Ich warte, ob sie noch etwas sagt. Ich will noch etwas bleiben. Will meine Zeit mit ihr noch etwas in die Länge ziehen.

Diese Frau verwandelt mich jedes Mal, wenn ich in ihrer Nähe bin, in einen Idioten. Und das gefällt mir nicht.

»Ryder.« Sie murmelt meinen Namen, und der Klang ihrer Stimme lässt mir das Verlangen durch die Adern schießen. Ich mache wieder einen Schritt auf ihren Tisch zu, wünschte, wir wären in meinem Büro, wo uns niemand sehen könnte. Ich würde sie so gern über den Tisch werfen, ihr das Kleid über die Hüften schieben, den Slip zerreißen und sie ficken. Hart.

»Es … es gefällt mir nicht, was gestern Abend passiert ist.«

Ich schüttle den Kopf, schüttle die sexbesessenen Gedanken hinaus. »Was genau meinst du? Was wir in der Kammer gemacht haben?«

»Nein.« Sie neigt den Kopf zur Seite, und ihre Wangen verfärben sich rot. Dass sie wegen so etwas rot wird, ist einfach bezaubernd.

Und ich denke *nie*, dass irgendetwas an einer Frau bezaubernd ist.

»Der Streit zwischen mir und Lawrence«, sage ich.

Sie wirft mir einen Blick zu. Einen Blick, der besagt, ich hätte mir den Streit besser sparen sollen, und wahrscheinlich hat sie recht. Aber Gott sei Dank sagt sie kein Wort. Sie ist nicht meine Mutter. Nicht, dass ich wüsste, wie es ist, eine Mutter zu haben ...

»Du hast ein paar ziemlich schlimme Sachen zu ihm gesagt«, ermahnt sie mich. »Über mich.«

»Nichts, was nicht wahr gewesen wäre«, versichere ich ihr. »Er hat dich benutzt, um aufzusteigen.«

Violet zuckt sichtbar zusammen und verengt die Augen zu Schlitzen. Das hätte ich nicht sagen sollen. »Und was tust *du*? Benutzt du mich etwa nicht?«

»Wenigstens weißt du, dass ich es tue«, sage ich gelassen, aber meine Gedanken rasen. Ich muss mir etwas überlegen. Ich habe sie gerade richtig angepisst. Mal wieder.

Ich scheine eine Begabung dafür zu haben.

»Verstehe.« Sie setzt sich aufrechter hin und fängt an, Sachen auf ihrem Tisch hin und her zu schieben, um beschäftigt zu wirken. »Drei Uhr im Konferenzraum auf dieser Etage«, sagt sie knapp. »Komm nicht zu spät.«

Ich weiß, wenn man mich entlassen hat. Ohne ein weiteres Wort verlasse ich ihr Büro und gehe mit gesenktem Blick zu den Fahrstühlen, ich will niemanden ansehen müssen. Ein Grinsen von irgendjemandem, und ich könnte etwas tun, was ich später bereue.

Zum Beispiel jemandem die Faust ins Gesicht schlagen.

Vor den Fahrstühlen bleibe ich stehen und drücke den Knopf nach unten. Ungeduldig blicke ich auf die

Zahlen über den Türen, tippe wieder mit dem Fuß auf den Boden und hoffe nur, dass ich nicht in Lawrence hineinlaufe, denn irgendwie scheint er immer um die Ecke zu lauern. Doch dann höre ich Pilars Stimme hinter mir.

»Du sorgst ja für ganz schöne Unruhe«, murmelt sie.

Ich würdige sie kaum eines Blickes. »Ich habe keine Zeit zu reden.«

Die Türen gleiten auf, und Pilar betritt mit mir den Fahrstuhl und stellt sich so dicht neben mich, dass sich unsere Arme berühren, obwohl außer uns niemand mitfährt. »Ich mache meine Sache wenigstens diskret. Du dagegen fängst mitten auf einer Party einen Streit mit deinem Widersacher an, und ihr werft euch Beleidigungen an den Kopf.«

»Ich kann den Fucker nun mal nicht ausstehen«, murmle ich, während ich wieder die Zahlenanzeige beobachte.

»Er kann auf jeden Fall ziemlich gut ficken. Und er ist sehr offen dafür, alles zu tun, worum ich ihn bitte«, schnurrt sie, und ich verziehe das Gesicht. Das Letzte, was ich wissen will, ist, wie Lawrence Pilar fickt. Ich habe Angst, wenn ich den Mund öffne, könnte ich etwas sagen, was ich bereue. Also schweige ich.

Pilar hasst es, wenn ich schweige.

Sie gibt einen verärgerten Laut von sich, macht einen Schritt vorwärts und drückt den Notfallknopf, sodass der Fahrstuhl ruckartig stehen bleibt.

»Was soll das?«, frage ich, aber sie kommt schon auf mich zu, schubst mich an den Schultern, und ich stolpere rückwärts.

»Was zum Teufel ist nur los mit dir? Du wirst noch alles ruinieren«, zischt sie. »Warum musstest du gestern so eine Szene mit Zachary hinlegen? Du hast ja keine Ahnung, was ich tun musste, damit Forrest es nicht zu hören bekommt.«

Ich bin verwirrt. Was hat Forrest Fowler damit zu tun? »Wovon redest du?«

Sie packt mich am Kragen und sieht mich drohend an. »Ich tue alles, um den alten Mann bei Laune zu halten und ihn davon zu überzeugen, was für eine Bereicherung ich für seine Firma bin. Während du – in der Öffentlichkeit – mit seiner Tochter rummachst und dich mit dem Mann streitest, den du ersetzen willst. Hat Violet Fowler dir komplett den Verstand geraubt, oder was?«

Ich stoße sie von mir und streiche meinen Kragenaufschlag glatt. »Ich weiß auch nicht, was gestern Abend passiert ist. Das Arschloch hat lauter Dinge gesagt, um mich zu provozieren. Und ich bin nun mal auch nur ein Mensch. Ich habe darauf reagiert.«

Sie verdreht die Augen und wirft die Hände in die Luft. »Du musst dringend lernen, dich unter Kontrolle zu halten. Habe ich dir die letzten Jahre denn überhaupt nichts beigebracht?«

Pilar hat mir eine Menge über das Geschäft beigebracht, aber letzten Endes bin ich derjenige, der schon mal im Knast war. Ich bin derjenige, der weiß, wie man schnelles Geld verdient. Aber ein paar verstohlene Momente mit Violet hier und da, und es ist, als hätte ich alles vergessen, worauf ich hingearbeitet habe. Ich sehe ihren scheiß Exfreund, und ich will nichts anderes, als ihm die Nase brechen.

Doch das Letzte, was ich gebrauchen kann, ist, dass Pilar sauer auf mich ist. Oder, schlimmer noch, dass sie auf die Idee kommt, mich mit meinen Plänen bloßzustellen. Ich muss sie beschwichtigen. Sie beruhigen.

»Hör zu.« Ich fasse sie an den Schultern und schüttle sie leicht. »Du weißt genauso gut wie ich, dass Zachary mich nicht ausstehen kann. Er hasst mich, und ich hasse ihn. Wenn er etwas sagt, reagiere ich darauf. Ich kann es nun mal nicht ändern.«

»Dann lern, dich unter Kontrolle zu halten«, sagt sie mit einem leichten Schnaufen, und ihr Blick wird ein ganz kleines bisschen weicher. »Ich weiß, dass ich nicht gerade helfe, wenn ich dir solche Dinge erzähle. Wie gut er im Bett ist.«

Und doch hat sie es wieder einmal nur gesagt, um mich zu ärgern. Aber ich weigere mich, darauf einzugehen. »Du bist ein kleines Miststück, solche Sachen zu sagen, stimmt«, sage ich leichthin. Als würde ich sie necken. Ich bin immer noch sauer, aber ich habe keine Lust, mich mit ihr abzugeben, wenn sie wütend ist. »Kleines Miststück« ist auf jeden Fall ziemlich untertrieben.

Totales Miststück würde es mehr treffen.

Ein leichtes Lächeln umspielt ihre Lippen. Sie ist darauf hereingefallen. Ich habe sie im Sack. Ich weiß es. »Du bist so ein Wichser.«

»Ich weiß. Und zusammen werden *wir* eines Tages das Unternehmen führen, nicht die beiden«, erinnere ich sie und hoffe, dass sie nicht bemerkt, wie leer meine Worte klingen. Denn … ich meine es nicht so. Nicht mehr. Ich will Fleur nicht mit Pilar an meiner Seite führen.

Wenn ich die Gelegenheit bekomme, will ich diese Firma ganz allein führen.

Sie wendet den Blick ab. »Natürlich, Schätzchen.« Als sie mich wieder ansieht, ist ihr Lächeln genauso falsch wie meine Worte. »Wir zwei zusammen. Klingt perfekt.«

Sie lügt. Sie hat inzwischen einen anderen Plan, und ich komme nicht darin vor.

Kein Problem. Ich bin genauso bereit, sie aus meinem Plan zu streichen.

Der Drei-Uhr-Termin mit meinem Team und Violet verläuft relativ gut dafür, dass sie insgeheim wütend auf mich ist und ich mich auf Distanz halte. Ihre Schwester Rose ist auch dabei, was mir den Hintern rettet, denn sie ist der perfekte Puffer zwischen uns. Sie stimmt jeder einzelnen meiner Ideen zu, sehr zum Missfallen von Violet.

Nicht, dass Violet grundsätzlich gegen alles wäre, was ich vorschlage, nur weil sie wütend auf mich ist. Ich weiß, dass die Frau ihre eigene Meinung hat und nicht davor zurückschreckt, sie kundzutun. Und nicht alles von dem, was ich vorgeschlagen habe, ist Teil meines endgültigen Plans. Ich teste Violet, und ich teste mein Team. Ich teste sogar Rose.

Aber Rose ist bereit, allem zuzustimmen, nur um ihre Schwester auf die Palme zu bringen. Unglaublich.

Ich habe nichts dagegen. So lenkt sie etwas von Violets Wut von mir ab.

»Ich dachte, wir hätten uns auf Pfirsichfarben geeinigt«, sagt Rose, woraufhin Violet von ihrem iPad aufblickt. Sie hat gerade etwas eingetippt, sich Notizen gemacht, um so gut es geht den Blickkontakt mit mir zu vermeiden.

»Was meinst du damit, wir haben uns auf Pfirsichfarben geeinigt?«, fragt Violet und macht einen bezaubernden Schmollmund.

Da ist das Wort schon wieder. Bezaubernd. *Himmel*, es gab nie irgendetwas Bezauberndes in meinem Leben, nie. Ich habe keine Geschwister, hatte nie Haustiere, nichts Niedliches. Es war alles hart und hässlich und laut. Ich habe mit einem Vater, den ich nicht oft gesehen habe, in dieser Scheißwohnung gewohnt, ich war allein. Als ich noch richtig klein war, hatte ich ständig Angst. Angst vorm Dunkeln, Angst vor meinen Lehrern, Angst vor Dad, Angst vor irgendwelchen Leuten, denen ich auf der Straße begegnete. Aber das interessierte niemanden. Ich habe mich gefühlt wie ein Nichts.

Und ich wollte immer jemand sein.

Bald merkte ich, dass es mich nirgendwohin brachte, ständig Angst zu haben. Also wurde ich härter. Das Leben ist schmerzhaft und schwierig und ein ewiger Kampf, und ich habe gegen mein nutzloses Dasein gekämpft. Ich habe gekämpft, und schließlich habe ich gewonnen. Ich hätte wie die ganzen anderen Loser enden können, mit denen ich aufgewachsen bin, aber nein. Inzwischen bin ich dabei, die Karriereleiter emporzuklettern. Ich übernehme das Kommando. Skrupellos.

*Bezaubernd* gehörte noch nicht einmal zu meinem Vokabular, bis ich anfing, mich auf Violet zu konzentrieren.

»Sie bezieht sich auf unser erstes Treffen, als wir

über Ihre Lippen gesprochen haben«, sage ich nun, sodass Violet mich ansieht. Ihr Blick ist nicht gerade freundlich. »Oder, besser gesagt, über Ihren Lipgloss. PeachyPie?«

»Stimmt.« Sie nickt langsam und zeigt auf ein Bild, das ich ihr mitgebracht hatte, als wir vor einer gefühlten Ewigkeit gemeinsam abendessen waren. »Aber ich würde diese Farbe bevorzugen.« Sie tippt auf den leuchtend orange-schwarz gemusterten Schmetterling, der auf den Fingerspitzen einer Frau sitzt.

»Orange also«, sage ich und mache mir eine mentale Notiz. Es überrascht mich nicht. Das Bild hatte es ihr von Anfang an angetan.

»Ja.« Sie nickt und zieht das Bild näher an sich heran, um es genauer anzusehen. »Es ist so klar und deutlich. Und wenn wir eine glänzende Verpackung machen ...«

»Dann haben wir Ihre glänzende Perfektion?«, frage ich lächelnd.

»Das ist zu nah an Hermès«, sagt Rose, und wir sehen sie beide an. »Was? Stimmt doch«, sagt sie zu Violet. »Orange ist die Markenfarbe von Hermès.«

»Orange und braun«, sage ich. »Und das Orange ist nicht so leuchtend wie dieses.«

»Aber es ist trotzdem orange«, murmelt Violet, und ich höre die Enttäuschung in ihrer Stimme.

Ich halte es nicht aus. Ich ertrage es nicht, wenn sie traurig oder enttäuscht ist. Ich bin ihr verfallen. Verdammt verfallen, dabei habe ich mir mal im viel zu jungen Alter geschworen, niemals irgendeiner Frau zu verfallen. Niemals. *Fuck.*

Wann ist das passiert?

»Wie wäre es mit Korallenrot? Das ist zwischen Orange und Pfirsichfarben«, schlage ich vor. »Und es würde perfekt zu dem Mintgrün passen, das Sie in die Verpackung integrieren wollten.«

Violet wendet sich mir zu, ihr Blick begegnet meinem, ihre dunkelbraunen Augen sind unergründlich. Zum ersten Mal während dieses Meetings sieht sie zufrieden aus. »Das ist perfekt. Sie haben recht. Wir nehmen Korallenrot.« Sie blickt sich am Tisch um, und ihr Lächeln wird immer größer. »Was sagen die anderen?«

Zustimmendes Gemurmel erhebt sich, und innerhalb von ein paar Minuten nach ihrer Korallenrot-Mintgrün-Entscheidung beenden wir das Meeting. Rose stiehlt sich als Erste aus dem Raum, während sie etwas von einem anderen Meeting murmelt, und auch meine Teammitglieder verlassen eine nach der anderen den Konferenzraum, dabei besprechen sie eifrig die nächsten Schritte der Verpackungsplanung.

Währenddessen halte ich mich im Hintergrund und stehe mit den Händen in den Hosentaschen gegen die Wand gelehnt da. Sobald Violet das Meeting beendet hat, bin ich von meinem Stuhl aufgestanden, in der Hoffnung, sie würde es nicht merken, dass wir allein im Raum sind, bis es zu spät ist.

»Ich fühle dich hinter mir lauern«, sagt sie mit leicht amüsiertem Ton. »Glaub bloß nicht, ich wüsste nicht, dass du noch da bist, Ryder.« Sie dreht sich nach mir um und stützt die Hände in die Hüften. Ich lasse meinen Blick über sie schweifen, schaue sie vom Kopf bis zu den Zehenspitzen an ... die ich nicht sehen kann, weil sie in verdammt sexy High Heels stecken.

»Du bist sauer auf mich.« Ich brauche sie gar nicht erst zu fragen, denn ich weiß es bereits. »Ich wollte in deiner Gegenwart zurückhaltend auftreten.«

Sie ignoriert meine Bemerkungen. »Das Meeting lief ganz gut, oder?«

»Was zählt ist, dass du zufrieden bist.« Als sie die Augenbrauen hebt, füge ich hinzu: »Es ist dein Name, der auf der Verpackung steht. Es ist deine Linie, Violet. Was du sagst, wird gemacht.«

»Dein Vorschlag mit dem Korallenrot hat mir gut gefallen.« Ein leichtes Lächeln umspielt ihre sinnlichen Lippen. Lippen, die heute mit einem dezenten rosa Lippenstift bemalt sind. »Rose hat mich in den Wahnsinn getrieben.«

»Ich weiß«, sage ich und erwidere ihr Lächeln.

»Sie konnte überhaupt nicht aufhören, dir in allem zuzustimmen. Ich war kurz davor, ihr zu sagen, dass sie sich mal eine eigene Meinung bilden soll.«

»Sie hat es gemacht, um dich zu ärgern.« Ich zucke die Achseln, als sie mich erstaunt ansieht. »Du brauchst es nicht abstreiten – du weißt, dass es so ist.«

Violet lacht, ein leises, süßes Lachen in dem ansonsten stillen Raum. »Die Leute achten normalerweise nicht auf die Dynamik zwischen uns Schwestern. Ich glaube, den meisten ist überhaupt nicht bewusst, wenn wir versuchen, uns gegenseitig fertigzumachen.«

»Oh, ich habe es mitbekommen.« Vor allem, weil ich stolz darauf bin, Leute so gut durchschauen zu können. Und außerdem haben Pilar und ich in der Vergangenheit bei der Arbeit ähnliches Verhalten an den Tag gelegt. Sie ist die einzige Person, der ich mich jemals irgendwie nah gefühlt habe ... obwohl es mir langsam mit Violet ähnlich geht.

Die Erkenntnis trifft mich wie ein Schlag.

»Du bist sehr aufmerksam«, sagt Violet, ohne zu merken, dass sie meine Welt auf den Kopf gestellt hat.

Ich räuspere mich und sehe sie konzentriert an. »Ich nehme an, sie weiß über uns Bescheid?«

Ihre Wangen färben sich rot, und das Bedürfnis, sie zu berühren, lässt mich die Finger zur Faust ballen, damit ich es nicht tue. Ich darf nicht wieder zu schnell vorgehen. Sie ist gerade wie ein verwundetes Tier, das sofort die Flucht ergreifen wird, wenn es mich kommen sieht. Das darf ich nicht riskieren. »Ich habe das Gefühl, *alle* wissen über uns Bescheid«, sagt sie leise. »Nach deinem kleinen Streit mit Zachary gestern Abend.«

»Ich glaube nicht, dass *alle* Bescheid wissen.« Ich bin so ein Idiot, dass ich mich auf dieses Arschloch eingelassen habe. Nur ein paar Leute haben unseren Streit mitbekommen, aber das hat schon gereicht. »Stört es dich? Ich weiß, du wolltest es geheim halten.«

»Wollte ich. Will ich auch immer noch. Es macht ... einfach keinen guten Eindruck, dass ich nahtlos von meiner Beziehung mit Zachary zu dir übergehe.«

Dass wir miteinander verglichen werden, weckt in mir das Bedürfnis, ihn umzubringen. Oder ihn wenigstens gehörig zu vermöbeln. »Du bist ja nicht zu einer Beziehung mit mir übergegangen«, sage ich und versuche, dem, was zwischen uns ist, etwas Gewicht zu nehmen. »Außerdem geht es niemanden etwas an, was wir zusammen machen.«

»Das ist wahr.«

»Und es sind alles bloß Spekulationen.«

»Bis darauf, dass du Zachary ziemlich genau beschrieben hast, was du in dieser Kammer mit mir angestellt hast«, sagt sie trocken.

Das stimmt. Das habe ich getan. Und ich bereue es auch nicht. »In den nächsten ein oder zwei Tagen wird bestimmt schon wieder etwas anderes passieren, was die Leute ablenken wird. Sie werden etwas anderes finden, worüber sie sich das Maul zerreißen können«, versichere ich ihr. »Mach dir deswegen keine Sorgen.«

»Das tue ich nicht.« Sie betrachtet mich, dann senkt sie den Blick und holt tief Luft. »Es hat mich wütend gemacht, was du vorhin gesagt hast. Dass Zachary mich benutzt hätte.«

»Ich weiß.« Sie ist wie ein offenes Buch. Und eine schlechte Lügnerin.

Das komplette Gegenteil von mir.

»Und aus irgendeinem Grund hat es … mir wehgetan, als du sagtest, du würdest mich auch benutzen.« Sie verdreht die Augen und wedelt mit der Hand, als wolle sie gleich wieder abtun, was sie gerade gesagt hat. »Ich weiß, es ist albern. Wir haben von Anfang an gesagt, dass wir uns gegenseitig benutzen. Du hast dich mir angeboten. Du wolltest es tun, um Zachary zu ärgern, und da du erreicht hast, was du wolltest, bist du jetzt wahrscheinlich … mit mir durch.«

Die Enttäuschung in ihrer Stimme, in ihrer Miene ist offenkundig. »Wahrscheinlich«, stimme ich ihr zu, und sie schnappt nach Luft. *Großartig*, jetzt habe ich sie vollkommen vor den Kopf gestoßen. Aber ich mache es absichtlich. In der Hoffnung, dies zu genau dem zu machen, was mir vorschwebte.

»Okay«, sagt sie und reckt herausfordernd das Kinn. »Dann weiß ich wenigstens, woran ich bei dir bin.«

Ich stoße mich von der Wand ab und mache einen Schritt auf sie zu, wobei ich sie eindringlich ansehe. »Weißt du das, Violet?«

Sie macht einen Schritt zurück. »Ich dachte es.«

»Und woran bist du bei mir?« Ich spiele wieder mit ihr. Versuche sie zu verwirren. Es ist so leicht, dass ich nicht anders kann.

»Was zwischen uns passiert ist … ist vorbei.« Die Vorstellung betrübt sie, und das gibt mir Kraft.

»Willst du denn, dass es vorbei ist?« Mit jedem Schritt, den ich auf sie zugehe, macht sie einen zurück, bis sie mit dem Hintern am Konferenztisch steht und ich sie gefangen habe. Sie kann nichts anderes mehr sehen als mich, nichts berühren als mich und den kalten, harten Tisch unter ihrem Hintern.

Und hier stehe ich vor ihr, genauso kalt und hart. Wirklich kein großer Unterschied.

»Ich …« Sie räuspert sich. »Was willst *du* denn?«

»Ich habe zuerst gefragt.« Schließlich gebe ich dem Drang, sie zu berühren, nach, und streiche ihr übers Gesicht, über den Kiefer, ich presse ihr den Daumen ins Kinn. Sie öffnet die Lippen, und als sie bebend ausatmet, bin ich versucht, mich vorzubeugen und sie zu küssen.

Aber ich tue es nicht.

»Du verwirrst mich«, flüstert sie. »I-ich mag dich manchmal noch nicht einmal besonders.«

*Autsch.* »Das kann ich dir nicht verübeln.«

»Aber wenn du mich ansieht, dann fühle ich mich ... ich weiß auch nicht. Und wenn du mich berührst ...« Sie schließt die Augen, als ich ihr mit dem Finger erst über die Unterlippe und dann über die Oberlippe streiche. Sie hat die perfektesten Lippen, die ich je gesehen, je berührt, je geküsst habe. »Dann will ich nicht, dass du damit aufhörst«, gesteht sie leise.

»Dass ich womit nicht aufhöre?« Ich stelle mich zwischen ihre Beine und presse meinen Körper an ihren, schlinge ihr einen Arm um die Taille. Ich sollte das nicht tun. Ich muss etwas Selbstbeherrschung zeigen. Das ständige Hin und Her zwischen uns ist verwirrend. Für sie und für mich.

»Mich zu berühren. Ich will deine Hände auf meiner Haut spüren.« Sie legt den Kopf in den Nacken, als ich mich über sie beuge und mich an ihren Hals schmiege. »Wenn ich deinen Atem auf meiner Haut spüre, habe ich das Gefühl, in Flammen aufzugehen.«

»So?«, frage ich, bevor ich an ihrem Hals ausatme. Das darauffolgende Wimmern lässt meinen Schwanz hart werden, und ich grinse in mich hinein und genieße jeden Moment. Ich habe Macht über diese Frau, und das ist ein berauschendes Gefühl. Mit Pilar hat sich Sex immer wie ein Kampf angefühlt. Mit anderen Frauen war es, als würde ich ihre Körper für mein egoistisches Vergnügen missbrauchen und sie dann wie den Müll von gestern entsorgen.

Aber mit Violet fühlt es sich ... nach mehr an. Ich will sie benutzen und behalten und besitzen und sie markieren und ficken, bis ich nicht mehr denken kann. Sie macht mich fertig. Verwirrt mich. Berauscht mich.

Ich finde es furchtbar.

Und ich will mehr davon. Mehr von ihr.

Sie legt mir die Hände auf die Schultern und klammert sich an mich, als hätte sie Angst, sie würde auf den Boden rutschen, wenn sie sich nicht an mir festhält. »Genauso«, flüstert sie und neigt den Kopf zur Seite, um mir besseren Zugang zu gewähren.

»Ist das alles, was du willst?« Ich fahre ihr mit der Nase über die Wange, an ihrem Ohr entlang. Sie trägt die Haare offen, die langen, welligen Strähnen kitzeln mich im Gesicht, und ich atme tief den Duft ihres Shampoos ein, sauge ihn regelrecht auf. »Oder willst du noch mehr?«

»Mehr«, sagt sie, ohne zu zögern. »So viel mehr.«

»Wir haben bisher kaum etwas gemacht«, sage ich, denn es stimmt.

»Ich weiß.« Und ich kann ihr anhören, wie sehr sie das bedauert. »Aber hier können wir nichts anfangen. Es könnte jeden Moment jemand hereinkommen.«

»Das bezweifle ich.« Ich küsse sie hinters Ohr, lasse meine Lippen kurz verweilen, bevor ich ihr mit der Zunge über die Haut lecke. Ein Schauder durchfährt sie, und sie hält sich noch mehr an meinen Schultern fest. »Ich würde alles dafür geben, dich nackt auf diesem Tisch liegen zu sehen«, flüstere ich. »Mit weit gespreizten Beinen, damit ich sehen kann, wie feucht du für mich bist.«

»Oh Gott.« Sie schluckt so schwer, dass ich es hören kann, und dann werden ihre Hände fahrig, sie reißt mir das Jackett von den Schultern, über die Arme, und ich schüttle es ab und lasse es fallen. »Ich will dich sehen.«

Ich habe mich dieser Frau bisher noch nicht nackt gezeigt, und wenn es so weit kommt, wird sie ziemlich überrascht sein. Aber ich habe nicht vor, mich jetzt komplett auszuziehen. So ein großes Risiko werde ich nicht eingehen. »Noch nicht«, sage ich und mache einen Schritt zurück, um mich ihren begierigen Händen zu entwinden. »Geduld.«

Sie setzt sich auf den Rand des Konferenztischs, schiebt die Stühle rechts und links zur Seite und stützt die Hände auf die Marmorplatte. Das glühende Verlangen in ihrem Blick ist unverkennbar, und ich frage mich, ob sie immer genauso überwältigt von meiner Nähe ist wie ich von ihr.

Ihrem Verhalten nach zu urteilen würde ich sagen, sie ist es.

Sie überschlägt die Beine, sodass ihr Kleid ein Stück hochrutscht und mir einen reizenden Blick auf ihre schlanken Oberschenkel gewährt. Sie bemerkt meinen Blick und zieht das Kleid noch höher, fast bis zu den Hüften.

»Was machst du?«, frage ich amüsiert.

»Ich biete mich dir an«, antwortet sie ohne jegliche Scham. Sie benimmt sich eindeutig, als wäre sie besessen, und das gefällt mir verdammt gut. »Du hast gesagt, du wolltest mich nackt auf dem Tisch ...«

»Violet.« Der ernste Ton in meiner Stimme lässt sie in ihren Bewegungen verharren, und mit großen Augen sieht sie mich an. »Ich werde dich nicht in diesem Raum, auf diesem Tisch zum ersten Mal ficken.«

Sie sieht regelrecht enttäuscht aus, mein neu entdecktes leichtes Mädchen. »Aber ich dachte ...«

»Ich würde dich unglaublich gern nackt auf dem

Tisch sehen, keine Frage«, unterbreche ich sie. »Aber ich will dir zusehen, während du ...«
»Während ich was?«, fragt sie.
»Es dir selbst machst.«

# KAPITEL 17

## Violet

Er hat mich nicht gerade wirklich darum gebeten ... oder?

Oh, doch. Hat er.

»Ryder ...« Ich schüttle den Kopf, ich weiß nicht, wie ich es ihm sagen soll. Ich habe noch nie im Leben vor einem Mann masturbiert. Nicht einmal vor Zachary, und er war der Mann, von dem ich dachte, dass ich ihn heiraten wollte. Es ist mir bisher noch nicht einmal in den Sinn gekommen, so einen unglaublich intimen Moment mit jemandem zu teilen.

»Bist du zu schüchtern, Violet?« Der Ton seiner Stimme verrät, dass er nicht glaubt, dass ich es machen werde. »Wie schade. Ich hätte nur zu gern gesehen, was genau du machst, um zu kommen, aber das Glück habe ich wohl nicht.«

Und bis ich diesen provozierenden Tonfall gehört habe, seine leicht herablassenden Worte, hätte ich auch gesagt, dass ich es auf keinen Fall tun würde. Nicht nach dem, was vorher zwischen uns passiert ist und wie wütend er mich gemacht hat. Dann kommen auch noch die schrecklichen Neuigkeiten hinzu, die Vater mir überbracht hat und die ich immer noch nicht ganz verarbeitet habe, und der Klatsch und Tratsch um mich, und überhaupt alles. Ich hatte einen anstrengenden Tag. Den ich lieber vergessen würde.

»Hast du dir noch nie gewünscht, einfach loszulassen?«, fragt er in demselben provozierenden Tonfall.

Nein. Habe ich nicht. Nicht, bis er es vorgeschlagen hat. Wenn ich mit Ryder zusammen bin, vergesse ich mich irgendwie. Verliere all meine Hemmungen, alle zusammenhängenden Gedanken, und ich kann nichts anderes mehr tun als fühlen. Ich *will* nichts anderes mehr tun als fühlen. Ihn fühlen. Seine Hände überall auf meinem Körper, seinen Mund auf dem meinen, seine Lippen um meine Brustwarzen, seine Zunge an meiner …

»Ich habe nicht vor, deine Vorführung irgendwie zu beurteilen«, sagt er. »Stell es dir als ein Geschenk vor … für dich selbst.«

Verwirrt sehe ich ihn an.

»Und ein Geschenk für mich«, fügt er mit leichtem Lächeln hinzu.

Seine Worte machen mir bewusst, dass, wenn ich mich für Ryder selbst befriedige, wenn ich diesen intimen Moment mit ihm teile, uns das einander näherbringen könnte. Es könnte mir auch Stärke verleihen, etwas, was ich gerade dringend brauche, bei dem, was alles in meinem Leben los ist.

Ich springe vom Tisch und drehe ihm den Rücken zu. Ich halte meine Haare hoch, sodass sie mir nicht mehr über den Rücken und in den Nacken fallen, und sage über die Schulter hinweg: »Machst du bitte den Reißverschluss auf?«

Er zögert nicht eine Sekunde. Aber er sagt auch nichts, und ich frage mich, ob er glaubt, von mir enttäuscht zu werden. Meine Unsicherheit macht mich verrückt.

Ich werde es genießen, ihm – und mir – zu zeigen, wie falsch wir mit unseren Annahmen gelegen haben.

Mit warmen Fingern öffnet er mir den Reißverschluss, bis er an meinem unteren Rücken angelangt, dann fährt er mir über die entblößte Haut. Ich schließe die Augen und schwanke etwas, lasse mich von der unglaublichen Lust für diesen Mann überwältigen. Seine Berührung fühlt sich so gut an, seine Nähe, das Geräusch seines Atems, der Duft seines Parfüms ... es ist alles zu viel.

Und doch noch nicht einmal annähernd genug.

»Danke«, flüstere ich, während ich meine Haare wieder über den Rücken fallen lasse. Ich öffne die Augen und blicke geradeaus. Ich bin ein bisschen schockiert, aber meine Entschiedenheit gewinnt, und ich will gerade das Kleid abschütteln, als er mich aufhält. Er streicht mir die Haare zur Seite und drückt seinen Mund auf meinen Hals. Seine Lippen sind warm und feucht und wandern langsam über meinen Nacken. Verführerisch. Er leckt mit der Zunge an meiner Haut, beißt mir mit seinen scharfen Zähnen seitlich in den Hals, und ich keuche vor Schmerzen auf.

Ich will, dass er niemals damit aufhört. Ich bin süchtig nach seinen Berührungen, seinem Mund, seinen Worten. Danach, wie er mir Befehle erteilt, was er von mir verlangt. Er gibt mir das Gefühl, jemand anders zu sein. Eine bessere, stärkere Version meiner selbst.

»Zieh das Kleid aus, Violet«, flüstert er an meinem Hals, und ich schüttle es ab, lasse die Ärmel von meinen Armen gleiten und das Oberteil zur Taille rutschen, bevor ich es mir über die Hüften schiebe und das schöne weiße Kleid, das ich heute absichtlich angezogen habe, zu einem hübschen Haufen um meine Füße auf den Boden fällt. Ich trete aus dem Kleid heraus, als ich seine Hände an meinem Rücken spüre und er mit flinken Fingern den BH öffnet.

Die hautfarbenen Cups aus Spitze und Satin lockern sich um meine Brüste, und er legt mir einen ganz kurzen Augenblick die Hände auf die Schultern, bevor er mir die Spitzenträger zur Seite schiebt, sodass sie mir halb die Arme herunterfallen. Der BH fällt zu dem Kleid auf den Boden, und als er mir die Hände auf die Hüften legt, weiß ich, was er vorhat.

Er zieht mich aus. Langsam. Vorsichtig, mit ganz wenig Worten, mit kaum einem Geräusch. Seine starken Finger schlingen sich um den Spitzensaum meines Slips, und er zieht den seidigen Stoff herunter, über meinen Hintern, und entblößt mich seinem Blick.

»Wunderschön«, flüstert er, als er sich leicht herunterbeugt, um mir den Slip über die Oberschenkel zu ziehen. Seine Finger streifen meine empfindliche Haut, und mir entweicht ein leises Seufzen, als ich fühle, wie ich ganz feucht und unruhig werde.

Ich will ihn. Ich will, dass er mich berührt, will, dass er seine sicheren Finger in mich stößt, dass er mich mit seinen Lippen und der Zunge zur Besinnungslosigkeit bringt. Ich will, dass er meine Hüften so fest umklammert, dass ich blaue Flecken davontrage. Ich will, dass er mich so heftig kommen lässt, dass ich Sterne sehe …

Aber das will er nicht. Er verlangt etwas anderes von mir. Etwas, was ich bereit bin, ihm zu geben.

Egal, wie sehr es mir Angst macht.

Als es keine weiteren Kleidungsstücke an meinem Körper mehr auszuziehen gibt, dreht er mich um. Seine Hände liegen fest auf meinen Schultern, sein Blick ruht auf meinem Gesicht. Er blickt nicht an mir herab, fast als hätte er Angst, er könnte mich irgendwie beleidigen, obwohl ich nichts anderes will, als seinen glühenden Blick auf meiner Haut zu spüren, auf meinen intimsten Körperteilen. Die, die Zachary und die anderen Männer, mit denen ich zusammen war, irgendwie nie richtig gewürdigt haben.

Dieser Mann mag mich vielleicht benutzen, aber er *sieht* mich. Jedes kleinste Detail, das mich zu dem macht, der ich bin, bemerkt er. Und er will noch mehr sehen.

»Zieh die Schuhe aus«, sagt er, und ich streife sie ab, sodass ich nur noch meine recht durchschnittliche Größe von 1,65 Meter habe. Er ragt weit über mich hinaus, denn er ist auf jeden Fall über 1,80 groß, und während ich ihm weiter in die Augen blicke, fühle ich, wie eine beruhigende Gefügigkeit von mir Besitz ergreift. Ich überlasse ihm die Kontrolle, und es gefällt mir. Es gefällt mir sehr.

»Und jetzt will ich, dass du dich auf den Tisch legst«, befiehlt er mir mit einer Stimme wie Samt. »Auf den Rücken.«

Ich tue, was er verlangt, während er zur Tür geht und mit einem lauten Klick das Schloss verriegelt. Ich keuche auf, als mein nackter Hintern den Marmortisch berührt, und zittere.

»Sag mir, was du fühlst«, verlangt er, als er zum Tisch zurückkommt.

»Der Marmor ist kalt an meiner Haut«, sage ich, während ich mich auf den Rücken lege, wie er es wollte, und meine spitzen Schulterblätter ziemlich unbequem auf der Tischplatte zum Liegen kommen. Meine Haare fließen in alle Richtungen, der Marmor unter meinem Kopf ist hart, und ich versuche, mich so angenehm wie möglich zu positionieren.

»Das glaube ich gern.« Er klingt amüsiert. Natürlich. »Spreiz die Beine, Violet.«

Ich öffne sie, ohne zu zögern, und freue mich, als ich ihn nach Luft schnappen höre. Er muss sehen, wie feucht ich bin, wie sehr ich ihn will. Ich kann mich selbst riechen, der berauschende Geruch meiner Vagina erfüllt den Raum, und meine Haut kribbelt, so aufgeregt bin ich wegen dem, was ich gleich tun werde.

»Rutsch weiter zurück«, drängt er mich. Ich nehme an, damit er mich besser sehen kann. »Und jetzt zieh die Beine an.«

Er setzt sich auf einen Stuhl direkt vor mir, und ich stütze mich auf die Ellbogen, damit ich ihn sehen kann. Der lüsterne Ausdruck auf seinem Gesicht, während er mich zwischen den Beinen betrachtet, erfüllt mich mit so einem Machtgefühl, dass mir ganz schwindelig wird. Er will mich. Er will mich berühren.

Aber er wird es nicht.

»Traust du dich, es zu tun?«, fragt er, als er sich auf dem Stuhl zurücklehnt und mich mit seinen blauen Augen direkt ansieht. »Oder kneifst du?«

Er weiß ganz genau, was er sagen muss, um mich zugleich wütend zu machen und das Bedürfnis in mir zu wecken, ihm zu zeigen, dass er falsch liegt. »Warte ab«, sage ich und hoffe, dass ich nicht so nervös klinge, wie ich bin.

Doch ich schiebe das Gefühl beiseite und lege mich wieder flach auf den Rücken. Es mir bequem zu machen kann ich vergessen. Ich sehe an die Decke und atme langsam, beruhigend aus. Ich schließe die Augen und zähle bis fünf.

*Showtime.*

Ich lasse die Augen geschlossen, während ich mir die Hände auf die Brüste lege, ihr Gewicht mit den Handflächen wiege, mit den Daumen über die Brustwarzen streiche. Einmal, zweimal, bis ich spüre, wie sie hart werden. Ich sage nichts, und er auch nicht, was mir nur recht ist. Mehr als recht, denn ich will nichts Blödes sagen und damit den Moment ruinieren.

Ich kneife mir leicht mit Daumen und Zeigefinger in eine Brustwarze und beiße mir auf die Lippe, um mein Stöhnen zu unterdrücken, als der köstliche Schmerz mich durchfährt. Es entgeht ihm nicht. Ihm entgeht nichts.

»Halte dich nicht zurück«, murmelt er ermunternd. »Ich will dich hören.«

*Oh Gott*, ich würde am liebsten auf ihn losgehen, wenn er solche Dinge sagt. Von ihm verlangen, dass *er* mir Vergnügen bereitet, nicht ich mit meinen eigenen Fingern.

Aber ich kann auch Vergnügen darin finden, ihn zusehen zu lassen, und daran denke ich, während ich mir sein schönes Gesicht vorstelle, wie er mir fasziniert dabei zusieht, wie ich meine Brüste umfasse, meine Brustwarzen umkreise, sie beide gleichzeitig kneife und mein hemmungsloses Keuchen den Raum erfüllt.

Ich fahre mir mit den Händen über die Taille und die Hüften, über den Bauch, und die sanfte Berührung meiner Fingerspitzen verursacht mir eine Gänsehaut. Ich höre ein Klicken, und dann rauscht kühle Luft aus den Schlitzen in der Decke und lässt mich erzittern. Meine Brustwarzen ziehen sich beinah schmerzhaft zusammen, sodass ich meine Brüste mit den Händen umfasse, um sie zu wärmen.

»Kalt?«, fragt er.

Ich nicke, sage aber nichts. Ich lasse meine Brüste los und lege mir die Hände auf die Oberschenkel. Mein Herz rast so sehr, dass er es garantiert gegen meinen Brustkorb hämmern sieht, und ich presse die Lippen aufeinander, suche nach der Kraft, das hier zu Ende zu bringen.

Kann ich es? Mich vor ihm berühren, all die kleinen Dinge tun, die mich zum Orgasmus bringen? Es ist nie so befriedigend, wenn ich es mir mit der Hand mache, jedenfalls normalerweise. Eher eine schnelle Erleichterung, eine Art, etwas Spannung abzubauen, bevor ich schlafen gehe. Ein Vibrator beschert mir längere, intensivere Orgasmen, aber verglichen mit Ryders Mund? Seinen Fingern?

Das ist eine ganz andere Liga.

»Fass dich an.«

Seine Stimme drängt mich weiterzumachen, und ich lasse meine Hände auf die Innenseite meiner Schenkel gleiten und fange an, mich langsam neckend zu streicheln. Das ist die Hälfte des Vorspiels, das Necken. Die kurzen, federleichten Berührungen, das kaum spürbare Streicheln – das alles verstärkt das Pochen zwischen meinen Beinen, bis ich mich auf nichts anderes mehr konzentrieren kann, und dann lasse ich meine rechte Hand zu dem dünnen Streifen Schamhaar wandern, das meinen Venushügel bedeckt.

Bei der ersten Berührung zucke ich zusammen, und ich bin erstaunt, dass ich selbst so eine Reaktion in mir hervorrufen kann. Das passiert normalerweise nur, wenn jemand anders mich berührt ...

Ich habe die Beine weit geöffnet, ich brauche mich also gar nicht zu zieren. Ich fahre mir mit den Fingern über die Schamlippen, versenke sie in meiner feuchten Mitte. Ich kann meine Finger schmatzen hören, während ich mich selbst streichle, mit den Fingerspitzen leicht meine Klit umkreise und reibe.

»Himmel, bist du feucht«, sagt er mit rauer Stimme.

Ein Gefühl des Triumphs erfüllt mich, und ich drücke den Rücken durch, gewillt, ihm noch mehr zu bieten. Er klingt, als würde er furchtbare Qualen leiden, und ich genieße es. Ich blühe regelrecht auf. Ich stütze die Füße flach auf der Tischplatte auf und stoße mit einem Finger tief in meinen Körper, dann mit zweien, aber das ist es nicht, was mich anmacht. Ich tue es für ihn. Ich ziehe eine Show für ihn ab.

»Macht dir das Spaß?«, fragt er und klingt aufrichtig neugierig. »Dich selbst mit den Fingern zu ficken?«

»Ich hätte lieber deine Finger in mir«, antworte ich außer Atem.

»Das glaube ich gern.« Seine Stimme wird tiefer, und ich höre den Stuhl quietschen, als er sich bewegt. »Zeig mir, was dir gefällt.«

»Das tue ich.« Ich drücke den Daumen auf meine Klit und denke daran, wie er gestern Abend das Gleiche getan hat, und ein leichter, aber mächtiger Schauer durchfährt mich.

»Fasst du dich manchmal selbst an, wenn du allein im Bett liegst?«, fragt er, und ich nicke zur Antwort. »Dann zeig mir, wie du es dir machst, Violet. Komm für mich. Das ist es, was ich sehen will.«

Ich ziehe die Finger aus mir heraus und fahre damit über meine Klit. Sie ist geschwollen und empfindlich, ein Zeichen dafür, dass ich bereits kurz davor bin, was fast an ein Wunder grenzt. Normalerweise brauche ich ziemlich lange, bis ich mich dem Orgasmus nähere, aber das hier hat einfach damit zu tun, dass Ryder mir zusieht, und mit nichts sonst.

Ich werde schneller, umkreise meine Klit wieder und wieder, reibe fester und fühle, wie sich der Rausch in mir aufbaut. Die Augen fest geschlossen, hebe ich die Hüften, meine Finger bewegen sich wild über meiner Klit, und das Geräusch meines heftigen Atems vermischt sich mit Ryders, und dann komme ich. Mein Körper wird von einem unkontrollierten Zittern erschüttert, und ich schreie laut auf, ich spüre das Pulsieren meiner Klit, meiner Vagina, und ich wünschte, ich könnte diesen Höhepunkt mit ihm in mir erleben.

Aber ich werde mich wohl mit dem Nächstbesten zufriedengeben. Dem Mann selbst, der vor mir sitzt und mir beim Masturbieren zusieht.

Das ist wirklich bei Weitem das Verrückteste, was ich jemals getan habe.

Ich liege auf dem Tisch mit einem Arm über dem Gesicht, während ich versuche, wieder zu Atem zu kommen, als ich auf einmal seine Hände um meine

Fesseln spüre und seinen kitzelnden Atem auf meiner Vulva. Und dann ist sein Mund da, er leckt und saugt, seine Lippen umschließen meine Klit und bringen mich noch mal zum Orgasmus, der mich durchfährt wie ein Blitzschlag, heiß und schnell und gleißend weiß, und mich völlig aus der Bahn wirft.

Er löst seine Lippen von mir, und dann zieht er mich an den Händen hoch, sodass ich sitze und er die Arme um mich schlingen kann. Als ich ihm die Beine um die Hüften lege und mich gegen ihn presse, spüre ich seinen heißen, harten Schwanz gegen seine Hose drücken. Er küsst mich, fällt regelrecht über mich her, seine Lippen und seine Zunge schmecken nach mir, und ich erwidere seinen Kuss, küsse ihn gierig, als würde ich verhungern, was ich tatsächlich tue.

»Das war verdammt heiß«, flüstert er. »Ich konnte nicht widerstehen, dich zu kosten.«

Ich schlinge ihm die Arme um den Hals, fahre ihm mit den Fingern durch die weichen, seidigen Haare, während ich ihn langsam küsse. Tief. »Ich will dich«, flüstere ich.

Er drückt sich gegen mich, langsam und sinnlich, er treibt mich in den Wahnsinn. »Wie sehr?«

»Ich zeige dir, wie sehr.«

Ryder stößt sich gegen mich. »Nicht hier. Nicht jetzt.«

Bei seinen Worten entwinde ich mich ihm und ziehe einen Flunsch. Meine Erregung verwandelt sich in Frustration. Ich will nicht, dass er sich mir entzieht. Mein Körper verzehrt sich nach ihm. Ich hatte gerade zwei Orgasmen, und ich fühle mich immer noch nicht befriedigt. »Wann dann?«

»Bald. Heute Abend.« Er streicht mir die Haare hinters Ohr. Seine schönen Lippen sind zu einem leichten Lächeln geschwungen, und wie gebannt blicke ich ihn an, bewundere jedes kleine Detail seines guten Aussehens. Ich habe ihn noch nie zuvor von so Nahem betrachtet, aber jetzt halte ich mich nicht mehr zurück. Ich strecke die Hand nach ihm aus und berühre ihn an der Wange, streiche mit den Fingern über die starke Linie seines Kiefers, fahre ihm mit dem Zeigefinger über die Lippen und bin fasziniert davon, was ich sehe, was ich fühle. Seine Bartstoppeln kratzen, und ich strecke mich ihm leicht entgegen und drücke meine Lippen auf seine.

Doch er entzieht sich mir und legt mir die Hände auf die Schultern, als bräuchte er Abstand. Sofort fühle ich mich verletzt.

»Warum stößt du mich weg?« Ich finde es furchtbar, die Enttäuschung in meiner Stimme zu hören.

»Weil du dich anziehen musst. Was ist, wenn dein Vater nach dir sehen kommt?«

»Wird er nicht.« Ich beuge mich wieder vor, um ihn zu küssen, aber er legt mir die Finger auf die Lippen.

»Was ist mit Zachary?«, fragt er.

*Uäh.* Er ist wirklich der Letzte, über den ich reden will, nach dem, was gerade passiert ist. »Was ist mit ihm?«, frage ich schnippisch.

»Wir ... sollten nur vorsichtig sein«, sagt er, während er einen Schritt zurück macht und sein Jackett aufhebt. Er schüttelt es aus, dann schlüpft er hinein, und ich bewundere seinen Bizeps, wie er sich gegen das weiße Hemd abzeichnet, seine breiten Schultern, die breite Brust. »Ich kann auf weitere Zusammenstöße mit ihm gut verzichten.«

Ich antworte nicht, auf einmal ist es mir peinlich, dass ich komplett nackt bin, während Ryder angezogen vor mir steht. Er reicht mir meinen Slip und den BH, und ich nehme beides entgegen und murmle mit niedergeschlagenem Blick meinen Dank. Ich stoße mich vom Tisch ab, ziehe mir Slip und BH an, und als ich mich aufrichte, hält Ryder mit entschuldigendem Blick mein Kleid in der Hand.

Aus irgendeinem Grund macht mich sein Gesichtsausdruck wütend. Ich reiße ihm das Kleid aus der Hand und wende ihm den Rücken zu, während ich es anziehe. Als ich den Reißverschluss zuziehen will, bekomme ich es nicht hin, und frustriert knurre ich leise vor mich hin. Warum zum Teufel schaffe ich es denn jetzt nicht, wo es heute Morgen doch gar kein Problem war. *Oh Gott.*

Warum bin ich denn jetzt so wütend? Warum will ich ihn im einen Moment und verabscheue ihn im nächsten? Ich verstehe das nicht. Ich bin kurz davor loszuheulen.

Ich bin auch kurz davor, zu schreien und um mich zu treten.

»Komm, ich helfe dir«, sagt er und legt mir seine großen Hände auf den unteren Rücken. Sogar durch den Stoff des Kleides sind sie elektrisierend. Ich halte still, während er den Reißverschluss schließt und seine Finger eine heiße Spur auf meiner nackten Haut hinterlassen. »So.« Er streicht meine Haare zur Seite, wirft sie mir über die Schulter und macht den Reißverschluss ganz zu. »Du bist drin.«

»Danke«, murmle ich und halte den Blick auf die Tür gerichtet. Ich finde es entsetzlich, wie unbehaglich ich mich auf einmal fühle, wie unsicher. Was soll ich als Nächstes sagen? Was soll ich tun? Was will er von mir? Ich weiß, was ich von ihm will, trotz meiner Verärgerung, aber will er dasselbe?

Ich drehe mich zu ihm um, sehe, dass seine Lippen geöffnet sind, als wolle er etwas sagen. Doch da klingelt mein Handy auf dem Konferenztisch, das Geräusch ertönt schrill in der Stille des Raums und hält Ryder davon ab, etwas zu sagen. Er nimmt mein Handy und reicht es mir mit grimmiger Miene.

Zacharys Name steht auf dem Display.

»Hallo.« Ich nehme das Gespräch in Ryders Anwesenheit an, denn ich habe nichts zu verstecken. Ich habe das letzte bisschen Beschämung aufgegeben, als ich mir gerade vor seinen Augen die Finger in meine Vagina gesteckt habe, warum sollte ich also noch wegen irgendetwas schüchtern sein?

»Geh mit mir essen«, sagt Zachary so laut, dass ich weiß, dass Ryder ihn hören kann.

Er geht ein paar Schritte weg und verschränkt die kräftigen Arme vor der Brust. Er sieht aus, als würde er innerlich kochen vor Wut. Er sieht sexy aus.

»Ich halte das für keine gute Idee«, fange ich an, aber Zachary unterbricht mich verärgert.

»Ich will keine Ausreden hören, Violet. Das ist dämlich, dass wir so tun, als wollten wir nicht zusammen sein. Ich bin noch zehn Tage in New York, und dann bin ich weg. In London.« Er senkt die Stimme. »Ich wollte diese letzten Tage mit dir verbringen.«

»Das hast du ruiniert, als du dir von Pilar einen blasen lassen hast«, weise ich seine Schuldzuweisung an unserer Trennung vehement zurück. Ich war nicht diejenige, die unsere Beziehung zerstört hat, das war er.

»Such dir eins deiner Flittchen, wenn du jemanden brauchst, um deine letzten Tage rumzubekommen«, keife ich, und bei der Vorstellung, dass Zachary während unserer Beziehung mit anderen Frauen im Bett war, ärgere ich mich aufs Neue. Wie viele hatte er über die Jahre? Fünf? Zehn? Zwanzig?

»Sind wir immer noch bei dem Thema?« Er klingt genervt.

»Wir werden immer bei dem Thema sein. Da gibt es kein Drumherum, denn diese Frauen sind eine Tatsache. Du hast damit unsere Beziehung ruiniert.«

»Nein, dass du mit Ryder McKay rumgemacht hast, das hat unsere Beziehung ruiniert, Violet.« Er macht eine Pause, als müsste er seine Gedanken sortieren. »Du hast gewonnen, in Ordnung? Du hast dich an mir gerächt, indem du etwas mit einem anderen Mann hattest. Ich verstehe, warum du das machen wolltest. Die Vorstellung, dass wir für immer zusammen sein könnten ... das ist sicherlich beängstigend. Du wolltest sichergehen, dass du die richtige Entscheidung triffst.«

Die Dreistigkeit von diesem Mann ist unglaublich. »Du glaubst, ich probiere mich nur ein bisschen aus, bevor wir wieder zusammenkommen?« Bei der Frage hebt Ryder die dunklen Augenbrauen.

»Du weißt, dass wir zusammengehören.« Seine Stimme ist entschieden. Er denkt, ich würde nicht widersprechen. Er denkt, ich würde zu ihm zurückkehren und schließlich seine sanftmütige Ehefrau werden.

Er leidet unter Wahnvorstellungen.

Ich habe wirklich keine Lust, länger mit ihm zu reden. Ich drücke einfach den Beenden-Knopf und lege das Handy neben mein iPad auf den Tisch. Ich muss meine Sachen zusammensammeln und zurück in mein Büro. Ich muss alles wegräumen und nach Hause gehen. Ich ertrage diesen Tag nicht länger.

Ich habe den Eindruck, als würden alle versuchen, mich fertigzumachen.

# KAPITEL 18

# Ryder

Nach dem lächerlichen Telefonat mit Lawrence hat sie fluchtartig den Konferenzraum verlassen. Sie hat mir nicht viel verraten, aber ich konnte ihn übers Handy hören. Der selbstgefällige Wichser denkt, er könne einfach mit den Fingern schnipsen, und sie kommt zu ihm zurück. Dass sie mich bloß als Ablenkung benutzt. *Davon träumt er.*

Ich habe ihr angeboten, mich zu benutzen, aber nicht, damit sie hinterher zu dem Arschloch zurückgeht. Er ist das Schlimmste, was ihr passieren kann.

Auch wenn ich kein bisschen besser bin.

Ich bin immer noch in meinem Büro, obwohl es Freitagnachmittag und nach fünf ist und alle anderen schon gegangen sind. Bei dem Frühlingswetter können die Leute das Wochenende gar nicht erwarten. Normalerweise bin ich genauso schnell hier draußen wie alle anderen auch, aber nicht heute. Ich kann an nichts anderes denken als an Violet.

Wie sie nackt auf dem schwarzen Marmortisch liegt, mit blasser Haut, und ich ihr zusehe, wie sie sich mit zitternden Händen über ihre Kurven fährt. Das Geräusch ihrer feuchten Pussy, als sie sich angefasst hat, wie sie ihren Rücken durchgedrückt hat, wie überwältigt ich davon war, ihr zuzusehen, als sie gekommen ist. Wie ich sie mit der Zunge und meinen Lippen innerhalb von Sekunden noch mal habe kommen lassen.

Himmel, ich habe schon wieder einen Steifen, wo ich nur daran denke.

Das Hin und Her zwischen uns beiden ist wirklich lächerlich. Ich mache sie wütend, und zugleich mache ich sie an. Sie hat mich noch nicht einmal wütend gemacht. Dafür gibt es keinen Grund. Frustriert hat sie mich dagegen schon. Sie erregt mich. Und schürt ein Verlangen in mir, das ich niemals haben sollte.

Nach ihr.

Schließlich halte ich es nicht länger aus, und ich schicke ihr eine kurze SMS, ob es ihr gut geht, ich muss einfach etwas von ihr hören und hoffe, dass sie mir antwortet. Geht es ihr gut? Oder ... ist sie etwa mit Lawrence zusammen?

Ich fahre mir mit den Händen durch die Haare und umklammere knurrend meinen Hinterkopf. *Fuck.* Ich ertrage den Gedanken nicht, dass der Wichser sie anfassen könnte.

**Mir geht's gut. Danke der Nachfrage.**

Ich blicke auf ihre Antwort und könnte lachen. Ich würde sie gern fragen, warum zum Teufel sie eigentlich immer so verdammt höflich ist. Doch stattdessen entscheide ich mich, auf den Punkt zu kommen.

**Bist du mit deinem Ex zusammen?**

**Oh Gott, nein.**

Die Antwort kommt schnell, und ich atme erleichtert aus. Mir war gar nicht bewusst gewesen, dass ich die Luft angehalten hatte. Kopfschüttelnd lache ich über mich selbst. Ich muss zum Sex kommen. Ich mache mir nichts aus ihr. Nicht wirklich. Ich darf es nicht.

**Ich muss immer noch an vorhin denken.**

Sie antwortet so lange nicht, dass ich schon ganz nervös werde und mich frage, ob es so klug war, die SMS zu schicken. Wann zum Teufel hinterfrage ich jemals meine Handlungen? Ich nehme einen Stift und tippe damit auf den Tisch, und das Geräusch geht mir auf die Nerven. Ich höre trotzdem nicht auf. Als ob ich nicht damit aufhören könnte.

**Was genau meinst du?**

Ich lasse den Stift fallen und nehme das Handy in beide Hände, meine Daumen fliegen über die Tastatur, als ich meine Antwort eingebe.

**Du. Nackt auf dem Tisch. Mit den Fingern in deiner Pussy, während du dich selbst fickst.**

Lächelnd lege ich das Handy wieder hin und warte auf ihre Antwort. Ich bin mehr als neugierig, wie sie reagiert, denn ich habe die Messlatte gerade ein ganzes Stück höher gelegt.

**Es hat mich angemacht, dass du mir zugesehen hast.**

Mein Lächeln verblasst. Jetzt bin ich erregt. Mir steht schon der Schweiß auf der Stirn.

**Es hat mich verdammt angemacht, dir zuzusehen.**

Eine Minute vergeht. Dann noch eine. Es sind die längsten zwei Minuten meines Lebens.

**Ich weiß.**

Sie überrascht mich. Ich hätte echt nicht gedacht, dass sie es so in sich hat. Ich wusste, dass es mir Spaß machen würde, mit Violet zu spielen, aber ich hätte nicht gedacht, dass es so gut sein würde.

**Ich will dir wieder zusehen.**

Gott, ich will es wirklich. So sehr, dass es mich wahnsinnig macht.

Wie wär's, wenn wir vom Zusehen zur Tat übergehen?

Ich muss lachen. Scheiß auf diese blöden SMS. Ich rufe sie jetzt an.

»Du wolltest meine Stimme hören?«, fragt sie, nachdem sie beim dritten Klingeln rangegangen ist. Sie lässt mich warten. Schlaues Mädchen.

Wieder muss ich lachen. »Du bist ganz schön frech.«

»Ich habe es satt, brav zu sein.«

Und jetzt bin ich neugierig. »Wie kommt's?«

»Ach … komm einfach zu mir. Nach Hause.« Sie seufzt leise. Sehnsüchtig. Ich bekomme direkt einen Steifen. Und Sehnsucht. Nach ihr. »Ich will einfach vergessen.«

»Was vergessen?« *Deine Sorgen? Lawrence? Alles außer dir und mir?*

»Ach … heute war einfach ein schrecklicher Tag. Aber wenn du vorbeikommst, wird es den Tag um einiges besser machen.« Sie klingt leicht niedergeschlagen, und das gefällt mir nicht. Ich will auch nicht der Grund für ihre Traurigkeit sein.

»Ein schrecklicher Tag?« Ich lehne mich auf dem Stuhl zurück, nehme wieder den Stift in die Hand und tippe damit gegen mein Knie. »Auch im Konferenzraum?«

Sie senkt die Stimme und antwortet leise und süß: »Das war mein liebster Teil des Tages.«

»Meiner auch.« Ich beuge mich vor und werfe den Stift auf den Tisch, sodass er darüber hinwegfliegt und auf dem Boden landet. »Ich kann ihn noch besser machen.«

»Darauf zähle ich.«
»Gib mir deine Adresse.«
»Ich schicke sie dir per SMS.«
»Wann soll ich da sein?«
»Wie schnell kannst du kommen?«

Keine Spielchen, kein Mist. Sie will mich. Und ich will sie.

Und ich werde sie bekommen.

»Gib mir eine Stunde, maximal«, sage ich, dann lege ich auf.

Ich suche meine Sachen zusammen, fahre den Computer herunter, als die SMS mit ihrer Adresse kommt. Ich mache die Lichter aus, lehne mich an den Türrahmen und schreibe ihr noch, was ich von ihr will, wenn ich ankomme.

**Trag etwas Heißes.**

             **Irgendwelche besonderen Wünsche?**

**Überrasch mich.**


Die Sicherheitsvorkehrungen ihres Gebäudes sind wie bei Fort Knox, und ich bin mir unsicher, ob ich überhaupt reinkomme, dem prüfenden Blick des Portiers nach zu urteilen. Er sieht aus, als würde er mich am liebsten abtasten, als er bei Violet anruft. Seine Miene ist ernst, und seine Lippen sind zu einer dünnen Linie zusammengepresst, während er immer wieder nickt und nach allem, was sie sagt, »Ja, Ma'am« murmelt. Ich warte hinter dem Tresen und sehe mich in der eleganten, modernen Lobby um. Alles ist weiß und aus Chrom und mit schwarzen Akzenten versehen.

Steril und kalt. Gar nicht Violets Stil.

»Miss Fowler erteilt Ihnen die Genehmigung hinaufzugehen«, sagt der Portier, nachdem er aufgelegt hat. Ich liebe seine Ausdrucksweise. Ob er früher wohl mal Gefängnisaufseher war? »Sie müssen aber zuerst das hier ausfüllen.«

Er schiebt mir ein Klemmbrett mit einem Anmeldeformular über den Tresen. Ich nehme den Stift, den er mir hinhält, und kritzle meinen Namen darauf. Langsam werde ich ungeduldig. Von einem mürrischen Portier lasse ich mir aber nicht die Laune verderben.

Ich habe Lust zu ficken. Das letzte Mal ist schon Tage her. Wochen, sogar. Ich habe mir unzählige Male einen runtergeholt. Einen absolut fantastischen Blowjob von Violet bekommen. Ich habe es ihr ein paarmal besorgt, aber ich habe immer noch nicht mit ihr gevögelt. Habe immer noch nicht meinen Schwanz in ihr gehabt.

*Unglaublich.*

Der Portier führt mich zum Fahrstuhl und gibt mit dem Rücken zu mir einen Zahlencode ein, damit ich ihn ja nicht sehe. *Idiot.* Die Türen gehen auf, und er neigt den Kopf. »Einen schönen Abend, Mr. McKay.«

Sobald die Türen sich geschlossen haben, schreibe ich ihr eine SMS. Weil es Spaß macht – weiß ich überhaupt, wie man Spaß hat? Weil ich es kaum erwarten kann, sie zu sehen, auch wenn ich das niemals irgendwem gegenüber zugeben würde. Ich fühle mich wie ein Teenager, aber nicht wie der Teenager aus meiner Vergangenheit, denn ich war eine absolute Katastrophe. Ich hatte keine Verabredungen mit Mädchen, auf die ich nervös gewartet hätte.

Ich habe rumgefickt. Gesoffen. Geklaut. Mich geprügelt. Drogen genommen. Ich war schrecklich.

Ein Albtraum.

Aber aus irgendeinem Grund will mich diese perfekte, zurückhaltende, verdammt sexy Frau.

**Mich. Dein Portier ist wie ein Wachhund, tippe ich und drücke auf Senden.**

**Ich zahle eine Menge Geld für die extra Sicherheit. Und er ist mir gegenüber sehr fürsorglich.**

Das kann ich verstehen.

*Verdammt*, das hätte ich nicht schreiben sollen. Jetzt denkt sie, ich würde mir tatsächlich ... was aus ihr machen oder so. Ich muss schnell die Richtung ändern.

**Ich hoffe, du bist bereit.**

Bereit wofür?

**Meinen harten Schwanz.**

Oh, Gott. Du bist echt schlimm.

Sie hat ja keine Ahnung, wie schlimm.

**Und es gefällt dir.**

Lächelnd blicke ich auf, als der Fahrstuhl stehenbleibt und über der Tür ein *P* erscheint. Sie wohnt ganz oben, im Penthouse.

**Angeberin.**

Ich steige aus dem Fahrstuhl und stehe auf einem kurzen Flur mit nur einer Tür. Ich klopfe an und warte, neige den Kopf nach vorn, um sie zu hören, wenn sie kommt. Sie lässt sich Zeit, lässt mich warten, steigert mein Verlangen, und ich frage mich, wer hier eigentlich mit wem spielt.

Ich mit ihr?

Oder sie mit mir?

Die Tür geht einen Spalt auf, und sie steckt den Kopf heraus. Ein sanftes Lächeln umspielt ihre natürlich rosa Lippen. Sie trägt die Haare zu einem Pferdeschwanz, ihr Gesicht ist ungeschminkt, und sie hat noch nie schöner ausgesehen. »Hi«, sagt sie schüchtern.

»Hi.« Ich gehe einen Schritt näher an die Tür, und ich rieche ihren Blumenduft und atme tief ein. *Verdammt*, sie riecht gut. »Lässt du mich rein?«

»Bist du bereit?«

Ich hebe eine Augenbraue. »Sollte ich das nicht eher dich fragen?«

Ihr Lächeln wird größer. »Ich habe eine Überraschung für dich.«

»Ja?« Die Spannung bringt mich noch um. Dieses Mädchen weiß wirklich, wie man es macht. »Warum lässt du mich nicht rein und zeigst sie mir?«

»Ich kann sie dir sofort zeigen. Wenn du willst«, fügt sie hinzu und sieht mich schüchtern an. Diese Frau hat so viele Facetten, und ich habe das Gefühl, ich habe bisher nur an der Oberfläche gekratzt.

Ich will unbedingt tiefer vordringen, und zwar auf mehr als eine Art.

»Zeig sie mir«, verlange ich mit schroffer Stimme und wachsender Ungeduld.

Langsam öffnet sie die Tür und zeigt mir …

Dass sie komplett nackt ist.

»Ich habe mich gerade geduscht«, erklärt sie, die Hand immer noch an der Türklinke. Ihre Stimme zittert leicht und verrät ihre Nervosität, aber ihr Körper … *Himmel*. Sie besteht nur aus Titten und Beinen und Kurven und ihrer beinah nackten Pussy, diesem dünnen kleinen Streifen Schamhaar, der direkt zum Paradies führt. Mein Schwanz wird ganz schwer, und ich kann an nichts anderes mehr denken, als mit ihr zu schlafen. Jetzt. »Ich dachte, es wäre Zeitverschwendung, mich erst noch anzuziehen.«

»Damit hast du wohl recht«, knurre ich, während ich mich in ihre Wohnung schiebe und die Tür hinter mir zuknalle. Ich umfasse ihre Taille und drehe mich um, sodass ich sie gegen die Tür presse. »Schling die Beine um mich«, befehle ich ihr, und sie tut es, ohne zu zögern, die langen, sexy Beine legen sich um meine Hüften, während sie gleichzeitig die Arme um meinen Hals schlingt. Ich kann die sengende Hitze ihrer Pussy durch meine Jeans spüren, und ich stoße meine Hüften vorwärts, um ihr zu zeigen, wie steif ich für sie bin.

»Du fühlst dich gut an«, flüstert sie, während ich mich an ihr reibe, und ihre Augenlider flattern, als ich mit dem Saum meiner Jeans einen bestimmten Punkt treffe. »Und du siehst gut aus.«

»Du siehst auch nicht schlecht aus«, murmle ich, bevor ich ihr einen kurzen Kuss gebe. Was eine Qual ist, denn alles, was ich will, ist der Geschmack ihrer Lippen, das Gefühl ihrer Zunge. »Bitte, sag mir, dass du eine Menge Kondome hast.«

»Ich habe eine ganze Packung in meinem Schlafzimmer.« Sie reibt ihre Titten an meiner Brust, und ich kann ihre harten Nippel durch den dünnen Stoff meines Langarmshirts spüren. Als sie ihr Gesicht an meinen Hals drückt und mich dort küsst, schließe ich die Augen. Drücke ihre sinnlichen Arschbacken mit den Händen und spreize ihre Beine weiter, bis sie wimmert. »V-vielleicht sollte ich eins holen?«, fragt sie mit zitternder Stimme.

»Ich sollte dich beim ersten Mal nicht an der Tür ficken.« Sie lässt eine Hand zu meiner Hüfte wandern und fasst unter mein Shirt, um meinen Bauch zu berühren. »Aber ich habe ein Kondom dabei.«

»Immer vorbereitet.« Das Lächeln auf ihrem Gesicht, während sie mit den Fingern über meine Bauchmuskeln fährt, verrät mir, wie sehr es ihr gefällt. »Vielleicht *will* ich ja, dass du mich an der Tür fickst.« *Himmel.* Weiß sie eigentlich, wie sehr sie mich fasziniert? Ich bin echt gespannt, wie sie reagiert, wenn ich mein Shirt ausziehe und sie sieht, wer ich eigentlich bin.

Oder war.

Nein, immer noch bin. Ich verstecke es jeden Tag mit einem Anzug und einer Krawatte und arbeite in einer Führungsposition, wo ich so viel Geld verdiene, wie ich nie gedacht hätte, in meinem ganzen Leben zu sehen, aber ich kann meine Wurzeln nicht vergessen. Egal, wie sehr ich es will.

»Zieh dein Shirt aus«, flüstert sie und zieht an meinem Kragen. »Ich will deine Haut auf meiner spüren.«

*Verdammt.* Ihre Worte machen mich ganz verrückt. »Bist du bereit?«

»Wofür? Wie schlimm kann es sein? Hast du drei Brustwarzen oder so?« Sie lacht, genießt es, mich zu necken, aber ich bleibe ernst, presse meinen Unterkörper gegen sie und sie damit gegen die Tür, und langsam ziehe ich mein Shirt aus und werfe es auf den Boden.

Entblöße die Tattoos, die meinen Oberkörper bedecken, und die Piercingringe in meinen Brustwarzen.

Fasziniert betrachtet sie mich, ihr Blick wandert so schnell über meine Brust, als wüsste sie nicht, wohin sie zuerst sehen soll. Andere Frauen haben auch schon so reagiert. Unzählige Male. Sie haben behauptet, die Tattoos wären heiß und die Piercings sexy. Deswegen habe ich sie aber nicht. Ich habe nichts davon für irgendeine Frau gemacht, noch nicht einmal für Pilar. Die Tattoos stehen für Momente in meinem Leben, die ich nicht vergessen will, egal, wie schwierig sie zu ertragen waren.

Und die Piercings? Die habe ich mir machen lassen, als ich siebzehn und ziemlich dumm war. Um zu beweisen, dass ich den Schmerz aushalten kann. Um zu zeigen, dass ich ein harter Kerl bin, oder was auch immer ich mir dabei gedacht hatte.

Erst später sind sie dann auch beim Sex ins Spiel gekommen. Manchmal. Pilar hat sich nie viel aus ihnen gemacht. Sie zieht es eh vor, wenn ich sie von hinten ficke, also was soll's.

»Ich hatte ja keine Ahnung, was du da alles versteckst«, flüstert Violet, und ihre Hand wandert zu meiner Schulter, wo ein riesiger blau-rot-orangener Drachen mir Feuer über die Brust spuckt. »Es ist wunderschön.« Lustig, dass sie sich ausgerechnet mein Lieblingstattoo ausgesucht hat, dasjenige, das für mich steht. Das Feuer spuckt, mein altes Leben zerstört, es zu Asche verbrennt.

Ihre Finger wandern über meinen Arm, über mein Schlüsselbein, meinen Brustmuskel, berühren ganz leicht mein Brustwarzenpiercing. »Ich …«

»Was?« Wenn sie jetzt sagt, dass sie von meinen Tattoos abgestoßen ist, wird mein Schwanz so schnell wieder erschlaffen, dass es eine Art Rekord sein wird. Dass ich ihre Anerkennung brauche, ist wirklich lächerlich. Ich habe mir vorher noch nie etwas daraus gemacht, was eine Frau von meiner Körperkunst gehalten hat. Ich bin, wer ich bin, und wer das nicht kapiert, hat Pech gehabt.

Aber den Gedanken, dass Violet meine Tattoos oder die Piercings nicht gefallen könnten, ertrage ich nicht. Sie ist so etwas von elegant. Wenn man *Klasse* im Lexikon nachschlägt, ist da wahrscheinlich ein Foto von Violet zu sehen.

Wenn man *Abschaum* nachschlägt, findet man wahrscheinlich ein Foto von mir mit sechzehn Jahren.

»Ich habe noch nie ein so buntes Tattoo aus der Nähe gesehen.« Sie blickt mir in die Augen und zieht leicht an einem der Piercings. »Tut das … weh?«

»Es hat wehgetan, als ich sie mir habe machen lassen.« Es hat höllisch wehgetan, aber ich habe die Zähne zusammengebissen und so getan, als wäre es keine große Sache.

»Tut es weh, wenn ich dran ziehe?« Sie zieht ein bisschen fester, und ihre Fingerspitze streift meine Brustwarze.

»Es fühlt sich gut an«, flüstere ich, bevor ich sie küsse, und als sie den Finger in den Ring hakt und wieder daran zieht, stöhne ich auf. Ein köstliches Gefühl durchströmt mich und fährt mir direkt in den Schwanz, aber ich küsse sie weiterhin langsam, erforsche ihren Mund mit meiner Zunge, als hätten wir alle Zeit der Welt, was wir ja auch haben.

Und ich werde jede einzelne Sekunde dieses Abends mit Violet auskosten. Und es für sie gut machen.

Es für mich gut machen.

»Später«, murmelt sie an meinen Lippen, »musst du mir die Bedeutung jedes einzelnen Tattoos erklären.«

»Das werde ich.« Ich küsse sie wieder, umkreise ihre Zunge mit der meinen, nage an ihrer Unterlippe. »Später. Aber zuerst …«

»Aber zuerst«, stimmt sie mir zu und lacht an meinen Lippen, bevor ich sie wieder küsse, und zwar diesmal ohne irgendwelche Zurückhaltung.

Sie reibt sich an mir, und als ich meine Hand zwischen uns gleiten lasse, ist sie feucht und so verdammt bereit. Ich stecke einen Finger in sie und stoße zu. Einmal. Zweimal. Lehne mich dabei zurück, damit ich sie ansehen kann. Sie lässt den Kopf gegen die Tür fallen, die Augen geschlossen, ihr Mund leicht geöffnet. Ich drücke auf ihre Klit, und sie beißt sich auf die Unterlippe, presst die Hüften gegen mich, versucht, meine Finger noch tiefer zu spüren.

»Du machst meine Jeans nass«, sage ich. Sie ist mehr als scharf. Sie reibt ihre Pussy an meinem Schwanz unter der Jeans wie ein geiler Teenager.

Und ich liebe es.

»Dann zieh sie aus«, flüstert sie, und ich zögere nicht einen Moment, reiße die Knöpfe auf, sodass mir die Jeans die Hüften runterrutscht.

Sie öffnet die Augen und blickt anerkennend auf meinen Unterkörper. »Du trägst ja gar keine Unterhose.«

»Du doch auch nicht.« Ich nehme das Kondom aus der Gesäßtasche, dann lasse ich die Jeans weiter runterrutschen. Ich will so dringend in sie hinein, dass ich mir nicht die Mühe mache, sie komplett auszuziehen. Ich schlafe jetzt mit ihr. Hier. Ich wollte es beim ersten Mal zwar nicht so, aber egal.

Ich will sie so unbedingt.

Violet nimmt mir das Kondom ab, reißt die Verpackung auf und nimmt es heraus. Fasziniert sehe ich zu, wie sie es mir mit sicheren Fingern auf die Schwanzspitze setzt und es mit streichelnden Bewegungen abrollt und meinen Schwanz zucken lässt. Sie nimmt meine Erektion fest in die Hand, bewegt die Hand auf und ab und sieht mich an, und ich küsse sie wieder, verschlinge sie.

»Später«, sagt sie und wiederholt, was sie vor ein paar Augenblicken gesagt hat, »werde ich dir einen blasen, bis du in meinem Hals kommst.«

*Himmel.* Ich hätte niemals gedacht, dass Violet Fowler *so* etwas sagen würde.

»Ja?« Als sie meinen Schwanz loslässt, stoße ich meine Hüften gegen ihre und nehme meinen Schwanz in die Hand, um ihn zu ihrem Eingang zu führen. »Später werde ich deine süße Pussy lecken, bis du an meiner Zunge kommst.«

»Versprochen?«, fragt sie, und ein leises Stöhnen entweicht ihr, als ich meine Schwanzspitze in ihre enge, feuchte Hitze stoße.

»Fuck, ja«, murmle ich, hole tief Luft und versuche, mich unter Kontrolle zu halten, damit ich nicht einfach drauflosramme wie ein arroganter Idiot.

Ich wette, Lawrence hat es so gemacht. Wahrscheinlich war ihm ihr Orgasmus egal, er hat wahrscheinlich überhaupt nicht an ihr Vergnügen gedacht. Die Eifersucht packt mich, lässt mich rot sehen, und langsam

stoße ich in sie hinein, bereit, ihre Erinnerung an jedes einzelne Mal, das der Wichser seinen Schwanz in ihr hatte, auszulöschen. Bis das Einzige, woran sie sich erinnern kann, woran sie denken kann, ich bin.
*Ich.*

# KAPITEL 19

# Violet

Er ist riesig und füllt mich so komplett aus, dass ich tief Luft holen und ganz langsam wieder ausatmen muss, um meinem Körper Zeit zu geben, sich an seinen Umfang zu gewöhnen. Ich schlinge ihm die Arme um den Hals und presse meinen Mund auf seine glatte, harte Schulter. Küsse ihn da. Versenke meine Zähne in seiner Haut, bis ich ihn scharf die Luft ausstoßen höre.

Ich bin völlig von Ryder umgeben. Er ist um mich geschlungen, in mir drin, sein Mund liegt an meiner Stirn, sein Schwanz pocht in mir. Vorsichtig fängt er an, sich zu bewegen, er zieht den Schwanz fast ganz heraus, bevor er wieder in mich eindringt, und ich schließe die Augen, genieße das Gefühl, von ihm ausgefüllt zu werden.

»Das fühlt sich so gut an. Dich zu ficken«, murmelt er an meiner Stirn, bevor er mir die Finger unters Kinn legt und meinen Kopf zurückneigt, sodass ich ihn ansehen muss. »Sag es mir, Violet. Sag mir, was du fühlst.«

»Es fühlt sich gut an. Dein Schwanz ist so groß«, sage ich gehorsam. Ich liebe es, wenn er mir Befehle erteilt. Mit Zachary war der Sex nie so. Er war nichts. Auch mit den anderen Männern, mit denen ich etwas hatte, war es nie so. Ich habe das Gefühl, als stände ich unter einer Art Bann und könnte nicht anders, als zu tun, was er verlangt.

So langsam wird mir klar, dass überhaupt nichts verkehrt daran ist, mich von einem Mann sexuell kontrollieren zu lassen, solange ich im Gegenzug meine Befriedigung einfordere.

»Im Büro bist du so still und anständig«, sagt er, und seine tiefe Stimme verursacht mir eine Gänsehaut. Ich löse mich von ihm, presse meinen Rücken gegen die Tür, und er legt mir seine Finger um den Hals, ganz leicht zuerst, dann mit mehr Druck. Als würde er mich gefangen halten. Angst flattert in meinem Bauch, als ich seinem Blick begegne und ich die Lust darin sehe. Die Hitze. Und alles ist direkt auf mich gerichtet. »Und wenn du mit mir allein bist, bist du so ein schlimmes, kleines Ding.«

Sollte ich mich durch seine Worte beleidigt fühlen? Irgendwie ... bin ich es nicht. Sie erregen mich aufs Neue, und meine Vagina zieht sich um seinen Schwanz zusammen. »Nur für dich«, flüstere ich.

Seine Augen leuchten auf, ich kann es nicht richtig deuten, und dann beugt er sich vor, sein Mund ist ganz nah an meinem, seine Finger liegen immer noch um meinen Hals. Sein Schwanz füllt mich so komplett aus, seine Hüften sind an meine gepresst. Wir sind Brust an Brust, meine Beine liegen um seine Hüften, meine Fersen bohren sich in seinen festen Hintern. »Wirklich?«

Ich nicke, unsicher, was er von mir hören will, was ihm gefallen würde. Bebend atme ich aus, und er löst die Finger von meinem Hals, fährt mir damit über meine empfindliche Haut, über die Stelle, wo mein Puls wie wahnsinnig schlägt. »Mit niemandem sonst«, sage ich mit fester Stimme und sehe ihn direkt an, »fühle ich mich so wie mit dir.«

Er hält auf einmal ganz still, sein Blick wird hart, und seine sonst vollen Lippen werden zu einer dünnen Linie. Er fasst mir in den Nacken und küsst mich, seine Zunge ist brutal, als sie sich um meine windet, und sein Körper ahmt die Bewegungen seines Mundes nach.

Es ist ganz und gar nicht, was ich zärtliches Miteinander-Schlafen nennen würde. Es ist weit davon entfernt. Er fickt mich brutal, stößt immer wieder in mich hinein, so hart, dass mein Körper jedes Mal gegen die Tür knallt. Er dringt tief in mich ein. Tiefer. Fasziniert sehe ich zu, wie er mich nimmt, alle seine Muskeln angespannt, die Augen geschlossen, und mit jedem Zucken seiner Hüften stöhnt er leise.

Ich fahre mit den Händen über seine vom Schweiß feuchte, muskulöse Brust, betrachte die schönen, faszinierenden Tattoos. Die Enthüllung seines Körpers hat mich überrascht. Mir gefallen. Und die Brustwarzen-Piercings …

Sie machen mich neugierig.

Ich streiche ihm mit den Händen über die Brustmuskeln, hake die Zeigefinger in die Ringe und ziehe daran. Er reißt die Augen auf und küsst mich, bevor er an meinen Lippen flüstert: »Fester.«

Ich tue, was er verlangt, und ziehe fester an den Ringen, während ich mich zu ihm vorbeuge und ihm mit den Lippen über den angespannten Hals fahre. Er fasst zwischen uns und umkreist meine Klit, lässt mich aufschreien, und die doppelte Stimulation von seinem Schwanz in mir und seinen Fingern auf meiner Klit bringt mich um den Verstand.

»Ryder.« Ich keuche seinen Namen, als er wieder tief in mich hineinstößt. Ich ziehe an den Ringen, öffne meinen Mund an seinem Hals und gebe mich dem Orgasmus hin, der auf mich zugerollt kommt. Ich erschaudere in seinen Armen, mein Mund liegt immer noch an seinem Hals, meine Beine um seine Hüften zittern. Er stößt noch einmal hart zu, dann hält er inne und stöhnt meinen Namen, als ihn sein Höhepunkt völlig überkommt.

Lange stehen wir so da, unsere Körper miteinander verbunden, mein Rücken an der Tür, stille Momente, während unser Atem sich beruhigt und das Zittern unserer Körper langsam nachlässt. Mein Herz rast, und ich nehme tiefe, beruhigende Atemzüge. Ich hänge an ihm, unsere schweißbedeckten Körper kleben, sein immer noch harter Schwanz pulsiert tief in mir.

»Geht es ...« Er räuspert sich, und ich löse mich ein Stück von ihm. »Geht es dir gut?«

Ich nicke lächelnd und streiche ihm die feuchten Haare aus der Stirn. Die widersprüchlichen Gefühle, die auf einmal auf mich einstürmen, bewirken irgendwie, dass ich zärtlich mit ihm sein will. Warum, weiß ich auch nicht so genau. »Das war ...«

»Ja.« Er zieht sich aus mir zurück, und ich wundere mich über seine plötzliche stille Art. Vorsichtig setzt er mich ab, ohne mich anzusehen. Als ob er mir nicht in die Augen sehen könnte. »Wo ist das Bad?«

Ich erkläre es ihm, und er verschwindet, lässt mich

als nervöses Etwas an der Tür zurück. Ich weiß nicht, was ich tun soll. Da ich die Tür nackt geöffnet habe, habe ich keine Sachen, die ich aufheben und mir anziehen könnte. Und bei seiner plötzlichen seltsamen Art habe ich das Gefühl, ich bräuchte etwas Schutz. Soll ich einfach ins Schlafzimmer gehen und ihn zu mir rufen?

Doch ehe ich eine Entscheidung treffen kann, ist er zurück. Offenbar hat er sich einfach nur des Kondoms entledigt. Ich bewundere seinen perfekten maskulinen Körper und die ganzen Tattoos, genieße seinen Anblick und stelle mir vor, wie ich ihn überall küssen könnte. Ihn berühren könnte ...

Aber dann sehe ich entsetzt zu, wie er weiter, den Blick abgewendet, seine Jeans aufhebt und wieder anzieht und mich dann angespannt anlächelt. Sein Gesicht ist ausdruckslos. Der coole, mysteriöse Ryder McKay ist wieder da, anstelle des wilden, aggressiven Mannes, der mich gerade eben noch um den Verstand gevögelt und dabei meinen Namen gestöhnt hat.

»Ich, äh, ich muss los.« Er beugt sich herab, hebt sein Shirt auf und zieht es sich über den Kopf, und all die bunten Kunstwerke verschwinden. Er fährt sich mit den Fingern durch die Haare, versucht sie zu ordnen, aber es hat keinen Zweck.

Das mit ihm hat keinen Zweck. Das mit uns hat keinen Zweck. Ich weiß nicht, wie es passiert ist, aber ich fühle, wie der Abstand zwischen uns mit jeder Sekunde größer wird. Er hat sich vollkommen zurückgezogen, und ich habe keine Ahnung, mit wem oder was ich es hier zu tun habe.

Blinzelnd starre ich ihn an, als wären ihm zwei

Köpfe gewachsen, denn genauso fühlt es sich an. »Du musst los?«

Er sieht mich an, als wollte er sagen dumme, übertrieben selbstbewusste Violet. »Hast du gedacht, ich bleibe über Nacht?«

Beleidigt von seinem Ton und seinen Worten, richte ich mich auf. »Natürlich nicht. Ich dachte nur, dass es noch früh ist ...«

»Ich muss los.« Er gibt mir keine Erklärung, und ich weiß nicht, ob ich eine verdiene, aber das heißt nicht, dass ich keine will.

Ich trete von der Tür weg, als er darauf zugeht und die Hand auf die Klinke legt. Langsam dreht er sich zu mir um und blickt mich an, und einen kurzen Moment lang sehe ich so etwas wie Bedauern in seinem Blick. Als ob er mich gar nicht verlassen will, sondern sich selbst aus irgendeinem Grund dazu zwingt.

Ich klammere mich an das bisschen Gefühl, das ich sehe. Wahrscheinlich zu sehr, aber ich kann nicht anders.

»Noch ein schönes Wochenende«, murmelt er, bevor er die Tür öffnet und meine Wohnung verlässt.

Verärgert gehe ich zur Tür und schließe mit einer schnellen Handbewegung ab. Was zum Teufel war das? Erst vögelt er mich an der Tür und lässt mich so heftig kommen, und dann geht er einfach? Nach dem ganzen Gerede über hoffentlich genug Kondome und was wir später noch alles miteinander machen wollen?

Ich kann nichts dagegen tun, dass ich enttäuscht bin. Ich habe das Gefühl, als hätte ich einen Kampf verloren. Einen Kampf, von dem ich noch nicht einmal wusste, dass ich ihn kämpfe.

Was aber nicht bedeutet, dass ich den Krieg nicht verloren hätte.

»Männer.« Lily wirbelt mit dem Strohhalm in ihrem Bloody Mary, bevor sie einen Schluck nimmt. »Ich hasse sie.«

Ich kann Bloody Marys nicht ausstehen, denn ich finde Tomatensaft eklig, deswegen kann ich meine Schwester kaum ansehen, während sie trinkt. »Ich stimme dir vollkommen zu«, sage ich und hebe meinen Bellini, um ihr zuzuprosten, bevor ich ihn in mich hineinschütte.

Wir sind bei einem Sonntagsbrunch, aber es ist bereits nach zwölf, von daher weiß ich nicht, ob man es immer noch so nennen kann. Rose wollte sich auch mit uns treffen, aber sie kommt zu spät. Lily sieht verkatert aus, und sie behauptet, das einzige Gegenmittel wäre ein Bloody Mary. Ich bin da anderer Ansicht.

Gestern Abend habe ich noch nach Alan Brown im Internet suchen wollen, aber als ich nur kurz sein spöttisch grinsendes Gesicht während seines Prozesses gesehen habe, ist es mir kalt den Rücken heruntergelaufen, und ich musste meinen Laptop sofort zuknallen. Ich habe so lange nicht an ihn gedacht, dass es mich gleich wieder in die Zeit zurückversetzt, wenn ich ihn nur sehe.

Ich kann noch nicht einmal irgendetwas davon meinen Schwestern erzählen. Ich will sie nicht aufregen. Es ist schon schlimm genug, dass ich mich deswegen so aufrege.

»Trauerst du immer noch Zachary hinterher?« Lily verzieht das Gesicht.

Ob ich klinge wie eine totale Schlampe, wenn ich meiner Schwester erzähle, dass ich nur Tage nachdem ich mich von meinem festen Freund getrennt habe, schon mit einem anderen zugange bin? Und dass seine scheinbare Zurückweisung nach dem besten Sex meines Lebens viel mehr schmerzt als die Trennung von Zachary? Mein Leben hat sich in eine miese Seifenoper verwandelt. Ich habe das Gefühl, ich werde vollkommen aus der Bahn geworfen, und niemand wird mich wieder auf die Spur bekommen.

Außer vielleicht Ryder McKay.

Ja. Ich klinge wie eine totale Schlampe, dass ich einen Mann will, den ich kaum kenne, der mich vögelt, bis ich nicht mehr geradeaus sehen kann, und dann im Anschluss ohne eine Erklärung geht. Aber ich würde es sofort wieder tun.

Im Ernst. Was stimmt denn nicht mit mir?

»Es ist nicht wegen Zachary«, gebe ich zu, und da habe ich Lilys volle Aufmerksamkeit. »Ich ... ich habe Freitagabend mit einem anderen Typen rumgemacht, und es ist nicht schön ausgegangen.«

»Was? Du meinst, du hattest keinen Orgasmus? Dann sei froh, dass du ihn los bist.« Lily wedelt abschätzig mit der Hand.

»Oh, doch, ich hatte einen.« Ich merke, wie ich rot werde. Ich habe noch nie mit jemandem über Orgasmen geredet, bevor ich Ryder kennengelernt habe. »Aber dann ist er komisch geworden und gegangen.«

»Ein One-Night-Stand?« Lily schüttelt den Kopf und macht ein tadelndes Geräusch. »Willkommen in meiner Welt.«

Ich wusste, ich hätte nicht mit ihr über Ryder reden sollen. Sie wird es eh nicht verstehen. Ich verstehe es ja selbst nicht, wie kann ich es also von ihr erwarten?

»Die Arbeit war auch ziemlich stressig«, sage ich, um das Thema zu wechseln. »Die richtige Verpackung für meine Make-up-Linie zu finden hat all meine Zeit in Anspruch genommen.«

»Verstehe. Ständig diesen sexy Typen zu sehen, der das Projekt leitet, ist auch wirklich hart«, sagt Lily ganz nebenbei und lächelt, als der Kellner uns die Shrimps-Vorspeise bringt, die sie bestellt hat.

Und irgendwie sind wir wieder bei Ryder. »Er ist ganz in Ordnung«, sage ich achselzuckend. Ich will mich nicht verraten.

»Er ist mehr als nur in Ordnung – ich glaube, Violet macht es mit ihm.« Rose erscheint aus dem Nichts an unserem Tisch, mit einem breiten Grinsen auf dem Gesicht, das ich ihr am liebsten abwischen würde. Sie setzt sich neben mich und stößt mich mit der Schulter an. »Erzähl mir, dass du eine heiße Affäre mit Ryder McKay hast. Ich will jedes Detail wissen.«

»Moment mal.« Lily starrt mich an. »Ist das der Typ, von dem du eben erzählt hast?«

Meine Wangen brennen. »Ich will nicht darüber reden«, murmle ich.

»Oh doch, wir reden ganz bestimmt darüber. Du bist gerade um einiges interessanter geworden«, sagt Lily und erinnert mich mal wieder daran, dass ich die langweilige, pflichtbewusste Tochter bin, während sie das wilde Kind ist, das ständig Probleme macht.

»Angeblich streiten sich Ryder und Zachary um sie«, sagt Rose fröhlich. »Und auf der Party von dem

Kollaborationsprojekt letzte Woche haben sie in einer Abstellkammer rumgemacht und sich von Zachary erwischen lassen. Das hat sie mir selbst erzählt.«

Lily langt über den Tisch und stößt mich gegen die Schulter. Ich zucke zurück und reibe mir wimmernd den Arm. Ich hatte keine Ahnung, dass sie so stark ist. »Ist das dein Ernst? Ich war den Abend mit dir auf der Party! Und du hast dich mit einem heißen Typen in einer Kammer vergnügt? Das klingt eher wie etwas, was ich machen würde, nicht du, Violet.«

Wenn ich mich in eine Dunstwolke auflösen könnte, würde ich genau das jetzt tun, so peinlich ist es mir. »Es war nichts.« Diese drei Worte werden langsam so zu meiner Standardantwort, wenn es darum geht, was zwischen Ryder und mir passiert. Besonders nach Freitagabend. Von wegen nichts. Er hat mich stehen gelassen, als ob ich ihm absolut nichts bedeuten würde.

Aber warum hat sich das an der Tür dann nach allem angefühlt?

Mein Handy klingelt in meiner Tasche, und ich hole es hervor und sehe nach, was ich für Nachrichten, E-Mails, was auch immer bekommen habe. Irgendetwas, was das Gesprächsthema auf etwas anderes lenkt. Aber Rose redet immer noch darüber, wie heiß Ryder ist, und Lily hängt selbstvergessen an ihren Lippen. Ich glaube, ich habe die beiden überrascht.

Ich habe mich selbst überrascht, von daher sollte mich das vielleicht nicht erstaunen.

Was mich viel mehr erstaunt? Dass ich eine SMS von genau dem Mann erhalten habe, über den meine Schwestern gerade sprechen.

Ich bin ein Arschloch.

Da hat er auf jeden Fall recht.

Ja, tippe ich. Das bist du.

Ich drücke auf Senden und warte auf seine Antwort, die sofort komm.

Tut mir leid wegen Freitagabend.

Das Bedauern liegt mir schwer wie ein Stein im Magen.

Ich hätte dich nicht einfach so zurücklassen sollen.

Und schon flackert wieder ein kleines bisschen Hoffnung in mir auf.

Schon okay. Wir benutzen einander nur, schon vergessen?

Die Worte sehen viel härter aus, als sie sich noch vor ein paar Tagen angehört haben.

»Wem schreibst du?«, fragt Lily.

»Niemand Wichtiges«, murmele ich und halte die Hände um mein Handy, damit Rose nicht mitlesen kann. Nicht, dass sie es versuchen würde. Sie ist viel zu sehr damit beschäftigt, über Ryder zu reden.

Danach fühlt es sich aber nicht mehr an. Jedenfalls nicht für mich.

Verblüfft starre ich auf seine Worte. Wie soll ich darauf antworten, ohne dass er wieder die Flucht ergreift? Ich sage oder tue irgendetwas Falsches, und schon rennt er weg. Ich muss mich nur daran erinnern, wie er reagiert hat, nachdem er mit mir geschlafen hat! Er hat so getan, als wäre mit mir zusammen zu sein das absolut Letzte, was er wollte. Schließlich antworte ich.

Ich weiß nicht, wonach es sich anfühlt. Ich weiß nur, dass ich verwirrt bin.

Verwirrt worüber?

Dich. Und mich.

Was machst du gerade?

Mit meinen Schwestern brunchen.

Ich will dich sehen.

Jetzt?

Ja. Ich muss wiedergutmachen, was ich dir angetan habe.

Und wie willst du das tun?

Indem ich dich für den Rest des Tages und bis spät in die Nacht befriedige?

Ich schlage die Beine übereinander und presse die Schenkel zusammen, versuche, das Verlangen, das seine Worte in mir entfachen, hinauszuzögern.

»Ich muss los«, sage ich mit hölzerner Stimme zu Rose und Lily. Ich klinge wie ein Roboter. Ich habe mich vollkommen von meinen Schwestern abgekapselt. Ich kann an nichts anderes mehr denken als an Ryder. Daran, mit ihm allein zu sein. Ihn zu berühren. Ihn auszuziehen und ihn überall zu küssen. Einen dieser Brustwarzen-Piercings in den Mund zu nehmen und daran zu saugen.

*Oh Gott.* Bei der Vorstellung werde ich schon ganz feucht.

»Wo willst du hin?«, fragt Rose.

»Ähm, ich hab noch zu tun. Was Dringendes bei der Arbeit. Irgendein Problem mit den Farben für die neue Linie.« Die Lüge kommt mir ganz leicht über die Lippen, und ich schäme mich beinahe dafür.

Rose sieht mich an und versucht offenbar herauszufinden, ob ich die Wahrheit sage. Ich lüge nie wegen solcher Sachen. Aber es gibt eine Menge Dinge, die ich noch nie zuvor getan habe, bis ich etwas mit Ryder angefangen habe.

»Du hast ja noch nicht mal was gegessen.« Lily schiebt mir den Teller mit gebratenen Shrimps rüber. »Iss doch noch ein paar, bevor du gehst.«

Ich nehme einen, werfe ihn mir in den Mund und kaue schnell, bevor ich schlucke. Großartig. Jetzt werde ich komischen Shrimps-Knoblauch-Atem haben, wenn ich Ryder treffe. Ich brauche Kaugummi. Oder Zeit, mir die Zähne zu putzen, bevor wir uns sehen.

*Mist.* Ich überstürze es mal wieder. Ich habe ihm noch nicht mal geantwortet. Und als ich auf mein Handy blicke, sehe ich, dass er mir weiter Nachrichten geschickt hat.

**Violet?**

**Wann kannst du dich von deinen Schwestern verabschieden?**

**Ich kann es verstehen, wenn du mich nicht sehen willst.**

**Ich habe es verbockt.**

**Es tut mir leid.**

Ich blicke auf die fünf Nachrichten, die er mir innerhalb von drei Minuten geschickt hat, und das Glücksgefühl, das mich überkommt, ist einfach lächerlich. Die Nachrichten geben mir das Gefühl, als würde er sich wirklich etwas aus mir machen.

Was ziemlich dumm von mir ist. Aber so ist es.

**In einer Stunde bei mir?**, schreibe ich.

Er wartet ein paar Sekunden, bevor er antwortet.

**Ich werde da sein.**

»Ich muss los«, wiederhole ich und hänge mir meine Handtasche um. Ich ignoriere die Proteste meiner

Schwestern, ignoriere alles bis auf meine Absicht, hier rauszukommen und ein Taxi zu mir nach Hause zu bekommen.

Ich habe das Gefühl, durch Nebel zu gehen, als ich mich durch das überfüllte Restaurant kämpfe. Ich habe den Blick auf die Tür gerichtet, die so weit weg ist, dass es eine Ewigkeit dauern wird, bis ich da bin, und als ich fühle, wie sich eine Hand um meinen Ellbogen legt, drehe ich mich um, um Rose oder Lily zu sagen, dass sie mich loslassen soll.

Aber es ist keine meiner Schwestern, die mich zurückhält.

Es ist Zachary.

»Violet.« Er sagt meinen Namen mit dieser leisen, regelrecht ehrfurchtsvollen Stimme, als könne er nicht glauben, dass ich vor ihm stehe. Ich straffe die Schultern und ärgere mich, dass ich so leger gekleidet bin in meinem Lieblingssportshirt und meiner Yogahose. Ich bin direkt vom Fitnessstudio zu meiner Brunch-Verabredung mit Rose und Lily gekommen, es war mir egal, wie ich aussehe. Ich war immer noch in einem Tief wegen Freitagabend, was ziemlich blöd war.

Auch wenn meine Traurigkeit vielleicht nicht umsonst war.

»Lass mich los«, murmle ich, und Zachary lässt sofort die Hand fallen, aber stellt sich mir in den Weg. »Ich gehe«, sage ich.

»Das kann ich sehen.« Er weicht zur Seite, und ich presche los, doch er läuft neben mir her. »Was für ein Zufall, dass ich dich hier treffe.«

»Allerdings.« Ich weigere mich, ihm in die Augen zu sehen. Er trägt eine beige Buntfaltenhose und ein weißes Hemd, ungezwungen und gut aussehend wie immer. Vor ein paar Wochen hätte ich noch neben ihm gestanden und perfekt frisiert eins meiner zwangloseren Kleider getragen.

Heute trage ich noch nicht einmal Make-up. Meine Schwestern auch nicht. Wenn Grandma uns so in der Öffentlichkeit sehen würde, wäre sie entsetzt.

»Willst du es wirklich so enden lassen?«, fragt er, nachdem ich die Tür unsanft aufgestoßen habe. Er geht immer noch direkt neben mir her.

»Was meinst du mit so?« Ich sehe ihn an, und es ist mir egal, dass wir in der Öffentlichkeit vor einem beliebten Restaurant mitten in Manhattan streiten werden. Ich habe es satt. Ich habe es satt, weiterhin dieses falsche perfekte Leben vorzutäuschen. »Dass ich weiß, dass du ein Arschloch bist, das mich ständig betrogen hat? Dass ich herausgefunden habe, dass du dich hinter meinem Rücken um eine Versetzung bemüht hast? Dass du dir eigentlich überhaupt nichts aus mir machst? Wenn du das meinst, dann ja. Dann will ich es genauso enden lassen.«

Mit drohender Miene kommt er einen Schritt auf mich zu. Ich werde nicht nachgeben. Ich weigere mich.

»Du hast doch nie etwas dagegen gesagt.«

Ich runzle die Stirn. »Was?«

»Du hast nie etwas dagegen gesagt, wenn ich was mit anderen hatte. Nie. Nach einer Weile habe ich regelrecht gehofft, dass du mich erwischst, in der Hoffnung, irgendeine Reaktion von dir zu bekommen, aber … nichts.« Er wirft frustriert die Hände in die Luft. »Dabei wollte ich nichts weiter, als dass du dir etwas aus mir machst, Violet.«

*Oh Gott.* Er gibt mir die Schuld für seine Untreue. Ich kann es nicht glauben. »Ist das dein Ernst? Du willst es so darstellen, dass dein Fremdgehen irgendwie mein Fehler war, weil ich nicht darauf reagiert habe?«

»Wenn du mal etwas gesagt hättest, hätte ich damit aufgehört«, sagt er schlicht.

Hass und Wut steigen in mir auf, eine widerliche Mischung, mit der ich mich eigentlich nicht abgeben will. Aber zu spät. Sie rauscht bereits durch meine Adern, steigt meinen Hals empor wie Galle, bis ich sie nicht mehr zurückhalten kann. »Fick dich, Zachary. Fick dich und deine ganzen Schlampen. Ich hoffe, du wirst in der Hölle schmoren.«

Ich lasse ihn stehen und marschiere los, aber seine eisigen Worte lassen mich innehalten.

»Er benutzt dich doch auch nur.« Als er meinen verwirrten Gesichtsausdruck sieht, hilft er mir auf die Sprünge. »McKay. Findest du es nicht merkwürdig, wie er sich auf einmal für dich interessiert? Und Pilar sich für mich? Wenn du nicht glaubst, dass die beiden etwas im Schilde führen, dann bist du noch dümmer, als ich dachte.«

»Fick dich«, keife ich wieder, denn seine Worte beweisen nur, was ich eh schon vermutet hatte.

Ich hasse ihn.

Ich wende mich wieder ab und marschiere mit gesenktem Kopf los. Ich muss hier weg. Ich muss ein Taxi finden und nach Hause, damit ich mich auf Ryder vorbereiten kann. Doch Zacharys Worte gehen mir nicht mehr aus dem Kopf. Worte, die ich gern vergessen würde, aber ich kann es nicht.

*Wenn du nicht glaubst, dass die beiden etwas im Schilde führen ...*

*Nein.* Das kann nicht sein. Ryder will mich. Er hat mich vermisst. Es tut ihm leid, wie er mich behandelt hat. Wenn er mich ansieht, mich berührt, mich küsst ... ich weiß, dass er es ernst mit mir meint. *Er. Will. Mich.*

Ich bleibe stehen und blicke auf die Straße, auf die vorbeifahrenden Taxis. Ich eile zum Straßenrand, halte eine Hand hoch und winke, bis ein Taxi angefahren kommt und mit quietschenden Reifen hält. Ich öffne die hintere Tür und lasse mich auf den kaputten Plastiksitz fallen. Nachdem ich dem Fahrer meine Adresse genannt habe, schließe ich die Augen. Der furchtbare Krach in meinem Kopf hört nicht auf.

Tränen brennen in meinen Augen, und verärgert über meinen Gefühlsausbruch, wische ich sie weg.

Es sind keine Tränen, weil ich Zachary verloren habe. Es sind auch keine Tränen, weil ich wegen Ryder verwirrt bin.

Es sind traurige kleine Tränen nur wegen mir.

# KAPITEL 20

# Ryder

Ich will gerade los, als ich einen Schlüssel in meiner Wohnungstür höre, und im nächsten Moment geht die Tür auch schon auf, und Pilar steht da, todschick zurechtgemacht in einem verführerischen schwarzen Kleid an einem sonnigen Sonntagnachmittag im Frühling. Sie sieht aus, als wäre sie auf dem Weg zu einer Beerdigung.

Meiner, höchstwahrscheinlich.

Ich bereue es, nicht die Sicherheitskette vorgelegt zu haben. Noch mehr bereue ich es, nicht schon vor fünf Minuten gegangen zu sein. Doch am meisten bereue ich es, dieser Frau überhaupt einen Schlüssel zu meiner Wohnung gegeben zu haben.

»Sieh an, frisch geduscht und auf dem Sprung.« Sie schließt die Tür hinter sich und rauscht in mein Wohnzimmer, als hätte sie keinerlei Sorgen, mit einem strahlenden Lächeln auf dem Gesicht, das falscher nicht sein könnte. »Wo geht's denn hin?«

»Nichts Besonderes.« Ich kann ihr nicht sagen, wo ich hingehe. Wo ich die ganze Zeit schon sein wollte, seit ich Violet Freitagabend allein gelassen habe. Das Bedauern, das mich ergriffen hat, seit ich ihre Wohnung verlassen habe, hat mich das ganze Wochenende gelähmt.

Und jetzt, da ich endlich meine Chance bekomme, erscheint mein größtes Hindernis vor mir, als hätte sie eine Art sechsten Sinn. Es macht ihr Spaß, mir alles zu vermasseln.

»Du siehst zum Anbeißen aus.« Sie tätschelt mir die Brust, krallt die Finger in den Stoff meines Shirts, und ich mache einen Schritt zurück, um ihren Klauen zu entkommen. Sie macht einen Schmollmund, und ich bin kurz davor, ihr zu sagen, dass die Schnute bei ihr nicht mehr funktioniert. Sie ist zu alt für so einen Quatsch.

Aber ich will keinen Streit anfangen, also lasse ich es bleiben.

»Kann ich irgendetwas für dich tun? Denn wenn es warten kann ...« Ich beende den Satz nicht, und sie wirft mir einen Blick zu, der mir sagt, dass sie ihren Verdacht hat, was los ist, und es ihr egal ist, ob ich es eilig habe. Sie wird mir sagen, was sie will, wenn sie den Zeitpunkt für gekommen hält.

»Es kann nicht warten. Und du kannst tatsächlich etwas für mich tun.« Sie lässt die Maske fallen und gibt sich keine Mühe mehr zu verstecken, wie sauer sie auf mich ist. Ihr Gesicht verzieht sich zu einer Grimasse. »Du kannst mir den Gefallen tun und die Sache mit Violet beenden.«

Wenn sie gestern gekommen wäre, hätte ich ihr gesagt, dass ich das bereits getan habe. Zu dem Zeitpunkt hätte ich es auch selbst geglaubt.

Aber jetzt ... will ich es nicht beenden.

»Und warum?«, frage ich.

»Weil ich es sage.« Sie berührt mich an der Schulter, als sie an mir vorbeigeht und sich auf meine Couch setzt, sich wie zu Hause fühlt, was mich noch mehr aufregt. »Komm, setz dich zu mir. Lass uns kuscheln wie in alten Zeiten.«

*Kuscheln.* Das Wort verursacht mir Übelkeit. »Warum bist du nicht bei Lawrence? Fährt er nicht bald? Geh doch mit *ihm* kuscheln.« Ich wünschte, er würde morgen schon abreisen. Heute noch.

»Ich habe genug von ihm.« Sie winkt ab und verdreht die Augen. »Er hängt immer noch an Violet. Ich ertrage es einfach nicht mehr, ihn immer wieder über sie reden zu hören, also habe ich ihn abgeschossen.«

*Himmel.* »Was soll das heißen, er hängt immer noch an ihr?«

»Er ist hoffnungslos in sie verliebt, Ryder. Die beiden waren zwei Jahre lang zusammen. Das ist eine Menge Zeit, die man da in jemanden investiert. Und ich weiß, wovon ich rede, wenn man bedenkt, wie lange wir zusammen sind«, betont sie.

»Wir sind nicht zusammen«, erinnere ich sie. Und genauso wenig sind es Zachary und Violet. Daran muss ich mich festhalten. *Verdammt,* ich muss jetzt zu Violet und sie vergessen lassen, dass Zachary Lawrence jemals in ihrem Leben war.

»Wir werden immer zusammen sein, Schätzchen. Egal, wie sehr du es abstreitest, meine Krallen sind so tief in dir drin, du wirst mir niemals entkommen.« Sie tätschelt den leeren Platz neben sich auf der Couch. »Setz dich.«

»Nein«, spucke ich aus und verschränke die Arme vor der Brust. »Du gehst jetzt.«

»Ich gehe nicht, bevor du nicht *richtig* mit mir redest. Ich will mich nicht streiten.« Sie setzt sich noch weiter auf der Couch zurück und sieht ziemlich zufrieden mit sich selbst aus. »Jetzt komm her, und setz dich zu mir.«

»Ich bin nicht dein verdammter Hund, Pilar.«

Sie gibt ein verärgertes Geräusch von sich, legt den Kopf schief und sieht mich an. »Nein, kein Hund. Aber hast du vergessen, was du mal warst, Ryder? Leichtsinnig. Drogenabhängig. Ein Drogendealer. Obdachlos.« Sie zählt jedes Detail meiner schmerzvollen Vergangenheit wie von einer Einkaufsliste auf. »Du warst nichts, bis ich dich aufgenommen habe. Und zum Dank hast du mich unermüdlich gevögelt, dafür dass ich dir ein Dach überm Kopf und etwas zu essen gegeben habe.«

Ich koche innerlich. Ich sage nicht ein Wort, und das ärgert sie noch mehr.

Sie steht auf, ihr Gesichtsausdruck ist voller Wut. »Wie einfach du alles vergessen kannst, was ich für dich getan habe. Ich habe dich zu einem sauberen, respektablen Menschen gemacht. Ich habe dir zu einem Anfang in dieser Branche verholfen und dir Geld gegeben. Ich habe dich zu etwas *gemacht*.«

»Glaub mir, ich weiß es. Du wirst es mich auch nie vergessen lassen.« Ich fahre mir frustriert durch die Haare. »Aber das ist Jahre her, Pilar. Du weißt, dass wir uns auseinandergelebt haben. Verdammt, die meiste Zeit gehen wir doch unsere eigenen Wege. Du wirst immer einen besonderen Platz in meinem Herzen haben, aber was zwischen uns war, ist vorbei.«

Wir starren einander an, während wir uns angespannt an entgegengesetzten Enden des Couchtischs gegenüberstehen.

»Das ist das Letzte, worum ich dich bitte«, sagt sie leise. »Beende die Sache mit Violet. Tu, was du tun sollst. Brich sie, Ryder. Brich sie so sehr, dass sie in tausend kleine Teile zerfällt und sie niemand wieder zusammensetzen kann.«

Beim Gedanken, Violet das anzutun, zieht sich mir der Magen zusammen. »Sie hat Schwestern«, sage ich. »Und ihren Vater.«

»Ihr Vater ist doch nicht für sie da«, sagt sie schnell. »Und diese egoistischen Schwestern werden so tun, als wären sie für sie da, wenn sie sie braucht. Aber dann werden sie mit ihren banalen Leben weitermachen wie vorher.«

Ich schweige, was Pilar wahnsinnig macht.

»Wir hatten eine Übereinkunft«, erinnert sie mich mit kalter Stimme, und mit zusammengekniffenen Augen sieht sie mich an, während sie mit dem Finger auf mich zeigt. »*Du* hast gesagt, du wolltest sie verführen und am Boden zerstört zurücklassen. Kannst du dich noch an den Abend erinnern? Als wir darüber geredet haben, was für einen Spaß wir haben würden? Wie wir beide bekommen würden, was wir wollen, wenn wir Zachary und Violet aus dem Weg räumen? Ich habe meinen Teil der Abmachung eingehalten. Jetzt bist du dran.«

»Was hast du denn getan, um Lawrence aus dem Weg zu räumen? Er war doch bereits weg, bevor du etwas unternommen hast. Und ich dachte, du wolltest mir seinen Job in London verschaffen.« Ich umfasse mit beiden Händen meinen Hinterkopf. Ich bin es leid, dass ich mich immer noch damit beschäftige, dass ich mich immer noch mit *ihr* beschäftigen muss.

Ich weiß nicht, ob ich den Job in London überhaupt will, wenn das bedeutet, dass ich auf Violet verzichten muss. Ich will sie nicht verletzen. In tausend Stücke zerbrechen. Wenn ich derjenige bin, der für ihren Zusammenbruch verantwortlich ist, werde ich bei Forrest Fowler definitiv nicht gut angeschrieben sein.

Der Mann wird mich hassen. Ist das Pilars eigentlicher Plan? Will sie ... uns *alle* loswerden?

»Er wird nach London gehen, aber er wird nicht lange bleiben. Er wird wiederkommen. Glaub mir. Ich habe bereits jemandem den richtigen Floh ins Ohr gesetzt. Du wirst schon noch deine Chance auf den Job bekommen. Warte nur ab.« Pilar lächelt selbstzufrieden.

Mit wem redet sie, wenn nicht mit Lawrence? Ich kapiere es nicht. Ich verstehe nicht, wie sie solche Versprechungen machen kann, wenn sie nichts damit zu tun hat.

Es sei denn, da ist noch jemand anders, den sie bezirzt, jemand aus der Führungsetage vielleicht?

»Ich werde Violet nicht brechen, solange ich keine Garantie habe, dass ich den Job bekomme«, sage ich Pilar mit angespannter Stimme. Ich versuche, meine Wut unter Kontrolle zu halten, aber es ist verdammt schwer. Ich lasse die Arme fallen, die Hände zu Fäusten geballt, nicht, dass ich auf Pilar losgehen wollen würde.

Ich würde am liebsten auf mich selbst losgehen. Ich kann niemand anderem die Schuld dafür geben, wie ich in diese Situation geraten bin.

»Du machst es jetzt. Es ist die einzige Möglichkeit, dass ich dir versichern kann, dass du bei Fleur bekommst, was du willst«, sagt Pilar. »Es ist an der Zeit, Ryder. Es ist an der Zeit, dass du deinen Plan in die Tat umsetzt und Violet vernichtest.«

Was ist, wenn ich es nicht will? Wenn ich es mir anders überlegt habe? Ich kann mir nicht vorstellen, Violet wehzutun. Ich ... ich mag sie, verdammt. Ich will sie besser kennenlernen.

Tief in mir will ich, dass sie mein Eigen ist.

»Wenn du es nicht machst, werde ich Violet alles erzählen, was du gesagt hast, jedes kleinste Detail, inklusive unserem Plan für die beiden.« Sie lächelt selbstgefällig. »Und ich werde ihr von deinen kleinen Geheimnissen erzählen. Wie du dich aus den Mülltonnen hinter den Restaurants ernährt hast. Wie ich dich mit nach Hause genommen und dich zu meinem Sextoy gemacht habe. Dass du Drogen verkauft hast. Und ich werde Forrest von dir erzählen. Wenn du *sie* nicht ruinierst, werde ich *dich* ruinieren.«

Niedergeschlagenheit macht sich in mir breit, schwer und kalt. Ich lasse die Schultern sinken. Sie ist diejenige, die mich gerettet hat. Und jetzt hat sie alle Macht über mich. Sie ist zu der Frau geworden, die mich vernichten wird.

»Du hast die Wahl«, sagt sie fröhlich.

Nichts hiervon war jemals meine Wahl. Auch wenn sie mir niemals zustimmen würde. Und auch, wenn ich nichts dagegen sagen kann. Ich stütze die Hände in die Hüften und lasse den Kopf hängen. Meine Gedanken rasen auf der Suche nach einer Alternative. Irgendetwas, damit ich es nicht tun muss.

Ich fühle mich schwach, und das tue ich sonst nie. Ich habe sonst immer alles unter Kontrolle. Egal, was das Leben für einen Scheiß für mich bereithielt, ich habe immer gekämpft.

Doch zum ersten Mal in meinem Leben fühle ich mich absolut unterlegen.

»Jetzt lass uns die Sache besiegeln. Komm her, und gib mir einen Kuss«, schnurrt sie regelrecht.

Mit gesenktem Kopf umrunde ich den Couchtisch und gehe zu ihr.

»Du bist ganz schön spät dran«, begrüßt mich Violet, als sie die Tür aufreißt, und auf ihrem hübschen Gesicht ist eine Mischung aus Verärgerung und Freude zu sehen.

Ich bin so froh, sie zu sehen, dass ich vor Erleichterung beinah schwach werde. *Gott*, sie ist wunderschön. Ich habe sie vermisst. Es ist keine achtundvierzig Stunden her, dass ich sie zum letzten Mal gesehen habe, aber ich kann nichts anderes denken, als was für eine Zeitverschwendung die letzten Stunden waren, als ich nicht mit ihr zusammen war.

»Tut mir leid.« Ich sage nie, dass mir irgendetwas leidtut. Nie. Aber Violet sage ich es ständig. »Mir ist was dazwischengekommen.«

Sie betrachtet mich und sieht verdammt sexy aus in ihrem hellblauen oversized Pullover und den schwarzen Leggins, die ihre Beine unglaublich lang wirken lassen. Und ich weiß, dass diese Beine tatsächlich so lang sind. Ich kann nicht vergessen, wie sie sie um mich geschlungen hatte, als ich sie an genau der Tür gevögelt habe, vor der wir gerade stehen.

Während sie mich so ansieht, fühle ich mich schmutzig, unwürdig, ihr Zuhause zu betreten. Ich muss daran denken, was gerade in meiner Wohnung passiert ist, an den Streit mit Pilar. Wie ich mich von ihr habe betatschen lassen und ich sie beschwichtigt habe, um endlich von ihr weg- und hierherzukommen.

Wie ich die Sache mit Violet auf möglichst brutale Weise beenden soll.

Ich weiß nicht, ob ich es kann.

*Du hast es versprochen.*

Pilars Stimme verfolgt mich, und ich reibe mir den Nacken und werde langsam ungeduldig, weil Violet mich immer noch nicht reingelassen hat. »Verzeihst du mir?«

Violet blinzelt mich an. »Was?«

»Dass ich zu spät gekommen bin. Oder sollen wir dieses Gespräch weiter auf dem Hausflur führen?« Nicht, dass irgendjemand uns hören könnte, wo sie die einzige Penthouse-Wohnung hat. Der mürrische Portier hat noch nicht einmal bei Violet angerufen, als ich angekommen bin. Er sagte, ich stände bereits auf der Liste, und hat mich sofort zum Fahrstuhl gebracht.

Der Griesgram kann mich gerade ganz gut leiden, aber das wird nicht lange anhalten. Nicht nach dem, was ich mit ihr tun muss.

»Komm rein.« Sie öffnet die Tür weiter, und ich gehe hinein, atme ihren köstlichen Duft ein und sehe mich zum ersten Mal in ihrer Wohnung um. Als ich Freitag hier war, war ich nur auf Violet konzentriert und auf nichts sonst. Jetzt, wo ich sehe, wie sie lebt …

Es gefällt mir. Die Wände sind weiß, genau wie die Sofas, aber die überall verstreuten Kissen haben leuchtende Farben, und der Teppich unter dem dunklen Couchtisch ist leuchtend gelb und graublau gemustert. Schlicht und schön, die Einrichtung passt zu ihr.

Ich frage mich unwillkürlich, ob dies das letzte Mal ist, dass sie mich in ihre Wohnung lässt.

*Wenn du durchziehst, was du geplant hast, dann verdammt noch mal ja.*

»Schöne Wohnung«, sage ich und drehe mich zu ihr um. Der Pulli, den sie anhat, sieht weich aus. Ich will ihn anfassen, will darunterfassen, will sie anfassen. Ich muss sie berühren, um den Schmutz und den Ekel loszuwerden, der noch von Pilar an mir haftet.

*Fuck.* Ich kann immer noch nicht glauben, dass ich das getan habe.

»Danke.« Sie tritt näher an mich heran und schnüffelt. Sie rümpft die Nase. »Du riechst nach Parfüm.«

*Verdammt.* Pilar sprüht sich immer mit dem stärksten Zeug ein, das es gibt, es ist einfach widerlich.

Violet kommt noch näher und drückt ihre Nase an mein Shirt. »Du warst mit einer anderen Frau zusammen«, sagt sie ausdruckslos und weicht zurück. Ich fasse nach ihrem Arm, aber sie reißt sich los und blickt mich wütend an. »Fass mich nicht an. Gott, du bist genau wie er. Vögelst andere Frauen, und dann kommst du her und denkst, du kannst bei mir gleich weitermachen? Er hat mich gewarnt, dass du so bist.«

Ich hätte mich umziehen sollen. Ich bin so ein Idiot. Aber verdammt, es ging so schnell mit Pilar. Ich habe es ihr auf meinem Knie besorgt, Herrgott noch mal. Wir haben nicht ein einziges Kleidungsstück ausgezogen. Sie hat einfach nur ihr ganzes Parfüm auf mir verteilt, als sie mich wie eine rollige Katze geritten hat. »Wer hat dich gewarnt?«

»Zachary. Er hat gesagt, du und Pilar würdet gegen uns beide etwas im Schilde führen. Du riechst wie sie. Du warst mit *ihr* zusammen.« Sie verzieht kurz das Gesicht, aber dann bekommt sie sich unter Kontrolle, und ihre Miene wird ausdruckslos. Ich erkenne diesen Gesichtsausdruck. Ich habe ihn oft genug selbst aufgesetzt. »Du hast mit ihr gevögelt, oder?«

»Nein. Verdammt, nein.« Ich werde von Eifersucht erfüllt. Ich hasse diesen Wichser Lawrence. »Und wann hast du Zachary gesehen?« Ich kann es nicht glauben, dass ich seinen Weichei-Namen benutzt habe.

»Ist doch egal.« Sie geht zur Tür und öffnet sie, dann dreht sie sich zu mir um. Ihr Gesicht ist vielleicht leer, aber in ihren Augen brennt ein Feuer, und dieses Feuer ist auf mich gerichtet. »Raus.«

»Violet.« Ich senke die Stimme. Verdammt, ich werde sie anflehen, wenn es sein muss. »Lass es mich erklären.« Ich habe keine Erklärung. Ich bin so schnell ich konnte hierhergekommen, und ich weiß nicht, was ich sagen soll, um sie zu beschwichtigen.

»Es gibt nichts zu erklären. Ich bin die letzten Jahre genug verschaukelt worden. Eigentlich den Großteil meines Lebens.« Sie lacht, aber es ist das traurigste Lachen, das ich je gehört habe. Mein Herz – von dem ich dachte, dass es aus Stahl und undurchdringlich wäre – tut mir weh aus Mitleid für sie.

Nein, nicht Mitleid. Sie tut mir nicht leid. Sie ist verletzt, und das tut auch mir weh. Ich will ihr ihre Schmerzen abnehmen, damit sie sie nicht erleiden muss.

»Ich spiele nicht mit dir.« Ich ziehe ihre Finger von

der Klinke und stoße die Tür zu, dann nehme ich ihre beiden Hände und verschränke meine Finger mit ihren. Ich brauche die Verbindung. Ich muss sie fühlen und sie daran erinnern, dass das zwischen uns echt ist. Was zwischen Pilar und mir ist, ist der Selbstsucht entsprungen. Es ist hässlich und unangenehm, genau wie das meiste in meinem Leben. Ausnahmsweise mal will ich etwas Gutes und Schönes und Reines. Ich will Violet. »Nicht so, wie du denkst.«

Sie sieht mich an, und ihre großen braunen Augen zucken nicht einmal mit der Wimper. Verdammt, sie sieht aus, als wolle sie mir glauben, und ich bin versucht, ihr zu sagen, dass sie das nicht sollte. Sie sollte weglaufen. So schnell wie möglich von mir wegkommen. Ich bin wie eine Krankheit, die sie mit ihrem freundlichen Herzen auffressen wird, bis es vernichtet ist. Und ich werde nicht das kleinste bisschen Reue dafür empfinden, es gestohlen zu haben.

Denn ich will es. Ich will ihr Herz. Ich will ihre Seele. Ich will ihren Körper. Ich will alles von ihr. Scheiß auf Pilar. Scheiß auf ihre blöden Pläne. Ich verdiene eine letzte Nacht.

Eine letzte Nacht, in der ich meine schwarze Seele in der Süße von Violet Fowler versenken kann.

Ich lasse ihre Hände los und umfasse ihr Gesicht, neige ihren Kopf zurück, sodass ihre Lippen eine perfekte Einladung sind, nur für mich. »Ich will dich«, flüstere ich. »Das ist alles, was ich gerade weiß, dass ich dich verdammt noch mal will.«

Sie umklammert mit ihren schlanken Fingern meine Handgelenke. Als wäre ich ihr Anker und als ob sie Angst hätte, mich loszulassen. Ich würde ihr gern sagen, dass sie bei mir sicher ist, aber es wäre gelogen. Ich habe keine Ahnung, wie das hier alles ausgehen wird. Ich bin ein egoistisches Arschloch, weil ich das hier will, sie will.

Aber ich bin nicht aufzuhalten.

»Sag mir die Wahrheit.« Sie holt tief und zitternd Luft. »Warst du mit Pilar zusammen?«

»Ja«, flüstere ich, und es tut mir weh, den Schmerz in ihrem Gesicht zu sehen. »Aber nicht so, wie du denkst.«

»Hast du ... sie gefickt?« Sie spannt sich an und schließt die Augen, als würde sie sich auf den Schlag vorbereiten, ihre Finger umklammern immer noch meine Handgelenke.

Ihre Wortwahl erschreckt mich. »Nein.«

Sie öffnet ihre wunderschönen Augen, löst ihre Hände von mir und lässt sie fallen. »Sag mir die Wahrheit«, verlangt sie.

»Das tue ich.«

»Du hast sie nicht gefickt.«

»Nein.«

»Aber du hast mit ihr rumgemacht.«

»Sie hat mich benutzt.« Ich mache eine Pause. »Und ich habe es zugelassen.«

»Warum?«

Darauf habe ich keine Antwort.

»Du wirst mich verletzen«, sagt sie mit klarer Stimme. »Ich weiß, dass du es wirst. Das mit uns wird nicht gut enden.«

Ich kann nicht über irgendein Ende oder einen Anfang oder irgendwas davon reden. Ich kann mich nur auf das Hier und Jetzt konzentrieren. Auf sie.

»Heute Nacht will ich es für dich gutmachen.« Und das ist die Wahrheit. Das einzige bisschen Wahrheit, das ich ihr bieten kann. »Lass es zu, Violet.«

Sie presst die Augen fest zu, presst ihre dichten, dunklen Wimpern aufeinander, und ich bin mir ziemlich sicher, dass ich da etwas Nasses sehe. Ich ertrage es nicht, wenn sie weint. Der Einzige, der für ihre Tränen verantwortlich ist, werde ich sein, und das halte ich nicht aus. »Ich will einfach nur vergessen«, murmelt sie.

»Was vergessen?« Ich neige meinen Kopf und presse meine Lippen auf ihre Schläfe, lasse sie zu ihrer Wange hinabwandern, während ich meine Hände in ihren seidigen Haaren vergrabe. Ihre Haut ist weich und duftend, und ich fühle das Zittern, das sie durchfährt. Ich will ihren Kummer stillen. Ich will ihr Vergnügen bereiten. Ich will meinen Mund auf ihre Pussy drücken und es ihr mit der Zunge machen. Ich will ihr zusehen, wie sie ihre schönen Lippen um meinen Schwanz legt, und fühlen, wie sie mich tief einsaugt.

Ich will es alles. Und ich verdiene nichts davon.

»Alles. Mein Leben. Beruflich ist alles toll. Aber privat ist es eine Katastrophe.« Sie öffnet die Lippen und seufzt überrascht, als ich sie lange auf den Mundwinkel küsse. »Ich finde es furchtbar, dass ich eifersüchtig bin, weil du nach Pilar riechst. Ich besitze dich nicht. Ich habe kein Recht, so zu empfinden.«

»Ich kann meine Sachen ausziehen«, schlage ich vor, und ein leichtes Lächeln erscheint auf ihren Lippen und treibt mich an. »Mach dir keine Sorgen wegen Pilar«, sage ich. »Sie kann dich nicht verletzen.«

*Lügner.*

Nicht wirklich, denn ich werde derjenige sein, der sie verletzt. Und wenn ich es nicht tue, wird Pilar mich verletzen.

Violet schlägt die Augen auf und sieht mich an. »Ich mache mir mehr Sorgen wegen *dir*. Was du mit mir machst.«

Und wieder beweist sie, wie schlau sie ist. Sie sollte sich wirklich meinetwegen Sorgen machen. Ich werde sie ruinieren, daran gibt es keinen Zweifel.

»Was mache ich denn mit dir?« Ich streiche ihr eine lose Strähne ihrer dunkelbraunen Haare hinters Ohr, dann fahre ich ihr über die schöne Ohrmuschel. Ich könnte Stunden damit verbringen, sie zu berühren. Sie zu küssen. Das ist meine letzte Chance, und ich will jeden kleinen verstohlenen Moment auskosten.

»Du lässt mich einfach ... zu viel empfinden.« Sie dreht den Kopf ganz leicht, und unsere Lippen berühren sich, aber ich küsse sie nicht. Und sie küsst mich nicht. Als würden wir es beide herauszögern. »Das macht mir Angst.«

»Du machst mir auch Angst«, flüstere ich, bevor ich meinen Mund in einem unschuldigen Kuss auf ihren drücke. Ihre Lippen bewegen sich unter meinen, und ich küsse sie wieder. Und wieder. Süße, sinnliche Küsse, unsere Lippen öffnen sich immer mehr, und meine Zunge schnellt hervor und leckt über ihre Oberlippe, bis sie sich mir auf einmal entzieht.

Mit klopfendem Herzen sehe ich sie an, meine Lippen kribbeln. Ich küsse normalerweise nicht so. Zärtlich und liebevoll. Das ist nicht meine Art.

Aber mit Violet ... will ich zärtlich sein. Und liebevoll.

*Verdammt.* Ich stecke viel zu tief da drin.

»Du musst dich ausziehen«, sagt sie und zieht mir das Shirt hoch. »Ich kann das so nicht ... du musst die Sachen ausziehen.«

Ich verstehe auch, warum. Ich rieche nach Pilars Parfüm, und sie mag es nicht. Was ich ihr nicht verübeln kann. Ich mache einen Schritt zurück und ziehe mir gleichzeitig das Shirt und die Schuhe aus, bevor ich meine Jeans öffne und sie zusammen mit meiner Unterhose herunterziehe, sodass alles neben mir auf einem Haufen landet. Ich strecke meine Arme zur Seite aus, als würde ich mich ihr anbieten, und ich kann nur hoffen, dass sie mich nimmt.

Dass sie mich will.

»Das bin ich«, sage ich ernst. »Das ist es, wer ich bin.«

Ihr Blick wandert über meinen Körper, meine Tattoos, meine Piercings, dann weiter hinab, bis sie auf meinen Steifen sieht. »Wer bist du wirklich?«, fragt sie und sieht mir wieder in die Augen.

»Ich bin ... nur ein Mann. Ein Mann, der Scheiße baut, der Fehler macht und manchmal nicht nachdenkt. Ich bin rücksichtslos. Ich bin arrogant. Ich habe Dinge getan, auf die ich nicht gerade stolz bin. Ich bin ziemlich schnell erwachsen geworden und hatte keine richtige Kindheit.« Ich mache eine Pause, bin mir unsicher, wie viel ich ihr noch verraten soll. Ich will ihr keine Angst einjagen, bevor ich meine letzte Chance erhalte. »Ich ... ich weiß nicht, wie man richtig liebt.«

Sie blinzelt und sieht mich die ganze Zeit weiter an. »Was meinst du damit?«

»Ich hatte keine Mutter. Ich weiß nicht, wer meine

Mutter ist. Mein Dad hat mich behandelt, als wäre ich nichts weiter als eine Last.« Und als ich älter wurde, wurde ich zu seinem Saufkumpan, mit dem er nach heißen Mädels gucken konnte. Es war keine besonders gesunde Beziehung, und das ist noch untertrieben. »Ich hatte noch nie eine richtige Beziehung zu irgendjemandem.«

»Und was ist mit Pilar?«

»Das ist kompliziert. Schwer zu beschreiben.« Unsere Beziehung verwirrt alle, mich inklusive.

»Was ist mit mir?«, fragt sie leise.

»Was ist mit dir?«

»Willst du mich?«

»Ja.« Ich verzehre mich nach ihr.

Sie zieht ihren Pulli hoch und über den Kopf, und da sehe ich, dass sie keinen BH trägt. Dann zieht sie die Leggins aus, und sie trägt auch keinen Slip. Innerhalb von Sekunden ist Violet genauso nackt und verletzlich wie ich, und ich habe sie noch nie schöner gesehen.

»Dann kannst du mich haben«, flüstert sie.

# KAPITEL 21

## Violet

Ich gebe mich Ryder wie eine Art Opfergabe hin, und er nimmt sie, ohne zu zögern, an, kommt mit einer ungestümen Entschlossenheit auf mich zu, die ich zugleich beängstigend und erregend finde. Er packt mich und nimmt mich auf den Arm, als würde ich absolut nichts wiegen, dann bleibt er unschlüssig im Flur stehen.

»Letzte Tür auf der linken Seite«, sage ich und verhake meine Hände in seinem Nacken. Ich drücke meine Wange an seine Brust, fühle das Donnern seines Herzens. Es schlägt genauso schnell wie meins, und der Klang beruhigt mich. Erfüllt mich mit Hoffnung, dass vielleicht doch etwas mehr hierbei herauskommt.

Doch tief in mir weiß ich, dass wir nicht füreinander bestimmt sind. Nicht für immer. Das zwischen Ryder und mir ist eine vorübergehende Sache. Wie ein Meteor, der über den Himmel jagt, leuchtend und heiß und aufregend anzusehen, bis er zischend verglüht.

Ryder betritt mein Schlafzimmer und sieht sich um, während er mich immer noch fest an sich drückt. Die Fenster sind offen, und die dünnen weißen Vorhänge blähen sich in der leichten Brise nach außen. Auf dem Nachttisch brennt eine Kerze, die ich angezündet habe, kurz bevor er an die Tür geklopft hat, und das Bett ist noch durcheinander, weil ich heute Morgen zu faul war, es zu machen.

Vorsichtig setzt er mich ab, mein Körper rutscht an seinem hinunter. Seine Haut ist so heiß, sein Körper so fest. Ich lasse meine Hände weiterhin um seinen Hals geschlungen und presse meine Lippen auf seine Brust, nehme den Klang seines Herzens wahr und frage mich, ob es wirklich so dunkel und gebrochen ist, wie er glaubt. Wenn er mir die Chance gibt, würde ich mir die allergrößte Mühe geben, ihn zu heilen. Ihn wieder ganz zu machen.

Aber ich bin mir ziemlich sicher, dass meine Chance schon vorbei ist.

»Violet.« Er fährt mir mit den Fingern durch die Haare, während ich meine Lippen über seine Brust wandern lasse. Ich liebe es, wenn er meinen Namen sagt. Ich liebe es noch viel mehr, wenn er mich berührt. Ich werde ganz erregt, als meine Lippen auf Metall treffen, und ich fange an, mit der Zunge mit seinem Brustwarzenpiercing zu spielen, und dann nehme ich es in den Mund und sauge daran.

»Himmel«, stöhnt er, vergräbt seine Finger tiefer in meinen Haaren und presst mich an sich. Ich gehe zur anderen Brustwarze über und spiele mit schnellen Zungenschlägen damit, sauge den Metallring ein. Er zieht an meinen Haaren, Schmerz vermischt sich mit Lust, und ich stöhne auf, verwirrt von meiner Reaktion, von der plötzlichen Feuchtigkeit zwischen meinen Beinen.

Ich gebe seine Brustwarze wieder frei, und er umfasst meine Taille und drängt mich auf die Mitte des

Bettes. Er folgt mir hinunter, und sein großer, heißer Körper bedeckt meinen vollständig. Mit den Händen zu beiden Seiten meines Kopfes beugt er die Hüften, sodass sein harter Schwanz auf meinem Bauch zum Liegen kommt und ich seine Eichel warm und feucht auf meiner Haut spüre. Mein ganzer Körper zittert vor Erwartung, ihn in mir zu spüren.

»Danke«, flüstert er und lässt seinen dunklen Blick über meine Brust wandern. Meine Brustwarzen werden so steif, dass es beinah wehtut, und ich sehne mich danach, dass er sie in den Mund nimmt.

»Wofür?«, frage ich verwirrt.

»Dafür, dass ich dich berühren darf. Dass ich dich heute Abend haben darf.« Er küsst mich, auf diese süße, erotische Art. Seine Zunge tanzt mit meiner, und ich fahre ihm mit den Händen durch die Haare und drücke ihn fest an mich.

»Du musst mir nicht danken«, murmle ich, als er seine Lippen von meinen löst und mich auf den Hals küsst. »Du hättest auch gar nicht um Erlaubnis fragen müssen. Du besitzt mich bereits.«

Er hebt den Kopf, um mich anzusehen, und sein Gesicht ist voller Schmerz. »Sag das nicht.«

Ich blinzle ihn erstaunt an. »Aber es ist wahr.«

»Nein.« Er schüttelt den Kopf. »Du willst nicht, dass ich dich besitze. Du kennst mich nicht. Nicht wirklich.«

»Aber ich will dich besser kennenlernen«, sage ich. »Und ich weiß, dass du mich nicht verletzen wirst.«

Er atmet tief ein, und seine Brust berührt meine, als er die Augen schließt. »Das kann ich dir nicht versprechen.«

Ich lege ihm die Hand auf die Wange, spüre seine Bartstoppeln an meiner Handfläche. Er dreht den Kopf und küsst meine Hand, seine Lippen brennen wie Feuer auf meiner Haut, und ich will sie überall spüren. Will von ihnen markiert werden. Will, dass er mich zu seinem Eigen macht. »Das ist mir egal«, flüstere ich. »Ich habe keine Angst vor dir.«

»Das solltest du aber.« Er bewegt sich meinen Körper hinab und küsst mich überall, genau wie ich es mir vor einer Sekunde gewünscht habe. Meine Schultern, mein Schlüsselbein, meine Brüste. Er saugt erst die eine Brustwarze tief ein, dann die andere und beißt so fest zu, dass ich aufschreie. »Ich werde dir wehtun. Wieder und wieder. Ich weiß nicht, wie ich es anders machen soll«, murmelt er an meiner Haut.

Ich kann ihm nicht antworten. Ich weiß nicht, wie ich ihm antworten soll. Was zwischen uns passiert, ist nicht normal. Es ist nicht richtig. Es kann nicht richtig sein.

Aber ich will nicht, dass er aufhört.

Er setzt flammende Küsse hinunter zu meinem Bauch, dann schiebt er meine Schenkel auseinander, bevor sein Mund auf meiner feuchten Mitte landet. Dann fickt er mich mit der Zunge, mit den Fingern, leckt an meiner Klit, saugt sie ein, knabbert daran und beißt hinein, bis ich aufschreie und mit einer Intensität komme, die ich noch nie zuvor erlebt habe.

Ich zucke immer noch am ganzen Körper, als er sich von mir löst und sich ein Kondom überzieht, bevor er tief in mich eindringt. Er stößt so hart zu, dass er mich die Matratze hochschiebt und ich gegen das Kopfteil des Bettes knalle.

»Tut es weh?«, fragt er ächzend, während seine Hüften gegen meine klatschen und er unablässig weiter in mich hineinstößt.

Ich schüttle den Kopf, ich zittere am ganzen Körper, und Angst steigt in mir auf, als ich seinen finsteren Gesichtsausdruck sehe. Ich lasse mir von ihm keine Angst einjagen. »N-nein.«

»Das sollte es aber.« Er fasst unter mich und packt meinen Hintern. Seine Finger drücken so fest zu, dass ich aufschreie. Ich kann jeden einzelnen seiner Finger spüren, wie sie sich in meine Haut bohren, und ich weiß, dass er mich markiert. »Das tut doch weh, oder?«

»Nein.« Was macht er? Will er mich absichtlich verletzen? Ist das irgendeine kranke Logik von ihm, mit der er mich abschrecken will?

Ryder hebt mich hoch, bringt meinen Oberkörper näher an seinen, sodass sein Schwanz noch tiefer in mich eindringt. So tief, dass er gegen meine Gebärmutter stößt, den tiefsten, dunkelsten Teil von mir, wo kein anderer Mann jemals zuvor war. Er stößt wieder zu. Und wieder. Fickt mich brutal, nimmt mich, und ja ... er tut mir weh.

Aber ich werde nicht aufgeben. Die Lust übersteigt den Schmerz, und ich klammere mich an ihn, klammere meine Beine um seine Hüften, meine Arme um seine Schultern. So schnell wird er mich nicht los.

»Sag, dass ich aufhören soll«, befiehlt er mir, während er meinen Hintern umklammert und seinen Schwanz wieder in mich hineinstößt. Erst nur ein wenig, dann tiefer. »Sag es, Violet.«

»Nein.« Ich küsse seinen Hals, lecke an ihm, sauge

an seiner Haut, und schließlich gebe ich mich dem Verlangen hin.

Ich versenke meine Zähne in seiner Haut, so fest, dass ich ihn nach Luft schnappen höre, und dann löst er sich von mir, zieht sich aus mir zurück und dreht mich um, sodass ich auf allen vieren bin, mit dem Hintern zu ihm, und dann lässt er seinen Schwanz von hinten in mich hineingleiten.

»Du glaubst, du kannst mir wehtun?«, fragt er mit spöttischem Ton, während seine Hoden mit jedem seiner grausamen Stöße gegen mich klatschen. Er versucht, mich zu brechen, aber ich werde es nicht zulassen. Ich werde nicht vor ihm weglaufen, egal, wie sehr er es versucht.

»Ja«, keuche ich zur Antwort, denn ich glaube wirklich, dass ich ihm bereits wehtue. Warum sonst sollte er sich so verhalten?

Er umfasst meine Hüften mit seinen großen Händen und zieht mich auf seinen Schwanz; vor und zurück reite ich auf ihm. Er bewegt sich nicht, lässt mich bloß auf seinem dicken, pulsierenden Schwanz auf- und abgleiten, und die Reibung und die Hitze lösen tief in mir einen weiteren Orgasmus aus, der mich mit einem gutturalen Stöhnen kommen lässt, während mein ganzer Körper erschüttert wird und meine Vagina sich rhythmisch um seinen Schwanz zusammenzieht, sodass er mit mir zusammen aufstöhnt.

»Fuck, du bist so heiß«, flüstert er und lässt seine Hände zu meinem Hintern wandern, um meine Backen weiter zu spreizen. »Wenn ich sehe, wie deine enge Pussy meinen Schwanz einsaugt, könnte ich glatt kommen.«

»Tu es«, dränge ich ihn und koste seine Worte aus. Ich will fühlen, wie er die Kontrolle verliert. Er versucht mich zu verletzen, mich dazu zu bringen, dass ich ihn hasse. Aber ich habe mich erfolgreich dagegen gewehrt.

Ich weigere mich aufzugeben.

»Nein.« Er schlägt mir so fest auf den Hintern, dass es brennt, und schreiend bäume ich mich gegen ihn auf. *Damit* hatte ich nicht gerechnet. »Du hast hier nicht die Kontrolle, Violet.«

Was zum Teufel passiert mit mir? Er ist so brutal, so grausam, und ich ... mir gefällt es. Ich will mehr. Ich will, dass er mich bricht. Ich will, dass er mir Schmerz verursacht und Lust und jedes Gefühl dazwischen.

Und als er mich zu sich hochzieht, die Hand um meinen Hals, und sein Mund an meinem Ohr die schmutzigsten Dinge flüstert, die ich je gehört habe, komme ich beim Klang seiner Stimme beinah zum dritten Mal.

»Es macht dir Spaß, wenn ich dich ficke wie ein Tier, oder?«, fragt er mit tiefer, dunkler Stimme. So dunkel wie sein kaputtes Herz und seine Seele sind.

»Es macht mir Spaß, dich zu ficken«, sage ich, und die Luft bleibt mir weg, als seine Finger um meinen Hals fester zudrücken. Er hat alle Macht, sein Schwanz steckt tief in mir, seine Zähne knabbern an meinem Ohrläppchen, seine Finger drücken gegen meinen Hals, gegen meine Luftröhre. Ich sage mir, bloß nicht in Panik auszubrechen. Er wird mir nichts tun. Er würde mir nie etwas tun. Er ist nur wütend ... aber nicht auf mich. Ich weiß, dass er nicht auf mich wütend ist.

Aber auf wen dann? Und warum?

»Ich will auf deine schönen Titten abspritzen«, flüstert er und fasst mit seiner anderen Hand nach meiner Brust und kneift mir in die Brustwarze, bis ich zusammenzucke. »Ich will dich mit meinem Samen markieren. Ich will, dass du ihn schluckst.«

»Bitte.« Ich fasse nach seinem Handgelenk und umklammere es, so fest ich kann. Meine Augen fallen zu, und ich verliere mich in dem Gefühl seines sich in mir bewegenden Schwanzes. Der Druck seiner Finger um meinen Hals lässt etwas nach, aber mit der anderen Hand kneift er so sehr in meine Brustwarze, dass der Schmerz mich in einen regelrechten Rausch versetzt. Meine Beine schmerzen, mein ganzer Körper schmerzt, und ich habe das Gefühl, jeden Moment zusammenzubrechen.

»Ich bin ein krankes Arschloch, Violet«, sagt er. »Ich bin nicht gut. Längst nicht gut genug für dich.«

»Das ist mir egal.« Ich schüttle den Kopf, und er umfasst meinen Hals wieder fester, sodass ich erstarre.

»Es sollte dir aber nicht egal sein. Du bist ein gutes Mädchen. Du bist so rein, so süß. Ich werde dich brechen.« Er klingt zugleich erregt und verängstigt, alles auf einmal. Er sagt die Wahrheit. Ich bin ein gutes Mädchen. Und er ist böse. Schlimm.

Und doch will ich ihn.

»Ich will, dass du mich brichst, wenn es sich immer so anfühlt.« Sein Schwanz zuckt tief in mir drin, und ich lehne mich zurück, lege den Kopf auf seine Schulter, sein Mund ist immer noch an meinem Ohr, sein Atem ist rau. Er bricht mich und baut mich wieder auf, und, oh Gott, ich liebe es. Ich will mehr davon.

»Du willst nicht mein Eigen sein.« Seine Stimme ist fest.

»Doch, will ich.«

»Du würdest es nicht aushalten.«

»Doch, würde ich.«

»Schwörst du es?«

Ich nicke, und dabei stoßen seine gekrümmten Finger gegen mein Kinn, weil er immer noch meinen Hals umklammert hält. »Mach mich zu deinem Eigen.«

»Du willst mein Eigen sein.« Es ist keine Frage, er sagt es mir, und mir wird ganz schwindelig von dem ständigen Hin und Her zwischen uns. Ich bin kurz davor zu kommen. Schon wieder. Seine Worte, seine Befehle, seine Hände, sein Schwanz so tief in mir … Ich halte es nicht aus. Ich bin vollkommen überwältigt.

»Ich bin dein«, flüstere ich. »Ganz dein, Ryder. Benutz mich. Fick mich. Tu mir weh. Es ist mir egal. Mach mich einfach zu deinem Eigen. Besitz mich.«

»Fuck.« Er hebt seine Hüften wieder und wieder, sein Schwanz stößt in mich und bestraft mich, während der Orgasmus sich aufbaut. Immer weiter und weiter, bis ich seinen Namen flüstere und er kommt und ich komme und unsere Körper sich miteinander bewegen. Er stöhnt meinen Namen, lässt ihn klingen wie einen Fluch, und seine Hüften stoßen brutal gegen meinen zitternden Körper, seine Hand liegt immer noch um meinen Hals, sein Atem ist heiß an meinem Ohr. Ich lasse mich gegen ihn fallen, als er mich von hinten umarmt und die Hand von meinem Hals löst und stattdessen auf meine Vulva legt, wo sein Schwanz immer noch tief in mir steckt.

»Mein«, flüstert er besitzergreifend, während er meine Klit mit den Fingern umkreist und dann hineinkneift.

Ein Zittern durchfährt mich, als ich nicke und ihm das Gesicht zudrehe, um mich an ihn zu schmiegen. Tränen laufen mir über die Wangen, eine nach der anderen, aber ich wollte es ihm gar nicht zeigen. Ich hatte keine Ahnung, dass ich weine.

Es ist nicht, weil ich traurig wäre. Auch nicht, weil ich glücklich wäre. Es ist einfach … eine Art der Erleichterung. Die er so mühelos von mir eingefordert hat, dass ich noch nicht einmal mitbekommen habe, dass sie überhaupt stattgefunden hat. »Dein«, murmle ich an seiner Haut und küsse seinen kräftigen Kiefer. »Ganz dein.«

# KAPITEL 22

# Ryder

Ich habe mein Bestes gegeben, sie zu brechen, aber sie wollte nicht. Sie hat alles hingenommen, was ich ihr geboten habe. Ich habe ihr wehgetan. Ich habe sie praktisch gewürgt. Ich habe ihr gesagt, dass ich wertlos bin, und sie so tief gefickt, dass sie vor Schmerzen aufgeschrien hat. Ich habe in ihre Nippel gekniffen und sie rumgedreht, ich habe ihren Arsch so fest angepackt, dass sie morgen früh bestimmt blaue Flecken von meinen Fingern auf ihren schönen blassen Arschbacken hat.

Und trotzdem hat sie nicht aufgegeben.

Ich habe sie sogar zum Weinen gebracht. Sie hat nichts gesagt, aber ich habe die Tränen gefühlt, sie auf ihren Lippen geschmeckt. Diese verdammten Tränen hätten beinahe *mich* gebrochen, aber ich habe mich zusammengerissen. Ich habe etwas Schmutziges gesagt, das ihre Pussy um meinen Schwanz hat zusammenzucken lassen, und dann habe ich ihn rausgezogen und das volle Kondom wie ein unsensibles Arschloch auf den Nachttisch geworfen. Mein Schwanz ist immer noch ganz steif, als hätte ich diesen explosiven Orgasmus gerade eben überhaupt nicht gehabt.

Sie liegt jetzt unter mir und sieht mir mit ihren großen braunen Augen dabei zu, wie ich anfange zu masturbieren, ihre Haut ist schweißnass, ihre feuchten Haare kleben ihr an der Stirn. Ihre Lippen sind von meiner brutalen Art, sie zu küssen, ganz geschwollen, und ihre linke Brustwarze, in die ich sie gekniffen habe, ist knallrot.

Sie ist wunderschön. Und mein. Ich besitze sie. Ich werde sie nicht aufgeben.

Pilar kann mich mal.

»Ich will dich schmecken«, sagt Violet und fasst nach meinem Schwanz, und unsere Finger berühren sich. Ich verlangsame mein Tempo und sehe fasziniert zu, wie sie sich auf die Ellbogen stützt und sich von mir den Schwanz in den Mund stecken lässt. Sie schließt die Lippen darum, eng und warm, und mir fallen einen kurzen Moment lang die Augen zu, als ich mich gehen lasse und mich dem Gefühl ihres heißen Mundes hingebe. Und als sie anfängt zu saugen und ihre Finger sich um die Wurzel legen, ist es mit mir vorbei.

Verdammt vorbei.

Ich öffne die Augen und stoße sie gegen die Schulter, sodass mein Schwanz ploppend aus ihrem Mund rutscht. »Leg dich hin«, verlange ich, und sie tut, wie ich es sage, ganz das gute Mädchen.

Aber jetzt ist sie *mein* gutes Mädchen.

Mit großen Augen sieht sie mir zu, wie ich es mir mache. Ich schließe die Hand fest um meinen Schwanz, pumpe schnell und halte den Blick die ganze Zeit auf ihre schönen Titten gerichtet, die geschwollenen rosa Nippel, die ganz steif sind und nach mir rufen. Ich werde sie mit meinem Sperma dekorieren, ich werde sie markieren und sie auf die primitivste Art zu meinem Eigen machen.

Ich kann es nicht abwarten.

Die Lust schießt mir den Rücken hinab und in die Eier. Der Orgasmus baut sich beinahe schmerzhaft auf, lässt mich zusammenzucken, lässt mich ihren Namen stöhnen, als der erste Strahl Sperma aus meiner Eichel schießt und auf ihrer Brust landet. Lange Strahlen spritzen auf ihre Haut, ihre Brüste, ihre Nippel, und als das letzte bisschen Sperma aus mir gewrungen ist, fahre ich mit den Fingern hindurch und halte sie Violet an den Mund.

»Leck es ab«, sage ich, und sie tut es, saugt meine Finger ein und schließt stöhnend die Augen. Das Mädchen ist echt verdammt schmutzig.

Verdorben.

Und ganz mein.

Sie reibt sich mein Sperma in die Haut, leckt es sich von den Fingern, und ich kann nichts anderes tun, als ihr zuzusehen. Ich frage mich, ob Lawrence jemals so etwas mit ihr gemacht hat.

Ich bezweifle es.

Ich frage mich, ob irgendein Mann sie je so markiert hat. Sie so gefickt hat. Vielleicht bin ich irgendwie besonders. Oder vielleicht bin ich auch bloß ein Spiel für sie. Eine Chance für die reiche Erbin, mit dem tätowierten Bad Boy zu vögeln, der so tut, als käme er klar.

Der Gedanke allein macht mich fast wahnsinnig.

In der Hoffnung auf Ablenkung steige ich aus dem Bett und gehe in das angrenzende Badezimmer. Ich drücke auf den Lichtschalter, denn die Sonne geht bereits unter, und es wird langsam dunkel. Ich blicke in den Spiegel. Ich sehe furchtbar aus. Ich habe keine Ahnung, was sie in mir sieht, aber ich schalte meine

Gedanken ab, damit ich mich nicht selbst fertigmache. Auf einem Regalbrett liegt ein Stapel perfekt gefalteter weißer Waschlappen, und ich nehme einen, drehe den Wasserhahn auf und warte, dass das Wasser warm wird. Dann halte ich den Waschlappen darunter, stelle das Wasser aus und wringe den Waschlappen aus, sodass er feucht, aber nicht klatschnass ist.

Wieder sehe ich mein Spiegelbild an, obwohl ich es nicht wollte. Normalerweise gefällt mir nicht, was ich sehe, denn mir fallen immer alle meine Fehler ins Auge. Die Flecken meiner Vergangenheit bedecken mich, und ich kann meinen Anblick kaum ertragen.

Ich habe so etwas noch nie gemacht. Mich um ein Mädchen gekümmert. Natürlich habe ich auch noch nie ein Mädchen gefickt, wie ich gerade Violet gefickt habe.

»Versau es nicht«, sage ich mir, bevor ich das Licht wieder ausschalte und zurück ins Schlafzimmer gehe.

»Geht es dir gut?«, frage ich mit sanfter Stimme, meine Gedanken rasen. Wenn sie Nein sagt, muss ich gehen. Und das will ich nicht.

Sie nickt und zittert, zieht sich die Decke über ihren nackten Körper. »Kannst du bitte die Fenster zumachen?«

Ich mache, worum sie mich bittet, gehe in ihrem Schlafzimmer umher und schließe alle Fenster. Schließlich krieche ich zu ihr ins Bett, lege mich neben sie und ziehe sanft die Decke herunter. Ich nehme den Waschlappen und lege ihn ihr auf den Bauch, und erschreckt zuckt sie zusammen.

»Bist du wund?«, frage ich und fahre mit dem Waschlappen weiter nach unten.

Sie sagt kein Wort, aber spreizt die Beine für mich,

und ich wasche sie dazwischen, reibe vorsichtig mit dem Waschlappen über ihre Haut und wische das klebrige Sperma weg.

Sie seufzt. »Das fühlt sich gut an«, flüstert sie.

Mein Schwanz zuckt zur Antwort, aber ich sage mir, dass ich runterkommen soll.

Doch ich kann nicht anders. Ich will sie. Immer.

Ich drehe den Waschlappen um und reibe ihr über die Brust, versuche, das letzte Sperma wegzuwischen. Ihre Nippel sind hart, und sie zuckt zusammen, als ich die mit den knallroten Spuren berühre. Ich beuge mich vor und setze einen zärtlichen Kuss auf die geschwollene Haut.

Wieder seufzt sie, diesmal tiefer, und ich nehme den Nippel in den Mund, sauge daran, umkreise ihn mit der Zunge. Sie versenkt die Hände in meinen Haaren und drückt mich an sich, während ich meine volle Aufmerksamkeit ihrer empfindlichen Brustwarze widme. »Was machst du nur mit mir?«, fragt sie mit abwesend klingender Stimme.

Ich weiß, dass sie keine Antwort auf die Frage erwartet. Sie ist verwirrt. Genau wie ich. Ich bin heute hierhergekommen, um sie zu genießen und sie gleichzeitig zu zerbrechen.

Doch stattdessen bin ich derjenige, der gebrochen ist.

Ich löse mich von ihr und betrachte ihr hübsches Gesicht, ihren sexy Körper. Überall auf ihrer sonst so makellosen Haut sind Male, und alle sind sie von mir. Die ersten blauen Flecken sind auf ihren Hüften und ihren Schenkeln zu sehen. Ich sollte mich furchtbar fühlen. Ich habe ihr das angetan.

Aber ich tue es nicht.

Ich drehe sie auf den Bauch, und da sehe ich die Blutergüsse auf ihrem Hintern, den roten Fleck, wo ich sie geschlagen habe. Ich nehme den Waschlappen und streiche damit über ihre Pobacken, über ihre Schenkel. Sie spreizt die Beine und dreht den Kopf, und als unsere Blicke sich begegnen, fahre ich ihr mit dem Finger über die Ritze, bis ich ihn in ihrer Pussy versenke.

Ihre Augenlider schließen sich flatternd, und sie öffnet die Lippen, während ich sie weiter dort berühre. Ich fahre mit dem Zeigefinger ihren Eingang entlang, necke sie, bis sie auf die Knie hochkommt und sich mir anbietet.

»Das sollte ich nicht«, sage ich mit gequälter Stimme, obwohl ich es nicht so meine. Ich bin schon wieder ganz wild darauf, sie wieder zu ficken. »Du bist wund.«

»Bitte«, flüstert sie. »Ich will es.«

»Was willst du?« Meine Stimme wird fester, und ich lege den Waschlappen an den Rand der Matratze, während ich näher an sie heranrücke. »Meine Finger oder meinen Schwanz?«

Sie erschaudert. »Deinen Schwanz.«

Ich nehme ein Kondom und rolle es ab, dann positioniere ich mich hinter ihr, meine Hände an ihren Hüften, mein Schwanz vor ihrem Eingang. Ich dringe langsam in sie ein und bewege mich ganz vorsichtig, um ihr nicht wehzutun, aber sie bettelt nach mehr.

»Härter«, verlangt sie, und ich gebe ihr, was sie will.

»Schneller«, ruft sie, und ich steigere das Tempo.

»Tiefer«, flüstert sie, und ich halte es nicht länger aus. Ich muss sie ansehen, sie richtig sehen. Ich brauche die Verbindung, und Violet von hinten zu vögeln fühlt sich einfach kalt an.

Es erinnert mich daran, wie ich Pilar früher gefickt habe.

Ich ziehe mich aus ihr zurück und drehe sie um, sodass sie mich ansieht. Sie ist außer Atem und zittert, ihre Haut ist schweißnass. Ich habe vorher noch nie viel von der Missionarsstellung gehalten. Ich fand sie eigentlich immer langweilig. Aber Violet so zu vögeln ist ... perfekt. Ich kann ihr in die Augen sehen, ihre Reaktionen an ihrem Gesicht ablesen, sie fühlen, wie sie sich um mich schlingt. Ich kann mich herunterbeugen und ihre Brüste küssen, meinen Mund an ihren Hals drücken und sie festhalten, das alles, während ich mit meinem Schwanz tief in sie dringe.

Es ist einfach perfekt.

Sie kommt ziemlich schnell, genau wie ich. Sie erreicht den Höhepunkt zuerst, ihr Körper um meinen spannt sich an, und ein leises »Oh« entweicht ihr, und ich jage ihrem Orgasmus hinterher, schlage mit meinen Hüften gegen sie, bis ich mich an sie klammernd explodiere. Wahrscheinlich zu fest. Es kann sein, dass ich ihr wehtue, aber es ist mir egal.

Und sie sagt nie etwas dagegen.

Widerwillig ziehe ich mich aus ihr zurück, entferne das Kondom und wickle es in den Waschlappen und werfe beides auf den Nachttisch. Sie tadelt mich, dass sich das Holz dadurch verzieht, und bittet mich, den Waschlappen stattdessen auf den Boden zu werfen, weil sie nicht will, dass ich schon wieder das Bett verlasse. Ich will es auch nicht. Also tue ich, worum sie mich gebeten hat.

Es ist alles so normal, so gewöhnlich, so ganz anders als was ich je zuvor erlebt habe. Wenn ich mit Pilar geschlafen habe, habe ich mich hinterher immer seltsam gefühlt, besonders als ich noch bei ihr gewohnt habe. Als ob ich ihr niemals entkommen könnte, was auch tatsächlich so war. Und andere Frauen zu vögeln war so bedeutungslos, dass ich praktisch sofort, nachdem ich das Kondom weggeschmissen hatte, zur Tür raus bin.

Aber mit Violet ist es anders. Ich will sie trösten und sicherstellen, dass sie mich immer noch braucht. Ich nehme sie in die Arme und drücke sie an mich, wobei mir auffällt, wie perfekt ihr Kopf in meine Halsbeuge passt. Ihre Haare kitzeln mich im Gesicht, und ich streiche sie zurück und drücke ihr einen unschuldigen Kuss auf die Stirn. Sie seufzt und schmiegt sich noch enger an mich.

Das hilft meinem Schwanz überhaupt nicht, aber ich versuche ihn zu ignorieren. Ich kann sie nicht schon wieder vögeln. Nicht nach dem, was ich gerade mit ihr gemacht habe. Sie muss wund sein.

»Erzähl mir von dir«, sagt sie leise. »Ich will mehr über dich erfahren.«

Ich versteife mich und antworte nur zögernd. »Es ist nicht schön.«

»Das ist mir egal.«

»Es wird dich wahrscheinlich schockieren.«

Sie stützt sich auf einen Ellbogen und sieht mich an. »Ich glaube nicht, dass du mich schockieren kannst, nach dem, was gerade zwischen uns passiert ist.«

Ich küsse sie, weil ich nicht widerstehen kann, und ziehe sie zurück in meine Arme. Ihr Kopf liegt auf meiner Brust. Ich brauche jetzt Kraft, um dieses Gespräch durchzustehen. »Meine Kindheit war … hart. Ich bin praktisch auf der Straße groß geworden.«

»Was war mit deiner Mom?«

»Ich weiß es nicht.« Ich glaube, ich will es auch gar nicht wissen. Mein Dad hat sie als nutzlose Schlampe beschrieben, die nur Geld wollte.

»Und dein Dad?«

»Der ist tot.« Er ist gestorben, als ich sechzehn war. An einer Überdosis. Wurde in einem Motel gefunden. In einem, das dafür bekannt war, von Nutten frequentiert zu werden.

Erstklassige Art, einen Abgang zu machen.

»Tut mir leid«, sagt sie, und ich lache.

»Mir nicht. Er war ein Scheißkerl.« Meistens denke ich, ich bin genau wie er. Der einzige Unterschied besteht darin, dass ich beruflich erfolgreich bin, wohingegen er nie aus der Hölle herausgekommen ist.

Sie sagt nichts, streicht mir bloß über die Brust und spielt mit meinen Piercings. Es fühlt sich gut an. Sie neben mir liegen zu haben fühlt sich unglaublich an, und ich will sie nie mehr loslassen.

»Nachdem er gestorben ist, bin ich aus dem Loch, das er gemietet hatte, rausgeflogen, und von da an war ich obdachlos«, erkläre ich. »Ich konnte nirgendwohin, also habe ich hier und da bei Leuten auf der Couch geschlafen. Oder draußen.«

»Draußen?« Sie klingt besorgt. Traurig. Als würde sie sich etwas aus mir machen. Hat sich je irgendjemand etwas aus mir gemacht? Pilar behauptet, sie hätte es, und sie hat mir auch geholfen, aber es war ja auch von Vorteil für sie. »Wo denn?«

»Auf Parkbänken. In Gassen. Hauptsache, ich konnte ein paar Stunden lang schlafen und musste mir keine Sorgen machen, überfallen zu werden.«

»Das klingt schrecklich.« Ihre Stimme ist ganz leise.

»Das war es auch.« Ich werde nicht lügen. Mein Leben war scheiße.

»Wie alt warst du da?«

»Sechzehn.« Jung und dumm, und Drogen zu verkaufen war meine einzige Einnahmequelle. Ich habe Typen, die frisch aus dem Gefängnis gekommen waren, an meiner Haut ihre Tätowierkünste üben lassen. Ich habe Drogen genommen. Ich habe mit dummen Mädchen, die noch jünger waren als ich, gevögelt und mich von dem allen verschlucken lassen.

»Ryder.« Sie küsst mich auf die Schulter, lässt ihre warmen Lippen auf meiner Haut verweilen. »Das tut mir leid.«

»Das muss es nicht«, sage ich und fühle mich etwas unwohl dabei. »Es ist nun mal, wie es ist.«

»Das macht es aber nicht besser.«

Es gefällt mir, dass sie klingt, als würde sie für mich kämpfen wollen, auch wenn es nichts gibt, was sie tun könnte. Was geschehen ist, ist geschehen.

»Was hat dich dein Leben ändern lassen?«, fragt sie. »Was ist passiert?«

Ich atme laut aus, unsicher, wie ich es ihr sagen soll. »Das willst du nicht wissen.«

»Doch«, sagt sie entschieden. »Erzähl es mir.«

»Es war Pilar. Sie hat mich in einem Starbucks aufgelesen und mich mit zu sich genommen ...« Sie hat mich gerettet. Mich gevögelt. Mir zu essen gegeben.

Mir geholfen, meinen Schulabschluss nachzuholen, und mich noch ein bisschen mehr gevögelt.

Violet sagt so lange nichts, dass ich ganz nervös werde. Unruhig. Ich rolle mich auf sie. Ich muss ihr ins Gesicht sehen, ihr in die Augen sehen, wenn ich sie das frage. »Stört dich das?«

Sie nickt und weicht meinem Blick aus. »Ein bisschen.«

Ich fasse sie am Kinn und zwinge sie, mich anzusehen. »Sie hat mich gerettet, als ich jemanden gebraucht habe. Sie hat mir geholfen, und ich habe meine Schulden bei ihr beglichen. Ich bin ihr nichts mehr schuldig.«

»I-ich bin froh, dass sie dich gerettet hat.« Sie streckt die Hand nach mir aus und berührt meine Wange. »Dankbar.«

*Himmel.* Diese Frau wird mich mit ihrer Freundlichkeit noch umbringen. »Du hast mich auch gerettet, Violet.« Ihr Blick wird zärtlicher, und ich streiche ihr über die Wange, beuge mich zu ihr hinab und küsse sie sanft. »Ich will nicht, dass das hier vorbeigeht«, flüstere ich an ihren Lippen.

»Ich auch nicht«, sagt sie.

Ihr Geständnis macht mir Mut. Gibt mir das Gefühl, unbesiegbar zu sein. Wir können Pilar schlagen. Wir können alle schlagen. Scheiß auf alle. Wenn wir zusammenhalten, können wir die Welt zu unseren Füßen haben. Ich brauche nichts anderes als Violet.

Nichts.

Ich küsse sie, dann drehe ich mich auf den Rücken und ziehe sie auf mich. Mein bereits steifer Schwanz stößt gegen ihren Hintern. »Ich will dich«, flüstere ich.

Sie verdreht die Augen, bevor sie mich ermahnt. »Schon wieder?«

»Schon wieder.« Ich streiche ihr vorsichtig über den Hintern, genieße das Gefühl ihrer weichen, runden Haut. »Diesmal geht es nur um dich, Violet.«

»Hmm«, macht sie, und der Klang versetzt mich unter Strom und lässt meinen Schwanz noch härter werden.

So langsam glaube ich, dass ich ein ernsthaftes Problem habe.

»Komm her.« Ich schiebe sie hoch, bis sie mit den Händen das Kopfteil umklammert und ich mit dem Kopf in ihren Kissen ihre Pussy genau über meinem Gesicht habe. *Fuck*, sie ist schön, ganz rosa und glänzend. Ich kann es kaum erwarten, sie zu schmecken.

»Ich weiß nicht so recht«, sagt sie unsicher.

»Es wird dir gefallen«, versichere ich ihr, umfasse ihre Hüften und senke sie auf meinen Mund herab. Ich lecke ihr über die Klit, und sie zuckt zusammen, ob vor Lust oder Schmerz, kann ich nicht sagen.

So langsam wird mir bewusst, dass die Linie bei uns beiden schwer zu ziehen ist.

Ich lecke ihr von vorn bis hinten und überall dazwischen die Pussy. Sie bewegt sich mit mir, ihre Hüften schaukeln vor und zurück, während ich es ihr mit der Zunge mache und ich mit den Händen über ihre glatte Haut am Bauch und den Hüften und der Taille streiche. Ich umspiele ihre Klit, und sie fasst nach meinem Kopf und richtet mich so aus, dass ich sie genau da lecke, wo sie es will.

*Schmutziges Mädchen.* Die Widersprüchlichkeit

von Violet Fowler macht mich mehr an als jede andere Frau, mit der ich jemals zusammen war.

Ich ficke sie mit den Fingern, sauge an ihrer Klit, schlage mit meiner Zunge darüber, umfasse ihre Hüften so fest, dass sie sich nicht mehr rühren kann, und presse ihre Pussy genau auf mein Gesicht. Bis sie aufschreit, sich krümmt und über mir kommt und ihr ganzer Körper von der Heftigkeit des Orgasmus bebt. Sie seufzt meinen Namen und umklammert das Kopfteil so fest, dass ich Angst habe, sie hinterlässt Dellen im Metall.

»I-ich kann nicht mehr«, sagt sie atemlos, als sie von meinem Gesicht steigt und sich kraftlos neben mich fallen lässt. »Mein ganzer Körper tut weh.«

»Mmm, komm her.« Ich drehe mich auf die Seite und ziehe sie an mich, ihr Rücken liegt an meiner Brust, mein Arm um ihren Bauch, ihr Hintern an meinem halbsteifen Schwanz. »Schlaf ein.«

»Ich will nicht«, sagt sie, aber ihre Stimme ist schon ganz schläfrig. »Ich will nicht, dass diese Nacht endet.«

Ich drücke mein Gesicht in ihre Haare und schließe die Augen, atme ihren Geruch ein, der mit meinem vermischt ist, zusammen mit dem berauschenden Geruch nach Sex. Ich habe alles getan, was ich konnte, um sie zu brechen, und sie will immer noch mehr. Von mir.

Ich kann es nicht glauben.

Ich verdiene sie nicht.

Aber sie ist mein. Und niemand kann sie mir wegnehmen.

Niemand.

# KAPITEL 23

## Violet

Mein Leben könnte durch bestimmte Ereignisse beschrieben werden, in denen sich alles verändert hat. Ich war fast fünf, als meine Mutter Selbstmord beging und meine Welt in Schieflage geriet und nie wieder geradegerückt werden konnte. Ich übernahm Verantwortung und habe mich um Rose gekümmert, als wäre sie *mein* Baby und nicht meine kleine Schwester. Und Lily hat sich um mich gekümmert.

Ich war vierzehn, als Lilys Gesicht – und ihr nackter Körper mit schwarzen Balken über den intimeren Stellen – auf einer bekannten Klatsch-und-Tratsch-Website auftauchte. Das war die Starthilfe für ihre Versuche, ihr Leben auf alle möglichen Arten zu ruinieren. Und nicht nur ihr Leben, sondern auch ihre Beziehung zu unserem Vater, genauso wie sie versucht hat, den Familiennamen in den Dreck zu ziehen und das Familienunternehmen zu zerstören ... alles.

Ich wurde zur verantwortungsvollen Schwester. Noch viel mehr als ohnehin schon.

Ich war neunzehn, als ein Mann, den ich kannte, seit ich klein war, versuchte, mich zu vergewaltigen. Meine Aussage vor Gericht hat ihn für eine lange Zeit ins Gefängnis gebracht. So dachte ich zumindest. Das Ereignis wurde zur geheimen Schande meiner Familie und damit zu meiner Bürde. Vater konnte keinen weiteren Skandal verkraften, und obwohl er froh darüber und stolz auf mich war, dass ich meinen Angreifer abgewehrt hatte, wollte er nicht darüber reden.

Der Vorfall wurde unter den Teppich gekehrt. Von allen vergessen.

Außer von mir.

Jedes einzelne dieser Ereignisse hat meinem Leben eine neue Wendung gegeben, hat es nach links abprallen lassen, wenn es vorher nach rechts ging, und umgekehrt. Ich habe mich jedes Mal angepasst und meine Richtung geändert, mir einen neuen Plan gemacht und mich immer, immer, so gut ich konnte, vorwärtsbewegt.

Manchmal bin ich gescheitert. Hier und da bin ich zurückgerudert, aber es ging nicht anders. Nach meiner Aussage vor Gericht bin ich total zusammengeklappt. Ich dachte, Alan hätte mich gebrochen. Er war hinter Gittern, und ich habe mich viel zu lange von ihm verfolgen lassen. Ich musste mir Hilfe suchen, um zu verstehen, dass es nicht meine Schuld war. Dass die einzige Person, die mich wirklich gebrochen hatte … ich war.

Und als Zachary und ich zusammenkamen, glaubte ich schließlich, dass ich genau wüsste, wie es weitergehen würde. Ich hatte mein Leben geplant. Ich hatte mein Leben unter Kontrolle. Heirat. Kinder. Und eines Tages würden Zachary und ich Fleur Cosmetics leiten. Das würde meine Zukunft sein, und ich war bereit.

Dann kam Ryder in mein Leben und … hat es vollkommen ins Wanken gebracht. Ich habe mich von Zachary getrennt. Ich bin so schnell einem anderen

Mann verfallen, dass er im Nullkommanichts meine Erinnerung an Zachary vollständig ausgelöscht hat. Ryder bringt mich durcheinander. Er macht mir Angst. Er erregt mich. Er verärgert mich. Er turnt mich an. Und nach letzter Nacht?

Ich weiß überhaupt nicht mehr, wer ich bin. Ich weiß nur, dass ich ihn begehre. Ihn will. Ich sitze an einem Montagmorgen in meinem Büro, und der Schmerz zwischen meinen Beinen, die blauen Flecken auf meinem Hintern sind beinahe unerträglich. Mein ganzer Körper schmerzt, und als ich meine Wohnung heute früh verlassen habe, nachdem er mich kurz vor Sonnenaufgang noch einmal gevögelt hatte, hat er mich angelächelt und mich geküsst und fünf Worte zu mir gesagt, die sich mir ins Gehirn gebrannt haben.

*Vergiss nicht, du gehörst mir.*

Als ob ich das vergessen könnte. Wenn mein Gehirn es vergessen sollte, würde mein Körper mich auf jeden Fall daran erinnern. Ich habe mich noch nie zuvor beim Sex so brutal behandeln lassen und es so genossen.

Ich soll um neun bei Vater vorbeischauen, und bis dahin verstecke ich mich in meinem Büro und beantworte E-Mails, trage Notizen in meinen Kalender ein. Stupide, langweilige Arbeit, von der ich gehofft hatte, dass sie meine Gedanken im Zaum halten würde, aber es hat keinen Zweck.

Ich muss mich bei Ryder melden.

Ich öffne eine neue E-Mail und fange an zu schreiben.

**Liebster R.,**
**es ist wahrscheinlich das Beste, wenn du diese E-Mail sofort löschst, nachdem du sie gelesen hast.**

Ich wollte dich bloß wissen lassen, dass ich an dich denke. Jedes Mal, wenn ich mich bewege, spüre ich dich. So etwas, was du letzte Nacht mit mir gemacht hast, habe ich noch nie zuvor erlebt. Ich kann nicht vergessen, was du zu mir gesagt hast, wie du mich angesehen hast, wie du mich berührt hast.
Es war beängstigend.
Es war wundervoll.
Ich will mehr.
Du hast mir heute Morgen gesagt, ich solle nicht vergessen, dass ich dir gehöre, und das werde ich auch nicht.
Ich kann es nicht.
Deine
V

Ich klicke auf Senden, bevor ich es mir noch einmal anders überlegen kann, und kehre wieder zu meinem Kalender zurück. Das Ticken der Uhr an der Wand bereitet mir Unbehagen. Ich habe das Gefühl, als würde mich das leise Tick-Tack meinem Verhängnis zuführen, und ich weiß nicht, warum.

Ich wünschte, mein Büro bestände nicht nur aus Glaswänden. Ich muss mir dringend Jalousien oder Vorhänge zulegen, damit ich mich abschotten kann. Es gefällt mir nicht, so zur Schau gestellt zu sein. Ich wäre lieber allein mit meinen Gedanken. Mit meinen Erinnerungen daran, was Ryder zu mir gesagt hat.

»Ich bin ein krankes Arschloch, Violet.«
»Ich bin nicht gut. Längst nicht gut genug für dich.«
»Das ist mir egal.«
»Das sollte es aber nicht. Du bist ein gutes Mädchen. Du bist so rein, so süß. Ich werde dich brechen.«

Bei der Erinnerung wird mir ganz warm, und das Unbehagen vergeht. Er würde mich nie verletzen. Ich werde mich nicht von ihm verletzen lassen.

Und ich glaube nicht, dass er mich absichtlich verletzen würde.

Ich habe eine neue E-Mail, und mir wird schwindelig, als ich sehe, von wem sie ist.

**Meine sexy V,**
**du bist auch in meinen Gedanken. Was letzte Nacht passiert ist, war nicht ganz, wie ich es geplant hatte. Ich dachte, du würdest mich dafür hassen, was ich mit dir gemacht habe.**
**Stattdessen, glaube ich, willst du mich jetzt noch mehr. Und du hast mir bewusst gemacht, dass ... du perfekt für mich bist.**
**Ich kann an nichts anderes denken, als dich wieder nackt zu sehen. Gefesselt und für mich entblößt. Mein Mund auf deiner Haut. Mein Schwanz tief in dir drin. Heute wird die reinste Folter.**
**Ich glaube, wir müssen uns in der Mittagspause treffen.**
**R.**

Ich presse meine Faust an meine Lippen und versuche, das Lächeln zu verbergen, das sich auf meinem Gesicht ausbreitet, aber es hat keinen Zweck. Ich drücke auf Antworten und fange an zu tippen.

**Mittagspause klingt perfekt. Und bitte keine Vorspeisen. Ich habe heute besonderen Hunger.**
**Deine V**

Seine Antwort kommt sofort.

**Worauf genau hast du Appetit? Verrate es mir, Violet.**

Ich schließe die Augen, konzentriere mich auf meinen regelmäßigen Herzschlag, meinen langsamen, ruhigen Atem, den Schmerz zwischen meinen Beinen, die Schmerzen an meinem ganzen Körper. Ich weiß genau, was ich will, aber es ist mir etwas peinlich, es zu sagen.

Er wird mich aber nicht damit davonkommen lassen, ihm auszuweichen. Er wird die Wahrheit haben wollen.

**Deinen Schwanz.**

Lächelnd schicke ich meine Zwei-Wort-Mail ab und hoffe sehr, dass wir beide daran denken, diese E-Mails sofort zu löschen, denn, oh Gott, sie sind schlimm. Belastend.

Und machen Spaß.

Ich blicke auf die Uhr, es ist fünf vor neun. Ich muss los zu Vaters Büro, aber ich will noch nicht gehen. Ich will hier sein, wenn Ryders Antwort kommt. Ich will wissen, was er von meinem Wunsch hält.

Glücklicherweise ist Vaters Büro nur den Flur hinunter, und ich muss nicht weit gehen. Ich könnte auch ein bisschen zu spät kommen, wenn es sein muss …

In meinem Posteingang befindet sich eine neue Nachricht, und ich öffne sie gespannt.

**Du bist ein schlimmes Mädchen.**

Ich habe Schmetterlinge im Bauch. *Er* ist derjenige, der schlimm ist.

**Nur für dich.**

Ich klicke auf Senden.

Innerhalb von dreißig Sekunden nachdem ich die E-Mail abgeschickt habe, klingelt mein Telefon, und ich gehe sofort ran und mir wird ganz warm in Erwartung, seine tiefe Stimme zu hören.

»Gehen wir heute Mittag zusammen essen?«, fragt Rose.

Enttäuscht lasse ich mich auf meinem Stuhl zurückfallen. »Ich kann nicht«, sage ich schwach. »Ich bin schon verabredet.«

»Mit wem? Sag ab. Ich bin deine Schwester. Ich brauche deinen Rat.«

Sofort ist mein Verantwortungsbewusstsein aktiviert. Ich bin immer für sie da, wenn Rose mich braucht. Ich kann sie nicht im Stich lassen. Das habe ich noch nie getan. Das ist Lilys Job. »Für was brauchst du denn meinen Rat?«

»Alles Mögliche«, sagt Rose ausweichend. »Bitte, Violet. Wir sind schon so lange nicht mehr zusammen mittagessen gewesen, und ich ... ich muss mit dir reden.«

»Ist alles okay?« Sie klingt traurig. Ich habe sie in letzter Zeit ziemlich wenig beachtet, weil ich die ganze Zeit nur meine eigenen Wünsche und Bedürfnisse im Kopf hatte, und das ist nicht fair. Ich bin sonst immer für meine Familie da.

»Na ja, du bist gestern beim Brunch so schnell weg gewesen wegen deines sogenannten Problems mit den Farben deiner neuen Linie, und ich konnte gar nicht mit dir reden. Und Lily ist eine furchtbare Zuhörerin.« Ich kann förmlich hören, wie Rose die Augen verdreht.

»Okay. Wir gehen mittagessen. Ich hole dich um zwölf ab. Oder willst du später gehen?« Wenn wir später gehen, kann ich vielleicht Ryder noch für ein paar Minuten sehen. Und einfach etwas länger Mittagspause machen. Aber ich kann schlecht Sex mit ihm haben und dann total zerzaust und nach ihm riechend bei Rose auftauchen.

*Gott*, was ist nur los mit mir?

»Zwölf ist gut. Ich muss hier raus.«

Ich lege auf und schalte den Computer aus, dann mache ich mich auf den Weg zu meinem Vater. Der Flur ist still, wie immer an einem Montagmorgen, wenn alle sich erst einmal auf die neue Woche einstimmen müssen. Vaters Büro ist am Ende des Flurs, gegenüber von dem kleinen Besprechungsraum, und ich nähere mich seiner leicht geöffneten Tür und will gerade anklopfen, als ich schockiert stehen bleibe.

Pilar sitzt auf seinem Tisch, direkt vor ihm, die Beine gespreizt, sodass ihr Rock hochgerutscht ist und ihre Oberschenkel entblößt sind. Seine Hände liegen auf ihren Schenkeln, und sie hält seine Krawatte umklammert und beugt sich zurück, als hätte sie ihn gerade …

Geküsst.

Schockiert drehe ich mich um und renne so lautlos wie möglich zum Fahrstuhl. Ohne nachzudenken, drücke ich auf den Knopf und warte, beobachte die aufleuchtenden Zahlen, die immer weiter aufsteigen … bis der Gong ertönt und sich die Türen öffnen.

Ich steige in den leeren Fahrstuhl und drücke hektisch auf den Knopf zum Türenschließen, und als sie leise zugehen, atme ich erleichtert auf. In meinen Gedanken spielt sich die gerade erlebte Szene wieder ab, und ich suche nach einem Fehler. Ich könnte ja etwas falsch interpretiert haben, oder? War das wirklich Pilar? Und hatte Vater seine Hände wirklich auf ihren *Oberschenkeln*?

Ich lehne mich gegen die Wand, schließe die Augen

und lasse den Kopf zurückfallen. Ich muss der Wahrheit wohl ins Gesicht sehen. *Ja.* Seine Hände waren eindeutig auf ihren Schenkeln. Und sie hat ihn auf ihre offensichtliche erotische Art angelächelt. Sie ist von Ryder zu Zachary zu meinem Vater übergegangen ... und wer weiß, wie viele sie zwischendurch noch hatte.

Ich glaube, mir wird schlecht.

Der Fahrstuhl braucht ewig, er hält fast auf jedem Stockwerk, und überall steigen Leute – alle Fleur-Mitarbeiter – ein und aus. Ich nicke und murmle Hallo, und weil ich mich darüber ärgere, Small Talk betreiben zu müssen, fallen meine Antworten ziemlich schroff aus. Normalerweise bin ich nicht so unhöflich, aber ich habe jetzt keine Zeit für so etwas. Ich brauche ... Ich weiß nicht, was ich brauche.

*Doch, tust du. Du brauchst Ryder.*

Als der Fahrstuhl auf seiner Etage hält, schiebe ich mich durch die Leute und steige schnell aus. Ich laufe zu seinem Büro, ohne ein Wort zu der Frau hinterm Empfang zu sagen, die mir einen Gruß hinterherruft. Seine Tür ist bloß angelehnt, genau wie die von meinem Vater, und ich halte kurz inne, mein Herz rast vor Angst.

Was ist ... wenn auch er nicht allein ist?

Aber als ich hineinblicke, sitzt er hinter seinem Tisch, auf dem Stuhl zurückgelehnt, und telefoniert. Er sieht umwerfend aus. Er trägt einen perfekt sitzenden dunkelblauen Anzug und ein strahlend weißes Hemd, dazu eine blassgelbe Krawatte. Er ist der Inbegriff des sexy Geschäftsmannes.

Und darunter ist er auch der Inbegriff des gepiercten und tätowierten Bad Boy. Es gefällt mir, dass er beides ist. Ich weiß noch immer so wenig über ihn, und ich kann es gar nicht erwarten, mehr herauszufinden.

Als ich vorsichtig anklopfe und sein Büro betrete, blickt er überrascht auf. Er beugt sich vor und beendet das Telefonat innerhalb von Sekunden, nachdem ich hereingekommen bin, mit einer Ausrede.

»Ist alles okay?« Er steht auf und kommt um den Tisch auf mich zu.

Zachary hätte das nie gemacht. Er hätte bloß einen Finger hochgehalten, als wäre ich diejenige, die ihn bei etwas Wichtigem unterbricht, nicht umgekehrt, als wäre ich wichtig.

Erfreut, dass er meine Aufregung bemerkt, deute ich auf die Tür. »Mach sie zu. Bitte.«

»Was stimmt denn nicht?«

»Ich erzähle es dir, wenn du die Tür zugemacht hast. Es ist, ähm, etwas Privates.« Ich lächle ihn unsicher an, und stirnrunzelnd geht er zur Tür und verriegelt sie, bevor er zu mir kommt.

»Erzähl es mir«, sagt er und zieht mich in seine Arme. Ich lasse es bereitwillig geschehen, umschlinge seine Hüften und drücke mein Gesicht an seine Brust, lasse mich von seinem Duft und seiner Wärme einhüllen. Trösten. Ich halte mich einige lange, stille Momente an ihm fest und genieße das Gefühl, in seinen starken Armen zu sein, bis er sich schließlich von mir löst, mich an den Schultern fasst und mich ernst anblickt. »Du machst mir Sorgen, Violet.«

Ist es verkehrt, dass ich mich darüber freue? »Ich bin zum Büro meines Vaters gegangen. Er hatte mich gebeten vorbeizukommen, um ein paar Dinge zu besprechen.« Ich hole tief Luft. Ich weiß nicht genau, wie ich es ihm sagen soll. »Als ich durch seine offene Tür gesehen habe, war Pilar bei ihm.«

Ryder runzelt die Stirn und macht einen kleinen Schritt zurück. »Und?«

»Sie saß direkt vor ihm auf dem Tisch, und er hatte seine Hände auf ihren ... auf ihren Schenkeln. Ich glaube, sie hatten sich gerade geküsst.«

»*Was?*« Ryder klingt genauso ungläubig, wie ich mich fühle. »Hast du gesehen, wie sie sich geküsst haben?«

Ich schüttle den Kopf. »Es sah aber nach einer ziemlich ... intimen Situation aus.«

Er lässt mich los und fängt an, im Zimmer umherzugehen. Sein Gesichtsausdruck ist entschlossen, seine Körperhaltung starr. Ich weiß nicht, was er denkt, und das beunruhigt mich. Bei Zachary wusste ich wenigstens immer, woran ich war. Nachdem ich zwei Jahre lang mit ihm zusammen war, hatte ich manchmal das Gefühl, seine Gedanken lesen zu können.

Aber mit Ryder ist alles noch so neu, ich kenne ihn kaum. Er ist so geheimnisvoll und gibt immer nur kleine Bruchstücke von sich preis, die nicht immer Sinn ergeben. Jetzt hat er sich mal wieder vollkommen in sich zurückgezogen. Ich wünschte, er würde mir gegenüber offener sein.

»Wir müssen vorsichtig sein«, sagt er schließlich mit leiser Stimme. Er wirkt ganz abwesend. Offenbar denkt er nach, aber ich weiß nicht, worüber.

»Was meinst du damit?«

»Ich will nicht, dass die Leute denken, wir wären – zusammen.« Er stolpert beinahe über das letzte Wort, und das ärgert mich. Nach allem, was wir zusammen erlebt haben, nach allem, was letzte Nacht passiert ist, habe ich eigentlich keinen Zweifel daran, dass wir zusammen sind.

»Tja, das hast du herausposaunt, als du dich mit Zachary auf dieser blöden Party gestritten hast«, rufe ich ihm in Erinnerung. Ich übernehme nicht die Verantwortung dafür, dass öffentlich geworden ist, was ich von Anfang an als geheime Affäre handhaben wollte. Die trägt allein er.

»Ich weiß. *Verdammt.*« Er fährt sich mit den Händen durch die Haare und bringt sie total durcheinander. Ich würde gern zu ihm gehen und seine dichten Haare wieder ordnen, aber ich bleibe, wo ich bin. Ich bin mir auf einmal wieder unsicher, was unsere Beziehung angeht.

Ich finde es furchtbar.

Er kommt auf mich zu und nimmt meine Hände. »Ich muss dich um etwas bitten, was dir nicht gefallen wird.«

Stirnrunzelnd sehe ich ihn an. »Und zwar?«

»Ich will, dass du zu Zachary zurückkehrst.« Als er seinen Namen sagt, verzieht er das Gesicht.

»Ist das dein Ernst? Nein.« Ich entreiße ihm meine Hände und schlinge die Arme um mich, um die plötzliche Kälte abzuwehren. »Warum sollte ich das tun? Besonders nach ...«

»Letzter Nacht? Ich weiß.« Er zieht mich an sich und nimmt mich in die Arme, drückt seinen Mund an meine Stirn und legt mir besitzergreifend die Hand auf den Hintern. »Ich kann nicht aufhören, daran zu denken, was letzte Nacht zwischen uns passiert ist, Violet. Das musst du wissen. Aber du musst das trotzdem tun. Es wird nur vorübergehend sein. Wir brauchen eine Tarnung, während ich herausfinde, was Pilar vorhat.«

»Warum brauchen wir e-eine Tarnung?« Meine Stimme hakt, als Ryder seine Hand langsam über meinen Hintern wandern lässt. Sein Streicheln entfacht ein Feuer in mir, lässt meinen Körper nach etwas sehnen, was nur er mir geben kann. Ich müsste ihn dafür hassen, dass er so etwas von mir verlangt, aber es ist, als würde er mich mit seinen Berührungen in eine Art Trance versetzen, während er mich bittet, etwas zu tun, was ich normalerweise niemals tun würde.

Ich fühle mich fast ... manipuliert.

»Ich will nicht, dass Pilar von unserer Vermutung, dass sie etwas mit deinem Vater hat, weiß«, sagt er, während er sein Gesicht an meines schmiegt. »Himmel, du riechst so gut.«

»Ryder ...«, protestiere ich, als er mein Gesicht umfasst und meinen Kopf nach hinten neigt, sodass mein Mund den seinen berührt. Er küsst mich so wild, dass ich mich ihm ganz zuwende, ihm die Arme um den Hals schlinge und mich seinem Kuss vollkommen hingebe.

»Du lenkst mich zu sehr ab.« Er löst sich von mir, fasst mich an den Schultern und streckt die Arme aus, um mich ansehen zu können. »Ich will, dass du heute Nachmittag zu Zacharys Büro gehst und ihm sagst, dass du ihn vermisst. Dass du es bedauerst, seine letzten Tage in New York nicht mit ihm zusammen zu verbringen. Es wird nicht besonders schwer sein, das Arschloch davon zu überzeugen, dass du ihn immer noch willst.«

Bei dem Gedanken bekomme ich eine Gänsehaut. »Ich will das aber nicht tun«, sage ich leise.

»Baby.« Er legt mir die Hände auf die Wangen und streicht mir so sanft mit den Daumen über die Haut, dass ich seine Berührung genießend die Augen schließe. Aber ich verspüre ein unangenehmes Ziehen im Bauch. Es kommt mir beinah so vor, als wäre dies das letzte Mal, dass wir zusammen sind. Dramatisch, aber wahr. »Ich weiß, dass du es nicht willst. Aber tu es für mich. Für uns. Ich verspreche dir, dass am Ende alles gut wird.«

»Und was machst du währenddessen, wenn ich so tue, als wäre ich wieder mit Zachary zusammen?« Ich werde von Abscheu erfüllt, und mein Magen krampft sich noch mehr zusammen. Was ist, wenn er zu Pilar zurückgeht? Ich kann den Gedanken kaum ertragen. Allein die Vorstellung, dass Pilar ihre Hände überall auf ihm hat, weckt in mir das Bedürfnis, ihr etwas anzutun.

Und so ein Bedürfnis verspüre ich sonst nie.

»Ich werde dem Ganzen nachgehen. Pilar ausquetschen. Deinen Vater ausfragen.« Natürlich erwähnt er Pilar. Ich hasse sie. Und was er vorhat … es klingt riskant. Ich verstehe nicht, warum wir so eine verdeckte Aktion daraus machen müssen. »Ich werde nicht mit ihm schlafen, Ryder. Er wird es wollen, aber ich werde es nicht tun.«

»Das Letzte, was ich will, ist, dass du Sex mit ihm hast. Wenn es dazu kommen würde, müsste ich ihn umbringen.« Er küsst mich wieder, leidenschaftlich brutal, und drückt mir die Hände so fest auf meinen geschundenen Hintern, dass ich an seinem Mund aufschreie. Sofort lockert er seinen Griff und sieht mich zerknirscht an. »Sag ihm einfach, du gibst ihm noch eine Chance, aber willst es langsam angehen.«

Nickend denke ich über seine Worte nach. Das könnte ich tun. Und Zachary würde es mir auch glauben. Er ist so arrogant, dass er wahrscheinlich denkt, er hätte mich in die Enge getrieben. Er wird sich so freuen, dass ich bereit bin, ihm noch eine Chance zu geben, dass er wahrscheinlich mit meinen Bedingungen einverstanden sein wird. Außerdem wird er sowieso weiterhin tun, was er will.

Nicht, dass es mich noch stören würde.

»Ich kann es verstehen, wenn … du dich von ihm berühren lassen musst. Dich von ihm küssen lassen musst.« Die Wut, die sich auf einmal auf seinem Gesicht abzeichnet, macht mir fast Angst. »Aber versuch es, so weit wie möglich zu vermeiden.«

Seine Worte tun mir weh, was blöd ist. Aber nach letzter Nacht dachte ich irgendwie, zwischen uns hätte sich etwas verändert. Ich will nicht bloß ein Spiel für Ryder McKay sein.

Aber was ist, wenn das hier alles bloß eine Art Spiel ist? Was ist, wenn er mich nur benutzt, um sich irgendwie an Zachary und Pilar zu rächen? Es könnte auch gut sein, dass ich gerade in eine Falle tappe.

»Und wie lange soll ich so tun?«, frage ich misstrauisch. Ich will auf keinen Fall, dass Zachary mich küsst. Es würde sich anfühlen, als würde ich fremdgehen. Ich will niemandes Hände oder Lippen auf mir außer die von Ryder.

»So lange, wie es dauert. Hoffentlich nicht so lange,

bis Zachary abreist«, antwortet Ryder. Er lässt mich los und fängt wieder an, gedankenverloren durchs Zimmer zu schreiten. Ich sehe ihm zu, bewundere seine schöne maskuline Gestalt. Er sieht aus, als wäre er gerade einem Magazin entstiegen, so perfekt ist er gekleidet. Sogar seine wilden Haare sehen kunstvoll arrangiert und unglaublich sexy aus. Ich werde schon wieder feucht, wenn ich ihn nur ansehe.

Was mir in Erinnerung ruft, dass ich unsere Verabredung absagen muss.

»Meine Schwester hat gefragt, ob ich mit ihr mittagessen gehe«, sage ich zögerlich.

Er bleibt stehen und sieht mich an. »Du hast ihr doch gesagt, dass du schon etwas vorhast, oder?«

Langsam schüttle ich den Kopf und beobachte nervös, wie sich seine Augen vor Wut verfinstern. »Sie hat gesagt, sie braucht mich.«

»Violet.« Er klingt richtig aufgebracht, und ich mache einen Schritt zurück, als er auf mich zukommt. Mit seinen langen Beinen ist er innerhalb von Sekunden bei mir, und er legt mir die Hand um den Hals und fasst mir mit seinen langen Fingern in die Haare und greift fest zu. »Ich brauche dich auch. Das könnte für eine ganze Weile unsere letzte Gelegenheit sein, uns zu treffen.«

»I-ich weiß.« Ich nicke schnell, und mein ganzer Körper zittert, als er meine Haare noch fester packt. Es tut weh. Es fühlt sich gut an. Warum gefällt mir diese aggressive Machtdemonstration?

»Du ziehst deine Schwester mir vor«, murmelt er mit angespannter Stimme und brennendem Blick.

»Sie ist meine Familie«, verteidige ich mich.

»Zähle ich nicht auch?« Er zieht mich so nah an sich heran, dass sein Gesicht mich fast berührt, und ich bekomme ganz weiche Knie.

»Ich …« Ich sehe ihn an. Zählt er? Ja. Aber zähle ich auch für ihn?

Ich dachte es. Vielleicht habe ich mich geirrt.

Die Erinnerungen an letzte Nacht steigen in mir auf, eine nach der anderen. Er war so brutal, und doch auch so zärtlich. Ich will das wieder. Ich will, was nur er mir geben kann.

Ich weiß nicht, ob er bereit ist, mir zu geben, was ich will. Auch nicht, wenn er es wollte.

Und das macht mir am meisten Angst.

# KAPITEL 24

## Ryder

Ich verhalte mich wie ein Arschloch, das weiß ich, aber ich kann nicht anders. Es verletzt mich, dass sie lieber mit Rose ihre Mittagspause verbringt als mit mir. Dass sie es vorzieht, in einem überfüllten Restaurant zu sitzen und sich die Klagen ihrer Schwester anzuhören, wenn sie mit mir hier in meinem Büro sein könnte, nackt und keuchend und einen Orgasmus nach dem anderen erlebend.

Die Wahrheit ist, dass ich neidisch bin. Neidisch, dass Violet diese anderen Beziehungen hat, die ihr etwas bedeuten, und ich niemanden sonst außer Pilar habe, und die Schlampe zählt nicht. Violets Familie steht für sie an allererster Stelle, und ich habe keinen blassen Schimmer, wie das ist. Meine Mutter ist in meinem Leben nie aufgetaucht, und mein Vater war ein egoistischer Scheißkerl, der keine Lust hatte, sich um mich zu kümmern. Ich hatte keine richtigen Freunde. Keine andere Familie.

Dass ich sie zu Zachary zurückschicke, macht es auch nicht gerade besser. Und wozu? Um sie vor Pilar zu beschützen, während ich herausfinde, was sie mit Forrest vorhat? Und ist dieser Scheiß jetzt echt wahr, dass sie etwas mit dem alten Mann hat? Die Frau ist wirklich hinterhältig, das muss ich ihr lassen.

Ja. Sieht ganz so aus.

»Zähle ich denn für dich?«, fragt Violet schließlich mit leiser, rauer und verdammt erotischer Stimme. Sie kaut auf der Unterlippe, während sie nervös auf meine Antwort wartet.

Und auf einmal bin ich auch nervös.

»Ja«, murmle ich, unsicher, was ich sonst noch sagen soll. Ich habe so etwas noch nie gemacht. Eine normale Beziehung mit einer Frau einzugehen ist etwas vollkommen Neues für mich, und ich komme mir vor wie der letzte Idiot. Vor allem fühle ich mich total außer Kontrolle, und das gefällt mir gar nicht.

»Wirklich, Ryder? Denn wenn ich dir tatsächlich etwas bedeute, denke ich, dass es nicht leicht für dich werden wird, wenn ich zu Zachary zurückgehe, auch wenn es nur gespielt ist. Ich weiß jedenfalls, dass ich den Gedanken von Pilar in deiner Nähe nicht ertrage.« Sie schürzt die Lippen und sieht so verdammt anständig aus in ihrer cremefarbenen Bluse und dem engen schwarzen Rock. Schlicht und elegant, die Haare zu einem Zopf zusammengebunden und diese verdammten funkelnden Diamanten in den Ohren. Ich hoffe nur, dass Lawrence sie ihr nicht geschenkt hat, sonst muss ich sie irgendwann die Toilette runterspülen.

Sie hat recht. Ich bin das Arschloch, das sie zu ihm zurücktreibt. Es ist nicht echt, aber trotzdem. Ich gehe damit ein ziemlich großes Risiko ein. Was ist, wenn sie noch nicht über ihn hinweg ist? Was ist, wenn sie zu ihm zurückkehrt und feststellt, dass sie … bei ihm bleiben will?

Doch das Risiko muss ich eingehen, um herauszufinden, was Pilar vorhat.

»Du bedeutest mir etwas. Viel mehr, als du denkst.« Ich hole tief Luft. Es gefällt mir nicht, wie verletzlich ich mich fühle.

»Mehr kann ich wohl nicht verlangen.« Violet kommt auf mich zu und berührt meine Wange. Wir sehen uns schweigend an, und ich schließe einen kurzen Moment lang die Augen, atme tief ein. Sie überwältigt mich. Ich will sie. Immer. Wenn ich könnte, würde ich sie jetzt auf meinen Tisch werfen und nehmen, und es wäre mir egal, wenn uns irgendjemand erwischen würde.

Aber ich tue es nicht. Ich denke an heute Morgen, wie ich sie noch einmal gevögelt habe, bevor ich ihre Wohnung verlassen habe. Wie sie vor mir lag, meine Hände auf ihren Hüften, mein Schwanz in ihrem prächtigen, geschundenen Körper. Ihre Brüste haben gewackelt, ihre Augen gestrahlt, und als ich ihn aus ihr rausgezogen habe und auf ihren Bauch abgespritzt habe, ist sie mit den Fingern hindurchgefahren und hat sie sich mit einem zufriedenen Lächeln abgeleckt.

Ja, es hat mich schlimm erwischt. Sie ist wie für mich geschaffen. Noch nie zuvor habe ich mich mit einer Frau so verhalten. Ich kommandiere die Frauen im Bett gern herum, aber das ist nur, weil ich weiß, was ich will. Aber Violet hat irgendetwas an sich, das in mir das Bedürfnis weckt, sie zu beherrschen. Sie zu markieren.

Sie zu besitzen.

»Du machst mich noch verrückt«, knurre ich, ziehe sie in meine Arme und drücke meinen Mund auf ihren. Stöhnend presst sie sich an mich, ihre Zunge gleitet über meine, ihre Brüste drücken gegen mich.

Sofort habe ich einen Ständer. Ich bin schon wieder versucht. Ich könnte ihren Rock hochziehen und sie hier und jetzt ficken.

Aber ich tue es nicht. Ich muss sie aus meinem Büro kriegen, damit wir unseren Plan in die Tat umsetzen können. Ich werde Pilar austricksen. Und Violet wird sich um Zachary kümmern.

Hoffentlich kommen wir dahinter, was Pilar vorhat, und bekommen, was wir wollen.

»Du solltest gehen«, flüstere ich nach einem verzweifelten Kuss an ihren Lippen. Sie löst sich von mir und sieht mich traurig an.

Versteht sie denn nicht, dass ich nichts anderes will, als sie zu beschützen?

»Okay.« Sie holt tief Luft und nickt und versucht sich aus meiner Umarmung zu befreien. Aber ich lasse sie nicht gehen. Noch nicht.

Als ob ich sie nicht loslassen könnte.

Ich lege ihr die Hand hinters Ohr, wobei ich aufpasse, ihren Zopf nicht zu zerstören. Ich fahre mit dem Finger über den Diamant-Ohrstecker. »Von wem hast du die?«

Ihr Blick trübt sich, ihr Gesichtsausdruck wird ernst. »Sie haben meiner Mutter gehört.«

Oh Gott. Ich weiß nicht viel über den Tod ihrer Mutter, ich weiß nur, dass er lange her ist. Ich will sie nicht noch trauriger machen. »Sie sind wunderschön.«

»*Sie* war wunderschön.« Ein leichtes Lächeln umspielt ihre Lippen. »Es gibt Leute, die sagen, ich sehe ihr ähnlich.«

»Dann war sie auf jeden Fall wunderschön.« Ich beuge mich vor und küsse sie sanft auf die Lippen. Sie neigt den Kopf, ihre Lippen verweilen an meinen, zögern den Kuss hinaus, und ich fahre ihr mit der Zunge in den Mund, küsse sie tiefer ...

*Verdammt.* Ich muss damit aufhören.

Ich löse mich von ihr und lasse die Hand sinken. Sie blickt mich wieder mit ihren gefühlvollen braunen Augen an, und ich frage mich, was für Geheimnisse sie noch hat. Denn die hat sie. Jeder hat welche.

»Ich weiß nicht, ob ich das kann«, flüstert sie.

Meine Finger verharren an der Vorderseite ihrer Bluse. »Ob du was kannst?«

»So zu tun, als wollte ich Zachary zurück. Dass ich mein altes Leben mit ihm zurückwill.« Kopfschüttelnd schließt sie die Augen und verzieht den Mund, als würde sie gleich anfangen zu weinen. »Ich will ihn nicht. Ich will nur dich.«

»Hey.« Ich ziehe sie an mich, küsse ihre zitternden Lippen und flüstere: »Es ist okay. Es wird nicht lange dauern. Versprochen.«

Sie nickt kurz, ihre Augen glänzen vor Tränen, und ich lege ihr die Hände auf die Wangen und küsse sie auf die Stirn und wieder auf die Lippen. »Wein nicht, Baby. Es macht mich fertig, deine Tränen zu sehen.« Sie reißen an meinem Herz und bringen mich ganz durcheinander. Ich halte das verdammt noch mal nicht aus, sie so traurig zu sehen.

Ich will Violet vielleicht besitzen, aber ich befürchte, sie besitzt mich bereits.

»Tut mir leid«, flüstert sie. »Versprich mir nur ... dass du heute Abend zu mir kommst. Versprich mir, dass wir uns sehen.«

»Ich komme zu dir.« Das hatte ich so nicht geplant.

Ich wollte mich eigentlich von ihr fernhalten, damit es echt wirkt. Ich kann ihr aber noch nicht alles verraten. Ich weiß noch nicht einmal, ob ich ihr hundertprozentig vertrauen kann.

Aber ich weiß eins: Ich kann mich nicht von ihr fernhalten. Ich bin süchtig nach ihr. Nach ihrem Geruch, ihrem Lächeln, ihrem Verstand, ihren Lippen, ihrer Zunge, ihrer Pussy ... nach allem von ihr.

Ich will sie beschützen. Vor Pilar und Zachary und den Gerüchten und, verdammt, ich will sie ... vor mir beschützen.

Ich habe Angst, sie zu verletzen. Das ist wirklich das Letzte, was ich will.

»Hilf mir zu verstehen, warum ich das mache. Warum ich so tun soll, als wäre ich wieder mit Zachary zusammen«, sagt sie.

»Ich muss herausfinden, was zwischen Pilar und deinem Vater ist, und das kann ich nur, wenn Zachary abgelenkt ist. Wenn er mit dir beschäftigt ist, wird er nicht an Pilar denken«, erkläre ich. Und wenn Pilar glaubt, ich hätte die Sache mit Violet beendet, wird sie sich mir anvertrauen.

»Okay.« Sie presst die Lippen aufeinander und nickt, dann sieht sie mich wieder an. Tränen hängen ihr in den Wimpern, laufen ihr über die Wangen, und ich küsse sie weg, streiche ihr mit den Daumen unter den Augen lang, um die letzten Tränen wegzuwischen.

»Wein nicht, Baby. Letztendlich wird alles so kommen, wie du es dir wünschst. Das verspreche ich dir.« Ich küsse sie auf die Lippen und kämpfe gegen den Beschützerinstinkt an, der auf einmal in mir geweckt ist. Aber es hat keinen Zweck.

Er ist nun mal da. Ich kann nichts dagegen tun. Ich muss mich dem stellen, was genau ich für diese Frau empfinde.

Wenn ich das nur herausfinden könnte.

»Und wenn ich gar nicht genau weiß, was ich mir wünsche?«, fragt sie vorsichtig.

Verdammt. Dieses Mädchen ist so scharfsinnig. »Dann werden wir es nach und nach gemeinsam herausfinden.«

»Ich hab's getan.«

Ich knalle Pilars Bürotür hinter mir zu, laufe zu ihrem Tisch und bleibe kurz davor stehen. Stirnrunzelnd sieht sie mich an und ist ganz offenbar verärgert, dass ich einfach so in ihrem Büro auftauche und ihr auf die Nerven gehe. Sie ist weit entfernt von der Frau, die gestern auf meinem Knie die Hüften hat kreisen lassen wie eine begabte Stripperin und sich selbst innerhalb von Minuten zum Orgasmus gebracht hat.

»Was hast du getan?«, fragt sie. Sie klingt gelangweilt.

»Violet Fowler ist offiziell gebrochen.« Lächelnd setze ich mich auf den Stuhl vor ihrem Tisch und mache es mir bequem. Ich nehme an, sie wird mir eine Menge Fragen stellen, und ich habe die letzte Stunde in meinem Büro damit verbracht, mir zu überlegen, was sie möglicherweise wissen wollte.

Ich bin auf ihre Fragen so gut vorbereitet, wie es ein Pfadfinder nicht besser sein könnte.

»Wie, gebrochen?« Sie sieht mich kurz an, bevor sie sich wieder ihrem Laptop zuwendet. »Ich habe in einer halben Stunde einen Termin. Ich habe keine Zeit für belanglosen Mist.«

Ich stehe auf und lege die Hände auf den Tisch, dann beuge mich vor, sodass ich über ihr lauere wie ein verhungernder Geier auf der Suche nach etwas Essbarem. »Ich habe gesagt, ich habe Violet gebrochen. So, wie du es wolltest. Ich habe sie heute Morgen abgeschossen. Bis heute Abend wird sie garantiert wieder bei Lawrence angekrochen kommen.«

Sie betrachtet mich, sucht nach einem Fehler, nach der Lüge. Ich sehe sie ausdruckslos an, verhalte mich ruhig. Ein Riss in der Fassade, und sie wird sich sofort darauf stürzen. So ist sie. Es ist eine Fähigkeit, die ihr in den letzten Jahren schon öfter zugutegekommen ist.

»Gott, ich wusste, wenn sie die Chance hat, kehrt sie sofort zu Zachary zurück. Sie ist so entsetzlich langweilig.« Pilar verdreht die Augen, dann knallt sie den Laptop zu. Jetzt habe ich ihre volle Aufmerksamkeit. »Erzähl mir, was war. Ich will jedes Detail wissen.«

Hier kommen also die Lügen. Das Risiko, einen Fehler zu machen und das Ganze ordentlich zu verbocken, ist eindeutig gegeben. Was ich ihr erzähle, muss plausibel klingen, und ich muss Pilar genau das liefern, was sie will. Ich lehne mich zurück. »Ich bin zu ihr gefahren. Wir hatten uns bei ihr verabredet.«

»Was? Zum Ficken?« Sie kichert, und ich werfe ihr einen Blick zu, der sie verstummen lässt.

»Ich habe sie ausgezogen. Wir haben angefangen rumzumachen. Mittendrin habe ich ihr gesagt, dass sie furchtbar ist. Eine miese Nummer. Ich habe ihr, während ich sie gefickt habe, immer wieder alle möglichen Dinge gesagt. Kleinigkeiten, über die sie sich wahrscheinlich die ganze Zeit Gedanken gemacht hat, ob es nun als Beleidigung gemeint war oder nicht. Ich habe sie gebrochen, ihren Verstand gefickt, ihren Körper gefickt, bis sie nicht mehr klar denken konnte und sie schließlich angefangen hat zu heulen.«

Pilars Augen leuchten auf, und sie stützt die Ellbogen auf den Tisch und legt ihr Kinn auf den Fäusten ab. »Sie hat geweint? Sieh an, sieh an, Ryder. Hast du jemals vorher ein Mädchen im Bett zum Weinen gebracht?«

»Nein, sie war meine Erste.« Wir lachen beide, und ich ignoriere das Unwohlsein in meinem Bauch. Es gefällt mir gar nicht, was ich hier tue. Mich über Violet lustig zu machen, sie als schwach und jämmerlich darzustellen, obwohl sie alles andere als das ist. »Nachdem ich sie gefickt habe, bin ich abgehauen. Sie hat mir Nachrichten geschickt, aber ich habe nicht geantwortet. Sie hat mir auf die Mailbox gequatscht, aber ich habe es gelöscht. Als sie heute Morgen in meinem Büro aufgetaucht ist, habe ich ihr gesagt, dass ich es für keine gute Idee halte, die Sache weiter fortzuführen.«

»Du warst noch nie eine gute Idee für sie, mein Schatz«, sagt Pilar abfällig, und ich starre sie an.

Miststück. Ich kann es gar nicht abwarten, sie zu verraten.

»Sie hat geheult und sich darüber ausgelassen, was für ein Arschloch ich doch wäre. Dann ist sie aus meinem Büro gestürmt.« Ich mache eine Pause. Mir diese Lügen auszudenken ist schwerer, als ich dachte. »Also, es ist vorbei. Erledigt. Ich habe getan, worum du mich gebeten hast. Jetzt bist du dran, deinen Teil der Abmachung zu erfüllen.« Ich lehne mich zurück und falte die Hände vor der Brust. »Erzähl mir, mit wem hast du geredet?«

Sie schürzt die Lippen. »Ich kann nicht alle meine Geheimnisse verraten.«

»Nicht einmal mir gegenüber?«

»Besonders nicht dir gegenüber. Du lässt mich nachher noch stehen und ziehst dein Ding allein durch. Ich ziehe es vor, der Mittelmann zu sein.« Ihr Lächeln wird größer. »Oder die Mittelfrau. Dabei fällt mir ein, ich habe noch nie einen flotten Dreier gehabt. Du?«

Sie kann immer an Sex denken. Und das ist wirklich das Letzte, woran ich denke, wenn es um Pilar geht. »Nein. Zu viel Arbeit, zu wenig Gegenleistung.«

Sie lacht. »Hmm. Egoistisch, wie üblich, Ryder. Ich hätte nichts dagegen, es mal auszuprobieren.« Sie tippt sich mit dem Finger gegen die Lippen, wie sie es immer tut, wenn sie über etwas nachdenkt. Wenn sie etwas mit ihr, mir und dem alten Fowler vorschlägt? Auf keinen Fall. Nein, definitiv nein.

»Ja, wie auch immer, warum planst du deinen flotten Dreier nicht später, und wir kommen wieder zum eigentlichen Thema.« Ihr Lachen erstirbt, als sie merkt, dass ich es ernst meine. »Ich bin raus.«

Pilar sieht mich verständnislos an. »Wie, du bist raus?«

»Für mich ist das Spiel hiermit beendet. Wir haben beide getan, was wir gesagt hatten. Ich habe kein Bedürfnis, es noch weiterzutreiben.« Ich kann diese Nummer mit Pilar nicht weiter durchziehen. Ich will es nicht. Es ist eine Qual, Zeit mit Pilar zu verbringen. Ich kann sie nicht ausstehen. Und außerdem gebe ich mein Bestes, Violet zu beschützen.

Sie wird zu meiner Schwäche, auch wenn ich es

nicht zugeben will. Wenn Pilar davon Wind bekäme, wüsste sie ganz genau, wie sie mich kriegen kann.

Indem sie Violet verletzt.

»Du willst es also einfach ... beenden.« Pilar klingt überrascht, was sie wahrscheinlich tatsächlich ist.

»Es ist an der Zeit, unsere Verbindung zu lösen, findest du nicht?« Ich fahre mir mit der Hand übers Kinn, das vor lauter Frust ganz angespannt ist. Die Sache mit Pilar komplett zu beenden ist schwieriger, als ich dachte. Ich muss tun, was richtig ist. Und das heißt für mich, Violet zur Seite zu stehen.

Sie schüttelt lachend den Kopf. »Du bist echt lustig, Schätzchen. Als ob ich dich loslassen würde. So schnell kannst du mir nicht entkommen.«

»Doch, ich denke schon.«

»Nein, ich denke nicht.« Das schmale Lächeln auf ihrem Gesicht verrät mir, dass ich sie verärgert habe. Sie wird nicht zulassen, dass ich sie abserviere. Ich verstehe nicht, warum. »Glaubst du wirklich, ich lasse dich einfach gehen? Du könntest das hier eines Tages gegen mich verwenden.«

»Was? Und mich selbst gleich mit vor den Bus werfen? So blöd bin ich nicht.« Ich fühle mich fast gekränkt, dass sie das glaubt.

»Männer tun seltsame Dinge, wenn sie unter Violet Fowlers Bann stehen.« Sie zieht ihre perfekt geformte Augenbraue hoch. »Ich glaube nicht, dass du da anders bist.«

»Ich habe sie abgeschossen. Schon vergessen?« Ich koche innerlich vor Wut. Ich bin kurz davor, aufzustehen und zu gehen, bevor ich noch etwas Dummes sage und alles ruiniere.

»Natürlich nicht. Und ich bin dir sehr dankbar dafür. Ehrlich.« Ihr gelassener Gesichtsausdruck ist total gespielt. »Du musst aber noch mehr für mich tun.«

Mir krampft sich der Magen zusammen. »Es gibt nichts mehr, was ich für dich tun könnte.« Ich weiß nicht, was sie noch von mir will, aber es kann nichts Gutes sein.

»Lügner. Du könntest noch viel mehr tun. Hast du nicht irgendwelche Nacktfotos von ihr? Wir könnten sie über die Firmen-Mailingliste verschicken und es so aussehen lassen, als wären sie von Zachary. Irgendetwas Skandalöses, woraufhin Violet das Unternehmen für immer verlässt und nie mehr wiederkommt«, murmelt Pilar, und ihre Augen blitzen vor purem Hass auf.

»Was hat sie dir eigentlich getan?«, frage ich fassungslos. Ihre ungerechtfertigte Wut erstaunt mich. Ich verstehe es einfach nicht.

»Sie ist mit dem Nachnamen Fowler zur Welt gekommen.« Sie legt den Kopf schief und sieht mich selbstgefällig an. »Reicht das nicht?«

»Sie kann doch nichts dafür, in welche Familie sie hineingeboren wurde. Und warum glaubst du eigentlich, dass sie loszuwerden dich irgendwie aufsteigen lassen würde? Es gibt immer noch Rose, mit der du fertig werden müsstest. Und wer weiß, Lily könnte sich auch irgendwann am Riemen reißen und hier eines Tages wieder zu arbeiten anfangen.« Pilar ist regelrecht boshaft, wenn es um Violet geht, und ich kapiere nicht, warum.

»Violet ist ihr Daddys Liebling«, spuckt sie aus, und der Abscheu lässt ihr eigentlich hübsches Gesicht ziemlich … hässlich aussehen. »Er hört überhaupt nicht auf, sie über den grünen Klee zu loben. In seinen Augen kann sie nichts falsch machen. Wenn sie nicht mehr da ist, muss er sich auf jemand anderen konzentrieren. Rose hat keine Erfahrung, und Lily ist ein Wrack, die wird nicht einen einzigen Tag in ihrem Leben arbeiten. Violet ist die Einzige mit Ambitionen. Sie ist diejenige, auf die ihre verdammte Großmutter hofft.«

»Ihre verdammte Großmutter? Du meinst die Frau, die diese Firma gegründet hat?« Dass sie mit einer solchen Respektlosigkeit von Dahlia Fowler spricht, während alle bei Fleur sie verehren, erstaunt mich.

Und dass sie so ganz nebenbei erwähnt, mit Forrest Fowler über Violet gesprochen zu haben, erstaunt mich auch.

»Wie auch immer. Ich bin die Vetternwirtschaft hier leid. Ich verdiene eine faire Chance.« Sie knallt die Faust auf den Tisch. »Ich bin verdammt gut in dem, was ich tue, und es wird langsam Zeit, dass das erkannt wird.«

»Himmel, Pilar«, sage ich leise und erschrecke sie damit. Sie ist erbarmungslos. Das muss man in dieser Branche sein, wenn man so weit kommen will wie sie. Sie ist entschlossen und arbeitet hart, und sie ist noch nie vor einer Herausforderung zurückgeschreckt. Ich glaube, sie liebt die Herausforderung.

Und sie ist eine Unruhestifterin, was sie auch uneingeschränkt zugeben würde. Sie hat auch keine Probleme damit, einen Tobsuchtsanfall zu bekommen und so lange rumzuschreien und übertriebene Forderungen zu stellen, bis sie bekommt, was sie will.

Ich frage mich, ob das für sie in letzter Zeit auch bei

jemand anderem funktioniert hat. Zum Beispiel bei Zachary. Oder ...

Forrest Fowler.

»Was? Du tust ja geradezu so, als wäre das eine große Überraschung. Du weißt, dass ich eines Tages Fleur führen will, und das Einzige, was das verhindern könnte, ist, dass Forrest die Führung an Violet übergibt. Also werde ich sie aus dem Weg räumen. Es wird einfach werden, vor allem mit deiner Hilfe. Wenn sie erst einmal begreift, dass wir die ganze Zeit schon zusammen gegen sie gearbeitet haben ...«

Ich bekomme Angst. Ich versuche, ein ausgetrickstes Miststück auszutricksen. Alles hängt davon ab, wie ich mich anstelle.

Und auch davon, wie Violet sich anstellt.

# KAPITEL 25

## Violet

»Du weißt ja gar nicht, wie glücklich du mich gemacht hast.«

Ich schenke Zachary ein gezwungenes Lächeln, aber sage nichts. Ich habe Angst, dass meine Täuschung auffliegt, wenn ich zu viel rede. Oder schlimmer noch, dass ich ihn als ein Arschloch und einen Betrüger beschimpfe und aus dem Restaurant laufe.

Ryder wäre enttäuscht von mir. Und das ist das Letzte, was ich will.

*Na ja.* Neben Zachary.

»Wie ist dein Salat?«, fragt er. Er zeigt sich von seiner besten Seite, hat mich zu meinem Lieblingsitaliener ausgeführt und zur Feier des Tages – seine Worte – den teuersten Wein auf der Karte bestellt. Zur Feier dessen, dass ich unserer Beziehung doch noch eine Chance gebe – er ist hocherfreut.

Ich bin zu einem Drittel froh, dass ich es Zachary irgendwie zurückzahlen kann, und fühle mich zu zwei Dritteln vollkommen schrecklich, ihm das anzutun.

»Köstlich.« Ich blicke auf meinen Caprese-Salat, die perfekt geschnittenen Tomaten und den Mozzarella, die leuchtend grünen Basilikumblätter und den darüber geträufelten Balsamico-Essig. Es ist mein Lieblingssalat, meine Wahl, wenn nichts anderes auf der Karte mich anspricht.

Doch ich habe keinen Appetit. Mit Zachary zusammen zu sein fühlt sich einfach falsch an.

Furchtbar, schrecklich falsch.

»Kein Hunger?« Er sieht mich gefühlvoll an. Früher bin ich diesem Blick immer erlegen. »Du verschlingst den Salat doch sonst, als wärst du am Verhungern.«

Seine Bemerkung ärgert mich. Will er damit etwa sagen, ich würde zu viel essen? Ich mache bestimmt aus einer Mücke einen Elefanten, aber ich habe einfach immer das Gefühl, mich verteidigen zu müssen, wenn ich mit ihm zusammen bin. »Ich habe spät zu Mittag gegessen«, lüge ich.

Ich hatte mich mit Rose zum Essen getroffen und mir ihre Geschichte über ihren Ex angehört, der ihr Probleme bereitet, und wie Vater sie zu ignorieren scheint, und dass der Brunch mit Lily sie wahnsinnig gemacht hat. Ich bin normalerweise diejenige, die die beiden dazu bringt, sich anständig zu verhalten und sich nett miteinander zu unterhalten, wenn wir alle zusammen sind. Ich bin nun mal das Mittelkind. Ohne mich hat Lily gestern also abfällige Bemerkungen gemacht, und Rose ist darauf eingestiegen, sodass sie sich schließlich im Streit getrennt haben.

Ich habe wieder ein schlechtes Gewissen, weil ich die beiden allein gelassen habe, um mich mit Ryder zu treffen. Heute früh in seinem Büro hat er gesagt, ich würde ihn zu sehr ablenken. Ich muss zugeben, dass er auch für mich eine Ablenkung darstellt. Eine sehr köstliche, aber trotzdem eine Ablenkung.

Und er bringt mich dazu, Dinge zu tun … an die ich

sonst niemals auch nur gedacht hätte, geschweige denn, sie *getan* hätte. Ich sehne mich schon den ganzen Tag nach ihm.

Ich vermisse ihn. Ich will ihn. Und jetzt sitze ich hier mit Zachary.

»Ein Geschäftsessen?«

»Nein, mit meiner Schwester.« Mal sehen, ob er fragt, mit welcher von beiden. Ob er fragt, wie es ihr geht. Ob er irgendetwas Persönliches fragt. Meistens ist er so mit sich selbst beschäftigt, dass er nicht besonders viel über andere nachdenkt.

Warum noch mal war ich eigentlich so lange mit ihm zusammen?

»Und, wie war's?«, fragt er sarkastisch. »Hat Lily sich wieder darüber beklagt, dass Daddy ihr den Geldhahn abgedreht hat?«

»Nein, ich habe mich mit Rose getroffen.« *Hmm.* Er unterhält sich immer noch genauso mit mir wie vorher. Indem er abfällige Bemerkungen macht. Aber ich lasse sie einfach an mir abprallen. Von wegen, er zeigt sich von seiner besten Seite. »Wir haben uns in letzter Zeit nicht oft gesehen, und es gab viel zu erzählen.«

»Aha.« Und schon habe ich sein Interesse verloren. Ich erkenne es daran, wie er der hübschen Kellnerin hinterhersieht, ihr auf den Hintern glotzt. Er hat sich wohl nicht besonders geändert.

»Freust du dich schon?«, frage ich gut gelaunt. Als er mich merkwürdig anblickt, füge ich hinzu: »Auf London?«

»Oh. Ja. Natürlich.« Er trinkt einen Schluck Wasser, wischt sich mit der Serviette über den Mund, dann nimmt er ein Stück Brot aus dem Korb in der Mitte des Tisches. »Willst du wirklich darüber reden?«

Ist er etwa nervös? Wie merkwürdig – und was für eine angenehme Abwechslung. Sonst bin ich immer diejenige, die wie auf Eierschalen geht. »Wenn wir an unserer Beziehung arbeiten wollen, müssen wir vollkommen offen miteinander sein.« Ich zucke innerlich zusammen, als die Worte meinen Mund verlassen. Ich bin eine Lügnerin. Und ich lüge sonst nie. Ich finde es schrecklich, was Ryder mich tun lässt.

»Du hast recht.« Er entspannt sich sichtlich. »Ich … ich muss nur zuerst noch etwas wissen. Bevor ich dir mehr sage.«

»Was denn?«

»Redest du noch mit McKay?« Zacharys sonst so attraktives Gesicht ist wutverzerrt.

»Nein.« Langsam schüttle ich den Kopf und presse die Lippen aufeinander. Es gefällt mir nicht, es zu leugnen. Ryder zu verleugnen. Ich will mit ihm reden. Ich muss ihn sehen. Er hat versprochen, heute Abend noch zu mir zu kommen, aber was ist, wenn er nicht kommt? Was ist, wenn er wieder in Pilars Falle geht und ich mit Zachary zurückbleibe?

Ich würde es verdienen, dafür, dass ich ihn täusche. Dass Zachary mich oft genug betrogen hat, ist egal. Lüge um Lüge ist nicht richtig, egal, wie sehr ich es rechtfertigen könnte.

»Gut.« Seine Gesichtszüge glätten sich, und er ist wieder ganz der attraktive, charmante Zachary. »Geschäftsgeheimnis. Ich will nicht, dass das Arschloch irgendwelche Details über meine Beförderung erfährt.«

Jetzt bin ich wirklich neugierig. Und will die Probe aufs Exempel machen. »Weißt du ... mein Vater hat die Stelle in London mir gegenüber erwähnt.«

»Hat er? Was hat er gesagt? Hat er etwas über mich gesagt?«

Was für ein Egomane. »Ähm ... ja. Aber er hat außerdem gesagt, dass er glaubt, ich würde mich in London auch gut machen.«

»Du?« Er klingt schockiert. Und sogar leicht angewidert. »Du interessierst dich doch gar nicht für so etwas.«

»Woher willst du das wissen?«, frage ich ungehalten. Ich will ihm schon gründlich die Meinung sagen, als die süße Kellnerin mit unserem Essen erscheint. Sie reicht mir einen Teller Chicken Marsala, nachdem ich meinen Salat zur Seite geschoben habe, dann stellt sie einen Teller Lasagne vor Zachary. Die beiden flirten miteinander, und ich sehe ihnen innerlich kochend dabei zu.

Am liebsten würde ich Zachary am Hinterkopf packen und sein Gesicht in die kochend heiße Lasagne drücken. Bis er schreit und anfängt zu zappeln. Ich würde ihn gern für seine sexistische Art zur Rede stellen.

Aber ich mache nichts davon. Stattdessen lächle ich die Kellnerin freundlich an, als sie mir noch einen garstigen Blick zuwirft, bevor sie geht, und dann schiebe ich mein Hühnchen auf dem Teller umher, als wäre alles in bester Ordnung, während Zachary sich die Lasagne in den Mund schaufelt.

*Bah.* Er ist wirklich abstoßend.

»Du kommst mich doch bald besuchen, oder?«,

fragt er nach fünf Minuten unangenehmen Schweigens.

»Oh, ja«, sage ich und lege meine Gabel auf den Teller. Ich gebe auf. Ich habe einfach keinen Appetit. »Es ist Jahre her, dass ich zum letzten Mal in London war.«

»Wir sehen uns die Stadt gemeinsam an. Und fliegen nach Paris.« Er lächelt, denn er weiß, das ist genau, was ich will. Er versucht nur, sich einzuschmeicheln. Mich in sein Spinnennetz zu ziehen, bis ich festsitze und wieder in der gleichen Position wie vorher bin.

Gefangen und unglücklich.

Mein Handy vibriert, und ich blicke unauffällig darauf. Als ich sehe, dass es eine SMS von Ryder ist, fängt mein Herz laut zu pochen an. Ich lese seine Worte langsam, genüsslich, und versuche das Lächeln zu unterdrücken, das sich seinen Weg bahnen will.

**Ich vermisse dich.**

Er verwirrt mich. Mal ist er mir gegenüber kalt. Dann ist er wieder ganz scharf auf mich. Ich verstehe ihn einfach nicht.

**Ich bin gerade mit Zachary zusammen,** schreibe ich ihm. Mal sehen, ob ich ihn damit auf die Palme bringen kann. Es funktioniert.

**Sag dem Arschloch, dass du nach Hause musst, ich komme zu dir.**

Ich kann seine knurrende, sexy Stimme regelrecht hören. Ein Schauder durchfährt mich, als ich schnell meine Antwort tippe.

**Ich kann noch nicht los. Wir sind essen.**

**Scheiß aufs Essen.**

Aber ich habe Hunger.

                Komm, und fick mich stattdessen.

»Wem schreibst du?«

»Oh.« Ich blicke auf und umklammere mein Handy, halte das Display zu. Es liegt in meinem Schoß, Zachary kann eh nichts sehen, aber trotzdem. »Es ist, äh, Lily. Sie will mich am Wochenende zum Frühstücken treffen.«

»Schreib ihr, du bist dieses Wochenende schon mit mir verplant.« Er lächelt mich selbstzufrieden an.

»Ich kann meine Schwestern nicht links liegen lassen, Zachary. Du weißt, wie wichtig sie mir sind«, weise ich ihn zurecht.

»Und ich bin dir nicht wichtig? Ich weiß, ich muss mich dir beweisen, Violet. Ich sollte mich verdammt glücklich schätzen, dass du mir diese Chance gibst, und das tue ich auch. Aber ich reise in ein paar Tagen ab, und ich würde wirklich gern jede freie Minute, die ich bis dahin habe, mit dir verbringen.« Die Aufrichtigkeit, die seine Augen widerspiegeln, ist schwer zu ignorieren, aber ist sie wirklich echt? Das wäre so eine Kehrtwendung von dem Mann, der verkündet hatte, dass er vor seiner Abreise nicht mehr viel Zeit hat mit all seinen Vorbereitungen …

Mein Handy vibriert in meiner Hand, und als ich hinabblicke, ist Ryders Ungeduld in seiner Ein-Wort-SMS offensichtlich.

**Nun?**

Ich hebe den Kopf und lächle Zachary entschuldigend an, immer noch mit dem Handy in der Hand. »Macht es dir was aus, wenn ich sie schnell anrufe? Dauert nicht lange.«

»Geh.« Er wedelt verärgert mit der Hand, und ich entfliehe. In der Nähe der Toiletten finde ich eine ruhige Ecke, wo ich ungestört telefonieren kann.

»Sag mir, dass du gegangen bist«, sagt Ryder, als er rangeht, mit knurrender, sexy Stimme.

»Bin ich nicht. Ich habe mich davongestohlen, um dich anzurufen«, sage ich und blicke mich um, ob mich auch niemand sieht, wie ich vor den Toiletten im Dunkeln herumlungere.

»Sag ihm, es gibt einen Notfall und du musst los.«

»Was für einen Notfall?«

»Ich weiß nicht. Dass du dringend gefickt werden musst und ich der Einzige bin, der es für dich tun kann?«

»Ryder.« Ich schließe die Augen und lehne mich an die Wand. »Du hast gesagt, wir müssen diskret sein.«

»Ich hab nicht gedacht, dass es mich so sehr stören würde, wenn du mit ihm zusammen bist«, sagt er und klingt genauso verwirrt, wie ich mich fühle.

»Glaubst du, mir gefällt die Vorstellung, dass du Zeit mit Pilar verbringst?«, erwidere ich.

Er sagt nichts. Sein übliches Verhalten, wenn er nicht weiß, was er sagen soll.

»Wir sind fast fertig«, sage ich leise. »Ich werde mich rausreden und sagen, ich hätte Kopfschmerzen. Ich schreibe dir, wenn ich unterwegs bin.«

»Zehn Minuten«, sagt er angespannt. »Wenn du mir in zehn Minuten nicht geschrieben hast, dann gibt es ordentlich Ärger.«

Ich bekomme ganz weiche Knie. »Was meinst du damit?«

»Das wirst du schon noch herausfinden, wenn du es

unbedingt drauf ankommen lassen willst.« Und dann ist er weg.

Ich atme zitternd aus, dann gehe ich in die Toilette, wasche mir die Hände und spritze mir kaltes Wasser auf die erhitzten Wangen. Ich reiße ein Papierhandtuch ab und sehe mich im Spiegel an, während ich mir die Hände abtrockne und die Wangen tupfe.

Wer bin ich? Was ist mit mir passiert, seit Ryder in mein Leben spaziert ist und es auf den Kopf gestellt hat? Ich tue so, als würde ich wieder mit meinem Ex zusammen sein, während ich nebenbei SMS mit meiner Affäre schreibe. Mit dem Mann, der verlangt, dass ich mich sofort mit ihm bei mir zu Hause treffe, weil es sonst ordentlich Ärger gibt.

Ich denke daran, was er letzte Nacht mit mir getan hat. An seine Hand um meinen Hals, als er mich gevögelt hat ... wie er mich geschlagen hat ...

Gott. Das war wirklich schockierend. Und doch will ich mehr. Ich verzehre mich nach mehr.

Auf Beinen wie aus Gummi kehre ich zu dem Tisch mit Zachary zurück und setze mich hin. Ich nehme mein Wasserglas und leere es in einem Zug.

»Ist alles in Ordnung?«, fragt er mit besorgter Stimme.

»Ich habe furchtbare Kopfschmerzen. Der ganze Stress in letzter Zeit ...« Ich lächle ihn schwach an und hoffe, dass mein subtiler Versuch, bei ihm Schuldgefühle zu wecken, funktioniert. »Ich muss leider los.«

»Verstehe.« Er springt auf und hilft mir hoch, als wäre ich zerbrechlich. Ich werfe noch einen letzten bedauernden Blick auf das Essen, das ich kaum angerührt habe, und lasse mich von ihm aus dem Restaurant führen. Meine Nerven liegen blank, mir ist schwindelig, und zwischen den Beinen bin ich ganz feucht.

Denn ich weiß, dass ich schon bald Ryder sehen werde. Und ich hoffe beinah, dass es ordentlich Ärger gibt.

Wie krank bin ich eigentlich?

Ich sehe ihn sofort, als ich die Lobby meines Gebäudes betrete. Er läuft mit wütender Miene vor den Fahrstühlen auf und ab und bemerkt mich zuerst gar nicht, blickt nur finster auf den Boden, und ich beobachte ihn einen Moment lang, sehe erfreut zu, wie er auf seine Handy blickt. In der Hoffnung, eine SMS von mir zu erhalten?

Ich räuspere mich, und als er mich sieht, entspannt sich sein Gesichtsausdruck sofort. Aber er zeigt keinerlei Emotion und kommt mir auch nicht entgegen, als ich auf die Fahrstühle zugehe und den Knopf für die Penthouse-Etage drücke.

»Hi«, sage ich und mache einen Schritt zurück.

»Hallo«, antwortet er und schiebt sich die Hände in die Taschen seiner dunklen Jeans. Er sieht umwerfend aus. Der Frühlingsabend ist kalt geworden, und Ryder trägt ein schwarzes Henley-Shirt, das seinen Oberkörper betont, sein Bizeps spannt den Stoff. Ich sehe ihn sonst immer nur in Anzügen – oder nackt –, und ich genieße diese Momente, wenn ich ihn mal in legerer Kleidung bewundern kann.

Er sieht einfach immer gut aus, egal, was er trägt.

»Und, schönen Abend gehabt?«, fragt er, als würden wir uns nicht kennen und als wollte er höfliche Konversation betreiben.

»Nicht besonders«, gebe ich ehrlich zu.

Er hebt eine Augenbraue, und die kleine Bewegung ist so sexy, dass es mir den Atem raubt. »Wie kommt's?«

»Ich habe ihn mit einem Mann verbracht, den ich ... nicht besonders mag.«

»Das ist aber schade.«

»Ich weiß.« Ich mache eine Pause und überlege, ob ich sagen soll, was ich denke. Ich entscheide mich dafür. »Ich hätte den Abend viel lieber mit jemand anderem verbracht.«

»Wirklich?« Der Fahrstuhlgong ertönt, und die Türen öffnen sich. Ryder streckt den Arm aus, um mich zuerst einsteigen zu lassen. Dann folgt er mir und lehnt sich an die gegenüberliegende Wand. »Manchmal muss man Dinge tun, die einem nicht gefallen, um zu bekommen, was man will.«

Ich presse die Lippen aufeinander und wende einen seiner Tricks an, indem ich nichts darauf antworte.

Die Türen gehen zu, und der Fahrstuhl setzt sich in Bewegung. Ich bleibe stehen, wo ich bin, genau wie er, aber die Spannung zwischen uns steigt mit jeder Sekunde, mit jeder Etage spürbar an.

»Und, war ich zu spät?«, frage ich leise und zittere innerlich vor Erwartung.

»Wolltest du es sein?«, fragt er.

»Du hast gesagt, es gäbe ordentlich Ärger, wenn ich es bin.«

Ein Lächeln formt sich auf seinen schönen Lippen. »Willst du mir damit sagen, dass du bereit bist zu büßen, Violet? Oder sollte ich besser sagen ... Lust hast, zu büßen?«

Oh, Gott. Er ist wirklich schlimm.

Er sieht mich an und umfasst das Geländer hinter sich. Seine Haltung ist lässig, aber ich spüre seine Anspannung. Er ist gespannt wie eine Feder, bereit, jeden Moment loszuspringen, und ich kann nur hoffen, dass er all diese angestaute sexuelle Energie an mir auslassen wird.

Der Fahrstuhlgong ertönt, und die Türen gehen auf. Ich steige aus, ohne mich umzublicken, aber ich kann seine unwiderstehliche Anziehungskraft hinter mir spüren. Vor meiner Tür bleibe ich stehen, und als er sich an mich drückt, versteife ich mich, und mein Atem stockt, als er mir über die entblößte Haut an der Schulter und in meinem Nacken streicht.

»Hat er dich berührt?«, fragt er mit tiefer, brummender Stimme. Er muss Zacharys Namen gar nicht erwähnen. Ich weiß ganz genau, von wem er spricht.

Ich schüttle den Kopf, und meine Finger zittern, während ich mit dem Schlüssel kämpfe. »N-nein.«

»Gut.« Er kommt noch näher, sein ganzer Körper ist gegen meinen gepresst, und ich schließe die Augen, genieße das harte, köstliche Gefühl von ihm. »Mach die Tür auf, Violet.«

Meine Finger zittern noch mehr, und er nimmt mir den Schlüssel ab. Ich fühle seinen steifen Schwanz an meinem Hintern, und wieder stockt mir der Atem. Er umgibt mich. Übernimmt. Und er macht mich so schwach, dass ich ihn nicht aufhalten will.

Irgendwie geht die Tür auf, und wir stolpern hinein. Ryder knallt die Tür zu und schließt ab, bevor er sich mir zuwendet, mir die Hände auf die Wangen legt und mich leidenschaftlich küsst. Ich erwidere seinen Kuss, lasse meine Handtasche fallen und greife nach dem Bund seiner Jeans. In Windeseile habe ich die Knöpfe geöffnet.

Er löst sich kurz von mir, um sich das Shirt auszuziehen, dann küsst er mich wieder, und seine Zunge und seine Lippen üben ihre Magie auf mich aus. Ich schiebe ihm die Jeans von den Hüften, und er streift sie zusammen mit seinen Schuhen ab. Er trägt keine Unterhose, was ich trotz meiner geschlossenen Augen merke, denn als ich nach ihm fasse, berühre ich seinen nackten Schwanz, der sehr steif und sehr dick ist.

Ich streiche darüber, umfasse ihn fest, und er stöhnt gequält. Der Klang treibt mich weiter an, und ich sauge an seiner Zunge, mein ganzer Körper zieht sich vor Erregung zusammen.

»Ich weiß nicht, wie ich dir dieses verdammte Kleid ausziehen soll«, flucht er, während er mich von sich stößt. Ich drehe ihm den Rücken zu, und er macht den Reißverschluss auf, zerrt an meinem Kleid, bis es von mir abfällt. Ich steige hinaus und drehe mich wieder zu ihm um. Ich stehe in meinem jungfräulich weißen BH und dazu passendem Slip vor ihm und fühle mich aber gar nicht besonders jungfräulich, so wie er mich ansieht.

Als würde er mich am liebsten im Ganzen verschlingen.

Er leckt sich über die Lippen, als würde er sich auf ein besonders köstliches Essen freuen, und kommt langsam auf mich zu. »Wie willst du es heute Nacht?«

Ich runzle die Stirn. »Was meinst du?«

»Willst du es langsam?« Er fährt mir mit den Fingern über die Wange, dann den Hals hinab, und spielt mit meinem BH-Träger. Mein Atem beschleunigt sich. »Oder schnell?«

*Oh Gott.* Ich weiß nicht, was besser klingt. »W-was willst du denn?«

Er summt und legt den Kopf schief. Er sieht mir in die Augen, bevor sein Blick weiter hinabwandert und bei meinen Brüsten landet. Meine Brustwarzen werden unter seinem Blick ganz steif, und ich werde unruhig, wünschte, er würde etwas sagen. »Beides hat etwas für sich«, sagt er schließlich, als er mit einem Finger die Spitzenapplikationen des einen BH-Cups nachfährt, dann die des anderen.

Ich bekomme eine Gänsehaut und schwanke leicht. »Ja.«

»Ich glaube, ich will mir lieber Zeit lassen.« Er sieht mir wieder in die Augen. »Und dich genießen.«

Das klingt absolut perfekt.

# KAPITEL 26

# Ryder

Ich sitze gerade in einer Besprechung mit der Abteilung für Verpackungsgestaltung, als ich sie wie immer unglaublich sexy am Konferenzraum vorbeigehen sehe. Vor der Tür bleibt sie stehen, sodass ich einen perfekten Blick auf sie habe, und ich habe fast das Gefühl, sie macht es mit Absicht.

Sie tut immer ganz süß und unschuldig, aber sie ist alles andere als das – jedenfalls wenn es darum geht, mich in Versuchung zu führen.

Sie hat die Haare hochgesteckt und zeigt ihren eleganten, zum Küssen einladenden Hals. Sie trägt Perlenohrstecker und ein dunkelrotes Kleid. Es passt ihr perfekt und betont jede ihrer Kurven.

Aber es sind ihre Beine, die es mir angetan haben. Normalerweise sind sie unter ihren Kleidern und Röcken nackt – eine Versuchung, gegen die ich ständig ankämpfen muss, seit sie zum ersten Mal zugelassen hat, dass ich sie berühre. Heute trägt sie allerdings schwarze Strümpfe mit Rautenmuster und die glänzendsten Schuhe mit den höchsten Absätzen, in denen ich sie jemals gesehen habe.

Sofort muss ich mir vorstellen, wie Violet auf meinem Schreibtisch liegt, ihr Rock bis über die Hüfte hochgerutscht, die bestrumpften Beine in der Luft, während ich dazwischen stehe und sie ficke, bis sie schreit.

Ja. Ich bin der Frau vollkommen verfallen. Ich kann einfach nicht genug von ihr kriegen. Ich bin gestern Abend bei ihr geblieben und habe sie die ganze Nacht wach gehalten. Wir haben abwechselnd geredet, uns geküsst und gevögelt, sodass nicht viel Zeit zum Schlafen blieb.

Ich frage mich, ob sie heute Abend zu einer Wiederholung bereit ist.

»Ryder, haben Sie mich gehört?«

Ich reiße den Blick von Violet los und sehe Luann, eine der cleversten Frauen meines Teams, lächelnd an. »Entschuldigung. Könnten Sie es noch einmal wiederholen?«

Wir tüten gerade die Verpackung für die Feiertagssets ein, und sie will wissen, ob ich für goldene oder silberne Applikationen bin.

Ich entscheide mich für Gold.

Die Sitzung ist vorbei, und Violet steht immer noch da, sie unterhält sich mit jemandem. Ich kann nicht sehen, mit wem. Gespannt stehe ich auf und gehe gemessenen Schrittes zur Tür. Ich will nicht zu begierig wirken.

Und die Frau macht mich verdammt begierig. Sie ist alles, woran ich denke. Alles, was ich will. Sie bedeutet mir unglaublich viel. Ich sorge mich um sie, wenn ich nicht weiß, wo sie ist. Das bringt mich total durcheinander.

Ich komme näher. Ich will gerade etwas zu ihr sagen, als ich sehe, mit wem sie sich unterhält.

Es ist das Arschloch Zachary Lawrence.

»Violet.« Ich murmle ihren Namen, als ich an ihr vorbeigehe, ohne stehen zu bleiben, und würdige Lawrence nicht eines Blickes. Ich kann seine selbstgefällige Arroganz spüren, das Gefühl des Triumphs, das er ausstrahlt. Der Wichser denkt, er hätte gewonnen.

Aber er ist nicht derjenige, der nachts in Violets Bett schläft. Er ist nicht derjenige, der sein Gesicht zwischen Violets Beinen vergräbt und es ihr mit der Zunge macht. Und er ist auch eindeutig nicht derjenige, der seinen Schwanz tief in ihrem Körper versenkt.

Ja. Die Ehre wird allein mir zuteil.

Sie sagt mir nicht Hallo, aber ich kann es ihr nicht verübeln. Ich spüre aber, wie sie mir hinterhersieht, und muss lächeln. Wir führen diese … Affäre inkognito, und ich genieße es in vollen Zügen.

Das stimmt nicht ganz. Es gefällt mir nicht, dass sie Zeit mit Lawrence verbringt, obwohl ich ihr natürlich gesagt habe, dass sie es tun soll. Es gefällt mir auch nicht, so zu tun, als würde ich gut mit Pilar auskommen, dabei traue ich ihr nicht über den Weg. Das Miststück will mich ärgern und Violet fertigmachen. Sie ist wild entschlossen, alles daranzusetzen, dass sie bekommt, was sie will, und es ist ihr vollkommen egal, wer dabei verletzt wird.

Oh, und ich bin ganz nah dran, bestätigt zu bekommen, dass sie etwas mit Forrest Fowler am Laufen hat.

Die Frau hat echt Nerven, das muss ich ihr lassen.

Ich kann es eigentlich auch gleich hinter mich bringen, also gehe ich zu ihrem Büro und klopfe an die offene Tür, bevor ich hineingehe. Sie ist gerade am Telefon und wendet mir den Rücken zu, bevor sie noch schnell etwas murmelt und dann auflegt.

Charmant lächelnd, sieht sie mich an. »Schätzchen, was für eine angenehme Überraschung. Wir sehen uns in letzter Zeit ja kaum noch.« Sie springt auf und kommt auf mich zu, legt mir die Arme um die Hüften und drückt mir einen Kuss auf den Mund.

Ich lehne mich zurück, überrascht, dass sie mich tatsächlich bei der Arbeit küsst. Schockiert, dass sie mich überhaupt küsst. »Was ist denn in dich gefahren?«

»Oh, das würdest du wohl gern wissen«, trillert sie, als sie mich loslässt und anfängt, in ihrem Büro herumzutanzen. »Es ist einfach ein guter Tag. Die Sonne scheint, es ist warm. Ich habe mich heute Morgen mit Violet unterhalten, und ich glaube, ich habe sie ziemlich aus der Fassung gebracht. Das Leben könnte nicht schöner sein.«

Ich bin sprachlos. »Ihr habt euch unterhalten?«

Warum hat Violet mir nichts davon erzählt? Was zum Teufel geht hier vor sich?

Pilar setzt sich wieder hinter ihren Schreibtisch. »Ich habe sie heute Morgen in ihrem Palast besucht, auch bekannt als ihr Büro.« Sie verdreht die Augen. »Ganz anders als *dieses* Dreckloch.«

Sie hat ein Eckbüro mit einem unglaublichen Blick über die Stadt. Es ist alles andere als ein Dreckloch. »Verdammt, Pilar, bist du nie mit irgendetwas zufrieden?«

»Doch, heute bin ich es.« Sie lacht. »Du hättest sie sehen sollen. Ich habe sie richtig getroffen. Sie war so sauer, dass ihre Stimme gezittert hat, als sie versucht hat, sich zu verteidigen.«

»Was hast du zu ihr gesagt?« Ich fühle mich schrecklich. Ich wünschte, ich wäre da gewesen, um Violet in Schutz zu nehmen, aber …

*Ja.* Das hätte unsere Tarnung auf jeden Fall auffliegen lassen.

»Ich habe gehört, wie sie ihrer Schwester gegenüber gesagt hat, dass sie sich Sorgen macht, dass ihre Linie nicht rechtzeitig zum Veröffentlichungsdatum fertig wird. Als Rose ihr Büro verlassen hat, bin ich hineingegangen, um sie zu vernichten.« Pilar grinst. »Ich habe ganz unschuldig getan und vorgegeben, mir Gedanken über ihre Linie zu machen, und dann durchblicken lassen, dass ich sie nicht für fähig halte, so ein großes, anspruchsvolles Projekt zu verantworten.«

»Und was hat sie gesagt?«

»Nichts! Na ja, sie hat gesagt, sie hätte es unter Kontrolle, und hat kaum versucht, sich zu verteidigen. Gott, sie ist ja so langweilig. Ich verstehe nicht, was ihr alle an ihr findet. Du. Zachary. Forrest.« Sie schüttelt den Kopf. »Sie ist ein kleines Nichts.«

*Eifersüchtig.* Pilar ist so eifersüchtig, dass sie kaum noch geradeaus sehen kann.

»Klingt, als hättest du sie an einem wunden Punkt getroffen.« Es stört mich, dass ich mitspielen muss. »Du erwähnst immer wieder ganz nebenbei den Namen unseres furchtlosen Geschäftsführers«, sage ich in der Hoffnung, dass sie glaubt, ich will sie bloß necken. Auf keinen Fall soll sie denken, ich würde versuchen, Informationen aus ihr herauszubekommen.

*Was ich tue.*

»Ich habe in letzter Zeit ziemlich viel Zeit mit Forrest verbracht«, sagt sie mit gespielter Unschuld. »Er ist ein wunderbarer Mann.«

»Das glaube ich gern.« Und alt genug, ihr Vater zu sein, aber das hält sie nicht auf. »Schläfst du mit ihm, um an die Spitze zu gelangen?«

»Ach, hör doch auf.« Sie lacht ein bisschen zu laut, ihr Unbehagen ist offensichtlich. »Das würde ich niemals tun.«

»Ah ja.« Ich gehe zu ihrem Tisch und sehe sie die ganze Zeit an. »Sag mir die Wahrheit, Pilar. Vögelst du mit Fowler?«

Sie reißt die Augen auf und legt sich eine Hand auf die Brust. »Willst du mir etwa unterstellen, ich hätte eine Affäre mit Forrest?«

»Das tue ich.«

Sie bricht in Gelächter aus. »Ich kann deinen Verdacht weder bestätigen noch abstreiten.«

»Wie bitte?«

»Ich kann nicht alle meine Geheimnisse preisgeben.«

»Früher hast du das getan«, erinnere ich sie.

»Und du auch«, kontert sie. »Aber das hat sich alles geändert, nicht wahr? Jetzt, wo du unsere Verbindung gelöst hast. Wenn du mir nicht helfen willst, muss ich mir eben selbst helfen.«

Ich kann mit dieser Frau noch nicht mal verhandeln. Ich beschließe, das Thema zu wechseln, um sie aus dem Konzept zu bringen. »Was ist mit Lawrence?«

Sie hebt die Augenbrauen. »Was ist mit ihm?«

»Warum hast du mit ihm rumgemacht?«

»Er war nichts. Nur eine Ablenkung.« Sie winkt ab. »Du hast gesagt, du wolltest Violet verführen, und ich wollte irgendwie mitmischen. Ich konnte dich ja nicht den ganzen Spaß allein haben lassen.«

Ich ignoriere ihren stichelnden Ton. Ich finde hieran nichts witzig. »Hast du bereits mit Fowler gevögelt, als wir uns darüber unterhalten haben?«

Sie sagt nichts, aber das muss sie auch nicht. Das geheimnistuerische Lächeln reicht mir vollkommen als Antwort.

»Du hast mir nie davon erzählt«, sage ich steif. Ich bin schockiert – und auch verletzt, was natürlich Quatsch ist, aber ich kann nichts dagegen tun. Wir haben so viele Dinge miteinander geteilt, so viele Höhen und Tiefen zusammen durchgemacht, dass es mich stört, dass sie mir ihre Affäre mit Forrest Fowler verheimlicht hat.

Obwohl ich sie auch anlüge, was Violet angeht, von daher kann ich mir darüber wohl kein Urteil erlauben.

»Da gibt es auch nichts zu erzählen.« Sie behält es alles für sich. Sie wird mir nichts liefern, nicht dass ich es ihr verübeln könnte. Wir lügen einander an. Ich habe das Spiel vielleicht abgesagt, aber wir spielen immer noch, und langsam wird es schmutzig.

Als ich nichts sage, fängt sie an zu lachen. »Schätzchen, bist du etwa eifersüchtig?« Sie wirkt regelrecht begeistert von der Vorstellung.

*Eindeutig nicht.* Sauer, ja. »Wenn du mir von Anfang an gesagt hättest, was du vorhast, wäre ich die Dinge vielleicht anders angegangen.«

Aber dann wäre ich nicht so darauf versessen gewesen, Violet rumzukriegen. Und das bereue ich wirklich nicht.

»Es läuft alles, wie es laufen soll. Stell deine Entscheidungen nicht infrage. Und meine auch nicht.« Sie strahlt mich an. »Ich bekomme, was ich will, und du bekommst, was du willst. Vertrau mir.«

Ich traue ihr aber nicht. Und ich bezweifle, dass sie bekommen wird, was sie will.

Ob ich bekomme, was ich will, weiß ich aber auch nicht so genau.

Minuten nachdem ich in meinem Büro zurück bin, kommt Violet hereingestürmt, ihr Gesichtsausdruck ist wütend. Sexy. In der Mitte des Raums bleibt sie stehen, stützt sich die Hände in die Hüften und legt den Kopf schief. Sie sieht aus, als wolle sie mich in der Luft zerreißen. »Was hast du in Pilars Büro gemacht?«

Ich lehne mich auf meinem Stuhl zurück. Ich bin etwas erschreckt. Irritiert. »Warum hast du mir nicht erzählt, dass du eine Auseinandersetzung mit Pilar hattest?«

»Wann hätte ich dir das denn erzählen sollen?«

»Ach, komm schon.« Ich beuge mich vor und lege die Unterarme auf den Tisch. »Du hast doch auch kein Problem, mir zu jeder Tageszeit E-Mails zu schicken, um mir mitzuteilen, dass du mich willst.«

Ihre Wangen färben sich rot, und ihre Haltung verliert etwas an Entschiedenheit. »Nicht so laut«, zischt sie.

Ich lächle. »Du hast angefangen.« Mit ihr zu streiten wird zu Sex führen. Ich weiß es jetzt schon.

Allerdings scheint alles, was Violet und ich zusammen machen, zu Sex zu führen.

Schnaubend dreht sie sich um und läuft zur Tür. Einen kurzen, beängstigenden Moment lang denke ich schon, sie geht und sieht sich noch nicht einmal mehr nach mir um. Sieht mich nie wieder an.

Aber das tut sie nicht. Sie schließt bloß die Tür und verriegelt sie dann vorsichtig, bevor sie sich mir wieder zuwendet.

»Sie ist heute Morgen in mein Büro gekommen, nachdem sie ein Gespräch zwischen mir und meiner Schwester belauscht hat.« Violet hebt das Kinn. »Dann hat sie versucht, mir einzureden, ich wäre den Verantwortlichkeiten, die mir übertragen wurden, nicht gewachsen.«

*Unverschämtes Miststück.* »Was hast du gesagt?«

Sie zuckt die Achseln. »Nicht besonders viel, außer, dass ich sehr wohl klarkomme, und dann habe ich sie gebeten, mein Büro zu verlassen. Ich wollte mich nicht auf ihr Niveau herablassen und mit Beleidigungen um mich werfen. Mein Vater hat mich ordentlich erzogen.«

*Oh.* Dazu sage ich mal lieber nichts, wo Pilar wahrscheinlich gerade mit Violets Vater, der sie so »ordentlich erzogen hat« rummacht.

»Warum warst du bei ihr im Büro?«, fragt sie, als ich nichts sage.

Ich will nicht über Pilar reden. »Komm her«, sage ich sanft.

»Nein.« Sie weicht nicht von der Stelle. »Sag es mir, Ryder.«

»Widersetzt du dich mir?«, frage ich, verärgert, dass sie nicht tut, was ich ihr sage. Dass ich immer das Gefühl habe, sie herumkommandieren und besitzen zu müssen wie eine Art Krieger auf Eroberungsfeldzug.

»Ja, tue ich.« Sie versucht, mich zum Wegsehen zu

zwingen, aber sie macht mir keine Angst. Und ich glaube, ich ihr auch nicht. Sie weiß ganz genau, wie sehr ich sie will. Ist sie sich auch dessen bewusst, wie sehr ich sie brauche? »Sag mir, worüber ihr geredet habt.«

»Es war nichts, Violet«, sage ich schließlich seufzend. »Ich habe versucht, ihr ein paar Fragen über deinen Vater zu stellen, aber sie hat sie alle abgeschmettert.«

»Tatsächlich.« Sie klingt skeptisch, und ich kann es ihr nicht verübeln.

»Tatsächlich«, antworte ich mit fester Stimme. »Jetzt komm schon. Komm her.«

Widerwillig kommt sie auf mich zu, die Zähne in die Unterlippe verbissen. Als sie vor mir steht, kann ich sie riechen, unauffällig atme ich ihren Duft ein, und sofort habe ich wieder Lust auf sie. Verdammt, ich will sie. Immer.

»Setz dich.« Ich drehe ihr meinen Stuhl zu und tätschele meinen Oberschenkel. Zögerlich lässt sie sich auf meinem Bein nieder und hält den Kopf gesenkt. Ich beuge mich vor und rieche an ihrem Hals, schmiege mich an die weiche, empfindliche Haut hinter ihrem Ohr. »Sind wir heute etwa ein bisschen aufsässig?«

Sie hält den Blick weiter gesenkt, bleibt aber sitzen. Nicht, dass sie anders könnte, mit meinem Arm, der fest um ihre Taille geschlungen ist. »Es gefällt mir nicht, dass du Zeit mit Pilar verbringst.«

»Und mir gefällt es nicht, wenn du direkt vor meiner Nase mit deinem Ex flirtest«, gebe ich zurück.

»Ich wusste nicht, dass du im Konferenzraum bist«, verteidigt sie sich, aber ihre Stimme ist schwach.

Ich beuge mich vor, lege meinen Mund auf ihr Ohr und flüstere: »Lügnerin.«

Sie sieht mich nicht an, streitet es aber auch nicht ab. Was beweist, dass sie die ganze Zeit, die sie sich mit diesem Arschloch unterhalten hat, sehr wohl wusste, dass ich im Konferenzraum war.

»Du bist ein böses Mädchen, Violet. Dass du mich anlügst. Und versuchst, mich eifersüchtig zu machen.« Ich streiche ihr durch die Haare, fahre ihr mit dem Finger über die Ohrmuschel. Ihr Atem wird flacher, und schließlich hebt sie den Kopf und blickt mich an.

»Bist du das?«

Ich runzle die Stirn. »Bin ich was?«

»Eifersüchtig?«

Ich sehe sie finster an. Sie versucht mich in den Wahnsinn zu treiben, und es funktioniert. »Willst du, dass ich eifersüchtig bin?«

»Ich weiß nicht, was ich von dir will.« Sie zuckt die Achseln.

»Aber ich glaube zu wissen, dass du es willst. Und zu deiner Information, ich war es.« Ich küsse sie in den Nacken, streiche ihr mit den Lippen über die weiche Haut. Es macht mich fertig, ihr so nah zu sein. »Extrem eifersüchtig.«

»Dann lass uns doch dieses blöde Affentheater beenden«, sagt sie hoffnungsvoll.

Süßere Worte hat es nie gegeben. »Klingt gut.« Ich lege ihr eine Hand aufs Knie und drücke es leicht. »Nette Strümpfe.«

»Gefallen sie dir?«, fragt sie, als würde sie sie nur meinetwegen tragen.

»Nicht dein üblicher Stil. Ich dachte eigentlich, ich

mag deine Beine nackt lieber. Einfacher Zugang, weißt du ja.« Ich fahre ihr mit der Hand den Oberschenkel hoch, und die seidigen Strümpfe erzeugen eine sinnliche Reibung, die mich erregt. Ihr Atem stockt, und ich muss lächeln. »Aber die sind sehr interessant.«

»Freut mich, dass sie deine Zustimmung finden«, sagt sie, als meine Hand unter ihren Rock fährt und über die nackte Haut ihres oberen Oberschenkels streicht.

»Halterlose?« Ich schiebe ihren Rock hoch und sehe, dass sie tatsächlich halterlose Strümpfe trägt. Ich fahre über das breite Spitzenband, wobei mein Finger der Vorderseite ihres schwarzen Slips gefährlich nahe kommt. »Strapse würden mich wahrscheinlich noch mehr anmachen.«

Sie wird rot. »Merke ich mir fürs nächste Mal.«

Sie rutscht unruhig auf meinem Schoß rum, und ich werde verdammt hart und drücke sie fester an mich, damit sie stillhält. »Dass ich dich immer noch erröten lassen kann, nach allem, was wir schon zusammen gemacht haben, das haut mich um.« Ich fahre ihr mit den Fingern vorn über den Slip und stelle fest, dass er nass ist. Kein Wunder.

Sie hebt die Hüften, ein subtiler Hinweis darauf, dass sie mehr will, und ich tue ihr den Gefallen und lasse meine Finger unter ihren Slip gleiten und fange an, sie zu reiben. »Gefällt dir das?«

Sie nickt und beißt sich wieder auf die Unterlippe.

Ich fahre mit den Fingern weiter hinab, zwischen ihre nassen Schamlippen, und stecke ihr den Zeigefinger in die Öffnung. »Fühlt sich das etwa so gut an, dass du nicht mehr reden kannst?«

Wieder nickt sie, und ihre Augen fallen zu, als ich anfange, sie richtig mit den Fingern zu ficken. Ich presse meine Stirn gegen ihren Kopf, mein Mund ist an ihrem Ohr, und ich sehe zu, wie meine Hand sich unter der schwarzen Spitze ihres Slips bewegt. Es sieht heiß aus. Verboten. So wie sie sich mit mir bewegt, das Geräusch meiner Finger in ihrer nassen Pussy, ihr schneller werdender Atem …

»Du bist kurz davor, oder?« Ich beiße ihr ins Ohrläppchen, und sie quietscht. »Sag es.«

»I-ich bin kurz davor.«

»Bitte mich, es dir zu machen.« Ich halte meine Hand still.

»Bitte.« Sie wimmert, als ich mit dem Daumen über ihre Klit schlage. Sie kann das inzwischen richtig gut. Ich habe sie immer und immer wieder darum betteln lassen. »Bitte, Ryder. Ich brauche dich. Mach's mir.«

»Ich werde dich auf meinem Tisch ficken«, flüstere ich ihr ins Ohr, während ich anfange, ihr wieder absichtlich langsam meine Finger in die Pussy zu stoßen. »Würde dir das gefallen?«

»Jaaaa«, stöhnt sie.

»Ich habe aber keine Kondome.« Ich halte die Hand wieder still, und sie blickt mich an. »Nimmst du …«

»Die Pille?« Sie nickt. »Ja.«

»Ich bin sauber.« Meine Aufregung steigt. Ich habe es noch nie ohne Kondom gemacht. Ich war vielleicht dumm, als ich jung war, aber ich habe nie vergessen, mich zu schützen. So ein Fehler kann einem das Leben versauen.

»Ich auch«, flüstert sie, als ich wieder anfange, sie zu streicheln. Sie schließt die Augen, vollkommen überwältigt. »Ich will wissen, wie es sich anfühlt. Ohne irgendetwas zwischen uns.«

*Himmel.* Das will ich auch.

Sie dreht mir den Kopf zu, ihre Wange liegt an meinen Haaren, und so verharren wir, meine Hand bearbeitet wie wild ihre Pussy, unser beschleunigter Atem wird eins. Sie zittert auf meinem Schoß, mein Schwanz drückt an ihrem Hintern, und als ich ihr ins Ohr flüstere: »Komm«, passiert es, und dabei schluchzt sie meinen Namen.

Ich frage mich nicht zum ersten Mal, ob diese Frau extra für mich geschaffen wurde. Sie spricht so auf mich an. Sie ist so entschlossen. Unglaublich intelligent. Süß. Sexy. Und schmutzig, wenn ich es von ihr verlange.

Ich bin süchtig, aber sie ist die Einzige, die ich will. Die Einzige, mit der ich mich gut fühle. Die mir das Gefühl gibt, ganz zu sein und einen Sinn im Leben zu haben. Das Beängstigende an einer Sucht?

Sie bestimmt das ganze Leben. Wird zum Einzigen, auf das man sich konzentrieren kann, zum Einzigen, das den Schmerz lindern kann. Wenn ich das hier weiter betreibe, wird es immer schwieriger, mich von ihr zu lösen.

Und das sollte ich.

Sie weiß es.

Ich weiß es.

Was nicht heißt, dass ich es tun werde.

# KAPITEL 27

# Violet

Ich liege auf Ryders Tisch, mein Kleid ist mir bis zur Taille hochgerutscht, meine Beine sind weit gespreizt, und Ryder steht dazwischen, während er seinen dicken Schwanz immer wieder in mich hineinstößt. Er hält meine Knöchel fest umklammert, und seine Daumen streichen über die gemusterten Strümpfe, die ich extra für ihn angezogen habe.

Ich wusste, dass sie ihm gefallen würden.

Benommen beobachte ich ihn. Bewundere ihn. Seine dunklen Haare sind total durcheinander, weil ich noch vor ein paar Minuten mit meinen Händen hindurchgefahren bin. Er hat sich seines Jacketts entledigt, aber trägt eins seiner üblichen weißen Hemden und eine schwarze Seidenkrawatte. Oberhalb der Taille ist alles in perfekter Ordnung. Seine Hose hängt ihm zusammen mit den anthrazitfarbenen Retropants um die Knie, aber das behindert ihn nicht in seiner Fähigkeit, mich bis zur Besinnungslosigkeit zu vögeln.

Mein Mann lässt sich durch nichts unterkriegen.

Ich schließe die Augen und genieße das Gefühl von seinem Schwanz in mir. Rein. Raus. Schneller. Tiefer. Er löst die Hände von meinen Knöcheln und greift nach meinen Hüften, um mich festzuhalten, während er seine Stöße noch beschleunigt. Ich schlinge ihm die

Beine um die Taille und stöhne mit jedem Mal, wenn seine Hoden gegen meinen Hintern schlagen. Ich fasse nach seinen Handgelenken und halte mich fest, als ich fühle, wie der Orgasmus langsam kommt. Er neckt mich, bietet mir einen flüchtigen Blick auf seine Intensität, und ich jage hinter ihm her, schließe fest die Augen und konzentriere mich darauf, den Höhepunkt zu erreichen. Wenn ich ihn nur festhalten könnte ...

Da durchfährt mich ein Schauer, und ich schreie auf. Als Ryder plötzlich innehält, öffne ich die Augen und sehe die köstliche Qual in seinem Blick. Ein letztes hartes Rammen seiner Hüften, und er ergießt sich in mich und sein ganzer Körper bebt.

Seinen Schwanz so in mir zu spüren ohne eine Latex-Barriere ... *mein Gott*. Es macht alles noch um so viel besser. Wahnsinnig viel besser.

»Das war unglaublich«, murmelt er und klingt völlig überwältigt. Er fasst mich an den Händen und zieht mich hoch, sein Schwanz ist immer noch in mir. Ich lege den Kopf in den Nacken, und er küsst mich auf den Mund, seine Lippen sind weich und feucht, seine Zunge spielt mit meiner Unterlippe. Seufzend öffne ich den Mund und lasse meine Zunge über seine gleiten. Wir küssen uns langsam und zärtlich. Ich drücke seine Hände, die mit meinen verschlungen sind, und da denke ich, dass ich noch nie so glücklich war.

*Lächerlich*. Die meiste Zeit verwirrt er mich. Meine Gefühle für ihn verwirren mich. Er ist manchmal so anders. Mysteriös. Reserviert. Und dann ist er wieder voller glühender Leidenschaft. Und manchmal sogar ein bisschen ... grausam. Aber auf eine köstliche Art grausam, die bewirkt, dass ich mehr will.

Dann sieht er mich auf eine bestimmte Weise an, sagt etwas Schmutziges und berührt mich, als würde er mich besitzen. Und ich will nichts anderes tun, als mich ihm in die Arme zu werfen und ihn mit mir tun zu lassen, was auch immer er will.

Ich gebe ihm zu viel Macht. Ich war schon öfter in so einer Situation, und ich hatte immer das Gefühl, unterdrückt zu werden, besonders bei Zachary. Aber Ryder die Macht zu überlassen ist irgendwie anders. Ich fühle mich zugleich geschätzt und befreit. Umsorgt, aber trotzdem frei.

»Ich sollte gehen«, flüstere ich an seinen Lippen, auch wenn ich den Zauber, den er auf mich ausübt, nur ungern breche.

»Warum?« Er fährt mir mit den Fingern über die Haare, ordnet sie wieder.

Dieses ganze Affentheater, an dem wir teilnehmen, ist einfach nur frustrierend. »Wenn ich zu lange in deinem verschlossenen Büro bleibe, werden die Leute Verdacht schöpfen.«

»Wir haben eine Besprechung.« Er küsst mich wieder. Sanft. Zärtlich. Ich könnte ihn den ganzen Tag küssen. Die ganze Nacht. »Wegen der Verpackung für deine Kosmetiklinie.«

»Die Ausrede wird man uns nicht mehr lange abnehmen.« Ich berühre sein Gesicht, fühle mich ihm jetzt viel näher als jemals zuvor. Es ist so albern. Wir haben gerade auf seinem Schreibtisch gevögelt, aber ... es hat sich irgendwie anders angefühlt.

»Mmm.« Sein leises Brummen vibriert durch meinen Körper, gibt mir ein Gefühl von Wärme, und dann ist er weg. Als er sich aus mir zurückzieht, fühle ich das Sperma aus mir herauslaufen, und ich runzle die Stirn. Schnell hebt er meinen Slip vom Boden auf und wischt mich damit so gut es geht sauber. »Sorry«, flüstert er, knüllt den Slip zusammen und geht um seinen Tisch herum, um ihn in der Schreibtischschublade zu verstauen.

»Vergiss bloß nicht, dass er darin liegt«, sage ich. Es wäre mir furchtbar peinlich, wenn er die Schublade eines Tages vor jemand anderem aufziehen sollte und mein Slip darin liegt. Nicht, dass irgendjemand wissen würde, dass es meiner ist, aber trotzdem ...

Ich rutsche vom Tisch und ziehe meinen Rock zurecht. Wie üblich fühle ich mich unbehaglich. So ist es immer, wenn wir in seinem Büro oder an einem anderen geheimen Ort Sex haben. Ich werde nervös, er wird schroff, und ich eile davon wie ein unsicheres, kleines Mädchen und hoffe, dass er mich nicht verachtet.

»Hey.«

Ich drehe mich zu ihm um, und er blickt mich zärtlich an, sein Lächeln ist warm. Er sieht aus, als würde er sich tatsächlich etwas aus mir machen. »Ja?«, frage ich und hoffe, dass ich nicht zu nervös klinge.

Er kommt zu mir und küsst mich auf den Mund. »Wir sehen uns heute Abend, oder?«

Ich nicke. »Sehr gern.«

»Gut.« Er fährt mir mit dem Zeigefinger über die Lippen. »Soll ich direkt nach der Arbeit zu dir kommen?«

»Vielleicht können wir ja zusammen essen gehen«, schlage ich vor. Der Gedanke, mit ihm auszugehen, gefällt mir.

»Wir können doch etwas bestellen?«

Enttäuschung macht sich in mir breit. »Okay.« Als ich um ihn herum und auf die Tür zugehe, kommt er hinter mir her, legt mir die Hände auf die Hüften und dreht mich zu sich um.

»Wo willst du hin?«

»Ich sollte wirklich gehen.« Ich sehe ihn stirnrunzelnd an und fasse nach seiner Krawatte, um sie zu richten.

»Ohne Abschiedskuss?«

Ich gehe auf die Zehenspitzen und drücke ihm einen unschuldigen Kuss auf die Lippen. »Mach's gut«, murmle ich. Es klingt irgendwie so endgültig.

»Violet. Was ist los?«

Ich schüttle den Kopf. Ich kann ihm nicht sagen, wie besorgt ich wegen allem bin. Wegen ihm. Wegen uns. Ich bin dabei, mich in ihn zu verlieben. Und ich glaube, ihm geht es genauso, aber was ist, wenn …

Was ist, wenn das hier alles eine große Lüge ist?

Er fasst mir unters Kinn und zwingt mich, ihn anzusehen. »Sag es mir.«

»Es ist alles in Ordnung. Ich mache mir nur Sorgen. Wegen … dem allen.« Es klingt albern. Nach einer Ausrede.

»Du machst dir zu viel Sorgen.« Er gibt mir einen Kuss auf die Nasenspitze, und dann entriegelt er die Tür und öffnet sie für mich. »Es war mir wie immer ein Vergnügen, die Verpackungsdetails mit Ihnen zu diskutieren, Miss Fowler«, sagt er laut, für den Fall, dass gerade jemand vorbeigehen sollte.

Was aber natürlich niemand tut. Ich würde gern lachen, aber ich tue es nicht. »Ich danke Ihnen, Mr McKay. Ihre Ratschläge waren wie immer goldrichtig.«

»Das habe ich gehofft.« Er haut mir auf den Hintern und schiebt mich zwinkernd und lächelnd auf den Flur, bevor er zu seinem Tisch zurückgeht.

In traumähnlichem Zustand mache ich mich auf den Weg zu meinem Büro und vergesse beinah, dass ich den Fahrstuhl nehmen muss, um dorthin zu gelangen. Als ich in meinem Büro ankomme, klebt ein pinker Post-it-Zettel auf meinem Monitor. Ich nehme ihn ab und lese die vertraute Schrift der Assistentin meines Vaters, Joy.

*Ihr Vater möchte so bald wie möglich mit Ihnen sprechen.*

Ich setze mich an meinen Tisch und wähle ihre Nummer.

»Kann ich jetzt kommen?«, frage ich zur Begrüßung, als sie rangeht.

»Wenn Sie jetzt gleich kommen, wird er vor seinem nächsten Termin vielleicht noch ein paar Minuten Zeit haben.«

»Ich bin sofort da.« Ich lege auf und gehe den Flur zu Vaters Büro hinunter. Ich frage mich, worüber er mit mir reden wollen könnte. Mir fällt nichts Besonderes ein. Ich habe mich in letzter Zeit eigentlich unauffällig verhalten, besonders seit meiner gespielten zaghaften Wiedervereinigung mit Zachary. Ich habe Rose und Lily gegenüber nichts davon erwähnt, und ich hoffe, dass ich das auch niemals tun muss, weil letztendlich alles gut wird. Sie werden mich *umbringen*, wenn sie denken, ich wäre wieder mit ihm zusammen.

Aber ich habe so meine Zweifel, was diesen Plan angeht. Wie soll das alles funktionieren, wenn Ryder so geheimniskrämerisch ist? Ich verstehe überhaupt nicht richtig, was eigentlich los ist.

»Ah, da bist du ja.« Vater lächelt, als er mich in der Tür erblickt. Er wirkt, als würde er sich aufrichtig freuen, mich zu sehen. Seltsam. »Ich hatte gehofft, mit dir reden zu können. Setz dich.«

Ich setze mich hin, streiche meinen Rock glatt und ignoriere den Schmerz zwischen meinen Beinen und die Tatsache, dass ich keinen Slip trage. Ich erkenne mich gar nicht mehr wieder. »Was gibt es?«, frage ich höflich.

»Zum einen wollte ich dich wissen lassen, dass Alan Brown aus dem Gefängnis entlassen wurde.« Als ich den Mund öffne, um etwas zu sagen, hebt er abwehrend die Hand. »Er befindet sich in Upstate New York und kann seinen Bezirk nicht verlassen. Er muss sich regelmäßig bei seinem Bewährungshelfer melden.«

Ich atme bebend aus. »Meinst du, das wird ihn aufhalten?«

»Violet.« Er sieht mich mit festem Blick an. »Er wird dich nicht aufsuchen. Du machst dir unnötig Sorgen.«

Wieder einmal tut er meine Ängste als übertrieben ab. So wie er es von Anfang an gemacht hat, seit die Sache mit Alan Brown passiert ist. »Ich kann nichts dagegen tun«, sage ich leise. »Du hast nicht gesehen, wie er mich angestarrt hat, als ich gegen ihn ausgesagt habe, wie wütend er war. Ich konnte ihm ansehen, was für einen Zorn er gegen mich hegt, aber du kannst das nicht wissen. Du warst nicht dabei.« Er war arbeiten. Grandma war mitgekommen und hatte sich diskret auf einer der hinteren Bänke versteckt. Sie ist eine so bekannte Persönlichkeit, dass sie es nicht riskieren konnte, von den Medienvertretern erkannt zu werden.

Sie hatte kein Problem damit, mich zu begleiten und für mich da zu sein. Lily hatte auch kommen wollen, aber sie war damals noch bekannter als unsere Großmutter, denn zu der Zeit war der Höhepunkt ihrer traurigen Berühmtheit.

Vater hat so getan, als wäre es nichts. Ein kleiner Ausreißer in meinem Lebenslauf. Nichts weiter.

»Natürlich kannst du nichts dagegen tun. Es war eine traumatische Erfahrung, aber du kannst davon nicht dein Leben bestimmen lassen.« Seine Stimme ist fest, sein Gesichtsausdruck freundlich. Während er mir sagt, dass ich bloß meine Zeit verschwende.

Also tue ich, was er von mir erwartet, und lasse es hinter mir. »War noch etwas anderes?«

»Ja. Wie du ja weißt, wird Zachary uns bald verlassen. Natürlich nur vorübergehend«, fügt er schnell hinzu. »Aber ich weiß nicht genau, ob er, wenn seine kurze Zeit in London vorbei ist, wieder hierher zurückkommt«, erklärt Vater.

Ich runzle die Stirn. »Was meinst du damit?«

»Nun, wir eröffnen ein kleines Büro in Japan. Ich glaube, dort würde er besser hinpassen. Wir wollen in Tokio neue Märkte erschließen, und ich glaube, er könnte das Team dort sehr gut leiten.« Er beugt sich vor und senkt die Stimme. »Ich weiß, dass es zwischen euch beiden nicht so gut gelaufen ist.«

Ich kann es nicht glauben, dass er das gerade gesagt hat. »Er kommt also nicht zurück?«, frage ich und setze meine Worte bedächtig. Ich will sichergehen, dass ich wirklich verstehe, was er mir sagen will.

»Nein. Ich habe nicht vor, ihn zurückkommen zu lassen.« Er wirft mir einen Blick zu, der sagt, er weiß alles. »Er ist ein Unruhestifter, Violet, und das weißt du. Ich habe ihn wegen eurer Beziehung so lange hierbehalten, aber da sie ja jetzt in die Brüche gegangen ist ...«

»Ich rede immer noch mit ihm«, unterbreche ich Vater.

»Verschwende nicht deine Zeit.« Sein Tonfall macht klar, dass er keine Widerworte hören will. »Er tut dir nicht gut, Violet. Seine Seitensprünge haben dich doch furchtbar verletzt.«

Ich bin schockiert. Ich wusste nicht, dass er davon überhaupt etwas mitbekommen hatte. »Was ist mit seiner jetzigen Position?«

»Sein Stellvertreter wird sie übernehmen«, sagt Vater unbekümmert. »Ich hätte gern, dass du die Stelle in London übernimmst. Dauerhaft.«

Mir fällt die Kinnlade runter. »Ich habe noch nicht besonders viel darüber nachgedacht.« Alles gelogen. Von dem Moment an, als er mir gegenüber die Möglichkeit erwähnt hat, habe ich immer wieder daran gedacht. Nach London zu gehen wäre eine unglaubliche Chance. Ich könnte eine Menge lernen. Das Einzige, wovor ich Angst habe, ist, New York, meine Familie und meine Freunde zu verlassen.

Und Ryder.

»Wirklich? Es ist eine perfekte Gelegenheit. Und es wäre ja auch nicht für immer. Du kannst bei der Auslandsproduktion helfen und die Verkaufs- und Marketingabteilungen dort kennenlernen. Alles exzellente Stationen, die du deinem Lebenslauf hinzufügen kannst, wenn ich in Rente gehe und du die Firma übernimmst.«

Ich blicke ihn an wie ein sterbender Fisch. Was er da sagt, haut mich um. »Was ist mit meinen ganzen Aufgaben hier?«

»Rose kann helfen. Und Lily ...« Seine Stimme wird bekümmert. »Ich hoffe sehr, dass ich sie überzeugen kann zurückzukommen. Wenn du nicht mehr da bist, versteht sie vielleicht, wie sehr wir sie hier brauchen.«

Da wäre ich gern hier, wenn das passiert, denn das wäre ein Wunder. »Das klingt toll«, sage ich und merke, wie ich langsam aufgeregt werde. Das ist eine Chance, die ich mir nicht entgehen lassen sollte. Und wenn Lily wieder bei Fleur anfangen würde, um meine Stelle zu übernehmen, hätte ich auch nicht so ein schlechtes Gewissen zu gehen.

»Denk darüber nach«, sagt er mit sanfter Stimme. »Du hast ja noch Zeit. Zachary wird die nächsten vier bis sechs Wochen in London sein. Vielleicht kannst du mir deine Entscheidung in den nächsten zwei Wochen mitteilen?«

»Das mache ich.« Er lächelt mich an, und ich weiß, dass damit das Gespräch beendet ist.

»Perfekt. Und noch etwas. Ich weiß, du hast mir gerade gesagt, dass du noch mit Zachary redest, und ich finde es nicht gut, wie er dich die ganzen Jahre über behandelt hat, aber ich würde für das Arschloch trotzdem gern eine kleine Abschiedsfeier veranstalten. Würdest du mir damit helfen?«

Hat mein Vater mir gegenüber gerade tatsächlich das Wort *Arschloch* verwendet? Was zum Kuckuck ist nur los mit allen? »Meinst du mit *helfen*, dass ich sie komplett organisieren soll?« Ich spüre die Angst in mir aufsteigen, aber ich schiebe sie beiseite. Wenn wir eine Abschiedsfeier für Zachary veranstalten, wird er mich den ganzen Abend an seiner Seite haben wollen. Und wenn Rose oder Lily mitbekommen, dass ich das dumme Mädchen spiele, während er mal wieder macht, worauf er Lust hat, werden sie mir ordentlich was erzählen.

»Ja, genau«, sagt er zerknirscht lachend. »Wäre das in Ordnung?«

»Ja, klar«, sage ich nervös. Das wird meine letzte offizielle Verpflichtung als Zacharys angebliche Freundin. »Du bist ziemlich guter Laune.«

Sein Lächeln wird weicher, wie auch sein Blick. Er sieht so glücklich aus ... beinah sorglos. »Das liegt daran, dass ich eine Frau kennengelernt habe.«

Der Atem gefriert mir in der Lunge. Er wird damit doch nicht etwa ...

»Ist es etwas Ernstes?«, frage ich beiläufig und falte meine zitternden Hände im Schoß.

»Es entwickelt sich dazu.« Sein Lächeln verblasst. »Ich hoffe, du denkst nicht, ich hätte sie vor dir verheimlicht. Es ist nur so ... ich wollte mir unserer Gefühle sicher sein, bevor ich dir und deinen Schwestern meine Freundin vorstelle.«

»Das verstehe ich«, lüge ich. Er hat sie uns absolut verheimlicht, wenn er von Pilar spricht.

Rose wird ausflippen. Und Lily erst. Ich könnte gerade auch ausrasten, aber ich gebe mich ganz gelassen.

»Gut.« Er lächelt wieder, diesmal sogar noch mehr. »Sie hält mich jung. Ich war schon lange nicht mehr so glücklich.«

Ich frage mich, ob er weiß, dass Pilar ihn betrogen hat – mit meinem Ex. Ich frage mich, ob es noch andere gab. Und ich kann nicht anders, als mich zu fragen, wann Ryder und Pilar zum letzten Mal miteinander geschlafen haben.

Ich glaube, mir wird schlecht.

»Danke, mein Liebling.« Er steht auf und ich auch. »Danke, dass du vorbeigekommen bist.« Womit er wieder in seine formelle Art verfällt. Ich weiß schon, woher ich das habe.

»Und ich danke dir für das Angebot. Du hast mir eine Menge zum Nachdenken gegeben.« Mehr, als ich jemals gedacht hätte, sowohl was meine berufliche Laufbahn, als auch was sein Privatleben angeht.

»Gut.« Er lächelt anerkennend. »Ich bin gespannt auf deine Entscheidung.«

Ganz benommen gehe ich zu meinem Büro zurück. Doch dieser Zustand der Benommenheit ist ein ganz anderer als der, in den Ryder mich zuvor versetzt hat. Diesmal bin ich ganz durcheinander von Vaters Angebot und seinem Geständnis. Er will Zachary von mir fernhalten. Er hat eine Freundin, die ihn jung hält. Er will mir die Gelegenheit geben, zu beweisen, dass ich in der Lage bin, eines Tages Fleur Cosmetics zu führen.

Wenn Vater Pilar zu einem wesentlicheren Bestandteil von Fleur macht, weiß ich nicht, ob ich überhaupt noch in New York bleiben will.

Sein Angebot, mich in London arbeiten zu lassen,

erscheint mir immer mehr wie eine vielversprechende Veränderung.

Ein Neuanfang. Und die Möglichkeit, auf die ich schon so lange gewartet habe.

# KAPITEL 28

# Ryder

*Ich mache mir Sorgen.*

Ich sitze an meinem Schreibtisch, blicke auf die SMS, die Violet mir gerade geschickt hat, und frage mich, was sie meint. Es gibt alles Mögliche, worüber Violet sich Sorgen machen sollte.

Und ich auch.

Wir sind seit Tagen umeinander herumgeschlichen. Haben bei der Arbeit so getan, als würden wir uns abgesehen davon, dass wir Kollegen sind, die zusammen an einem Projekt arbeiten, nicht weiter füreinander interessieren. Nachts fahre ich zu ihr, wo wir reden. Essen. Sex haben. Jede Menge Sex.

Wir reden auch über eine Menge. Die Frau fasziniert mich. Sie ist so intelligent, sie hat schon so viel getan, so viel erlebt, und ich kann nur hoffen, dass ich das eines Tages auch tun werde. Jedes Mal, wenn wir uns unterhalten, lerne ich etwas dazu. Von Pilar habe ich auch viel gelernt, aber das hier ist anders. Tiefer.

Mit Violet fühle ich mich verbunden.

Sie scheint genauso fasziniert von mir zu sein wie ich von ihr. Ich habe nicht das Gefühl, benutzt zu werden oder irgendwie in Abwehrhaltung gehen zu müssen für den Fall, dass sie versuchen sollte, mich auszutricksen. Was ich mit Violet teile, ist durch und durch ehrlich.

*Na ja.* Ich habe ihr immer noch nicht erzählt, wie alles angefangen hat, wie ich meinen ursprünglichen Plan mit Pilar ausgeheckt habe. Ich habe eine Heidenangst, ihr das zu gestehen. Es könnte alles ruinieren.

Und das Risiko einzugehen bin ich noch nicht bereit.

Mein Handy vibriert, und ich blicke auf die neueste SMS von Violet.

Ich fühle mich total gestresst.

Wovon?

Von allem. Von dem, was zwischen uns passiert. Was mit Zachary passiert. Und Pilar. Und meinem Vater.

Die Aufzählung betrübt mich.

Was ist mit deinem Vater?

Ich habe doch vor ein paar Tagen mit ihm geredet. Ich habe es dir noch nicht erzählt, aber … er hat mir gestanden, dass er eine neue Beziehung hat.

*Verdammt.* Warum hat sie mir das verschwiegen?

Ich habe gut reden.

Hat er gesagt, dass es Pilar ist?

Nein, er hat keinen Namen genannt, aber ich bin mir ziemlich sicher, dass er von ihr gesprochen hat.

Scheiß auf diese blöden SMS. Ich rufe sie an.

»Was genau hat er gesagt?«, knurre ich ins Telefon, sobald sie rangeht.

»Er hat sich ziemlich vage gehalten. Meinte, er hätte meinen Schwestern und mir bisher nichts erzählt gehabt, weil er sich erst sicher sein wollte, dass es etwas Ernstes ist.« Sie senkt die Stimme. »Ich will nicht, dass sie es ist, aber ich bin ziemlich überzeugt davon, dass es so ist. Sie wird ihn verletzen, Ryder. Ich weiß, dass sie es tun wird.«

Violet hat recht. Wenn die Dinge nicht so laufen, wie Pilar es sich vorstellt, hat sie keine Skrupel, so viel Schaden wie möglich anzurichten. »Kann es nicht vielleicht doch sein, dass es jemand anders ist?«, frage ich. Ich wünschte, es wäre so. Das würde alles so viel einfacher machen.

Aber so wie ich für Violet empfinde, was zwischen uns passiert … das ist nicht so einfach. Ich will sie nicht verletzen. Ich sorge mich um sie. Ich will sie beschützen. Geheimnisse und Lügen tun immer weh, und ich habe ein großes Geheimnis vor ihr. Sie wird mich hassen, wenn sie herausfindet, dass ich nicht ehrlich mit ihr war.

Das ist das Letzte, was ich will, obwohl ich weiß, dass es das Beste ist.

Ich fange langsam an zu denken, *scheiß drauf, was das Beste ist*, und stattdessen dem hinterherzulaufen, was ich wirklich will.

»Es ist niemand anders. Wer sollte es sonst sein? Ich habe sie zusammen gesehen, Ryder. Und sie haben sich nicht gerade verhalten wie zwei Kollegen, die bloß miteinander plaudern. Auch nicht wie alte Freunde, die sich nett unterhalten. So wie er sie berührt hat und wie sie ihn angesehen hat … sie sahen aus wie ein Liebespaar«, argumentiert Violet. »Er will wahrscheinlich nicht bloß wegen mir und meiner Schwestern nicht darüber reden, wer es ist, sondern auch, weil er mit der Frau zusammenarbeitet.«

»Tja, man sollte wirklich nicht vögeln, wo man

arbeitet«, sage ich. Was für uns natürlich genauso wie für alle anderen gilt.

Sie sagt nichts und wendet damit eine meiner Taktiken an. *Verdammt*, ich mag dieses Mädchen, echt. Wie sie denkt, was sie sagt, was sie nicht sagt. Wie sie auf meine Berührungen reagiert. Die Verbindung zwischen uns ist ganz anders als alles, was ich je zuvor erlebt habe. Ich fühle mich nicht nur körperlich von ihr angezogen, ich schätze auch ihren Verstand. Ich lege Wert auf ihre Meinung. Sie ist intelligent und wunderschön. So wunderschön. Wir könnten es weit zusammen bringen, Violet und ich.

Aber ich lüge sie an. Mache ihr etwas vor. Unsere gesamte sogenannte Beziehung basiert auf einer Lüge. Sie ist zu gut für mich. Sie verdient einen Mann, der sie behandelt wie eine Prinzessin. Nicht einen, der sein Mädchen zu sehr fordert und anlügt.

Violet mag es vielleicht, wenn ich sie fordere, aber es ist ein Nervenkitzel, der schnell seinen Reiz verlieren wird. Sie braucht einen Mann wie Lawrence, nur ohne die Arschloch-Tendenzen. Einen Mann, der hart arbeitet, ehrlich ist, aus einer guten Familie kommt und ihr etwas bieten kann. Was ich nie tun werde.

Ich bin eine Katastrophe. Und die meiste Zeit habe ich meine wahre Freude daran. Jetzt allerdings nicht. Für Violet will ich mich verändern. Für sie will ich ein besserer Mensch sein, aber ist das möglich? Ich bin, wer ich bin, und manchmal, wenn ich nicht gut drauf bin, dann denke ich, dass niemand mich in Ordnung bringen kann.

Niemand.

Noch nicht einmal sie.

»Wie wahr«, murmelt sie schließlich. »Was für weise Worte, Ryder. Damit meinst du wohl uns?«

Jetzt verfalle ich in Schweigen.

»Wenn du es beenden willst, dann sag es einfach.« Ihre Stimme ist angespannt. Sie klingt wütend. »Ich bin das Hin und Her leid, Ryder. Das zwischen uns fühlt sich immer an wie ein Spiel, und jedes Mal bin ich die Verliererin. Ich versuche, ehrlich mit dir zu sein. Ich versuche dir alles zu geben, was du willst, und du bist trotzdem nicht zufrieden.«

Ihre Worte reißen an meinem Herz, reißen es in Stücke. Sie hat hundert Prozent recht, und ich kann nichts dagegen sagen. »Ich bin jemand, der andere benutzt, Violet. Das weißt du.« Warum sage ich das? Als würde ich absichtlich zerstören wollen, was wir haben.

Doch was wir haben, ist doch ohnehin nur Täuschung. Nichts hiervon ist echt.

»Du benutzt mich also nur.«

»Ist das nicht das, worauf wir uns von Anfang an geeinigt haben?«

Wieder schweigt sie. Ich höre ihren Atem. Ich meine auch, ihren langsamen, regelmäßigen Herzschlag zu hören. Und den kleinen Riss, den ich gerade mit meinen gefühllosen Worten hineingeschlagen habe. »Manchmal hasse ich dich wirklich, Ryder«, flüstert sie, bevor sie auflegt.

Ich werfe das Handy auf den Tisch und fahre mir durch die Haare, streiche sie mir ins Gesicht, bis ich nichts mehr sehe.

Manchmal hasse ich mich wirklich auch.

Ich fühle mich, als wäre ich zu meiner eigenen Hinrichtung gerufen worden.

Ich hatte eine Nachricht auf dem Anrufbeantworter, als ich nach der Mittagspause in mein Büro zurückkehrte. Die Mittagspause habe ich allein in einem extrem überfüllten Rattenloch-Restaurant verbracht. Ich habe ein Sandwich aus Sauerteigbrot mit Roastbeef und Schweizer Käse gegessen und saß an einem Tisch, der so klein war, dass ich ständig mit den Knien dagegengestoßen bin. An meiner extra-großen Dr. Pepper trinkend, habe ich aus dem Fenster gesehen und voller Reue die Passanten beobachtet. Und ich empfinde nie so etwas wie Reue. Wenn irgendwas nicht läuft, lasse ich es hinter mir und ziehe weiter. Wenn sich mir eine Gelegenheit bietet, nehme ich sie wahr.

Meine Zeit mit Violet ist eine Gelegenheit, in dieser Firma voranzukommen, warum kann ich sie also nicht einfach ergreifen?

*Weil du dich schuldig fühlst.*

Ich nehme. Ich nehme und nehme und nehme von Violet, und ich genieße jede einzelne Minute. Langsam, aber sicher habe auch ich angefangen zu geben. Ich will mich um sie kümmern, ich will sie nicht ruinieren. Ich will meine Tage und Nächte mit ihr verbringen und sie nicht benutzen und wegwerfen und zur nächsten Gelegenheit übergehen.

Ich glaube, die einzige Gelegenheit, die ich will, ist eine Beziehung mit Violet. Aber das habe ich bereits verbockt.

Die Nachricht auf meinem Anrufbeantworter war von Forrest Fowlers Assistentin, Joy, die fragte, ob ich mich um drei mit ihm treffen könnte. Ich habe sie zurückgerufen und den Termin bestätigt, dann habe ich bis Viertel vor in meinem Büro gesessen und an tausend Dinge gedacht, die Forrest Fowler mit mir besprechen wollen könnte.

Und keins davon ist gut.

Jetzt sitze ich in seinem Büro in einem großen, dick gepolsterten Sessel und beobachte, wie der Vorsitzende und Geschäftsführer von Fleur Cosmetics hinter seinem Tisch sitzt und versucht, ein offenbar besonders langes Telefonat zu beenden, während er mir immer wieder entschuldigende Blicke zuwirft und mit Gesten andeutet, dass es nicht mehr lange dauert.

Kein Problem. Ich habe alle Zeit der Welt. Mein Terminkalender ist heute Nachmittag nicht besonders voll, und ich bin immer noch verdammt schlecht drauf, weil ich Violet so mies behandelt habe. Sie hat mich nicht angerufen, sie hat mir keine SMS geschrieben, keine E-Mail, und sonst meldet sie sich immer bei mir. Auf irgendeine Art. Ich weiß, dass sie angepisst ist. Ich frage mich, ob sie ihrem Daddy davon erzählt hat.

Wenn dieses Gespräch irgendetwas mit seiner Tochter zu tun hat, drehe ich durch.

Schließlich legt er auf und fasst unter seinen Tisch, wo sich offenbar ein Knopf befindet, mit dem er leise seine Bürotür schließen kann. So etwas kann sich wirklich nur der Firmenchef leisten. »Wie geht es Ihnen, Ryder?« Er lächelt wohlwollend, und das macht mich ganz unruhig.

Ich setze mich aufrechter hin. Etwas an diesem Mann verlangt meine absolute Aufmerksamkeit. Ich will ihn nicht enttäuschen. Ich will nicht aussehen wie ein Faulenzer. Ich will den Respekt dieses Mannes, und den erreiche ich nur, wenn ich ihm den gleichen Respekt erweise.

Außerdem ist er zufällig auch noch der Vater der Frau, mit der ich schlafe, und ich kann es nicht abstreiten – ihm gegenüberzusitzen macht mich extrem nervös.

»Sehr gut, Sir. Und Ihnen?« Ich klinge wie ein Blödmann. Aber *verdammt*, was kann ich denn sonst sagen? Die Wahrheit eindeutig nicht.

*Die letzten Wochen waren einfach verrückt, Alter. Jedes Mal, wenn ich Violet mit dem schmierigen Arschloch von ihrem Exfreund sehe, werde ich eifersüchtig. Himmel, der Typ ist ein Wichser. Apropos, ich glaube, ich weiß, wen Sie ficken, ist wohl kein großes Geheimnis mehr. Und ich habe übrigens auch Ihre Tochter schon im ganzen Gebäude gefickt. Ich habe sie ziemlich vergrätzt, als ich ihr – mal wieder – gesagt habe, dass ich sie nur benutze.*

*Abgesehen von dem verrückten Mist geht es mir sehr gut, Sir.*

»Ich habe gehört, Sie waren in letzter Zeit sehr mit Violets neuem Projekt beschäftigt.«

Seine beiläufige Bemerkung von Violet lässt mein Herz zusammenzucken. Jetzt kommt es. Er wird mich zurückstufen. Feuern. Was auch immer. »Wir haben gerade die Prototypen für die Verpackung fertiggestellt. Nächste Woche sollte die Linie erhältlich sein. Ich weiß … dass Violet deswegen sehr aufgeregt ist.« Was nicht gelogen ist. Sie ist sehr fürsorglich, was das Projekt angeht, was ja auch verständlich ist, schließlich erscheint ihr Name auf allem.

»Violet sagt, die Verpackung ist wunderschön geworden.« Er sieht mich direkt an. »Sie hat mir erzählt, dass Sie ihr eine große Hilfe bei dem Projekt waren und auch Ideen zum Marketing hatten, obwohl das gar nicht notwendigerweise Ihr Bereich ist. Sie sagt, Sie wissen in allem sehr gut Bescheid.«

»Oh, vielen Dank.« Ich bin überrascht. Wann hat er mit ihr über mich geredet? Und warum überschüttet sie mich so mit Lob? Ich dachte, sie würde mich hassen.

»Sie wissen sicherlich von Zachary Lawrence' zeitweiser Versetzung«, wechselt er das Thema.

Ich gebe mein Bestes, neutral zu bleiben, aber mein Mund verzieht sich kurz zu einem Grinsen. Lang genug für den sehr scharfsinnigen Forrest, um es zu bemerken. »Natürlich«, sage ich steif.

Er lacht kopfschüttelnd. »Sie halten nicht besonders viel von ihm?«

»Das würde ich so nicht sagen, Sir.« Ich versuche, möglichst neutral zu bleiben.

»Ich verstehe, mein Sohn. Ich mag ihn auch nicht allzu sehr.« Die Worte *mein Sohn* erschrecken mich. Niemand nennt mich so. Mein eigener Vater hat mich einen nichtsnutzigen, Geld fressenden Hurensohn genannt. Ich habe keine Ahnung, wie es ist, wenn sich ein älterer Mann in väterlicher Weise um mich sorgt. Ich habe es nie für möglich gehalten.

Ganz davon abgesehen, dass er mir gerade eröffnet hat, dass er Zachary Lawrence nicht ausstehen kann. *Interessant.*

»Bei Fleur werden neue Stellen im Ausland geschaffen«, fährt Forrest fort, als ich nichts sage. »Nicht nur die, die Zachary besetzen wird. Vorübergehend, möchte ich hinzufügen«, sagt er, und ich mag ihn gleich noch ein bisschen mehr. »Ich wollte hören, ob Sie interessiert sind.«

»Interessiert, eine Position im Ausland zu übernehmen?«

»Ja. In den nächsten Monaten werden noch mehr Stellen geschaffen.« Er wendet nicht eine Sekunde den Blick ab. »Ich glaube, Sie wären ein ausgezeichneter Kandidat.«

Ein Gefühl des Triumphs durchströmt mich. Das ist genau das, was ich will. Worauf ich die ganzen letzten Jahre hingearbeitet habe, seit ich bei Fleur angefangen habe. Anerkennung von Forrest Fowler zusammen mit einer Beförderung und der Aussicht, endlich das Ansehen zu bekommen, das ich verdammt noch mal verdiene.

»Ich fühle mich geehrt, Sir«, sage ich aufrichtig. »Dass Sie dabei an mich denken, bedeutet mir eine Menge.«

Er lächelt. »Ich habe Ihre harte Arbeit natürlich auch bemerkt, McKay, aber Sie müssen Violet danken. Sie hat sich sehr für Sie eingesetzt.«

Ich runzle die Stirn. Wirklich? Und was ist mit Pilar? Sie ist doch diejenige, die sich bei Fowler für mich einsetzen wollte. »Violet?«

»Ja. Wir hatten vor ein paar Tagen eine Vorstandssitzung und haben darüber gesprochen, wen wir für die internationalen Positionen für geeignet halten. Ihr Name wurde von Violet eingebracht. Wenn ich es nicht besser wüsste, würde ich denken, sie wäre in Sie verknallt.« Er zwinkert mir zu.

*Verknallt.* Das ist eine lustige Beschreibung dessen,

was Violet und ich zusammen haben. Wie ich für sie empfinde.

*Und wie empfindest du für sie, du Arschloch?*

Ich ignoriere die gehässige Stimme in meinem Kopf.

»Das bezweifle ich«, sage ich, woraufhin Fowler kichert. »Im Ernst, es war eine Freude, mit Violet zusammenzuarbeiten. Sie ist sehr klug.«

»Ich weiß.« Forrest strahlt vor Stolz.

»Ihre Kosmetiklinie wird Fleur ein gutes Geschäft bereiten. Sie wird die jüngere Generation ansprechen und einen ganz neuen Kundenstamm erschließen«, sage ich.

»So ist der Plan.«

»Wissen Sie …« Ich beuge mich vor, stütze meine Ellbogen auf die Knie und lege die Hände zusammen. Jetzt, wo ich seine Aufmerksamkeit habe, werde ich meine Chance ergreifen. Das Schlimmste, was passieren kann, ist, dass er Nein sagt. »Ich habe da so eine Idee … aber ich sollte Sie damit wohl nicht behelligen.«

»Doch, das sollten Sie unbedingt«, ermuntert mich Forrest. »Ich mag Leute mit Ideen. Davon gibt es hier längst nicht genug. Alles nur ein Haufen Schafe, die immer bloß zu allem, was ich sage, zustimmend nicken.«

*Interessant.* Das werde ich mir merken. Vielleicht kann ich es noch einmal gebrauchen. »In Ordnung. Meine Idee ist folgende.« Ich habe die Idee schon, seit ich bei Fleur angefangen habe, aber ich habe mich nie getraut, sie irgendjemandem gegenüber zu erwähnen. Doch jetzt, wo ich Forrest Fowler als unfreiwilligen Zuhörer habe …

»Parfüm.«

Forrest legt den Kopf schief. Er sieht nicht sonderlich beeindruckt aus. »Davon haben wir bereits ein paar, mein Sohn. Das ist nichts Neues.«

»Ich weiß, Sie haben recht. Aber es ist schon eine Weile her, dass Fleur einen neuen Duft auf den Markt gebracht hat. Und ich dachte, es wäre clever, wenn Fleur gleich drei präsentieren würde«, erkläre ich.

»Drei?« Er runzelt die Stirn. »Alle auf einmal, oder alle sechs Monate …«

»Alle auf einmal. Jeder der Düfte sollte sich deutlich von den anderen unterscheiden, aber zusammen bilden sie eine Einheit. Sie passen zusammen, ergänzen einander. Wir würden alle drei als Set verkaufen – und einzeln –, und sie würden auf junge, aufstrebende Frauen abzielen. Anfang Zwanzigjährige, die gerade mit dem College fertig sind und ihre Karriere beginnen, ihre Unabhängigkeit genießen und neue Dinge ausprobieren.«

»Interessant. Fahren Sie fort.« Forrest nickt.

»Und wir würden die Düfte …« – ich mache eine dramatische Pause, denn verdammt, ich habe nichts zu verlieren – »Lily, Rose und Violet nennen.«

Der Raum ist still. Ich kann meinen eigenen donnernden Herzschlag hören. Ich habe alles aufs Spiel gesetzt, und wenn er Nein sagt, dann wird es auch okay sein. Wenigstens habe ich meinen Vorschlag gemacht, was um einiges mehr ist, als der Rest der Trottel bei Fleur von sich behaupten kann.

Forrest fängt langsam zu grinsen an und nickt wieder. »Das gefällt mir. Das gefällt mir sehr. Warum bin ich da nicht selbst drauf gekommen? Wir haben einen

Dahlia-Duft, Fleurs allererstes Parfüm. Warum habe ich nicht an meine eigenen Töchter gedacht?«

Ich sinke vor Erleichterung beinah in meinem Sessel zusammen. Aber ich reiße mich am Riemen und tue so, als wäre das eine ganz normale Erfahrung. »Freut mich, dass Ihnen meine Idee zusagt«, sage ich vorsichtig.

»Eine brillante Idee. Ich möchte, dass Sie einen detaillierteren Entwurf erstellen und ihn mir mailen. Setzen Sie meine Assistentin Joy ins CC.«

»Danke, Sir.« Ich fühle die Aufregung in mir aufsteigen. Dieses kleine Gespräch entwickelt sich viel besser, als ich dachte. Er hat mir tatsächlich zugehört. Und was noch besser ist, ihm gefällt meine Idee, was sie auch sollte, denn es ist wirklich eine geniale Idee. Über die ich nie mit irgendwem gesprochen habe, noch nicht einmal mit Pilar.

Das Miststück würde mir die Idee klauen und alle Lorbeeren einheimsen. Was ich wusste und ihr deswegen auch nie davon erzählt habe. Wir haben nichts als Geheimnisse voreinander. Schon die ganze Zeit während unserer seltsamen Beziehung.

Kein Wunder, dass ich nicht weiß, wie eine richtige Beziehung funktioniert. Ich bin so kaputt, ich vertraue niemandem. Ich habe Angst vor zu viel Nähe. Ich will meine Verwundbarkeit nicht zeigen, meine Ängste, meine Schwächen. Die einzige Frau, der ich beinah etwas davon gezeigt hätte, ist …

Violet. Dabei kenne ich sie kaum.

»Ich habe ein Telefonat zu erledigen.« Er steht auf, kommt um den Tisch und hält mir die Hand hin. Ich erhebe mich und schüttle sie, wobei ich extra fest zudrücke, was ihn zum Lächeln bringt. »Ich bin beeindruckt, mein Sohn. Machen Sie weiter so, und Sie werden es weit bringen bei Fleur.«

»Das habe ich vor, Sir.« Ich lasse seine Hand los und mache einen Schritt zurück. Ich brauche die Distanz. Ich muss sichergehen, dass das hier echt ist und ich nicht träume.

»Hören Sie auf, mich ›Sir‹ zu nennen«, sagt er grinsend, während er mich aus seinem Büro begleitet. »Nennen Sie mich Forrest.«

»Danke, Forrest«, sage ich mit voller Aufrichtigkeit, als er vor dem Tisch seiner Assistentin stehen bleibt. Sie tippt etwas in ihren Rechner und beachtet uns nicht im Geringsten. »Ich werde mein Bestes geben, Ihnen zu beweisen, dass die Idee es wert ist.«

»Oh, da mache ich mir keine Gedanken. Ich habe das Gefühl, Sie werden mich damit noch sehr beeindrucken.« Er schlägt mir auf den Rücken, und ich stolpere beinah vorwärts. »Ich vertraue Ihnen, mein Sohn. Absolut.«

# KAPITEL 29

# Violet

Die Lieferung kommt kurz vor Feierabend, als ich gerade aufgegeben habe, so zu tun, als könne ich mich konzentrieren und tatsächlich etwas schaffen. Seit dem Streit mit Ryder stehe ich vollkommen neben mir.

Aber das ist ja nichts Neues. Er wirft mich ständig aus der Bahn. Die letzten Tage waren wie eine Achterbahnfahrt, ich bin hin- und hergerissen zwischen meiner Arbeit hier in New York und der Möglichkeit, nach London zu gehen. Zwischen Ryder, der unsere Beziehung geheim halten will, und meinem Bedürfnis, es jedem zu erzählen, inklusive Zachary.

*Besonders* Zachary.

Ich bin gerade dabei, meinen Schreibtisch aufzuräumen, um gleich nach Hause zu gehen, als jemand vom Empfang in mein Büro kommt und einen wunderschönen, schweren silbernen Blumentopf mit violetten Veilchen hereinträgt.

Lächelnd streiche ich mit den Fingerspitzen über die samtenen Blütenblätter. Ich suche nach einer Karte, aber da ist keine. Die Blumen versüßen mir einen ansonsten ziemlich schrecklichen Tag. Mit dem Streit mit Ryder fing es an, und dann musste ich auch noch das Gespräch mit Zachary vor noch nicht einmal einer Stunde ertragen. Der Mann ist wirklich hartnäckig.

Ich habe ihn die letzten Tage immer wieder vertröstet, aber er hat mich ständig bedrängt. Er hat versucht, mich zu überreden, mit zu ihm zu kommen. Damit wir uns wie in alten Zeiten wiedervereinigen könnten, hat er mit einem anzüglichem Grinsen gesagt, das nicht ein bisschen sexy war.

Ich habe klar Nein gesagt, und das hat ihm überhaupt nicht gefallen. Hat er etwa wirklich geglaubt, ich würde gleich wieder mit ihm ins Bett gehen, als wäre nichts passiert? Wahrscheinlich, denn so habe ich es früher getan. Aber da war ich noch eine andere Person. Jetzt bin ich stärker.

Mein Lächeln verblasst, als ich mich frage, ob die Blumen von Zachary sind. Wenn sie von ihm sind, kann ich sie nicht behalten. Ich brauche in meinem Leben keine unnötigen Erinnerungen an ihn. Nach dem Mittagessen habe ich zwanzig Minuten lang eine kleine Abschiedsfeier für ihn organisiert, was mich wahnsinnig geärgert hat. Ich war einfach nicht mit dem Herzen bei der Sache. Obwohl ich dieses Abendessen als eine »Juhu, er ist aus meinem Leben«-Feier betrachten sollte.

Ich bin schlimm.

Ich will gerade meinen Rechner runterfahren, als ich die neue E-Mail in meinem Posteingang sehe. Sie ist von Ryder. Die Betreffzeile lautet: »Es tut mir leid.« Ich öffne die E-Mail und lese:

Meine sexy V,

ich bin ein Arschloch. Ich weiß, das habe ich dir schon öfter gesagt, und du hast mir ohne Weiteres zugestimmt. Ich kann es dir nicht verübeln, denn wir wissen beide, wie es ist.

Ich bin nicht gut genug für dich. Ich werde es nie sein. Aber ich will dich. Ich kann dich nicht gehen lassen. Noch nicht. Ich bin ein egoistischer Scheißkerl, aber vertrau mir, du hast von dieser Abmachung genauso viel wie ich.

Zumindest hoffe ich, dass du so denkst.

Es tut mir leid. Es tut mir leid, was ich für schreckliche Sachen zu dir gesagt habe. Was für schreckliche Dinge ich tue.

Aber es tut mir nicht leid, was wir zusammen getan haben. Oder was ich für dich empfinde. Was wir teilen, bedeutet mir ... so viel. Zu viel.

Ich hoffe, dir gefällt mein Geschenk. Wenn ich die Wahl hätte, würde ich die violetten Blüten auf deiner nackten Haut verstreuen. Aber du hältst das vielleicht für eine Verschwendung. Ich weiß es nicht.

Dein
R.

Brennende, süße Freude erfüllt mich, während ich seine E-Mail wieder und wieder lese. Er will mich immer noch. Er hat mir die violetten Veilchen geschickt. Kein Mann hat das jemals zuvor getan. Man könnte meinen, dass es so wäre, denn bei meinem Vornamen liegt es nahe.

Doch niemand ist so aufmerksam wie Ryder.

Wenn er wüsste, dass ich ihn für aufmerksam halte, würde er wahrscheinlich durchdrehen.

Ich klicke auf Antworten und fange an zu tippen.

Liebster R,

danke für die Veilchen. Sie sind wunderschön. Und danke für die Entschuldigung. Die war auch wunderschön.

Du schreibst, du wärst meiner nicht würdig, aber ich glaube, damit liegst du falsch. Die Vorstellung, dass du violette Blüten über meinen nackten Körper streust, gefällt mir. Aber nur, wenn ich es auch bei dir machen darf.

Deine

V

Ich klicke auf Senden, bevor ich es mir noch einmal anders überlegen oder noch etwas hinzufügen kann. Ich blicke wieder zu den Blumen und streiche mit dem Finger über jede einzelne Blüte. Ich weiß nicht, ob ich den Topf hierlassen oder mit nach Hause nehmen soll. Vielleicht kann ich ja beides machen?

Mein Handy piepst, und ich lächle, als ich Ryders Namen lese.

*Ich sehe dich.*

Als ich aufblicke, steht er in der Tür, mit der Schulter gegen den Rahmen gelehnt, und sieht auf sein Handy. Langsam hebt er den Kopf und schaut mich mit seinen wunderschönen blauen Augen direkt an. Ich bleibe still sitzen, warte ab, was er als Nächstes tut.

»Komm mit mir nach Hause«, sagt er mit tiefer Stimme und gesenkten Augenlidern.

Mir wird ganz heiß, seine Bitte macht mich nervös. Seine Forderung. Ich habe Angst, Ja zu sagen. Mit ihm nach Hause zu gehen ist ein Risiko. Ich könnte den Kopf verlieren. Meinen Körper. Mein Herz. Meine Seele.

Aber ich habe noch mehr Angst, Nein zu sagen.

»Violet«, fängt er an, aber ich unterbreche ihn.

»Ja.« Ich stehe auf und halte mich am Tisch fest. »Ich komme mit.«

Während der Taxifahrt zu seiner Wohnung schweigen wir die meiste Zeit. Der Fahrer hört ein Baseballspiel im Radio, das er bis zum Anschlag aufgedreht hat. Das ständige Jubeln der Menge geht mir auf die Nerven, und ich tippe mit den Fingern auf den Platz zwischen uns, fahre die Risse auf dem Plastiksitz nach.

Ich sehne mich danach, Ryder zu berühren, aber ich tue es nicht.

Ich halte den Blick die ganze Zeit aus dem Fenster gerichtet und beobachte das Treiben der Stadt, während wir Richtung Downtown fahren. Ich habe keine Ahnung, wohin wir unterwegs sind. Ich weiß nichts über Ryders Privatleben, bis auf das, was er mir zeigt.

Und er verrät nicht viel.

Wieder wurde ein Ball getroffen, und die Menge brüllt. Das Geräusch, das aus den kleinen Autolautsprechern kommt, ist ohrenbetäubend. Ich zucke zusammen und schließe die Augen. Es gefällt mir nicht, wie nervös ich bin. Und noch viel weniger gefällt mir, dass Ryder nicht mit mir redet.

Vielleicht weiß er genauso wenig, was er sagen soll, wie ich.

Da fühle ich etwas an meinem kleinen Finger, und sofort halte ich die Hand still. Ich traue mich beinah nicht hinzugucken. Aber natürlich kann es nur Ryder sein, der mich berührt. Seine Finger streicheln zärtlich über meine. Wie ein Test. Ich halte meine Hand still und presse die Lippen aufeinander, während nacheinander jede seiner Fingerspitzen über meinen kleinen Finger fährt. Mich auf die zärtlichste, sinnlichste Weise streichelt, die ich jemals erlebt habe.

Ich bekomme eine Gänsehaut, und ein Schauer durchfährt mich. Meine Brustwarzen unter meinem BH werden steif. Ich werde feucht zwischen den Beinen. Ich werde unruhig. Fühle mich unsicher.

Erregt.

Seine Hand fährt unsagbar langsam über meine Finger, fast als hätte er Angst, dass ich sie wegstoßen könnte. Ich ihn zurückweisen könnte. Ich halte den Blick abgewendet, ich will ihn nicht ansehen, denn ich fürchte mich vor dem, was ich sehen könnte. Oder was ich nicht sehen könnte.

Ich genieße lieber seine Berührung und tue so, als würde es ihm etwas bedeuten.

Seine Hand bedeckt meine jetzt vollständig, und er umschließt meine Finger mit seinen. Er fährt mir mit dem Daumen über den Handrücken, über die Knöchel, und dann lässt er mich los, zieht seine Hand fast ganz weg, bevor sie wieder zurückkommt und meine bedeckt. Seine warme, große Handfläche auf meinem Handrücken, verschränkt er seine Finger mit meinen, verbindet uns miteinander.

Mein Herz schlägt wie wahnsinnig. Mein Körper steht in Flammen. Alles nur wegen seiner mit meiner verbundenen Hand.

»Violet.« Ehrfürchtig sagt er meinen Namen, und ich schließe die Augen. »Sieh mich an.«

Ich drehe ihm den Kopf zu, unsere Blicke begegnen sich, und ich sehe so viel, aber doch nicht genug in seinem Blick. Ich sage nichts. Ich kann es nicht. Mein Hals ist wie zugeschnürt, und ich fürchte, ich fange an zu weinen, wenn ich versuche, etwas zu sagen.

Also lasse ich es.

»Du hast gesagt, du hasst mich.« Als ich die Stirn runzle, fährt er fort. »Heute Morgen. Am Telefon.«

Ich wende den Blick ab, beschämt, dass er mich an meine Worte erinnert, aber er drückt meine Hand und zwingt mich, ihn wieder anzusehen.

»Ich kann es dir nicht verübeln. Du *solltest* mich auch hassen.« Er schließt die Augen und lässt den Kopf zurück gegen den Sitz fallen. »Wenn ich in deiner Nähe bin … kann ich an nichts anderes denken als an die schmutzigen Dinge, die ich mit dir machen will.«

Mir wird ganz heiß zwischen den Beinen. Ich will das auch, aber ich brauche mehr. Ich fühle mich ihm so nah, wo wir in so kurzer Zeit so viel zusammen erlebt haben. Empfindet er auch so? Ich will die Verbindung. Ich will Aufrichtigkeit und Loyalität und, ich wage es kaum zu denken … Liebe.

Ich habe nur Angst, darum zu bitten. Angst, dass er mich zurückweist. Er erinnert mich ja immer wieder daran, dass das zwischen uns bloß vorübergehend ist. Und das tut weh, auch wenn ich weiß, dass es höchstwahrscheinlich die Wahrheit ist.

Ich will ihm meine intimsten Geheimnisse erzählen, aber wird er mich dann von sich stoßen? Ich muss an die Nacht denken, als er versucht hat, mich körperlich von sich zu stoßen. Aber das ist nicht das, was wehtut.

Nein, was wehtut, das sind seine Worte. Sie zerreißen mich innerlich.

»Ich verdiene es nicht, heute Nacht mit dir zu verbringen«, flüstert er, als er die Augen wieder öffnet und mich anblickt. »Du solltest mich zum Teufel schicken.«

Leise seufzend schüttle ich den Kopf. Ich sage immer noch nichts, wende seine Lieblingstaktik an. Er hebt unsere miteinander verschlungenen Hände an seinen Mund und haucht mir einen Kuss auf die Knöchel. Meine Augenlider flattern bei der ersten Berührung, und ich atme bebend aus. Seine Lippen fühlen sich so gut an auf meiner Haut.

»Was ist, wenn ich dir etwas Wichtiges gestehe?«, frage ich mit zitternder Stimme. Ich bin nervös. Ich will ihm mein dunkelstes Geheimnis verraten. Mache ich das, weil ich ihn auf die Probe stellen will?

Wahrscheinlich. Ist das fair?

Eigentlich nicht. Aber so, wie er mich behandelt und was er zu mir sagt, ist manchmal auch nicht fair. Wenn ich ihm wirklich wichtig bin, wenn er wirklich eine Beziehung mit mir eingehen will, dann wird er mich nicht zurückweisen. Er wird mir zuhören, er wird Verständnis zeigen, und er wird sich um mich kümmern wollen.

Dass ich ihm das alles in einem Taxi erzählen will, ist verrückt. Aber ich bin heute Abend etwas ungeduldig.

»Was willst du mir denn gestehen?« Auf einmal ist da eine Wachsamkeit in seinem Blick, die vorher noch nicht da war.

»Mir ist vor langer Zeit etwas passiert, als ich im College war.« Ich mache eine Pause und schlucke schwer, bevor ich weitererzähle. »Jemand ist über mich hergefallen.«

Er verengt die Augen und rückt etwas von mir ab, als bräuchte er Abstand. »Was meinst du damit, jemand ist über dich hergefallen?«

Ich lasse den Kopf hängen, und die Haare fallen mir ins Gesicht, sodass ich ihn nicht sehen kann. »Er war ein alter Freund der Familie, ich bin mit ihm zusammen aufgewachsen, und als ich neu aufs College kam, war er der Einzige, den ich kannte.«

»Und er hat dich *vergewaltigt?*« Er klingt ungläubig, und so lächerlich das auch ist, ich bin froh über die Anzeichen von Sorge und Wut in seiner Stimme.

»Nein.« Ich hebe den Kopf und sehe ihn an, ich wünschte, ich könnte ihn beruhigen. Wünschte, er würde mich beruhigen. »Nein, ich konnte ihn aufhalten, bevor es so weit kam. Wir haben miteinander gekämpft, und ich … er hat mich verletzt, aber ich habe ihn schlimmer verletzt. Ich konnte entkommen und bin zur Polizei gegangen.« Ich weiß noch, wie verängstigt ich war. Dass es mir vorkam wie Verrat, dass Alan versucht hat, mich zu verletzen, obwohl er doch mein Freund sein sollte.

Doch was noch mehr wehtat, war, wie wütend Vater wurde, als er erfuhr, dass ich zur Polizei gegangen war, dass ich es publik gemacht hatte. Gott bewahre, dass ich den Fowler-Ruf beschmutze, obwohl ich gar nichts falsch gemacht hatte.

Ryder rückt näher an mich heran, fasst mich an den Schultern und zieht mich in seine Arme. Ich fühle mich dort sicher. Beschützt. Umsorgt.

»Alan war so *wütend*, als er hinter mir herkam. Er ist komplett durchgedreht«, sage ich mit gedämpfter Stimme an seiner Brust. »Und als ich vor Gericht gegen ihn ausgesagt habe, hat er mich angeschrien, und sein Blick war einfach nur durch und durch böse.«

»Er hat dich im Gerichtssaal angeschrien?«

»Es hat ihn nicht besonders gefreut, dass ich beschrieben habe, wie ich ihn abgewehrt hatte. Es hat ihn wahnsinnig gemacht, dass eine Frau ihn geschlagen hat.«

»Hört sich an, als wäre er ein richtiger Scheißkerl.«

»Das ist er auch.« Wieder mache ich eine Pause. »Da ist noch etwas ... Er wurde gerade aus dem Gefängnis entlassen.«

»*Was?*« Ryder schiebt mich von sich, seine Hände liegen immer noch auf meinen Schultern, seine Miene ist besorgt. »Das ist nicht dein Ernst.«

»Seine Haftstrafe wurde verkürzt, er wurde eher entlassen. Oder war es wegen eines Formfehlers? Ich weiß es nicht.« Ich zucke die Achseln und gebe mein Bestes, gelassen zu tun, aber innerlich zittere ich. »Er ist in Upstate New York. Vater sagt, ich solle mir keine Gedanken machen.«

»Glaubst du ... er wird dich suchen?« Besorgt zieht er die Augenbrauen zusammen.

»Nein. Ich weiß es nicht. Es ist so schwer zu erklären. Weißt du ...« Ich mache wieder eine Pause und schließe kurz die Augen, versuche die richtigen Worte zu finden. »Vater wollte nicht, dass ich gegen ihn aussage. Meine Großmutter wollte es zuerst auch nicht, aber ich war fest entschlossen. Alan hat mir Angst gemacht. Ich habe befürchtet, dass er es wieder und wieder tun und immer wieder unschuldige Mädchen verletzen würde. Ich wollte nicht dafür verantwortlich sein.«

»Verstehe. Himmel, Violet.« Er zieht mich wieder an sich und hält mich so fest, dass ich kaum atmen kann. Aber es gefällt mir. In seinen Armen fühle ich mich sicher. »Du hast das Richtige getan, Baby.«

Seine Worte klingen in meinem Kopf wider, als das Taxi schließlich hält und wir aussteigen. Ich höre sie immer noch, als wir das einfache Haus betreten und mit dem Fahrstuhl nach oben fahren. Es gibt keinen Portier, keine weitläufige Lobby, und der Fahrstuhl ist alt und klapprig. Als wir aussteigen, ist es ziemlich dunkel auf dem Flur, die Lampen funktionieren teilweise nicht, und erstaunt, dass Ryder in so einem Gebäude wohnt, blicke ich mich um.

Er ist immer so perfekt gekleidet. Seine Anzüge sind teuer, seine Uhr ist luxuriös. Ich dachte, er würde in einem Palast wohnen, einer Wohnung, die so protzig ist wie Zacharys, denn jeder weiß, dass Zachary seinen Reichtum gern zur Schau stellt, auch wenn er viel davon Krediten verdankt.

Ryder bleibt vor einer Tür mit der Nummer 426 darauf stehen und zieht einen Schlüssel aus der Tasche. Ich beobachte, wie er mit geschickten Fingern die Tür öffnet und sie mir aufhält, damit ich eintreten kann. Ich kneife die Augen zusammen, als er das Licht anmacht.

»Home, sweet home«, sagt er ironisch, als er die Tür zumacht und abschließt.

Es ist schlicht. Der Wohnraum ist klein mit einer Küchenzeile darin. Es gibt eine schwarze Ledercouch und ein kleines Sofa mit einem Couchtisch davor und einen Flatscreen-Fernseher an der Wand. Die typische Junggesellenwohnung. Nicht ein einziges Bild ist zu sehen. Keine Fotos oder irgendetwas. Die Wände sind schwarz und weiß; die gesamte Wohnung wirkt leer. Es tut mir in der Seele weh.

Diese Wohnung ist kein Zuhause. Sie ist bloß ein

Ort, an dem er schläft, duscht und seine Sachen aufbewahrt.

»Es ist nicht so schön wie bei dir«, sagt er, als er sich mir von hinten nähert und mir die Hände auf die Schultern legt. »Aber es reicht mir.«

Ich sage nicht, dass ich es schrecklich finde. Ich will ihn nicht kränken.

Stattdessen drehe ich mich zu ihm um und lege ihm lächelnd die Arme um den Hals. »Bring mich ins Schlafzimmer.« Ich muss seine Hände auf meinem nackten Körper spüren. Ich brauche seinen Mund und seine Worte, um mich zu reinigen.

Und mehr als alles andere sehne ich mich nach der Verbindung, die nur er mir geben kann.

Er nimmt meine Hand und führt mich über einen kleinen Flur in ein dunkles Zimmer. Er schaltet das Licht an, und wir stehen vor einem riesigen Bett, das den Raum dominiert. Ich gehe hinein und bemerke, dass auch hier keine Fotos oder so an den Wänden hängen.

»Wie findest du's?«

»Sehr ... zweckmäßig«, sage ich, weil mir nichts Besseres einfällt.

Er lacht leise. »Es gefällt dir nicht.«

»Es könnte etwas aufgehübscht werden. Aber ich bin eine Frau. Das sagen wir immer über Junggesellenwohnungen.«

»Ist es okay für dich?« Er sieht mich ernst an, und ich befürchte schon, er hält mich für zu empfindlich, zu angespannt, nach dem, was ich ihm im Taxi gebeichtet habe.

Aber ich fühle mich befreit. Ich will nur ihn.

Nur ihn.

»Es ist absolut okay.« Ich gehe zu ihm und schlinge ihm die Arme um den Hals. »Ich will dich, Ryder. Bitte.«

»Wie kann ich dir widerstehen, wenn du Bitte sagst?« Seine Erleichterung ist offensichtlich, und er lächelt lüstern. »Hast du gesehen, was über dir hängt?«

Ich lege den Kopf in den Nacken und schnappe nach Luft, als ich mein Spiegelbild sehe. »Du hast einen Spiegel überm Bett?«

Er zuckt die Achseln. »Ja. Ich weiß zwar nicht, warum, wo ich nie irgendwelche Frauen mit nach Hause bringe.«

Total albern, aber sein Geständnis freut mich. Noch nicht einmal Pilar? Ich traue mich nicht nachzufragen, denn ich habe Angst vor seiner Antwort. »Wozu hast du ihn dann?«

»Ich weiß nicht.« Er blickt hoch zum Spiegel. »Manchmal sehe ich mir dabei zu, wie ich's mir mache.«

Meine Wangen werden warm. Er sagt es so beiläufig, als wäre es überhaupt keine große Sache. »Du bringst nie Frauen mit nach Hause?«

Er sieht mich mit unglaublich dunklem Blick an. »Du bist die Erste.«

Ich frage mich, ob er die Wahrheit sagt. Er hat so viel Erfahrung. »Wirklich?«

»Ja. Wirklich.« Er küsst mich auf die Nasenspitze.

»Ich finde es nur so ... seltsam.«

»Weißt du, was ich gern sehen würde?«, wechselt er das Thema.

»Was denn?«

»Dich. Nackt. Auf meinem Bett.« Er löst meine Arme von seinem Hals und macht einen Schritt zurück, um mich anzusehen. »Zieh dich aus, Violet.«

Ich drehe ihm den Rücken zu, und er macht mir den Reißverschluss auf. Ich lasse das Kleid auf den Boden fallen und trete nur noch mit High Heels und BH bekleidet heraus. Ich schlüpfe aus den Schuhen und befreie mich vom BH, bevor ich auf die erstaunlich feste Matratze steige. Dann lege ich mich auf den Rücken, spreize die Beine und strecke die Arme aus. Ich blicke an die Decke und bin überrascht, was ich da sehe.

Mich. Vollkommen nackt. Vollkommen offen. Ich ziehe mir das Haargummi vom Zopf und breite meine Haare über dem weißen Kissen aus. Meine Brüste richten sich auf, als ich sie berühre, sie mit beiden Händen umfasse und mit den Daumen mit den Brustwarzen spiele.

»Macht's Spaß?«, fragt er amüsiert.

Lachend schüttle ich den Kopf und verschließe die Augen vor meinem Spiegelbild, bevor ich ihm den Kopf zudrehe. »Ich habe mich selbst noch nie so angesehen.«

»Überwältigt von deiner eigenen Schönheit?«

»Das klingt ja, als wäre ich unglaublich eingebildet«, ermahne ich ihn peinlich berührt. »Außerdem bin ich nicht die Schönste.«

»Die Schönste von wem?«, fragt er und sieht mich verwirrt an.

Ich wende den Blick ab und schaue wieder auf mein Spiegelbild. Ich betrachte mich so objektiv wie möglich. Langweilige braune Haare. Dunkelbraune Augen.

Eine durchschnittliche Nase und ein zu großer Mund, über den sich die Kinder früher in der Schule immer lustig gemacht haben. Ein akzeptabler Körper. Ich bin keine große Schönheit wie Rose. Ich bin auch keine außergewöhnliche Sexbombe mit einem Körper, der die Männer verrückt macht, so wie Lily.

Ich bin einfach ... ich.

»Die schönste der Fowler-Schwestern«, seufze ich schließlich. »Im Vergleich mit Rose und Lily schneide ich eindeutig schlecht ab.«

Ich habe die Worte kaum ausgesprochen, da ist er auch schon über mir, die Beine zu beiden Seiten meiner Hüften. Er fasst nach meinen Händen, zieht mir die Arme über den Kopf und kommt mir mit dem Gesicht ganz nah. Er sieht ... wütend aus. »Ist das dein Ernst?«, fragt er ungläubig.

»W-was meinst du?« Sein zorniger Gesichtsausdruck und der Klang seiner Stimme machen mir Angst.

Zugleich kann ich nicht leugnen, dass es mich erregt, wie er mich festhält. Dass er mir Angst einjagt und ich ihn gleichzeitig will, ist so verwirrend.

Aber ich fühle mich sicher bei ihm. Immer, immer sicher.

»Du meinst, du wärst nicht schön genug?« Er senkt langsam den Kopf, bis seine Lippen meine berühren, und flüstert: »Du bist die schönste Frau, die ich je gesehen habe.«

Ich schließe nicht die Augen. Ich kann es nicht. Es ist faszinierend, ihn so anzusehen, während er mich festhält. Ich bin ihm hilflos ausgeliefert. Er könnte mir so leicht etwas antun. Er hat sogar gesagt, er würde mich verletzen, aber das tut er nicht. Das hat er noch nie.

Vielmehr hat Ryder mir gezeigt, wie ich loslassen kann.

»Du hast die schönsten, dunkelsten Augen«, sagt er, als ich nichts erwidere. »Und diese langen Haare, an denen ich so gern ziehe.« Er lässt meine eine Hand los, um mir durch die Haare zu fahren und daran zu ziehen. Ich zucke zusammen. »Und dein Mund ...« Er spricht nicht weiter, und fragend sehe ich ihn an.

»Was ist mit meinem Mund?« Den Versuch, meine großen Lippen zu verstecken, habe ich schon vor langer Zeit aufgegeben. Ich trage so oft wie möglich die knalligsten wie auch die dunkelsten Lippenstiftfarben, die es gibt. Warum nicht meine Lippen betonen und damit den Verkauf von Fleur-Lippenstiften fördern?

»Ich mag es, sie zu küssen«, flüstert er und tut genau das, er drückt seine Lippen in einem süßen, langen Kuss auf meine, bevor er hinzufügt: »Ich mag es noch viel mehr, *dich* zu küssen.«

*Oh Gott.* Ein Schauder durchfährt mich, und ich schließe die Augen, als die Emotionen auf mich einstürmen.

Als ich die Augen wieder öffne, sieht er mich an, sein Gesicht ist so nah, dass ich seine Bartstoppeln an Kinn und Wangen sehen kann. Ich mag es auch sehr, wenn er sein raues Gesicht an meiner empfindlichen Haut reibt und mich erschaudern lässt. Wenn er überall auf meinem Körper rote Spuren hinterlässt und mich auf seine vielen verschiedenen Arten markiert.

»Ich küsse dich auch sehr gern«, flüstere ich.

Er lächelt und lässt mich los. Dann drückt er sein

Gesicht an meinen Hals und küsst mich. Langsam fährt er meinen Körper hinab, küsst mein Schlüsselbein, meine Brüste, neckt kurz meine Brustwarzen – viel zu kurz –, bevor sein Mund weiterwandert.

Ich versenke die Finger in seinen Haaren, versuche, ihn festzuhalten, aber er geht immer weiter, sein warmer, feuchter Mund streicht über meinen Bauch, seine Zunge umkreist meinen Nabel. Meine Haut ist schon ganz heiß, und zwischen den Beinen bin ich feucht. Ich bin ungeduldig. Erregt.

Immer erregt.

Er weiß es. Er weiß genau, wie er mich scharf macht, wie er es schafft, dass ich mich so sehr nach ihm verzehre, dass ich die Kontrolle verliere. Er hält mich absichtlich hin, indem er sich aufrichtet und langsam sein Hemd aufknöpft.

»Verdammt, du bist wunderschön.« Er reißt sich die Krawatte ab und wirft sie auf den Boden, dann macht er die letzten Knöpfe des Hemds auf und entblößt seinen glatten, muskulösen Oberkörper.

Ich lasse meinen Blick über ihn schweifen, betrachte die bunten Tattoos, die ihn bedecken. Ich sehe, wie sich seine Bauchmuskeln anspannen, als er sich bewegt, und ich würde gern darüberlecken. Die dunklen Härchen, die von seinem Bauchnabel zum Bund seiner Hose laufen und darunter verschwinden, Gott, da würde ich auch gern darüberlecken. Die Silberringe in seinen Brustwarzen glänzen im schwachen Licht des Zimmers. Ich will sie einsaugen, mit der Zunge mit seinen Brustwarzen spielen, ihn stöhnen hören und mir sagen, dass ich aufhören soll.

Sein Schwanz drückt gegen die Hose, und ich will

ihn befreien, damit ich seine Erektion in den Mund nehmen kann, genau wie er es will. Ich kann mich nicht zurückhalten. Ich strecke die Hand nach ihm aus und fahre mit den Fingerspitzen über die Wölbung in seiner Hose. Er hält die Luft an und rührt sich nicht, als ich meine Finger fest um ihn schließe. Ich stütze mich auf die Ellbogen und drücke ihm mit offenem Mund heiße Küsse auf seinen immer noch bedeckten Schwanz, wobei ich ihm die ganze Zeit in die Augen sehe.

»Himmel«, stöhnt er und stößt mich zurück, und ich falle aufs Kissen. Ich warte atemlos, während er seinen Gürtel öffnet, ihn aus den Gürtelschlaufen zieht und ihn auf den Boden fallen lässt. Gebannt sehe ich zu, wie er den Knopf und den Reißverschluss seiner Hose öffnet und die Hose zusammen mit den Retropants über seine muskulösen Schenkel herunterzieht, sodass sein Schwanz mir entgegenragt.

Mir läuft das Wasser im Mund zusammen, und ich öffne den Mund. Als er die Hand um seinen Schwanz legt und anfängt, sie zu bewegen, wimmere ich.

»Kleine Aufreißerin. Du willst ihn?«, fragt er, und seine Stimme ist tief und sehr, sehr dunkel. Sie hat wieder den Ton angenommen, den sie immer annimmt, wenn wir Sex haben. Es ist die dunkle, beängstigende Seite von ihm, die ich so gern mit ihm erlebe.

»Ja«, flüstere ich und schnappe nach Luft, als er näherkommt. Ich lege ihm die Hände auf die Oberschenkel, und sein Schwanz ist jetzt direkt in meinem Gesicht, vor meinem Mund.

»Öffne deine schönen Lippen«, flüstert er, und ich

tue es, und die Schwere seines Schwanzes lässt mich den Mund noch weiter öffnen. Ich sauge ihn ein, lutsche an seiner Eichel, spiele mit der Zunge am Eichelrand. »Ja, genau so«, stöhnt er.

Ich widme der Eichel all meine Aufmerksamkeit, lege die Finger um die Wurzel und ziehe ihn aus meinem Mund. Ich lecke mir über die Lippen, und dann fahre ich mit der Zunge über die Spitze, vor und zurück, umkreise sie und lege nur für ihn eine Show hin, weil er mich so fasziniert beobachtet.

Sein Blick erregt mich noch mehr. Ich will das hier gut für ihn machen. Die Position ist so intim, unsere Körper sind einander so nah, er beobachtet jede kleine Bewegung von mir, und sein Atem wird schwer, als ich seinen Schwanz langsam weiter in den Mund nehme.

»Verdammt«, murmelt er, als er mich an der Wange berührt. Er spielt mit meinem Mundwinkel, fasst seinen Schwanz an, und ich nehme statt seines Schwanzes seinen Zeigefinger zwischen die Lippen und sauge ihn tief ein.

Ryder zieht mir den Finger aus dem Mund und fährt meine Lippen nach. Er lächelt dieses angedeutete Lächeln, das ich so gern mag, aber nur selten zu sehen bekomme. »Genug gespielt, Violet.«

Ich nicke und versuche mich zu entspannen. Ich atme tief ein, um meine Lunge und meinen Hals zu weiten.

»Sieh zu.«

Ich blicke hoch und sehe uns im Spiegel. Ich auf dem Bett liegend, Ryder über mir, sein Schwanz in meinem Gesicht, sein Kopf geneigt, während er mich beobachtet. Langsam blickt er auf und begegnet meinem Blick im Spiegel, während er seinen Schwanz gegen meine Lippen drückt. Ich öffne sie, fasziniert von dem Bild von ihm, wie er mir seinen Schwanz in den Mund steckt und mich dabei mit rauen Worten bestärkt. Die Erregung fährt mir durch den Körper und direkt zwischen die Beine.

»Tiefer, Baby. Ich will deinen Mund ficken«, drängt er mich, während er mir immer noch über den Spiegel in die Augen blickt.

Ich nehme ihn weiter in den Mund, gebe mein Bestes, meinen Hals zu öffnen und ihn tief in die Kehle aufzunehmen. Er ist so weit in mir drin, dass ich beinah würgen muss und meine Augen sich mit Tränen füllen. Aber ich höre nicht auf.

Ich kann es nicht.

Er fickt meinen Mund, und ich wehre mich nicht. Ich gebe mich dem Gefühl hin, von ihm benutzt zu werden, von ihm dominiert zu werden – und es im Spiegel zu beobachten. Meine Haut brennt, meine Lippen schmerzen, und mein Blick wird ganz verschwommen, während er immer wieder zustößt und seinen Schwanz so tief in meinen Mund steckt, dass ich Angst habe, mich gleich übergeben zu müssen.

Aber ich tue es nicht. Er zieht sich zurück und nimmt seinen Schwanz in die Hand, dann fährt er mit der Eichel über meinen geöffneten Lippen vor und zurück und bedeckt sie mit einer Mischung aus meinem eigenen Speichel und seinen ersten Lusttropfen. »Das ist so schön«, flüstert er und sieht mich wieder direkt an. Ich reiße den Blick vom Spiegel und beobachte ihn. »Was du für mich machst. Was du mit mir machst. Du nimmst alles hin, was ich mit dir mache, und nie beklagst du dich.«

Ich lecke an der Spitze seines Schwanzes, ich will mehr, ich sehne mich nach seinem Geschmack. Er streicht sich weiter mit der ganzen Hand über den Schwanz, während ich an seiner Eichel sauge. Schnell. Schneller. Bis ich wimmere und er stöhnt und sich versteift und mir plötzlich Sperma in den Mund schießt. Es passiert so schnell, dass ich kaum Zeit habe, es zu bemerken.

Ich schrecke nicht zurück. Ich blinzle noch nicht einmal, während ich gierig jeden einzelnen Tropfen schlucke. Dann lecke ich mir über die Lippen und genieße den salzig-moschusartigen Geschmack. Erstaunt beobachtet er mich, seine Brust hebt und senkt sich sichtbar von der Intensität seines Orgasmus, und mich durchfährt ein freudiges Gefühl, weil ich weiß, dass ich das für ihn getan habe. In diesem Moment fühle ich mich mächtig. Ich bin diejenige, die ihm so viel Lust bereitet. Und niemand sonst.

Nur ich.

Seufzend schließe ich die Augen, als er sich von mir erhebt und vom Bett aufsteht. Sofort vermisse ich ihn.

Mein Herz schmerzt. Mein ganzer Körper schmerzt. Ich habe es schon öfter gedacht, aber jetzt weiß ich es. Ich stecke viel zu tief drin.

Und ich will gar nicht wieder hinausfinden.

# KAPITEL 30

## Ryder

Ich hatte nicht vor, in ihren Hals abzuspritzen, aber ich konnte nicht anders. Sie weiß einfach, wie sie mich um den Verstand bringt. Und uns beide zusammen im Spiegel zu beobachten ... verdammt, war das heiß. Diese prallen Lippen um meinen Schwanz, ihre Zunge an meinem Schaft, und die absolute Unterwerfung in ihrem Blick zu sehen, während sie mich tiefer und tiefer in sich aufnimmt ...

Ja. Ich habe die Kontrolle über mich vollkommen verloren. Sonst konnte ich immer ewig aushalten. Die Frauen haben mich teilweise angefleht, endlich zu kommen, damit es vorbei ist. Ich habe ihre Pussys ausgeleiert und dachte, das wäre perfekt. Genau das, was ich machen sollte. Ich hatte alles unter Kontrolle. Keine verlangte einen Orgasmus von mir. Ich bereitete ihnen Vergnügen, und wenn ich das Gefühl hatte, genug zu haben, bin ich schließlich gekommen, und das war's.

Aber nicht mit Violet. Wenn ich sie nackt sehe, könnte ich sofort in meiner Hose kommen. Verdammt, sogar wenn ich sie vollbekleidet mit ihren gemusterten Strümpfen im Büro herumlaufen sehe, will ich sie ficken. Will ich in ihr, auf sie, neben ihr, wo auch immer kommen. Und kaum bin ich damit fertig, will ich es schon wieder.

Ich bin komplett triebgesteuert, wenn es um Violet geht. Das ist der Urtrieb, der in mir durchkommt. Wenn ich nur kurz ihren Duft wahrnehme, werde ich zum Tier.

Aber es ist mehr als das. Ja, sie lässt meine natürlichen Triebe verrücktspielen, aber bei ihr setzt auch mein Beschützerinstinkt ein. Ich will mich um sie kümmern. Und nach dem, was sie mir ausgerechnet im Taxi erzählt hat, weiß ich, dass ich sie beschützen will.

Den Rest meines Lebens.

Die Vorstellung, dass irgendein Dreckskerl – schlimmer noch, ein Freund der Familie – versuchen könnte, ihr ein Haar zu krümmen, weckt in mir das Bedürfnis, den Typen umzubringen.

Violet gibt sich so selbstlos, das bin ich gar nicht gewohnt. Ich bin ein egoistisches Arschloch. Und so ziemlich jede Frau, mit der ich bisher etwas hatte, war egoistisch, besonders Pilar. Sie hat mir vielleicht geholfen, auf einen anderen Weg zu kommen, aber letztendlich war es alles aus egoistischen Motiven heraus. Ich war ihr Spielzeug, das sie sich erschaffen und so zurechtgebogen hat, wie sie es wollte. Eine Weile ließ ich sie machen, ich war einfach nur dankbar, gerettet worden zu sein.

Aber über den Scheiß bin ich hinweg. Über die Frau bin ich hinweg. Punkt. Ich will nur Violet. Keine andere. Sie ist mein.

Ganz mein.

Die Erkenntnis lässt mich erstarren. Ich blicke durch die Lamellen der Jalousie nach draußen auf die schwach erleuchteten Gebäude und den dunklen

Nachthimmel. *Verdammt*. Es ist immer noch schwer zu glauben.

Dass ich keine andere als …

Violet will.

»Ryder.« Ihre süße Stimme reißt mich aus den Gedanken, und ich wende mich ihr zu, lasse meine Hose fallen und streife sie zusammen mit der Unterhose ab. Nackt gehe ich zurück zum Bett und steige über sie, ich stütze die Hände neben ihren Kopf, mein immer noch steifer Schwanz liegt auf ihrem weichen Bauch.

»Ja, Baby?« Ich küsse ihren Hals, lecke darüber, schmecke das Salz auf ihrer Haut. *Verdammt*, ich könnte sie aufessen, so sehr will ich sie.

»Ich will nach oben«, flüstert sie und fährt mir mit den Händen die Arme hoch und drückt meine Schultern. »Bitte?«

Ohne Vorwarnung drehe ich mich um, sodass ich auf dem Rücken liege und sie auf mir sitzt. Ein leichtes Lächeln formt sich auf ihren Lippen. Ich streiche ihr über den unteren Rücken, über den Hintern. Ihre Haut ist so weich und glatt, und sie fühlt sich so verdammt gut an auf mir. Ich könnte ewig so …

*Denk noch nicht mal daran, du Idiot. Ewig ist in deiner Welt nicht möglich.*

Die negative Stimme in meinem Kopf kann mich mal. »Komm hoch«, sage ich. Ich kann die Kontrolle einfach nicht komplett aufgeben. Sie kommt ein Stück hoch und stützt die Hände auf meine Brust, sodass ihre heiße, feuchte Pussy auf meinen Bauch drückt. Mein Schwanz wird noch härter, als er sich gegen ihren Hintern presst, und sie erschaudert leicht. »Steck ihn rein. Ich will zusehen.«

Sie geht hoch auf die Knie, fasst nach meinem Schwanz und lässt die Spitze in sich hineingleiten. Fasziniert sehe ich zu, wie sie sich langsam darauf hinabsenkt und ihn in voller Länge in sich aufnimmt. Es zu sehen und gleichzeitig zu fühlen bewirkt, dass sich alles in mir anspannt, und ich schließe die Augen und gebe mein Möglichstes, das Verlangen, in sie hineinzustoßen, bis ich schreiend komme, zu unterdrücken.

»Du fühlst dich so gut an«, murmelt sie, als sie langsam anfängt, auf mir zu reiten. »Dein Schwanz ist so groß und dick.«

Ich packe sie am Hintern und führe ihre Bewegungen, wobei meine Finger sich derart in ihr Fleisch bohren, dass sie sicherlich blaue Flecken davon bekommt.

Aber das ist mir eigentlich egal. Und ihr bestimmt auch.

»Oh Gott.« Sie klingt, als hätte sie Schmerzen, und ich reiße die Augen auf und sehe, wie sie den Kopf in den Nacken gelegt auf mir reitet und dabei die Szene über uns im Spiegel betrachtet.

Es ist unglaublich heiß, Violet und mich zusammen zu beobachten. Warum habe ich nicht schon eher daran gedacht, sie mit zu mir nach Hause zu nehmen? So wie ihre Brüste hüpfen und ihre langen Haare ihr weit über den Rücken hängen und fast ihren Hintern berühren. Sie hebt die Arme und nimmt die Haare mit den Händen zusammen, und da reiße ich den Blick vom Spiegel los, um sie richtig anzusehen.

*Verdammt*, sie ist wunderschön. Sie hat die Augen geschlossen und die Zähne in die Unterlippe gebissen. Sie reitet auf mir, ihre Schenkel pressen gegen meine Hüften, während sie in diesem unglaublichen Rhythmus auf meinem Schwanz auf- und abgleitet, der mich gleich kommen lassen wird, wenn ich nichts dagegen tue …

Ich umfasse ihre Taille und versuche ihr Tempo zu verlangsamen, während ich meine Hüften hebe und meinen Schwanz tief in sie ramme. Sie hält inne, und als ich anfange, mit den Hüften zu kreisen, und meinen Schwanz so tief wie möglich in sie gleiten lasse, stöhnt sie laut auf.

»Du bist so schön eng«, flüstere ich. »Feucht und heiß, Baby. Ich ficke dich verdammt gern.« Sie steht darauf, wenn ich solche Sachen sage. Die süße, stille Violet Fowler. Die Eiskönigin, wie Pilar sie genannt hat.

Was nicht annähernd der Wahrheit entspricht. Diese Frau ist verdammt wild. Sie macht alles mit, was ich mit ihr anstelle, und liebt jede einzelne Sekunde davon.

Ich strecke die Hand aus und fahre ihr mit dem Daumen über die Klit. Sie schnappt nach Luft. Ich necke sie, übe nicht genug Druck aus, dass sie davon kommen könnte, aber gerade genug, dass sie kurz davor ist. Ihre Bewegungen werden ruckartig, und sie wirft den Kopf wieder zurück. Ihre Augen sind geschlossen, die Lippen geöffnet, während sie keucht und ganz in ihrer eigenen kleinen glückseligen Welt verloren ist.

»Komm her«, sage ich und ziehe die Hand zurück. Ich brauche jetzt ihre Nähe. Ich muss ihre Haut auf meiner Haut spüren.

Sie öffnet die Augen und lässt sich nach vorn fallen, ihr Gesicht ist über meinem, und ihre Hände umklammern meine Schultern, während ihre Hüften sich auf meinem Schwanz auf- und abbewegen. Ich lege ihr die Hände auf die runden Pobacken, ich drücke und ziehe an ihr, lasse meinen Schwanz tief in sie gleiten und genieße ihr Stöhnen, während wir unseren Rhythmus zusammen beschleunigen.

Zusammen. Immer zusammen. Wir passen so gut zusammen, dass es fast erschreckend ist.

»I-ich komme gleich«, flüstert sie, und ich hebe die Hüften, dringe noch tiefer in sie ein. Ich will sehen, wie sie über mir kommt.

»Komm für mich, Baby«, ermutige ich sie, während ich weiter in sie hineinstoße. »Komm über meinem Schwanz.«

Sie tut, was ich verlange, ihr ganzer Körper verkrampft sich, und aus ihren geöffneten Lippen dringt ein stiller Schrei, während das Beben sie komplett erfasst. Ihre Pussy umklammert meinen Schwanz wie ein Schraubstock, und das rhythmische Zusammenziehen bringt auch mich um den Verstand, und ich komme zum zweiten Mal innerhalb von nur zehn Minuten.

»Oh Gott.« Sie lässt sich auf mich fallen, ihre glatte, weiche Haut ist schweißbedeckt, mein Schwanz immer noch in ihrem Körper. »Du bringst mich noch um.«

»Wenn du mich nicht vorher umbringst«, murmle ich und streichle ihren Hintern, bis sie anfängt, sich zu winden. »Hör auf zu zappeln, oder ich muss dir den Hintern versohlen.«

»Oh, versprichst du mir das?« Sie blickt mich an, und ich sehe Erregung und auch Amüsiertheit in ihrem Blick.

»Das würde dir gefallen, oder?«

»Vielleicht.« Sie wackelt wieder, und ich packe ihren Hintern.

»Hör auf.« Ich streiche ihr über die eine Pobacke, dann schlage ich kräftig darauf. Sie zuckt zusammen, und als sie sich wieder entspannt, spreizen sich ihre Beine über mir noch weiter. Und sofort ist mein Schwanz wieder steif.

Schon wieder.

»Ich habe Hunger«, flüstert sie mir ins Ohr, und gleich darauf knurrt ihr Magen, wie um ihre Aussage zu bekräftigen. Wir müssen beide lachen.

Dass wir von ungeheuerlichen Orgasmen zu Spanking und zum Lachen darüber, dass wir Hunger haben, übergehen können …

Ich weiß überhaupt nicht mehr, wie ich das, was zwischen Violet und mir passiert, nennen soll. Ich weiß nur, dass es mir verdammt Angst macht, weil ich weiß, dass es nicht von Dauer sein kann, auch wenn ich es gern hätte. Aber wir passen eigentlich nicht zusammen. Sie ist süß und gut, und ich bin grausam und schrecklich. Sie macht sich viel zu viel aus mir, und ich habe ihr absolut nichts zu bieten. Eine Frau wie Violet verdient es, verehrt und geliebt zu werden. Sie ist mächtig und intelligent und wunderschön und sexy und …

*Verdammt.* Ich will derjenige sein, der sie verehrt und liebt und ihr jeden Tag sagt, wie intelligent und sexy sie ist. Den Rest ihres Lebens.

Der Gedanke erschreckt mich.

Viel später, nachdem wir uns thailändisches Essen haben bringen lassen und zusammen geduscht haben –

wo ich sie von hinten gevögelt habe, ihre Brüste an die kalten Fliesen gepresst, während das warme Wasser auf uns herabregnete –, fallen wir ins Bett und liegen eng umschlungen da, ihr Hintern an meinem Schwanz, mein Arm über ihren Brüsten. Ihr Atem wird gleichmäßig, genau wie meiner. Ich könnte jeden Moment einschlafen. Wir müssen morgen schließlich zur Arbeit ...

Doch dann vibriert ihr Handy.

Violet nimmt es vom Nachttisch. Sie blickt aufs Display, das ihr hübsches Gesicht beleuchtet, und runzelt die Stirn. »Eine Nachricht von Pilar«, sagt sie und blickt mich wütend an. »Sie fragt, ob du mir schon die Wahrheit gesagt hast.«

Mein Herz zieht sich zusammen, und ich strecke meine Hand nach dem Handy aus. »Zeig her.«

»Nein.« Sie hält es weg, sodass ich nicht herankomme. »Wovon redet sie?«

»Es ist nichts. Ich schwöre es dir.« Wie komme ich da jetzt wieder raus? Scheiß Pilar, weiß sie etwa, dass Violet bei mir ist? Woher soll sie das wissen?

»Es ist ganz sicher nicht nichts. Sie schreibt: ›Hat Ryder dir schon die Wahrheit über uns erzählt?‹« Sie starrt mich an, ihr Blick ist kalt, dann erlischt das Display. »Was ist die Wahrheit, Ryder?«

Ich sage nichts, versuche mir etwas einfallen zu lassen, irgendetwas. Noch mehr Lügen? Das wäre dumm. Ich muss ehrlich sein.

Einmal in meinem gottverdammten Leben muss ich jemandem, der mir wichtig ist, die Wahrheit sagen.

»Der Abend, an dem ich dich mit Zachary beim Essen gesehen habe. Als ich mit Pilar ...« Ich räuspere mich und frage mich, ob ich den Schmerz auf ihrem Gesicht sehen werde, wenn ich es ihr erzähle. Sie wird mich hassen.

»Ja?«, drängt sie mich und klingt höchst verärgert.

»Ich hatte Pilar gesagt, dass ich dich verführen will. Dass ich ... alles haben will, was Lawrence hat. Seinen Job, seine Beförderung, und ...«

»Mich.« Sie holt tief und bebend Luft. »Du wolltest mich Zachary wegnehmen.«

»Ja. An dem Abend habe ich beschlossen, dass ich mit dir vögeln würde, und ich wollte es um jeden Preis Wirklichkeit werden lassen. Du warst so ein leichtes Opfer.« Es klingt noch schlimmer, als ich dachte. *Fuck.*

»Ein leichtes Opfer.« Ihre Stimme ist flach.

»Ja. So fing es an.« Ich fahre mir mit den Händen durch die Haare und halte meinen Hinterkopf fest. Sie legt ihr Handy vorsichtig auf den Nachttisch und steht ohne ein Wort, ohne mich eines Blickes zu würdigen, auf. Sie ist wunderschön und nackt, ihre blasse Haut ist vor Wut gerötet. Ich weiß, dass sie mich verlässt, und ich habe es nicht anders verdient. »Wohin gehst du?«, frage ich leise.

»Ich kann nicht hierbleiben.« Sie macht das Licht an, und ich kneife kurz die Augen zusammen. Nackt und wunderschön und so herzzerreißend verwundbar steht sie da. Ich sehe den Schmerz in ihrem Blick, auf ihrem Gesicht, und ich fühle mich wie ein absolutes Arschloch.

Aber vielleicht ist es besser, wenn sie die Wahrheit erfährt. Wenn sie weiß, womit sie es zu tun hat. Und wieder wird mir bewusst, dass ich sie nicht verdiene.

Trotzdem will ich noch eine Chance.

»Dann hat sich für mich alles verändert.« Ich beuge mich vor, sehe zu, wie sie ihre Klamotten nimmt und anfängt, sich mit dem Rücken zu mir anzuziehen. »Je mehr ich dich kennengelernt habe, desto mehr mochte ich dich.«

»Du *mochtest* mich.« Sie schnaubt verächtlich, ein Geräusch, von dem ich nie gedacht hätte, dass ich es von Violet Fowler hören würde. »Wie nett, dass du mich mochtest.«

»Du hast recht. Ich habe es verbockt. Ich dachte, wenn ich an dich rankomme, hilft mir das, bei Fleur aufzusteigen. Ich gebe es zu. Verdammt, bei Lawrence hat es ja auch funktioniert, also dachte ich, würde es bei mir auch klappen.« Ich steige aus dem Bett und schleiche mich an sie heran, während sie in ihr Kleid steigt. In dem Moment, als sie sich das Kleid über den Kopf zieht, dreht sie sich zu mir um und macht einen Schritt zurück. »Stattdessen ist mir bewusst geworden, wie viel ich für dich empfinde, Violet. Ich kann dich nicht einfach so aus meinem Leben verschwinden lassen, Baby.«

»Hör auf mit dem ›Baby‹-Scheiß.« Als sie um mich herumgehen will, halte ich sie am Arm fest, aber sie schüttelt mich ab. »Du hast mich benutzt. Genau wie du es immer gesagt hast. Ich hätte es besser wissen sollen, als auf deine Lügen hereinzufallen. Ich wusste, dass du mich verletzen würdest. Ich wusste es.«

»Bitte, Violet …« Sie schlüpft in ihre Schuhe und will wirklich verschwinden. Ich halte es nicht aus.

»Steckt Pilar dahinter? Macht es sie an, wenn ihr kleiner Freund mit der Tochter vom Chef rummacht, während sie mit dem Chef vögelt? Was zum Teufel ist los mit euch beiden? Ihr zwei seid so krank, ihr passt wirklich gut zusammen.« Sie stürmt aus dem Schlafzimmer, und ich laufe ihr hinterher. Ich ignoriere den Schmerz, der mich bei ihren Worten durchfährt, ignoriere die Tatsache, dass ich nackt bin und einer Frau hinterherlaufe, die mich verlassen will.

Noch nie im Leben habe ich so etwas gemacht. Nie. Nur für Violet würde ich mich so zum Idioten machen. Die Erkenntnis, dass ich für diese Frau alles tun würde, um sie zu beschützen, raubt mir den Atem.

Sie hat mir ihren Körper gegeben. Ihr Vertrauen. Schon bald würde es ihr Herz sein, und ich würde es in Scherben brechen. Ich glaube nicht, dass ich lieben kann. Ich habe Sex. Ich benutze Frauen. Ich amüsiere mich mit ihnen. Aber Liebe? Das ist nicht Teil meiner Persönlichkeit. Liebe war nicht im Entferntesten eine Möglichkeit, bis ich sie kennengelernt habe.

Ich zerstöre sie. Alles wegen einer absichtlich grausamen SMS von Pilar.

»Bitte, geh nicht.« Ich sehe zu, wie sie ihre Handtasche aus dem Wohnzimmer holt. Mein Herz klopft so wild, dass ich das Pochen in meinem Hals fühle, und ich versuche, die Angst und die in mir aufsteigende Wut hinunterzuschlucken.

Dabei bin ich gar nicht wütend auf sie – ich bin wütend auf mich selbst, darüber, wie das hier endet. Vielleicht hätte ich es gar nicht so lange gehen lassen dürfen. Was als Streich angefangen hat, als eine Möglichkeit, Lawrence eins auszuwischen, hat sich zu mehr entwickelt.

Hat sich zu etwas ... Richtigem entwickelt.

»Erwartest du ernsthaft von mir, dass ich bleibe?«,

fragt sie ungläubig. »Ich bin von Zachary genug ausgenutzt worden. Ich werde nicht zulassen, dass du dasselbe mit mir machst.«

»Es ist längst nicht mehr so ...«

Sie lacht, aber es klingt schrill. Hart. »Es war nie echt, was zwischen uns war, oder? Das willst du mir doch eigentlich sagen. Du hast mich benutzt, und ich habe dich benutzt. Du warst die Ablenkung, die ich brauchte, um von Zachary wegzukommen.« Sie macht eine Pause. Es widert mich an, dass sie den Namen von dem Wichser aufgebracht hat. »Du kannst keine tiefere Beziehung mit mir eingehen. Du hast mir oft genug gesagt, dass du dazu nicht fähig bist. Wenn man etwas an der Oberfläche kratzt, bist du darunter hohl. Du hast kein Herz.«

Die Wahrheit tut verdammt weh, also antworte ich nicht. Es hat keinen Zweck.

»Willst du gar nichts dazu sagen?«, fragt sie.

Ich schweige weiter, stehe nackt in meinem Wohnzimmer mit dem Herz in meinen Händen. Verdammt, mit dem Herz in *ihren* Händen, und sie trampelt darauf herum. Ich verdiene es.

Mit festem Blick sieht sie mich an. »Wer bist du? Habe ich je dein wahres Ich kennengelernt, Ryder?«

Ja. Du bist die Einzige, mit der es je echt für mich war. Aber ich habe es verbockt. Ich habe es so richtig verbockt, und jetzt bist du weg. Du stehst vielleicht noch vor mir, aber du bist schon lange, lange weg.

Ich zucke mit den Achseln.

Sie stürmt auf mich zu, ihr schönes Gesicht ist vor Wut und Ungläubigkeit und Schmerz verzerrt. So viel verdammter Schmerz. »Du kannst mich mal«, flüstert sie, bevor sie sich zurücklehnt und mir eine Ohrfeige verpasst. Das Geräusch, als ihre Handfläche auf meiner Wange landet, ist ein lauter Knall in der Stille.

Ich lege mir die Hand auf die brennende Wange und sehe zu, wie sie zur Tür geht. Ich könnte schwören, dass ich ein Schluchzen höre, ein ganz leises Geräusch, mit so viel Schmerz darin, dass es mir in der Seele wehtut. Sie reißt die Tür auf und knallt sie so kräftig hinter sich zu, dass es überall in meiner erbärmlichen Wohnung widerhallt.

Violet ist weg. Sie hat mein Leben genauso schnell verlassen, wie sie es betreten hatte.

Und wegen ihr bin ich für immer verändert.

# KAPITEL 31

# Violet

Heute Abend wird mein Leben sich verändern.

Das habe ich schon mal gedacht, an diesem schicksalhaften Tag, als ich mit Zachary essen ging und das eine erwartete und etwas ganz anderes bekam. Zuerst war ich ganz verzweifelt wegen Zacharys Mitteilung, dass er mich verlassen würde. Ich war verstört von Ryders plötzlichem Interesse an mir und genervt von Pilars anmaßendem Interesse an Zachary.

Jetzt hat sich der Kreis geschlossen. Ich stehe wieder am Anfang. Zachary und ich hatten uns getrennt, aber irgendwie bin ich wieder mit ihm zusammen.

Wenn auch nicht wirklich.

Ryder kam in mein Leben wie ein Tornado, innerhalb von ein paar Tagen und Wochen hat er alles in mir zerstört, bevor er weitergezogen ist, als wäre nichts gewesen. Als wäre er nichts gewesen.

Vielmehr, als wäre ich für ihn nichts gewesen.

Aber er war alles, jedenfalls für mich. Er hat mich benutzt, um sich an Zachary zu rächen, und die Vorstellung tut immer noch unglaublich weh. Ich dachte, er hätte angefangen, etwas für mich zu empfinden … aber er hatte immer noch Kontakt mit Pilar. Aus welchem kranken Grund auch immer.

Ryder hat mich hereingelegt. Er hat mich nicht umworben, weil er sich zu mir hingezogen fühlte. Er wollte mich verletzen. Mich benutzen. Und das hat er getan, aber gründlich. Und was das Ganze noch schlimmer macht, ist, dass ich von ihm benutzt werden wollte. Ich vermisse ihn, was so unglaublich dumm ist, aber ...

Ich kann nichts dagegen tun.

Jetzt ist er weg. Ich habe ihn aus meinem Leben verbannt. Seit dem schrecklichen Abend, als ich Ryders Wohnung verlassen habe, habe ich nicht einmal zurückgeblickt. Er ist am nächsten Abend mit einem späten Nachtflug nach London geflogen, nachdem er zu einer sehr wichtigen – und geheimnisvollen – Sitzung einberufen wurde. Eine dreitägige Sitzung, zu der auch mein Vater geflogen ist. Zachary ist sich sicher, dass in England eine Art von Sabotage vor sich geht, obwohl ich ihm immer wieder sage, dass er übertreibt. Ja, ich rede noch mit ihm, auch wenn ich weiß, dass ich es nicht sollte.

Tief in mir glaube ich, dass er wahrscheinlich recht hat.

Es ist so dumm, nach allem, was er mir angetan hat, aber ich vermisse ihn. Er musste mich nur ansehen, und sofort habe ich weiche Knie bekommen. Er hat mich zum Lachen gebracht. Er hat mich stöhnen lassen. Er hat mich zum Nachdenken gebracht. Wir haben gut zusammenarbeiten können. Und wir haben auch gut zusammen Sex haben können ...

Wenn er mich berührt hat, ist mir schwindelig geworden. Er übte eine Magie auf mich aus, die ich nicht leugnen kann, die ich nicht leugnen will.

Mehr als einmal habe ich Ryder gesagt, dass ich

sein Eigen bin. Und ich dachte ... ich dachte, ihm ginge es genauso. Dass ich sein wäre, und er auch ein bisschen mein wäre. Er hat mich unterworfen, wie es kein Mann vor ihm je getan hat. Er versteht mich. Meine Wünsche und Bedürfnisse. Die ganzen extremen Sexpraktiken, denen wir nachgegangen sind, haben sich kein einziges Mal falsch angefühlt. Er hat mich benutzt. Und mir Angst gemacht.

Ich habe immer noch Angst, aber mehr wegen der Tatsache, dass ich wieder allein bin. Ich trauere Ryder hinterher, was wirklich dumm ist. Noch nie im Leben habe ich mich so allein gefühlt.

Ich vermute, Pilar hat eine Affäre mit meinem Vater, auch wenn er mir das noch nicht bestätigt hat. Außer, dass es eine Frau in seinem Leben gibt, hat er mir nichts weiter erzählt. Und Pilar redet nicht, vor allem nicht mit mir. Wir sind unausgesprochene Feindinnen. Sie hat mich noch nie gemocht, auch nicht bevor das alles zwischen uns losging.

Soviel ich weiß, trifft sie sich mit Ryder auch noch nebenbei, und der Gedanke ...

Sie mir mit meinen Vater vorzustellen ist allerdings auch nicht besser. Ich traue ihr nicht. Sie benutzt ihn nur, genauso wie sie Zachary benutzt hat. So wie Ryder mich benutzt hat, und ich will nicht, dass mein Vater verletzt wird. Aber ich kann meinen Vater nicht davon abhalten zu tun, was er will, und so kann ich nur abwarten und das Beste hoffen.

Und mich aufs Schlimmste vorbereiten.

»Schöner Ort«, sagt Vater, als er auf einmal neben mir steht. Als ob er gespürt hätte, dass ich an ihn denke. »Zachary wird bestimmt begeistert sein.«

Ich verziehe das Gesicht. Es ist mir eigentlich ziemlich egal, ob Zachary das Restaurant, das ich für seine Abschiedsfeier ausgesucht habe, gefallen wird. Ich will bloß, dass er weg ist. »Das glaube ich auch.« Aber am Ende des Abends wird er nicht länger mein Problem sein.

Nie wieder.

»Danke fürs Organisieren«, sagt er. »Ich weiß, dass es nicht leicht war.«

»Sehr gern.« Ich habe nur getan, was eine gute Exfreundin eben so tut.

Eine gute und *verrückte* Exfreundin. Oh Gott, wer bin ich? Ich erkenne mich selbst nicht wieder.

»Bitte, mach kein Aufhebens darum, aber ich habe für heute Abend eine Begleitung«, sagt Vater mit leiser Stimme, als wolle er nicht, dass uns jemand hört.

»Ach so?«, sage ich überrascht.

Er winkt ab. »Erwähne es deiner Schwester gegenüber lieber nicht. Sie hat mich in letzter Zeit ständig bedrängt, und ich bin ihr immer ausgewichen.«

Panisch blicke ich mich um, aber ich kann Pilar nirgends entdecken. »Ist sie schon da?«

»Sie kommt gleich.« Er atmet hörbar aus und schüttelt den Kopf. Mein Herz bleibt stehen. »Violet, ich muss dir –«

»Forrest! Schön, dich zu sehen, Alter.« Zachary kommt mit breitem Grinsen auf uns zu, legt Vater einen Arm um die Schultern und schlägt ihm auf den Rücken, als wären sie enge Freunde. Angewidert von Zacharys Verhalten, sehe ich zu. Es schockiert mich, dass er es wagt, meinen Vater »Alter« zu nennen.

Ist er etwa schon betrunken? Wenn es so sein sollte, habe ich ein Problem. Der Abend fängt gerade erst an.

»Freut mich auch, Zachary.« Vater lächelt, vollkommen unbeeindruckt von Zacharys übertriebener Art. »Sieht aus, als hätte Violet eine ganz schöne Feier für dich auf die Beine gestellt.«

»Ja, das hat sie.« Zacharys Augen leuchten auf, er ist ganz offensichtlich erfreut, mich zu sehen. Er blickt an meinem Körper hinab, und ich unterdrücke ein angeekeltes Erschaudern. Ich trage ein ärmelloses blassgelbes Chiffonkleid, das mir bis zur Mitte des Oberschenkels geht. Es kam mir fröhlich vor, als ich es angezogen habe, genau das Gegenteil von dem, wie ich mich jetzt fühle. »Sie ist zu gut zu mir«, murmelt Zachary.

»Eher zu gut *für* dich.« Jetzt schlägt Vater ihm auf den Rücken, und zwar so fest, dass Zachary husten muss. »Ich brauche einen Drink.« Vater nickt mir zu. »Wir reden später.«

Ich sehe ihm hinterher, wie er zur Bar geht, und achte kaum darauf, was Zachary tut, bis er mir den Arm um die Schultern legt und versucht, mir einen Kuss auf die Wange zu drücken. »Hör auf«, sage ich und schubse ihn weg. »Wir sind nicht mehr zusammen, schon vergessen?«

Er sieht mich verärgert an. »Ich bitte dich. Es ist mein letzter Abend. Ich reise morgen ab, Violet. Ich werde *Monate* weg sein. Wenn ich meine Freundin küssen will, werde ich das ja wohl tun dürfen.«

»Du vergisst nur immer wieder, dass ich deine *Ex*freundin bin.« Als er nach meinem Arm fasst, ziehe ich ihn sofort zurück. »Bitte, Zachary. Hör auf.«

Wenn Ryder gesehen hätte, wie Zachary sich mir gegenüber verhält ... hätte er ihn aufgehalten? Nicht, dass er hier wäre und es überhaupt mitbekommen könnte. Obwohl ich gehört habe, dass er gerade aus London zurück ist. Bei der letzten Sitzung mit der Abteilung für Verpackungsgestaltung hat seine Assistentin Luann die Sitzung geleitet – ziemlich gut, muss ich hinzufügen, aber trotzdem.

Meine Verbindung mit Ryder McKay wurde erfolgreich gekappt.

Seltsam, dass es ohne Ryder in meinem Leben auf einmal einfacher ist, die Fassade aufrechtzuerhalten. Ich bin direkt wieder in den Modus der stillen Violet verfallen. Ich arbeite den ganzen Tag gewissenhaft im Büro, nehme an Sitzungen teil, treffe Entscheidungen, führe Telefonkonferenzen. Dann gehe ich allein nach Hause und ignoriere die Anrufe meiner Schwestern, weil ich niemanden sehen und keine Fragen beantworten will.

Es tut einfach zu sehr weh, mir bewusst zu machen, dass ich Ryder nichts bedeutet habe. Ich war bloß ein Spiel, ein dummes Mädchen, dass auf ihn hereingefallen ist und ...

Verletzt wurde. Zum Roboter wurde. Gefühllos. Zerstört.

»Kannst du nicht wenigstens heute Abend so tun, als würdest du mich mögen? Komm schon, Vi«, bettelt Zachary und zieht die Aufmerksamkeit von ein paar Leuten auf uns, die gerade den Raum betreten, den ich für heute Abend reserviert habe.

»Hey.« Ich spüre, wie sich mir Finger um den Arm legen, und als ich mich umdrehe, steht Rose vor mir, ein dünnes Lächeln auf den Lippen. »Hast du mal einen kurzen Moment?«

Ich nicke und atme bebend aus. »Na klar. Entschuldige uns bitte, Zachary.«

Er wirft mir einen finsteren Blick zu, aber sagt nichts, und ich eile mit meiner Schwester davon, bevor er wieder anfängt.

»Was zum Teufel ist hier los?«, fragt mich Rose, sobald wir eine stille Ecke gefunden haben. »Warum lässt du dich so von ihm behandeln? Ich dachte, ihr hättet euch getrennt?«

Oh Gott. Ich habe noch überhaupt nicht mit meinen Schwestern gesprochen. Ich habe ihnen nichts erzählt, und jetzt ist es mir viel zu peinlich, auch nur ein Wort zu sagen. Ich werde wie eine komplette Idiotin dastehen. »Ich ... ich weiß es nicht.«

Rose zieht die Stirn in Falten. »Du weißt es nicht? Komm schon, Violet. Sag die Wahrheit. Ich weiß, dass du was mit Ryder hattest. Was ist mit ihm? Er ist viel interessanter als dieser Langweiler, mit dem du viel zu lange zusammen warst.«

Ich kann es nicht länger für mich behalten. Ich erzähle ihr alles. Na ja, so viel, wie ich ihr in zwei Minuten erzählen kann. Die Arme vor der Brust verschränkt, sieht sie mich ungläubig an, als ich meine Geschichte schließlich beende.

»Und ich glaube, Vater ist ...« Ich seufze. Es ist viel schwieriger auszusprechen, als ich dachte. »Ich glaube, er ist, ähm, mit Pilar zusammen.«

»*Uh.*« Rose weicht zurück und verzieht das Gesicht. »Ich hasse die Schlampe.«

Ich lache. »Ich hasse sie auch.« Wir fangen beide an

zu lachen, und es fühlt sich einfach gut an. Es ist fast eine Erleichterung, alles erzählt zu haben, es losgeworden zu sein.

»Hör zu.« Rose fasst nach meiner Hand und drückt sie. »Zieh das heute Abend noch durch. Sei immer an seiner Seite, und lächle und sei liebenswürdig. Morgen früh ist er weg, ein paar Stunden hältst du doch noch durch, oder?«

»Ja.« Ich nicke. »Ich denke schon.« Ich habe die letzten zwei Jahre meines Lebens mit ihm durchgehalten, da schaffe ich heute Abend auch noch. »Was ist, wenn …« Ich breche mitten im Satz ab und schüttle den Kopf. »Ach, schon gut.«

»Was ist, wenn was? Ich stehe dir bei, egal, was ist. Vergiss das nicht«, sagt Rose entschieden.

Meine Liebe für meine Schwester überwältigt mich beinah. Sie unterstützt mich bedingungslos. Das musste ich hören. Dringend. »Was ist, wenn Ryder heute Abend hier auftaucht?«, frage ich kleinlaut. Es ist immerhin eine Feier für Zachary, von daher bezweifle ich, dass er kommen wird, aber …

»Glaubst du wirklich, er wird sich hier zeigen? Wenn er das tut, trete ich ihm in die Eier. Nein, ich werde ihm mit meinen Stiletto-Absätzen auf den Eiern herumtrampeln.« Sie streckt ein Bein aus und blickt bewundernd auf ihre neue Zehn-Zentimeter-Waffe. »Ich werde ihn vor Schmerzen jaulen lassen, kein Problem.«

Ist es falsch von mir, dass ich ihn nur ein kleines bisschen leiden sehen will? Ich fühle mich so zerbrechlich, als ob die kleinste Kleinigkeit mich schon vernichten könnte.

Während er seine Karriere vorantreibt und sich gerade in London vergnügt hat. Wo er sich wahrscheinlich um den Job beworben hat, den Vater *mir* angeboten hatte. Ich hasse ihn.

Ich vermisse ihn.

Ich habe mich in ihn verliebt.

»Und wenn Pilar auftaucht, wird es erst richtig lustig«, fährt Rose fort, die offensichtlich gerade einen Höhenflug hat. Den ich gern aufhalten würde. »Ich habe keine Ahnung, was ich tun werde, wenn Daddy sie uns als seine Freundin vorstellt. Ihr eine scheuern?«

Ich verdrehe die Augen. Das klingt wirklich großartig. »Schön wär's.«

»Sie rausschmeißen?«, fragt Rose hoffnungsvoll. »Du könntest das auf jeden Fall machen. Du hast die Feier schließlich organisiert.«

»Nein, es ist Zacharys Abschiedsfeier, und da sie vor nicht allzu langer Zeit noch mit ihm gefickt hat, wird er sie wahrscheinlich immer noch hierhaben wollen. Bestimmt hofft er noch auf eine zweite Chance.« Ich erschaudere bei dem Gedanken.

»Widerlich.« Jetzt verdreht Rose die Augen. »Sie haben *gefickt*? Himmel, Violet, du hast dich wirklich verändert. Komm, wir holen uns einen Drink. Ich glaube, wir können was gebrauchen.«

Und da sie so eine gute Schwester ist, sorgt sie den ganzen Abend dafür, dass ich immer etwas zu trinken habe. Während des Essens sitze ich neben Zachary und ertrage sein Gelaber über die Möglichkeiten, die ihn in London erwarten. Die Veränderungen, die er vorhat.

Ich würde gern lachen, aber ich reiße mich zusammen. Schlimmer noch, ich bin versucht, ihm meinen Drink ins Gesicht zu schütten. Aber ich halte mich zurück. Sehe immer wieder zu meiner kleinen Schwester, denn ausnahmsweise brauche ich sie mal.

Dringend.

Vater sitzt mit uns an einem Tisch, aber er ist abgelenkt. Seine Begleitung ist nicht aufgetaucht, und ich weiß, dass er enttäuscht ist. Rose und ich sind es nicht. Wir sind vielmehr froh, dass die Schlampe Pilar nicht hier ist.

»Meinst du, ich sollte eine Rede halten?«, fragt mich Zachary, als unsere Teller abgeräumt werden. »Ich glaube, es wird von mir erwartet.«

Als ich mich umblicke, schenkt keiner Zachary Beachtung. Alle unterhalten sich gut. Ich weiß nicht, wie er auf die Idee kommt, dass die Leute eine Rede von ihm hören wollen, aber ich beschließe, seinem Ego ermunternd zuzusprechen. »Es würden sich bestimmt alle sehr freuen, ein paar Abschiedsworte von dir zu hören«, sage ich herzlich. Rose stößt mit ihrem Knie an meines, aber ich rede gleich weiter. »Mach ruhig, Schatz.«

»Ich mache es gleich jetzt, bevor das Dessert kommt.« Er beugt sich zu mir vor und drückt mir einen Kuss auf die Wange, bevor er aufsteht, auf die andere Seite des Raums geht und vor den Fenstern mit der Aussicht auf die Stadt stehen bleibt.

»Was ist denn mit dir los? Warum bist du so nett zu ihm?«, zischt Rose.

Ich zucke die Achseln. »Du hast doch gesagt, ich soll weiter so tun. Und genau das mache ich.«

»Du hast ihn *Schatz* genannt.« Rose macht ein

Würgegeräusch und tut so, als würde sie sich den Finger in den Hals stecken.

Ich muss kichern, und da merke ich, dass ich angetrunken bin. *Gut.* Ich brauche den Alkohol, um zu vergessen. Ich habe in letzter Zeit viel zu viel getrunken, aber das ist mir egal. »Und? Ich will, dass er sich zum Idioten macht. Das wird lustig.«

»Unwahrscheinlich«, murrt Rose. »Es wird wohl eher eine Folter für uns, ihm zuhören zu müssen.«

Zachary fängt zu reden an, und ich straffe die Schultern, nehme die perfekte Position der ihn unterstützenden Freundin ein. Rose pikt mich ständig in die Seite, wie sie es als nervige kleine Schwester immer getan hat, aber ich sitze ganz still, bis auf die Momente, in denen ich den Ellbogen in ihre Richtung ausfahre, wenn sie versucht, mich zu berühren.

»Ich danke allen, die gekommen sind, meinen letzten Abend in New York mit mir zu feiern«, sagt Zachary mit einem perfekten Lächeln auf seinem perfekten Gesicht. Er ist auch bereits ein bisschen betrunken und redet von seinem Job in London, als wäre er ihm schon sicher, obwohl er es nicht ist.

Aber das ist in Ordnung. Soll er nur so tun.

Er redet und redet, schwelgt in Erinnerungen an die Zeit, als er bei Fleur angefangen hat, und wie Vater ihn gefördert hat. Er scheint jede einzelne Person im Raum zu würdigen, und alle hören ihm gespannt zu, lachen und jubeln mit ihm, und ich frage mich, wie er immer noch alle außer mir so beeindrucken kann.

Und außer Rose, die die ganze Zeit Schnarchlaute von sich gibt. Ich werfe ihr immer wieder böse Blicke zu, damit sie aufhört, aber innerhalb von ein paar

Minuten macht sie gleich weiter. Nicht, dass ich es ihr verübeln könnte. Das ist hier die Zachary-Show, und wir sind alle bloß hier, um ihn anzusehen und ihm unsere Aufmerksamkeit zu schenken.

Der heutige Abend fühlt sich vollkommen surreal an. Ich bin ich, aber auch wieder nicht. Mein Körper ist hier, aber meine Gedanken sind ganz woanders. Ich denke an Ryder. Ich will es nicht, aber ich kann nicht anders. Was er wohl gerade tut? Wo er wohl ist? Wird er mir immer aus dem Weg gehen? Will ich ihn sehen? Kann ich ihm verzeihen, was er mir angetan hat?

Ich will es. Es tut einfach zu sehr weh, nicht mit ihm zusammen zu sein. Er hat mich am Anfang vielleicht getäuscht, aber unsere Beziehung hat sich zu so viel mehr entwickelt …

»Und schließlich möchte ich Violet danken, die mein Leben auf so viele Weisen verändert hat, und zwar immer nur im positiven Sinne. Ich schätze mich glücklich, sie in meinem Leben zu haben.« Er macht eine Pause und wirft mir einen liebevollen Blick zu. »Violet, komm zu mir.«

Ich versteife mich, als ich die Aufrichtigkeit in Zacharys Worten höre. Seine Bitte, mich neben ihn zu stellen und so zu tun, als würde ich mich für ihn freuen.

Ich kann es nicht.

Rose hört auf, mich zu piksen, und legt mir stattdessen beruhigend die Hand auf den Arm. Vater sieht mich seltsam an, als würde er infrage stellen, ob ich überhaupt nach vorn gehen soll. Und ich kann nichts anderes tun, als auf die offene Tür zu starren. Auf den, der dort steht.

Ryder.

Mit Pilar an seiner Seite.

Mein Herz bricht entzwei. Er hat sie mitgebracht. Ich könnte ihn umbringen. Oder umarmen. Ich weiß nicht, was von beidem zuerst passieren würde.

Als ich mich schließlich erhebe, lässt Rose meinen Arm los, und Vater runzelt die Stirn. Mit gezwungenem Lächeln gehe ich zwischen den Tischen hindurch, nicke denjenigen, die ich kenne, zu und bete nur, dass meine Nerven mich nicht im Stich lassen. Als ich auf Zachary zukomme, nimmt er lächelnd meine Hand und zieht mich neben sich. Er küsst mich auf die Wange, dann wendet er sich unserem Publikum zu.

»Ich habe vor, diese Frau eines Tages zu heiraten«, sagt er selbstsicher, und ich protestiere nicht. Ich lächle bloß, als alle – bis auf meinen Vater und meine Schwester – klatschen.

Oh, und Ryder und Pilar.

Ich kann es nicht glauben, dass er sie mitgebracht hat. Ich kann es nicht glauben, dass er es wagt, hier aufzutauchen.

Ich hasse ihn.

Ich vermisse ihn.

Ich ertrage es kaum, ihn anzusehen.

Aber ich schaue ihn direkt an. Ich sehe den Zorn auf Zachary in seinem Blick, das spöttische Grinsen auf seinem wunderschönen Gesicht. Ein Gesicht, das mich in meinen Träumen verfolgt, das bewirkt, dass ich gleichzeitig weinen und lächeln will.

»Na endlich!«, ruft jemand, woraufhin Zachary lacht und mich näher an sich zieht. Ich spiele weiter mit. Während ich die ganze Zeit Ryder ansehe. Er wendet den Blick auch nicht eine Sekunde ab, und ich kann seine Wut spüren, aber die Chemie zwischen uns ist auch immer noch da.

Er hasst mich.

Er vermisst mich.

Er will mich.

Ich weiß es.

Ich löse mich aus Zacharys Umarmung und gehe zwischen den Tischen hindurch zurück und direkt auf Ryder und Pilar zu. Sie lässt ihn stehen, keine Ahnung, wohin sie geht, es ist mir auch egal. Ich will nur Ryder sehen. Ihm sagen, dass ich ihn hasse.

Dass ich ihn vermisse.

Die Kellner betreten wieder den Raum und tragen auf großen Tabletts das Dessert herein. Wunderschöne Stücke Schokoladentorte auf kleinen weißen Porzellantellern, aber sie interessieren mich nicht. Ich bin alles andere als hungrig.

»Hallo.« Ich bleibe direkt vor ihm stehen. Sein Geruch erreicht mich. Köstlich männlich und ganz Ryder. Seine Haare sind eine Katastrophe. Er braucht dringend einen Haarschnitt. Er hat lange Bartstoppeln auf Wangen und Kinn und dunkle Ringe unter den Augen. Er sieht schrecklich aus.

Er sieht umwerfend aus.

Und wie üblich sagt er kein Wort. Nickt nur kurz zur Begrüßung.

Ich balle die Hände zu Fäusten und wünschte, ich hätte Rose' Stiletto-Schuh dabei, um damit auf ihn einzustechen. Das wäre mal schockierend. Und eine schöne Art, Zacharys Abschiedsparty zu beenden.

»Was hast du denn hier verloren?«, frage ich. Er

muss doch wissen, dass er hier nichts zu suchen hat. Wenn Zachary ihn sieht, ist die Hölle los. »Zachary will dich bestimmt nicht auf seiner Feier.«

Bei der Erwähnung von Zacharys Namen flammt der Hass in seinen Augen erneut auf. »Ich bin nicht seinetwegen hier.«

Mein Herz macht einen kleinen Freudensprung, und ich sage ihm sofort, es solle sich zum Teufel scheren. Er ist nicht meinetwegen hier. Er ist herzlos. »Warum bist du dann hier?«

Er sieht mich vielsagend an. »Du weißt, warum«, sagt er leise.

»Nein. Weiß ich wirklich nicht.« Ich schüttle den Kopf. Ich bin schon wieder ganz verwirrt.

»Ich will dich zurückgewinnen.«

Seine Worte sind umwerfend. Doch ich kann ihm nicht glauben. Ich werde es nicht. »Nein, tust du nicht. Kümmere dich um deine Begleitung.« Ich drehe mich um und will schon losgehen, aber er hält mich am Arm fest. Ich spüre ein Kribbeln, wo er mich berührt, und ich versuche, mich loszureißen, aber er lässt nicht los. Er umklammert meinen Arm nur noch fester, sodass es beinah wehtut, und ich bin kurz davor, in Ohnmacht zu fallen.

»Sie ist nicht meine Begleitung.«

»Ihr seid aber zusammen gekommen.«

»Nein. Wir sind gleichzeitig hier angekommen. Ein unglücklicher Zufall. Sie ist die Begleitung von deinem Vater«, murmelt er und deutet mit dem Kopf auf den Tisch, an dem ich eben noch gesessen habe.

Ich blicke über die Schulter und sehe meinen Vater neben Pilar stehen. Rose starrt die beiden an, als wären sie vor ihren Augen zu seelenraubenden Aliens mutiert. Sie hebt den Kopf, sieht mich an und formt mit den Lippen: »Was machst du?«

*Ich weiß es nicht*, will ich antworten, aber ich tue es nicht.

Ich wende mich wieder Ryder zu, der mich eingehend betrachtet. »Ich will dich nicht hierhaben«, sage ich ihm sehr deutlich. Er lockert den Griff um meinen Arm und fängt an, mit dem Daumen über die Arminnenseite zu streicheln. Weit unten in meinem Bauch zieht sich alles zusammen.

»Lügnerin«, murmelt er. »Kommt mit mir mit.«
»Nein.«
»Violet.«
»Nein.« Ich schüttele den Kopf. »Tue ich nicht.«
»Willst du dich mir widersetzen?«
»Du hast kein Recht, mich das zu fragen. Das hast du dir verscherzt, als du mir erzählt hast, dass du mich nur benutzt hast.« Ich mache einen Schritt auf ihn zu, gehe ganz nah an ihn ran. Ich will, dass er sieht, wie wütend ich bin. Wie verletzt. Ich will, dass er es fühlt.

Ich will, dass auch er den Schmerz spürt.

»Ich habe einen Fehler gemacht. Ich wollte nicht, dass es zu Ende geht, aber du warst dermaßen sauer«, gesteht er. Sein Blick wandert zu meinem Mund. Er sieht aus, als wolle er mich küssen. Meine Lippen sehnen sich danach, von ihm geküsst zu werden.

»Natürlich war ich sauer. Ich bitte dich.« Als ich die Augen verdrehe und abfällig lache, legt er mir eine Hand in den Nacken und hält mich fest.

»Nicht«, flüstert er.
»Was nicht?«

»Mach dich nicht lustig. Über uns. Ich habe es verbockt, Violet. Aber ich will dich immer noch. Ich brauche dich. Du bist mir wichtig.« Er lehnt seine Stirn gegen meine und schließt die Augen. Er ist so nah. So unglaublich wunderbar nah, dass ich ihn küssen will. Ihm vergeben und ihn für immer in mein Leben lassen will.

Aber ich tue es nicht. Ich darf es nicht. Egal, wie sehr ich es will.

»Spiel nicht mit mir, Ryder. Ich meine es ernst.« Ich lege ihm die Hände auf die Brust und kralle sie in sein Hemd.

»Ich spiele nicht mit dir. Ich glaube ... ich weiß, dass ich in dich verliebt bin.« Seine Finger um meinen Nacken spannen sich an, und er löst die Stirn von meiner. Ich neige den Kopf ein wenig, und im selben Moment drückt er seine Lippen auf meine und küsst mich. Macht mich zu Seinem.

Einfach.

So.

# KAPITEL 32

## Ryder

Ich habe auf dieser Party für einen Mann, den ich hasse, nichts zu suchen. Aber da ich wusste, dass Violet hier sein würde, bin ich absichtlich spät gekommen und durch einen Scheißzufall als Erstes Pilar begegnet. Ich bin noch keine vierundzwanzig Stunden zurück in der Stadt und wollte Violet unbedingt sehen. *Musste* sie sehen.

Als ich sie in dem gelben, ihre Beine umspielenden Kleid erblickte, hatte ich das Gefühl, als hätte mir jemand auf die Brust geschlagen, in die Eier getreten. Ich habe nur Haut gesehen. Ihre nackten Arme, die langen Beine, den entblößten Nacken. Den Nacken, den ich unbedingt küssen will, in den ich hineinbeißen will.

Ich hätte mich sofort umdrehen und wieder gehen sollen. Stattdessen habe ich zugesehen, wie Lawrence sie zu sich gerufen und verkündet hat, sie eines Tages zu seiner Frau zu machen.

Er wird sie nicht dazu bringen, irgendwelchen Quatsch zu machen. Das wird mein Privileg sein, und nur meins.

Sie stand neben ihm wie ein Show-Pony, hat höflich gelächelt und ihre Nummer abgezogen, die sie so gut draufhat. Aber ich habe die Leere in ihrem Blick gesehen. Genauso, wie ich gesehen habe, dass ihre Augen jedes Mal, wenn sie meinem Blick begegnet sind, aufgeleuchtet haben.

Sie *ist* mein. Ich werde meinen Anspruch jetzt erheben. Hier auf dieser Party. Ich war ein Idiot, sie einfach so gehen zu lassen. Ich hätte um sie kämpfen sollen. Ich wäre ja schon eher gekommen, aber ich war nach London gerufen worden. Eine Gelegenheit, die ich nicht an mir vorbeigehen lassen konnte. Eine Gelegenheit, die ich Violet zu verdanken habe. *Nicht* Pilar.

Violet.

Ich beende den Kuss, ich brauche Luft. Ich muss sie ansehen und mich versichern, dass sie echt ist. Ihre geschwollenen Lippen sind leicht geöffnet und feucht, und sie blickt mich mit diesen wunderschönen, samtigen braunen Augen an, als hätte ich den Verstand verloren und als wäre ich das Beste, das sie jemals gesehen hat.

»Ryder ...«, fängt sie an, aber ich lege ihr einen Finger auf den Mund.

»Wehr dich nicht dagegen«, flüstere ich. »Streite dich nicht mit mir, sag mir nicht, dass was ich getan habe, falsch war. Du hast recht. Ich habe mich komplett falsch verhalten. Ich habe es versaut. Dich gehen zu lassen war ein großer Fehler.«

Sie blinzelt, sagt aber kein Wort. Ich fahre ihr mit dem Finger über die Lippen, und sie nimmt ihn in den Mund und saugt an der Fingerspitze. Dabei zuzusehen bringt mich an einen Ort, an den ich jetzt noch nicht gehen kann. Einen Ort, an dem ich ihr sagen – beziehungsweise vielmehr zeigen – kann, was ich für sie empfinde.

Ich ziehe den Finger aus ihrem Mund. Ich will nicht, dass es jetzt um Lust und Sex geht. Ich will, dass sie weiß, was sie mir bedeutet.

»Verzeih mir.« Die Worte kommen aus der Tiefe meiner Brust, und meine Stimme ist rau. Ich setze alles aufs Spiel. Alles. »Bitte.«

»Ich will es.« Sie schließt die Augen, und eine Träne läuft ihr über die Wange. Ich halte sie mit dem Daumen auf. Mein Herz bricht entzwei, als ich ihren Schmerz sehe. »Ich will es so sehr. Ich vermisse dich, Ryder.«

»Ich vermisse dich auch, Baby. Ohne dich in London zu sein war schrecklich. Ich hätte dich so gern dagehabt.«

Sie öffnet die Augen. »Wirklich?«

Ich nicke und streiche ihr über die Wange. Ich bin so froh, dass sie mich nicht zurückweist. Sie ist meine Frau. Meine. Ich besitze sie. Und sie besitzt mich.

Ich habe mich in sie verliebt. Das weiß ich seit dem Moment, als sie meine Wohnung verlassen hat. Seitdem weiß ich, dass ich nicht mehr ohne sie leben kann. Das hier ist meine Chance, und ich darf sie nicht wieder vermasseln. Nie wieder. Ich muss ihr zeigen, wie viel sie mir bedeutet.

»Es war so schrecklich, an dem Abend dein Geständnis zu hören. Ich war ...« Sie presst die Lippen aufeinander und seufzt schwer. »Ich war dabei, mich in dich zu verlieben, Ryder. Mich heftig zu verlieben. Und du bist einfach so darüber hinweggetrampelt, als wäre ich dir vollkommen egal. Du hast mein Herz gebrochen.«

Ohne ein Wort fasse ich sie am Arm und ziehe sie

aus dem Raum. Sie versucht noch zu protestieren, als ich mit ihr den dunklen Gang zum Hinterausgang des Restaurants eile, und sagt, dass sie ihre Handtasche und ihr Handy braucht. Ich blicke sie über die Schulter hinweg an, sehe die ganzen Emotionen in ihren glänzenden, immer noch mit Tränen gefüllten Augen. Ich bleibe stehen und fahre ihr mit den Daumen über die Wangen, versuche, so viele Tränen wie möglich aufzufangen, dann beuge ich mich vor und küsse sie auf die Stirn. »Deine Schwester wird deine Handtasche und dein Handy mitnehmen. Komm einfach ... komm mit mir mit.«

»Wohin?«, fragt sie leise.

»Ich weiß es nicht. Ich weiß nur ... dass ich dich brauche.« Ich schließe die Augen, als die Gefühle drohen, mich zu überwältigen. Ich werde es diesmal nicht verbocken. Wir fangen noch einmal von vorn an, Violet und ich. Das ist alles, was ich will. Alles, was ich brauche.

Violet.


Wir betreten ihre dunkle Wohnung, und ich halte sie fest, bevor sie das Licht anschalten kann. Ich brauche die Dunkelheit gerade. »Ist es wirklich okay für dich, dass ich hier bin?«

Sie kommt auf mich zu und lehnt die Stirn an mein Kinn. »Ja«, flüstert sie. »Überall wo ich hinsehe, du bist hier. Auch wenn du es nicht bist.«

Ich schlinge ihr die Arme um die Taille und ziehe sie an mich, genieße das Gefühl ihres Körpers an meinem. Es ist erst Tage her. Aber es fühlt sich an, als wären es Monate, Jahre, seit ich sie das letzte Mal gesehen habe. Sie in den Armen gehalten habe. Sie berührt habe. Geküsst habe.

»Vergibst du mir, Violet? Vergibst du mir, was ich getan habe?«

Ich lege ihr die Hände auf die Wangen und neige ihren Kopf zurück, sodass ich sie ansehen kann. In dem schummrigen Licht, das durch die Jalousien fällt, kann ich kaum ihr schönes Gesicht ausmachen. »Sag es mir, Baby. Ich brauche deine Vergebung.«

Sie presst die Lippen aufeinander und nickt langsam. »J-ja.«

Ich drücke sie an mich, drücke meine Fingerspitzen in ihre Kopfhaut. »Ich bin dabei, mich in dich zu verlieben. Du wirst mir wahrscheinlich sagen, dass ich es nicht tue, weil ich gar nicht weiß, was Liebe ist, aber ich bin mir hundertprozentig sicher, dass es das ist, was ich für dich empfinde.«

»Oh Gott.« Sie schließt die Augen, und ihr ganzer Körper scheint zusammenzusacken. Sie hat gesagt, ich habe ihr das Herz gebrochen. Sie so zu sehen bricht mir das Herz, langsam, aber sicher. Ich will nichts anderes, als ihr Herz wieder ganz machen. Und mich von ihr wieder ganz machen lassen. »Das meinst du nicht wirklich ernst, oder?«

»Ich meine es verdammt ernst. Zweifle nie wieder an meinen Worten. Ich schwöre dir, ich werde bis an unser Lebensende nichts anderes als ehrlich mit dir sein.« Ich schüttle ganz leicht ihren Kopf, und da öffnet sie die Augen und sieht mich an. »Ich bin in dich verliebt, Violet.«

Sie presst die zitternden Lippen aufeinander und schluckt. Ich sehe die kleine Bewegung an ihrem Hals und beuge mich hinunter, um die Lippen auf die Stelle zu drücken, wo ihr Puls ist, dann flüstere ich an ihrer Haut: »Es ist in Ordnung, wenn du nicht das Gleiche fühlst ...«

Sie umklammert meine Handgelenke und hängt sich an mich, und es erinnert mich an den ersten Abend, als ich sie an der Tür gefickt habe. Und sie wie ein Feigling sofort danach verlassen habe.

Diese Frau lässt mich zu viel empfinden. Lässt mich weich werden, obwohl ich nie irgendetwas anderes als hart war. Gefühllos. Ich habe es anfangs nicht gemocht. Ich habe es gehasst.

Doch jetzt sehne ich mich danach. Ich brauche es. Ich brauche sie.

Ich mache mich auf ihre Antwort gefasst.

»Du hast mich gebrochen, Ryder. Du bist der erste Mann, bei dem ich mich absolut sicher gefühlt habe, und dann hast du mich mit deinen Worten, mit der Wahrheit so sehr verletzt. Ich wusste nicht ...«

Sie macht eine Pause, und ich fahre ihr mit den Daumen über die Wangen, versuche, ihr deutlich zu machen, dass ich den Rest des Satzes auch noch hören will. Egal, wie sehr sie mich quält, ich muss es wissen.

»Du wusstest was nicht?«

»Nachdem ich deine Wohnung verlassen hatte, wusste ich nicht, ob ich dir jemals verzeihen könnte.« Sie gibt ein ersticktes Schluchzen von sich, und ich ziehe sie in meine Arme, streichle ihr den Rücken, während sie an meiner Brust weint und mein Hemd mit ihren Tränen durchnässt.

»Nicht weinen«, flüstere ich in ihre Haare. »Ich bin deine Tränen gar nicht wert.«

»Doch, das bist du. Du bist alles wert, was ich zu geben habe. Verstehst du das nicht?« Sie sieht mich an, und ich streiche ihr die Haare aus der Stirn, lasse meinen Blick über ihr hübsches Gesicht wandern. Ich kann es nicht glauben, dass ich sie wieder in den Armen halte. Ich werde sie nie wieder loslassen. »Ich finde es schrecklich, wenn du sagst, du wärst meiner nicht würdig.«

»Tue ich doch gar nicht«, erwidere ich.

»Doch, tust du«, sagt sie.

»Kannst du mir verzeihen, Violet?« Ich mache eine Pause, streiche ihr mit dem Zeigefinger über die Augenbrauen, den Nasenrücken. Ich will mir jedes Detail von ihr merken. »Dass ich dein Herz gebrochen habe?«

Sie blickt mir direkt in die Augen. »Nur wenn du mir versprichst, es nie wieder zu tun.«

Ich küsse sie auf die Stirn, die Wange, den Kiefer. Als sie nach Luft schnappt, fühle ich mich ermutigt, und ich küsse sie auf die Nasenspitze und auf beide Seiten ihres sinnlichen Mundes. »Ich verspreche es«, flüstere ich an ihren Lippen, bevor ich sie leidenschaftlich küsse.

Violet schmilzt dahin, schlingt mir die Arme um den Hals und presst ihren Körper fest an mich. Ich spüre ihre vollen Brüste an mir, während ich ihr mit der Hand über den Hintern streiche und ihren Mund mit meinen Lippen, meiner Zunge und meinen Zähnen verschlinge und meine Hand unter den Saum ihres Kleides gleiten lasse. Ich berühre ihren nackten Hintern, spiele mit der Spitze ihres String-Tangas, und stöhnend löst sie ihren Mund von mir.

»Ich habe dich vermisst«, flüstert sie, als ich mit der Fingerspitze zwischen ihren Pobacken entlangfahre und sie erschaudern lasse. Ihr Mund ist an meinem Hals, und ich habe sofort einen Steifen. »So sehr.«

»Ich werde dich nie wieder gehen lassen.« Ich packe besitzergreifend ihren Hintern, während die Gefühle über mich hereinbrechen. Diese Frau gehört mir und niemandem sonst. »Du gehörst mir.«

Ich meine es wirklich so. Zum ersten Mal in meinem Leben meine ich es tatsächlich mal so. Da ist jemand, der mir mehr bedeutet als jeder Besitz. *Sie* ist mein Besitz. Meine Besessenheit.

Die ich wahrlich genieße.

»Ja«, murmelt sie an meinem Hals und leckt und saugt an meiner Haut. »Ich liebe dich, Ryder.«

Ich schließe die Augen, gebe mein Bestes, mich unter Kontrolle zu halten. Aber ihre Worte lassen mich beinah auf die Knie fallen. Sie treibt mich an. Sie bewirkt, dass ich meinen tieferen Bedürfnissen nachgebe und sie wie ein Tier nehmen will, in das ich mich jedes Mal verwandle, wenn wir zusammen sind. »Violet.«

»Hmm?« Das erotische Summen an meinem Hals bringt mich um den Verstand. Ihre Hände, die mir über die Brust fahren und unter mein Hemd fassen, um meinen Bauch zu berühren, lassen meine Muskeln zucken. Das passiert mir hier alles viel zu schnell, ich will sie doch genießen. Jeden Zentimeter ihrer duftenden Haut berühren. Sie mit meiner Haut aufsaugen, damit sie meinen Körper nie wieder verlässt.

»Du machst mich ganz verrückt«, murmle ich und schiebe sie ein Stück von mir weg. Ich brauche den

Abstand, um etwas Kontrolle über mich wiederzuerlangen und nicht über sie herzufallen und sie direkt, wo sie steht, zu ficken.

Das sündige Lächeln, das sich auf ihren Lippen formt, überrascht mich. »Gut.«

»Gut?« Ich runzle die Stirn. Sie will mich provozieren. Sie will mich verrückt machen.

Es macht mein Mädchen an.

»Weißt du noch, als du mir gesagt hast, du würdest mich brechen?«, fragt sie.

Meine Stirnrunzeln werden noch tiefer. Ich mag es nicht, wenn man mir vorhält, was ich einmal gesagt habe, besonders nicht, wenn ich es gesagt habe, als ich wütend war. Und an dem Abend war ich fuchsteufelswild. Ich war wütend, dass sie mich wollte, obwohl ich ihr gedroht hatte, obwohl ich sie so schlimm behandelt hatte, bis meine Wut sich in etwas anderes verwandelte. Etwas, das mir gewaltige Angst eingejagt hat.

Ich hatte die Frau gefunden, die wie für mich geschaffen schien. Nur für mich.

»Du brichst mich nicht wirklich, jedenfalls nicht auf schlimme Weise. Ich bin ohne dich zerbrochen. Ich ... ich brauche, was du mit mir machst, was du *für* mich machst. Die Dinge, die du zu mir sagst, wie du mich berührst. Ich sehne mich danach.« Sie schließt die Augen, und wenn es heller wäre, würde ich die vertraute Röte auf ihren Wangen sehen. »Brich mich, Ryder. Reiß mich entzwei, und setz mich wieder zusammen, so wie nur du es kannst. Mach, dass ich mich sicher fühle.«

Ich starre sie an, schockiert von ihren Worten, von

ihrer Forderung. Sie gibt sich mir hin. Sie will, was nur ich mit ihr mache, was nur ich ihr geben kann.

Als ich nichts sage, berührt sie mich zärtlich an der Wange. »Bitte?«

Ich kann nicht mehr widerstehen. Ich habe ihr noch nie widerstehen können. Und jetzt, wo sie mir die Erlaubnis gegeben hat ...

Ich gehe ein paar Schritte zurück und sehe die Verwirrung auf ihrem Gesicht, vermischt mit Angst. Sie befürchtet, ich würde sie zurückweisen.

Sie hat keine Ahnung, wie falsch sie damit liegt.

»Zieh deine Sachen aus«, verlange ich. Sie sieht zwar wunderschön aus in dem blassgelben Kleid, aber ich würde sie noch viel lieber nackt sehen. »Jetzt, Violet«, füge ich hinzu, als sie sich nicht rührt.

Meine Stimme, mein Befehl lassen sie aus ihrer Erstarrung erwachen, und sie fasst sich an die Seite und öffnet den Reißverschluss unter ihrem Arm. Das Kleid fällt auf, und darunter kommt der blasse Spitzenträger ihres BHs zum Vorschein. Dann zieht sie sich das Kleid über den Kopf und wirft es auf den Boden. In blassrosa Spitze und hautfarbenen High Heels steht sie vor mir. Das Wasser läuft mir im Mund zusammen, so wunderschön ist sie. Und ganz mein, reif zum Pflücken.

Ihre Nippel sind harte, kleine Punkte, die von innen gegen den dünnen Spitzenstoff ihres BHs drücken, und ihre Haut ist vor Erregung gerötet. Ich habe noch nie etwas Schöneres gesehen.

»Zieh alles aus«, sage ich mit tiefer Stimme und dunklen Gedanken. Ich würde sie niemals verletzen, und das weiß sie, aber ich kann es nicht leugnen, dass ich es gern härter mag. Ich mag es, die Angst in ihrem Blick zu sehen, kurz bevor die Lust sie überkommt. Ich liebe es, sie keuchen und aufschreien zu hören.

Wenn das heißt, dass ich krank bin, dann ist sie mindestens genauso schlimm.

Und ich liebe sie, wie sie ist. Ich brauche sie so.

# KAPITEL 33

## Violet

Ich bin nackt bis auf meine Schuhe, denn Ryder hat verlangt, dass ich sie anbehalte. Ich sitze auf dem riesigen gepolsterten Sessel im Wohnzimmer, und meine gespreizten Beine liegen zu beiden Seiten über den Armlehnen. Ryder hat die vollkommene Einsicht auf meinen Körper. Ich bin ihm absolut ausgeliefert, und ich kann das langsam wachsende Angstgefühl in meinem Bauch nicht ignorieren.

Aber die Erregung ist stärker als die Angst. Ich will das hier. Ich brauche es so sehr, dass ich am ganzen Körper zittere. Er hat mich noch nicht einmal berührt, und ich befürchte, ich werde schon kommen, wenn er bloß mit den Fingern über meine Haut streicht.

Ich will loslassen und ihn das Kommando über meinen Körper, meine Lust übernehmen lassen. Ich will mich von ihm dahinbringen lassen, wo ich alle Fassaden fallen lassen und zu der werden kann, die ich wirklich bin, die ich nur zusammen mit diesem Mann bin, der mir gezeigt hat, wie ich fliegen kann.

Heute Abend hat sich mein Leben verändert, wie ich es nie für möglich gehalten hätte. Ich hatte bereits alle Hoffnung auf eine neue Chance mit Ryder aufgegeben. Ich hatte wirklich geglaubt, es wäre vorbei. Ich war darauf vorbereitet, allein zu sein, und dachte, ich würde schon damit klarkommen. Auch wenn ich tief in mir drin wusste, dass das weit von der Wahrheit entfernt war.

Und dann hat er mich gerettet. Er hat genau die Worte gesagt, die ich hören musste, mir gezeigt, wie sehr er mich will – wie sehr er mich liebt –, und ich bin mit ihm gegangen. Er hat um mich gekämpft.

Das habe ich gebraucht. Ich habe ihn gebraucht. Und jetzt habe ich, was ich will. Ich habe den, den ich liebe. Die Vergangenheit ist vergessen.

Jetzt gibt es nur noch uns.

Begierig sehe ich zu, wie er sich auszieht, bis er komplett nackt ist. Sein dicker Schwanz ist steinhart und biegt sich zu seinem Waschbrettbauch hoch. Mir läuft das Wasser im Mund zusammen. Ich wünschte, ich könnte an seiner Haut lecken. Ich liebe seinen schönen Körper, den brennenden Blick seiner blauen Augen, seine Haare, die ich total durcheinandergebracht habe, die Tattoos, die seinen Oberkörper schmücken … ich liebe einfach alles an ihm. Ich will ihn. Ich brauche ihn.

»Wunderschön«, flüstert er, als er sich ehrfurchtsvoll vor mich kniet und seine Hände auf meine Knie legt. Er streicht mir über die Oberschenkelinnenseiten und lässt mich erschaudern. Er macht mich schwach. Sein Daumen fährt ganz leicht über meine heiße, feuchte Mitte, und ich beiße mir leise stöhnend auf die Lippe. »So schön rosa und glänzend.«

Ich lehne mich zurück und halte die Luft an, als er mit dem Gesicht näher an den Ort kommt, wo ich ihn am meisten will. Er hat vorhin die Lampen angemacht, das Wohnzimmer ist hell erleuchtet, sodass wir jedes kleinste Detail des Körpers des anderen sehen können. Normalerweise wäre es mir schrecklich peinlich.

Ist es mir aber nicht. Ich will, dass er mich sieht. Ich will, dass er weiß, was er mit mir macht. Wie sehr ich ihn begehre. Ich kann die Reaktion meines Körpers auf ihn nicht kontrollieren, und ich will es auch nicht.

»Du willst meinen Mund auf deiner Pussy?«, fragt er mit rauer Stimme und zieht beinahe schmerzhaft mit dem Daumen an meiner Klit.

Ich nicke nur, denn ich bringe keinen Ton heraus.

»Sag es.« Er beugt sich weiter vor, sein Mund berührt beinahe meine Schamlippen. Ich kann seinen heißen Atem auf meiner zitternden Haut spüren, und meine Augenlider flattern, während ich versuche, die Augen offen zu halten. Ich will nichts verpassen. »Ich will es hören, Violet.«

»Berühr mich«, flüstere ich. Ich sage absichtlich nicht, was er verlangt. Ich will es noch etwas hinauszögern, und als ich die Verärgerung in seinem Blick sehe, weiß ich, dass er mich durchschaut.

»Nicht gut genug.« Er lehnt sich wieder zurück, nimmt seine Hitze und seinen Duft und seine Berührungen mit sich, und ich wimmere. Ich brauche seine Nähe. Brauche seinen Mund auf mir. »Sag genau, was du von mir willst. Ich werde es dir nicht geben, bis ich die Worte höre.«

Ich spüre, wie meine Säfte über meine empfindliche Haut laufen, und ich spanne meine Vaginalmuskulatur an, um mein Verlangen noch etwas hinauszuzögern. Aber es hat keinen Zweck. Ich will ihn so sehr.

Ich muss seine Hände und seinen Mund und seine Zunge auf mir spüren. In mir.

Jetzt.

»Berühr meine Pussy«, flüstere ich, und die Lust durchströmt mich, als er mich zufrieden ansieht. »Leck meine Pussy. Saug an meiner Klit. Mach's mir, Ryder. Bitte. Ich brauche dich.«

»Perfekt.« Und schon ist er wieder da, wo ich ihn will, wo ich ihn brauche. Er greift nach meinen Schenkeln, hält sie auf, und seine Finger bohren sich in mein Fleisch. Ich hoffe, er macht mir blaue Flecken. Markiert mich. Macht bekannt, dass ich sein bin.

Er drückt seinen Mund auf meine Pussy, seine Zunge schnellt hervor und leckt darüber. Er wendet die ganze Zeit nicht den Blick ab, sieht mir in die Augen, während ich gespannt zusehe, wie seine Zunge mit meiner Klit spielt, über meine Schamlippen fährt, meinen Eingang umkreist. Langsam lässt er einen Finger in mich gleiten, und ich stöhne, will mehr, will seinen Schwanz in mir, aber ich will auch nicht, dass er damit aufhört, was er gerade macht.

»Gefällt dir das, Baby?«, flüstert er. »Du schmeckst so verdammt gut. Ich könnte stundenlang so weitermachen.«

Ich weiß nicht, ob ich es aushalten würde, wenn er das stundenlang machen würde. Ich würde wahrscheinlich in Ohnmacht fallen. Oder an zu vielen Orgasmen sterben.

»Hör nicht auf«, flüstere ich, und ich schließe die Augen, konzentriere mich auf das Gefühl seiner Lippen auf meiner Haut, seiner leckenden Zunge, seines Fingers in mir. Und dann ist er auf einmal weg, sein

Mund und sein Finger haben mich verlassen. Frustriert schlage ich die Augen auf und sehe, wie er mich finster anstarrt.

»Du sollst zusehen«, sagt er. »Lass die Augen offen.«

Ich tue, was er verlangt, und kämpfe bereits gegen den sich ankündigenden Orgasmus. Es ist wie ein langsam herannahender Sommersturm in meinem Bauch, warm und dunkel und fast beängstigend. Ich zittere und stöhne laut auf, als er meine Klit zwischen die Lippen nimmt und kräftig daran saugt. Meine Augenlider flattern, und ich muss dagegen ankämpfen, sie zufallen zu lassen. Ich würde die Augen gern schließen und mich ganz dem Gefühl seines Mundes auf mir hingeben, aber ich tue es nicht, aus Angst, dass er wieder aufhört.

Und das ist das Letzte, was ich will.

»Bist du nah dran?«, flüstert er an meiner Haut. Er umkreist langsam meine Klit, und das Gefühl ist so köstlich, dass mir ein langes, bebendes Seufzen entweicht, das ihn zum Lächeln bringt. *Böser, schrecklicher Mann.* Er weiß, was er mit mir macht, ist eine köstliche Qual. »Bitte darum, Violet.«

»Mach's mir.« Die Worte kommen so schnell aus mir heraus, und mein Bauch bebt, meine Beine zittern von der unbequemen Position, in der ich mich befinde. Ich habe das Gefühl, jeden Moment zu zerspringen. Ich *will* es.

Komplett zerbrechen, damit Ryder mich wieder zusammensetzen kann.

Innerhalb von Sekunden explodiert der Orgasmus in mir, ich schreie, und meine Hüften bäumen sich unkontrolliert auf, während mich ein Schauer nach dem anderen durchfährt.

»Wunderschön«, flüstert er, als er sich meinen Körper hochbewegt, um mich zu küssen. Seine Lippen sind von meinen Säften bedeckt. »Koste dich. Dann wirst du verstehen, warum du mich verrückt machst.«

Ich lecke und sauge an seinen Lippen, seiner Zunge, und dann löst er sich von mir, nimmt meine Beine von den Armlehnen und zieht mich nach vorn, sodass ich fügsam und perfekt auf der Sesselkante sitze. Meine Beine zittern, mir ist schwindelig, ich bin vollkommen überwältigt. Er fasst nach meinem Kinn und neigt meinen Kopf zurück, damit ich ihn ansehe.

»Ich weiß nicht, wie lange ich es noch aushalte, bis ich dich vögeln muss«, murmelt er und streicht mir mit dem Daumen übers Kinn.

Ich blicke ihn an und sage nichts. Ich weiß, dass wir wahrscheinlich mehr miteinander reden sollten. Wir sind viel zu sehr in der sexuellen Benommenheit verfangen, die uns jedes Mal überkommt, wenn wir zusammen sind, aber es gibt Dinge, die gesagt werden müssen. Angesprochen.

Gestanden.

»Verdammt, du bist so wunderschön, Violet. Es tut mir leid«, flüstert er und streicht mir sanft durch die Haare.

Ich schlinge ihm die Arme um die Schultern. »Was tut dir leid?«, frage ich, während ich ihm mit den Fingern durch die weichen Haare fahre, seinen Nacken streichle. Ich will niemals aufhören, ihn zu berühren. Ihn niemals gehen lassen. Er ist … alles für mich.

Alles.

»Dass ich dich verletzt habe. Dass ich Dinge gesagt habe, die dich vertrieben haben, und ich sie gesagt habe, um dich zu beschützen, was ziemlich blöd war.« Er streicht mir über den Rücken, und ich erschaudere.

»Mich wovor beschützen?«, frage ich.

»Vor mir.« Er sieht mir in die Augen. »Ich frage mich die ganze Zeit, warum du mit einem Mann wie mir zusammen sein willst.«

Lächelnd streiche ich ihm über die Wange. »Du lässt mich etwas fühlen. Du forderst mich heraus, und du kümmerst dich viel mehr um mich als jeder andere Mann vor dir. Du hast mir in so kurzer Zeit schon so viel gezeigt, und ich kann es gar nicht abwarten, wohin du mich als Nächstes führst. Ich liebe dich, Ryder.«

»Ich liebe dich auch, Violet. Ich weiß ... das kommt alles ziemlich schnell, aber ...« Er macht eine Pause und blickt mich ernst an. »Dein Vater will mich nach London schicken.«

Ich drücke meinen Mund auf seinen und flüstere an seinen Lippen: »Mich auch.«

»Wirklich?« Er klingt überrascht, aber nicht verärgert wie Zachary, als ich es ihm gegenüber erwähnt hatte. Das liebe ich so an Ryder. Dass er mich als ebenbürtig ansieht. »Und als was?«

»Als was auch immer ich will. Es wäre eine allgemeine Führungsposition.« Ich neige den Kopf, küsse seinen Hals und lecke an seiner salzigen Haut. Ich kann einfach nicht genug von ihm bekommen. »Und du?«

»Internationales Marketing.« Er klingt so stolz, und ich drücke ihn an mich, genieße das Gefühl seiner heißen, feuchten Haut an meiner. »Klingt ziemlich gut, oder?«

»Das klingt fantastisch«, flüstere ich an seinem Hals.

»Er hat mir den Job angeboten und mir mehr als einmal gesagt, wie sehr du meine Fähigkeiten gelobt hast.«

Ich hebe den Kopf und lächle ihn an. »Das habe ich.«

»Solange es dabei um meine beruflichen Fähigkeiten ging.« Er lacht leise, und mein Herz schwillt an. Die Stimmung zwischen uns hat sich verändert. Was anfangs so aussah, als würde es eine schmutzige Nacht mit endlosem, hartem Sex, hat sich verändert ... in etwas Süßes. Zärtliches.

Liebevolles.

»Nur darum.« Ich drücke mich an ihn, genieße seine Nähe, das Pochen seines Herzens an meiner Brust, das Gefühl seines sich mit jedem Atemzug hebenden und senkenden Brustkorbs. Ich schließe die Augen und genieße es, einfach nur so mit ihm dazusitzen und ihn zu spüren.

»Komm mit«, flüstert er und umfasst meine Hüften. »Wir gehen zusammen nach London.«

»Meinst du das wirklich?« Ich hebe den Kopf. Seine Bitte verschlägt mir den Atem. Er will, dass ich mit ihm komme. »Wir kennen uns doch noch gar nicht besonders lange ...«

Er presst die Finger so fest in meine Haut, dass ich nach Luft schnappe. Mit glühendem Blick sieht er mich an. »Wenn man weiß, dass es das Richtige ist, dann weiß man es eben. Ich war dumm, es zu leugnen, aber ich kann es nicht mehr. Du bist mein, richtig?«

Überwältigt von der Bedeutung seiner Worte blicke ich ihn an. »Ja«, flüstere ich. »Ich bin dein.«

»Komm mit mir, Violet«, verlangt er. »Ich will nie wieder von dir getrennt sein.«

Ich nicke bloß, denn ich bringe kein Wort heraus. Tränen füllen meine Augen, laufen mir über die Wangen, aber es sind keine Tränen des Kummers. Ich bin glücklich. Glücklich, dass er so eine Bindung mit mir eingehen will, glücklich, dass wir zusammen sind. Dass er mich genauso will wie ich ihn.

Er streicht mir die Tränen von den Wangen, fängt sie mit dem Daumen, seinen Lippen auf. »Nicht weinen«, flüstert er. »Du bringst mich noch um, Baby. Ich will dich doch nur glücklich machen.«

»Ich komme mit«, sage ich schließlich. Ich keuche, als er mich packt und mit mir gegen die Sessellehne fällt. Er küsst mich und hebt seine Hüften, und dann rammt er seinen Schwanz in mich, wieder und wieder. Ich bin seine Gefangene, ich kann mich kein bisschen bewegen, während unsere schweißnassen Körper gegeneinanderklatschen, Haut an Haut, und sein Schwanz so tief in mich eindringt, bis ich aufschreie und er meinen Namen ruft und wir zusammen kommen, als wären wir eine Art Wunder.

Aber das ist es auch, was wir sind, Ryder und ich. Was wir zusammen teilen, ist ein Wunder. Unsere seltsame Beziehung, die niemals hätte funktionieren sollen, die absolut keinen Sinn ergibt ...

Ergibt perfekten Sinn.

Zumindest für uns.

Und das ist alles, was zählt.

# EPILOG

## Violet

*Sechs Monate später*

Die Party ist in vollem Gange. Jeder, der in der Londoner High Society Rang und Namen hat, ist heute Abend hier, zur Einführung der *Violet Fowler Collection for Fleur Cosmetics*.

Und ich verstecke mich Fingernägel kauend auf der Toilette, weil ich Angst habe, ihnen zu begegnen.

Was ist, wenn die Leute meine Kollektion nicht mögen? Wir haben die Einführung wegen unseres Umzugs nach London bereits einmal verschoben. Pilar war darüber hocherfreut und hat Vater gegenüber behauptet, ich wäre nicht ordentlich vorbereitet gewesen, aber er hat mich verteidigt, wie es ein guter Vater eben tut.

Dass die beiden immer noch ein Paar sind, verblüfft mich, aber ich weiß auch nicht, was ich ihm sagen soll. Genauso, wie er mir nichts sagt. Wir sind zu einer stillen Übereinkunft gekommen, einfach nicht über Pilar zu reden.

Rose dagegen? Sie ist wahnsinnig wütend. Sie hat Fleur sogar verlassen, um ein Sabbatical einzulegen. Was besser klingt, als dass sie gegangen ist, weil sie sich über die Partnerinnenwahl ihres Vaters ärgert, was der wahre Grund ist.

Ich vermisse sie. Und Lily auch. Und Vater. Aber ich bin nicht allein in London. Ich habe meine größte Unterstützung hier, meinen Mann. Meinen Geliebten. Meinen Ryder.

Ich stehe von der gepolsterten Couch im Toilettenvorraum auf, gehe zum Spiegel und betrachte mich. Ich trage das Make-up aus meiner Kollektion. Vom besonderen goldenen Lidschatten für die bevorstehenden Feiertage bis zum tiefroten Lippenstift, alles auf meinem Gesicht ist von mir kreiert. Die ersten Vorabkritiken sind bereits eingegangen, und sie waren voller Lob, was mich beruhigt, aber trotzdem.

Diese Party ist mir unglaublich wichtig. Als ob der Erfolg der Kollektion davon abhängt, wie sie heute Abend ankommt, was lächerlich ist, aber so kommt es mir nun einmal vor.

Ich war noch nie im Leben so nervös wegen eines Projekts.

Jemand klopft an die Tür, die ich absichtlich abgeschlossen habe, und ich sehe, wie die Klinke sich bewegt.

»Tut mir leid, besetzt!«, rufe ich und wünschte, wer auch immer es ist, würde einfach weggehen und mich in Ruhe lassen. Ich brauche noch fünf Minuten, um meine Fassung wiederzugewinnen, bevor ich da rausgehe und mich niedermetzeln lasse.

»Violet«, höre ich Ryder auf der anderen Seite zischen. »Verdammt, mach die Tür auf.«

Ich eile zur Tür und schließe auf, um ihn hereinzulassen. Kaum dass er drinnen ist, schließe ich wieder ab. Ich bemerke die Verärgerung auf seinem schönen Gesicht, die angespannte Körperhaltung.

»Was zum Teufel versteckst du dich hier?«

Ich zucke die Schultern, unfähig zu antworten. Ich habe keine gute Erklärung. »Ich habe Angst.«

»Wovor?«, fragt er ungläubig. »Die Leute so sehr zu beeindrucken, dass du es nicht schaffst, alle Bestellungen zu erledigen, die Montag eingehen?«

Ich verdrehe die Augen und unterdrücke ein Lachen. Ryder ist mein größter Verfechter, und dafür bewundere ich ihn. »Es kann auch sein, dass es den Leuten nicht gefällt. Einige der größten Namen der Fashion- und Beautymagazine sind hier, und sie warten nur darauf, mich und meine Kollektion aufzuspießen.«

»Und wen interessiert das? Auf jede Person, der deine Kollektion nicht gefällt, werden fünfzig kommen, die sie lieben.« Er streckt die Hand nach mir aus und wackelt mit den Fingern. »Komm her.«

Ohne zu protestieren, gehe ich zu ihm und lasse mich von ihm in die Arme schließen. Ich lehne meinen Kopf gegen seine Brust und schließe die Augen, atme seinen betörenden Duft ein und lasse mich von ihm beruhigen.

»Was zum Teufel trägst du da eigentlich?« Er fasst mich an den Schultern und schiebt mich von sich, um mich zu betrachten. Mein Kleid ist aus blutroter Spitze, ärmellos, hauteng und geht mir bis zu den Knöcheln. Das Oberteil ist offen und hat einen Ausschnitt bis zum Bauchnabel. Es zeigt eine Menge Haut, und ich hoffe nur, es ist nicht zu unzüchtig.

Danach zu urteilen, wie Ryder mich ansieht, könnte es ein Grenzfall sein.

»Gefällt es dir nicht?«

»Es gefällt mir wahnsinnig, aber mein Gott, Violet. Du bist total entblößt.« Er klingt ... entsetzt. Als wäre er mein Vater, was ich so unglaublich witzig finde, dass ich zu lachen anfange.

Das lässt ihn nur noch mürrischer dreinblicken.

»Du trägst keinen BH, oder?«

Ich sehe an mir hinab. Die Spitze bedeckt meine Brüste einwandfrei, dank Fashion Tape. »Wie sollte ich? Man würde ihn ja sehen.«

»Richtig«, sagt er mit angespannter Stimme, und seine Nasenflügel beben.

Ich entscheide mich, ihn noch etwas mehr zu reizen. Etwas, worin ich ziemlich gut geworden bin. »Soll ich dir ein Geheimnis verraten – ich trage auch keinen Slip.«

Seine Schultern sacken leicht herab. »Großartig.« Er sieht so unglaublich gut aus in seinem schwarzen Anzug und der roten Krawatte, die ich ihm damals geschenkt habe, um die Krawatte zu ersetzen, die ich ruiniert hatte. Ich habe ihn gebeten, sie zu tragen, und jetzt passen wir perfekt zusammen.

»Einfacher Zugang für später?« Ich gehe auf ihn zu und küsse ihn, dann wische ich den Lippenstift weg, den ich auf seinem Mund hinterlassen habe. »Ich habe dich markiert.«

»Gut.« Er schlingt mir einen Arm um die Taille und drückt mich an sich. »Ich mag es, wenn du mich markierst.«

»Das tue ich doch nie.«

»Deswegen mag ich es ja so. Es ist so eine seltene Gelegenheit. Ich dagegen markiere dich ständig.« Er küsst mich den Hals hinab, leichte, saugende Küsse, und ich schlage ihn weg, aber es ist zwecklos. Nicht, dass ich wollte, dass er aufhört.

»Heb dir das für später auf«, murmle ich und neige den Kopf, um ihm besseren Zugang zu gewähren. »Wir sollten gehen.«

Er hebt den Kopf. »Bist du bereit?«

Ich nicke und ignoriere die Nervosität in mir, die droht, mich zu überkommen. Ich kann das. Ich habe schon jede Menge öffentliche Auftritte hinter mir. Es wird schon gut gehen.

»Dann lass uns gehen, Baby.« Er entlässt mich aus seiner Umarmung, aber nimmt meine Hand und verschränkt unsere Finger miteinander. Dann führt er unsere Hände an seinen Mund und küsst mich auf die Fingerknöchel, und mit brennendem Blick und tiefer Stimme flüstert er: »Ich liebe dich.«

Mein Herz zieht sich zusammen, seine Worte bedeuten mir so viel. Worte, die er nie zu einer anderen gesagt hat, nie.

»Ich liebe dich auch«, flüstere ich und beuge mich vor, um ihn zu küssen. »Dann mal los.«

»Ich bin bei dir«, sagt er, als er mich zur Tür führt und sie öffnet. Der Lärm aus dem Ballsaal ist fast ohrenbetäubend, sogar aus dieser Entfernung.

»Ich weiß«, murmle ich nickend und gebe mein Bestes, selbstbewusst zu wirken. Ich kann das.

»Ich werde den ganzen Abend nicht von deiner Seite weichen.« Er will mich beruhigen, aber ich kann ihm nicht antworten, ich bin viel zu sehr mit meiner eigenen Angst beschäftigt, als darauf achten zu können, wie er versucht mir zu helfen. Meine Sorgen zu lindern.

»Danke.« Ich schenke ihm ein zitterndes Lächeln.

»Dein Dad ist hier. Und Lily.«

Freudestrahlend sehe ich ihn an. »Wirklich?«

»Sie lassen sich doch nicht dein großes Debüt entgehen.«

»Was ist mit Rose?«

Langsam schüttelt er den Kopf, und ich versuche, meine Enttäuschung herunterzuschlucken. Heute Abend muss ich mich auf die positiven Dinge konzentrieren.

Die positiven Dinge, die wegen dieses Mannes passiert sind. Seine Ratschläge, seine Ermutigungen und sein Vertrauen in mich treiben mich an wie nichts sonst.

»Danke.« Bevor wir den Ballsaal betreten, schlinge ich noch einmal die Arme um ihn und drücke ihn an mich. »Für alles, was du für mich getan hast.«

»Ich tue doch alles für dich, was du willst«, sagt er, die Lippen an meinen Haaren, seine Hand auf meinem Hintern, denn hallo, es ist Ryder. Er kann einfach nicht die Hände von mir lassen.

»Alles?«, frage ich und lehne mich leicht zurück, um ihm ins Gesicht blicken zu können.

Er nickt ernst, und jedes Gefühl und alles, was er für mich empfindet, ist in seinem Blick zu sehen. »Alles.«

In dem Moment, als wir durch die Tür treten, sind alle Sorgen und alle Nervosität vergessen. Lächelnd blicke ich mich um und sehe in lauter lächelnde Gesichter. Ich erkenne ein paar Freundinnen, Mitarbeiter, manche sogar von Fleur in New York. Mein Vater steht ganz in der Nähe, neben ihm Lily, und die beiden strahlen vor Freude, mich zu sehen, dass ich gar nicht anders kann, als ihr Strahlen zu erwidern.

Ryder legt mir den Arm um die Taille und führt mich durch den Raum, wie er mich durchs Leben führt. Er führt mich und ist der Partner für mich, den ich so dringend brauchte, aber es nie wusste ... bis ich ihn kennenlernte.

Jetzt habe ich ihn. Er ist mein.

Und ich bin sein.

# DANKSAGUNG

Die Idee für dieses Buch/diese Reihe hatte ich schon vor vielen Jahren. Ich wollte ein Buch über Schwestern mit Blumennamen schreiben, und ich wollte, dass es eine paranormale Geschichte wird (es sollten Nymphen sein).

Zweifellos hat die ursprüngliche Idee sich sehr verändert.

Ich bin Bantam/Random House so dankbar für die Veröffentlichung dieses Buches. Großer Dank geht an meine Lektorin Shauna Summers, dafür, dass sie mich ermutigt hat, an Ryders und Violets Geschichte geglaubt hat und mir geholfen hat, sie zu verbessern. Außerdem geht großer Dank an Sarah Murphy, dafür, dass sie mich darauf hingewiesen hat, dass Ryder sich in der ersten, sehr rohen Rohversion benommen hat wie ein »geiler Diener«. Insgeheim wünsche ich mir ja einen geilen Diener, am Rande bemerkt.

Ich danke dem gesamten Team bei Bantam, besonders Gina Watchel, es war eine großartige Erfahrung, mit ihr zusammenzuarbeiten. Und Jin Yu für ihre Begeisterung für Ryders und Violets Geschichte. Ich habe das Gefühl, als wäre sie ihre persönliche Cheerleaderin, und ich schätze all ihre Ideen, die Geschichte in die Welt hinauszutragen.

Und ich danke meinen Leserinnen – ohne die ich nicht hier wäre. Vielen Dank für die Unterstützung.

# PLAYLIST

Während ich *Sisters in Love. Violet – So hot* geschrieben habe, habe ich den Soundtrack von *The Great Gatsby* in Dauerschleife gehört, vor allem während der zweiten Hälfte. Besonders diese drei Songs:

»Back to Black« von Beyoncé feat. André 3000
»Over the Love« von Florence + The Machine
»Hearts a Mess« von Gotye

Die Texte dieser drei Songs spiegeln Violets und Ryders Geschichte so gut wider. Ich hoffe, ihr hört sie euch an, falls ihr sie noch nicht kennt.

# LESEN SIE WEITER IN

Monica Murphy

# SISTERS IN LOVE
# *Rose* - SO WILD

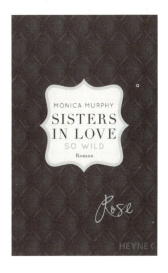

Der zweite Band der Sisters in Love-Serie
erscheint im Juni 2016

# KAPITEL 1

## Rose

Was machst du, wenn du etwas über deine Familie herausfindest, was du überhaupt nicht wissen willst?

Du tust so, als wäre es nicht existent. Als wäre deine perfekte kleine Familie völlig intakt. Eine Bilderbuchfamilie ohne jegliche Tragödien weit und breit. Wir zumindest wollen diesen Eindruck erwecken. Es gibt Bücher, nicht autorisierte Familienbiographien über meine Großmutter und ihr Vermächtnis, Fleur Cosmetics. Sie handeln von den Bemühungen meines Vaters, meiner Schwestern und mir, dieses Vermächtnis so gut wie möglich weiterzuführen, und in allen diesen Büchern werden wir irgendwie unzulänglich dargestellt. Daddy hat aus der Firma ein florierendes Unternehmen gemacht, aber er überlässt Grandma die Lorbeeren dafür, und sie – die gierige alte Dame – nimmt dankend an.

Ich liebe diese unersättliche alte Lady von ganzem Herzen. Wirklich von ganzem Herzen.

Meine älteste Schwester hat das Unternehmen ziemlich beschissen weitergeführt und gibt es ganz offen zu. Ihre gnadenlose Ehrlichkeit schätze ich an ihr am meisten, obwohl ich ihr Vorgehen und die Aufmerksamkeit, die sie damit auf sich zieht, sonst nicht gutheißen kann. Diese Frau muss immer im Rampenlicht stehen. Und wenn der Scheinwerfer einmal nicht auf sie gerichtet ist, tut sie einfach alles, damit er auf sie gerichtet wird und sie sich wieder in seinem Licht aalen kann.

Dann ist da noch Violet, die mittlere Schwester. Die stille. Die insgeheim stark ist. Mein Gott, ja, wirklich stark. Sie hat so viel durchgemacht. Ihr Leben war von Tragödien bestimmt, und trotzdem ließ sie sich nicht unterkriegen. Nun ist sie mit diesem Kerl, Ryder, glücklich, und das kann ich ihr nicht verdenken. Manchmal ist er so angespannt, dass man es fast mit der Angst zu tun bekommt, aber dann sieht er Violet, und sein Blick wird ganz verträumt ... Er ist ihr mit Haut und Haaren verfallen.

Das ist süß. *Zu* süß. Meine eifersüchtige Seite kann es kaum ertragen.

Ich? Ich bin die Fowler-Schwester, die jeder für normal hält, die mit der kämpferischen Ader. Grandma sagt, ich sei ihr vom Charakter her am ähnlichsten, und ich würde ihr gern glauben, aber ich weiß nicht recht. Will ich wirklich so sein wie sie? Wie überhaupt jemand aus meiner Familie? Seit dieser schlimmsten aller schlimmen Nächte bin ich absolut ernüchtert, was das Image der Fowlers betrifft.

Ich weiß nicht mehr, was ich noch glauben soll, nach dem, was ich gerade über unsere Mutter herausgefunden habe. Über die Tragödie, über die nie jemand ein Wort verliert. Selbst diese nicht autorisierten, skandaltriefenden Familienbiografien beschönigen den Tod von Victoria Fowler. Ich kann mich kaum noch an meine Mom erinnern, und die wenigen Erinnerungen, die ich habe, sind bestenfalls verschwommen. Ihr

Andenken wird aber von meinen Schwestern am Leben gehalten, weil sie sich tatsächlich noch an unsere Mutter erinnern können, vor allem Lily. Der Verlust hat sie besonders hart getroffen und ist dafür verantwortlich, dass sie sich seit ihrem vierzehnten Lebensjahr so haarsträubend benimmt.

Zumindest schieben wir, Lily eingeschlossen, es auf Moms Tod. Ich fände es schön, wenn sie auch nur ein einziges Mal für ihr Tun die volle Verantwortung übernehmen würde, denke aber nicht, dass das jemals geschehen wird.

Hinter dem Ableben unserer Mutter steckt mehr, als ich bislang ahnte. Ich frage mich, wie viel Lily und Violet wissen. Das Thema ist heikel, ich spreche es ihnen gegenüber nie an, wirklich nie. Auch mit Daddy rede ich nicht über Mom. Er hat den Tod unserer Mutter unter den Teppich gekehrt, so was kann er gut. Er hat sich in seine Arbeit gestürzt, statt sich auf seine Töchter zu konzentrieren, obwohl er nicht per se ein schlechter Vater war. Nur manchmal vielleicht ein wenig gleichgültig.

Ja. Das gewiss.

Wir streben nach Perfektion, erreichen sie aber nicht, ganz und gar nicht. Als ich noch klein war, lebte ich beschützt in diesem silbrigen, watteweichen Kokon, in dem mir und denjenigen, die mir wichtig waren, niemand etwas anhaben konnte. Noch nicht einmal der tragische Tod meiner Mutter, den sie selbst herbeigeführt hatte, konnte mich erschüttern. Wie auch, wenn nie jemand darüber sprach?

Aber jetzt möchte ich über sie reden, nachdem ich ihr letztes Tagebuch gelesen habe. Dieses Tagebuch habe ich entdeckt, da ich von Daddy eine Kiste mit ihren alten Sachen bekam. Am Ende hat er die Zimmer und Schränke meiner Mutter doch noch ausgeräumt. Lange Jahre hatte er die Sachen aufbewahrt, aber als seine neue ... Freundin auf der Bildfläche erschien, hat er alles, was an Mutter erinnerte, aus seinem Haus verbannt.

Für immer.

Beim Anblick des Inhalts dieser Kiste wurde ich entsetzlich nervös, mir wurde richtig übel. Monatelang habe ich gar nicht hineingeschaut. Erst vor einigen Tagen habe ich sie eines Abends geöffnet und fand Moms Tagebuch mit Einträgen bis zu dem Tag, an dem sie sich das Leben genommen hat.

Eine faszinierende Lektüre. Und eine traurige.

Heute Abend könnte einiges ans Licht kommen. Ausgewählte Momente unserer Familiengeschichte werden auf großer Leinwand gezeigt. Und zwar unter Aufsicht meiner Großmutter, was bedeutet ...

Alles wird beschönigt, alles wird perfekt glänzen. Ist das nicht die Wortkombination, die Violet für ihre Kollektion verwendete, als es um die Verpackung ging? Perfekter Glanz, das könnte das Motto der Familie Fowler sein.

Ich sehe, wie meine Großmutter zu mir herüberkommt, ein zärtliches Lächeln auf dem Gesicht, die Augen voller Erinnerungen.

»Ich möchte, dass du die heute Abend umlegst.« Grandma Dahlia hält mir eine eckige Schatulle entgegen. Ihre zarten Hände zittern ein klein wenig, und das lässt ihre Diamantringe funkeln. »Die hat seit Ewigkeiten niemand mehr getragen.«

Wir befinden uns in meinem Hotelzimmer. Meine Großmutter hat vor einigen Minuten an die Tür geklopft, als ich mich gerade fertigmachte. Eigentlich wollten wir uns später alle treffen, aber jetzt steht sie schon hier, strahlend in ihrem tollen schwarzen Spitzenkleid. Ein süßes Lächeln umspielt ihren Mund, während sie mich eingehend mustert.

Ich habe keine Ahnung, warum sie das macht, und ich mag das Unbehagen nicht, das mich überkommt, als ich die Schatulle entgegennehme und über den schwarzen Samt streiche. Der Stoff ist alt, schwer, und die Farbe ist leicht verblichen. Langsam öffne ich die Schatulle. Vorfreude und Angst durchströmen mich, und ich atme tief aus, als ich den Inhalt erblicke.

Eine Kette. Aber nicht irgendeine Kette – die Steine sind entweder brillantweiß oder zartrosa, und jeder einzelne Stein ist vollendet geschliffen und harmoniert mit den anderen. »Sie ist wunderschön«, flüstere ich, von der Größe der Steine überrascht. Diese Kette habe ich nie zuvor gesehen, und ich dachte, meine Schwestern und ich hätten mit allen Schmuckstücken der Familie entweder schon als Kinder gespielt oder sie bereits getragen. »Was sind das für rosafarbene Steine?«, frage ich und fahre mit den Fingern fast schon ehrfürchtig über das Collier.

»Na, Diamanten natürlich, sehr exquisite Steine. Dein Großvater hat mir dieses Collier vor langer, langer Zeit geschenkt.« Grandma klingt sowohl traurig als auch stolz. »Zur Geburt deiner Tante Poppy.« Ein wehmütiger Seufzer entfährt ihr, und sie wendet den Blick ab. Ihre Mundwinkel senken sich, und in ihren

Augen sammeln sich unvergossene Tränen. »Du erinnerst mich so sehr an sie.«

»Wirklich?«, frage ich sanft, denn ich möchte sie nicht verletzen. Ich habe meine Tante Poppy leider nie kennengelernt. Sie ist noch vor meiner Geburt bei einem furchtbaren Autounfall gestorben. Ich habe Bilder von ihr gesehen, und eine gewisse Ähnlichkeit ist vorhanden, aber ich hätte nie gedacht, dass ich ihr besonders gleiche.

Eine weitere Tragödie. Ein weiterer Todesfall. Noch ein Familienmitglied, das wir verloren haben und kaum erwähnen. Es ist frustrierend, wie leicht wir vergessen, was denjenigen zustieß, die von uns gegangen sind. Werden mich auch alle vergessen, wenn ich weg bin?

Ich will niemanden vergessen. Ich will mich an meine Mutter erinnern. Und an meine Tante Poppy. Ich will mehr erfahren. Aber der heutige Abend ist etwas Besonderes, deswegen behalte ich meine Gedanken für mich. Dieser Abend gehört meiner Großmutter, der Familie und Fleur.

Ich muss das einfach akzeptieren.

»Oh, ja.« Grandma schaut mich wieder an, die Tränen sind verschwunden, sie hat wieder die gewohnt entschlossene Miene aufgesetzt. Zeichen der Schwäche zeigt sie kaum, das mag ich sehr an ihr. Sie hat einen enorm großen Einfluss auf uns alle, und gerade kann ich ihre Stärke gut gebrauchen. »Ihr seht euch ein wenig ähnlich, aber vor allem ist es deine Art. So, wie du sprichst, dich benimmst, wie du denkst. Genau wie meine Poppy. Sie war so dynamisch, so lebendig, und sie ließ sich von nichts abbringen, wenn sie an etwas glaubte. Genau wie du.« Ihre faltigen Hände umschließen mein Gesicht, die Finger liegen kühl auf meiner Haut. Ich lächele sie an, aber das fühlt sich falsch an, deswegen werde ich ernst. Ich halte die Samtschatulle, meine Finger berühren die Steine. »Trage die Kette heute Abend, und denke dabei an Poppy. Und an Fleur.«

»Aber Grandma, heute Abend geht es nur um *dich*.« Wir sind zum Filmfest in Cannes, zur Premiere einer Dokumentation über Grandma, die Gründerin von Fleur. Sie hat jeden Schritt der Dreharbeiten überwacht und bezeichnet den Dokumentarfilm als Ergebnis einer von Liebe geprägten Zusammenarbeit zwischen ihr, dem Regisseur und dem Produzenten.

Wahrscheinlicher ist aber, dass meine Großmutter ihnen genau vorgegeben hat, was erzählt werden soll. Einer Dahlia Fowler widerspricht man eben nicht. Denn damit ginge man ein hohes Risiko ein. Diese Frau hat kein Problem mit der Behauptung, sie könne Menschen ruinieren.

Sie *hat* Menschen ruiniert. Nicht nur einmal.

»*Du* solltest diese Kette tragen, nicht ich«, sage ich, da sie immer noch nichts erwidert hat. Sie starrt mich an, als könne sie meine Gedanken lesen, und ich blinzele entschlossen. Verdränge meine Gedanken, meine Wut, meinen Frust. Aber sie kann diese Gefühle womöglich trotzdem sehen.

Doch sie redet nicht darüber.

»Nein.« Sie schüttelt den Kopf und löst die Hände von meinem Gesicht. »Du sollst sie tragen. Für heute Abend gehört sie dir. Violet hat ihren jungen Mann, und Lily hat ... was auch immer sie für erstrebenswert hält. Wie schade, dass sie nicht hier ist.« Sie presst verbittert ihre Lippen zusammen, und ich würde meiner Schwester gern eine runterhauen, weil sie schon wieder alle im Stich lässt. »Du ... Du hast sie verdient. Trage sie mit Stolz. Es ist auch dein Erbe, meine Liebe, vergiss das nie.«

Mein Erbe. Meistens habe ich das Gefühl, es gehöre nicht mir, sondern Daddy und Violet, so langsam auch Ryder. Oder Lily? Eher nicht. Sie trägt gern Kosmetik von Fleur und gibt das Geld von Fleur aus, aber das war's auch schon. Sie möchte nicht zum Familienbetrieb gehören. Sie ist gegen Arbeit allergisch.

Und sie hat's gut, sie kommt damit durch.

Ich schufte wie eine Verrückte, und keinem fällt es auf. Ich bin es langsam leid, meine Zeit in das Unternehmen zu stecken. Ich bin es leid, mich mit Daddy und seiner grauenvollen Beziehung zu dieser Schlampe Pilar Vasquez herumzuschlagen. Diese Frau will sich zu einem festen Mitglied von Fleur Cosmetics mausern, indem sie den Nachnamen Fowler ergattert, ganz einfach. Aber liegt ihr tatsächlich etwas an Dad? Wohl eher nicht. Mein Vater ist blind vor Begierde. Er sieht nur ihre riesigen Titten und ihre vermeintlich großartigen Ideen.

»Mein Erbe«, murmele ich, nehme die Kette aus der samtbezogenen Schatulle und halte sie ins Licht. Sie glitzert. Die rosafarbenen Steine sind noch umwerfender, wenn sie funkeln. Ich erinnere mich dunkel, dass ich von Poppys Kette gehört habe, und ich bin mir ziemlich sicher, dass ich dieses Schmuckstück im Augenblick in den Händen halte.

Dieses Collier passt perfekt zu dem weißen Kleid,

das ich heute Abend tragen werde. Weiß mag für Jungfräulichkeit und Reinheit und solchen Unsinn stehen, aber erst einmal abwarten, bis man *mich* in diesem Kleid erblickt. Die werden Augen machen.

Denn ich bin in Schockierlaune. Will eine kleine Abschiedsvorstellung geben, bevor ich nächste Woche meinem Vater die Kündigung überreiche. Ja, ich verlasse Fleur, ich kann dort einfach nicht mehr bleiben. Ich hatte mir eine kurze Auszeit genommen, nachdem herausgekommen war, dass Daddy sich mit einer der niederträchtigsten Angestellten trifft, die Fleur Cosmetics jemals beschäftigt hat. Pilar reibt es uns so oft wie möglich unter die Nase, dass sie unseren Vater um den kleinen Finger gewickelt hat.

Ich hasse sie. Ich weigere mich, mit ihr zu arbeiten, besonders jetzt, da mir Gerüchte zu Ohren gekommen sind, dass Daddy sie befördern will. Mit mir hat er jedenfalls nicht darüber geredet. Mir sagt nie jemand etwas. Ich werde bei Fleur ignoriert. Derart ignoriert, dass ich dort nicht mehr arbeiten will ...

Da ich davon ausgehe, dass ich an diesem Abend wahrscheinlich zum letzten Mal für sehr lange Zeit die Familie Fowler mit repräsentiere – Daddy wird garantiert wegen der Kündigung explodieren –, gehe ich aufs Ganze. Außerdem war ich bisher noch nie in Cannes bei den Filmfestspielen. Die Kette wird meine Wirkung noch unterstreichen.

Unsere Familie stand schon immer im Licht der Öffentlichkeit, und meistens macht es mir nichts aus, obgleich ich mich lieber im Hintergrund halte, genau wie Violet. Lily soll unsere Familie in der Öffentlichkeit repräsentieren. Sie macht zwar Daddy mit ihren

Eskapaden nicht glücklich, aber sei's drum. Oder vielleicht sollte Grandma diese Aufgabe übernehmen, wenn man bedenkt, wie skandalös meine älteste Schwester ist. Sie ist ein wenig ruhiger geworden, hat aber nach wie vor einen Hang zu Skandalen.

Aber heute Nacht werde ich ihr mal den Rang abjagen, was Skandale angeht. Seit ich in Frankreich bin, fühle ich mich wie neugeboren. Die Energie des Festivals lässt mich aufleben. Ich will etwas wagen.

Zum Beispiel ein Kleid tragen, das für einen Skandal gut ist. Zum Beispiel mir im Kopf die Worte für meinen Vater zurechtlegen, wenn ich ihm nach unserer Rückkehr meine Kündigung mit einer Frist von zwei Wochen überreiche.

»Ja«, sagt Grandma bestimmt, »dein Erbe. Und Violets. Sogar Lilys. Ich bin stolz auf das, was ich erschaffen habe, und ich bin gespannt darauf, was du und Violet aus Fleur macht. Vielleicht ist sogar Lily dabei, falls sie jemals den Arsch hochkriegt.«

»Grandma!« Was sie sagt, sollte mich nicht schockieren, überrascht mich aber doch manchmal.

»Was? Ist doch wahr.« Grandma zuckt die Achseln. »Außerdem werde ich eines Tages nicht mehr da sein, weißt du.«

»Aber ...«, will ich protestieren, doch sie bringt mich direkt zum Schweigen.

»Psssst. Du weißt, dass ich recht habe. Ich bin 83 Jahre alt, ich lebe nicht ewig, ganz egal, wie sehr mir das gefallen würde.« Sie zeigt auf die Kette, die ich mit einer Hand fest umklammere, die samtbezogene Schatulle halte ich in der anderen Hand. »Dreh dich um, mein Kind, und lass mich dir die Kette umlegen.

Warum trägst du noch deinen Morgenmantel? Solltest du nicht längst angezogen sein? Die Premiere fängt bald an.«

»Ich bin fast fertig.« Auf einmal wird mir flau im Magen, und ich stelle die Schatulle auf die Kommode neben mir, reiche Grandma den Schmuck, damit sie ihn mir um den Hals legen kann, und drehe mich um. Ich bin größer als Grandma, deswegen gehe ich leicht in die Knie. »Haare und Make-up sind fertig. Ich muss nur noch das Kleid und die Schuhe anziehen.«

»Dann beeil dich lieber.« Sie schließt den Haken der Kette in meinem Nacken und tritt einen Schritt zurück. »Fertig. Lass dich einmal ansehen.«

Ich drehe mich wieder zu ihr, hebe das Kinn. Ich kann einfach nicht fassen, dass sie mich diese Kette tragen lässt. Von den wenigen Geschichten, die ich über das Schmuckstück gehört habe, weiß ich, dass es kaum oder vielleicht sogar noch nie in der Öffentlichkeit vorgeführt wurde. »Und? Wie findest du sie?«, frage ich.

Sie betrachtet mich, ihr Gesicht ist ernst, die Augen hat sie zusammengekniffen. »Schön. Ursprünglich wollte ich, dass Lily sie trägt, weil sie die Älteste ist, aber sie ist nicht hier. Und je länger ich darüber nachdachte, desto klarer wurde mir, dass die Kette besser zu dir passt, weil du Poppy so sehr ähnelst.«

Schuldgefühle überwältigen mich fast, aber ich kämpfe dagegen an. Ich will kein schlechtes Gewissen wegen meiner Pläne haben. Ich kann nichts dafür, dass Daddy seine hinterhältige Freundin mir vorzieht. Aber ganz so einfach wird er mich nicht übergehen können. Ich muss für meine Überzeugungen eintreten.

Und auf gar keinen Fall werde ich mir von Pilar Vasquez je irgendetwas vorschreiben lassen. Die Schlampe wird eher verrecken als mir sagen, was ich zu tun habe.

»Du wolltest nicht, dass Violet sie trägt, oder?« Ich berühre die Kette und drehe mich nach rechts zum Spiegel. Sie ist umwerfend, selbst zu dem weißen seidenen Morgenmantel, den ich anhabe, und ich starre mein Spiegelbild an, überwältigt von dem, wofür die Kette steht.

Grandma hat recht. Fleur ist auch mein Erbe. Ich muss mir das vor Augen halten und darf mich nicht in die ganzen Intrigen verwickeln lassen, die Violet und Ryder gegen Daddy und Pilar spinnen.

*Bah.* Wenn ich nur an diese Schlampe denke, kommt es mir schon hoch.

Aber ich kann unmöglich einfach nichts tun und alles auf mich zukommen lassen. Ich muss etwas unternehmen. Ich muss Vater vor Augen führen, dass ich seine Strategie nicht gutheiße. Etwas muss passieren. Jemand muss den Mund aufmachen.

Wenn ich das sein muss, dann ist das eben so.

Grandma winkt ab. »Ich bitte dich. Violet trägt diesen schönen Diamanten am Finger. Sie braucht gerade keinen anderen Schmuck.« Das stimmt natürlich. Ryder hat erst vor einigen Tagen um Violets Hand angehalten, und meine Schwester ist in einen wahren Freudentaumel verfallen.

Eine ganze Weile lang hatte ich Angst, dass sie ihr Leben mit diesem Idioten Zachary Lawrence verbringen würde, aber glücklicherweise ist sie schlauer und hat einen Mann gefunden, der sie zu schätzen weiß.

Der sie versteht. Der sie respektiert. Und dass er blendend aussieht und wahnsinnig sexy ist, stört dabei auch nicht sonderlich.

Ich bin ein wenig neidisch auf das Glück meiner Schwester, aber ich kann es ihr nicht verübeln. Sie musste sich so vielen Herausforderungen stellen und hat jede einzelne gemeistert. Ich bin stolz auf sie. Freue mich für sie.

Von ganzem Herzen.

»Viel Vergnügen mit dem Collier. In dem Film heute wird es auch kurz erwähnt.« Grandma zwinkert mir zu und geht zur Tür. »In zwanzig Minuten treffen wir uns in der Suite deines Vaters. Komm pünktlich, verstanden?«

»Verstanden«, rufe ich ihr zu und schüttele den Kopf, als sie die Tür laut hinter sich zufallen lässt.

Ich schaue erneut in den Spiegel, löse den Gürtel meines Morgenmantels, lasse die weiße Seide auseinanderfließen und mir dann von den Schultern gleiten. Ich schiebe den Stoff mit dem Fuß zur Seite und richte mich auf.

Auf meiner Haut sieht die Kette schön aus. Ich atme tief ein und schaue zu, wie sich meine nackten Brüste heben und senken. Vielleicht benötige ich einen Drink oder auch zwei, bevor ich in das Kleid schlüpfe. Ich werde den Mut später brauchen, wenn ich meiner Familie entgegentrete.

Daddy wird das Kleid vermutlich hassen. Violet wird schockiert sein. Grandma wird lachen und mir insgeheim applaudieren. Und Pilar? Sie ist ja heute Abend mit von der Partie, was ich total daneben finde. Mir ist es scheißegal, was sie über das Kleid denkt.

Oder über mich. Oder über andere Mitglieder unserer Familie.

Seufzend gehe ich zum Schrank und nehme das Kleid heraus, fahre mit den Händen über den weißen, aufgebauschten Chiffon, aus dem der Rock besteht. Da das Kleid trägerlos ist, wird die Kette perfekt zur Geltung kommen. Ich frage mich, was für eine Geschichte der Schmuck hat.

Das werde ich früh genug herausfinden, nehme ich an.

ENDE DER LESEPROBE